1. KAPITEL

Hamburg: Anfang April 1835

Der Saal vibrierte vor Erwartung.

Clara stand hinter dem Bühnenvorhang, durch den die Geräusche aus dem Zuschauerraum gedämpft zu ihr drangen. Leises Geplauder, vereinzeltes Lachen und Hüsteln, das Rascheln von Kleidern und Programmzetteln – all das erfüllte die Fünfzehnjährige mit jener Mischung aus Nervosität und Erregung, die sie so liebte, seit sie vor vier Jahren in ihrer Heimatstadt Leipzig zum ersten Mal öffentlich aufgetreten war. Dies war Hamburg, eine weitere Station auf der nun schon fünf Monate dauernden Konzertreise durch Norddeutschland, und sie war gespannt, ob man sie hier ebenso lieben würde wie vor drei Jahren in Paris, wo sie Chopin kennengelernt hatte. Oder wie in Hannover, wo sie vor Kurzem noch bei Hofe gefeiert worden war wie eine kleine Königin.

»Bist du bereit?« Ihr Vater stellte sich neben sie und lugte durch einen Spalt im Vorhang. »Ausverkauft«, murmelte er erleichtert. Wie immer hatte Friedrich Wieck den Saal selbst gemietet und das Kammerorchester engagiert. Er veranstaltete das Konzert auf eigene Rechnung und trug das gesamte finanzielle Risiko.

»Wollen wir?« Der Inspizient schob seinen Kautabak von einer Backentasche in die andere, die Hand schon am Seil, um den

Vorhang aufzuziehen. Friedrich Wieck sah auf die Taschenuhr, die er seit einer Viertelstunde nicht mehr aus der Hand gelegt hatte.

»Gib auf die Tempi acht«, raunte er seiner Tochter zu. »Nicht, dass dir die Läufe wieder so schnell geraten wie neulich in Hannover.«

Clara wandte sich ab. Sie war wütend auf ihren Vater. Nicht wegen der ständigen Maßregelungen. Immer hatte er etwas zu beanstanden, auch wenn sie noch so gut spielte. Die Tempi, der Anschlag, die Haltung, einen Akzent hier oder dort. Sie nahm ihm das nicht übel, so war er schließlich immer gewesen, und im Grunde wusste sie, dass sie nur deshalb so weit gekommen war, weil er sich nicht zufriedengab, mit nichts. Übel nahm sie ihm, dass er ihr Roberts Briefe vorenthielt und ihre eigenen Zeilen an ihn las. Und jeden ihrer Schritte kontrollierte. Erst am Nachmittag hatten sie einen erbitterten Streit darüber geführt, warum Clara Robert Schumann nicht einen Abzug von der hübschen Radierung schicken durfte, die der Lithograph Julius Giere in Hannover von ihr angefertigt hatte, und die im Foyer verkauft wurden. Warum konnte alle Welt sie haben und Robert nicht?

»Du bist eitel«, hatte ihr Vater sie getadelt.

Wäre sie eitel, würde sie es sich nicht gefallen lassen, schon seit Wochen im selben Kleid zu konzertieren. Nein, eitel war sie bestimmt nicht. Aber verliebt …

Der Vorhang öffnete sich. Im Zuschauerraum erloschen die Lichter. Claras Herz machte einen kleinen Sprung, und diese wunderbar prickelnde Spannung stieg in ihr auf, wie damals, als sie heimlich am Champagnerglas ihres Vaters genippt hatte. Dies war der Moment. Ihr Moment. Und dann geschah es wieder, das, was Robert »das Magische« nannte. Von der kleinen Zehe bis zu ihrem kunstvoll gescheitelten und am Hinterkopf festgestecktem Haar begann eine Energie sie zu durchfluten, für die sie keine Worte hatte.

Sie trat ins Licht und verbeugte sich. Aus Erfahrung wusste sie, dass sich das Publikum erst an ihre Erscheinung gewöhnen musste. Sie konnte das Staunen der Hamburger Konzertbesucher förmlich fühlen: So ein zartes Kind will einen ganzen Abend bestreiten? Sie trug das hellgelbe Kleid, das ihr am Busen langsam zu eng wurde, und dessen bauschige Gigot-Ärmel beim Klavierspielen eigentlich ein wenig störten, was sie allerdings nie und nimmer zugegeben hätte. Ihr Vater wäre imstande, sie in einem altmodischen Empirekleid auftreten zu lassen, wenn er das wüsste. Das Dekolleté ließ der Mode entsprechend die Schultern frei, geraffte Stoffbahnen quer über ihre Brust betonten ihre erblühende Weiblichkeit. Auch wenn sie Abend für Abend dasselbe Kleid trug, das tagsüber sorgfältig ausgelüftet wurde – es entsprach der allerneuesten Mode.

Als der Applaus verebbte, trat sie zum Hocker, rückte ihn zurecht, breitete den weiten Rock aus und nahm Platz. Sie hob die Hände über die Tasten. Im Saal war es so still geworden, man hätte eine Stecknadel fallen gehört. Einen Moment lang genoss sie die Spannung. Dann begann sie zu spielen.

Wie immer eröffnete sie mit einem Bravourstück, die Leute sollten von Anfang an wissen, mit welcher Virtuosin sie es zu tun hatten. Nichts war dazu geeigneter als die *Variations brillantes* von Henri Herz. Ihr Spiel ließ vergessen, dass es bessere Instrumente gab als diesen Flügel, den ihr Vater vom Konservatorium ausgeliehen hatte. Clara hatte während der vergangenen Tage täglich auf ihm geübt. Sie kannte ihn nun bis hin zum letzten leicht klemmenden Dämpfer und hatte ihn sich zum Freund gemacht. In Paris vor zwei Jahren hatte sie auf viel schlimmeren Kästen brillieren müssen.

Niemals war sie so glücklich, als wenn sie spielte. Pianoforte zu üben war ihr Trost und Zuflucht, so lange sie denken konnte. Und das einzige Mittel, ihren Vater dazu zu bringen, sie zu lieben. Obgleich er es nicht zeigen konnte und sie, statt zu loben, mit Geld belohnte, wenn sie in seinen Augen etwas gut gemacht hatte. Sie und ihre beiden jüngeren Brüder mussten sich ihr Taschengeld ebenso wie seine Zuneigung erspielen. Wobei sie immer die Glücklichere war und oft genug die Süßigkeiten, die sie von diesem Geld kaufte, mit ihnen teilte. Ach, wie sie ihre Geschwister vermisste!

»Du bist etwas Besonderes, Clara«, hatte ihr Vater so oft gesagt. Vor allem, nachdem er streng zu ihr gewesen war und mitunter vor lauter Wut die Noten zerrissen hatte, wenn sie seiner Meinung nach nicht ordentlich spielte, sie zwang, tagelang nur Tonleitern und Kadenzen zu üben, ehe er ihr wieder erlaubte, etwas Richtiges unter die Finger zu nehmen. »Du bist dazu geboren, es ganz nach oben zu schaffen, dorthin, wo die Meister thronen. Clara, die Helle, die Leuchtende. Was glaubst du, warum ich dir diesen Namen gegeben habe?«

Sie beendete Herz' Variationen mit der schier unspielbaren, rauschenden Kadenz so perlend und leicht, als gäbe es nichts Leichteres. Die Stille danach war ein Loch, in das man sich fallen lassen konnte. Bis der Applaus sie auffing und zurück in die Wirklichkeit holte.

Als Nächstes stand Chopin auf dem Programm. Darum hatte sie mit ihrem Vater kämpfen müssen. Er war der Meinung gewesen, dass das Hamburger Publikum zu konservativ für diese Art von neuer Musik war. Die Welt befand sich an einem musikalischen Wendepunkt: Die einen ließen nur das Alte gelten – Mozart, Haydn, Hummel, Scarlatti, selbst Beethoven war vielen schon zu revolutionär. Sie und Robert waren jedoch davon überzeugt, dass die Zukunft den »Neuen« gehörte: Liszt, Chopin, Berlioz, Mendelssohn – und Schumann. Musik, in der sich Virtuosität und Ausdruck der Empfindung die Waage hielten. Musik, die in der Lage war, Gefühle auszudrücken, für die es keine Worte gab. Ohnehin misstraute Clara Worten mehr als allem anderen. Vielleicht hatte sie deswegen bis zu ihrem vierten Lebensjahr geschwiegen, so dass alle dachten, sie sei taub und stumm?

Sie hatte keine Erinnerung mehr an diese frühen Kindheitstage, sondern wusste davon nur das, was ihr Vater ihr erzählte. Auch wie es gewesen war, als ihre richtige Mutter noch bei ihnen lebte, lag hinter einem dichten Schleier aus Vergessenheit verborgen, gemeinsam mit dem Schmerz, den sie damals empfunden haben musste. Ihr Vater sprach stets nur abfällig über Mariane, die inzwischen mit ihrem zweiten Mann in Berlin lebte. Eine Frau, die Mann und Kinder verlässt, war etwas absolut Verwerfliches. Seit der Scheidung hatte Clara sie nicht mehr gesehen, sie schrieben sich hin und wieder Briefe, die ihr Vater natürlich kontrollierte. Doch je älter Clara wurde, desto besser verstand sie ihre Mutter. Friedrich Wieck war ein schwieriger, jähzorniger und herrschsüchtiger Mann, der sich in alles einmischte und keinen Widerspruch duldete. Vielleicht hatte Mariane jene Stärke gefehlt, die man brauchte, um neben einem solchen Mann zu bestehen? Stark genug, um wegzugehen, war sie jedenfalls gewesen. Nun würden sie sich nach so langer Zeit endlich wiedersehen, falls ihr Vater es sich nicht im letzten Moment anders überlegte. Denn ihre nächste Station hieß Berlin.

Nach Chopins *Nocturne Nr. 2* in E-Dur opus 9, bei dem sie das Instrument geradezu zum Singen brachte, verblüffte sie ihre Zuhörer mit zwei Préludes des Exilpolen in C- und F-Dur, die virtuoser nicht hätten sein können. Um so etwas spielen zu können, benötigte man Kraft, und wenn man es ihr auch nicht ansah, so hatte sie eine Menge davon. Das kam von den täglichen Wanderungen, die ihr Vater ihr von klein auf verordnet hatte. Drei Stunden täglich draußen an der frischen Luft in strammem Tempo unterwegs sein. Drei Stunden üben. In der restlichen Zeit erhielt sie Gesangsunterricht und spielte Geige. Wurde von ihrem Vater in Musikgeschichte und Rechenwesen unterwiesen. Außerdem legte Wieck Wert darauf, dass sie Fremdsprachen lernte. Als er vor drei Jahren in Paris versucht hatte, Clara in die Salons einzuführen, war ihm der Mangel seiner Sprachkenntnisse schmerzlich bewusst geworden. Außer Französisch lernte Clara Englisch, unterrichtet wurde sie von Emilie List, die mit ihrer Familie eine Zeit lang in Amerika gelebt hatte. Denn Friedrich Wieck hatte große Pläne mit seiner Tochter: Er wollte mit ihr die Welt erobern, und auf den internationalen Tourneen, die er plante, musste sie sich verständigen können.

Der erste Teil des Konzerts war zu Ende. Clara erhob sich, trat an die Rampe und machte einen tiefen Knicks. Verharrte in demütiger Haltung und sog doch voller Stolz den Applaus in sich ein, bis in die letzte Pore. Richtete sich auf, verbeugte sich wieder, und ging von der Bühne ab.

Dreimal wurde sie zurückgerufen, dann schloss sich der Vorhang für den Orchesterumbau. Denn im zweiten Teil würde sie nicht nur Friedrich Kalkbrenners Klavierkonzert in D-Moll spielen, sondern als Krönung ihr eigenes Konzertstück, das einmal ein ausgewachsenes Klavierkonzert werden sollte. Wenn sich das Orchester nur einigermaßen Mühe gäbe, würde dieser Abend gelingen.

»Du bist nicht bei der Sache«, blaffte ihr Vater sie an, als sie in die Kammer kam, die als Garderobe diente. »Ich möchte zu gern wissen, wo du mit deinen Gedanken bist. Du kannst besser spielen.«

Sie sah sich im Spiegel vor Zorn erbleichen. Dennoch schwieg sie. Schweigen war schon immer ein probates Mittel gewesen, sich ihrem Vater zu widersetzen. Er ging ihr so unsäglich auf die Nerven. Wenn sie nur endlich ein Zeichen von Robert bekäme. Sie war sich sicher, dass er längst geschrieben hatte, auch wenn ihr Vater es tausendmal verneinte.

Sie ließ sich auf einen Stuhl fallen und schloss die Augen. Am Flügel mochte es wirken, als tanzten ihre Hände nur zum Spaß über die Tasten, und doch war jedes Konzert ein Kraftakt. Sie lockerte ihre Schultern, trank von dem Malventee, um den sie gebeten hatte. Er war lauwarm geworden und sauer, man hatte vergessen, Zucker hineinzutun. Sie sah ihren Part des Klavierkonzerts durch, den sie gleich auswendig spielen würde, nicht, weil sie fürchtete, hängen zu bleiben, sondern um in ihren Gedanken nicht gestört zu werden. Als ihr Vater die Garderobe verließ, um den Flügel nachzustimmen und mit dem Kapellmeister an der ersten Geige die letzten Absprachen zu treffen, atmete Clara auf. Robert, dachte sie. Wenn du doch nur hier sein könntest. Und dann malte sie sich aus, wie es wäre, wenn er ihr tatsächlich heimlich hinterhergereist wäre und unerkannt mitten im Publikum säße …

Die Glocke ertönte und riss sie aus ihren Träumereien. Sie hörte die vielen Schritte, die an ihrer Kammer vorübereilten. Herr, mein Gott, lass das Orchester gut spielen heute Abend, betete sie. Die Probe am Nachmittag war mühsam gewesen, wie immer würde sich am Ende alles fügen. Hoffentlich.

Die Musiker hatten bereits ihre Plätze eingenommen, als sie die Bühne betrat, sich verbeugte und an den Flügel setzte. Der Kapellmeister hob seinen Geigenbogen, und auf sein Zeichen ging es los. Wie von einer Spieluhr nudelten die Musiker das Thema herunter. Zum Glück stimmte wenigstens das Tempo einigermaßen. Ihr Einsatz kam. Wie eine Guillotine ließ sie ihre Hände in Oktaven auf das Instrument hinabsausen und sorgte dafür, dass ihre brausenden Akkordläufe alle Zweifel daran beseitigten, dass es sich hier um erstklassige Konzertliteratur handelte und nicht um Jahrmarktsmusik. Ihr Elan übertrug sich, Clara riss sie mit, das Orchester und ihr Publikum, von dem sie spüren konnte, wie schwerfällig es war. Im langsamen zweiten Satz gaben sogar die Bläser ihr Bestes, und im Finalsatz überraschten die Musiker sich ganz offensichtlich selbst damit, wie viel Freude es doch machen konnte, ein Konzert nicht einfach nur herunterzufideln, sondern dabei auch zu glänzen.

Und dann kam der Höhepunkt des Abends – ihre erste eigene Komposition von Bedeutung. Sie hatte zwar bereits mit neun Jahren Klavierstücke geschrieben und später im Unterricht bei Musikdirektor Dorn, bei dem sie Kontrapunkt und Harmonielehre studierte, noch weitere Werke – für sie zählte allerdings nur ihr Konzertsatz, bei dem ihr niemand anderes als Robert bei der Orchesterinstrumentierung geholfen hatte. Robert Schumann. Der Mann, den sie liebte, seit er vor Jahren im Haus ihres Vaters zwei Zimmer bezogen hatte, um bei Friedrich Wieck das zu werden, was er im Grunde schon war: ein Genie.

Der Beifall war nicht so tosend wie in Hannover, aber dennoch beachtlich. Fünfmal musste sie vor den Vorhang treten und am Ende wurde nach kurzem, heftigem Wortwechsel mit dem Kapellmeister Claras Konzertsatz wiederholt. Sie gab alles, so wie immer, löste sich in den Klängen, Akkorden, Trillern und Modulationen auf, und spätestens, als sie die Kadenz so frei und ungewöhnlich wie noch nie improvisierte, vergaß sie die Mühen der Reise, die ermüdenden Auseinandersetzungen mit ihrem Vater, das schlechte Essen, die unbequeme Herberge. All das zählte nicht mehr angesichts des Glücks, mit so vielen Menschen ihre Musik zu teilen.

»In welchem Alter haben Sie denn angefangen, Klavier zu spielen?«

»Mit fünf Jahren«, antwortete Clara und zog im Geiste eine Grimasse. Würde sie immer und ewig dieselben uninteressanten Fragen beantworten müssen?

»Tun Ihnen denn nicht die Finger weh?«

Im Foyer drängten sich die Neugierigen um sie und bestaunten sie wie ein Tier im Zoo.

»Spielen Sie eigentlich nichts von Hummel, Mozart oder Haydn?«

»Wie lange müssen Sie eigentlich täglich üben, Sie armes Kind?«

Hier mischte sich ihr Vater ein.

»Meine Tochter ist kein armes Kind«, erklärte er ungehalten, und Clara warf ein: »Ich habe in meinem ganzen Leben nie mehr als drei bis vier Stunden am Tag geübt. Und das tue ich wirklich gern.«

»Vergangenes Jahr war die Belleville hier in Hamburg. Sie spielt ja so wunderschön. Haben Sie die schon gehört?«

Es fiel Clara schwer, freundlich zu bleiben. Anna Caroline de Belleville war elf Jahre älter als sie, und alle Welt pries sie als das Klavierwunder schlechthin. Robert hatte über sie geschrieben und mit ihrem Spiel verglichen, und sie wusste bis heute nicht, ob er sie ärgern wollte oder ob sie geschmeichelt sein sollte. *Das Spiel der Belleville ist bei weitem technisch-schöner; bei ihr erscheint jede Passage als ein Kunstwerk aus dem Ganzen, bis ins feinste ausgearbeitet.* Das hatte gesessen. Das Spiel der Belleville sei technisch schöner? Auf der Stelle hatte sie an ihrer Technik gefeilt und sich an dem aufrecht gehalten, was Robert danach geschrieben hatte: *Der Ton der Belleville schmeichelt dem Ohre, ohne mehr in Anspruch zu nehmen, der der Clara senkt sich ins Herz und spricht zum Gemüt. Jene ist dichtend, diese das Gedicht.* Eines Tages würde Clara sie vom Sockel fegen, das hatte sie sich geschworen.

»Nein, leider noch nicht«, antwortete sie und wandte sich von der Fragerin ab.

Endlich erschien eine Gruppe von Hamburger Honoratioren samt Gattinnen und Töchtern, und eine freundliche Dame, die ihr als die Ehefrau eines der wichtigeren Konsuln vorgestellt wurde, nahm sie beiseite.

»Sie sind ein Wunder«, sagte die Dame. »Wie schaffen Sie das nur? Ich meine, so ein Abend muss Ihnen doch lang werden dort vorn an dem Instrument. Sie sind ja so zart.«

»Meine Clara *ist* ein Wunder«, erklärte Wieck mit seinem sächsischen Akzent, dessen Clara sich seit ihrer Frankreichreise nur zu bewusst war. In Hannover hatten sie über ihren Vater gelächelt. Kaum hatte sie gespielt, war ihnen das Lachen vergangen.

»Ich werde nie wieder mein Pianoforte anrühren«, erklärte ihre Tochter, die ungefähr im gleichen Alter war wie Clara, im Brustton der Überzeugung. »Nachdem ich Sie gehört habe, werde ich es aufgeben.«

»Ach was, Henrike«, wies ihre Mutter sie zurecht. »Sagen Sie, Fräulein Wieck, haben Sie denn von unserem schönen Hamburg überhaupt schon etwas gesehen?«

»Nein, dazu war noch keine Gelegenheit.« Clara dachte an die mühseligen Vorbereitungen, die in jeder neuen Stadt auf sie und ihren Vater warteten, ehe es ihnen gelang, ein Konzert zu veranstalten. Zuerst mussten sie die wichtigen Persönlichkeiten der Stadt, deren Urteil ihnen die Türen öffnen konnten, für sich gewinnen. Ihr Vater putzte Klinken, führte Gespräche, verhandelte und warb, und Clara spielte in privaten Kreisen, unentgeltlich zunächst, für ein Abendessen oder auch nur für einen Schluck Wasser, mit dem Ziel, Verbündete zu finden. Bis sich jemand fand, der sich für ihre Pläne einsetzte und andere überzeugte, ihnen einen Konzertsaal zu vermieten, Musiker zu vermitteln und sie in der Presse anzukündigen. In Hamburg schien das Interesse groß und Wieck hatte es für angemessen gehalten, seine Tochter gleich achtmal aufs Podium zu schicken.

»Ach, Sie haben noch keine unserer Sehenswürdigkeiten besucht?« Die Konsulin schien geradezu entsetzt. »Es wäre uns ein Vergnügen, Sie morgen ein wenig herumzuführen«, schlug sie vor. »Danach könnten wir auf dem neuen Jungfernstieg eine Schokolade trinken.«

»Sehr gern«, antwortete Clara rasch, ehe ihr Vater einschreiten konnte. Und zwar aus purem Widerspruchsgeist. »Das würde mir große Freude machen.«

»Dann ist es abgemacht.« Die Konsulin strahlte. »Wäre es Ihnen um halb elf recht? Ich lasse Sie abholen und …«

»Verzeihen Sie mir, wenn ich Ihnen meine Tochter nun leider entführe«, unterbrach Friedrich Wieck sie mit Bestimmtheit. »Sie muss sich dringend zurückziehen und ausruhen.«

»Aber gewiss.« Die Dame lächelte Clara mit einer Mischung aus Bewunderung und Mitleid an. »Bis morgen, Fräulein Wieck. Und schlafen Sie gut.«

»Dieser Gauner von einem Konzertmeister will tatsächlich nachverhandeln«, schimpfte Wieck auf dem Weg in die Herberge. Die Droschke rumpelte in ein Schlagloch und schleuderte sie auf den Sitzen hin und her. »Und das alles nur, weil du unbedingt deinen Konzertsatz wiederholen musstest. ›Das war nicht abgesprochen‹«, äffte er den Musiker nach. »Als ob die fünf Minuten sie umbrächten.«

»Zwölf Minuten«, warf Clara ein. »Mein Konzertsatz dauert zwölf Minuten.« Manchmal konnte sie nicht anders und war genauso pedantisch wie ihr Vater. »Und außerdem hab das nicht ich entschieden, sondern du.«

»Musst du eigentlich immer das letzte Wort haben?«

»Hat es dir denn gefallen?« Clara hasste sich für diese Frage. Wann würde sie endlich aufhören, sich nach der Anerkennung ihres Vaters zu sehnen? Robert war es, dem sie gefallen wollte. Doch Robert war nicht hier. »War es denn nicht gut?«, setzte sie nach. Plötzlich fühlte sie sich den Tränen nahe.

»Natürlich war es gut. Das ist ja wohl das Mindeste! Wozu habe ich sonst all die Jahre meines Lebens geopfert? Damit du am Ende nicht gut spielst?« Wieck betrachtete sie genauer, um herauszufinden, was in sie gefahren war. Clara wandte den Kopf ab. »Sag mal, heulst du jetzt etwa?«

»Ich heule nicht«, murmelte sie. Und das stimmte. Auch wenn ihr noch so danach war, geweint hatte sie schon seit Jahren nicht mehr.

Warum besteht das Leben nicht ausschließlich aus Konzerten? Wenn sie doch nur immerzu spielen könnte. Einfach mit den Tönen davonschweben.

»Es versteht sich ja wohl von selbst, dass du da nicht mitgehst«, sagte ihr Vater, als sie schon in den Betten lagen. »Was für eine verrückte Idee für eine Künstlerin wie dich, mit fremden Leuten Schokolade trinken zu wollen. Du wirst absagen.«

»Das werde ich nicht!«

»Dann tu ich es!« Friedrich Wieck warf sich zornig auf seiner Strohmatratze herum. »Du hast keine Zeit für einen solchen Unsinn. Schokolade kannst du zu Hause im ›Coffe Baum‹ wieder trinken. Morgen früh wirst du erst üben, danach geht's an die frische Luft und am Nachmittag ruhst du dich aus. So wie immer. Und damit Schluss.«

»Nichts gönnst du mir!«, gab Clara zurück. »Einen einzigen Tag werde ich bestimmt ohne üben auskommen.«

»Und genau das zeigt mir, was für ein dummes Kind du noch immer bist«, schmetterte Wieck sie ab. »Will erwachsen sein mit ihren fünfzehn Jahren, und hat doch nicht für so viel Verstand. Weißt du nicht, dass du nur da oben stehst und die Leute Geld dafür bezahlen, dich spielen zu hören, weil du Spitzenleistung bringst? Der Körper ist ein faules Tier, sobald du ihm Ruhe gönnst, wird er fett und träge. Statt Schokolade zu trinken, wirst du einen strammen Marsch absolvieren, von mir aus über den Jungfernstieg oder über irgendeinen dieser Wälle hier. Nur ein starker Körper ist dem gewachsen, was du noch vor dir hast …«

Clara steckte ihren Kopf unter das Kopfkissen und biss in das feste Leinen, um nicht laut loszuschreien. So konnte das noch ewig weitergehen, sie kannte jeden einzelnen dieser Sätze. Dass nur Disziplin und Ausdauer sie an die Spitze des Olymps bringen würden. Und natürlich – dass sie alles nur ihm verdankte, ihrem Vater, der ihr, seit sie fünf Jahre alt war, sein Leben gewidmet hatte. Und was war sein Dank dafür? »Eine störrische, unbesonnene und nachlässige Tochter«, schloss er seine Tirade. »Im höchsten Grade unfolgsam, eigensinnig und voller törichter Widerrede. Du wirst da morgen nicht mitgehen, das ist mein letztes Wort.«

Er schrieb der Konsulin in ihrem Namen, wie sehr sie es bedauere, aber ein Anflug von Kopfschmerzen zwinge sie leider, ihre freundliche Einladung abzusagen. »Die Kunst steht über allem«, schrieb er, und dass man die Besucher des heutigen Konzerts nicht enttäuschen dürfe. Blabla, blabla. Ihre ergebenste Clara Wieck.

Das Wetter war schön, und damit sie der Konsulin ja nicht in die Arme liefen, bezahlte Friedrich Wieck eine Droschke, die sie vor das Dammtore brachte, und gemeinsam wanderten sie einen der vielen Wälle an irgendeinem Wasser entlang, Clara hatte vergessen, ob es ein Kanal war, die Innen- oder Außenalster oder womöglich die Elbe. Und es war ihr auch einerlei.

Sie gingen schweigend, Clara hing ihren Gedanken nach. Wenn sie ehrlich war, dann bedauerte sie es kein bisschen, nicht mit der Hamburger Dame und ihrer Tochter über die Esplanade oder den Jungfernstieg zu flanieren und Konversation zu machen. Im Grunde mochte sie die täglichen Wanderungen als Ausgleich zum Sitzen in der Kutsche oder am Pianoforte, ihr Körper war daran gewöhnt, ihre Sinne wurden klar dabei und ihre Gedanken ordneten sich spätestens nach dem ersten Kilometer. Zum Glück ließ ihr Vater sie in Ruhe und hielt den Mund. Eine salzige Böe fuhr ihr unter die Schute, eine modernde Haube aus geflochtenem Stroh, die hinten genügend Raum für die Hochsteckfrisur bot und sich vorne trichterförmig öffnete. Clara band sie mithilfe der Seidenbänder unter ihrem Kinn etwas fester. Der Wind roch nach der großen, weiten Welt und jagte ein paar frühlingshafte Wolken über den stahlblauen Himmel. Eigentlich, so dachte sie resigniert, waren ihr Vater und sie sich in vielen Dingen einig. Nur nicht in der Hauptsache. Und die ging ihre Zukunft an. Diese Hauptsache hieß Robert.

Zurück in ihrer Herberge fanden sie ein Bouquet aus Veilchen vor und eine zierliche Phiole mit violettem Inhalt. *Verehrtes, liebes Fräulein Wieck*, stand auf der beigefügten Karte. *Meine Tochter und ich sind untröstlich zu hören, dass Sie sich nicht wohl befinden. Darf ich Ihnen die Tinktur aus wilden Veilchen empfehlen? Auf die Stirn getupft, nimmt sie den Kopfschmerz alsbald hinweg, das wusste schon die Heilige Hildegard von Bingen.*

Gerührt versenkte Clara kurz ihr Gesicht in das Bouquet, atmete tief den Duft der Blüten ein und fühlte einen Stich schlechten Gewissens.

»Hoffentlich erzählt das dumme Frauenzimmer die Sache nicht herum«, knurrte ihr Vater. »Das Letzte, was wir gebrauchen können, ist Gerede über Migräneanfälle der berühmten Clara Wieck.«

»Hättest du diesen Unsinn eben nicht geschrieben«, gab Clara ungnädig zurück. »Ist denn sonst keine Post für mich gekommen?«

Wieck schenkte ihr einen langen, schwer zu deutenden Blick. »Mutter hat geschrieben«, sagte er schließlich. »Zu Hause sind alle gesund. Aber das interessiert dich ja wohl nicht. Oder?«

Claras Lippen zitterten. Nein, was Clementine schrieb, ihre Stiefmutter, gerade mal elf Jahre älter als sie, interessierte sie nicht im Geringsten. Wenn sie nur mit Sicherheit wüsste, dass ihr Vater ihr Roberts Briefe vorenthielt. Dann müsste sie jetzt nicht daran zweifeln, ob er ihr vielleicht wahrhaftig nicht mehr schrieb. Hatte er sie womöglich vergessen? War etwas dran an dem Gerede, das sie vor ihrer Abreise erreicht hatte?

»Falls du Herrn Schumann meinst«, fuhr ihr Vater grausam fort, »von dem kam keine Post. Und das ist gut so. Schließlich ist er kein Umgang für dich.«

»So?« Wider besseres Wissen fuhr sie zornig herum. »Und warum nicht? Hast du nicht selbst immer wieder gesagt, was für ein ausgezeichneter Musiker er ist?«

Friedrich Wieck betrachtete seine Tochter aufmerksam und ließ sich Zeit mit der Antwort.

»Ein ausgezeichneter Musiker könnte er sein, wenn er nicht so faul und aberwitzig wäre. Statt zu studieren, geht er in die Wirtshäuser und hängt mit seinen Davidsbündlern herum.« Er lachte trocken auf.

»Du bist immerhin selbst beigetreten«, wandte Clara ein. Vor einem Jahr hatte Robert die Idee zu diesem Bund gehabt, in dem sich viele Anhänger der neueren Kunstströmungen gegen das Philistertum der Konservativen zusammengetan hatten. Jeder hatte einen Phantasienamen angenommen, ihr Vater hieß »Meister Raro«, sie war »Chiarina« und Robert hatte sich gleich zwei Namen gegeben für die beiden unterschiedlichen Seiten seines Charakters: »Eusebius« und »Florestan«. Wieso schimpfte ihr Vater jetzt auf die Davidsbündler, wo er doch selbst einer von ihnen war?

»Ja, weil ich dachte, da käme etwas Vernünftiges bei heraus«, erklärte Friedrich Wieck. »Inzwischen weiß ich aber, dass das Wirrköpfe sind, die den Davidsbund nur zum Vorwand nehmen, um sich bis tief in die Nacht hinein nicht nur an ihren Reden, sondern vor allem am Bier zu berauschen, statt etwas Ordentliches für die Sache zu leisten. Und ich muss leider sagen, dass Robert Schumann da ganz vorne mit dabei ist. Nein, Clara, es sieht ganz so aus, als hätte der liebe Gott seine Gaben an diesen Menschen vollkommen unnütz verschenkt. Beharrliches Arbeiten scheint Herrn Schumann nicht zu liegen. Und glaube mir, liebes Clärchen, selbst ein Genie hat Ausdauer und Fleiß bitter nötig. Also sieh zu, dass du in den Konzertsaal zum Üben kommst. Und schlag dir diese Schumann-Flausen aus dem Kopf. Denk lieber an heute Abend. An dein Publikum. Und dass eins klar ist: Heute Abend spielst du eine deiner Phantasien als Zugabe. Oder sonst irgendein Solostück. Sonst bleiben am Ende deiner acht Konzerte kaum fünfzig Thaler übrig.«

Der prächtige Saal lag im Dämmerlicht, als sie auf die verwaiste Bühne trat, sich an den Flügel setzte, und ihn mit ein paar Geläufigkeitsübungen zum Leben erweckte. Sie gönnte sich den Luxus einiger ihrer Lieblingsstücke, dann ging sie das Konzertprogramm durch. Überlegte, welche ihrer Kompositionen sie als Zugabe vorbereiten sollte.

Ihr Blick glitt über die leeren Stuhlreihen des Zuschauerraums. Sie dachte so fest an Robert, dass ihr auf einmal war, als säße er dort hinten im Halbdunkeln, ganz allein, die Beine übereinandergeschlagen, den Kopf leicht geneigt …

Natürlich bildete sie sich das nur ein. Aber auf einmal kam ihr eine Idee. Sie würde Roberts *Toccata opus* 7 spielen, die ihr Vater wegen seiner gewagten Harmoniefolgen so verabscheute. Dieses Stück war von einer geradezu aberwitzigen technischen Schwierigkeit, knapp fünf Minuten lang und genau das Richtige, um dem Publikum den letzten Stoß zu versetzen. Und ihren Vater grenzenlos zu ärgern. Ja, genau das würde sie tun.

»Du bist eine ausgesprochen dumme Gans«, tobte Wieck. »Statt dich dem Publikum bei jeder Gelegenheit als Komponistin zu präsentieren, knallst du ihm diesen Unsinn um die Ohren. Ein vollkommen unausgegorenes Stück, das wie kein anderes beweist, was für ein Wirrkopf dieser Robert Schumann ist.«

Zu allem Überfluss war am Ende eine Bassseite des Flügels gerissen, und Friedrich Wieck konnte zusehen, wie er das Instrument bis zum nächsten Abend wieder flottkriegte. Für solche Fälle führte er stets ein Köfferchen mit Spezialwerkzeugen mit sich, man konnte schließlich nicht wissen, ob man vor Ort ein anständiges Instrument antreffen würde oder eine halbe Ruine, die man erst restaurieren musste. Da Wieck in Leipzig eine Musikalienhandlung betrieb und auch mit Flügeln handelte, ließ er sich an die wichtigeren Orte einen von zu Hause nachschicken oder bereits im Voraus in eine bestimmte Stadt liefern, in der berechtigten Hoffnung, das Instrument vor Ort zu einem guten Preis verkaufen zu können, nachdem Clara darauf brilliert hatte. In Hamburg hatte er jedoch die Kosten gescheut und einen abgenudelten Flügel vom Konservatorium ausgeliehen. Friedrich Wieck bereute es bereits und hoffte, dass kein weiterer Schaden entstehen würde.

»Den Leuten hat's gefallen.« Clara war so vergnügt wie lange nicht mehr. Es war ein Triumph gewesen. Und zwar für Robert *und* für sie.

Sie hörte nicht mehr zu, was ihr Vater alles zu bemängeln hatte. Wenn er zornig war, wurde er ungerecht. Clara wusste seit Langem selbst, wo sie geglänzt hatte und was sie hätte besser machen können. Sie war keineswegs eine dumme Gans, sondern kannte ihre Stärken und Schwächen ganz genau. Ihr Vater brauchte sie nicht anzuspornen, niemand brauchte das, denn es gab für sie nichts Schöneres, nichts Größeres, als Musik in ihrer Reinform. Schon früh hatte sie ein inneres Bild oder besser einen inneren Klang von dem gehabt, was andere Menschen Perfektion nannten. Damals hatten die Menschen um sie herum noch geglaubt, sie wäre taub. Aber das war sie nicht. Sie hörte sehr gut, zu gut. Sie hörte Vaters Geschrei, das Weinen ihrer Geschwister, wenn sie Prügel erhielten, bis sie lernte, das alles auszublenden, ihre Ohren einfach davor zu verschließen. Dann drang nur noch die Musik, die das Wiecksche Haus von morgens bis abends erfüllte, zu ihr durch. Klänge, Harmonien, Zusammenhänge, die sie intuitiv erfasste, und so kam es, dass sie früher Klavier spielen lernte als sprechen. Ihr Vater hatte sie angeleitet, unterstützt, vorangetrieben, hatte ihr inneres Klangbild geschult, bestätigt, korrigiert, und deshalb wusste sie einfach, wann es richtig tönte. Und natürlich ebenso, wann es noch besser werden konnte.

»Heute Abend spielst du diesen Unsinn nicht.«

Doch, sie tat es, an jedem einzelnen der folgenden Abende. Die Hamburger, so spröde sie waren und ihrem Vater viele Schwierigkeiten bereiteten – wenn sie spielte, lagen sie ihr zu Füßen, schienen geradezu auf diesen fulminanten Abschluss zu warten. Es hatte sich herumgesprochen, dass das Überraschendste zuletzt kommen würde, und da Abend für Abend der Saal bis auf den letzten Platz besetzt war, gingen Friedrich Wieck die Argumente aus.

Als sie in der Postkutsche nach Berlin saßen, lag ein triumphales Abschiedskonzert mit anschließendem Empfang bei Senator

Heinrich Merck hinter ihnen, zu dem die Crème de la Crème der Hamburger Pfeffersäcke, wie Friedrich Wieck sie bezeichnete, versammelt gewesen war. Sie hatten dort die freundliche Konsulin mit ihrer Tochter Henrike wieder getroffen und Clara hatte Gelegenheit gehabt, sich für das Kopfwehmittel zu bedanken.

»Wir waren noch zweimal im Konzert«, gestand die Konsulin. »Ich kann mich an Ihrem Spiel nicht satthören. Schade nur, dass wir keine Gelegenheit hatten, uns ein wenig näher kennenzulernen.« Sie warf Friedrich Wieck einen nachdenklichen Blick zu. »Ein junges Mädchen wie Ihr Fräulein Tochter sollte wohl ein wenig mit Gleichaltrigen zusammenkommen können, meinen Sie nicht?«

Wieck setzte sein charmantestes Lächeln auf.

»Ein Genie hat nun mal andere Pflichten, Gnädigste. Und?«, wandte er sich freundlich an Henrike, »was üben Sie gerade am Pianoforte?«

»Ich hab versucht, mir die Noten von diesem Robert Schumann zu bestellen«, gestand das Mädchen und warf Clara einen scheuen Blick zu. »Aber sie scheinen vergriffen.«

»Wenn Sie es wünschen«, schlug Clara freundschaftlich vor, »erkundige ich mich beim Komponisten, ob er Ihnen eine Kopie zukommen lässt.«

Ein Strahlen lief über Henrikes Gesicht.

»Sie kennen ihn?« Und als Clara bescheiden nickte, fuhr sie fort: »Oh, das wäre einfach wunderbar.«

»Das wäre grober Unfug«, widersprach Friedrich Wieck. Und mit einem fachmännischen Blick auf Henrikes Hände fügte er hinzu: »Einmal davon abgesehen, dass dieses tollkühne Stück für Sie gänzlich unspielbar wäre.«

Henrike wurde über und über rot, Clara konnte nicht sagen, ob vor Scham, oder weil die Worte des Leipziger Klavierpädagogen so überheblich klangen. Natürlich würde Henrike die rasend schnellen Oktaven und Dezimen nicht greifen können, dazu brauchte man große Hände mit einer enormen Spannweite. Clara, wenn auch sonst von zierlicherer Gestalt, besaß solche Hände, sie waren von klein auf sanft gedehnt und trainiert worden, und glücklicherweise waren ihre Finger ungewöhnlich lang. Henrikes Hände hingegen waren zierlich und schmal. Warum jedoch dem freundlichen Mädchen auf diese Weise den Abend verderben?

»Ich werde Herrn Schumann trotzdem fragen«, sagte sie, nachdem ihr Vater sich jemand anderem zugewandt hatte. »Und wenn Sie die Oktaven einfach weglassen ...«

»Ich glaube, es ist besser, ich probier es erst gar nicht«, unterbrach Henrike sie entmutigt.

»Von meinem Vater darf man sich nicht einschüchtern lassen«, hatte Clara zu trösten versucht. »Hauptsache ist doch, die Musik macht Ihnen Freude.«

Es wird Zeit, mich von ihm freizumachen, dachte sie, als sie nun nach Berlin fuhren. Dort würde sie endlich ihre Mutter wiedersehen, nicht Clementine, die in Leipzig die Kinderschar hütete, sondern Mariane Bargiel, wie sie nach ihrer zweiten Heirat hieß, die Sängerin und Pianistin, die Mutige, der es gelungen war, sich Friedrich Wieck zu entziehen. Es hatte langer Verhandlungen bedurft, bis Claras Vater endlich eingewilligt hatte, dass seine Tochter sie besuchen durfte. Was war ihre richtige Mutter wohl für ein Mensch? In ihren Briefen hatte sie stets freundlich und liebevoll geschrieben. Ob sie sich ihr womöglich anvertrauen und von ihrer Liebe erzählen könnte?

Denn dass sie eines Tages Robert Schumann heiraten würde, das wusste sie, seit er mit zerzaustem Haar und blitzblauen Augen in ihr Leben gestürmt war. Damals war sie elf und er zwanzig Jahre alt gewesen, strahlend und voller Tatendrang. Er war von Heidelberg, wo er Jura studiert hatte, nach Leipzig gekommen, um von ihrem Vater unterrichtet zu werden, und hatte Freude und Leichtigkeit ins Haus gebracht, Spiele und Gelächter und vor allem Geschichten. Abend für Abend hatte er ihr und ihren jüngeren Brüdern Märchen erzählt, Sagen, wahre Geschichten und Erfundenes, und häufig war von Gespenstern die Rede gewesen, bis sie und ihre Geschwister sich dermaßen gegruselt hatten, dass sie eng aneinander geklammert in ihren Betten lagen und nicht wagten, die Köpfe unter den Decken hervorzustrecken. Damals hatte sie beschlossen, dass sie ihn nie wieder ziehen lassen würde, denn er war ihr Prinz und sie die Prinzessin, die vorläufig noch in einem hässlichen kleinen Entlein schlummerte. Oder in einem Schwan, der erlöst werden wollte. Sie hatte immer gewusst, dass sie und Robert füreinander bestimmt waren, schon allein der Musik wegen, die sie verband, die sie einander nahe brachte, einander verpflichtete. Denn wer schrieb wundersamere Stücke als er, und wer spielte sie meisterhafter als sie? Das alles würde sie ihrer Mutter erzählen und sie zu ihrer Verbündeten machen, denn ihren Vater zu überzeugen, das war noch ein langer Weg.

Sie spähte zu ihm hinüber. Vor ihrer Abreise hatte er einen Stapel Briefe beim Postamt abgeholt, die sah er jetzt durch. Clara versuchte zu erkennen, ob einer dieser Umschläge einen Liebesbrief an sie enthielt, doch natürlich war das unmöglich. Das Schreiben, das er gerade überflog, stammte vom Musikdirektor der Leipziger Oper Heinrich Dorn, ihrem Lehrer in Musiktheorie, sie hatte die Schrift sogleich erkannt. Aber warum grinste ihr Vater auf einmal so breit? Warum warf er ihr triumphierende Blicke zu? Welche Neuigkeiten aus Leipzig konnten ihn dermaßen zufrieden aussehen lassen wie schon lange nicht mehr, nicht einmal nach ihrem Hamburger Erfolg?

Unruhe befiel sie. Diese Neuigkeit schien irgendetwas mit ihr zu tun zu haben, sonst würde ihr Vater sie nicht so ansehen. Eine wichtige Einladung, womöglich an den Dresdner Hof? Aber die würde bestimmt nicht über Dorn ausgesprochen werden. Und wieso wirkte ihr Vater so schadenfroh?

Clara lehnte sich zurück und schloss die Augen. Sie würde

es noch früh genug erfahren. Sie wusste aus Erfahrung, dass ihr Vater Neugierde nicht schätzte. Zeigte sie die, war er imstande, ihr die Nachricht einen ganzen Tag lang vorzuenthalten, um sie zu disziplinieren.

»Hier«, sagte ihr Vater schließlich und reichte ihr den Brief. »Lies.« Überrascht griff Clara nach dem knisternden Briefpapier und strich es auf ihrem Schoß glatt. »Die erste Seite kannst du überspringen, das langweilt dich nur. Geh ruhig gleich zur Rückseite.«

Ihr Herz begann zu rasen, als sie das höhnische Aufblitzen in den Augen ihres Vaters sah. Ein Gefühl von sich nahendem Unheil stieg in ihr auf.

Hastig überflog sie die Zeilen auf der zweiten Seite des Briefs. Da ging es um einen Posten, der neu besetzt werden musste und wobei man Friedrich Wieck um Rat fragte. Das konnte es nicht sein. Der Name Robert Schumann fiel ihr ins Auge, drei Zeilen tiefer. Einen Moment lang verschwamm die ordentliche Schrift des Musikdirektors vor ihren Augen, sie blinzelte, dann sah sie wieder klar.

Des Weiteren vernahm man, dass sich Robert Schumann verlobt habe und zwar mit Ihrer Schülerin Ernestine von Fricken. Man sagt, er habe dem Mädchen einen Ring geschenkt und sich zu ihrem Vater begeben, um bei ihm um ihre Hand anzuhalten. Wovon er allerdings mit seiner zukünftigen Frau zu leben gedenkt, ist uns allen ein Rätsel …

»Das war's dann wohl mit deinem Robert Schumann«, höhnte ihr Vater. »Ich weiß wirklich nicht, was ihr jungen Weiber an dem Hallodri findet.«

2. KAPITEL

Berlin und Leipzig: April bis Juli 1835

Nie zuvor waren Clara die Reisetage länger und mühseliger erschienen. Sie hielt es kaum aus in der rumpelnden Kiste, und wann immer die Pferde ihr Tempo wegen eines Hindernisses oder eines schlechten Wegabschnitts drosseln mussten, stieg sie aus und ging neben der Kutsche her. Ihr war es egal, wenn sie im Matsch versank und dicke Erdklumpen zurück in die Kutsche schleppte. Es war April und um sie herum erwachte die Natur, in ihr war jedoch alles düster.

Ausgerechnet ihre Freundin Ernestine. Tine, wie sie alle nannten. Drei Jahre älter und bildhübsch, erst vor einem Jahr war sie nach Leipzig gekommen, hatte Roberts frei gewordene Zimmer bezogen, nachdem er eine eigene Wohnung gefunden hatte. Sie spielte vorzüglich Klavier und sollte bei ihrem Vater zur Pianistin ausgebildet werden. Ach, wie dumm Clara gewesen war. Vollkommen arglos hatte sie Tine von Robert Schumann vorgeschwärmt, hatte sie überhaupt erst auf ihn aufmerksam und die beiden miteinander bekannt gemacht. Und jetzt das.

»Zieh die an«, kommandierte ihr Vater und streckte ihr die Glacéhandschuhe aus der Kutsche heraus.

»Mir ist nicht kalt.«

»Es ist mir egal, ob dir kalt ist oder nicht. Deine Hände müssen geschont werden.«

Sie stöhnte und griff nach den Handschuhen, streifte sie über, dann machte sie, dass sie außer Hörweite ihres Vaters kam. Denn sie konnte ihn einfach nicht ertragen.

So fühlte sich also Liebeskummer an? Als würde ein Tier einem an den Eingeweiden nagen? Als würde das Herz in kleine Stücke geschnitten? Als müsste man immerzu schreien und mit einem Stock auf irgendetwas einschlagen?

Die Straße lag frisch gepflastert vor ihnen, der Kutscher lenkte das schwere Gefährt umsichtig um die letzten Schlaglöcher herum.

»Komm gefälligst wieder rein, es geht weiter.« Ihr Vater musste den Kopf weit zum Kutschenfenster herausstrecken. Er hatte sich ein großes Taschentuch um die Stirn gebunden, denn er litt an neuralgischen Kopfschmerzen, während sie vor Gesundheit nur so strotzte. Nur diese tiefsitzende Wut, dieser Schmerz brachte sie beinahe um. Aber nein. So schnell gab Clara nicht auf.

Mühsam schluckte sie den Kloß in ihrem Hals hinunter, der sie zu ersticken drohte. Das Ganze musste ein Irrtum sein, Robert hatte sich nicht mit Ernestine verlobt, das war einfach unmöglich. Sie dachte an die Briefe, die er ihr vor ihrer Abreise aus seiner neuen Wohnung im Leipziger Stadtteil Connewitz geschrieben hatte. Als er sie darum gebeten hatte, zu einer bestimmten Stunde zeitgleich mit ihm dasselbe Stück von Chopin zu spielen, so dass sich *ihre Seelen in der Mitte, also ungefähr über dem Thomaspförtchen* treffen könnten. Hatte das denn gar nichts zu bedeuten gehabt? Sie hatte ihm ihre *Romanze op. 3* gewidmet, wie konnte er das vergessen? Auf einmal fielen ihr Begebenheiten ein, Blicke zwischen ihm und Ernestine, ein scherzhaftes Wort, das vielleicht ernst gemeint gewesen war, Gesten, Hände, die sich einen Augenblick zu lange festgehalten hatten. Sie hatte das alles für Freundschaft gehalten, war sich ihrer Sonderstellung sicher gewesen. *Clara. Mein Clärchen …* Hatte ihr Vater womöglich recht, war Robert Schumann ein schwankendes Rohr im Wind?

Ihre Gedanken jedenfalls drehten sich wie die Windmühlen in dieser endlosen, flachen Landschaft, sie drehten und drehten und kamen zu keinem Schluss.

»Geht es dir denn gut?«

Mariane Bargiel musterte ihre Tochter von der Seite. Endlich hatten sie Gelegenheit, ein paar Stunden allein miteinander zu verbringen. Seit sie in Berlin angekommen waren, hatte sich Friedrich Wieck misstrauisch zwischen sie gedrängt. An diesem Vormittag hatte er jedoch beschlossen, einen Arzt aufzusuchen, vielleicht konnte der ihn ja von seinen Gesichtsschmerzen befreien.

Mariane war mit ihrer ältesten Tochter in den Tiergarten gegangen, der gerade von dem Gartenbaumeister Peter Joseph Lenné umgestaltet wurde. Einige Bereiche fanden sie deswegen abgesperrt vor, aber die Anlage war noch immer groß genug, um sich darin müde laufen zu können. Clara merkte, dass es ihrer hochschwangeren Mutter schwerfiel, mit ihr Schritt zu halten, und verlangsamte ihr Tempo auf eine normale Spaziergeschwindigkeit.

»Ja«, antwortete sie zögerlich. »Es geht mir gut, Frau Mutter.«

»Ach, lass doch die Förmlichkeiten«, bat Mariane. »Musst du *ihn* etwa mit ›Herrn Vater‹ ansprechen?« Sie schnaubte, als sie Clara nicken sah. »Zu mir darfst du Mama sagen«, fügte sie liebevoll hinzu. Dann wurde sie wieder ernst. »Du wirkst bedrückt«, fuhr sie fort. »Hast du Kummer?«

Clara zögerte. Ihre Mutter machte den Eindruck, als hätte sie selbst genügend Probleme. Die Klavierschule, die sie gemeinsam mit Adolph Bargiel aufgebaut hatte, war wegen der Choleraepidemie vor einigen Jahren in finanzielle Nöte geraten und schließlich aufgelöst worden. In wenigen Wochen würde Mariane ihr viertes Kind aus dieser zweiten Ehe zur Welt bringen, insgesamt ihre neunte Geburt. Unter den Linden 27, wo die Bargiels lebten, war zwar eine gute Adresse, gleich um die Ecke befand sich die Komische Oper, die Wohnung selbst war aber schrecklich beengt. Dass ihre Mutter eine vorzügliche Pianistin und Sängerin war, davon hatte sich Clara am Vortag überzeugen können, als Mariane bei der Aufführung einer Kantate das Sopransolo gesungen hatte, für ein Taschengeld, wie sie herausgehört hatte. Unermüdlich gaben Mariane und ihr Mann Stunden, und dennoch schien das Geld immer knapp.

»Hast du dich denn schon einmal verliebt? Sicherlich hast du eine Menge Verehrer. Oder hält dein Vater dich auch davon fern?« Clara wandte sich ab. Und doch, war dies nicht die Gelegenheit, ihr Herz auszuschütten? »Du hast hin und wieder von diesem Robert Schumann geschrieben«, fuhr Mariane fort, als könnte sie in ihr lesen wie in einem Buch. »Seine Kompositionen sind übrigens grandios, ich habe neulich sein Opus 5 studiert, hat er darin nicht eines deiner Themen aufgegriffen? Aus deiner Romanze, nicht wahr?« Sie warf ihrer Tochter einen forschenden Blick zu. »Ihr scheint also gut befreundet zu sein. Wie ist er denn so als Mensch?«

»Ich möchte nicht über ihn sprechen.« Clara hörte selbst, wie brüchig ihre Stimme geworden war. So, als müsste sie gleich ersticken.

Mariane war stehen geblieben.

»Du hast Liebeskummer.« Mitfühlend griff sie nach Claras Hand. »Das tut mir leid.«

»Er … er hat sich verlobt. Mit einer anderen.« Jetzt war es raus.

Da tat Mariane etwas, was Clara nur manchmal mit ihren Geschwistern erlebte, wenn eines weinte und sie es trösten wollte. Jetzt war es ihre Mutter, die Clara in die Arme schloss und sanft an sich drückte und sogar ein wenig hin- und herwiegte. Und obwohl sich zunächst alles in Clara gegen diese ungewohnte Nähe sträubte, so ließ sie es geschehen, lehnte sich an den gewölbten Leib der Frau, die sie einmal geboren hatte, und ließ sich den Rücken streicheln. Sie wäre sogar dazu bereit gewesen, ihren Tränen endlich freien Lauf zu lassen, doch ihre Augen blieben trocken.

»Die Liebe ist das Schwierigste im Leben«, flüsterte Mariane ihr ins Ohr. »Man muss stark sein und der Stimme seines Herzens folgen. Und nie den Glauben an sie verlieren. Hörst du? Niemals.«

Der Arzt konnte Friedrich Wieck nicht die Schmerzen nehmen, und die Behörden in Berlin setzten ihm mit ihren Auflagen und Bestimmungen dermaßen zu, dass er etwas tat, was sonst nie für ihn infrage kam: Er sagte alle Konzerte ab.

»Das haben sie nun davon«, schimpfte er, »diese aufgeblasenen Preußen. Dann werden sie meine Tochter eben nicht zu hören bekommen. Wir fahren nach Hause.«

Clara war es mehr als recht. Die Reise zog sich in die Länge. Wenn sie die Augen schloss, sah sie Konzertsäle voller Menschen, private Salons, Theater, Wirtshaussäle, Tanzhallen. Überall hatte sie gespielt, in Halle, Magdeburg, Schönebeck, Halberstadt, Braunschweig, Hannover, Bremen und schließlich in Hamburg – ihr reichte es. Sie wollte ebenfalls auf dem schnellsten Weg nach Hause, wenn auch aus anderen Gründen.

»Man muss stark sein«, hatte ihre Mutter gesagt. Im Starksein kannte Clara sich aus. Sie würde keinem zeigen, wie sehr sie litt. Tine war einen kurzen Frühling lang ihre Freundin gewesen, sie hatte die Achtzehnjährige bewundert und es genossen, von ihr wie eine Gleichaltrige behandelt zu werden. Doch jetzt musste sie einsehen, dass Robert offenbar noch immer das Kind in ihr sah. Tine war attraktiv, während Clara nichts Hübsches an sich finden konnte und im Stillen Julius Gieres Porträt, das ihr Vater verteilte wie der Priester in der Kirche die Heiligenbildchen, für geschmeichelt hielt. Ganz davon abgesehen, dass Tine bereits einen üppigen Busen besaß, was bei Clara natürlich noch nicht der Fall sein konnte.

Ja, Tine war ein bezauberndes Wesen, nicht nur schön, sie

hatte auch eine einnehmende Art. Wieso wunderte es sie, dass Robert sich in sie verliebt hatte? Aus einem Brief ihrer Stiefmutter, der sie in Berlin erreichte, ging hervor, dass Ernestine von Fricken ihre Studien abgebrochen hatte und nach Böhmen zu ihren Eltern zurückgekehrt war. Vielleicht bereitete sie schon ihre Hochzeit vor? Vergeblich zwang Clara sich, während der Fahrt nach Leipzig an etwas anderes zu denken.

Nach Hause kommen, endlich wieder im eigenen Bett schlafen. Ihre jüngeren Geschwister wiedersehen und vor allem die kleine Marie herzen. Über den elfjährigen Gustav fiel ihr Vater gleich her, der in seinen Augen während seiner Abwesenheit verwildert war. Sie versuchte, den Bruder vor dem ungerechten Zorn des Vaters zu schützen, was wie immer ein aussichtsloses Unternehmen war. Und doch, so leid ihr der arme Gustav tat, war es eine grenzenlose Erleichterung, nicht mehr die Einzige zu sein, die rund um die Uhr im Fokus des Vaters stand.

»Wo ist Christel?«, fragte sie ihre Stiefmutter, als sie ihre Reisetruhe auspackten.

»Wir haben sie entlassen müssen«, antwortete Clementine kurz angebunden. »Sie … nun ja, sie war nicht ehrlich. Stattdessen haben wir jetzt Auguste. Du wirst sie morgen kennenlernen, heute hat sie ihren freien Abend.«

Sie schlief tief und traumlos in ihrer ersten Nacht in dem großen Haus in der Reichsstraße, Ecke Grimmaische, in dem die Familie Wieck lebte und wo auch der Musikalienhandel ihres Vaters untergebracht war. Gleich nach dem Frühstück lief sie ins Musikzimmer, um sich endlich wieder auf einem guten Flügel auszutoben – da stand er ihr ohne Vorwarnung gegenüber und sah sie an aus seinen großen, hellblauen Augen mit dem eigentümlichen dunklen Rand um die Iris. Robert Schumann.

»Willkommen zurück in Leipzig«, sagte er und wandte den Blick ab, was er früher nie getan hatte. »Wie war die Reise?«

»Die Reise war gut«, sagte sie und straffte sich. Man muss stark sein, hatte ihre Mutter gesagt. »Danke der Nachfrage«, fügte sie höflich hinzu. »Ich denke, ich habe mein Bestes gegeben.«

Wer hatte ihm erlaubt, so unglaublich attraktiv zu sein? So lässig dazustehen, Standbein, Spielbein, und eine derart gute Figur zu machen? Ein Sonnenstrahl fiel auf sein dunkelblondes Haar und brachte es zum Leuchten. Wie vertraut ihr diese Züge waren, die breite Stirn, der eigenwillige Schwung seiner Brauen mit dem sanften Knick wie zwei Flügel einer Schwalbe. Die vollen Lippen und das ausgeprägte Grübchen in seinem Kinn, das sie so liebte …

»Meine Clara hat Sie in der Welt bekannter gemacht«, hörte sie ihren Vater sagen, der aus dem Hintergrund zu ihnen trat. »Sie war nicht davon abzubringen, Ihre *Toccata* als Zugabe zu spielen.«

»Ist das wahr?« Er errötete leicht. War es ihm womöglich peinlich?

»Nur in Hamburg«, sagte sie leichthin. »Ehrlich gesagt ist es mir erst da in den Sinn gekommen.«

Sie setzte sich an einen neuen Flügel der Firma Graf und begann zu spielen. Nichts Bestimmtes, sie tat das, was von ihr hauptsächlich bei privaten Gelegenheiten erwartet wurde: Sie improvisierte und phantasierte. Das Instrument hatte einen butterweichen Anschlag, Clara ließ die Töne perlen.

»Haben Sie inzwischen etwas Neues komponiert?«, fragte Wieck seinen ehemaligen Schüler.

»Ja«, antwortete Schumann zerstreut und riss sich von Claras Spiel los. »Wenn ich es Ihnen zeigen darf, bringe ich die Noten bei Gelegenheit vorbei.«

Als Friedrich Wieck von seinem Gehilfen ins Lager gerufen wurde, fragte Clara, ohne ihr Spiel zu unterbrechen: »Wie geht es Ernestine?« Und biss sich sofort auf die Zunge.

Schumann wirkte zunächst, als hätte er sie gar nicht gehört.

Er sah aus dem Fenster und legte seine Hände auf dem Rücken zusammen, eine vertraute Geste, die er immer machte, wenn er nachdachte.

»Wieso fragen Sie mich das?«

»Als ihr Verlobter sollten Sie das doch wohl wissen?«

Da sah er sie an, mit traurigen, fast ein wenig vorwurfsvollen Augen.

»Ach Clara«, sagte er.

Ob das der Beginn einer Erklärung hätte werden sollen – das erfuhr sie nicht. Ehe er weitersprechen konnte, kam Wieck aus dem Laden zurück.

Eine Weile lauschte Clara noch dem Gespräch der beiden. Dann schloss sie mit einer Kadenz ihr Klavierspiel und verließ den Raum.

Carnaval hieß eines der Werke, die Robert während ihrer Abwesenheit komponiert hatte, und dessen Noten er ihrem Vater noch am selben Tag schickte. Es handelte sich um eine Sammlung kurzer Charakterstücke, und sogleich machte Clara sich daran, sie durchzuspielen. Die Titel der ersten Stücke, »Pierrot« und »Arlequin«, waren nicht weiter rätselhaft. Auch »Valse noble« nicht. »Eusebius« und »Florestan« – beide Namen standen für den Komponisten selbst. Aber wer war »Coquette«? Und vor allem die Nummer 10 mit dem Titel »ASCH-SCHA« gab Clara Rätsel auf. Immer wieder spielte sie dieses eigenartige Stück, bis sie bemerkte, dass das Thema aus den Noten A, ES, C und H bestand. ASCH? Was bedeutete Asch?

Verstimmt legte sie die Komposition beiseite und erst am Abend, als sie ihrer Mutter in Berlin von ihrer guten Heimkehr schreiben wollte und ihr auf der Suche nach Papier ein alter Brief von Ernestine in die Hand geriet, fiel es ihr wie Schuppen von den Augen. Asch hieß der Ort, wo Tines Eltern lebten, wo sie sich jetzt gerade befand, wo Robert sie und die Baronin und den Baron von Fricken besucht hatte. Auf Freiersfüßen.

Und warum antwortete er dann auf ihre Frage, wie es Ernestine ging, mit den beinahe vorwurfsvollen Worten: »Ach Clara«? Wieso bekannte er sich nicht klar und eindeutig zu seiner Verlobten?

Als sie am nächsten Vormittag in Gustavs Begleitung durch das Rosental wanderte, war auf einmal Robert Schumann neben ihr. Er drückte dem Jungen, der ihn wie einen großen Bruder begeistert begrüßte, ein paar Groschen in die Hand, damit er sich an einem der Kioske etwas Süßes kaufen konnte.

Clara war indessen weitergegangen, so, als interessierte sie Roberts Anwesenheit kein bisschen, obwohl ihr das Herz bis zum Halse schlug. Im Nu hatte er sie eingeholt.

»Clara«, sagte er, und ihr Herz setzte einen Augenblick aus. »Ich fürchte, da sind ein paar Dinge auf dem Weg zwischen Leipzig und Hamburg, oder wo immer Sie waren, durcheinander geraten. Ich habe mich nicht mit Ernestine verlobt.«

Clara warf ihm einen funkelnden Blick zu.

»Alle Welt spricht davon«, widersprach sie und bemühte sich, kalt und gleichgültig zu klingen. »Sie haben ihr einen Ring geschenkt. Und sie bei ihren Eltern besucht.«

Bitte sag, dass das nicht stimmt, flehte sie insgeheim. Sag mir, dass alles nur ein böser Traum war. Eine Intrige. Einzig und allein gesponnen, um mich mit dir zu entzweien.

»Einen Ring habe ich ihr gegeben, das stimmt«, räumte Robert ein, und Clara hatte das Gefühl, ihr Herz löse sich auf wie geschmolzenes Metall und fließe in ihren Bauch, wo es Krämpfe auslöste. »Ich dachte ihn jedoch nicht als Verlobungsring. Ich trage schließlich keinen.«

Er streckte seine Hände vor sich aus wie zum Beweis. Clara starrte sie an, sie waren ihr so vertraut, diese Hände. Auch er hatte auf eine große Karriere als Pianist gehofft, bis der Mittelfinger seiner rechten Hand vor ein paar Jahren begonnen hatte, Lähmungserscheinungen zu zeigen. Um ihn zur Mitarbeit beim

Spielen zu zwingen, hatte Robert eine Mechanik erfunden, mit der er diesen Finger über alle Maßen trainiert hatte – und damit die Sache nur verschlimmerte. Claras Vater wurde nicht müde, seinen früheren Schüler deswegen zu verhöhnen, natürlich nur hinter dessen Rücken. In seiner Gegenwart blieb er stets höflich und machte ihn nur schlecht, wenn er gegangen war.

Wie geht es deinem Finger?, wollte sie fragen, stattdessen schwieg sie, starrte die geliebten Hände an, an denen sich tatsächlich kein Ring befand.

»Was hatten Sie dann in Asch zu schaffen?«, fragte sie stattdessen misstrauisch. »Und wieso ehren Sie diesen Ort in Ihrer Komposition?«

Da lächelte Robert Schumann, so dass sich seine Grübchen zeigten.

»Clärchen, Clärchen«, sagte er schmunzelnd. »Sie spielen die Kalte, und trotzdem haben Sie offenbar meinen *Carnaval* durchforstet wie eine Großinquisitorin. Ist Ihnen dabei auch aufgefallen, dass es ein Stück namens ›Chiarina‹ gibt?« Clara blieb überrascht stehen. Nein, das hatte sie nicht bemerkt. Nachdem sie erkannt hatte, dass eines der Stücke ganz offensichtlich nach Ernestines Heimatort benannt war, hatte sie die restlichen Noten zornig beiseitegelegt. Jetzt sah sie in Roberts Gesicht, sein Blick war zärtlich und spöttisch zugleich. »Sie sind doch nicht etwa eifersüchtig?«

Clara schüttelte energisch den Kopf.

»Ganz und gar nicht!«, entgegnete sie entrüstet und ging in zackigem Tempo weiter. »Wie kommen Sie denn auf eine solche Idee?«

Eine Weile gingen sie schweigend nebeneinander her.

»Erzählen Sie mir von der Konzertreise«, nahm Robert den Faden wieder auf. »Man hat mir berichtet, Sie hätten sich in einen Cellisten in Braunschweig verliebt?«

»Wer sagt das?«, fragte sie gleichgültig zurück, innerlich vor Entrüstung glühend. Ja, sie hatte ihrer Stiefmutter begeistert geschrieben, dass sie noch nie zuvor jemanden getroffen hatte, der so göttlich Cello spielte wie Theodor Müller. Und ja, ein paar Tage lang hatte sie für Theodor geschwärmt. Hatte ihre Stiefmutter das etwa herumerzählt? Im Stillen beschloss sie, Clementine nie mehr etwas anzuvertrauen und sich künftig vor ihr in Acht zu nehmen. »Aber eines stimmt wohl, Herr Müller spielt ganz wundervoll. Er brachte mich auf die Idee, der Cellostimme im zweiten Satz meines Klavierkonzerts eine besondere Rolle zu geben, so als würden Klavier und Cello ein Gespräch führen. Was halten Sie davon?«

Sie warf ihm einen listigen Blick zu. Wenn er schon glaubte, sie habe sich in den Cellisten verliebt, wieso ihn damit nicht ein wenig ärgern? Ihm zeigen, dass er nicht der einzige Mann auf dieser Welt war, der ihr gefallen könnte? Auch wenn Theodor Müller viel zu alt für sie war und sich ihre Schwärmerei längst gelegt hatte – es konnte nichts schaden, wenn Robert das dachte.

»Das klingt nach einer ungewöhnlichen und guten Idee«, antwortete er. »Ich freue mich darauf, mir dieses Stück anzusehen, sobald es fertig ist. Ganz sicher wird es so großartig sein wie alles, was Sie berühren, liebe Freundin.«

Gustav kam angerannt und bot seiner Schwester großzügig von den Karamellbonbons an, die er gekauft hatte. Clara lehnte dankend ab. Zum einen wusste sie, wie gern ihr Bruder selbst Süßes aß und wie selten er zu Hause davon etwas abbekam. Aus irgendeinem Grund hatte ihr Vater besonders an ihm stets etwas auszusetzen. Und zum anderen war sie kein kleines Mädchen mehr, das Zuckerzeug naschte.

»Sie sind irgendwie erwachsen von dieser Reise zurückgekehrt«, sagte Robert nachdenklich. »Als Mädchen sind Sie abgereist, als junge Dame wiedergekommen. Was ist unterwegs geschehen?« Sie sah ihn an, und ihre Blicke trafen sich. Was ist mit *dir* geschehen, hätte sie am liebsten zurückgefragt. Ich habe Klavier gespielt, den Vater ertragen, tausend Menschen die Hand geschüttelt, endlose Meilen in Kutschen zurückgelegt. Was soll schon passiert sein? »Die Mädchenjahre gehen vorüber«, sagte Robert Schumann beinahe wehmütig. »Alles geht vorüber. Bleiben Sie mir gewogen.«

Und damit nickte er ihr zu, gab Gustav eine zärtlich angedeutete Kopfnuss, die überhaupt nicht wehtat, sondern eher eine Liebkosung war. Dann bog er in einen Seitenweg ab und entschwand ihrem Blick.

So verging der Frühling. Clara übte, studierte neue Stücke ein, vor allem Roberts *Carnaval*. Von Ernestine und einer Verlobung mit Robert war nicht mehr die Rede, andere Sensationen erfüllten die Leipziger Kreise, in denen sie verkehrte. Man wollte versuchen, keinen Geringeren als den genialen Felix Mendelssohn Bartholdy als Leiter des Gewandhausorchesters zu gewinnen, was einfach sensationell wäre.

Während Friedrich Wieck ganz offensichtlich davon ausging, dass Robert Schumann sich an Ernestine von Fricken gebunden hatte und seine Wachsamkeit anderen Dingen zuwandte, hoffte Clara inständig, dass er ihr die Wahrheit gesagt hatte und alles nur ein Missverständnis war. Immer wieder trafen sie sich zum Spazierengehen, Robert kannte ihre Lieblingswege, vor allem für das Rosental hatte sie eine Vorliebe entwickelt, schließlich konnte man sich dort schwerlich verpassen, und Claras Tag verlief mit der Regelmäßigkeit einer Taschenuhr.

Sie tauschten sich über die Werke aus, die sie gerade studierten oder woran sie arbeiteten, und Clara stürzte sich mit Feuereifer auf die Vollendung ihres Klavierkonzerts.

»Ich glaube, ich ändere die Reihenfolge«, erzählte sie an einem dieser Vormittage, gespannt, was Robert dazu sagen würde. »Der fertige Satz wird das Finale.«

»Das heißt, Sie arbeiten gerade an einem neuen Kopfsatz?«

»Nein, am langsamen Mittelteil. Der mit der Cellostimme …«

»Sie arbeiten sich also von hinten nach vorn«, stellte Robert amüsiert während dieses Spaziergangs im Mai fest.

»Ich kämpfe nicht schlecht mit dem Orchestersatz«, bekannte sie. »Da merke ich doch, dass ich Solistin bin …«

»Das kriegen Sie schon hin«, ermutigte Schumann sie. »Und wenn Sie Hilfe brauchen, Sie wissen, wo Sie die finden können.«

Sie schenkte ihm ein Lächeln, das ihn zu verzaubern schien, er lächelte zurück. »Das sollten Sie öfter machen«, raunte er ihr zu. »Wenn Sie lächeln, geht die Sonne auf. Und alle Sterne ebenso. Sie haben nämlich Sternenaugen, hat Ihnen das schon mal jemand gesagt? Nein? Ihr Wundercellist hat das nicht bemerkt?«

Zu Hause betrachtete sie sich im Spiegel. Sternenaugen, hatte Robert gesagt. Sie war eher der Meinung, dass sie seltsame Augen hatte, die keine eindeutige Farbe aufwiesen. Normale Menschen hatten braune oder blaue Augen, heller oder dunkler, mitunter grünliche wie ihr Vater. Ihre Iris jedoch schimmerte in allen Farben zugleich, wenn man genau hinsah. Tat man das nicht, wirkten sie irgendwie silbergrau, und je nach der Farbe ihrer Kleidung spielten sie mehr ins Grünliche, Bläuliche, Bräunliche … man kannte sich nicht aus mit ihren Augen.

Groß waren sie und ausdrucksvoll. Verräterisch, man konnte leicht ihre Gedanken und Gefühle lesen. Dass es Sternenaugen sein könnten, darauf war sie noch nie gekommen. Sie nahm den Handspiegel und ging ans Fenster, betrachtete kritisch das silbrige Wechselspiel der Farben ihrer Iris im Licht. Man sucht sich seine Augen nicht aus, dachte sie und legte den Spiegel weg. Ebenso wenig wie seine Liebe. Sie tritt ins Leben, man hat keine Wahl.

»Zur Erholung hab ich ein paar kleine Klavierstücke geschrieben«, verriet sie Robert ein paar Wochen später. »Wollen Sie sich die anschauen?«

Und ob Robert wollte. Sie hatte die vier kurzen Stücke auf Französisch, wie es Mode war, *Quatre pièces caractéristiques* genannt, Vier Charakterstücke. »Ich hab mich von den Geschichten inspirieren lassen, die Sie mir und meinen Brüdern vor vielen Jahren erzählt haben. Erinnern Sie sich? Damals, als Sie bei uns wohnten.«

Robert sah die Seiten rasch durch und las die Titel, die sie darüber geschrieben hatte. »Hexensabbat«, las er laut vor und schmunzelte. »Und das letzte heißt wirklich Geistertanz?« Er lachte, und Clara wurde es heiß. Machte er sich über sie lustig? »Kindliche Themen haben Sie da aufgegriffen und, wie mir scheint, sehr erwachsen umgesetzt.« Er rollte die Noten wieder zusammen und schob sie in die Innentasche seines Frühjahrsmantels. »Nehmen Sie dieses hier zum Tausch«, sagte er und hatte auf einmal andere Noten in der Hand. »Ich bin gespannt, was Sie sagen.«

»Was ist das?« Clara spähte auf das erste Blatt.

»Ich weiß noch nicht. Vorerst nenne ich es: *Etüden im Orchestercharakter von Florestan und Eusebius*.«

»Für Pianoforte?«

Robert nickte und warf ihr einen scheuen Blick zu.

»Ich versuche, mit diesen Stücken den ganzen Robert Schumann einzufangen, verstehen Sie? Florestan *und* Eusebius. Die Tradition *und* das Unbekannte, was noch vor uns liegt, und was wir ›Das Moderne‹ nennen. Ohne genau zu wissen, was es sein wird.« Er war stehen geblieben und sah sie an. »Verstehen Sie, was ich meine?« Seine Augen waren fast flehentlich auf sie gerichtet. »Ich kann es schon in allen Poren spüren. Sie auch?«

»Ich glaube schon«, sagte sie. »Genauer werde ich es wissen, wenn ich die Stücke studiert habe. Wie viele sind es?«

»Im Moment nur vier. Aber ich werde das Dutzend vollmachen, das hoffe ich zumindest. So lautet mein Plan.« Er strich sich die Haare aus der Stirn, und Clara bemerkte erst jetzt die dunklen Schatten unter seinen Augen. Die Lider waren leicht gerötet.

»Sie haben wohl bis in die Nacht hinein gearbeitet?«, fragte sie mitleidig.

Er warf ihr einen Blick zu, so als hätte sie ihn ertappt, wollte etwas erwidern. Dann schien er es sich anders zu überlegen und nickte zustimmend.

»Von Schumann erzählt man sich«, sagte ihr Vater beim Abendessen, »dass er jede Nacht der Letzte ist, der ›Auerbachs Keller‹ verlässt. Und oft müssen seine Saufkumpanen ihn heimtragen, weil er allein den Weg nach Hause nicht mehr finden würde.« Friedrich Wieck lachte abfällig, während Clementine missbilligend den Kopf schüttelte.

Clara wollte heftig widersprechen, hielt sich jedoch im letzten Moment zurück. Das war doch alles nur böses Gerede. Ihr Robert komponierte, wie sollte er da noch Zeit haben, ins Wirtshaus zu gehen? Dann fielen ihr die geröteten Lider ein, die dunklen Ränder unter seinen Augen. Und hatte sein Gesicht nicht irgendwie verquollen gewirkt?

»Da wird die Ernestine aber eine Freude haben«, meinte ihre Stiefmutter trocken, »wenn sie so einen Mann bekommt!«

Clara senkte den Kopf über ihren Teller. Ihr Magen krampfte sich zusammen. Und schon hatte ihr Vater sie wieder im Visier.

»Heute Nachmittag solltest du zu Madame Voigt gehen«, sagte er. »Sie hat nach dir gefragt und sich beschwert, dass du dich gar nicht mehr blicken lässt.«

»Ja, Herr Vater«, sagte Clara.

»Und nimm deine neuen Charakterstücke mit, damit du was zum Vorspielen hast. Wie weit bist du überhaupt mit deinem Klavierkonzert? Ist der zweite Satz endlich fertig? Nein, noch nicht?« Friedrich Wiecks Gesicht rötete sich. »Wir wollen es dieses Jahr noch uraufführen, hörst du? Wir müssen weiter auf dich aufmerksam machen. Die Zeiten des Wunderkinds sind so gut wie vorüber. Wer interessiert sich schon für einen unausgegorenen Backfisch wie dich? Du musst die Welt immer aufs Neue überraschen, Clara. Also sieh zu, dass du mit dem Konzert vorankommst!«

»Ja, Herr Vater«, wiederholte Clara und war froh, als er sich in einer anderen Angelegenheit wieder an seine Frau wandte. Wie Clementine das nur aushielt?

Zu Henriette Voigt ging Clara gern, nicht zuletzt, weil dort die Chance bestand, Robert zu treffen, der häufig in ihrem Zirkel zu Gast war. Seit sie vor wenigen Jahren nach Leipzig gekommen und hier geheiratet hatte, war der Salon der Madame Voigt zu einem der interessantesten Zentren des musikalischen Lebens geworden. Sie war zwei Jahre älter als Robert und eine vorzügliche Pianistin. Statt eine öffentliche Karriere zu verfolgen, zog sie es vor, als Klavierpädagogin zu wirken, jüngere Künstler zu unterstützen und den Austausch zu fördern, denn sie war begeistert von den neuen musikalischen Strömungen ihrer Zeit. Sowohl Clara als auch Robert gehörten zu ihren Schützlingen. Ernestine ebenfalls, solange sie noch in Leipzig gewesen war.

»Was für eine schöne Idee«, sagte die Dame des Hauses gerade zu Robert Schumann, als Clara den Salon betrat. Sie saß an ihrem Flügel und schlug das Thema von Roberts neuester Komposition an. »Diese Melodie stammt von Ihrem künftigen Schwiegervater, nicht wahr? Er hat es mir auf seiner Flöte vorgespielt. Recht hübsch für einen Laien, finde ich. Das wird Ernestine sehr freuen, dass Sie es aufgegriffen haben.« Robert nickte zerstreut, soeben hatte er Clara entdeckt.

»Sehen Sie nur, wer gekommen ist!«, warf er ein und ging Clara entgegen, begrüßte sie herzlich und blitzte sie mit seinen himmelblauen Augen vergnügt an. »Die Sonne geht ja geradezu auf!«

Henriette Voigt erhob sich schmunzelnd vom Klavierhocker und kam Clara entgegen. »Da ist viel Wahres dran«, sagte sie herzlich. »Wie schön, dass Sie es einrichten konnten, liebe Clara. Hat der alte Bär von Ihrem Vater Ihnen heute mal freigegeben? Ach, lassen Sie, jedermann weiß, wie streng er auf Ihre Ausbildung achtet. Aber hier in unseren Kreisen ist Ihre Zeit ja nicht verloren. Setzen Sie sich zu mir an den Flügel. Haben Sie diese neuen Stücke von unserem Freund schon gesehen?«

Clara warf Robert einen schnellen Blick zu.

»Ja, das habe ich«, sagte sie und bemühte sich, ganz ruhig und gleichmütig zu wirken.

»Wie geht es Ernestine eigentlich?«, wollte Henriette Voigt wissen und sah Clara mit ihren klugen Augen, die alles zu wissen schienen, an. Henriette war keine Schönheit, sondern wirkte immer ein wenig wie eine strenge Schulmeisterin, dabei war sie die Liebenswürdigkeit in Person. Jedoch besaß sie eine fast unheimliche Gabe, andere Menschen zu durchschauen. »Sie ist schließlich Ihre Freundin. Schreibt sie Ihnen gar nicht mehr?«

Clara wandte sich ab. Nein. Ernestine schrieb ihr schon lange nicht mehr. Was sollten sie einander schon schreiben?

»Ich wusste gar nicht, dass der Herr Baron von Fricken komponiert«, sagte Clara, statt auf Madame Voigts Frage einzugehen.

»Nun, das tut er in der Regel wohl auch nicht, oder, lieber Schumann?«

Robert wirkte verlegen, doch Madame Voigt schien es nicht zu bemerken. Oder tat sie nur so? »Er spielt recht gut Flöte und hat da wohl ein wenig improvisiert. Jedenfalls ist das eine schöne Geste, und Ihr künftiger Schwiegervater wird das sicher zu schätzen wissen.« Madame Voigt wirkte äußerst zufrieden. »Wann wird denn die Hochzeit sein? Dieses Jahr noch?«

»Wir ... nein ...«, stotterte Robert. »Solche Pläne haben wir ... die haben wir noch nicht.« Er schluckte und schenkte Henriette Voigt sein strahlendes Lächeln. »Aber was ich schon lange fragen wollte: Hätten Sie Lust, einen Beitrag für unser Blatt zu verfassen?«

»Für Ihre ›Neue Zeitschrift für Musik‹?« Madame Voigt wirkte geschmeichelt. »Worüber sollte ich denn schreiben?«

»Worüber Sie wollen.«

Mehr Gäste erschienen, Clara wurde gebeten, ihre neuen Stücke vorzuspielen und erntete großen Beifall. Und doch konnte sie sich nicht recht darüber freuen, denn im Grunde interessierte sie nur Roberts Meinung. Und der stand hinten in einer Ecke und unterhielt sich mit dem Arzt Moritz Reuter und dem Musiklehrer Wilhelm Ulex, der an der Herausgabe der »Neuen Zeitschrift für Musik« beteiligt war. Robert hatte dieses Blatt erst im vorigen Jahr ins Leben gerufen, und sogar ihr Vater war begeistert dabei gewesen und schrieb noch immer hier und da für die zweimal pro Woche erscheinende, vierseitige Schrift. Als Gegenstimme zur konservativen »Zeitschrift für Musik« wollte er gemeinsam mit seinen Mitstreitern die Ideale der neuen Zeit verbreiten, so wie sie sich in Musik und Literatur zeigten.

»Darf ich um Aufmerksamkeit bitten?« Henriette Voigt schlug am Flügel eine kurze triumphale Kadenz an. Clara wandte sich der Gastgeberin zu, die bekannt dafür war, Neuigkeiten, die das Musikleben der Stadt betrafen, als eine der Ersten zu erfahren. »Heute haben wir wahrlich Grund zu feiern. Felix Mendelssohn hat tatsächlich zugesagt hat, nach Leipzig zu kommen. Noch in diesem Sommer. Im Herbst wird er die Saison eröffnen. Ach, was sind wir doch für Glückspilze!«

Jubel erhob sich, auch Clara war von einem schwindelnden Glücksgefühl erfasst. Felix Mendelssohn Bartholdy war einer der am meisten gefeierten Persönlichkeiten des europäischen Musiklebens. Das erste Mal hatte sie ihn vor drei Jahren in Paris getroffen und vor lauter Schüchternheit kaum den Mund aufbekommen. Gespielt hatte sie jedoch ausgezeichnet, und der berühmte Komponist hatte sie sehr gelobt. Und erst im vergangenen Herbst war er bei seinem ersten Sondierungsbesuch in Leipzig in ihrem Elternhaus gewesen. Sie hatte ihn ausgesprochen sympathisch gefunden, klug, bescheiden und voller Humor. Ja, er hatte sie sogar zum Lachen gebracht, der Schalk blitzte ständig aus seinen braunen Augen unter den schweren Lidern. Sein Lob hatte ihr letztlich mehr bedeutet als der gesamte Erfolg ihrer großen Winterkonzerte.

»Als was wird er die Saison denn eröffnen? Als Pianist?«

Gelächter schallte auf. Der Fragende war ein blutjunger Jurastudent, der gerne dort auftauchte, wo Robert Schumann zu finden war. Ein hübscher Lockenkopf mit schmachtenden, dunkelbraunen Augen und Schriftstellerambitionen. Von Musik hatte er allerdings wenig Ahnung.

»Du hast recht, er ist ein ausgezeichneter Pianist. Aber hier bei uns wird er die Leitung des Gewandhausorchesters übernehmen«, belehrte ihn Schumann gutmütig. »Er ist einer von uns, ein Erneuerer.«

»Er soll mit einem dünnen, feinen Stäbchen in der Hand dirigieren …«, warf eine Klavierschülerin von Madame Voigt altklug ein.

»Er benutzt einen Taktstock«, erklärte ihre Lehrerin geduldig. »Er sagt, dass er damit sein Orchester präziser führen kann. Vor allem, wenn die Besetzung groß ist und möglicherweise noch Solisten oder Chöre auf der Bühne sind.«

»Ich halte das für modischen Unsinn«, ließ Robert Schumann sich hören.

»Manche sagen sogar, ein Dirigent sei vollkommen überflüssig«, warf Friedrich Rochlitz ironisch ein, der Herausgeber der konservativen »Allgemeinen Musikalischen Zeitung«, der inzwischen ebenfalls eingetroffen war. »Bis vor Kurzem hat der erste Geiger das Zeichen gegeben …«

»Ja, bei einem Kammerorchester mag das ja noch gehen«, unterbrach der Bariton Franz Hauser ihn hitzig, der am Theater gastierte und ein Freund Mendelssohns war. »Aber dirigieren Sie mal eine Oper; die Musiker unten im Graben und wir Sänger auf der Bühne. Und erst der Chor …«

»Bitte, meine Herren«, fiel ihm Henriette Voigt sanft ins Wort. »Wir wollen nicht streiten. Ich denke, dass Felix Mendelssohn sehr wohl weiß, was er tut. Jedenfalls wird er in London und Paris, in Berlin und Düsseldorf gefeiert. Mir ist zu Ohren gekommen, dass die Düsseldorfer bestürzt über seine Kündigung sind und dass ihm aus München, wenn ich das verraten darf, ein finanziell ungeheuer verlockendes Angebot zuging. Die bieten ihm ein Vielfaches von dem, was die Gewandhausdirektion in der Lage ist, auszugeben. Dass er sich für uns entschieden hat, meine lieben Freunde, ist Grund zum Feiern. Ihr glaubt nicht, wie ich mich freue!«

»Nun ja, aufs Geld kommt es ihm ja wohl nicht an«, warf Schumann trocken ein. »Er stammt ja aus einem reichen Bankiersgeschlecht.«

»Er soll sehr gut aussehen«, hörte Clara die Klavierschülerin einer anderen jungen Frau zuraunen.

»Mein Vater sagt, er sei Jude«, gab die andere bedenklich zurück.

Henriette Voigt musterte sie streng.

»Er ist wie seine ganze Familie protestantisch getauft«, sagte sie. »Und selbst wenn dem nicht so wäre, in meinem Haus dulde ich keine antisemitischen Reden. Wenn wir damit erst einmal anfangen …«

»So sehe ich das ebenfalls«, pflichtete Schumann ihr bei. »Auch wenn Richard Wagner da andere Ansichten vertritt.«

»Und leider nicht nur der«, seufzte Musikdirektor Dorn.

»Er wird dein Klavierkonzert uraufführen.« Wieck schien über aus zufrieden mit sich. »Darüber korrespondiere ich schon seit einer Weile mit ihm. Im August kommt er. Und wir werden alle dafür sorgen, dass er sich bei uns in Leipzig wohlfühlt, nicht wahr?« Er schenkte seiner Tochter ein seltenes Lächeln. »Aber zunächst hab ich noch eine andere Überraschung für dich.« Clara hob wachsam den Kopf. Die Überraschungen ihres Vaters bedeuteten selten etwas Gutes für sie. »Sicher sehnst du dich nach deinem Publikum, hab ich recht?« Friedrich Wieck strahlte über das ganze Gesicht. »Ende des Monats wirst du in Halle spielen. Dort schwärmen sie immer noch von deinem Auftritt im vergangenen Jahr. Zwei Konzerte. Na, was sagst du dazu?«

Sie sagte gar nichts, sondern erwiderte das Lächeln ihres Vaters. Er war ein Quälgeist, ein Tyrann. Und wusste ganz genau, wie gern sie vor Publikum spielte.

Irgendwann auf einem ihrer Spaziergänge im Rosental fasste Clara sich ein Herz und sprach Robert erneut auf die Sache mit Ernestine an.

»Alle Welt glaubt, Sie wären miteinander verlobt. Dabei haben Sie mir versichert, das wäre nicht wahr?« Und als er immer noch zögerte, fügte sie hinzu: »Wenn ich wirklich Ihre Freundin bin, wie Sie so oft beteuern, sind Sie mir die Wahrheit schuldig, oder nicht?« Ihr Herz klopfte heftig. Und doch hielt sie die Ungewissheit keinen Tag länger aus.

»Was ich Ihnen jetzt sage, muss unter uns bleiben«, erklärte Robert endlich. »Versprechen Sie mir das?«

»Ich schwöre es.« Sie war so aufgeregt, dass sie das Blut in ihren Ohren rauschen hörte. Würde sie jetzt endlich die Wahrheit erfahren?

»Als ich in Asch mit dem Baron von Fricken sprach, erfuhr ich, dass Ernestine nicht ehrlich mit mir gewesen war.« Robert Schumann starrte geradeaus auf den Weg. Seine Miene wirkte verschlossen. »Sie ist gar nicht seine Tochter.«

»Nicht?« Clara war stehen geblieben, so sehr schockierte sie diese Neuigkeit.

»Nein. Sie ist das uneheliche Kind der Schwester der Baronin, ihr Vater ist ein gewöhnlicher Handwerker. Sie wurde von dem Baron und der Baronin von Fricken großmütig aufgenommen, denn die beiden sind selbst kinderlos. Inzwischen schrieb mir der Baron, dass er Ernestine offiziell adoptiert habe. Sie hat jedoch keinen Anspruch auf den Titel. Und erbberechtigt ist sie auch nicht.«

Robert hatte die Hände in die Taschen gesteckt und scharrte mit der Spitze seines Schuhs im Kies. Dabei vermied er es, ihr in die Augen zu sehen.

»Und deswegen …?« Mitleid breitete sich in ihr aus. »Weil sie nicht erben wird …?« Wie furchtbar, dachte sie. Arme Tine. Sie mochte sich überhaupt nicht ausdenken, wie schrecklich das alles für ihre frühere Freundin sein musste.

»Nein«, widersprach Robert. »Es ist nicht wegen des Geldes. Sondern wegen der Heimlichtuerei. Weil sie mich im falschen Glauben gelassen hat. Warum hat sie es mir nicht von Anfang an gesagt, frage ich mich. Kann man denn darauf eine Ehe aufbauen?«

Clara fühlte sich hin- und hergerissen. Trotz ihrer Eifersucht war ihr Ernestine ans Herz gewachsen, sie hatte ganz sicher einen guten Charakter. Vermutlich hatte sie es einfach nicht gewagt, sich Robert voll und ganz anzuvertrauen. Etwas in Clara fand es grausam, das Mädchen deswegen zu verurteilen. Doch diese leise Stimme wurde mehr und mehr übertönt von einem inneren Jubel. So schrecklich es für Ernestine war, Robert durfte sie ganz einfach nicht heiraten. Es hätte niemals so weit kommen dürfen. Und noch etwas kam ihr in den Sinn: Wenn er Ernestine aus diesem Grund fallen ließ, bedeutete das nicht, dass er sie im Grunde seines Herzens gar nicht liebte? Denn eine wahre, tiefe Liebe würde sich niemals um Gut und Geld scheren. Oder?

Sie hütete sich, auf seine Frage Antwort zu geben, diese Entscheidung musste er selbst treffen. Ihr genügte es fürs Erste, zu wissen, warum er in dieser Sache so zögerlich war. Und als er sie bat, ihr aus Halle zu schreiben und ihn ja nicht zu vergessen, obwohl sie nicht länger als neun oder zehn Tage fort sein würde, wurde sie ganz ruhig. Auch wenn er es womöglich selbst noch nicht wusste: Er hatte sich von Ernestine bereits verabschiedet, das konnte sie in seinen Augen lesen.

3. KAPITEL

Halle und Leipzig: Ende Juli 1835

Die Wochen vor der Reise war sie mit der Zusammenstellung des Konzertprogramms beschäftigt, schließlich konnte sie dem Halleschen Publikum nicht dasselbe Repertoire zumuten wie im vergangenen Herbst. Das gelbe Kleid war inzwischen wirklich zu eng geworden, und die erste Schneiderin am Ort erhielt den Auftrag, ihr ein neues zu nähen. Gemeinsam mit ihrem Vater, der nichts dem Zufall überließ und schon gar nicht dem Geschmack der »Frauenzimmern«, wie er sich ausdrückte, wählte sie einen Seidenstoff in der Farbe des Frühlingshimmels aus. Ein schimmerndes Azurblau, das sich in ihren wechselhaften Augen widerspiegelte.

Wann immer neben all diesen Dingen Zeit blieb, arbeitete sie an ihrem Klavierkonzert. Bis zur Ankunft von Felix Mendelssohn Bartholdy sollten die Sätze wenigstens grob skizziert sein. Dennoch bestand Friedrich Wieck auf den täglichen Spaziergängen, begleitete sie mitunter selbst und zog das Tempo an, um ihre Kondition zu stärken, so dass sie abends todmüde ins Bett fiel. Zu ihrer Überraschung schien es ihrem Vater gar nichts mehr auszumachen, dass Robert Schumann ihre Nähe suchte, er lud ihn sogar zu ihnen nach Hause ein, wo sie Stücke zu vier Händen spielten, und Robert ihr bei so mancher Frage beim Komponieren behilflich war.

Und dann, am 20. Juli, ging es los. Das Hochgefühl, das sie seit ihrer Aussprache im Rosental ergriffen hatte, nahm sie mit. Es machte ihr nichts aus, wenn ihr Vater schlimme Geschichten über Robert erzählte, dass er regelmäßig zu viel Alkohol trinke, eine heimliche Geliebte weit unter seinem Stand hätte und das schon seit Jahren – sie glaubte kein Wort von all dem und verschloss nach alter Manier ihre Ohren. Ihr Vater war missgünstig, vielleicht beneidete er Robert Schumann um seine Jugend und Genialität? Clara wusste, dass ihr Vater selbst von einer Karriere als Pianist geträumt hatte. Er komponierte gar nicht schlecht, und nicht nur Übungsstücke für die Ausbildung seiner Schüler. Es gab eine Seite an Friedrich Wieck, die sich durchaus Schumann und seinen Ideen verbunden fühlte, immerhin half er Robert nach wie vor bei der Herausgabe der »Neuen Zeitschrift für Musik«, schoss manchmal sogar Geld für eine neue Ausgabe vor, empfahl Schumanns Werke weiter, sprach stets lobend über den Komponisten. Irgendwann würde er auch den Mann dahinter akzeptieren. Den Menschen. Und eines schönen Tages würde er in die Heirat einwilligen. Doch das hatte ja noch Zeit, schließlich war sie erst fünfzehn Jahre alt.

In Halle war sie in ausgezeichneter Verfassung. Wieder einmal zahlte sich das harte Trainingsprogramm aus, das ihr Vater ihr auferlegte. Von einem Salon wurde sie zum nächsten weitergereicht, es bedurfte einer starken Konstitution, um auf den unterschiedlichen Instrumenten stets auf höchstem Niveau zu spielen, die schwierigsten Stücke jederzeit abrufbar zu haben, ob es gleich nach dem Essen war oder spät abends nach dem Konzert. Denn natürlich wollten alle nur das technisch Anspruchsvollste hören, was der Musikmarkt gerade hergab. Sie hatte ihr Repertoire erweitert, spielte die *Mazurken*, *Etüden*, *Préludes* und *Nocturnes* von Chopin, die komplizierten Fugen von Johann Sebastian Bach, das Finale aus Beethovens f-moll-Sonate, und natürlich die Bravourstücke von Henri Herz. Sie begleitete andere auf der Geige, beim Gesang, spielte vierhändig und improvisierte. Die Herzen flogen ihr zu und nicht einmal ihr Vater hatte etwas an ihr auszusetzen, sondern saß mit leuchtenden Augen zwischen ihren Zuhörern und spendete ihr Beifall.

Er war so zufrieden mit ihr, dass er ungewohnt freundschaftlich und liebevoll mit ihr umging – soweit seine heftige Natur das eben zuließ.

»Jetzt wirst du allmählich erwachsen«, sagte er zu ihr, als sie nach Hause fuhren. »Bald wirst du sechzehn. Ich hoffe, das Schlimmste habe ich mit dir überstanden.«

Was meinst du denn damit?, wollte Clara in der ersten Überraschung fragen, doch sie hielt sich gerade noch zurück. Besser, sie reizte ihren Vater nicht. Und da begriff sie: Er glaubte noch immer an Schumanns Verlobung mit Ernestine von Fricken, natürlich, alle Welt ging davon aus, dass die beiden heiraten würden. Ein leises Lächeln stahl sich in ihr Gesicht. Hatte er deshalb nichts mehr dagegen einzuwenden, dass sie Robert regelmäßig sah? Wenn dem so war, dann sollte er das ruhig denken. Sie würde ihn jedenfalls nicht über seinen Irrtum aufklären.

Tatsächlich gönnte Friedrich Wieck seiner Tochter ein paar Tage Erholung nach ihrer Rückkehr. Man weckte sie nicht wie sonst morgens um sechs Uhr, sondern ließ sie bis halb acht ausschlafen. Dennoch achtete Claras Vater weiterhin darauf, dass sie regelmäßig übte und an die Luft ging, doch dieser Tagesablauf war Clara ohnehin so sehr zur zweiten Natur geworden, dass sie schon lange keiner mehr dazu ermahnen musste. Sie war in der Musik zu Hause, die sie spielte. Gab es eine Passage, die ihr Schwierigkeiten bereitete, hatte sie in den vergangenen zehn Jahren von ihrem Vater gelernt, wie man sich die kompliziertesten Stellen aneignen konnte. Friedrich Wieck mochte viele Schwächen haben, sein Ruf als herausragender Klavierpädagoge war allerdings absolut berechtigt. Und Clara war die beste Botschafterin seines Könnens.

Von klein auf hatte er sie dazu angeleitet, nicht mechanisch und gedankenlos zu üben. Er hielt nichts davon, sich etwas »einzubimsen«, sondern vertrat die Ansicht, dass man sich viel Mühe und Zeit sparte, wenn man konzentriert und überlegt an jedes technische Problem heranging. Clara musste ihm recht geben, ihre gut trainierten Finger und Unterarme allein waren es nicht, die sie in die erste Riege der Pianisten ihrer Zeit gebracht hatten. Es war die Fähigkeit, eine Komposition mit dem Verstand zu durchdringen, ihre Sprache zu verstehen, die es ihr ermöglichte, in kürzester Zeit diese Stücke einzustudieren und nicht nur technisch, sondern im Ausdruck zu erfassen. Jedes Stück analysierte sie bis ins kleinste Detail, während ihre Finger die Töne suchten und fanden, und erst wenn sie die komplexe Struktur erfasst hatte, war sie in der Lage, sie auf eine Weise zu interpretieren, bei der ihre Zuhörer das Gefühl hatten, sie zum allerersten Mal zu hören.

Dabei half es, dass sie selbst komponierte, auch wenn sie sich damit nicht leichttat. Musikalische Einfälle hatte sie genügend, beim Phantasieren am Klavier gingen ihr niemals die Ideen aus. Diese zu einem großen Ganzen zu gestalten und auf die verschiedenen Stimmen des Orchesters zu verteilen, war eine andere Herausforderung. Für das Klavier zu komponieren, fand sie weniger schwierig. Doch die vielstimmige Partitur eines Orchestersatzes mit all den unterschiedlichen Instrumentengruppen brachte sie gerade in diesem Sommer gewaltig ins Schwitzen.

Und dennoch machte es ihr Spaß. Clara kam sich vor wie eine Malerin, die mit den Klängen von Geigen, Cellos und Flöten, mit Klarinetten, Oboen und Fagotts, Trompeten und Pauken das Klangbild noch differenzierter zeichnen konnte. Und gerade das machte es so kompliziert: Täglich musste sie Entscheidungen treffen. Die Stimmen am Klavier auszuprobieren, war die eine Sache. Sich die Fülle des Orchesterklangs vorzustellen, etwas ganz anderes.

Und dann, endlich, war die erste Fassung fertig. Ihr Lehrer Heinrich Dorn sah sie durch und regte hier und da Verbesserungen an. Und Clara begann von Neuem …

»Ich reise morgen zu meiner Familie nach Zwickau.« Robert und Clara waren das Flüsschen Parthe entlang in Richtung Taucha bis zu dem nach der Völkerschlacht neu errichteten Gutshof mit dem schönen Namen »Heiterer Blick« gewandert.

»Werden Sie lange bleiben?« Clara vermisste ihn jetzt schon.

»Nein, nicht lange.« Schumann schob sich seinen Hut in den Nacken und blinzelte in die Sonne. Es war Ende August, ein warmer Altweibersommertag mit goldenem Licht, das sich in den Spinnennetzen an den Sträuchern am Flussufer fing. Schwärme von kleinen Mücken stiegen aus den Wiesen auf und tanzten in den Sonnenstrahlen. »Ein paar Tage, vielleicht zwei Wochen. Zu Ihrem Geburtstag bin ich wieder zurück.«

»Und bringen mir etwas Schönes mit?« Clara biss sich auf die Zunge. Wie konnte sie nur so kindisch sein! Ihr Vater würde ihr eine Kopfnuss geben und hätte ausnahmsweise sogar recht.

»Wer weiß«, antwortete Robert Schumann mit einem Schmunzeln. »Das ist durchaus möglich. Aber Sie müssen versprechen, mich nicht zu vergessen.«

Clara warf ihm einen blitzenden Blick zu.

»Wie könnte ich das?«

Den Heimweg gingen sie schweigend. Die Luft war schwer von all dem Ungesagten, das Clara auf dem Herzen brannte.

Alleine spazieren zu gehen war sie gar nicht mehr gewohnt. In letzter Zeit wollte ihr nicht einmal mehr Gustav Gesellschaft leisten. Sie zählte die Tage seit Roberts Abreise, nahm lustlos Korrekturen an ihrem Klavierkonzert vor, ihre Gedanken kreisten nur um ihn.

Als ihre Stiefmutter ihr eines Tages nach ihrer Heimkehr aus dem Rosental einen dicken Umschlag in die Hand drückte, erkannte sie an der eigenwilligen Handschrift sofort, von wem der stammte.

»Aus Zwickau«, bemerkte Clementine mit einem kleinen Augenzwinkern. Wie beruhigend sich doch die Annahme, dass Robert Schumann verlobt sei, auf ihre Familie auswirkte. Normalerweise gab ihre Stiefmutter alle Post, die für sie bestimmt war, zuerst ihrem Vater zur Durchsicht.

Sie lief in ihr Zimmer und öffnete den großen Umschlag. Ein Brief kam zum Vorschein und ein dickes Bündel Noten. Claras Herz schlug heftig. Niemals hätte sie erwartet, Post von Robert zu bekommen.

Mitten unter all den Herbstfesten und sonstigen Freudenhimmeln guckt immer ein Engelskopf hindurch, der dem einer mir sehr wohl bekannten Clara aufs Haar gleicht ... So begann der Brief, den sie rasch unter ihre Bettdecke schob, um ihn am Abend in Ruhe zu lesen, denn schon hörte sie Schritte auf dem Flur. Es war Clementine.

»Du sollst zu deinem Vater kommen«, sagte sie. »Und nimm den Brief mit, er will wissen, was Herr Schumann dir schreibt.«

Clara beglückwünschte sich im Stillen dazu, das Schreiben sofort versteckt zu haben, nahm den Packen Noten und folgte ihrer Stiefmutter in den vorderen Teil der Wohnung. Kurz warf sie einen Blick auf das Deckblatt der Komposition. Es handelte sich um eine Klaviersonate in fis-Moll.

»Ach, das Fandango-Thema«, sagte Wieck erfreut, als er das Stück durchsah. »Vor drei Jahren hat er mir das schon einmal gezeigt.« Er nickte anerkennend. »Das hat er sich von Gluck und Mozart abgeschaut«, meinte er schmunzelnd. »Die haben diesen spanischen Volkstanz auch verwendet, Gluck in seiner Ballettmusik *Don Juan* und Mozart in *Die Hochzeit des Figaro*«, dozierte er und schlug das Thema im Stehen mit seiner rechten Hand auf dem Flügel an. »Daraus kann man etwas machen, hab ich ihm damals gesagt. Er hat es offenbar beherzigt. Aber wieso eine Klaviersonate?« Wieck runzelte irritiert die Stirn. »Sagt er nicht immer, Sonaten wären Schnee von gestern und als Form viel zu starr für einen Neuerer wie ihn?«

Clara beschloss, sich auf keine Diskussion einzulassen, stattdessen setzte sie sich an den Flügel und begann, das Stück zu spielen. Es war alles andere als einfach, Roberts Schrift zu lesen, selbst mit seinen Briefen brachte er sie zur Verzweiflung, oft brütete sie Tage über einem einzelnen Wort. Und seine Notenschrift erst! Manchmal ging der Schaffenseifer mit ihm durch, und seine Feder kam kaum hinterher, entsprechend sah das Notenbild aus. Doch das Stück war so ungeheuer schön, dass sie es einfach hinbekommen musste. Ihr Vater setzte sich zu ihr und so spielten sie erst einmal das Stück mit vier statt zwei Händen, um sich mit der Komposition vertraut zu machen.

Eben wand ich mich wie ein Wurm durch Ihre Sonate, schrieb sie ihm, sobald sie allein sein konnte. Und beschwerte sich, dass sie seinen Brief kaum entziffern könnte. Trotzdem studierte sie seine Sonate in Windeseile ein. Als am 31. August Felix Mendelssohn in Leipzig ankam und ihn einer seiner ersten Wege ins Haus von Friedrich Wieck führte, spielte sie ihm einen Teil der Komposition bereits fehlerfrei vor. Und Robert schrieb sie, dass er in Leipzig allerhand verpasse, und schilderte ihm ihre Begegnungen mit Mendelssohn in den glühendsten Farben. Es konnte nicht schaden, wenn er erfuhr, dass auch andere Männer ihr Komplimente machten. Vielleicht beeilte er sich dann mit dem Nachhausekommen.

Robert hielt sein Versprechen. Ein paar Tage vor Claras Geburtstag war er zurück in Leipzig. Dabei wurde sie jedoch den Eindruck nicht los, dass es ihn weniger um ihretwillen hergezogen hatte. Ganz offensichtlich konnte er es kaum erwarten, den neuen Gewandhausdirektor kennenzulernen. Es war Henriette Voigt, die schließlich die beiden während einer Probepause im Gewandhaus miteinander bekannt machte. Sie verstanden sich auf Anhieb so gut, dass Clara beinahe eifersüchtig wurde.

Friedrich Wieck hingegen wurde nicht müde, zu betonen, dass die beiden Komponisten in seinen Augen keineswegs ebenbürtig seien. Schließlich hatte Mendelssohn, obwohl nur ein Jahr älter als Schumann, bereits eine beeindruckende Liste an Werken vorzuweisen, darunter Kammermusikwerke, Solokonzerte, Vokalstücke, ein Klavierkonzert und sogar eine Symphonie, von den unzähligen Klavierstücken ganz zu schweigen. Er war Musikdirektor in Düsseldorf gewesen und hatte die lang vergessene *Matthäuspassion* von Johann Sebastian Bach wieder aufgeführt.

»Er stammt aus einer wohlhabenden Berliner Bankiersfamilie«, sagte ihr Vater während eines der Abendessen in der Familie und sah Clara eindringlich an, »hat internationale Beziehungen, war nicht nur in Paris, so wie du, sondern mehrfach in London. Dort ist er über alle Maße gefeiert worden, und zwar als Pianist, Komponist *und* Dirigent. Was hat Robert Schumann dagegen in die Waagschale zu werfen?«

»Ich würde auch gern in London auftreten«, gab Clara zurück. Es war eindeutig ein Ablenkungsmanöver, doch ihr Vater sprang auf sein Lieblingsthema sogleich an.

»Nach London wirst du schon noch kommen«, erwiderte er ungewohnt milde. »Und an viele andere Orte. St. Petersburg zum Beispiel. Wenn du vernünftig bleibst und dich nicht allzu früh bindest, können wir beide gemeinsam noch Großes vollbringen.«

Am Morgen ihres sechzehnten Geburtstags stand Clara wie an jedem anderen Tag um sechs Uhr morgens auf, voller Erwartungen, was dieser Tag ihr bringen mochte. Sie trank ihren Morgenkaffee und durfte in der Stube ihre Geschenke bestaunen. Wie immer erhielten sie und ihre Geschwister zu dieser Gelegenheit Dinge, die sie brauchten, und so wunderte sie sich nicht, zwei Kleider aus Woll-Musselin, das eine für feinere Gelegenheiten und das andere für alle Tage, samt passender Umschlagtücher und warme Hausschuhe für den kommenden Winter vorzufinden. Dezenten Luxus hatte ihr Mariane Bargiel mit einem Kopfschmuck aus einer feinen, goldenen Perlenschnur aus Berlin geschickt. Ihr Vater hatte ihr einen Sammelband mit Balladen und Verserzählungen verschiedener Autoren überreicht und äußerte die Hoffnung, sie möge daraus einige vertonen. Auch eine Gesamtausgabe der Novellen von Leopold Schefer hatte er für sie gekauft, und darüber freute sie sich bislang am meisten, denn sie hatte seit der Zeit, als Robert Schumann ihr und ihren Geschwistern vorgelesen und erzählt hatte, ein Faible für Geschichten.

Sie wurde gerade von jedem einzelnen ihrer Geschwister umarmt und beglückwünscht, als es an der Tür läutete. Und obwohl sie ganz genau wusste, dass er nie und nimmer um diese Uhrzeit bei ihnen erscheinen würde, hoffte sie doch, es wäre Robert. Sie rannte fast zur Tür. Nein, er war es nicht selbst. Wohl aber sein Hausmädchen.

»Das schickt Herr Schumann«, sagte das Mädchen, machte einen Knicks und reichte ihr einen Blütenkranz, der auf einem Teller arrangiert war.

»Danke«, murmelte Clara überrascht und nahm das Gebinde entgegen. Erst als sie es in der Stube auf den Tisch stellte, bemerkte sie, dass sich in der Mitte des Kranzes etwas verbarg. Ein winziges Körbchen aus Porzellan und darin …

»Eine Uhr!«, rief sie aus und holte die goldene Damenuhr aus ihrem Versteck. »Seht nur, eine Uhr!«

Ihr Vater lächelte ungewöhnlich mild.

»Nicht, dass du glaubst, Herr Schumann habe sich ganz allein in diese Unkosten gestürzt«, versuchte er sogleich, ihre Freude zu schmälern. »Es ist ein Geschenk vom gesamten Davidsbund. Jeder hat etwas dazu gegeben, auch ich und Herr Mendelssohn.« Er aber hat sie ausgesucht und mir schicken lassen, dachte Clara überglücklich. Sie hielt das zierliche Gehäuse an ihr Ohr. Das feine Ticken klang wie das Schlagen eines Herzens.

Es war inzwischen fast neun Uhr geworden und zu Claras Überraschung fuhr die ganze Familie zum Frühstück mit ihr hinaus nach Reudnitz zu einer beliebten Gartenwirtschaft. Sie lag inmitten von Obstgärten und war deshalb berühmt für ihre fruchtigen Torten. Doch der »Kuchengarten« hatte noch mehr zu bieten als Gebäck und Kaffee, auf seinem Gelände fanden regelmäßig Freilichtkonzerte statt, zu diesem Zweck war vor einigen Jahren eine Konzertmuschel errichtet worden. Sogar das Gewandhausorchester spielte hier hin und wieder.

Nach und nach stellten sich Freunde und Kollegen ein, der Kapellmeister Ferdinand Stegmayer zum Beispiel, der bei der Gründung der »Neuen Zeitschrift für Musik« beteiligt gewesen war, der Musiklehrer Wilhelm Ulex, der Hausarzt Moritz Reuter und natürlich Claras Cousin Ernst Pfundt, der im Leipziger Theaterchor sang. Schließlich kam Robert Schumann, von Clara sehnlichst erwartet.

Zum Mittagessen ging es zurück nach Hause, wo die Köchin unter Clementines Leitung ein Festessen vorbereitet hatte. Alle waren eingeladen, und als auch noch Felix Mendelssohn erschien, war Claras Glück vollkommen.

»Heute wirst du sechzehn Jahre alt«, sagte Friedrich Wieck zum wiederholten Mal, so, als wüssten das nicht alle. »Und zu diesem Anlass wirst du deinen ersten Champagner trinken.«

Clara hütete sich, ihm zu verraten, dass sie heimlich bereits bei ihm einmal genippt hatte. Während Auguste die kostbaren, geschliffenen Sektschalen aus der Vitrine holte, und ihr Vater mit zwei gekühlten Flaschen aus der Küche kam, trafen sich immer wieder ihre und Roberts Blicke. Ein solches Hochgefühl hatte sie erfasst, dass es ihr nicht einmal etwas ausmachte, als Clementine ihn fragte, wie es denn seiner Braut ginge, und er so freundlich wie unverbindlich antwortete.

Als jeder sein Glas mit der perlenden Flüssigkeit in Händen hielt, fasste sich Clara zum Erstaunen aller ein Herz und stand auf. Sogleich verstummte die Tischgesellschaft, nur ihre dreijährige Schwester Marie quengelte, dass sie von dem »Sprudelwein« probieren wollte, und wurde von Clementine beruhigt und auf den Schoß genommen, ehe der Vater ärgerlich werden konnte.

»Meine Herren«, sagte Clara laut und deutlich, und konnte doch nicht verhindern, dass ihre Stimme zitterte. Wie seltsam das war: Auf dem Podium machte es ihr nichts aus, vor Hunderten von Menschen Klavier zu spielen. Aber hier im Kreis der Verwandten und Freunde ein paar Worte zu sagen, schien ihr geradezu eine Heldentat. »Dies ist ein besonderer Tag für mich. Und ich möchte Ihnen allen meinen verbindlichen Dank für das schöne Geschenk spenden.« Stolz hielt sie die goldene Zylinderuhr hoch, die sie um den Hals trug. Sie bemerkte wohl, wie ihr Cousin Ernst seine Mundwinkel verzog. Nun ja, ihre Worte klangen vielleicht ein bisschen altmodisch. Doch das war ihr jetzt egal. »Ich hoffe, wir treffen uns noch recht oft in dieser schönen Runde wieder.«

Ihre Wangen röteten sich, als ihre Gäste applaudierten und unter Hochrufen miteinander auf ihr Wohl anstießen. Dabei bemerkte sie, dass nicht nur Robert, sondern auch Felix Mendelssohn ihr dabei tief in die Augen blickte. Sie hatte das Gefühl, in ein neues Stadium ihres Lebens einzutreten. Sie sei jetzt fast erwachsen, hatte ihr Vater gesagt, oder wenigstens etwas in der Art. Sie kannte Gleichaltrige, die bereits ihre Hochzeit ausrichteten. Das hielt sie noch für zu früh. Zunächst wollte sie viel lieber noch ein paar Jahre lang die Konzertbühnen der Welt erobern. Dennoch hoffte sie von nun an auf zwei Dinge: Dass ihr Vater sie mit mehr Rücksicht behandeln und mehr auf ihre eigenen Wünsche eingehen würde. Und dass Robert Schumann aufhörte, in ihr das kleine Mädchen zu sehen, dem er einmal Gespenstergeschichten erzählt hatte, sondern mehr und mehr eine Ebenbürtige. Eine Frau. Leistete sie nicht auf dem Konzertpodium dasselbe wie ein Mann? Verdiente sie nicht mehr Geld mit ihren Auftritten als der Musiklehrer Wilhelm Ulex oder sogar als der Arzt Moritz Reuter? Ihr Vater hatte ihr nicht umsonst das Rechnen beigebracht, und so wusste sie, dass sie es war, das kleine Clärchen, die maßgeblich zum Wieckschen Haushalt beitrug. Die Hälfte ihrer Konzerteinnahmen legte ihr Vater allerdings für ihre Zukunft in festen Papieren an. Eines Tages würde sie eine schöne Mitgift in die Ehe mitbringen.

Sie ließ sich nicht lange bitten und spielte ein paar ihrer eigenen Stücke und schließlich gemeinsam mit Felix Mendelssohn dessen *Capriccio opus 5* in fis-Moll, eigentlich für Violine und Cello, in einer Bearbeitung für zwei Klaviere – zum Glück mangelte es im Hause Wieck nie an Instrumenten. Danach trug sie auswendig Bachs Cis-Dur-Fuge vor und auf Mendelssohns besonderen Wunsch das *Scherzo* aus Schumanns fis-Moll Sonate. Dann setzte sich Mendelssohn an den Flügel und imitierte zuerst Chopins Art und Weise zu spielen, und danach die von Franz Liszt, der bekannt dafür war, dass er weit ausholende Bewegungen machte und mit seinem langen, dünnen Oberkörper hin- und herschwankte, bis allen vor Lachen die Tränen über die Wangen liefen. Keiner schaffte es wie der neue Leiter des Gewandhauses, Clara, die sonst stets schüchtern und reserviert blieb, wie ihr Vater es ihr von Kindheit an befohlen hatte, aus der Reserve zu locken. Und so wurden schließlich voller Übermut die Möbel und Instrumente beiseitegerückt und Quadrillen getanzt, wobei angesichts des Männerüberhangs zwei der vier vorgeschriebenen Paare männlich besetzt wurden – sehr zum Spaß aller Beteiligten. Später schrieb Clara ihrer Freundin Emilie, die zu ihrem Bedauern inzwischen in einem Pariser Internat lebte, ausführlich von diesem Tag voller Überraschungen. Und als sie die vielen Seiten gefaltet und versiegelt hatte, war sie sich ganz sicher, dass dieses neue Lebensjahr ihr erstaunliche Wendungen in ihrem noch jungen Leben bescheren würde.

Eines Tages kam sie von ihrem Spaziergang zurück und wurde von ihrer Stiefmutter aufgeregt empfangen.

»Schnell, zieh dir dein gutes Musselinkleid an«, raunte sie ihr zu und schob sie in ihre Kammer. »Dann geh zum Vater ins Musikzimmer. Aber beeile dich!«

»Warum, was ist denn los?«, fragte Clara, doch Clementine war schon wieder verschwunden.

Sie tat wie geheißen, wusch sich Hände und Gesicht, ordnete ihr Haar und hängte sich die lange Kette mit ihrer goldenen Uhr um den Hals. Sie ging in den großen Raum, der als Musikzimmer diente, und in dem sich ständig unterschiedliche Klaviere und Flügel befanden, je nachdem, welche Lieferungen ihr Vater gerade erhalten hatte.

Es war schon später Nachmittag und noch hatte das Hausmädchen keine Lichter gebracht. Deshalb erkannte sie die elegante Gestalt in dem Sessel nicht gleich, die geschmeidig die Beine übereinander geschlagen hatte. Die langen schmalen Hände über den Armlehnen, das honigblonde Haar, die markante Nase und die ausdrucksvoll geschwungenen Augenbrauen, der sensible Mund …

»Monsieur Chopin!«, rief sie aus und eilte auf ihn zu, um ihn zu begrüßen.

»Er hat extra eine ganze Stunde auf dich gewartet«, meinte ihr Vater in einer Mischung aus Vorwurf und Stolz.

»Ich bitte Sie«, entgegnete Frederick Chopin in seinem singenden Französisch, das die polnischen Anklänge seiner Muttersprache nicht verbarg. »Schließlich habe ich mich nicht angekündigt. Aber ich hätte es mir nie verziehen, wenn ich hier gewesen wäre, ohne Ihr Haus zu besuchen, *mon cher* Monsieur Wieck.« Und zu Clara gewandt fragte er: »Möchten Sie mir etwas vorspielen? Leider habe ich nicht viel Zeit. Schon heute Abend geht es weiter nach Karlsbad, wo ich endlich meine Eltern wiedersehen werde.« Er begann zu husten, und Clara wechselte mit ihrem Vater einen besorgten Blick. Dass der arme Chopin eine schwache Lunge hatte, das wussten sie schon lange.

»Was möchten sie hören?«, fragte sie ihn, als sein Husten verebbt war, und setzte sich an einen der Flügel.

»Was gibt es Neues?«

»Meine Tochter hat ein Klavierkonzert geschrieben«, warf Friedrich Wieck mit Stolz in der Stimme ein.

»Dann möchte ich selbstverständlich davon hören, wenn ich darf«, antwortete Chopin höflich und musterte Clara mit seinen samtbraunen Augen. »Sie sind erwachsen geworden«, bemerkte er. »Ich erinnere mich noch gut daran, als Sie mit Ihrem Vater in Paris waren. Wie lange ist das her? Damals waren sie ein schüchternes, kleines Püppchen. Jetzt sind Sie eine richtige Dame …«

»Nun ja«, wandte Wieck ein und räusperte sich. »Von einer Dame ist sie noch weit entfernt. Sie hat erst vor Kurzem ihren sechzehnten Geburtstag gefeiert.«

»Mit sechzehn habe ich vor dem Zaren gespielt«, entgegnete Chopin nachdenklich. »Damals ahnte ich nicht, dass ich bereits mit zwanzig meine Heimat verlieren sollte …« Clara schlug ein paar leise Akkorde an. Seine traurige Stimmung legte sich ihr aufs Gemüt. Passender als ihr Klavierkonzert, von dem sie ja ohnehin nur den Solopart spielen konnte, erschien ihr Roberts fis-Moll-Sonate.

»Darf ich Ihnen etwas von Robert Schumann vorspielen«, schlug sie vor, und als ihr Vater ihr einen zornigen Blick zuwarf, fügte sie rasch hinzu, »ehe ich Ihnen mein Klavierkonzert präsentiere? Ich denke, Monsieur Schumanns Stück würde Ihnen gefallen.«

Und als Chopin nickte, begann sie mit dem Fandango-Thema, das für sie beides ausdrückte, sowohl überschäumende Lebensfreude als auch Trauer und das Hadern mit der Welt, so wie sie war. Ging das denn gleichzeitig? Oh ja, das ging. So fühlte sie sich schon seit Monaten, wenn nicht Jahre, so hin- und hergerissen zwischen der jubelnden Freude und dem abgrundtiefen Leid. Früher hatte sie geglaubt, dass sich das mit dem Erwachsenwerden irgendwann geben würde. Sie hatte ihren Vater betrachtet und sich gesagt: »Wenn du erst einmal so groß und mächtig sein wirst wie er, kann dich nichts mehr am Glücklichsein hindern.« Doch je älter sie wurde, desto verwirrender wurden ihre Gefühle.

»Das ist eine wundervolle Komposition«, sagte Chopin, nachdem der letzte Ton verhallt war. »Ich muss Monsieur Schumann das nächste Mal unbedingt kennenlernen.«

»Das werden wir auf jeden Fall einrichten«, versprach Wieck. »Sie sind, soviel ich weiß, im selben Jahr geboren.«

»Und er bewundert Sie sehr«, fügte Clara hinzu und wurde über und über rot. Sie konnte nur hoffen, dass dies bei der schlechten Beleuchtung nicht zu sehen war.

Sie ging, um Auguste zu bitten, Kerzen zu bringen, dann spielte sie auf Chopins Drängen den letzten Satz ihres Klavierkonzerts, wobei ihr Vater an einem anderen Instrument den Orchestersatz übernahm.

»Meine Tochter wird das gesamte Stück in Kürze uraufführen, und zwar unter Felix Mendelssohn Bartholdy höchstpersönlich.« Chopin nickte, lobte das Stück, bat um die Noten und sah sie sogar durch, lobte wieder und gratulierte Clara.

»Darf ich Ihnen eines Ihrer Werke vortragen?«, fragte sie scheu. »Ich spiele es oft in meinen Konzerten und wäre überglücklich, wenn Sie mir sagen könnten, ob ich es in Ihrem Sinne interpretiere.«

»Sehr gern«, antwortete Frederick Chopin überrascht. »Es ist mir eine Ehre.«

Kurz überlegte sie, denn sie hatte ja so viele seiner Stücke in ihrem Repertoire, und entschied sich für zwei seiner *Etüden*. Schon lange hatte sie sich gefragt, was der Komponist zu ihrer Version des Vortrags wohl sagen würde.

Nachdem der letzte Ton verklungen war, blieb es ganz still, und Clara fürchtete, Chopin, der in seinem Sessel die Augen geschlossen hatte, könnte womöglich eingeschlafen sein, bis er sich aufrichtete und sie anstrahlte.

»Das war ganz einfach phantastisch«, erklärte er. »Das letzte Mal, dass ich so verzaubert war vom Spiel einer Pianistin, das war, als ich in Warschau die Belleville hörte. Auch sie spielte meine Werke. Das war wirklich wunderschön.«

Clara biss sich auf die Unterlippe. Dass er ausgerechnet eine ihrer größten Konkurrentinnen erwähnen musste! Friedrich Wieck bat den Gast nun, selbst etwas vorzutragen und schließlich setzte sich Chopin tatsächlich an den Flügel.

»Hören Sie also mein neuestes *Nocturne*«, sagte er und hob seine grazilen Hände über die Tasten.

»Es ist in cis-Moll.«

Und dann erfüllten für wenige, wie aus der Zeit gefallen wirkende Minuten eine klagende Melodie den Raum. Chopin spielte ein derart zartes Piano, dass Clara den Eindruck hatte, die Töne mehr zu spüren als zu hören. Nach und nach steigerte sich das Stück in Dynamik und Dramatik, der Musiker wiegte mit seinem Oberkörper vor und zurück, etwas, das sich Friedrich Wieck bei seinen eigenen Schülern strengstens verbat. Clara hatte den Eindruck, dass der Künstler von seiner Krankheit, was immer er haben mochte, derart geschwächt war, dass er den Einsatz seines gesamten Körpers brauchte, um ein Fortissimo hervorzubringen. Ein ungeheures Mitleid mit diesem genialen Künstler stieg in ihr auf. Das *Nocturne* selbst jedoch verzauberte sie, und sie brannte darauf, es selbst einzustudieren.

»Darf ich es in meinen Konzerten spielen?«, fragte sie scheu, als der letzte Ton verklungen war.

»Aber natürlich.« Es war kaum mehr als ein Flüstern. »Ich werde Pleyel bitten, Ihnen einen Druck davon zu schicken.« Wieder musste er husten. »Viel Glück und Erfolg mit Ihren eigenen Kompositionen«, sagte er beim Abschied. Und sprach die Hoffnung aus, im folgenden Jahr wiederzukommen.

Anfang Oktober feierte Mendelssohn bei seinem Einstandskonzert im Gewandhaus einen rauschenden Erfolg, und einen Monat später stand Clara unter der Leitung des neuen Musikdirektors auf dieser traditionsreichen Bühne. In einem »Extraconcert«

spielte sie am 9. November Mendelssohns *Capriccio brillant*, einen der großen Variationszyklen von Henri Herz und als Krönung ihr eigenes Klavierkonzert, das sie endlich vollendet hatte.

Nie zuvor war sie so aufgeregt gewesen wie an diesem Abend. Sie trug ihr neues, himmelblaues Kleid und hatte Angst, den kostbaren Stoff durch Schweißflecken zu verderben. Ihr Vater war noch nervöser, falls das überhaupt möglich war, und hielt wie immer nach den wichtigsten Persönlichkeiten des Leipziger Musiklebens Ausschau, vor allem nach den Musikkritikern, und schimpfte auf seine übliche Art vor sich hin.

»Ich kann Rochlitz von der ›Allgemeinen Musikalischen Zeitung‹ nicht entdecken. Am Ende ist er so dreist, überhaupt nicht zu erscheinen«, knurrte er schließlich und marschierte zornig davon.

Clara atmete tief durch. Ihre goldene Uhr, deren lange Kette sie mit Clementines Hilfe an ihrer Taille befestigt hatte, zeigte ihr an, dass sie in drei Minuten aufs Podium hinaus musste.

»Na, aufgeregt?« Felix Mendelssohn war neben sie getreten und blickte, auf seinen Sohlen wippend, ebenfalls ins Auditorium. »Das muss so sein«, behauptete er. »Ein bisschen Nervosität braucht es, sonst spielt man nicht gut.« Er zwinkerte ihr zu. »Sie werden sie im Sturm erobern! Alles Gute!«

Und wieder einmal trat sie ins Rampenlicht.

Sobald sie am Flügel saß, war sie die Ruhe selbst. Mendelssohns *Capriccio* interpretierte sie so schnell und brillant, wie sie es kaum zu Hause je getan hatte. Als sie nach dem tosenden Applaus von der Bühne ging, raunte Felix ihr zu, sie habe gespielt »wie ein Teufelchen«, was sie zum Lachen brachte. Als sie gemeinsam mit ihm und dem Pianisten Louis Rakemann erneut das Podium betrat, um Johann Sebastian Bachs *Tripelkonzert d-moll* in der Bearbeitung für drei Klaviere zu geben, lag noch immer das Lächeln auf ihrem Gesicht. Sie hatten das Stück nur einmal gemeinsam geprobt und zwar bei ihr zu Hause, wo sonst fanden sich schon so viele Flügel und Klaviere an einem Ort wie bei Friedrich Wieck? Damals hatte ihr Vater auf einem vierten Instrument den Orchesterpart übernommen, jetzt dirigierte Mendelssohn das sie begleitende Kammerensemble von seinem Flügel aus.

Nach der Pause stand nun die Uraufführung ihres Klavierkonzerts auf dem Programm. Wie in Leipzig üblich, begaben sie sich hinaus ins Foyer, wo ihr Vater sie mit angespannter Miene erwartete.

»Er ist tatsächlich nicht gekommen«, raunte er ihr zu.

»Wer?«, fragte Clara.

»Rochlitz, der Schuft! Er hat auch keinen Ersatz geschickt«, gab ihr Vater mit verhaltener Wut zurück.

Clara fühlte wie ihre Aufregung wuchs. Gleichzeitig machte sich Enttäuschung in ihr breit. Die wichtigste Zeitung würde also die Uraufführung nicht besprechen. Wieso tat Rochlitz ihr das an? Zum Glück kam Henriette Voigt auf sie zu und zog sie beiseite.

»Sie spielen so wundervoll«, sagte sie und ergriff beide ihrer Hände. »Was für ein Erlebnis. Davon wird noch die Nachwelt berichten. Und jetzt wünsche ich Ihnen bestes Gelingen, liebste Clara.«

Das Klingelzeichen ertönte. Ganz gegen ihre Gewohnheit drückte Madame Voigt ihr einen Kuss auf den Scheitel, nickte ihr aufmunternd zu und verschwand in Richtung Zuschauerraum.

Wie im Traum ging sie zurück hinter die Bühne, wartete, bis Felix Mendelssohn seinen Platz am Dirigentenpult eingenommen hatte und der Applaus, mit dem er begrüßt wurde, verebbte. Ihr Moment war gekommen.

Ihr Herz machte einen eigenwilligen Sprung, als das Orchester mit seinem Vorspiel einsetzte, und sie jene Musik in vollem Klang vernahm, die sie sich so mühevoll erarbeitet hatte. Dann kam ihr Einsatz und alles andere trat in den Hintergrund: Die enttäuschende Tatsache, dass der wichtigste Musikkritiker ferngeblieben war. Die Frage, wie das Leipziger Publikum, verwöhnt wie es war, ihr Werk aufnehmen würde. Und schließlich die Unsicherheit, wie Robert Schumann, der selbstverständlich anwesend war und sich im Hintergrund hielt, ihr Klavierkonzert in seiner »Neuen Zeitschrift für Musik« besprechen würde. All das würde später wieder wichtig werden. Jetzt zählte einzig und allein der Dialog ihres Klavierparts mit den Stimmen des Orchesters.

Der Beifall war beachtlich, doch sie war erfahren genug, um zu bemerken, dass er nicht an den vor der Pause herankam. Ein wenig betäubt ließ sie all die Gratulationen über sich ergehen. Zu oft hörte sie in den Komplimenten die Worte »jung« und »Debüt« heraus, und was man noch alles »in der Zukunft« von ihr zu erwarten hätte. Man wertete ihr Klavierkonzert als einen Einstand und würdigte es als solchen. Aber man stellte es nicht auf eine Ebene mit entsprechenden Werken anderer Komponisten.

»Es ist deine erste Orchesterkomposition«, versuchte Robert sie zu trösten, und ihr Vater sprach davon, sie in Dresden bei Reißiger, bei dem sie bereits drei Monate lang Unterricht in Instrumentierung genommen hatte, erneut in die Lehre zu geben.

»Wir sollten ohnehin bald wieder eine größere Reise unternehmen«, sagte er. »Nach Dresden. Danach Wien. Wenn du erst einmal in Wien vor dem Kaiser gespielt hast, dann ...«

»Ich will nicht so weit weg«, entfuhr es ihr.

Friedrich Wieck sah sie überrascht an.

»Nein? Was ist los mit dir? Erst neulich wolltest du noch nach London?«

Sie biss sich auf die Unterlippe, natürlich hatte er recht. Den Grund, warum sie jetzt doch lieber in Leipzig bleiben wollte, konnte sie ihm nicht verraten. Noch nicht. Sie hoffte so sehr auf ... ja, auf was eigentlich?

Und dann endlich geschah es. An einem Abend im November, als sie wie so oft im Kreis von Freunden und Kollegen in ihrem Elternhaus musiziert hatten. Robert Schumann war am längsten von allen geblieben, und als er endlich aufbrach, musste ihm jemand die Treppe hinunter leuchten. Auguste war schon schlafen gegangen, und so nahm Clara selbst die Kerze und ging vorsichtig vor ihm die Stufen hinunter.

Auf dem Treppenabsatz spürte sie ihn auf einmal so nah wie noch nie. Sanft drängte er sich an sie, fasste sie an den Schultern und drehte sie zu sich herum.

»Clara«, flüsterte er nah an ihrem Gesicht. »Du meine Liebe.«

Ungeahnte und fast schon beängstigende Gefühle durchströmten sie. Seine Nähe, der Duft seines Atems, seine Hände, die sie an sich zogen, das alles ließ das Begehren, das sie seit Monaten fühlte, in ihr auflodern wie eine heiße Flamme. Dennoch wich sie seinen Lippen aus.

»Und was ist denn nun mit Ernestine?«, flüsterte sie.

Robert lachte leise auf und zog sie nur noch enger an sich.

»Du lieber Engel, du«, raunte er. »Sogar jetzt denkst du noch an deine Freundin. Aber das ist vollkommen unnötig. Ernestine hat sich inzwischen mit einem reichen Gutsbesitzer verlobt.«

Ein Stein fiel ihr vom Herzen. Nun war endlich alles gut. Und dann sagte er nichts mehr, sondern verschloss ihre Lippen mit den seinen. Zunächst stand sie da wie erstarrt. So lange hatte sie es sich gewünscht, und sich vergeblich versucht vorzustellen, wie es sein würde. Seine Lippen waren weich und drängend, schmeckten nach Tabak, Vanille und dem Wein, den er bei ihrem Vater getrunken hatte. Und da waren noch ganz andere Aromen, die auf ihre Sinne einströmten, sein Duft, den sie bereits so gut kannte, war auf einmal überall, hüllte sie ein, machte sie schwindlig. Ein Glücksgefühl ergriff sie, wie sie es nie zuvor gekannt hatte, und sie erwiderte seinen Kuss, vollbrachte das Kunststück, mit der freien Hand seinen Hals zu umschlingen und mit der anderen das Licht zu halten, es nicht fallen zu lassen und sie beide auch nicht in Flammen zu setzen, denn ohnehin brannten sie schon lichterloh in den Flammen ihrer so lange unterdrückten Liebe.

4. KAPITEL

Leipzig: Dezember 1835 bis Januar 1836

Sogar ihrem Vater fiel auf, wie verwandelt sie war. Seit jenem Kuss schwebte sie geradezu durchs Leben, sang und trällerte vor sich hin, ohne es zu bemerken, und spielte mit einer Leidenschaft, die sie selbst erstaunte.

Die Konzertreise nach Zwickau, Plauen, Glauchau und Chemnitz, die er akribisch wie immer für Ende November, Anfang Dezember plante, beflügelte sie umso mehr. Was ihr Klavierspiel anbelangte, war sie in absoluter Höchstform. Wenn sie sich im Spiegel betrachtete, fragte sie sich, was Robert wohl in ihr sah. Sie konnte nichts Besonderes an sich feststellen, nein, eine Schönheit war sie nicht, wenn auch nicht hässlich. Sie stellte fest, dass ihr Gesicht nicht mehr so kindlich war wie auf der Lithographie, die ihr Vater immer noch nachdrucken ließ, um sie vor und nach den Konzerten zum Kauf anzubieten. Es war schmaler geworden, unter dem streng in der Mitte gescheitelten Haar, sah sie eine hohe Stirn, eine kräftige Nase und einen zierlichen Mund mit einer etwas eigensinnig vorspringenden Unterlippe. Falls etwas Eindruck machte, so dachte sie, dann waren es wohl ihre großen, schimmernden Augen. So sehr beneidete sie andere Frauen, deren Brauen elegant geschwungen waren – ihre verliefen ziemlich gerade in einer kräftigen Linie, begannen direkt an der Nasenwurzel und waren so lang, dass sie beinahe ihr über die Schläfen frisiertes Haar berührten.

Überhaupt ihr Haar. Als Kind hatte es rotblond geschimmert, inzwischen war es von einem tiefdunklen Braun. Sie kämmte es jeden Abend vor dem Schlafengehen, die hundert Bürstenstriche waren für sie zu einem beruhigenden Ritual geworden, und sie war sich sicher, dass der schöne Glanz ihres glatten und ansonsten, wie sie fand, eher langweiligen Haares daher rührte. Was jedoch sah Robert in ihr?

Er hatte sie »seine Liebe« genannt und geküsst. Sogar Tage später glaubte sie noch die Berührung seiner Lippen auf den ihren zu fühlen. Die Vorbereitungen für die Reise durchlebte sie wie durch einen rosafarbenen Schleier. Sie würde das neue *Nocturne* von Chopin spielen, es aber anders interpretieren als der Meister selbst, genauer in den Tempi und differenzierter in der Dynamik. Schließlich hatte der Komponist ihre Gabe der Interpretation gelobt und sie ermutigt, ihren eigenen Stil zu pflegen. Außerdem fand sie, dass das Stück auf diese Weise noch besser zur Geltung kam. War das Anmaßung? Sie würde Robert dazu befragen …

»Wovon träumst du mit offenen Augen?«, fragte Friedrich Wieck sie, als sie in der Kutsche unterwegs nach Zwickau waren.

»Ich? Von nichts.« Sie fühlte, wie ihr Gesicht heiß wurde. Friedrich Wiecks Blick wurde wachsam. »Ich hab mir gerade überlegt, ob ich nicht vielleicht doch das *Nocturne* gleich zu Beginn spielen …«

»Unsinn!«, unterbrach ihr Vater sie barsch. »An der Konzertfolge wird nicht mehr herumgepfuscht.«

Er lehnte sich zurück und schloss die Augen. Clara atmete auf.

Seit feststand, dass sie auch in Zwickau auftreten würde, fragte sie sich, ob Robert ihr dahin nicht vielleicht folgen würde. Schließlich war es seine Heimatstadt, seine Mutter, die beiden Brüder und die Schwägerinnen, zu denen er ein ausgezeichnetes Verhältnis hatte – sie alle lebten dort. Er hatte nichts in dieser Richtung angedeutet, als sie sich das letzte Mal gesehen hatten, und sie war zu stolz gewesen, ihn danach zu fragen.

In Zwickau angekommen, war zunächst alles so wie immer. Die üblichen Besuche, die Abstimmung mit dem Orchester, der fremde Flügel, an den sie sich erst gewöhnen musste, die Abende in Gesellschaft – all das drängte diese Frage in den Hintergrund.

Am 6. Dezember war es soweit. Sie hatte sich bereits in ihrer Unterkunft fürs Konzert zurechtgemacht, ihr azurblaues Kleid aus Atlasseide angezogen und die feine, goldene Perlenschnur um Stirn und Schläfen gelegt und in ihrem kunstvoll frisierten Haar festgesteckt. Mariane hatte ihr dieses extravagante und gerade neu in Mode gekommene Accessoire zum Geburtstag geschenkt, und sie fand, dass es ihr ausgezeichnet stand.

Es war kalt, wie es Anfang Dezember nicht anders zu erwarten war, und damit sie im Schneematsch ihr Kleid nicht schmutzig machte, ließ Wieck sie direkt vor dem Künstlereingang aus der Kutsche steigen, um dann einen Bekannten abzuholen, der nicht mehr gut zu Fuß war.

Im Treppenhaus war es dämmrig, lediglich eine Petroleumlampe spendete ein wenig Licht. Sie wusste, wo sich die Garderobe befand, und wollte sich eben dorthin vortasten, als sie plötzlich gegen etwas Weiches stieß und leise aufschrie.

»Nicht erschrecken, meine Süße«, hörte sie die geliebte Stimme flüstern, und schon lag sie in seinen Armen. »Ich kann dich doch nicht in meiner Heimatstadt auftreten lassen und nicht dabei sein!« Er küsste sie so leidenschaftlich, dass ihr Herz raste. Sie ließ ihr Kleid los, das sie gerafft hatte, und schlang ihre Arme um ihn, ließ es zu, dass er sie noch fester an sich zog und erwiderte seine Küsse. Wie lange sie so dastanden, einander liebkosend, zärtliche Liebesworte flüsternd, ganz befangen in dem Duft des anderen, wusste Clara nicht mehr. Irgendwann gewann die Vernunft in ihr wieder die Oberhand, sie überschlug, wie lange ihr Vater wohl brauchen würde, um den Freund abzuholen und nachzukommen. Kein Zweifel, er würde jeden Augenblick durch die Tür treten.

Robert dachte offenbar dasselbe und zog sie um eine Ecke, ließ seine Finger zart über ihren Nacken gleiten, so dass sie erschauerte und ihr erneut die Knie weich wurden, drückte ihr leichte Küsse auf Stirn, Augenwinkel, auf Nase, Kinn und Wangen, auf ihren Scheitel und schließlich auf ihren Hals direkt unter ihrem Ohr, so dass sie glaubte, den Verstand zu verlieren.

»Ich liebe dich«, raunte er mit heiserer Stimme.

»Ich liebe dich«, wisperte sie zurück.

Sie hörten, wie die Tür aufgerissen wurde, und Clara machte sich los.

»Spiel schön«, flüsterte Robert ganz leise in ihr Ohr. Und war auch schon in Richtung Zuschauerraum verschwunden.

»Was stehst du hier im Dunklen herum?«, polterte ihr Vater, als er fast gegen sie stieß.

»Ich … ich hab auf einmal nicht mehr gewusst, welche Tür die richtige ist.«

Friedrich Wieck stöhnte auf.

»Was bist du doch manchmal noch immer für ein dussliges Kind.«

Sie spielte nur für ihn. Und für ihre Liebe. Wenn sie versuchte, an ihre Zukunft zu denken, schlug ihr Herz so heftig, dass sie es lieber wieder sein ließ. In einem war sie sich jedoch ganz sicher: Es würde wundervoll werden, ihr Leben an Roberts Seite. Ein Leben voller Musik. Er würde ihr helfen, die Musik, die sie in ihrem Innern hörte, aufs Papier zu bringen, damit andere Menschen sie hören konnten. Und sie würde seine Werke aufführen, in Leipzig, Zwickau, Dresden und … ja, auch in Wien, Paris und London, in St. Petersburg, Berlin und wer weiß, vielleicht eines Tages in Rom. Alle waren sie dort gewesen, ihre männlichen Kollegen. Selbst Robert hatte seine Italienreise bereits hinter sich, und immer, wenn sie ihn darüber ausfragen wollte, trat so ein schwärmerischer Glanz in seine Augen.

Sie spielte, legte all ihre neu erwachten Gefühle in ihre Interpretation und spürte, wie sie über sich hinauswuchs und besser war als je zuvor. Nicht einmal die Tücken des störrischen Flügels konnten sie aus dem Konzept bringen. Und besonders in ihr eigenes Klavierkonzert warf sie alles hinein, ihre Liebe, ihre Sehnsucht, die Furcht davor, was ihr Vater sagen würde, und die Hoffnung, dass am Ende alles gut wurde und die Liebe siegte – so wie in den Märchen ihrer Kindheit. Denn anders war es gar nicht denkbar.

Als sie in der Pause ins Foyer trat, war Robert nicht allein. Zu ihrer Freude besuchte seine gesamte Familie das Konzert, und so schüttelte Clara zum ersten Mal Christiane Schumann schüchtern die Hand. Die Mutter ihrer großen Liebe, eine alte Dame mit skeptischem Blick aus klugen, blauen Augen, machte großen Eindruck auf sie. Da Christiane Schumann ihren jüngsten Sohn Robert im Alter von dreiundvierzig bekommen hatte, war sie nun stolze achtundsechzig Jahre alt. Mit wachen, interessierten Augen wurde sie von Roberts Schwägerinnen gemustert, von denen Clara wusste, dass Robert sie liebte, als wären sie seine Schwestern. Seine richtige Schwester Emilie war vor zehn Jahren gestorben, Friedrich Wieck behauptete, sie habe sich aus Schwermut das Leben genommen. Und bei allem Respekt vor den Leistungen von Roberts Vater, der nicht nur als Schriftsteller, sondern vor allem als Buchhändler und Verleger erfolgreich gewesen war, suche dieses Übel die Familie Schumann seit Generationen heim …

»Sie haben außerordentlich schön gespielt«, sagte Christiane Schumann. »Besonders gefreut hat mich, dass Sie Roberts Stück in Ihr Programm aufgenommen haben.«

»Ich spiele es, wann immer ich dazu Gelegenheit habe«, antwortete Clara beinahe atemlos, und scheute Roberts Blick, wie schon den ganzen Abend lang, denn sie war sich sicher, dass man ihr dann alles an den Augen ablesen könnte: ihre Gefühle, Hoffnungen und Wünsche. Und vor allem ihre Sehnsucht nach seinen Küssen und nach noch so vielem mehr.

Die Vorweihnachtszeit war angefüllt von Erwartung. Keinem fiel es auf, wenn Robert und sie gemeinsam musizierten. Zwar schickte Clementine meist die kleine Marie mit ins Musikzimmer, mitunter auch den maulenden Gustav, der mit seinen inzwischen zwölf Jahren andere Dinge im Kopf hatte und nach Meinung seines Vaters viel zu wenig Interesse an der Musik zeigte. Dagegen fand man ihn häufig in der Werkstatt, in der Instrumente repariert wurden, und das Innenleben eines Flügels war für ihn offenbar weitaus spannender, als darauf virtuos spielen zu lernen. Clara wusste, dass ihr Vater die Geschwister weniger wertschätzte als sie und sich kaum Zeit nahm, sie in gleichem Maße zu fördern. Seit ihrem zwölften Lebensjahr war sie es, die den Brüdern Klavierunterricht erteilen musste, der jedoch aufgrund ihrer Reisen häufig ausfiel, was weder Alwin, der wie sie aus Wiecks erster Ehe mit Mariane stammte, noch Gustav zu bedauern schienen. Gerade jetzt fiel es dem Vater wieder ein und er drängte darauf, dass die Übungsstunden erneut aufgenommen wurden. Clara ließ die Jungen über Weihnachtslieder improvisieren und versuchte, ihnen die Geheimnisse der Harmonielehre nahezubringen. Und da sie eine viel ruhigere Art hatte als der Vater und sich außerdem ihre gute Laune zu übertragen schien, machten ihre Brüder einige erfreuliche Fortschritte. So konnte das Weihnachtsfest harmonisch und ohne Geschimpfe verlaufen, was im Hause Wieck nicht immer selbstverständlich war. Nur als Robert Schumann seine Aufwartung machte, jedem ein Geschenk überreichte und Clara ein Paar wunderschöner Ohrringe mit je einer langen tropfenförmigen Perle auspackte, konnte Clementine sich nicht zurückhalten und bemerkte spitz: »Perlen bringen Tränen, das weiß ja jeder.«

»Er wird mich sicher akzeptieren. Schließlich kennt er mich schon so lange. Außerdem vertritt er in gewisser Weise ja so etwas wie eine Vaterrolle bei mir.«

Es war Anfang Januar, und Robert begleitete sie auf einem ihrer Spaziergänge, zu denen sie schon lange niemand mehr auffordern musste, so sehr waren sie ihr von der Gewohnheit zum Bedürfnis geworden. Außerdem boten sie ihr und Robert Gelegenheit, ungestört miteinander zu sprechen. Es hatte geschneit, die Temperaturen waren nun schon seit einer Woche weit unter den Gefrierpunkt gesunken, und sie wollten nachsehen, ob man auf einem der Leipziger Seen schon Schlittschuhlaufen konnte.

»Das hoffe ich auch«, antwortete Clara und achtete darauf, dass ihr der Schnee nicht in die Stiefelchen geriet, die sie zu Weihnachten bekommen hatte. Sie dachte an die abfälligen Bemerkungen, die ihr Vaters häufig über Robert fallen ließ. Vor allem beharrte Friedrich Wieck darauf, dass Schumann zu sehr und zu regelmäßig dem Alkohol zusprach. Denn Claras Vater war nicht nur, was das Virtuosentum seiner Tochter anbelangte, ein Verfechter der gesunden Lebensführung. Will es jemand zu etwas bringen im Leben, so sagte er stets, müsse er auf seine Gesundheit achten. Was nützt Genie, wenn es in einem schwachen und hinfälligen Körper wohnt? Künstler zu sein bedeutet harte Disziplin. Im Wirtshaus ist noch selten ein Talent gefördert worden … Bemerkungen dieser Art hörte Clara fast täglich. »Stimmt es denn«, fuhr sie zögernd fort, »dass du häufig … Ich meine, ich hab gehört, dass du oft bis spät in der Nacht im Wirtshaus bist und Bier trinkst und …«

»Das hat *er* gesagt, stimmt's?«

Clara wusste natürlich gleich, wen Robert meinte.

»Ja«, räumte sie ein. »Es gefällt meinem Vater nicht. Ich überlege ja nur, was er gegen dich einwenden könnte …«

»Und du glaubst ihm?«

»Wenn ich ihm glauben würde, hätte ich dich ja wohl kaum gefragt.« Robert warf ihr aus zusammengekniffenen Augen einen zornigen Blick zu. »Willst du mir nicht antworten?«, fügte sie dennoch mutig hinzu.

»Wenn du in diesem Ton sprichst«, gab Robert verärgert zurück, »bist du ganz die Tochter deines Vaters.«

Clara schob trotzig die Unterlippe ein wenig vor. Sie wollte nicht mit Robert streiten. Die Frage nach seinem Alkoholkonsum beschäftigte sie schon seit geraumer Zeit. »Ich treffe mich im Wirtshaus mit meinen Freunden«, räumte Robert schließlich ein. »Wir tauschen uns aus, diskutieren, entwickeln Ideen. Zum Beispiel für die ›Neue Zeitschrift für Musik‹. Männer treffen sich nun mal im Wirtshaus, mein Clärchen. Nur weil dein Vater dazu keine Lust hat …«

»Er sagt, dass Alkohol Körper und Geist schwächt«, wandte sie mutig ein, denn es schüchterte sie mächtig ein, wenn Robert zornig auf sie wurde. »Und nicht nur er ist dieser Meinung, sondern auch Ärzte. Felix Mendelssohn hat erzählt, dass es in England bereits eine große Abstinenzbewegung gibt und …«

»Clara! Ich bitte dich!« Robert war stehen geblieben und hatte sich ihr zugewandt. »Ich trinke Bier, keinen Schnaps. Und außerdem sollte Mendelssohn still sein …«

»Er trinkt keinen Alkohol. Niemals.« Clara biss sich auf die Zunge. Wieso musste sie immer das letzte Wort haben? Robert musterte sie unwillig. Dann wandte er sich ab. Von den kahlen Ästen des Baumes, unter dem sie standen, ertönte das Geschrei sich zankender Krähen.

»Ich will nicht mehr darüber sprechen.« Robert rieb sich die kalten Hände, steckte sie in seine Manteltasche und stapfte weiter. Sie beeilte sich, ihn einzuholen. Eine lange, für Clara schier unerträgliche Weile nahm er keine Notiz von ihr. Als sie den See erreichten, der tatsächlich gefroren war und von dem knackende Geräusche zu ihnen herüberdrangen, wandte er sich ihr zu.

»Clara«, sagte er ernst, »wenn unsere Liebe Zukunft haben soll, musst du dir abgewöhnen, auf deinen Vater zu hören. Dass er ein strenger Mann ist, brauche ich dir nicht zu sagen. Er übertreibt es in vielem. Bei deiner Ausbildung mag er recht haben, er ist der beste Lehrer, den ich kenne. Aber was das Leben anbelangt …«

»Du hast recht«, unterbrach ihn Clara. »Ich wollte dich nicht verletzen.«

Da stahl sich ein Lächeln in sein Gesicht, und Clara war es, als würde die Sonne aufgehen. Er nahm sie in seine Arme und küsste sie lange und zärtlich.

Das Donnerwetter brach so plötzlich über sie herein, wie ein Blitz an einem heiteren Sonnentag. Clara hatte kaum ihren Mantel abgelegt, als ihr Vater sie auch schon schmerzhaft am Arm packte und in sein Zimmer zerrte. Dort stellte er sich breitbeinig vor sie hin und stemmte die Fäuste in die Hüften.

»Was ist das zwischen dir und Schumann?« Seine Stimme klang gepresst, und Clara wusste, dass dies viel gefährlicher war, als wenn er schrie und tobte. »Los! Antworte! Und keine Ausflüchte. Man hat euch nämlich gesehen.«

Clara wollte etwas sagen, doch ihr Mund war wie ausgetrocknet. Das Gesicht ihres Vaters war verzerrt und kalkweiß, seine grünen Augen glänzten vor unterdrückter Wut.

»Wir lieben uns«, brachte sie schließlich heraus.

»Ihr liebt euch?« Friedrich Wiecks Stimme überschlug sich. »Und was ist mit dieser Verlobung, mit Ernestine von Fricken? Lässt er die jetzt sitzen für dich? Aber da hat er die Rechnung ohne den Wirt gemacht.«

»Ernestine hat sich inzwischen mit einem anderen Mann verlobt«, versuchte Clara zu erklären. Wenn sie allerdings geglaubt hatte, dass dies ihren Vater beruhigen würde, hatte sie sich gründlich getäuscht. Als würde ein Damm brechen, goss er seine Wut über sie aus. Er schrie und tobte, und mehr als einmal fürchtete Clara, er würde sie schlagen. Das hatte er noch nie getan, bei keinem seiner Wutausbrüche und mochten sie noch so gewaltig sein – seine Hand hatte er noch nie gegen sie erhoben und er tat es auch jetzt nicht. Es war ihm jedoch anzumerken, wie schwer ihm das fiel, vermutlich hielt er sich nur deswegen zurück, damit sie keinen Schaden nahm. Denn ihre körperliche Unversehrtheit war ihm kostbar, er hatte sie heranwachsen sehen und trainiert, geformt und so fein gestimmt wie ein Instrument. Doch jetzt wich Clara immer weiter vor ihm zurück, während er sie anschrie, bis die Ader an seiner Stirn gefährlich anschwoll, und Clara nicht wusste, um wen sie mehr Angst haben musste, um sich selbst oder um ihn.

»Du wirst ihn nie wieder sehen«, schloss Friedrich Wieck endlich und schlug mit der flachen Hand auf den Korpus des Flügels, hinter dem sie sich verschanzt hatte, so dass die straff gespannten Saiten darin aufstöhnten und jammervoll nachhallten. »Nie wieder, hörst du? Und falls du mir nicht gehorchst und man dich noch ein einziges Mal mit ihm zusammen antrifft, dann … dann …« Er fuhr sich mit der Hand über die Stirn, atmete heftig und schlug noch einmal auf das Instrument. Die Tür öffnete sich einen Spalt weit. Clara erkannte das verängstigte Gesicht ihrer Stiefmutter.

Auf einmal war ihr Vater ganz ruhig. »Du wirst zur Vernunft kommen«, sagte er kalt, so, als wäre das eine ausgemachte Sache, wandte sich ab und verließ das Zimmer.

»In einer Woche reisen wir ab.«

Der Tobsuchtsanfall des Vaters war bis in den letzten Winkel der großen Wohnung gedrungen, alle hatten mitbekommen, dass er Clara den Krieg erklärt hatte, auch wenn die jüngeren Geschwister vermutlich nicht verstanden, worum es ging. Eisige Stille herrschte am Abendbrottisch, nicht einmal die dreijährige Marie wagte es, irgendetwas zu sagen, wo sie doch sonst kaum zu bändigen war und stets etwas zu plappern hatte. Umso schwerer wogen die Worte über die bevorstehende Reise. In einer Woche reisen wir ab.

Clara schwieg. In ihr war alles wie erstarrt. Jemand hatte gesehen, wie sie sich geküsst hatten, dort am See, und es Friedrich

Wieck sofort zugetragen. Ihre Stiefmutter hatte es ihr in der Küche leise verraten.

»Ich dachte immer, Vater schätzt Schumann«, hatte sie erwidert.

Clementine hatte ihr einen langen Blick zugeworfen.

»Als Musiker schätzt er ihn«, hatte sie geantwortet. »Aber auf keinen Fall als Schwiegersohn. Schlag ihn dir aus dem Kopf.«

Und wie sollte sie das bitteschön tun? Sie liebte Robert Schumann, seit sie denken konnte. Sie waren füreinander bestimmt, davon war sie fest überzeugt. Eine solche Liebe kann man sich nicht aus dem Kopf schlagen, hätte sie am liebsten geantwortet. Denn sie wohnt ja im Herzen.

»Hör auf, in deinem Essen herumzustochern«, fuhr ihr Vater sie an. »Iss anständig. Was sollen deine jüngeren Geschwister denken?«

Mechanisch zerteilte sie die Fleischklöße mit der Gabel, schob sie in den Mund, kaute und schluckte. Befremdet stellte sie fest, dass sie trotz ihrer Erstarrung funktionierte. So wie sie es seit ihrem fünften Lebensjahr tat, als ihr Vater die Herrschaft über sie angetreten hatte. Und auf einmal erschienen ihr die Jahre unter seinem Drill wie eine lange, grausame Tortur. Glaubte er denn, sie sei ein dressiertes Äffchen, das virtuos sein Programm abspulte und keine eigenen Wünsche kannte, als den einzigen, nämlich ihm zu gefallen? Nein, das war sie nicht. Sie war ein eigener Mensch mit eigenen Wünschen, eine Frau, kein Wunderpüppchen wie der singende und tanzende Automat in Gestalt eines schönen Mädchens in E.T.A. Hoffmanns *Der Sandmann*.

Sie hatte eigene Vorstellungen über ihr künftiges Leben, das würde Friedrich Wieck schon noch merken. Und während ihr Vater auf der anderen Seite des Tisches beleidigende Sätze nach ihr warf wie scharfe Messer, verschloss Clara einmal mehr ihre Ohren vor ihm und hörte einfach nicht mehr hin.

Am nächsten Morgen stellte sie fest, dass sie bewacht wurde. Kaum näherte sie sich der Wohnungstür, war ihre Stiefmutter zur Stelle.

»Wo willst du hin?«

»Meinen Morgenspaziergang machen.«

Clementine nahm seufzend ihren Mantel vom Haken und kam einfach mit. Clara war erleichtert darüber, dass sich Robert um diese frühe Stunde ihr normalerweise nie anschloss, und mit Bitterkeit wurde ihr bewusst, dass sie jetzt genau über das froh war, was sie am Vortag noch an ihm gerügt hatte, nämlich seinen Lebenswandel, den ihr Vater »liederlich« nannte. Sie gingen schweigend, nur hin und wieder bat ihre Stiefmutter, sie möge um Himmels willen nicht so rennen, da käme man ja überhaupt nicht nach. Clara tat so, als hörte sie nichts. Sollte sich ihre Wächterin eben anstrengen.

»Vater will es so«, entgegnete sie ein einziges Mal, als Clementine mit hochrotem Kopf jammerte, sie habe Seitenstechen. »Er duldet es nicht, wenn ich trödle.« Und nahm erneut ihr Tempo auf.

Doch diese kleine Rache erfüllte sie nur für kurze Zeit mit Genugtuung. Zu Hause angekommen, wartete bereits ihr Vater im Musikzimmer auf sie, ließ sie Tonleitern und Kadenzen einmal quer durch den Quintenzirkel in Dur und Moll üben. Er ließ sie tatsächlich Cramer-Etüden durchexerzieren, mit denen er sie bereits im Alter von zehn Jahren gequält hatte, und diese in alle erdenklichen Tonarten transponieren. Dabei wich er ihr nicht von der Seite, korrigierte unerbittlich minimale Fehlhaltungen der Finger, schrie sie einmal an, als sie einen seiner Meinung nach indiskutablen Fingersatz gewählt hatte, ließ sie Stücke, die sie seit Jahren öffentlich spielte, in verlangsamtem Tempo üben, behandelte sie überhaupt wie eine Anfängerin, stellte sich hinter sie, korrigierte die Haltung ihrer Schultern, ihres Kopfes, und da er der Meinung war, dass die Bewegungen des Oberkörpers beim Spielen zulasten der Präzision gingen, hielt er sie an den Schultern fest, bis sie selbst einen Tobsuchtsanfall bekam, ihren ersten, und gleich wieder zurechtgestutzt wurde.

»Du kannst nichts«, brüllte Wieck. »Dieser Mann hat dir nicht nur den Verstand vergiftet, sondern dich zur Nachlässigkeit verführt.«

Und Clara, die am liebsten den Flügel zertrümmert hätte, schluckte ihre Wut hinunter und bewies ihrem Vater, dass er unrecht hatte. Dass sie sehr wohl noch spielen konnte, und zwar so gut wie noch nie. Und getreu seiner Maxime ließ Friedrich Wieck nach genau drei Stunden von ihr ab.

»Ruh dich aus«, befahl er ihr. »Und komm bloß nicht auf die Idee, zu deinem Galan entwischen zu wollen.«

Clara lag auf ihrem Bett und starrte an die Decke. Noch immer war sie wie betäubt. Er wird sich beruhigen, versuchte sie sich einzureden. Am Ende wird er es akzeptieren. Als nach einer Stunde Clementine erschien und mit ihr die Garderobe durchging, nachsah, ob sie noch ausreichend Wäsche hatte für eine lange Reise, da begriff sie, dass ihr Vater es ernst gemeint hatte mit seiner Drohung. In einer Woche reisen wir ab, hatte er gesagt. Noch immer wusste sie nicht, was genau er im Schilde führte.

Am Nachmittag begleitete ihr Vater sie höchstpersönlich auf ihrem Spaziergang. Zu ihrer Überraschung winkte er auf dem Marktplatz einem Fiaker, der sie hinaus nach Groß Zschocher brachte, wo er mit ihr bis zu den Wehren der Weißen Elster wanderte. Dabei zog er im Gegensatz zu Clementine das Tempo noch an. Nun war es Clara, die trotz ausgezeichneter Kondition ins Schwitzen kam und ihrem Vater mitunter kaum folgen konnte. Offenbar hatte er begriffen, dass Robert Schumann über Claras übliche Spazierwege nur allzu gut im Bilde war, und wollte ein Zusammentreffen verhindern.

Die folgenden Tage verliefen fast genauso. Morgens rannte Clementine atemlos hinter Clara her, danach unterzog Wieck sie am Flügel einer »Generalsanierung« und am Nachmittag hetzte er sie durch die Wälder der Umgebung. Abwechslung bot lediglich der Besuch bei der Schneiderin, denn für Clara wurde ein neues Konzertkleid angefertigt. Diesmal fragte ihr Vater sie bei der Wahl des Stoffes nicht um ihre Meinung. Als sie bei der ersten Anprobe sah, dass es ein überaus schlichtes Modell aus schwarzer Atlasseide werden würde, krampfte sich ihr Herz zusammen. Würde ihr Vater dafür sorgen, dass sie das Leben einer Nonne führen musste?

»Du hast es nicht verdient«, sagte ihr Vater auf dem Heimweg, »aber du wirst eine eigene Zofe bekommen. Sie wird mit uns reisen und ein Auge auf dich haben.«

Clara hätte am liebsten geschrien. Natürlich. Clementine musste schließlich bei den Kindern bleiben. Also würde eine Fremde über sie wachen und ihren Vater über jeden ihrer Schritte unterrichten. Wie um alles in der Welt konnte sie unter solchen Umständen Kontakt zu Robert aufnehmen? Seit ihrem Spaziergang zum zugefrorenen See hatte sie ihm keine Nachricht zukommen lassen können. Was musste er denken? Dass sie sich von ihm abgewandt hatte?

Sie hasste das neue Kleid jetzt schon. In das Mieder waren Fischgräten eingearbeitet, die ihr ins Fleisch stachen und dazu zwangen, stets aufrecht zu bleiben. Und darin sollte sie Konzerte geben? Clara wartete nur darauf, dass man ihr die goldene Uhr und die Perlohrringe sowie den Haarschmuck ihrer Mutter wegnahm. Doch unter dem kritischen Blick ihrer Stiefmutter wanderten diese Kostbarkeiten tatsächlich in die Reisetruhe.

Sie sah kaum auf, als man ihr die junge Frau vorstellte, die sie von nun an begleiten würde. Wohin, das wusste Clara noch immer nicht, zuerst hatte sie nicht gewagt zu fragen, dann war sie zu stolz gewesen.

»Ich heiße Marianne«, sagte die Zofe, als sie allein waren. »Bitte sagen Sie Nanny zu mir.«

Sie hatte eine arglose, freundliche Stimme. Natürlich, dachte Clara, mein Vater hofft wohl, dass ich Vertrauen zu ihr fasse, so dass er mich über sie nur umso besser aushorchen kann.

Heimlich beobachtete sie die neue Gefährtin im Spiegel, die geschickt ihre Wäsche zusammenlegte und in der Truhe verstaute. Nanny hatte eine kecke Stupsnase, hübsche blaue Augen und einen Mund, der aussah, als würde er gern lachen. Unter ihrer Haube hatten sich ein paar blonde Locken hervorgestohlen.

»Wie alt sind Sie, Nanny?«

»Achtzehn Jahre, Fräulein Clara.« Die junge Frau warf ihr einen treuherzigen Blick zu. Nannys Teint war rosig, auf Nase und Wangen zeigten sich ein paar Sommersprossen. »Ich bin ja schon so gespannt auf Dresden«, sagte sie und ihre Augen leuchteten.

Nach Dresden ging es also. Robert würde davon erfahren und sich fragen, warum sie sich nicht von ihm verabschiedet hatte. Schon die ganze Zeit grübelte sie darüber nach, wie sie ihm mitteilen könnte, dass ihr Vater alles wusste und sie bewachte wie eine Gefangene. Das Einzige, was sie aufrecht hielt, war die Erinnerung an ihre Versöhnung am See, die innigen Küsse und die gegenseitigen Versicherungen, dass sie einander liebten.

Trotz der Umsicht ihres Vaters sahen sie sich im Foyer des Gewandhauses anlässlich eines Konzerts wieder, das sie gemeinsam mit ihren Eltern besuchte. Flankiert von Vater und Stiefmutter konnte Clara Robert nur einen Gruß zunicken, dann zog Clementine sie weiter.

»Mach dir bloß keine Sorgen wegen Herrn Schumann«, sagte ihr Vater auf dem Nachhauseweg. »Ich hab ihm mitgeteilt, dass du keinen Kontakt mehr zu ihm wünschst, weder jetzt noch in Zukunft. Du wirst ihn vergessen. Dafür werde ich schon sorgen.«

Niemals, dachte Clara und würgte an ihrer Verzweiflung. Würde Robert standhaft bleiben? Oder würde er ihrem Vater glauben und sich eine andere suchen?

Nie war Clara so unglücklich auf eine Reise aufgebrochen. Sie würde dieses Mal nicht nur selbst auftreten, hatte ihr Vater ihr mitgeteilt, sondern Gelegenheit bekommen, Veranstaltungen zu besuchen und sich mit anderen Künstlern ihres Niveaus austauschen können. Auf der Fahrt nach Dresden am 14. Januar dozierte er darüber, wie wichtig es war, Kontakte zu knüpfen und diese zu pflegen, damit sie später auf sie zurückgreifen konnte, um im gegebenen Fall eine Gefälligkeit erbitten zu können.

»Was glaubst du, worauf ich deine Reisen aufbaue?«, schloss er seine Ausführungen. »Nur Beziehungen öffnen Türen. Ohne Beziehungen kannst du gleich zu Hause bleiben. Also sammle fleißig Namen und Adressen. Eines Tages werden sie dir nützlich sein.«

Den Aufenthalt in Dresden schilderte er ihr in den leuchtendsten Farben, zählte auf, welche Bekannten von ihren früheren Besuchen in der Residenzstadt sie wiedersehen und wie unterhaltsam das Programm sein würde, das er für sie zusammengestellt hatte.

Clara stellte erstaunt fest, dass er sich große Mühe gab, sie zu zerstreuen. Doch besaß er auch ein Mittel gegen ihren Liebeskummer? Nein, so etwas hatte er nicht.

»Warum sind Sie denn immer so unglücklich, Fräulein Clara?« Zum ersten Mal, seit sie mit ihrem Vater reiste, hatte sie in dem Gasthof, in dem sie Station machten, gemeinsam mit Nanny ein eigenes Zimmer. Gerade packte die junge Frau für sie das Nachtzeug aus. »Ist es wegen dem Herrn Schumann?« Sie warf Clara einen mitfühlenden Blick zu.

»Was willst du damit sagen?« Clara hatte heftiger geantwortet, als sie es beabsichtigt hatte. Begann Nanny schon jetzt damit, sie auszuspionieren?

»Na ja …« Nanny legte gedankenverloren ein gehäkeltes Nachtjäcken zusammen, das sie eigentlich auf dem Bett hatte ausbreiten wollen. Sie sah zur Tür, als wollte sie sich vergewissern, dass diese geschlossen war. Dann setzte sie sich neben Clara aufs Bett, das Jäckchen auf ihrem Schoß. »Ihr Herr Vater hat mir davon erzählt«, flüsterte sie. »Und dass er auf keinen Fall will, dass Sie dem Herrn Schumann womöglich Briefe schreiben.« Sie sah Clara an, ihre Augen füllten sich mit Tränen. »Ich finde das so grausam«, fügte sie hinzu. »Denn wenn sie sich doch so sehr lieben …«

»Das tun wir«, antwortete Clara leise. Das konnte Nanny ihrem Vater ruhig weitererzählen. »Ich liebe Herrn Schumann schon seit vielen Jahren. Wir sind füreinander bestimmt.«

Auf einmal fühlte sie die weiche, warme Hand ihrer Zofe auf der ihren. »Eine Herzensliebe darf man nicht trennen«, wisperte Nanny. »Ich weiß, wie schlimm das ist. Auch ich darf den Mann nicht heiraten, den ich liebe.« Ihre Stimme erstarb, und zu Claras Bestürzung sah sie, wie Tränen über Nannys Wangen kullerten.

Eilig holte Clara ein Taschentuch aus ihrem Beutel und reichte es der jungen Frau. Die nahm es, wischte die Tränen weg und schnäuzte sich. Da wurde unvermittelt die Tür aufgerissen, und Friedrich Wieck stand auf der Schwelle.

»Was ist denn hier los?«, schimpfte er. »Zum Heulen hab ich dich nicht eingestellt, du einfältiges Ding. Macht, dass ihr ins Bett kommt!«

Ehe Clara sich darüber bewusst wurde, hatte sie den Arm um Nannys Schultern gelegt, wie um sie zu schützen. Doch ihr Vater hatte sich schon wieder in sein eigenes Zimmer zurückgezogen.

»Er ist ein harter Mann«, flüsterte Nanny an ihrer Schulter. »Aber ich werde zu Ihnen halten, Fräulein Clara. Wenn ich Ihnen irgendwie behilflich sein kann, bitte sagen Sie es mir. Von mir wird Ihr Herr Vater ganz bestimmt nichts erfahren.«

Von Nannys Bett auf der anderen Seite der Kammer waren bald nur noch regelmäßige Atemzüge zu hören, Clara dagegen lag noch lange wach. Konnte sie dieser Frau wirklich vertrauen? Oder verstellte sie sich nur?

Ihre Gedanken wanderten zu dem Mann, den sie liebte. Sie zerbrach sich den Kopf darüber, wie er wohl ihre jähe Trennung interpretieren mochte, ihr Nichterscheinen auf den üblichen Spazierwegen, den knappen Gruß von Weitem im Konzertsaal. Ob ihr Vater ihm wirklich gesagt hatte, sie wollte nichts mehr von ihm wissen?

Sie ging das Gespräch mit Nanny nochmals durch. Neue Zuversicht stieg zaghaft in ihr auf. Wenn Nanny es ernst meinte und sich geschickt genug anstellte, könnte sie ihr womöglich helfen, mit Robert in Kontakt zu bleiben. Dann mochte ihr Vater ruhig denken, eine Spionin angeheuert zu haben. Vielleicht war diese freundliche junge Frau genau das Gegenteil davon, nämlich eine Botin ihrer Liebe.

5. KAPITEL

Dresden: Januar 1836

Wieder ein Vorhang und dahinter ein Saal voller Menschen, die gekommen waren, um sie spielen zu hören. Wieder dieses fast schon elektrische Prickeln in der Luft, das Raunen von Stimmen, Getrappel von Schritten, Stühlerücken, unterdrücktes Lachen. Dann die Laute des Orchesters beim Einstimmen, der gemeinsame Ton A, der von einem Instrument zum nächsten wanderte und schließlich diesen hohlen Klang erzeugte, unverkennbar, wenn alle in ein und derselben Frequenz schwangen. Clara stand am Rand der Bühne und sah, wie einem der Geiger eine Saite riss, und während der Musiker rasch und routiniert eine Ersatzsaite aus seinem Geigenkasten holte und sie aufzog, war ihr auf einmal, als seien ihre Nerven nichts anderes als feine Saiten, die nun schon viel zu lange einer übermäßigen Spannung ausgesetzt waren.

Das war der Moment, in dem sie in Tränen ausbrach.

Sofort war ihr Vater zur Stelle, führte sie in die Garderobe und versorgte sie mit Taschentüchern, starrte sie ratlos an und konnte doch nichts anderes tun, als »Na na, was hast du denn?« zu brummen und abzuwarten, bis ihr Schluchzen verebbte.

Clara wusste selbst nicht, was mit ihr los war. Außer, dass sie Robert vermisste und unsäglich unter der aufgezwungenen Trennung litt. Außer, dass sie täglich von ihrem Vater zu hören bekam, dass sie hundertfünfzig Prozent zu geben hatte und kein bisschen weniger. Außer, dass sie am Morgen ihre Tage bekommen hatte und unter Bauchschmerzen litt. Außer … Jetzt, wo sie darüber nachdachte, fielen ihr noch eine ganze Reihe von weiteren Gründen ein. Das neue, schwarze Kleid drückte und zwickte. Sie schlief schlecht in letzter Zeit. Auch wenn ihr Vater gutes Essen aus einem der Wirtshäuser kommen ließ und daran gewiss nicht sparte, sie brachte seit einigen Tagen kaum etwas hinunter.

Es war eine Erleichterung, ihre Tränen fließen zu lassen, obwohl der Zeitpunkt nicht gerade passend war. Wann war es schon passend, ihren Gefühlen freien Lauf zu lassen? Höchstens, wenn sie spielte. Und bei diesem Gedanken beruhigte sie sich. Sie würde spielen, jetzt gleich, und zwar nicht hundertfünfzig Prozent geben, sondern noch viel mehr. Nanny, die bereits im Zuschauerraum Platz genommen hatte, denn Clara hatte durchgesetzt, dass sie dieses Mal zuhören durfte, war geholt worden und schickte Wieck freundlich, aber bestimmt aus der Garderobe. Sie half Clara, das verweinte Gesicht mit einem feuchten Tuch zu kühlen und sprach ihr tröstende Worte zu. Und als Friedrich Wieck zehn Minuten später nach dem zweiten Läuten den Kopf hereinstreckte, war Clara gefasst und bereit, zu tun, was von ihr erwartet wurde.

Sie spielte vielleicht noch schöner als sonst. Ihr schien, als würde sie das *Nocturne* von Chopin erst jetzt richtig verstehen. Hatte er es womöglich mit Liebeskummer im Herzen komponiert? Sie wusste so wenig über ihn und sein Leben. Wusste sie überhaupt etwas vom Leben? Sie musste mit ihrer Freundin Sophie Kaskel darüber sprechen, die sie bei ihrem letzten Besuch in Dresden kennengelernt hatte, zwei Jahre älter als sie, voller Lebensfreude und fest entschlossen, Schriftstellerin zu werden. Denn wie sollte Clara das Leben kennenlernen, wenn sie immer nur am Klavier saß und von ihren Eltern bewacht wurde? Ihre Freundin Emilie war weit weg in Paris, und Clara war sich sicher, dass ihr Vater die Briefe las, die sie ihr schrieb.

Der Gedanke an ihre Freundinnen machte ihr Mut, die Läufer und Triller perlten unter ihren Fingern. Es muss alles ganz selbstverständlich gehen, hatte ihr Vater oft gesagt, so, als kostete es dich keine Mühe, und er hatte recht damit, so wie mit allem, was mit dem Klavierspielen zusammenhing, ebenso wie er in fast allem irrte, was nichts damit zu tun hatte. Sie verstand einfach nicht, warum er ihr dieses Liebesglück nicht gönnte, denn sie wollte ja trotz allem durchaus weiterhin auftreten, gerade jetzt fühlte sie, wie gebannt ihr Publikum lauschte, dieses Gefühl war für sie gleich nach ihrer Liebe zu Robert das wichtigste auf der Welt. Nein, sie wollte lediglich ihr Leben endlich selbst in die Hand nehmen, selbst über sich entscheiden und vor allem wollte sie, dass ihr Vater aufhörte, sie zu behandeln, als sei sie noch immer das kleine Mädchen, das sie mit ihren sechzehn Jahren nun mal nicht mehr war.

Und wieder sog sie den rauschenden Applaus tief in sich ein, versuchte Kraft und Mut aus ihm zu schöpfen, denn was immer ihr Vater sagen mochte, dieser Beifall galt ihr, Clara Wieck. Er war der Lohn von mehr als zehntausend Stunden harter Arbeit in einer Zeit, in der andere eine unbeschwerte Kindheit verlebt hatten. Und doch, das musste sie sich eingestehen, hatte auch ihr Vater fast dieselbe Anzahl an Stunden in sie investiert, denn er hatte sie fast nie allein üben lassen, damit sie sich nicht »dummes Zeug« angewöhnte und vor allem nicht ihre kostbare Zeit unnütz vergeudete. Denn es war von Anfang an, ja, noch vor ihrer Geburt, sein Ziel gewesen, aus ihr ein Wunderkind zu machen und sie als solches so früh wie möglich der Welt zu präsentieren. Je jünger ein Wunderkind, desto höher sein Marktwert. War sie deswegen verpflichtet, ihm ihr Leben lang zu dienen? Nein, sagte sie sich, als sie von ihrer Freundin Sophie Kaskel ein entzückendes Blumengebinde entgegennahm und sich erneut vor ihrem Publikum verbeugte, immer wieder, denn die Dresdner feierten sie mit Ovationen.

»Siehst du, Dummerchen«, brummte ihr Vater, dem die Erleichterung ins Gesicht geschrieben stand. »War doch alles in Ordnung. Da braucht man nicht zu heulen.«

Alles war in Ordnung? Mein Gott, ihr Vater verstand sie einfach nicht.

»Ich muss für ein paar Tage nach Hause.« Friedrich Wieck legte umständlich seine Serviette zusammen und warf Clara einen prüfenden Blick zu. »Du bist ja sowieso mit den Kaskels verabredet. Außerdem hast du Karten für die Oper. Kommst du ohne mich zurecht?«

Clara musste sich schwer zusammenreißen, um ihre Freude über diese überraschende Nachricht nicht zu zeigen. Ihr Vater würde sie allein lassen? Das waren die besten Neuigkeiten seit einer Ewigkeit.

»Ich denke schon, Herr Vater«, sagte sie und bemühte sich, nicht allzu froh dabei zu wirken. »Nanny ist ja bei mir.« Und augenblicklich kam ihr ein verwegener Gedanke. »Wie lange musst du denn fort sein?«, fragte sie mit gespielter Besorgnis. Sie hasste es, so zu heucheln. Aber ließ ihr Vater ihr denn die Wahl?

»Eine Woche wahrscheinlich«, antwortete Wieck. »Allein die Fahrt frisst ja schon zwei Tage. Ich hab beschlossen, die Eilpost zu nehmen und an einem Tag durchzufahren. Ist zwar teurer, spart dennoch Zeit und Geld. Am 7. Februar muss ich los. Ich sprech noch mit Reißiger, seine Frau wird dich sicherlich zu sich einladen. Die Kaskels sowieso, die sind ja ganz vernarrt in dich.«

Clara nickte und bemühte sich, das rechte Maß an Ernsthaftigkeit und Besorgnis zu zeigen, damit ihr Vater weder Verdacht schöpfte noch auf die Idee kam, die Reise ihretwegen womöglich abzusagen.

Es war ihr noch nicht gelungen, einen Brief an Robert durchzuschmuggeln. Doch jetzt war Eile geboten. Dabei war es alles andere als einfach, unbemerkt einen Brief zu schreiben, denn

Papier und Tinte samt Feder hatte ihr Vater unter Verschluss, und der wollte stets genau wissen, an wen sie schrieb, wenn sie darum bat.

Als sie am Nachmittag mit Sophie in dem neuangelegten Englischen Garten von Schloss Antons spazieren ging, dem Familiensitz der Kaskels in der Dresdner Johannstadt, beschloss sie, das Wagnis einzugehen und ihre Freundin einzuweihen.

»Kannst du ein Geheimnis wahren?«

Sophie, die ihr eben noch die Philosophie hinter der Landschaftsgestaltung nach englischem Vorbild erklärt hatte, sah sie mit einer Mischung aus Überraschung und Abenteuerlust an.

»Natürlich kann ich das!« Ihre bernsteinfarbenen Augen blitzten interessiert. »Geheimnisse sind bei mir bestens aufgehoben. Worum geht es denn?«

»Das ist kein Spiel, Sophie«, warnte Clara ernst. »Es geht dabei um viel …«

»Um Leben und Tod?«

Clara musste lächeln.

»Ja, beinahe. Es geht um meine große Liebe.«

Augenblicklich hatte sie Sophies ungeteilte Aufmerksamkeit.

»Du hast dich verliebt?« Clara nickte und biss sich auf die Unterlippe. Machte sie gerade einen gewaltigen Fehler? »Das ist ja wundervoll«, fuhr Sophie begeistert fort. »Wer ist der Glückliche?«

»In diesem Fall könnte man eher sagen: der Unglückliche. Denn mein Vater ist absolut dagegen. Und deshalb brauche ich deine Hilfe, Sophie. Ein Brief muss geschrieben und auf den Weg gebracht werden. Mein Vater bewacht mich rund um die Uhr, außer wenn ich mit dir oder anderen Bekannten zusammen bin. Er zählt die Briefbögen ab, wenn ich meine Korrespondenz erledige, und liest alles, was ich schreibe.«

Sophie warf ihr einen erschrockenen Blick zu. »Du lieber Himmel«, rief sie aus. »Warum ist er denn so streng? In wen hast du dich denn verliebt? In einen stadtbekannten Verbrecher?«

Clara lachte freudlos auf.

»Und du verrätst es niemandem?«

»Ich schwöre!«

»Es ist Robert Schumann«, sagte sie.

Sophie war stehen geblieben, vor Staunen bekam sie einen runden Mund.

»Nein!«, rief sie dann hingerissen aus. »Ihr seid *das* Traumpaar! Die Pianistin Clara Wieck und der Komponist Robert Schumann. Wie kann dein Vater nur dagegen sein?«

Clara seufzte und wandte sich ab. Schon wieder stiegen Tränen in ihr auf. »Er tut alles, um uns auseinanderzubringen.«

»Warum denn?« Sophie schüttelte verständnislos den Kopf.

»Aus tausend Gründen«, behauptete Clara, die keine Lust hatte, wiederzugeben, was ihr Vater Schlimmes über Robert Schumann zu berichten wusste. »Ich glaube, er will überhaupt nicht, dass es einen anderen Mann in meinem Leben gibt als ihn.«

Erschrocken hielt sie inne. Erst als sie den Satz ausgesprochen hatte, verstand sie seine Tragweite.

»Väter sind immer eifersüchtig«, gab Sophie gelassen zu bedenken. »Das ist normal. Aber eines Tages werden sie uns Töchter verlieren, so ist nun mal der Gang des Lebens.«

Darauf wusste Clara nichts zu sagen. Wie lange würde das noch dauern? Sie dachte an das schwarze Kleid, in dem sie aussah wie eine Novizin. Ging es ihrem Vater wirklich nur um Robert Schumanns angeblich so schlechten Charakter? Oder würde er sie von allen Männern fernhalten, damit sie ihm als Konzertpianistin nicht verloren ging? Friedrich Wieck sprach öfter davon, wie viel sie »einspielen« musste, damit sich sein Aufwand gelohnt hatte. Würde sie diesen Schuldenberg jemals abtragen können? Und war es nicht ungerecht, ihr das aufzubürden, schließlich hatte sie als Kind keine Wahl gehabt, war nicht gefragt worden, ob sie Konzertpianistin werden wollte oder nicht. Und selbst wenn dies der Fall gewesen wäre – war die Aussage einer Fünfjährigen bindend?

»Das versteht sich doch von selbst, dass ich dir helfe. Was kann ich tun?«

Clara schreckte aus ihren Überlegungen auf.

»Mein Vater muss nächste Woche zurück nach Leipzig«, sagte sie. »Für eine Woche ungefähr.«

»Verstehe«, antwortete Sophie sofort. »Die ideale Gelegenheit für ein Rendezvous.«

»Ich *muss* ihn einfach sehen und mit ihm sprechen«, brach es aus Clara heraus. »Wir sind so überstürzt abgereist, bestimmt kann er sich keinen Reim darauf machen. Meine schlimmste Sorge ist, dass er denkt …« Sie brach ab, zu sehr nahm sie das alles mit.

»… dass er denkt, du liebst ihn nicht mehr?« Clara nickte und presste sie Lippen aufeinander. Ihre Freundin legte mitfühlend den Arm um sie. »Du musst ihm schreiben, dass dem nicht so ist. Komm, ich habe Briefpapier …«

»Nein, Sophie, besser wäre es, du schreibst ihm. Würdest du das für mich tun? Schreib ihm, dass ich hier in Dresden bin. Und dann erwähnst du wie nebenbei, dass Herr Wieck leider Dresden für eine Woche verlassen muss.«

Sophie betrachtete sie verblüfft.

»Warum schreibst du ihm nicht selbst?«

»Weil wir auf keinen Fall irgendeinen Verdacht erregen dürfen«, antwortete Clara ängstlich. »Sophie, du weißt nicht, wie mein Vater sein kann, wenn er zornig ist …«

Sophie Kaskel fasste den Arm ihrer Freundin und drückte ihn sanft.

»Nein, das weiß ich zum Glück nicht und ich will es auch gar nicht wissen. Von mir wird er nichts erfahren. Also. Sollen wir nicht lieber umkehren, so dass du mir zu Hause diesen Brief diktieren kannst? Vielleicht schaffen wir es noch, ihn mit der Fünfuhrpost loszuschicken.«

»Ach, Sophie, wie kann ich dir nur danken?«

»Da fällt mir sofort etwas ein.« Sophie lächelte, in ihren goldbraunen Augen blitzte der Schalk. »Spiel mir heute Abend was Schönes vor. Etwas von … hm, lass mich nachdenken. Von Robert Schumann vielleicht?«

»Nur, wenn du mir dein neues Märchen vorliest«, gab Clara erleichtert zurück. Ach, tat das gut, endlich einmal wieder unbefangen und fröhlich sein zu dürfen. »Ich liebe deine Geschichten, da könnte ich stundenlang zuhören.« So wie damals, dachte sie wehmütig, als Robert noch unser Märchenonkel war.

Sie feilten lange an dem Brief, denn Sophie hatte mit Recht zu bedenken gegeben, dass Schumann sich wohl schlecht in der Dresdner Gesellschaft zeigen sollte, ansonsten würde Friedrich Wieck von seiner Anwesenheit in Dresden spätestens nach seiner Rückkehr Wind bekommen. Als echte Geschichtenerzählerin entwarf Sophie sogleich einen kühnen Plan. Das Zusammentreffen der beiden Liebenden, so meinte sie, sollte am besten an jenem Abend stattfinden, an dem Clara eine Karte für die Opernaufführung im Königlich Sächsischen Hoftheater hatte. Während sie sich mit Robert aussprach, würde Sophie ihr hellblaues Kleid anziehen, die charakteristischen Perlohrringe tragen, die goldene Perlenschnur um die Schläfen legen und so an ihrer Stelle den Platz in der Loge einnehmen. Tatsächlich sahen sich die beiden Freundinnen ein wenig ähnlich, alle würden sie für Clara Wieck halten und hinterher bezeugen, dass sie sich im Theater aufgehalten hatte. Der Plan war gut. Und wenn es Sophie schaffte, nach dem Ende der Oper sogleich zu verschwinden und niemandem in die Arme zu laufen, könnte er sogar gelingen. Clara hatte jedenfalls keinen besseren Vorschlag.

Sie überlegten lange hin und her, was sie tun sollten. Denn Robert einen Brief zu schreiben und ihn von Friedrich Wiecks Abwesenheit in Kenntnis zu setzen, war das eine. Wie sollte das Treffen allerdings unbemerkt vonstattengehen? Schließlich war Clara eine Berühmtheit und wurde auf Schritt und Tritt erkannt.

Sophie legte ihre hübsche Stirn in Falten und dachte angestrengt nach. Dann glitt ein Strahlen über ihr Gesicht. »Wir fragen Karoline Leonhardt! Du hast sie kennengelernt, sie war diese großartige Stegreifdichterin, die bei unserer letzten Abendgesellschaft auftrat. Sie wird außerdem bald heiraten, hat mir meine Mutter erzählt, und zwar jemanden, der für Robert Schumanns Musikzeitschrift schreibt, wie heißt er noch gleich? Lyser. Johann Lyser.«

»Ich weiß doch gar nicht, ob ich dieser Frau vertrauen kann …«

»Aber ich weiß es ganz sicher, Clara. Karoline ist wundervoll, sie wird uns helfen und nichts verraten. Sie liebt starke Frauen und ist …«, Sophie senkte die Stimme, »… gegen die Vorherrschaft der Männer über uns Frauen. Meinem Vater kann man mit so etwas nicht kommen. Meine Mutter schätzt sie dagegen sehr. Und da du sie nicht kennst, hat dein Vater bestimmt keinen Kontakt zu ihren Kreisen.«

»Meinst du wirklich …?«

»Lass mich nur machen.«

Ein entsprechender Brief ging also auf Reisen, und Clara schwankte zwischen Euphorie, Angst vor der Enttäuschung, falls Robert nicht käme, und reiner Panik bei dem Gedanken, ihr Vater könnte ihr auf die Schliche kommen. Tausend Dinge konnten schiefgehen. Im Nachhinein erschien ihr Sophies Plan reichlich naiv. Noch mehr Angst stand sie aus, als ihr einfiel, dass ihr Vater seine Reise ja jederzeit absagen könnte. Womöglich würde Robert in Dresden eintreffen und Wieck wäre immer noch da. Was dann? Deshalb war ihre Erleichterung riesengroß, als sie ihren Vater zur Extrapost begleitete und mit eigenen Augen sah, wie die Kutsche mit ihm verschwand.

Noch am selben Nachmittag ließ Sophie nach ihr schicken.

»Er hat geantwortet.« Mit vor Aufregung rosigen Wangen überreichte sie Clara einen Brief, die Roberts markante Handschrift sofort erkannte. »Warum öffnest du ihn nicht?«, fragte Sophie, als Clara ihn sofort in ihrer Tasche verschwinden lassen wollte. »Schließlich muss ich wissen, ob es bei unserem Plan bleibt.«

Clara setzte sich auf den zierlichen Divan ihrer Freundin und holte tief Luft. Sie erbrach das Siegel und faltete das Schreiben auseinander. Rasch überflog sie, was Robert geschrieben hatte. Wie immer hatte sie Mühe, seine Schrift zu lesen. Doch da standen die entscheidenden Worte, alles andere ging Sophie nichts an.

»Ja«, sagte sie und atmete vor Erleichterung endlich tief aus. Sie hatte gar nicht bemerkt, dass sie den Atem angehalten hatte. »Er wird kommen. Wir machen alles genau so, wie du es vorgeschlagen hast.«

»Sie sieht wahrhaftig aus wie Ihre Zwillingsschwester, Fräulein Clara.« Nanny stand vor Sophie Kaskel und schlug sich die Hand vor den Mund, so verblüfft war sie von der Ähnlichkeit der beiden Freundinnen. Sie hatten in Sophies Zimmer die Kleider getauscht, und Clara trug nun ein Kleid, das ihrer Freundin gehörte.

»Wir sind eben Geschwister im Geiste, nicht wahr, meine liebe Clara?« Sophie drehte sich übermütig vor dem großen Spiegel im Kreis, ließ das azurblaue Kleid tanzen, dass die Atlasseide nur so schimmerte, und besah sich die Ohrgehänge von Nahem. »Er schreibt nicht nur wundersame Musik, dein Robert Schumann, sondern hat einen ausgezeichneten Geschmack. Diese Ohrringe sind absolut elegant.«

Clara war viel zu aufgeregt, um sich über das Kompliment zu freuen. Es war das erste Mal, dass sie sich bewusst gegen den Willen ihres Vaters auflehnte. Wenn Sophie ihr in dieser Aufmachung auch tatsächlich sehr ähnlich sah, so hatte sie doch ein schlechtes Gefühl bei der ganzen Sache.

»Es wird Zeit«, sagte Nanny und reichte Sophie die goldene

Zylinderuhr, die Clara stets in der Öffentlichkeit trug. Sophie hängte sie sich um den Hals, und Nanny half ihr, das Uhrgehäuse an ihrer Taille festzustecken. Nun noch die Schute, den Kapuzenumhang, die farblich passenden Handschuhe – Sophie war bereit.

»Ich wünsche euch beiden das Allerbeste«, sagte sie herzlich und ergriff Claras Hände. Clara hatte darauf bestanden, Nanny an diesem Abend freizugeben, damit sie eine entfernte Tante, die sie in Dresden hatte, besuchen konnte. Sie konnte Nanny unmöglich noch tiefer in die Verschwörung der Freundinnen hineinziehen.

»Hoffentlich geht alles gut.« Clara klopfte das Herz bis hinauf in den Hals, als Nannys Schritte auf der Treppe verhallt waren.

»Ganz bestimmt«, versicherte ihr Sophie. »Eure Liebe gleicht der in den Romanen, und da geht es immer gut aus.«

Hätte sie das nur nicht gesagt. Auf der Stelle fielen Clara mindestens drei Romane ein, in denen das Gegenteil der Fall war.

Und dann war er da. Stieg aus der Postkutsche, sah sich suchend um und flog ihr entgegen. Sie hatte sich von Sophie eine modische Schute in einem gewagten Rot ausgeliehen, unter der, wie sie hoffte, keiner die berühmte Pianistin Clara Wieck vermutete.

»Mein Allerliebstes! Mein Clärchen!«

Sie lagen sich in den Armen und wollten sich überhaupt nicht mehr loslassen. Schließlich lösten sie sich voneinander, und Clara schrak heftig zusammen. Sie hatte eine Männergestalt entdeckt, die ein wenig abseits stand und sie beobachtete.

»Keine Sorge, es ist nur Wilhelm«, erklärte Robert. »Er ist in unser Geheimnis eingeweiht und hat einen Kameraden, bei dem er und ich unauffällig übernachten können.«

Befangen begrüßte Clara Wilhelm Ulex. War es wirklich erst ein paar Monate her, dass sie zusammen mit ihm und anderen Freunden im »Kuchengarten« ihren Geburtstag gefeiert hatten? Obwohl sie ihm vertraute, so machte ihr seine Gegenwart Angst. Je mehr Menschen von ihrer Zusammenkunft wussten, desto gefährlicher fand sie die ganze Sache. Und doch tat es gut zu sehen, dass es Menschen gab, die sie unterstützten. Wochenlang hatte sie sich so allein und schwach gefühlt. Mit Robert an ihrer Seite fühlte sie sich auf einmal wieder stark.

Karoline Leonhardt hatte ohne zu zögern ihre Wohnung angeboten. Da sie an diesem Abend selbst einen Auftritt in Meißen hatte, würden sie ihr nicht einmal begegnen. Und so verabschiedeten sie sich von Ulex und nahmen eine Droschke zur angegebenen Adresse in der Pirnaischen Vorstadt. Je weiter sie sich vom Zentrum entfernten, desto ruhiger wurde Clara. Spätestens als ihnen eine ältere Hauswirtschafterin öffnete und sie in Karolines Salon allein ließ, fiel die über Wochen gewachsene Anspannung von ihr ab.

»Du musst mir alles erzählen«, bat Robert, als sie zusammen auf dem Sofa saßen. Er nahm ihre Hände in seine und da sie kalt waren, massierte er sie und drückte Küsse auf ihre Finger.

Sie erzählte erst zögernd, die Worte suchend, dann floss alles nur so aus ihr heraus. Dass man sie gesehen hatte und wie hart ihr Vater reagiert hatte.

»Ich werde ihm schreiben und mich ihm erklären«, sagte Robert schließlich und legte seinen Arm um sie, zog sie näher an sich heran. »Vermutlich denkt er, ich meine es nicht ernst und tändle nur herum.« Er versenkte sein Gesicht in ihrem Haar und sog tief den Duft von Veilchen in sich ein. Clara wurde ganz ruhig in seinem Arm. So für immer bleiben, dachte sie. »Ich nehme an«, fuhr Robert nachdenklich fort, »dass er mir die Sache mit Ernestine verübelt. Ich muss ja auf ihn wirken wie ein Blatt im Winde. Du denkst das hoffentlich nicht, oder, mein Lieb, mein Alles?«

Clara schüttelte den Kopf und lehnte ihn gegen seine Schulter. Nein, das dachte sie nicht. Ihr Vater hatte jedoch eine schlechte

Meinung von ihm. Das musste sich ändern. Und wenn sie jedes einzelne seiner Argumente entkräften müssten.

»Ich glaube an unsere Liebe«, sagte sie. »Eines muss ich dir leider sagen, vor allem, weil du vorhast, ihm zu schreiben. Wenn du es wirklich ernst meinst, und wir eines Tages heiraten wollen, solltest du ein paar Missverständnisse ausräumen.«

»Welche Missverständnisse?«

»Du darfst mir aber nicht böse sein. Versprich es mir!«

Robert zögerte einen Moment, und Clara schien es, als wüsste er bereits, worüber sie mit ihm sprechen wollte.

»Ich werde nicht böse sein«, sagte er dann.

Clara hob den Kopf und versuchte, Robert in die Augen zu sehen.

»Was ich jetzt sage, klingt nicht schön«, begann sie. »Es geht um die hässlichen Dinge, die mein Vater über dich sagt. Zum einen behauptet er, dass du gar keine Familie ernähren könntest.« Sie schwieg beklommen und wartete auf eine Reaktion. Doch die blieb aus.

»Was sagt er noch?«, fragte Robert nach einer Weile.

Clara holte tief Luft. Wenn sie es jetzt nicht aussprach, würde sie sich weiter quälen, wenn er erst wieder fort wäre.

»Er sagt, dass du zu anderen Frauen gehst.« Ihr Herz schlug hart gegen ihre Brust. Warum verdarb sie sich die kurze gemeinsame Zeit?, schien es zu sagen. Jetzt würde er böse werden und alles war zu Ende.

»Und?«, fragte er ruhig zurück. »Glaubst du das?«

Es kommt nicht darauf an, was ich glaube, wollte sie antworten. Sondern darauf, ob es stimmt. Doch sie wagte nicht, es auszusprechen.

»Nein«, sagte sie schließlich. Denn im Grunde ihres Herzens glaubte sie es tatsächlich nicht.

»Siehst du«, meinte Robert sanft. »Deine Liebe gibt dir das Richtige ein. Was hat er noch gegen mich einzuwenden? Das Biertrinken, nehme ich an?« Er hatte es scherzhaft gesagt und sie war ihm dankbar dafür. »Nun, da kann ich dich ganz beruhigen. Frag ruhig Ulex morgen, wie es mit meinem Alkoholkonsum steht. Ich hab überhaupt keine Freude mehr daran, seit wir uns deswegen gestritten haben. Dass du danach so plötzlich verschwunden bist, das hat mich bis ins Mark erschüttert. Nein, ich trinke nicht mehr und nicht weniger als andere Männer. Felix Mendelssohn Bartholdy einmal ausgenommen.«

Was sollte sie ihn sonst noch fragen? Von den Schmähungen ihres Vaters wegen Roberts gelähmtem rechten Mittelfingers schwieg sie, empörte sie es doch selbst, wann immer er davon anfing. Nur in einer Hinsicht war das von Bedeutung: Auch wenn Robert ein begnadeter Pianist war und im privaten Rahmen seine Hörer ins Erstaunen versetzte – eine professionelle Konzertkarriere war ihm seit der Lähmung verwehrt. Und damit eine der lukrativsten Möglichkeiten, als Musiker Geld zu verdienen. Wie sollte er eines Tages eine Familie ernähren, wenn sie einmal Kinder haben würden? Das war es, was in Claras Augen das größte Hindernis für ihren Vater darstellte.

»Eines Tages, und ich bin sicher, der ist nicht mehr fern«, sagte Robert, so als könnte er ihre Gedanken lesen, »werden meine Kompositionen ausreichend Geld einbringen, meine liebste Clara. Meine fis-Moll-Sonate wird übrigens gerade gedruckt, stell dir vor. Sie ist dir gewidmet, meine Liebste, ja, da staunst du, was?« Er küsste sie zärtlich auf die Schläfe. »Du glaubst nicht, wie viel Musik ich im Kopf hab, die zu Papier gebracht werden will. Das Einzige, was mir den Schlaf, die Ruhe und die Nerven raubt, das ist, dass wir getrennt sind. Und dass sich dein Vater gegen unsere Liebe stellt.« Er stand auf und begann erregt im Zimmer auf- und abzugehen. »Er wird einsehen, dass seine Vorbehalte gegen mich unbegründet sind. Bald werde ich finanziell besser gestellt sein, wenn auch aus einem traurigen Grund«, sagte er düster und blieb vor Clara stehen. Sie erschrak, so viel Leid las sie in seinen geliebten Gesichtszügen.

»Was ist geschehen?«, fragte sie beunruhigt.

»Meine Mutter ist gestorben«, sagte Robert und ließ sich neben ihr auf das Sofa fallen. »Vor wenigen Tagen. Eigentlich müsste ich längst in Zwickau sein. Aber ich … Wie hätte ich nicht zu dir kommen können, jetzt, wo sich diese Möglichkeit ergab?«

»Oh, mein Liebster«, rief Clara aus und schloss ihn in ihre Arme. »Das tut mir so leid. Deine liebe Mutter! So gern hätte ich sie richtig kennengelernt.«

Robert vergrub sein Gesicht an ihrem Hals, sie konnte fühlen, wie er lautlos schluchzte.

»Sie hat mir ihren Segen gegeben«, flüsterte er schließlich. »›Das ist deine Frau‹, hat sie gesagt. ›Verdien sie dir.‹ Und genau das werde ich tun, Clara.«

Sie sprachen noch lange miteinander, zärtlich, einander tröstend. Dann wurde es für Clara höchste Zeit, zurückzukehren und mit Sophie wieder die Kleider zu tauschen. Schon am Tag danach musste Robert nach Zwickau zu seinen Verwandten und sich um den Nachlass seiner Mutter kümmern. Ihretwegen war er sogar der Beerdigung ferngeblieben, was Clara mit schlechtem Gewissen erfüllte.

»Egal, was geschieht«, sagte Robert beim Abschied, »denk daran, dass ich dich liebe und immer lieben werde.«

»Und ich dich«, erklärte Clara fest. »Ich liebe dich, Robert, das hab ich schon immer getan und werde es immer tun.«

Sie fühlte noch die Wärme seiner Lippen auf den ihren, als sie das Stadthaus der Kaskels betrat. Es war hell erleuchtet, doch Clara achtete nicht darauf. Erst als sie Sophies bleiches Gesicht sah, ihre weit aufgerissenen Augen mit dem warnenden Blick, ahnte sie Böses. Auf einmal hörte sie ihn. Ihren Vater. Wie er schrie und tobte und dazwischen die besänftigenden Worte von Sophies Mutter.

»Ist sie da, die Metze?« Friedrich Wieck trat auf den Flur und starrte Clara aus rot unterlaufenen Augen an. »Wo ist er? Ich bring ihn um. Haltet ihn auf, damit ich ihm eine Kugel in den Kopf jagen kann …«

Er stürmte die Treppe hinunter, vorbei an dem Hausdiener der Kaskels und riss die Tür auf. Sophie nutzte die Gelegenheit, zog Clara geistesgegenwärtig in ihr Zimmer und schloss hinter ihnen ab.

»Das ist gründlich schiefgelaufen«, stöhnte sie und nahm der erstarrten Clara die rote Schute ab. »Er hat wohl, kaum in Leipzig angekommen, erfahren, dass Schumann hierher gefahren ist. Und hat sofort die Extrapost zurück genommen.«

Es wurde heftig gegen die Tür geklopft. Clara begann zu zittern wie Espenlaub. Hoffentlich fand ihr Vater nicht noch heraus, wo Robert mit seinem Freund heute Nacht untergekommen war. Vor lauter Angst um den Geliebten wagte sie kaum noch zu atmen.

»Macht auf«, hörten sie die Stimme von Sophies Mutter. »Monsieur Wieck hat mir versprochen, Ihnen nichts anzutun, Fräulein Clara. Nicht wahr? Bitte sagen Sie es dem Mädchen selbst.«

Clara hörte ein zorniges Gemurmel. Sophie sah sie fragend an.

»Ich kann mich nicht ewig hier bei dir vor ihm verstecken«, flüsterte sie und fühlte, wie sich ihr Magen zusammenzog vor Angst. Jetzt musste sie mutig sein. Sie holte tief Atem und ging zur Tür, um sich ihrem Vater zu stellen.

6. KAPITEL

Wien: November 1837

»Schumann? Wer ist denn das? Macht der auch Musik?«

Clara fühlte, wie Zorn in ihr aufstieg. War es möglich, dass man in der Musikstadt Wien, wo jeder ein Kenner sein wollte, Robert Schumann nicht kannte?

»Er ist einer der bedeutendsten lebenden Komponisten«, sagte sie und musste sich zusammenreißen, um so freundlich zu bleiben, wie man es von ihr kannte und erwartete.

Sie hörte, wie ihr Vater leise hüstelte und wurde noch wütender. Nein, lange würde sie das nicht mehr aushalten. Auch wenn sie sich mit ihren achtzehn Jahren gerade anschickte, sich hier den bislang größten Erfolg ihrer Karriere zu verdienen und deshalb jedes Wort und jede Entscheidung auf die Goldwaage gelegt werden musste.

Fast zwei Jahre waren vergangen, Monate voller Verzweiflung und Repressalien. Damals nach ihrem heimlichen Treffen in Dresden hatte ihr Vater Robert gedroht, ihn zu erschießen, sollte er sich noch einmal in ihre Nähe wagen. Er hatte Clara einen Brief diktiert, in dem sie sich von ihrem Geliebten lossagen und ihn um die Rücksendung aller Briefe bitten musste, die er jemals von ihr erhalten hatte. Außerdem hatte er Clara dazu gezwungen, Roberts Briefe dem Schreiben beizufügen, da hatte kein Weinen und Flehen etwas genutzt. Die Aussprache, die Robert von Friedrich Wieck daraufhin einforderte, brachte ihm nur Beleidigungen und Schmähungen ein.

Wenn sie einander in der Stadt zufällig begegnet waren, war Clara stets in Begleitung gewesen, denn Friedrich und Clementine Wieck ließen die aufsässige Tochter nie mehr allein ausgehen. Dann hatte Clara ihn wohl förmlich grüßen können, so wie jeden anderen Bekannten, doch wenn sie ihm auch nur ein Lächeln oder einen liebevollen Blick geschenkt hatte, war sie hinterher gescholten worden.

Dennoch war es durch Nannys Hilfe möglich gewesen, ab und zu kleine Botschaften auszutauschen, sich für flüchtige, verstohlene Minuten zu sehen und sich ihrer Liebe und Treue zu versichern.

Am Tag von Claras achtzehnten Geburtstag, eineinhalb Jahre nach ihrem verbotenen Treffen in Dresden, hatte Robert Schumann formell um ihre Hand angehalten, hatte ein langes Schreiben aufgesetzt, in dem er seine Situation, vor allem die finanzielle, ausführlich dargestellt und mit den schönsten Worten seine Liebe beschrieben hatte. Und Clara? Sie war sich so sicher gewesen, dass ihr Vater beeindruckt sein müsste von ihrer Standhaftigkeit und nach all der Zeit nicht anders konnte, als endlich seine Zustimmung zu geben. Doch weit gefehlt. Clara sei noch immer zu jung, um sich überhaupt zu binden, hatte er behauptet. Und wenn, dann würde er sie gewiss nicht einem brotlosen Künstler und Phantasten wie Schumann zur Frau geben. Viele weitere hässliche Worte waren ausgesprochen worden, und bange Wochen lang hatte Clara in der Furcht gelebt, Robert könnte resignieren und aufgeben.

Mit der Zeit hatte ihr Vater sich allerdings ein wenig beruhigt, jedenfalls schien es Clara so. Leipzig war klein, die Musikszene überschaubar und es war unmöglich, sich aus dem Weg zu gehen oder gar in offener Feindschaft zueinander zu stehen, dazu war Wieck viel zu klug. Jedoch wurde Clara noch strenger bewacht als zuvor, und jede Möglichkeit eines Treffens unterbunden. Ja, es war vorgekommen, dass ihre Stiefmutter die Taschen ihrer Kleider durchsuchte oder demütigende Razzien in ihrem Zimmer veranstaltete. Wäre Nanny nicht gewesen, Robert hätte sicherlich geglaubt, was ihr Vater ihm versicherte: Dass Clara sich längst damit abgefunden hatte und nicht mehr an ihm interessiert sei. Wieck setzte sogar das Gerücht in Umlauf, sie habe sich in einen Musiker namens Banck verliebt, den sie schon seit vielen Jahren kannte und zu dem sie stand wie zu einem Bruder. Zum Glück ließ Robert sich nicht verunsichern. Und sie erst recht nicht. Nein, sie würde Robert Schumann niemals aufgeben. Eines Tages würden sie heiraten, keine Macht konnte das verhindern.

»Robert Schumann?«, warf eine aufgedunsene Matrone im tiefsten Wienerisch ein. »Das ist doch der mit diesen greislichen Konzertstücken, wie hießen die noch gleich? Man wurde nicht recht schlau aus ihnen …«

»Meinen Sie die Phantasiestücke, gnä' Frau?« Friedrich Wieck lächelte derart devot, dass es Clara den Magen umdrehte.

»Ja genau, so hießen sie.« Die Wienerin schüttelte sich. »Phantasiestücke! Das sind alles miteinander Phantasten, so wie dieser Mendelssohn Bartholdy. Was die sich einbilden, diese Jungen! Sie glauben, sie könnten den Musikhimmel auf den Kopf stellen. Das ist alles keine richtige Musik …«

»Oh doch, gnädige Frau.« Clara musste einfach widersprechen, sonst würde sie noch platzen vor Wut. »Es ist die Musik der Zukunft. Irgendwann werden Sie sie lieben.«

Sie ignorierte den warnenden Blick ihres Vaters und erhob sich. Und außerdem, fügte sie in Gedanken hinzu, bin ich seine Verlobte. Am liebsten hätte sie es in die Welt hinaus geschrien. Aber sie beherrschte sich.

Bei dem Gedanken, dass sie es trotz all der Vorkehrungen ihres Vaters geschafft hatten, nicht nur Briefe auszutauschen, sondern sich sogar zu sehen, wenn auch nur allzu kurz, sich auszusprechen und einander das heilige Versprechen zu geben, sich treu zu bleiben, niemals zu verzweifeln, sondern fest an ihre Liebe zu glauben, wurde sie wieder ruhiger. Sie legte kurz ihre Hand auf die Stelle über ihrem Brustbein, wo Roberts Ring an einer feinen Schnur hing, unter dem Mieder selbst vor den Blicken ihres Vaters gut verborgen. Nein, keine Macht der Welt würde sie von ihrer Liebe abbringen. Nicht einmal Friedrich Wieck.

Und doch. Diese Reise zehrte an ihr wie noch keine zuvor. Fünf Wochen waren sie schon unterwegs, erst Dresden, danach Prag, wo ihnen die Herzen von Anfang an zugeflogen waren, und das Publikum derart begeistert von ihr gewesen war, dass ihr Vater den Aufenthalt verlängert hatte. Und jetzt Wien. Wer hier erfolgreich war, der hatte es geschafft. Denn hier hatten sie alle gelebt und gewirkt, Haydn, Salieri, Mozart und Beethoven, den Friedrich Wieck als junger Mann hier noch hatte spielen hören, und viele andere mehr, und deswegen bildete sich, so behauptete ihr Vater, das Wiener Publikum eine Menge auf seinen Sachverstand ein. Außerdem wimmelte es hier nur so von Pianisten, die ihr Terrain eifersüchtig verteidigten. Vor allem Sigismund Thalberg, der bereits Liszt den Krieg erklärt hatte, und der hier einen ausgezeichneten Ruf genoss, galt es zu entmachten. Er war ein beeindruckender Virtuose, den viele für den größten Pianisten aller Zeiten hielten. Nicht umsonst war er vom Österreichischen Kaiser mit dem unerhörten Titel eines kaiserlich-königlichen Kammervirtuosen ausgezeichnet worden, die höchste Anerkennung, die sich Clara vorstellen konnte.

Friedrich Wieck hatte deshalb lange überlegt, wann er seine Tochter hier präsentieren sollte. Denn im Umkehrschluss galt: Wer hier durchfiel, dessen Ruf war für immer ruiniert. Ein ungeheurer Druck lastete auf Vater und Tochter. Und deshalb hielt es Friedrich Wieck für klüger, sich langsam an das Publikum heranzutasten und durch zahlreiche Hausbesuche erst einmal das Terrain zu ebnen. So wie an diesem Abend im Hause eines

Förderers des Musikvereins, ein Höflichkeitsbesuch, dem Clara am liebsten so bald wie möglich wieder entronnen wäre. Das kam natürlich nicht infrage, Franz Grillparzer hatte sich zu späterer Stunde angesagt, jedenfalls behauptete das die selbstgefällige Gastgeberin. Und dass der Dichterfürst, der zugleich einer der wichtigsten Musikkritiker war, von Anfang an den besten Eindruck von Clara erhielt, damit stand und fiel die ganze »Unternehmung Wien«.

Die Stunden verrannen zäh. Ein gut aussehender, sportlicher Mann um die fünfzig versuchte, Konversation mit ihr zu machen, er war ihr als Fürst von Schönburg vorgestellt worden, und ihr Vater hatte ihr zugeraunt, dass er über die besten Kontakte in Wien verfüge. Artig beantwortete sie alle seine Fragen, und tatsächlich brachte Fürst von Schönburg sie sogar ein paarmal zum Lachen.

Eine beeindruckende Standuhr schlug elf. Man beschloss, nicht mehr länger auf Grillparzer zu warten und bat Clara endlich, sich an den Flügel zu setzen. Am liebsten hätte sie den *Carnaval* von Robert gespielt, jetzt erst recht. Doch sie riss sich zusammen. Es ging hier nicht um die Ehrenrettung ihres Verlobten, sondern darum, ihrer eigenen Karriere eine Krone aufzusetzen.

Und das tat sie. Sie spielte sich hier in die Herzen der skeptischen Wiener, ebenso wie bei einer großen Soirée im Haus der Baronin Henriette von Pereira-Arnstein, die selbst eine ausgezeichnete Pianistin war. Zu Claras Freude kannte die Baronin Robert Schumanns Namen genau, ihre Mutter war mit der Familie Mendelssohn befreundet, und so wurde in ihrem Salon die »Neuromantische Schule«, wie man hier die zeitgenössischen Komponisten wie Chopin, Liszt, Schubert, Mendelssohn und Schumann nannte, durchaus gepflegt. Eine Woche später lernte Clara endlich den gefürchteten Grillparzer bei einer größeren Gesellschaft kennen, die bei dem Klavierprofessor Joseph Fischhof stattfand, einem guten Freund und Kollegen von Robert

Schumann. An diesem Abend gab sich sogar der Schriftsteller Nikolaus Lenau die Ehre, auf den Clara wegen seiner Erlebnisse in Amerika besonders gespannt war, wo er im Wilden Westen angeblich vierhundert Morgen Land erworben haben sollte. Und natürlich war der charmante Fürst von Schönburg anwesend und wich kaum von ihrer Seite.

An diesem Abend stand Schuberts Klaviertrio auf dem Programm, das Robert bewundernd »eine zürnende Himmelserscheinung« genannt hatte, und dessen Erfolg der viel zu jung verstorbene Komponist schon nicht mehr erlebt hatte. Clara spielte den Klavierpart und hatte ihre liebe Mühe, die beiden Kollegen an der Geige und am Cello, die die Tempi nach ihrem Gefühl viel zu gemütlich angingen, »mit fortzuschleppen«, wie ihr Vater es später formulierte. Danach spielte Clara eine Fuge von Johann Sebastian Bach und versetzte die Zuhörer mit dieser für Wien ungewöhnlichen Musik nicht nur in Erstaunen, sondern begeisterte sie so sehr, dass sie das Stück nicht nur einmal, sondern zweimal wiederholen musste, was noch nie vorgekommen war.

Der ganze Rummel um ihre Person, die endlosen Aufwartungen, das Kennenlernen ständig neuer Menschen, einer wichtiger als der andere, das Spielen im privaten Kreis, die langen Abende und der Mangel an Schlaf, vor allem aber die wenigen Gelegenheiten, die sie zu den gewohnten Spaziergängen fand – das alles strengte Clara fürchterlich an. Außerdem hatte Robert ihr vor der Abreise das Versprechen abgenommen, ihm regelmäßig zu schreiben, doch so sehr sie und Nanny sich auch den Kopf zerbrachen, wie sie das anstellen sollte – sie fand kaum Gelegenheit dazu.

»Lass uns heute mal frei machen«, sagte Friedrich Wieck eines Morgens, als Clara am Flügel saß und ihre Fingerübungen machte. Erstaunt legte sie ihre Hände in den Schoß.

»Frei?«, fragte sie ungläubig.

»Nun ja, den Vormittag wenigstens«, räumte Wieck ein. »Für den Nachmittag hat sich Alfred von Schönburg angesagt. Komm, das Wetter ist gut, wir wollen endlich mal wieder ein bisschen wandern gehen.«

Clara wusste nicht, wie ihr geschah, dieses Angebot musste ihr Vater ihr nicht zweimal machen. Nanny kramte ihre festen Schuhe aus dem hintersten Winkel ihres Gepäcks, und Clara tauschte ihr Hauskleid gegen das Wollkostüm, das sie immer zum Spazierengehen trug. Wieck hatte den Ausflug offenbar geplant, eine Kutsche stand bereit und brachte sie hinaus nach Grinzing.

Eine Weile gingen sie schweigend, und eine innere Stimme mahnte Clara, auf der Hut zu sein. Ihr Vater war normalerweise berechenbar wie ein Uhrwerk, und freie Vormittage passten schon lange nicht mehr in sein Konzept von einer erfolgreichen Tournee. Und als Friedrich Wieck schließlich das Schweigen brach, fand Clara sich bestätigt.

»Ich weiß, dass du immer noch an Schumann hängst«, sagte er und warf ihr einen prüfenden Blick zu.

»Ich liebe ihn«, sagte Clara ohne zu zögern. Sie hatte vor der Reise beschlossen, von sich aus nicht mehr die Rede auf Robert zu bringen. Die Wahrheit sollte ihr Vater ruhig wissen. Schließlich würde er sich eines Tages mit dieser Tatsache abfinden müssen, ob er wollte oder nicht.

»Soso, du liebst ihn«, entgegnete Wieck, und in seiner Stimme schwang eine Mischung aus Mitleid und Hohn mit. »Nun, ich liebe dich auch, mein Kind, das weißt du wohl. Und deshalb fühle ich mich verpflichtet, dir einiges über Herrn Schumann mitzuteilen. Und schimpfe bitte nicht mit mir, wenn es dir nicht gefällt.« Clara versuchte, sich innerlich zu wappnen. Schon so oft hatte sie ihren Vater schlimme Dinge über Robert sagen hören, nun war es also wieder einmal so weit. Und doch fühlte sie sich wie ausgehöhlt durch die lange Zeit der Trennung und die ständige Anspannung, auf dieser Konzertreise nicht zu versagen. Was hatte ihr Vater wohl dieses Mal zu berichten? »Schau mich nicht so an«, bat Wieck und seine Stimme klang sanft, ja, fast bittend. »Es tut mir ja selbst im Herzen weh, was ich dir sagen muss.« Er seufzte tief auf, und Clara wünschte, er würde endlich reden.

»Was hat Robert denn nun verbrochen?« Sie wollte gelassen und überlegen klingen, dennoch zitterte ihre Stimme.

»Ich weiß ja, wie viel dir an ihm liegt. Glaube nicht, dass mir das vollkommen gleichgültig ist. Ich bin dein Vater und wünsche dir alles Glück dieser Erde. Und deshalb habe ich Erkundigungen eingezogen. Wer weiß, hab ich mir gesagt, vielleicht irre ich ja. Denn es ist ja nicht so, dass ich ihn nicht schätze, diesen genialen Wirrkopf. Also mal gesetzt den Fall, ich stimme eurer Heirat zu …« Er warf seiner Tochter einen listigen Blick zu. »Du bist ganz sicher, dass du glücklich wärst?«

Sie sah ihn misstrauisch an. Was führte er diesmal im Schilde?

»Ja, das wäre ich«, sagte sie und beobachtete ihren Vater von der Seite.

Der nickte gedankenvoll. Sie wurde ganz aufgeregt. Sollte er tatsächlich ein Einsehen haben? O mein Gott, dachte sie, das wäre so wundervoll …

»Ja, das glaube ich dir«, sagte Wieck und nickte erneut. »Die ersten Tage wären wie im Himmel, nicht wahr? Und dann käme gegen Monatsende die Abrechnung. Du hast bei mir kalkulieren gelernt. Weißt du auch, was ein Haushalt benötigt, damit man halbwegs sorgenfrei leben und seiner Kunst nachgehen kann?«

»Robert hat dir seine finanzielle Lage ausführlich dargelegt«, gab Clara aufgebracht zurück. »Damit lässt sich auskommen. Schließlich will ich nicht leben wie eine Fürstin, brauche weder Pferde noch Diamanten. Ein bescheidenes Heim, so wie du und Clementine es führen, dafür reicht es allemal aus.« Sie holte tief Luft, und als sie merkte, dass ihr Vater etwas erwidern wollte, ergänzte sie rasch: »Außerdem werde ich nicht aufhören, Konzerte zu geben. Da weißt du ja am allerbesten, was sich verdienen lässt.«

»Die Zeiten werden schlechter«, sagte Wieck düster. »Die Ausgaben steigen. Als erwachsene und verheiratete Frau wirst du nicht mehr den Eindruck machen wie als kleines Mädchen, das du einmal warst. Wir leben in einer Zeit der Wunderkinder, an jeder Ecke wird eines aufgepäppelt. Ob die so viel Talent haben wie du, spielt womöglich gar keine Rolle. Die Leute wollen kleine dressierte Äffchen sehen. Ernsthafte Künstler haben es immer schwerer.«

»Davor habe ich keine Angst«, sagte Clara mit fester Stimme. Sie schritt energisch aus. Die sanfte Hügellandschaft mit den Weinbergen gefiel ihr. »Dressierte Äffchen werden rasch langweilig. Ich biete mehr als reine Virtuosität. Und mit Roberts Musik kann ich das am besten zeigen.«

»Ich verstehe deine Pläne, aber du vergisst einiges dabei«, wandte Friedrich Wieck erstaunlich sanft ein. »Du wirst schwanger werden, dich unwohl fühlen, und am Ende kleine Kinder zu versorgen haben. Wie willst du da auf Konzertreise gehen?« Er betrachtete sie aufmerksam von der Seite. »Oder wollt ihr am Ende gar keine Kinder haben?«

»Natürlich wünschen wir uns Kinder. Freust du dich denn gar nicht darauf, Enkel zu bekommen?«

Friedrich Wieck lachte trocken auf.

»Auf Enkel im Elend soll ich mich freuen? Um deinetwillen kann ich meine Ungeduld zügeln«, erklärte er. Er blieb stehen und wandte sich ihr eindringlich zu. »Denk an das Schicksal deiner ersten Mutter, Mariane Bargiel. Du hättest sie einmal sehen sollen, als sie noch jung war. Eine solche Schönheit, eine derartige Stimme! Vor ihr lag eine glänzende Karriere. Und jetzt? Haufenweise Kinder, die ihr die Konzertkarriere verdorben haben.« Was hat das mit mir und Robert zu tun?, wollte Clara einwenden. Außerdem hatte Mariane in der Ehe mit ihrem Vater fünf Kinder geboren, wovon drei starben. Warum hast du damals keine Rücksicht auf sie und ihr Talent genommen?, wollte sie fragen. Doch ihr Vater ließ sie nicht zu Wort kommen. »Dazu noch ein kranker Mann, der selbst nichts mehr zum Einkommen beitragen kann. Alles hängt an Mariane, sie schafft Unmenschliches und lebt dennoch in Armut. Auch mit Schumanns Gesundheit steht es nicht zum Besten. Sag mir, mein Kind, hatte er je den Mut, es dir selbst zu sagen? In seiner Familie gibt es erschreckende Beispiele von einer Krankheit des Gemüts. Sein Vater litt darunter, Gott hab ihn selig. Seine Schwester hat sich aus Schwermut das Leben genommen. Einer seiner Brüder ...«

»Ich will nichts mehr davon hören!« Verzweifelt stampfte Clara mit dem Fuß auf. Nein, warum seine Schwester so jung gestorben war, das hatte Robert ihr nie erzählt. Ganz sicher war es nicht wahr, was ihr Vater da sagte. Und doch. Hatte Robert nicht ein-, zweimal von einer merkwürdigen Krankheit geschrieben, die ihm aufs Gemüt drücke? Dass er befürchte, wahnsinnig zu werden? Eine eiskalte Angst überfiel sie. Nein, das war alles nur eine neue Finte ihres Vaters. »Du bist die Krankheit, die ihn quält«, schrie sie ihren Vater an. »Du mit deinem ständigen Nein, deinen Beleidigungen, deiner Zurückweisung! Dabei weißt du ganz genau, dass er in dir immer so etwas wie einen Vater gesehen hat, wo sein eigener so früh gestorben ist. Als er damals zu uns kam, hat er sich in deine Obhut begeben. Er verehrt dich noch immer und wünscht sich so sehr deine Liebe. Für ihn bist du Meister Raro, und jetzt verleumdest du ihn und seine ganze Familie? Was bist du nur für ein grausamer Mensch!«

Clara machte kehrt, rannte den Weg, den sie gekommen waren, fast zurück, und Wieck blieb nichts anderes übrig, als ihr zu folgen. Verbissen schweigend, die Augen gegen die Mittagssonne halb geschlossen, gingen sie nebeneinander her, einander abgewandt und einen weiten Abstand zwischen sich lassend.

»Ich bleibe dabei«, presste Wieck schroff heraus, als sie in der Kutsche saßen. »Seine Kalkulationen halten keiner Prüfung stand. Die meisten Posten hat er viel zu hoch angesetzt. Er kann dir finanziell nicht das bieten, was du brauchst, um glücklich zu sein. Ich bin dein Vater und kann nicht zulassen, dass du am

Ende im Elend lebst. Rechne mir vor, dass es anders ist. Beweise mir, dass ich mich irre. Und bring mir ein ärztliches Zeugnis, dass er gesund ist. Alles, was ich im Sinn habe, ist, dass du glücklich wirst und ...«

»Alles, was du im Sinn hast«, stieß Clara hervor, »sind meine Konzerteinnahmen. Die willst du nicht hergeben. Ob ich glücklich bin oder nicht, das ist dir vollkommen egal.«

Leider gelang es ihr nicht mehr so gut wie früher, ihre Ohren vor dem Gezänk ihres Vaters zu verschließen. Wenn sie abends im Bett lag, ausgelaugt und zitternd vor Müdigkeit, hörte sie ihn im Nachbarzimmer umhergehen und schimpfen. Er stritt mit Nanny und versuchte, ihr Geheimnisse zu entlocken. »Ich krieg schon heraus, ob sie diesem Schumann Briefe schreibt, und glaub mir, dann geht es euch allen beiden schlecht.«

Die Ohren verschließen, nichts hören außer Musik, das war der einzige Weg, um diese Zeiten zu überleben. Sich zurück zu träumen an jenen Abend, als sie sich einander fest versprochen und die Ringe getauscht hatten, und schließlich, was keine Menschenseele wusste und unter allen Umständen ihr Geheimnis bleiben musste, bereits Mann und Frau geworden waren. Er hatte es sich so sehr gewünscht, dass sie ihm »das Äußerste gewähren« sollte, und da sie ihn liebte, rückhaltlos und ohne Einschränkung, war sie seiner Bitte nachgekommen. Und doch – brauchte es denn vor ihr selbst diese noble Umschreibung?

Denn in Wahrheit hatte ihr Körper nach seinem gebrannt und tat es noch immer, nach seinen Liebkosungen, diesem »Äußersten«. Was bist du feurig!, hatte er staunend ausgerufen, als sie in einen wahren Rausch der Leidenschaft geraten war, sich ihm entgegenwölbte und nicht genug von ihm bekommen konnte. Und wenn sie daran dachte, wie sie in seinen Armen gelegen und mit ihm verschmolzen war, an seine rücksichtsvolle und behutsame Art, sie in die Welt einer Frau einzuführen, loderten die Flammen erneut in ihr auf, lichterloh, und verglühten jeden Zweifel, den ihr Vater in ihr säen wollte.

»Und wenn ich jetzt ein Kind empfangen habe?«, hatte sie an seine Brust gelehnt geflüstert.

»Dann müsste dein Vater in unsere Heirat einwilligen«, hatte Robert geantwortet und ihr zärtlich das lange Haar aus der Stirn gestrichen. »Wäre das nicht wundervoll? Ein Kind unserer Liebe, das unseren Bund besiegeln würde?«

Er hatte recht. Trotzdem fühlte sie eine bange Unruhe während der folgenden Wochen, zählte die Tage an den Fingern ab und war unendlich erleichtert, als der Monatsfluss pünktlich wie der Lauf des Mondes eintraf. Denn wenn sie es sich recht überlegte, so wollte sie zwar unbedingt Roberts Frau werden, allerdings noch nicht gleich. Zuerst wollte sie noch reisen. Sie war noch lange nicht dort, wo sie hinwollte, nämlich ganz nach oben. Da waren noch Thalberg und Liszt, Chopin und Henselt und neuerdings eine Engländerin namens Robena Laidlaw, die genauso alt war wie Clara. Nein, vor einer Verheiratung wollte sie ihren Ruhm ausbauen und sichern, sich einen Namen erspielen, damit sie später als Ehefrau und Mutter nicht ganz vergessen sein würde. Während ihr Robert mitunter wie ein Schwärmer vorkam, fühlte sie deutlich, dass sie trotz ihrer Jugend viel praktischer veranlagt war als er. Sicherlich ein Erbe ihres Vaters, der zwar unerträglich war, jedoch ein großer Stratege.

Und so hatte sie mit Robert vereinbart, noch zwei Jahre abzuwarten und in dieser Zeit zu versuchen, Friedrich Wieck umzustimmen. Ihm zu beweisen, dass er irrte. Denn Clara liebte ihren Vater trotz allem. Seit sie denken konnte, war er der Fels in der Brandung ihres Lebens gewesen, hatte ihr die Richtung gewiesen, und sie war ihm gefolgt. Wenn er erst sah, wie ernst es ihr war, würde er am Ende nachgeben, da war sie sich vollkommen sicher. Wenn nicht, so hatte Robert vorgeschlagen, würden sie ihre Sache vor Gericht bringen. Denn ein Vater konnte seiner Tochter nur dann eine Eheschließung verweigern, wenn er triftige Gründe vorlegen konnte. Wenn er sich weigert, soll der Richter uns trauen, hatte Robert düster gesagt. Und sie hatte schweren Herzens zugestimmt.

Nein, sie wollte auf keinen Fall, dass es so weit käme. Es musste anders gehen, selbst ein Dickschädel wie ihr Vater würde irgendwann nachgeben. Robert allerdings fand es beruhigend, dass es diesen letzten Ausweg gab.

Ganz egal, wo sie war, mit wem sie sich unterhielt, vor wem sie spielte – immer hatte sie das Gefühl, Robert sei bei ihr. Stets fragte sie sich, was er wohl zu diesem oder jenem sagen würde und mitunter war es ihr, als hörte sie seine leise, stets ein wenig ironische Stimme. Manchmal fragte sie sich, ob ihr Erfolg für ihn Anlass zur Freude wäre oder ob er womöglich eifersüchtig sein könnte, weil er selbst noch immer nicht so anerkannt war, wie er es ihrer – und natürlich seiner – Meinung nach verdient hätte. Das würde sich sicher bald ändern. Je berühmter sie war, desto eher konnte sie das Wagnis eingehen, seine Werke aufzuführen, auch wenn sie augenblicklich für das konservative Musikpublikum – und Wien war in vieler Hinsicht gelinde ausgedrückt traditionsbewusst – noch viel zu ungewöhnlich war. Wie hatte es neulich die Baronin von Pereira-Arnstein formuliert? Roberts Musik ginge nach innen, während die modischen Brillierstücke auf Außenwirkung komponiert seien. Um Roberts Musik wertschätzen zu können, musste man sich auf das eigene Seelenleben einlassen. Genau das war es, was Clara so verzauberte. Und manchmal ein wenig Angst machte. Doch das gestand sie sich kaum selbst ein.

Und dann war es soweit, das Vorgeplänkel hatte ein Ende, am 14. Dezember musste sie sich auf dem Podium im Konzertsaal des Musikvereins der Konkurrenz stellen. »Wien soll entscheiden«, hieß es in einem der reißerischen Zeitungsartikel, die täglich über sie erschienen, »ob sie sich neben Thalberg behaupten kann.« Und Clara nahm die Herausforderung an. Sie spielte nicht nur für das verwöhnte Wiener Publikum, sondern vor allem für Robert, für ihre Liebe, legte ihre ganze Leidenschaft und ihr Feuer in ihre Auftritte und wuchs noch über sich hinaus, brachte die Zuhörer zum Rasen und was noch erstaunlicher war – ihren Vater zum Weinen.

»Was haben Sie denn, Herr Vater?«, fragte sie bestürzt den haltlos schluchzenden Friedrich Wieck zwischen zwei Vorhängen.

»Du warst göttlich, Clara«, schniefte er glücklich. »Du hast von Gottes Gnaden herrlich gespielt, wo nimmst du das bloß her?«

»Ich liebe eben«, sagte sie und trat erneut vor den Vorhang, um sich zu verbeugen.

Vielleicht überwachte er sie deswegen nun noch viel intensiver und hielt sie wie eine Gefangene, sperrte Briefpapier und Tintenfass weg und wich nicht von ihrer Seite, selbst wenn sie sich in Gesellschaft befanden, etwa mit dem Klavierprofessor und Journalisten Joseph Fischhof, der eng mit Robert befreundet war und für die »Neue Zeitschrift für Musik« Beiträge schrieb. Und tatsächlich war es dieser wohlwollende Freund, dem es trotz allem hin und wieder gelang, Clara einen Brief von ihrem heimlichen Verlobten zukommen zu lassen. Überhaupt, so erfuhr Clara zu ihrer Überraschung, wussten viele von ihrer tragischen Liebesgeschichte, von den beiden »Königskindern« Robert und Clara, die nicht zueinander konnten, nicht, weil das Wasser zu tief war, sondern weil ein eifersüchtiger Drache in Gestalt des Vaters über sie wachte. Es war klar, wo die Sympathien lagen, und es war offensichtlich, dass sich einige einen Spaß daraus machten, dem ehrgeizigen und allgemein wenig beliebten »Impresario« auf diese Weise eine lange Nase zu drehen. Ohne Nanny, die nach wie vor fest zu ihrem Fräulein Clara hielt, wäre es ihr jedoch nicht gelungen, jemals einen eigenen Brief aus ihren vier Wänden hinauszuschmuggeln.

Ja, allein einige Zeilen zu schreiben, wurde zum riskanten Unternehmen. Nanny hatte es geschafft, unbemerkt ein Paket taubenblaues Briefpapier für sie zu kaufen, noch immer stellte sich allerdings die Frage nach Feder und Tinte. Einmal schrieb

Clara mit einem Bleistiftstummel, den ihr Wieck zum Eintragen des Fingersatzes in eine neue Notenausgabe überlassen hatte. Ein anderes Mal nutzte sie die halbe Stunde, die ihr Vater für eine Besprechung außer Haus war, um zwischen seinem und ihrem Zimmer hin- und herzurennen, weil sie es für den Fall einer überraschenden Rückkehr weder wagte, sein Tintenfass mit zu sich zu nehmen, noch in seinem Raum den Brief zu schreiben. Und so tauchte sie die Feder in die Tinte, flitzte in ihr Zimmer, um einen Satz zu schreiben, und dann wieder zurück.

Entsprechend hastig gerieten ihre Briefe, an denen sie weiterschrieb, wann immer sich eine Gelegenheit bot. Tagelang formulierte sie im Geiste vor, um jede freie Minute, und sei sie noch so unvermittelt, nutzen zu können. Roberts Briefe dagegen waren meist lang und verschlungen, und obwohl er im Gegensatz zu ihr ungestört schreiben konnte, waren sie häufig atemlos und zeugten von wechselnden Stimmungen, wenn sie auch stets viel schöner formuliert waren als ihre. Sie verstand, dass für ihn das Warten unerträglich war, saß er doch zu Hause, jedenfalls hoffte sie, dass er nicht mit seinen Freunden im Wirtshaus herumhing und sich betrank.

In den beiden Zimmern des Hotels »Stadt Frankfurt«, die ihr Vater gemietet hatte, stellten sich immer häufiger Gäste ein, darunter zu Claras Verlegenheit nicht nur Verehrer ihrer Kunst, sondern auch solche, die sich in sie verliebt zu haben schienen, so wie der Fürst von Schönburg. Mehr als einmal hatte Clara ihren Vater im Verdacht, sie an ihn verkuppeln zu wollen. Denn statt den charmanten Mann in seine Schranken zu verweisen, grinste er nur in sich hinein und versuchte, aus dessen Beziehungen und gesellschaftlicher Stellung einen Vorteil zu schlagen, wo immer es ging. Und Clara konnte sehen, wie sie mit diesem galanten Schwärmer fertig wurde.

Weihnachten stand vor der Tür, und wie schon auf früheren Reisen würden sie das Fest fern der Heimat begehen. Am 21. Dezember fand ihr zweites großes Konzert statt, in dem

Clara ihr eigenes Klavierkonzert spielte, und wieder lag ihr das Publikum zu Füßen. An Robert, der so ehrlich gewesen war, zuzugeben, dass er das Stück für nicht recht gelungen hielt, schrieb sie trotzig: *Mein Konzert fand die beste Aufnahme.* Denn dass ihre Komposition damals bei der Uraufführung in Leipzig im Grunde nur einen Achtungserfolg errungen hatte, das wurmte Clara noch immer. Umso mehr genoss sie den Triumph, den ihr Werk in der Musikmetropole Wien feierte.

Sich ihres Publikums nun einigermaßen sicher, beschloss sie, ihr Programm zu erweitern und – nein, noch keine Kompositionen von ihrem Geliebten zu spielen, dafür war es noch zu früh – Werke von Bach und Beethoven aufzunehmen. Dies wagte gegenwärtig kein anderer Pianist, nicht einmal Thalberg.

»Das wirst du bereuen«, warnte ihr Vater. »Sei froh, dass du so gut ankommst. Von Experimenten rate ich ab!«

»Dass ich eine Virtuosin vom Rang Thalbergs bin, hat Wien jetzt begriffen«, gab sie selbstbewusst zurück. »Aber nur mit Beethoven kann ich zeigen, was ich darüber hinaus kann, nämlich die ganze Bandbreite der Emotionen auf dem Instrument ausdrücken. Ich will meinen eigenen Stil prägen und nicht anderen Virtuosen nacheifern.«

»Und was soll das sein, dein eigener Stil?« Ihr Vater war hellhörig geworden. So selbstbewusst hatte Clara noch nie mit ihm gesprochen. Bislang war es ihm vorbehalten gewesen, ihr Programm zu gestalten.

»Ich will die Herzen der Zuhörer durch die Abgründe der neuen Musikrichtung führen«, sagte sie, und ihre Augen leuchteten. »Ich will keine Fingerakrobatin sein, die die schwierigsten Läufe spielen kann, sondern die Musik mit meinen Gefühlen durchdringen und sie für andere verständlich machen. Erfahrbar. Das ist es doch, warum wir unser Leben der Musik widmen, oder?«

Darauf wusste Wieck nichts mehr zu entgegnen, und Clara konfrontierte ihre Hörer in ihrem nächsten Konzert mit einer leidenschaftlichen Interpretation von Beethovens Klaviersonate Nr. 32 in f-Moll mit dem Beinamen »Appassionata«, die die Menschen gleichzeitig aufwühlte und hinriss. Dabei ahnte wohl kaum einer, dass es ihre Liebe zu Robert Schumann war, die aus jeder einzelnen Note herausklang. Auch so wurde ihr Konzert kurz vor Weihnachten zum Stadtgespräch, die Presse feierte sie und als bekannt wurde, dass die junge Pianistin bei ihrem Konzert am 7. Januar die *Appassionata* erneut spielen würde, waren die Karten dafür in kürzester Zeit restlos ausverkauft.

Das war ein schwerer Tag für mich, aber auch ein schöner, schrieb sie an einem der folgenden Abende nach einem weiteren öffentlichen Auftritt mit fliegender Feder in einem der wenigen unbewachten Momente, während Nanny Wache hielt. *Dreizehn Mal wurde ich gerufen, was selbst dem Thalberg nicht widerfahren.* Sie schilderte den öffentlichen Streit, den der Aufsatz eines gewissen Herrn Holz ausgelöst hatte, der behauptete, sie verstünde Beethoven nicht zu spielen, was eine Menge Gegendarstellungen zur Folge gehabt und ihr letztlich mehr genutzt als geschadet hatte. Sie stellte sich vor, wie Robert ihre Zeilen lesen würde. Konnte er dort in Leipzig überhaupt nachvollziehen, was hier gerade vor sich ging? *Du wirst diesen Enthusiasmus nicht begreifen können*, fügte sie hinzu, *da du gar nicht weißt, was ich eigentlich leiste und was nicht; da du mich als Künstlerin überhaupt viel zu wenig kennst.* Eilig lief sie hinüber in die Kammer ihres Vaters, um die Feder erneut ins Tintenfass zu tauchen. *Doch glaube ja nicht, dass ich Dir deswegen gram bin, im Gegenteil macht es mich glücklich, dass ich weiß, Du liebst mich nicht um meiner Kunst willen, sondern wie Du mir einmal auf ein kleines Zettelchen schriebst, ›ich liebe Dich nicht, weil Du eine große Künstlerin bist, nein, ich liebe Dich, weil Du so gut bist.‹ Das hat mich unendlich gefreut und das hab ich auch nie vergessen.*

Sie hob wachsam den Kopf und lauschte.

»Er kommt«, warnte Nanny. Rasch versteckte Clara den unvollendeten Brief unter dem Bett und legte die Feder zurück an ihren Platz, nicht ohne ihre Spitze vorher an einem alten Taschentuch abgewischt zu haben, denn ihr Vater war im Stande, zu kontrollieren, ob sie noch feucht war. Hatte er nicht erst vor Kurzem zu Nanny gesagt, dass er sehr wohl herausfinden würde, ob seine Tochter mit Robert Schumann in Kontakt stünde? Als er jetzt die Wohnung betrat, saß Clara vor ihrer Frisierkommode und löste in aller Ruhe ihre Haare, während sie ihren Vater im Spiegel beobachtete. Er wirkte aufgeregt.

»Stell dir vor«, sprudelte es aus ihm heraus. »Du wirst bei Hofe spielen.« Clara drehte sich überrascht zu ihm um.

»Vor dem Kaiser?«

»… und der Kaiserin.« Zufrieden ließ Wieck sich auf einen der zierlichen Sessel in ihrem Zimmer fallen, der bedenklich unter seinem Gewicht ächzte. »Am sechsundzwanzigsten. Und es sollte mit dem Teufel zugehen, wenn sie dich nicht zur Kammervirtuosin ernennen.«

Clara schluckte. Das waren wahrhaftig gute Nachrichten. Bei dem Gedanken, vor dem Kaiserpaar zu spielen, begann ihr Herz vor Aufregung heftiger zu schlagen. Zu erwarten, dass sie als Achtzehnjährige diese Ehrung erhalten würde, war verwegen.

»Wäre das denn möglich?«, fragte sie scheu. »Müsste ich dazu nicht Untertanin der Habsburger Krone sein?«

Wieck überlegte, zuckte mit den Schultern. »Wenn die kaiserlich-königlichen Hoheiten es wollen, wird es schon möglich sein, das sagt auch dein Freund, der Fürst von Schönburg. Lass uns darüber nicht den Kopf zerbrechen. Zuerst musst du sie in Grund und Boden spielen. Dann sehen wir weiter.«

Dabei wäre es doch zu schön, dachte Clara, als sie zu Bett ging. Die Ehrung zur kaiserlich-königlichen Kammervirtuosin wäre ein Gütesiegel allerersten Grades. Sie wäre der beste Pass, der wirkungsvollste Empfehlungsbrief, der ihr weltweit Tür und Tor öffnen würde, sei es am Zarenhof oder beim König von Frankreich.

Aber was würde Robert dazu sagen? Wäre er stolz auf sie oder hätte er das Gefühl, dass sie über ihn hinauswuchs? Seine Briefe klangen immer niedergeschlagener, so dass sie sich bemühte, ihren Jubel in ihren Antworten zu dämpfen, und stattdessen ihre Liebe zu ihm betonte.

Sie schob diese Überlegungen beiseite. Jetzt musste sie sich auf das Vorspiel in der Hofburg konzentrieren. Sie hatte im Vorfeld schon einiges über den Kaiser gehört. Er sei leidend und nicht recht bei Verstand, hieß es, und ihr Vater hatte leise hinzugefügt, dies sei der Grund dafür, warum Fürst Metternich die Macht an sich hatte reißen und einen riesigen Beamtenapparat hatte installieren können, mit dem er jeden kleinsten Schritt seiner Untertanen belauerte. Dem hatte Friedrich Wieck eine Tirade gegen die berüchtigte Zensur folgen lassen, in seiner üblichen, drastischen Art, und Clara hatte ihre Ohren vor ihm verschlossen.

Als sie jetzt vor dem Kaiserpaar einen tiefen Knicks machte, warf sie Ferdinand von Österreich einen scheuen Blick zu und sah in ein überaus gutmütiges Gesicht, von einer Geisteskrankheit konnte sie nichts erkennen.

»Schau an«, sagte er lächelnd, »die berühmte Klavierspielerin aus Sachsen. Willkommen in der Hofburg, mein Kind.« Und Clara sank erneut in einen tiefen Hofknicks, wie sie es vorher geübt hatte.

Zu ihrer Erleichterung waren bekannte Gesichter zugegen. Da war der unvermeidliche Fürst von Schönburg, der ihr aufmunternd zuzwinkerte und so wirkte, als ginge er in der Hofburg ein und aus. Und natürlich Katharina Cibbini, die Clara bereits von ihren Besuchen bei der Baronin Henriette von Pereira-Arnstein kannte. Katharina war nicht nur eine ausgezeichnete Musikerin und Komponistin, sondern auch die erste Hofdame der Kaiserin. Und da Maria Anna von Österreich eine gebürtige Römerin war und kaum Deutsch sprach, übersetzte Katharina für Clara, als ihr einige Fragen gestellt wurden.

»Sie haben Eindruck gemacht«, flüsterte Katharina Cibbini Clara zu, als sie sich gemeinsam an den Flügel setzten, um einige Stücke vierhändig zu spielen. Schließlich wurde Clara gebeten, allein etwas vorzutragen und zu ihrer Freude wünschte sich die Kaiserin neben einem beliebten Virtuosenstück auch Werke von Chopin und Bach.

»Sophie, meine Liebe«, sagte der Kaiser, nachdem der Applaus der Anwesenden verklungen war, »sei doch so nett und spiele etwas mit Mademoiselle Wieck.«

Eine wunderschöne, kostbar gekleidete junge Frau aus seinem Gefolge erhob sich lächelnd.

»Aber gern, lieber Schwager«, antwortete sie mit einem leicht bayerischen Akzent. »Wenn es Mademoiselle Wieck erlaubt?«

»Es ist mir eine Ehre«, erwiderte Clara geistesgegenwärtig.

»Darf ich Ihnen Erzherzogin Sophie von Österreich vorstellen?«, half ihr Katharina Cibbini aus der Verlegenheit. »Ich hatte die Ehre, ihr vor Jahren ein wenig Unterricht zu geben.«

Sophie lachte herzlich, als sie das hörte, und auf der Stelle war sie Clara überaus sympathisch.

»Ein wenig ist gut«, sagte sie. »Alles, was ich kann, verdanke ich Katharina. Nun. Was wollen wir gemeinsam spielen?«

»Siehst du«, sagte Wieck auf dem Nachhauseweg zufrieden. »Das Kaiserpaar hat versprochen, eines deiner Konzerte im Januar zu besuchen.« Er rieb sich die Hände. »Und wer weiß, was noch alles kommen wird aus dieser Richtung. Die Weichen sind jedenfalls gestellt. Du könntest allerdings gegenüber dem Fürsten von Schönburg ein bisschen entgegenkommender sein.«

Clara lehnte sich in der Kutsche zurück. Sie war so unsagbar müde. Wenn sie die Augen schloss, sah sie eine endlose Reihe von Gesichtern an sich vorüberziehen, flimmernd und flirrend, und jedes wollte etwas von ihr. Die Weihnachtstage waren trübsinnig verlaufen, trotz all der Feste, zu denen sie eingeladen gewesen waren, und auch wenn sie wusste, dass es kindisch war, sie hatte den reich geschmückten Tannenbaum vermisst, den sie zu Hause immer hatten. Ihr Vater redete unentwegt, ob sie dieses bemerkt habe oder jene Bemerkung gehört, doch sie tat so, als ob sie schliefe und blendete seinen Redeschwall so gut sie es vermochte aus.

Trotz ihrer Erschöpfung jagte nun eine Einladung die nächste. Jeder wollte die junge Pianistin, die sogar in der Hofburg in den privaten Gemächern des Kaiserpaars empfangen worden war, bei sich zu Hause haben. Ihr Vater gönnte ihr kaum Ruhe, täglich holte der Fiaker des Fürsten sie ab und brachte sie woanders hin. Hier zu einem Frühstück, dort zu einer Nachmittagsgesellschaft, am Abend wartete man noch woanders auf sie. Routiniert antwortete sie auf Fragen, galt bald als schüchtern, was sie keineswegs war. Nur wenn sie spielte, war sie ganz im Hier und Jetzt.

»Ich glaube«, sagte der Fürst von Schönburg eines Nachmittags zu ihrem Vater, »Fräulein Clara sollte sich ein wenig ausruhen. Im Januar warten große Konzerte auf sie.«

Und als übte er eine geheime Macht über ihren Vater aus, stimmte Wieck ihm zu.

»Du solltest ohnehin etwas komponieren«, schlug er vor, als sie allein waren. »Etwas, das die Wiener erfreuen würde. Vielleicht eine Phantasie über eine ihrer Volksweisen. Denk mal darüber nach.«

Das tat sie, und sie hatte sofort einen Einfall. *Souvenir de Vienne* würde sie das Stück nennen, es sollte ihr Abschiedsgeschenk an das Kaiserpaar werden. Als ihr Vater sah, dass sie tatsächlich an dem Stück arbeitete, ließ er sie häufiger allein, was sie sofort nutzte, um endlich wieder ausführlicher an Robert zu schreiben. Ganze Bögen füllte sie mit ihren Gedanken, Hoffnungen und Visionen für eine gemeinsame Zukunft.

»Wieso ziehen Sie nicht ganz zu uns?«, hatte Sophie von Österreich sie eines Tages gefragt, als sie sich bei der Baronin Henriette von Pereira-Arnstein wiederbegegnet waren. »Alle bedeutenden Musiker leben hier.« Die Erzherzogin hatte recht. Und das hatte sie auf einen Gedanken gebracht. Wäre es nicht wunderbar, wenn sie und Robert eines Tages hier leben würden? Von Leipzig hatte sie die Nase gründlich voll, niemals war sie in ihrer Heimatstadt so gefeiert worden wie in der Ferne. In Wien gefiel es ihr, sie kannte in der Kaiserstadt inzwischen so viele wichtige Menschen, es sollte für Robert ein Leichtes sein, ebenfalls hier Fuß zu fassen. Zwar hatte seine Musikzeitschrift bereits fünfhundert Abonnenten, doch seit über einem Jahr stagnierte diese Zahl. In Wien gab es mehr Musikliebhaber als in ganz Sachsen zusammen, dennoch war Roberts Zeitschrift hier völlig unbekannt, sie hatte vergeblich in den Musikalien- und Buchhandlungen nach ihr gefragt. Außerdem wurde es Zeit, dass man ihren Geliebten in Wien als Komponisten wahrnahm. Das würde zwar nicht einfach werden, war aber zu bewältigen. Sie würde dabei helfen, seine Stücke spielen, ihn in all die Salons und Zirkel einführen, ganz gewiss würde es gelingen. Außerdem könnte Robert versuchen, eine Professur zu erhalten; wenn ein Fischhof das schaffte, warum dann nicht Robert? Und sie würde Konzerte geben und Schüler annehmen, da sollte ihr Vater noch etwas sagen von wegen, dass sie in Armut leben müsste … Solchen Zukunftsvisionen hing sie nach, sah sich an Roberts Seite bereits als Untertanin des Kaisers und dieser freundlichen Kaiserin, als ihr Vater sie jäh aus ihren Träumen riss.

»Das darf wohl nicht wahr sein«, schrie er und warf ein amtlich aussehendes Dokument mit vielen Stempeln und Siegeln auf den Tisch. »Die schreiben, kein ausländischer Künstler dürfe in dieser Stadt mehr als drei öffentliche Konzerte geben! Ja, sind die denn verrückt geworden?«

»Wer schreibt das?«

»Die Zensurbehörde«, antwortete Wieck und hatte bereits seinen Mantel übergezogen. »Metternichs Scherge namens Josef Sedlnitzky von Choltic. Präsident der Polizei- und Zensur-Hofstelle, die diese sinnlosen Regeln erlassen hat. Na, die werden mich kennenlernen«, fügte er hinzu. Er nahm Clara das Schreiben wieder aus der Hand, noch ehe sie es hatte lesen können, faltete es zusammen und schob es in seine Brusttasche.

»Was wirst du tun?«

»Das, was ich immer mache. Klinkenputzen.«

Und schon war er fort.

Drei fürchterliche Tage lang sah es so aus, als könnte Clara keine Konzerte mehr in Wien geben. Doch schließlich legte Fürst von Schönburg bei Hof Fürsprache ein, und der Erlass wurde tatsächlich fallengelassen.

»Dafür wirst du mit ihm morgen eine Kutschfahrt hinaus aufs Land machen«, erklärte ihr Vater. »Und die Nanny, die bleibt ausnahmsweise zu Hause.«

»Wie bitte?«, fragte sie ungläubig. »Das gehört sich nicht. Willst du mich kompromittieren, wenn mich ganz Wien allein mit dem Fürsten ausfahren sieht?«

»Er mag dich wirklich sehr gern«, wandte Wieck ein. »Ohne ihn könnten wir jetzt glatt abreisen. Also zeig dich erkenntlich …«

»Du willst mich mit ihm verkuppeln«, schrie sie ihn an. »Bist du verrückt geworden? Er ist so alt wie du!«

»Schrei nicht so«, fuhr ihr Vater sie an. »Alfred von Schönburg ist einer der reichsten Männer Österreichs. Außerdem ist er k.k. Wirklicher Geheimer Rat und Gesandter, ihm gehören Anteile an den Residenzen Waldenburg und Hartenstein in Sachsen. Verärgere ihn nicht. Sonst könnte es sein, dass du hier vorerst nicht mehr auftreten wirst.«

Clara starrte ihren Vater an, ihr wurde schwindlig vor Zorn.

»So willst du mich verschachern?«, fauchte sie. »Wegen ein paar Konzerten mehr?«

Friedrich Wieck grinste vollkommen unbeeindruckt.

»Warte nur ab, ob nicht noch viel Bedeutenderes dabei herauskommen wird.«

»Wobei herauskommen?«

»Dass du dich ein bisschen entgegenkommend zeigst. Sei einfach freundlich und nett. Und wenn du ihn magst, dann wäre ich einer Verbindung keinesfalls abgeneigt.« Und als Clara ihn immer noch finster anstarrte, fügte er hinzu. »Nimm dir deine Freundin Sophie Kaskel in Dresden zum Beispiel. So töricht sie damals war, als sie dir geholfen hat, mich zu hintergehen – sie ist vernünftig geworden und wird zu Ostern einen reichen Bankier heiraten, das kluge Mädchen. Auch er ist ein wenig älter als sie. So ist das nun mal.«

»Nein!« Clara hatte die Fäuste geballt. »So ist das nicht. Ich bin mit Robert Schumann verlobt. Ja. VERLOBT, du hast richtig gehört. Und keine Macht der Welt kann mich zwingen …«

»Mädchen, Mädchen«, wiegelte ihr Vater ab. »Wer spricht denn von zwingen? Ich bau auf deine Vernunft. Eine solche Chance bietet sich nicht zweimal im Leben. Du könntest Fürstin werden. Clara Fürstin von Schönburg – na, wie klingt das?« Sie drehte ihm angeekelt den Rücken zu. »Verlobt!«, setzte er nach und begann zu lachen. »Wenn ich das schon höre. Es wäre nicht das erste Mal, dass Robert Schumann eine Verlobung platzen lässt. Denk nur an deine Freundin Ernestine von Fricken.«

Und damit ließ er sie allein.

7. KAPITEL

Wien: Januar 1838

»Sie tragen wahrhaftig den Schlüssel zu Beethovens Vortragskunst in ihren zarten Mädchenhänden«, sagte Grillparzer beim Empfang nach dem Konzert am 7. Januar zu ihr, und Clara fühlte, wie sie bis unter ihren Scheitel errötete. »Doch ich sehe«, fügte der Dichter schmunzelnd hinzu, als er Claras Hände betrachtete, »so zart sind sie gar nicht. Und das können sie ja auch nicht sein, kraftvoll, wie Sie spielen. Sie versetzen mich in Erstaunen, Clara Wieck. So jung, so still, wenn Sie nicht gerade am Flügel sitzen, und bescheiden, wenn ich das so sagen darf. Aber stille Wasser sind tief, und in der Tiefe graben sie nach ungeheuren Schätzen.«

Er fasste diese Gedanken später in ein Gedicht, das er Clara handgeschrieben überreichte und, was Friedrich Wieck noch viel wichtiger fand, am 9. Januar 1838 in der »Wiener Zeitschrift für Kunst« abgedruckt wurde, so dass es alle rechtzeitig vor ihrem nächsten Konzert lesen konnten.

Ein wahres Clara-Fieber hatte Wien erfasst. Fürst Schönburg, der sie täglich besuchte, erzählte ihr von einem Konditoren-Wettstreit um die beste Kreation einer »Torte à la Wieck«. Eine duftig zarte, sahnige Verführung habe den ersten Preis erhalten und sei nun der Renner in den Wiener Kaffeehäusern. Ob er sie nicht einmal dorthin ausführen dürfe, damit sie die Leckerei, die nach ihr benannt sei, probiere … Nein, sie hatte keine Lust dazu, da mochte ihr Vater sie drängen, wie er wollte. Stattdessen dachte sie zornig daran, wie er ihr damals in Hamburg nicht einmal eine Schokolade auf dem Jungfernstieg gegönnt hatte, und jetzt sollte sie mit diesem alten Mann Torte essen gehen? Sie schützte Kopfschmerzen vor, behauptete, sie müsse üben, eine Komposition, die ihr die ganze Zeit im Kopf herumginge, zu Papier bringen – kurz, sie habe keine Zeit. Am liebsten hätte sie den Fürsten zum Teufel gejagt, doch sie zwang sich, höflich gegen ihn zu bleiben. Denn ihr Vater hatte recht, der Einfluss von Alfred von Schönburg reichte weit.

Wien befand sich also im Clara-Rausch, jeder wollte sie kennenlernen, sie einladen, ausführen, und schon nach wenigen Tagen war ihr nächstes Konzert restlos ausverkauft. Hinterher erzählte man ihr von gefälschten Karten und Schlägereien beim Einlass, Friedrich Wieck bedauerte unendlich, keinen größeren Saal zur Verfügung zu haben, er hätte gut und gern das Doppelte an Eintrittskarten verkaufen können. Diesmal hatte Clara beschlossen, nicht nur Chopin und Bach aufs Programm zusetzen, sondern ebenso Werke von Liszt und Thalberg, denn es gab noch immer Skeptiker, die behaupteten, sie wagte sich an die schwierigen Stücke ihrer Konkurrenten nicht heran. Was ihr Spiel anbelangte, war ihr nichts zu schwer, auch dieses Konzert wurde ein ungeheurer Triumph, sie musste dreizehnmal vor den Vorhang treten, und noch immer brachte das Publikum mit seinem Klatschen und Trampeln den Saal zum Erzittern und die Glaslüster zum Klirren. Bei ihrem nächsten Konzert war das Kaiserpaar mit seinem gesamten Hofstaat anwesend, mit der Cibbini und natürlich mit Sophie, der Herzogin von Österreich.

Inzwischen war es Frühling geworden, das Eis schmolz und die Wiesen standen in der Pracht der allerersten Blüten, Märzenbecher, Winterlinge, Buschwindröschen, die allerersten Veilchen, die Clara stets an Hamburg und die freundliche Konsulin erinnerten. Am Ufer der Donau blühten Haselsträucher und Hartriegel, die ersten Weidenkätzchen lockten die noch wintermüden Bienen. Ihr Vater sprach vom Weiterreisen und dass er spätestens an Ostern zu Hause sein wollte.

»Ich bin es leid, unterwegs zu sein«, beklagte er sich. »Ich will endlich wieder meine Beine hochlegen und mich von meiner Clementine verwöhnen lassen.«

Leipzig. Sogleich wurde Clara von Unruhe erfasst. Einerseits zog sie jede Faser ihres Körpers dorthin, denn in Leipzig war ja Robert. Gleichzeitig sträubte sich alles in ihr dagegen. Was nützte es, in derselben Stadt zu leben und sich nicht sehen zu dürfen? Nein, das war die reinste Folter, auch Robert graute es davor, wie er ihr in einem seiner Briefe anvertraut hatte. Wenn sie schon beide in Leipzig leben sollten, dann wollten sie sich endlich zueinander bekennen dürfen. Und da dies nicht möglich war, noch nicht, machte sie ihrem Vater allerhand Vorschläge, wohin sie vorerst noch reisen könnten, anstatt von Wien aus direkt nach Hause zu fahren.

»Du glaubst nicht, wie müde ich bin«, erklärte sie während eines Spaziergangs, als Wieck sich wunderte, warum sie stets zurückblieb. »Dieser Winter hat mich völlig erschöpft.« Es stimmte. Sie war bleich und mager geworden, litt an Schlafmangel und an einem nervösen Magen.

»Vielleicht sollten wir nach Baden-Baden gehen, damit du dich dort ein wenig erholen kannst«, meinte ihr Vater und wirkte zu ihrem Erstaunen tatsächlich besorgt. »Aber zuerst müssen wir noch nach München. Außerdem warte ich Tag für Tag auf eine wichtige Nachricht …«

»Auf welche denn?«

Wieck machte ein geheimnisvolles Gesicht und schwieg eine ganze Weile lang.

»Nun, tu nicht so, als wüsstest du nicht, was ich meine«, sagte er endlich. »Ich denke natürlich an die Ehrung durch den Kaiser.«

»Ach Herr Vater, daran denke ich schon lange nicht mehr. Zum einen muss man katholisch sein, um k.k. Kammervirtuosin zu werden. Und zum zweiten …«

»Papperlapapp«, unterbrach er sie. »Seit wann lassen wir uns von solchen Formalitäten aufhalten? Regeln sind dazu da, gebrochen zu werden. Denk an deine Konzerte, am Ende konntest du hier doch öfter auftreten als dreimal. Wir haben eben starke Verbündete.« Friedrich Wieck wirkte sehr zufrieden mit sich. »Übrigens hat mir dein Verehrer, der Fürst von Schönburg, anvertraut, über welches Vermögen er verfügt.« Friedrich Wiecks Augen begannen zu glänzen, wie immer, wenn er ein vorteilhaftes Geschäft witterte. »Er wäre wahrlich eine gute Partie, ich nehme an, eine bessere wirst du niemals mehr …«

»Ich will davon nichts mehr hören«, fuhr Clara auf. »Egal, wie reich er sein mag, er kommt für mich nicht infrage. Wie oft muss ich dir das denn noch sagen?«

Friedrich Wieck starrte sie verärgert an.

»Sag mir nicht, dass es immer noch um Robert Schumann geht!«

»Doch, ich habe ihm meinen heiligen Eid gegeben und den werde ich halten.«

»Und er hat er dir einen Eid geschworen? So was mit ewiger Treue und so weiter?«, fragte Wieck lauernd.

»Sehr wohl. Wir lieben uns.« Clara war stehen geblieben und sah ihren Vater mit einer Mischung aus Wut und Verzweiflung an. »Weißt du überhaupt was das heißt: Liebe?«, fügte sie heftig hinzu. »Oder gibt es für dich nur Nutzen? Warum hast du meine Mutter geheiratet? Hast du sie je geliebt? Und Clementine? Ging es dir bei ihr womöglich nur darum, eine ordentliche Hauswirtschafterin und Mutter für deine Kinder zu bekommen?«

Friedrich Wiecks Blick war kalt geworden, und einen Moment lang wirkte er, als wollte er sie schlagen. Sein Gesicht war rot angelaufen, und die Ader an seiner Schläfe pochte gefährlich.

»Du weißt überhaupt nicht, wovon du redest«, fuhr er sie an.

»Dein Kopf steckt noch immer voller Märchen und Tagträume. Dabei versuche ich dich seit Jahren auf das wirkliche Leben vorzubereiten. Aber bei dir ist wirklich Hopfen und Malz verloren, Clara. Das Leben ist kein Musikstück und kein fortwährender rauschender Applaus. Im Augenblick stehst du am Zenit deiner Karriere, und nur deshalb vernachlässige ich deinetwegen Familie und Geschäft. Weil wir das nutzen müssen, zum Teufel. Und du? Hast den Kopf in den Wolken.« Er ging weiter, mit riesigen Schritten, so dass Clara zusehen musste, wie sie hinterherkam.

Als sie ihn endlich eingeholt hatte, sagte sie: »Wenn es ein solches Opfer für dich ist, kann ich alleine reisen. Ich bin achtzehn Jahre alt und weiß inzwischen, wie man eine Tournee organisiert. Und wenn ich erst einen tüchtigen Mann an meiner Seite habe …«

»Einen tüchtigen Mann, soso«, unterbrach er sie und warf ihr einen vernichtenden Blick zu. »Und das soll Robert Schumann sein? Nun, dann werde ich dir deinen Kopf wohl zurechtsetzen müssen, auch wenn ich es dir eigentlich nicht sagen wollte. Weil ich dich – ja – weil ich dich liebe, ob du mir das nun glaubst oder nicht. Aber du hast meine Liebe nicht verdient. Genauso wenig wie Robert Schumann deine. Ich werde dir beweisen, was für ein nichtswürdiger Mensch er ist.«

»Spar dir die Mühe«, ab Clara schroff zurück. »Das wird dir nämlich nicht gelingen.« Und doch zog sich ihr Herz schmerzhaft zusammen. Sie kannte ihren Vater. Er drohte selten ohne Munition. Sie hatte Angst vor dem, was sie jetzt zu hören bekommen würde. Also gab sie sich Mühe, sich wieder mit Mut zu wappnen.

»Erinnerst du dich an Christel?«, fragte Wieck zu ihrem Erstaunen. »Das Hausmädchen, das wir früher hatten?« Clara nickte. Natürlich erinnerte sie sich. Nach ihrer großen Norddeutschlandtour war das Hausmädchen nicht mehr dagewesen. »Weißt du, warum wir sie damals entlassen haben?«

»Nein. Und ich will es nicht wissen.« Was um alles in der Welt hatte ihr früheres Hausmädchen mit Robert zu tun?

»Clementine fand heraus, dass sie ein Verhältnis mit Herrn Schumann hatte«, sagte Wieck. Er sprach nüchtern, so als handle es sich um eine geschäftliche Angelegenheit, und vermied es, sie anzusehen. »Ich dachte zuerst, es sei eine momentane Entgleisung von ihm gewesen, Christel war hübsch, junge Männer müssen sich irgendwann die Hörner abstoßen. Er hat das Verhältnis allerdings jahrelang fortgeführt. Und wenn Christel nicht im vergangenen Jahr an Typhus gestorben wäre, triebe er es wohl heute noch mit ihr. Er hat sie nachweislich bis zuletzt besucht. Und das ist noch nicht alles. Sie hat ihm ein Kind geboren, zu dem er sich nicht bekannte. Ich habe nicht herausfinden können, wohin es in Pflege kam. Aber das kann mir im Grunde ja gestohlen bleiben.«

Clara blieb abrupt stehen. Es kam ihr vor, als hätte jemand einen Klafterstein auf ihren Kopf niedersausen lassen. Dann begann ihr Puls vor Zorn zu rasen.

»Das ist eine Lüge«, schrie Clara so laut, dass ihre Stimme kippte. »Ich verbiete dir, so von ihm zu sprechen. Dass du so niederträchtig bist …« Sie hatte begonnen, am ganzen Körper zu zittern und konnte nichts dagegen tun.

»Clara, mein Clärchen …«, versuchte Wieck sie zu beruhigen. Sie wich vor ihm zurück.

»Nenn mich nicht so«, keuchte sie. »Nie wieder, hörst du? Ich bin nicht mehr dein Clärchen. Ich bin erwachsen. Und verbiete dir, dich weiter in mein Leben einzumischen …«

»So?« An Friedrich Wiecks Schläfe schwoll die Zornesader. »Das verbietest du mir? Das ist das Drolligste, was ich seit Langem zu hören bekommen habe. Weißt du nicht, dass du von mir abhängst? Das Gesetz stellt mich über dich, ob du nun achtzehn Jahre alt bist oder dreißig, dein ganzes Leben lang bin und bleibe ich dein Vater und damit dein Herr.«

»Nicht, wenn ich einmal heirate …«

»Heiraten?« Wieck lachte böse auf. »Du wirst nicht heiraten, wenn ich es nicht gestatte. Ich habe dich gezeugt, dich aufgezogen und ernährt, dich unterrichtet und zu dem gemacht, was du heute bist. Heiraten! Glaube mir, du dummes Ding, sollte ich eines Tages entscheiden, dass du heiratest, wird es ein würdiger Mann sein. Einer, der in der Welt etwas darstellt, etwas ist und hat. So wie Fürst Alfred von Schönburg. Und kein Hungerleider und Phantast wie Robert Schumann, der zu den Huren rennt und dir das Blaue vom Himmel herunter lügt. Wach auf, Clara! Wenn du mir nicht glaubst, dann schreib ihm und frag ihn selbst. Falls er so ehrlich ist, dir die Wahrheit zu sagen, was ich bezweifle. Glaubst du denn, ich verlasse mich auf Gerüchte in einer so wichtigen Sache? Ich habe verlässliche Quellen. Eine davon ist sogar die von dir so hoch geschätzte Madame Voigt.«

Clara presste die Zähne so fest aufeinander, dass ihre Kiefergelenke knirschten. Das war nicht wahr. Das hatte er sich ausgedacht. Mühsam versuchte sie, ihren Schutzschild überzuziehen und ihre Ohren zu verschließen. Es gelang ihr nicht. Die Stimme ihres Vaters war in ihrem Kopf. Sie musste Robert fragen. Nicht in einem Brief, nein, das ging auf keinen Fall. Auge in Auge musste sie ihn fragen. Doch das würde noch so lange dauern. Was hatte ihr Vater gesagt? Sie würden zuerst noch nach München gehen? Dabei musste sie Gewissheit haben, auf der Stelle.

Wie sie zurück in die Innenstadt gekommen und in ihre Hotelzimmer gelangt waren, hätte sie später nicht mehr sagen können. Alles um sie war wie ein Traum, wie ein Nebel und auf ihr Herz hatte sich ein böses Tier gesetzt.

Und dann schalt sie mit sich. So kleingläubig war sie? Hatten sie sich nicht immer wieder gegenseitig versichert, dass man schreckliche Dinge über sie verbreiten würde, um sie auseinander zu bringen? Schrieb nicht schon Robert voller Sorge, ob sie auch treu sei, er habe da etwas von einem fürstlichen Verehrer gehört?

»Was ist denn passiert, Fräulein Clara?«, wollte Nanny wissen, während sie ihr half, sich aus dem Wollkostüm herauszuschälen. »Sie sehen aus, als hätten Sie ein Gespenst gesehen.«

Sie konnte nicht antworten, ihre Kehle war wie ausgetrocknet. Obwohl noch helllichter Tag war, legte sie sich im Unterkleid ins Bett. »Ich glaube, sie ist krank«, hörte sie Nanny zu ihrem Vater sagen. »Mein Gott, sie wird sich doch nicht etwas Schlimmes geholt haben? Das kommt von der ganzen Aufregung und den vielen Besuchen. Irgendjemand hat immer Schnupfen oder Fieber.«

»Sie hat kein Fieber«, drang die selbstgefällige Stimme ihres Vaters zu ihr, obwohl sie sich die Decke über die Ohren gezogen hatte. »Sie ist kerngesund. Es ist nur eine ihrer vielen Launen.«

Bis zum Abend rührte sie sich nicht, da konnte Nanny bitten und betteln, so viel sie wollte. In ihrer Brust wuchs ein Gefühl, das sie bislang noch nicht gekannt hatte. Erst nach einer Weile begriff sie, dass es Hass war, ja, bitterer, brennender Hass, den ihr Vater in ihr entfacht hatte. Dabei liebte sie ihn doch. Wie war das möglich? Konnte sie ihn lieben und gleichzeitig hassen? ›Hass ist die andere Seite der Liebe‹, hatte sie einmal irgendwo gelesen, und verstand erst jetzt, was das hieß. Er wollte ihr wehtun und wusste ganz genau, wie er sie mitten ins Herz traf. Und sie war ihm ausgeliefert. Denn es stimmte, was er sagte. Frauen waren immer von einem Mann abhängig, zuerst von ihrem Vater, später von ihrem Ehemann. Nach dieser Erkenntnis hatte sie das Gefühl, nie mehr aufstehen zu können. Wozu auch?

Gegen sieben stürmte ihr Vater ins Zimmer und zog ihr die Decke weg.

»Aufgestanden«, kommandierte er ungerührt. »Die Suppe ist serviert. Danach geht es zur Großherzogin von Österreich. Nanny hat dir schon dein gutes Kleid rausgelegt.« Und als Clara einfach liegen blieb in einer Verzweiflung, die ihr die gesamte

Kraft raubte, zerrte er sie am Arm hoch. »Schluss jetzt mit den Faxen«, zischte er ihr ins Gesicht. »Reiß dich zusammen, Clara Wieck. Du bist die Nummer eins am Flügel. Also steh auf, iss deine Suppe und zieh dich ordentlich an.«

Am Ende tat sie, was er verlangte, denn was blieb ihr anderes übrig? Der Gedanke, sich irgendwann an diesem Abend wieder an einen Flügel setzen zu können, gab ihr ein Stück Mut zurück. Das war das Einzige, was sie wirklich konnte – Klavierspielen. Und es war das Einzige, was ihr ein wenig Macht verlieh über ihren Vater. Macht? Oder nur Billigung? Sie dachte an ihre Freundin Emilie List, die nach Paris in ein Internat gesteckt worden war, ob sie es wollte oder nicht. Oder Sophie Kaskel, die ihr in Dresden noch vor zwei Jahren so verwegen geholfen hatte, und nun einen alten reichen Bankier heiraten würde, den ihr Vater ihr ausgesucht hatte. Führte sie dagegen nicht ein annähernd selbstbestimmtes Leben? Aber doch wohl nur, weil ihre Ziele und die ihres Vaters bislang übereingestimmt hatten.

Mit diesen trübsinnigen Gedanken löffelte sie ihre Suppe und ließ sich von Nanny in eines ihrer Kleider helfen, setzte sich hin und ließ sich apathisch das Haar scheiteln und frisieren.

»Heute so elegant wie möglich«, befahl ihr Vater, der den Kopf zur Tür hereinstreckte und sie kritisch musterte. »Und kneif dir die Lippen ein wenig, damit du nicht aussiehst wie ein Gespenst.«

Nanny zog ihm eine Grimasse, als er ihnen den Rücken kehrte.

»Soll ich Ihnen an der Seite ein paar Strähnen zu Korkenzieherlocken brennen?«, schlug sie vor. »Das hat mir die Zofe der Baronin gezeigt, Susette sagt, das trägt man jetzt so.«

Clara schüttelte den Kopf. Sie würde Roberts Perlen tragen, doch als sie die Ohrringe anlegte, musste sie wieder weinen. »Perlen bringen Tränen« hatte ihre Stiefmutter gesagt. Sie hatte recht behalten.

»Nicht«, sagte Nanny sanft und tupfte ihr mit einem Taschentuch vorsichtig die Augen ab. »So können Sie nicht auf Gesellschaft gehen! Und diese dunklen Ringe! Aber da weiß ich etwas …«

Die Zofe holte ein rundes Metalldöschen aus ihrer Tasche.

»Was hast du denn da?«

»Reispulver.« Nanny lächelte verschmitzt. »Das hab ich auch von Susette. Sie kommt aus Frankreich, und ich sage Ihnen, Fräulein Clara, dort kennt man eine Menge Geheimnisse, um eine Frau noch schöner aussehen zu lassen. Damit decken wir jetzt Ihre dunklen Augenringe ab.«

Zuerst wollte Clara protestieren, dann ließ sie Nanny einfach machen. Das helle Pulver legte sich seidig auf ihre Haut und ließ sie noch blasser aussehen, als sie ohnehin schon war. Nanny hatte recht, es deckte die Spuren ihres Kummers ab.

»Jetzt glänzen Ihre Augen wundervoll«, erklärte Nanny zufrieden und schloss das Pulverdöschen. »Und nun zu Ihren Lippen. Sehen Sie mal, was ich heute Morgen auf dem Markt besorgt habe.« Die Zofe hielt triumphierend eine dunkle Knolle hoch.

»Was soll das denn sein?«, fragte Clara zweifelnd.

»Eine Rote Rübe.« Nanny legte die Knolle auf einen Teller und schnitt ein kleines Eckchen davon ab. Dunkelroter Saft quoll hervor. »Und damit tupfe ich jetzt Ihre Lippen ab. Nein, keine Widerrede. Hören Sie nicht? Ihr Vater ruft. Also bitte halten Sie nur einen Augenblick still.«

Seufzend gab Clara nach und ließ ihre Zofe gewähren. Als sie im Spiegel das Ergebnis betrachtete, fand sie sich völlig verwandelt. Ihre Augen glitzerten, als hätte sie Fieber. Und ihr Mund leuchtete in einem tiefen Rot. Rasch leckte Clara mit der Zunge darüber und dämpfte den Farbton etwas ab. Nun sah es beinahe natürlich aus.

Erneut rief ihr Vater nach ihr. »Ich laufe derweil zur Post und frage nach einem Brief«, flüsterte ihr Nanny zu, während sie ihr die Schute aufsetzte und ihr das Cape um die Schultern legte. »Und jetzt viel Glück. Mein Gefühl sagt mir, dass heute Abend etwas Wundervolles geschehen wird.«

»Ach Nanny!« Clara seufzte. »Deinen Optimismus hätte ich gern.«

Ihr Vater sagte nichts, als er sie sah, und doch studierte er ihr Gesicht genau. In der Kutsche wechselten sie kein Wort miteinander, noch immer war Clara viel zu aufgebracht. Das neue Gefühl, das sie für ihren Vater empfand, machte ihr Angst, ihre Abscheu vor ihm brannte genauso wie früher ihre kindliche Liebe. Nein, das, was er ihr heute angetan hatte, würde sie ihm niemals verzeihen. Denn was er da erzählt hatte, das stimmte nicht. Es durfte einfach nicht wahr sein.

»Hör auf, so ein Gesicht zu machen«, fuhr ihr Vater sie an, als ihre Kutsche den Heldenplatz überquerte und durch die enge Passage in die Hofburg einfuhr. »Vergiss nicht, wer du bist.«

Den Musiksaal im Leopoldinischen Trakt der Wiener Hofburg kannte sie bereits, an diesem Abend hatte die Erzherzogin Sophie sie allerdings in ihre privaten Räume eingeladen. Im Foyer sah Clara sich mehrfach gespiegelt und erschrak beinahe vor dieser ernsten Schönheit, die sie aus großen, dunkelgrau-silbern schillernden Augen anblickte. War das wirklich sie selbst?

»Heute Abend sind Sie ganz besonders bezaubernd«, hörte sie eine so angenehme wie vertraute Stimme, und neben ihrem Spiegelbild tauchte das von Alfred von Schönburg auf. Er sah gut aus, hatte die durchtrainierte Gestalt eines Reiters und in seinem dunklen Haar entdeckte Clara nur wenige silberne Fäden. Dennoch – er war nicht etwa nur doppelt so alt wie sie, sondern fast dreimal, zweiundfünfzig Jahre nämlich. Er reichte ihr lächelnd seinen Arm, und Clara sah sich hilfesuchend nach ihrem Vater um, der ein Stück entfernt im Gespräch mit dem Advokaten Anton Cibbini, Katharinas Mann, war. Jetzt warf er ihr einen kurzen, strengen Blick zu und wandte sich demonstrativ ab. Los!, schien er zu sagen. Zier dich nicht so! Der Fürst ist der perfekte Mann an deiner Seite – wenigstens an diesem Abend.

Innerlich seufzend ergriff sie den Arm des Fürsten und ließ sich von ihm in den großen Saal führen. »Sie wirken bedrückt«, sagte ihr Begleiter. »Geht es Ihnen nicht gut?«

»Danke der Nachfrage«, antwortete sie so unbefangen wie möglich. »Es geht mir ausgezeichnet. Und wie befinden Sie sich heute Abend?« Gott, wie sie diese höfischen Förmlichkeiten satt hatte.

»An Ihrer Seite bin ich stets glücklich«, gab der Fürst liebenswürdig zurück.

Er führte sie geradewegs zur Gastgeberin. Erzherzogin Sophie empfing sie mit einem Lächeln.

»An diesen Tag werden Sie sich noch lange erinnern, Demoiselle Clara«, sagte sie geheimnisvoll und nickte dem Fürsten Schönburg zu. »Fürst Alfred und ich haben unseren kleinen Anteil daran, nicht wahr? Aber nun kommen Sie, der Kaiser und die Kaiserin erwarten Sie.«

Ihre Kaiserlichen Hoheiten? Das hatte Clara nicht gewusst. Wie betäubt begrüßte sie das Herrscherpaar, das sie mit strahlenden Mienen empfing, so als hätte sie Geburtstag und eine schöne Überraschung wartete auf sie. Der Saal war voller festlich gekleideter Menschen, das Licht aus Hunderten von Kerzen in den Kristalllüstern brachte die Juwelen der Damen zum Funkeln. Ganz hinten entdeckte sie ihren Vater an der Seite der Baronin von Pereira-Arnstein, sie hatte ihn selten so zufrieden gesehen. Es war still geworden, der Kaiser hatte zu sprechen begonnen.

»… Schon seit einigen Wochen wird uns in Wien eine besondere Ehre zuteil«, sagte er. »Demoiselle Clara Wieck ist bei uns zu Gast und hat uns vielfache Proben ihrer außerordentlichen Leistung am Pianoforte gegeben. Auch hier in der Hofburg war sie so liebenswürdig, für uns zu spielen.« Bei diesen

Worten nickte die Kaiserin nachdrücklich und schenkte Clara ein aufmunterndes Lächeln. »Wir konnten uns dabei ein Bild von ihrer Person machen, von ihren Ansichten und Tugenden.« Clara hätte erstaunter nicht sein können. In dem kurzen Gespräch hatte man ihre Ansichten und Tugenden überprüft? »Ihr Herr Vater, Monsieur Friedrich Wieck, ist ein ehrbarer Mann und Vorstand einer angesehenen Leipziger Familie. Als einer der bekanntesten Klavierpädagogen hat er seine Tochter selbst unterrichtet. Und das, davon konnten wir uns überzeugen, mit dem größten Erfolg.« Beifall brandete auf und verebbte auf ein Zeichen des Kaisers wieder. »Darum ist es uns eine Freude, diese junge Künstlerin zur kaiserlich-königlichen Kammervirtuosin zu erheben, eine Auszeichnung auf Lebenszeit. Damit ehren wir nicht nur ihre Verdienste um die Musik, sondern sie als vorbildliche, exzellente Person des öffentlichen Lebens.« Clara hatte einen Augenblick lang das Gefühl, der Boden gebe unter ihr nach, so weich waren ihre Knie geworden. Wie war das möglich? Noch nie war eine Ausländerin zur k.k. Kammervirtuosin ernannt worden, noch dazu eine Protestantin im erzkatholischen Wien. Sophie berührte sie am Ellenbogen und führte sie zum Kaiser, der ihr eine Ehrennadel ans Kleid heftete. Dann sank sie vor ihm auf die Knie.

»Haben Sie Dank, ehrwürdiger Kaiser«, sagte sie. Doch Ferdinand selbst hob sie hoch, führte sie zum Flügel und bat sie, etwas zu spielen.

Was wäre das passende Stück? Sie besann sich dessen, was ihr Vater ihr gesagt hatte und spielte die *Caprice in As-Dur*, die sie zwei Jahre zuvor komponiert hatte.

Es wurde ein rauschendes Fest. Erzherzogin Sophie war eine vorbildliche Gastgeberin und ließ es an nichts fehlen. Der Champagner floss in Strömen, und da sie an diesem Abend so überaus glücklich und gleichzeitig so abgrundtief niedergeschlagen war, wenn sie an das Gespräch mit ihrem Vater dachte, trank Clara mehr als das eine halbe Glas, das sie sich normalerweise bei solchen Anlässen gönnte. Im Taumel der Glückwünsche und Komplimente, die ihr von allen Seiten entgegen kamen, fühlte sie sich auf einmal so leicht, als könnte sie schweben. Sie hatte nicht mehr damit gerechnet, diese Auszeichnung zu erhalten, die mit so viel Ehre und Strahlkraft verbunden war. Diese Neuigkeit würde sich rasend schnell in Europa verbreiten, schon morgen oder übermorgen würde man in Paris, London, St. Petersburg, Stockholm, in Berlin und Amsterdam, einfach überall, in den Zeitungen davon lesen. Eine glänzende Zukunft lag vor ihr. Nun konnten Robert und sie es wagen, sich auf eigene Beine zu stellen. Und wo sollte das leichter sein als hier, als Untertanen des Kaisers und der Kaiserin? Sie konnte es kaum erwarten, ihm die gute Nachricht zu schreiben.

»Ich gratuliere von Herzen«, sagte Alfred von Schönburg und reichte ihr die schmale, energische Hand.

»Ich habe Ihnen viel zu verdanken«, antwortete Clara und sah ihm in die dunklen, klugen Augen, die liebevoll auf sie gerichtet waren. »Vermute ich richtig, dass Sie beim Kaiser ein gutes Wort für mich eingelegt haben?«

»Für Sie würde ich gern noch viel mehr tun«, gab er leise zurück und hielt ihre Hand ein wenig zu lange in der seinen.

Hitze stieg ihr ins Gesicht, ein prickelndes Gefühl durchflutete ihren Körper. Seine Hand war fest und warm, fühlte sich angenehm an, und doch entzog sie sich ihm. Ja, Fürst Alfred von Schönburg war ein attraktiver Mann. Warum war er nicht schon längst verheiratet? Das musste sie ihren Vater demnächst einmal fragen.

»Warum besuchen Sie mich nicht im Sommer auf Burg Hartenstein? Sie liegt eine Tagesreise von Leipzig entfernt. Vor einigen Jahren habe ich sie nach gotischem Vorbild umbauen lassen, und ich muss sagen, sie ist recht hübsch und komfortabel geworden. Dort könnten Sie sich ein wenig erholen.«

»Das ist sehr freundlich von Ihnen«, antwortete sie und dachte an Robert.

»Meine Erlaubnis hättest du«, hörte sie ihren Vater neben sich sagen. Ja, das sah ihm ähnlich. »Natürlich müsste Nanny mit von der Partie sein. Und vielleicht könnte es sogar meine Clementine einrichten, mitzukommen, mein armes Weib hat Urlaub ebenfalls dringend nötig.«

Clara wandte sich ab. Zum Glück kam gerade Katharina Cibbini mit einem vielleicht zehnjährigen Mädchen im Schlepptau auf sie zu. Das Mädchen hatte vor Aufregung ganz rote Ohren unter den geflochtenen Seitenpartien ihrer Frisur.

»Liebste Clara, darf ich Ihnen meinen Schützling vorstellen?« Sie pries die Wundertaten ihrer Schülerin, die es einmal weit bringen werde. »Clara Wieck ist dein großes Idol, nicht wahr, mein Kind?«

Zum Entsetzen aller schüttelte das Mädchen selbstbewusst den Kopf. »Wenn Sie erlauben – mein Idol ist Franz Liszt. Ich hab ihn im vergangenen Jahr spielen hören. Jetzt kommt er wieder nach Wien, ist das nicht großartig? Haben Sie ihn schon gehört?« Clara, völlig verdutzt, schüttelte den Kopf.

»Nein«, sagte sie und musste sich räuspern. »Das hat sich leider noch nicht ergeben.«

»Oh, Sie werden ihn lieben«, behauptete das Mädchen überschwänglich. »Alle lieben ihn. Er ist der größte Pianist aller …«

»Das reicht jetzt, Marie«, unterbrach Katharina Cibbini ihre Schülerin streng. »Bitte geh zurück zu deinen Eltern.« Die Kleine starrte ihre Lehrerin erschrocken an, wurde über und über rot, dann machte sie einen tiefen Knicks und lief eilig zu einem eleganten Paar, das gerade mit der Baronin Henriette von Pereira-Arnstein plauderte.

»Bitte nehmen Sie es der Kleinen nicht übel.« Katharina war es sichtlich unwohl. »Sie weiß nicht, was sie sagt.«

»Aber ich bitte Sie«, versuchte Clara mit leichtem Ton zu antworten. »Vermutlich hat sie ja recht, Franz Liszt ist einer der Größten unserer Zeit, wenn nicht der Größte.« Und doch brannte in ihrer Brust diese Zurücksetzung durch das selbstbewusste kleine Mädchen. *Kinder und Narren sagen die Wahrheit*, fuhr es Clara durch den Kopf, und sie hörte nur mit halben Ohr zu, als ihr Vater erklärte, seine Tochter sei viel zu bescheiden und selbstverständlich würde sie sich nur zu gern mit dem großen Franz Liszt messen.

»Wann kommt er denn?«, erkundigte sie sich.

Das wusste niemand so genau. In ein, zwei Wochen? Oder in drei?

»Er hat von den Überschwemmungen in Budapest gehört«, wusste Erzherzogin Sophie zu berichten, die zu ihnen getreten war. »Nun möchte er in Wien Benefizkonzerte für die Geschädigten abhalten. Ist das nicht reizend?«

»Sehr löblich«, bemerkte Alfred von Schönburg und erklärte sich sofort bereit, ebenfalls eine Summe für die Betroffenen zu spenden.

»In diesem Fall werden wir unsere Pläne ändern«, verkündete Friedrich Wieck. »Es wird Zeit, dass meine Tochter ihren größten Konkurrenten kennenlernt.«

»Aber ich bitte Sie«, wandte Erzherzogin Sophie beschwichtigend ein. »Zwei so große Künstler wie Clara Wieck und Franz Liszt werden doch einander mehr zu geben haben als Rivalität?«

»Ja, natürlich«, beeilte Clara sich zu sagen. »Ich kann es kaum erwarten, ihn endlich kennenzulernen.«

»Sie werden sich wegen der Kleinen hoffentlich nicht grämen?« Alfred von Schönburg betrachtete sie aufmerksam, während er sie zu ihrer Kutsche geleitete. Wieck hielt sich wie immer, wenn der Fürst in der Nähe war, im Hintergrund.

»Gewiss nicht«, antwortete sie. »Franz Liszt ist ein Gigant. An ihn werde ich sicher niemals heranreichen.«

»Das ist nur natürlich«, antwortete der Fürst verwundert. »Sie sind eine junge Frau. Was Sie geleistet haben, ist beispiellos. Liszt ist ein Mann und um einige Jahre älter als sie. Sie sollten an ihn nicht als einen Konkurrenten denken, sondern …«

»Mein lieber Fürst«, fiel ihm Friedrich Wieck nun ins Wort. »Seien Sie mir nicht böse, aber davon verstehen Sie nichts. Es kann nur einen ganz oben an der Spitze geben. Musiker tun zwar häufig so, als seien sie einander freundschaftlich zugetan. In Wirklichkeit würden sie sich jedoch am liebsten gegenseitig einen Dolch in den Rücken stecken.« Er öffnete den Verschlag der Kutsche. »Wir werden diese Herausforderung annehmen, nicht wahr, Clara?«

Clara schwieg. Sie hatte so sehr gehofft, sich nach diesem anstrengenden Winter ein wenig ausruhen zu können. Bei dem Gedanken an ein Duell mit keinem Geringeren als Franz Liszt zog es ihr schmerzhaft den Magen zusammen. Und als Alfred von Schönburg ihr in seiner liebenswürdigen Höflichkeit in die Kutsche half, dachte sie für einen Augenblick, wie schön es doch wäre, diesen ganzen Zirkus einfach aufzugeben und sich an diesen sehnigen Körper zu lehnen, sich ihm anzuvertrauen, jeden Ehrgeiz fahren zu lassen und ein ganz normales Frauenleben zu führen.

8. KAPITEL

Wien, Preßburg und Graz: Frühjahr 1838

»Morgen reisen wir ins Königreich Ungarn. Nach Preßburg.« Friedrich Wieck faltete einen Brief zusammen und verstaute ihn in seiner Korrespondenzmappe. »Dort bleiben wir nur kurz, du wirst zweimal im Theater vor dem Fischertore spielen. Zur Ankunft von Monsieur Liszt sind wir rechtzeitig zurück.«

»Preßburg?« Clara hätte sich beinahe an ihrem Morgenkaffee verschluckt. »Und was ist mit München?«

»Das ist mir zu unsicher«, knurrte ihr Vater. »Zu viele Schwierigkeiten. Zu hohe Kosten. In Preßburg rollen sie dir dagegen den roten Teppich aus und bezahlen fürstlich. So wie in Graz, dahin fahren wir anschließend, wenn du mit diesem Ungarn fertig bist. Dann will ich nach Hause. Ich habe keine Lust mehr auf dieses Nomadenleben.«

Nun ja, dachte Clara, als ihr Vater sich verabschiedete und sie ermahnte, auch k.k. Kammervirtuosinnen müssten üben, wenigstens bin ich dann den verliebten Fürsten von Schönburg los.

Insgeheim schämte sie sich. Am Abend zuvor war ihr der Fürst nämlich auf einmal gar nicht mehr so verabscheuungswürdig erschienen. Nein, das war nicht ganz richtig, denn dass Fürst Alfred sympathisch war und sie häufig zum Lachen brachte, das hatte sie schon lange zugeben müssen. Aber am gestrigen Abend hatte sie sich in ihrer Champagnerlaune zum ersten Mal gefragt, wie es wäre, diesen Mann immer um sich zu haben. Seine Verlässlichkeit und Klugheit, seine Weltgewandtheit und Erfahrung waren ihr direkt begehrenswert erschienen. Ihr Vater hatte recht, an der Seite eines solchen Ehemanns müsste sie sich nie wieder finanzielle Sorgen machen. Sie könnte konzertieren oder nicht, müsste nicht einmal Klavierstunden geben, allenfalls für besonders begabte Kinder, an denen sie Freude hätte. Fürst von Schönburg hatte viele Verdienste als Diplomat vorzuweisen und gerade eben hatte er eine beträchtliche Summe zur Versorgung und Erziehung mittelloser Waisenkinder gestiftet. Er war ein allseits geachteter Mann, verkehrte in den höchsten Kreisen, und dass ihr dieser attraktive Mann den Hof machte, das hatte sie gestern Abend zum ersten Mal mit Stolz erfüllt. Ja, wahrscheinlich war es dieser dumme Stolz gewesen, der sie dazu verführt hatte, sogar Robert von Fürst von Schönburgs Werben um sie zu schreiben. Dabei hatte sie sich nur dafür rächen wollen, dass er ihr von dieser englischen Pianistin Robena Laidlaw vorgeschwärmt hatte, die gerade in Leipzig gastiert hatte. Wie triumphierend er ihr mitgeteilt hatte, dass Robena seinen *Carnaval* in einem ihrer Leipziger Konzerte uraufgeführt hatte, wo Clara sich doch noch immer ziere, dieses Werk öffentlich zu spielen. Ausgerechnet die Laidlaw! Von romantischen Bootsfahrten hatte er ihr berichtet, und davon, dass die Laidlaw ihn so gern hätte, dass sie ihm zum Abschied eine Locke geschenkt hatte. Besonders geärgert hatte sich Clara, als sie in Wien Robenas Bild in einer Zeitung gesehen und im ersten Moment gedacht hatte, es sei sie selbst. Denn diese unverfrorene Engländerin hatte sich tatsächlich so wie sie ganz in Schwarz gekleidet und dabei mehr von ihren Schultern sehen lassen als Clara. Und nicht nur das, genau auf dieselbe Art wie sie trug auch die Laidlaw das dunkle Haar exakt gescheitelt und am Nacken zu einem Knoten geschlungen, und zu allem Überfluss hängte sie sich Klunker in die Ohrläppchen, die Claras Perlenohrringen aufs Haar glichen, und schlang sich eine ganz ähnliche Perlenschnur um ihre Stirn. *Sie sieht dir ähnlich,* hatte Robert geschrieben. Einfach lächerlich! Diese Frau war sich nicht zu schade, Clara zu kopieren.

Konnte man ihr unter diesen Umständen vorwerfen, Robert von »ihrem« Fürsten geschrieben zu haben, der ihr die Welt zu Füßen legen wollte? Nun zählte Robert eins und eins zusammen und reagierte seinerseits eifersüchtig, zumal die Laidlaw nach St. Petersburg weitergereist und es aus war mit romantischen Bootsfahrten. Insgeheim wusste Clara, dass es aber vor allem die Lügengeschichte gewesen war, die ihr Vater ihr gestern erzählt hatte, die sie dazu brachte, Robert von den Avancen des Fürsten zu berichten. War sie deshalb Alfred gegenüber so entgegenkommend gewesen? Was war nur in sie gefahren? Schließlich hatten sie sich bereits ein heiliges Versprechen gegeben, waren Mann und Frau geworden und hatten sich ewige Treue geschworen. Daran sollte sie denken, nicht an ein bequemes Leben als Fürstin von Schönburg …

Sie setzte sich an den Flügel und begann mit ihren Übungen. Dabei quälte sie sich an diesem Morgen noch mehr als sonst, transponierte Czernys Übungen in die schwierigsten Tonarten und lauerte auf die kleinste Unregelmäßigkeit ihres Anschlags. Als sich der Fürst anmeldete, um mit Clara eine Spazierfahrt zu unternehmen, ließ sie Nanny ausrichten, was ihr Vater gesagt hatte: Auch k.k. Kammervirtuosinnen müssten üben, er möge sie bitte entschuldigen.

Die Reise nach Preßburg war beschwerlich, und ihr Vater stritt mit den Fuhrleuten, weil er der Meinung war, man würde ihn betrügen. Der Gasthof »Zum grünen Baum« war entsetzlich, schmutzig und kalt, so dass sie gleich am nächsten Tag ins Hotel »Reichspalatin« umzogen. Beim ersten Konzert im Theater gab es einige technische Pannen, und Friedrich Wiecks Laune sank auf den absoluten Nullpunkt. Das zweite Konzert drei Tage später wurde allerdings ein ungeheurer Erfolg. Das Publikum tobte, und Clara, an mancherlei gewöhnt, jedoch noch nicht an das

Temperament der Untertanen im Königreich Ungarn, konnte *den Lärm kaum fassen*, wie sie Robert schrieb.

Zurück in Wien bat der Kaiser sie höchstpersönlich, in der Hofburg ein weiteres Konzert zu geben, es sollte ihr offizielles Abschiedskonzert werden. Zum Ärger ihres Vaters stand die Ankunft von Franz Liszt noch immer nicht fest, und er tobte, wie um alles in der Welt er planen sollte, wenn sich dieser Herr so zierte.

Endlich war es soweit. Am 11. April, am Tag seiner Ankunft, ließ Liszt durch seinen Diener seine Karte bei ihnen abgeben mit der kurzen, äußerst charmanten Notiz, dass er es nicht erwarten könne, dem verehrten Fräulein Clara Wieck seine Aufwartung zu machen.

»Wie nett von ihm«, fand Alfred von Schönburg.

Doch Clara kam es vor, als sei diese Karte so etwas wie ein Handschuh, den ihr Konkurrent ihr als Aufforderung zum Duell geschickt hatte.

Sein erster Auftritt in der Hofburg in den privaten Gemächern von Sophie von Österreich war ein eindrucksvolles Erlebnis. Ungezwungen waren an die hundert Stühle rund um den Flügel aufgestellt, und Clara saß als Ehrengast in der ersten Reihe. Liszt erschien, verbeugte sich tief und warf seine schulterlange Mähne nach hinten, als er sich wieder erhob.

Ja, seine Vorstellung begann schon, bevor er überhaupt eine Note gespielt hatte. Er trat an den Flügel, streifte seine weißen Handschuhe ab und schleuderte sie mit einer Geste, die bei jedem anderen lächerlich theatralisch gewirkt hätte, bei ihm jedoch vollkommen natürlich erschien, zu Boden. Dann nahm er Platz, warf seine Rockschöße hinter sich und hob seine riesigen Hände über die Tasten.

Er spielte ein Konzertstück von Carl Maria von Weber, das eigentlich für Klavier und Orchester komponiert war, und das er für Klavier-Solo arrangiert hatte. So lyrisch es auch begann, so fulminant entwickelte sich das Stück. Seine riesigen Hände glitten in einer unglaublichen Geschwindigkeit über die Klaviatur, ersetzten mit Leichtigkeit den Part eines gesamten Orchesters einschließlich des Solos, und Clara musste sich eingestehen, dass seine Art, Klavier zu spielen, mit nichts und niemandem zu vergleichen war. Das, was sie seit Langem anstrebte, schaffte dieser geschmeidige Musiker scheinbar mit einer Selbstverständlichkeit, die Clara den Atem nahm.

Auf einmal verstand sie die kleine Marie, Katharina Cibbinis Schülerin, die ebenfalls anwesend war und mit hochrotem Kopf schräg hinter ihr saß. Während ihr Vater ihr beigebracht hatte, aufrecht wie eine Kerze auf ihrem Klavierstuhl zu sitzen, die Unterarme waagrecht zu halten, hauptsächlich aus dem Handgelenk zu spielen und nur an besonders lauten Stellen kultiviert die Kraft des gesamten Armes einzusetzen, agierte Franz Liszt ohne jede Hemmungen. Er scherte sich nicht um eine korrekte Haltung, sein Oberkörper folgte den Wellenbewegungen seiner Arme und diese der Bewegtheit der Komposition.

Er nimmt Besitz von der Musik, die er spielt, fuhr es Clara durch den Kopf, während ich ihr nur diene. Ein Teil in ihr registrierte kritisch, wie hart sein Anschlag war, wenn er eine Phrase herausheben wollte, wie verschwenderisch er das Pedal einsetzte, wie selbstverständlich er eine Melodie willkürlich zerriss, das Metrum brach, langsamer wurde, wenn es ihm gefiel, dann das Tempo anzog, ganz nach seinem Belieben. Dennoch musste sie zugeben, dass es einfach göttlich klang. Es klang nach Ekstase, nach dem, was Clara in Roberts Armen gefühlt hatte, als er sie zur Frau gemacht hatte. Und während dieser Franz Liszt alles, was ihr Vater sie je gelehrt hatte, in Grund und Boden spielte, begriff Clara, dass dieser Mann nicht zwischen Kunst und Leben trennte, dass sein Leben Kunst war, dass es sich in diesen Tönen manifestierte, und er offenbar gar nicht auf den Gedanken kam, er könnte sich damit zu sehr entblößen.

Franz Liszt tat das, was sie schon immer gewollt hatte – er verschmolz mit seinem Instrument und seiner Musik. Die Erkenntnis, dass sie, obwohl sie Robert rein körperlich »das Äußerste« geschenkt hatte und keine Jungfrau mehr war, in ihrer Musik dieses »Äußerste« noch nicht gewagt hatte, war wie ein Schock. Was stand ihr im Weg? Und während sie Franz Liszt zuhörte, erwachte in ihrem Herzen eine Sehnsucht, die noch viel größer war als ihre Sehnsucht nach Robert, größer als alles andere: die Sehnsucht, sich genau wie Franz Liszt in der Welt der Töne und Klänge aufzulösen und zu offenbaren, ohne Rückhalt, ohne Scham. Und ohne die Angst, die Grenzen der Schicklichkeit zu überschreiten.

Mit einem lauten Knall sprang eine der Basssaiten in dem wundervollen Flügel von Conrad Graf, dann eine zweite – Liszt störte es nicht. Er spielte weiter, offenbar war er es gewohnt, dass die Instrumente seiner Leidenschaft nicht standhielten. Clara spähte hinüber zu ihrem Vater, von dem sie nur allzu gut wusste, dass sein Urteil vernichtend war, wenn etwas gegen seine Technik ging. Zu ihrer Verwunderung wirkte auch er fasziniert und vollkommen gebannt. Angst wollte in ihr aufsteigen, ihre alte Angst, zu versagen, nicht zu genügen und in die Bedeutungslosigkeit zu fallen wie in einen luftleeren Raum. Wer war sie, Clara Wieck, wenn sie nicht die Beste war am Klavier?

Ich bin und bleibe doch Clara, sagte eine leise Stimme in ihr. War das nicht genug? Würde Robert sie noch lieben, wenn sie nicht der hellste Stern am Pianistenhimmel war? Konnte sie dann noch vor sich selbst bestehen?

Inzwischen hatte die musikalische Reise geendet, mit der Franz Liszt sein Publikum durch Höhen und Tiefen, ja, Abgründe seiner eigenen Seele geführt hatte. Der Schweiß floss von der mächtigen, fliehenden Stirn des Musikers, als er seine Hände in den Schoß sinken ließ. Clara wagte kaum zu atmen, die Stille, die sich nach seinem furiosen Spiel über sie alle gestülpt hatte, war wie eine Lähmung. Doch sie währte nur ein paar Sekunden, dann sprangen alle von ihren Stühlen auf und begannen zu applaudieren, und sie ebenso, keiner konnte sich dagegen wehren. Franz Liszt erhob sich, strich sein schweißnasses Haar zurück, legte seinen Kopf in den Nacken und schloss für einen Augenblick die Augen, ganz so, als müsste er aus fernen galaktischen Sphären auf die Erde zurückkehren. Er verbeugte sich tief, richtete sich wieder auf und hob die Hände, um Ruhe bittend.

»Je vous remercie du fond du cœur«, sagte er auf Französisch. »Ich danke Ihnen von Herzen. Aber ich darf nicht versäumen, eine Künstlerin allerersten Ranges zu begrüßen, auf deren Begegnung ich mich schon seit einer Ewigkeit freue. *Ma chère* Demoiselle Wieck, geben Sie mir die Ehre, gemeinsam mit mir etwas zu spielen?«

Zustimmendes Raunen erhob sich, und wie von einer fremden Macht bewegt, stand Clara auf. Was um alles in der Welt sollte sie gemeinsam mit diesem Musiker spielen?

»Was für ein reizender Gedanke«, hörte sie ihren Vater sagen, der rasch zu Liszt an den Flügel getreten war. In seiner Hand hielt er Noten. Hatte er das etwa erwartet? »Hier haben wir ein wundervolles Werk aus der Feder meiner Tochter. Ein Duo für zwei Klaviere über ein Thema aus der Oper *Ein Maskenball* von Auber. Mir scheint, das ist genau das Richtige für diesen Anlass.«

»Mit dem größten Vergnügen«, antwortete Franz Liszt erfreut.

Rasch wurde ein zweiter Flügel aus dem Nebenraum herbeigetragen, Wieck prüfte kurz, ob die Stimmung der beiden Instrumente zueinander passte, dann konnte es losgehen.

Ganz benommen nahm Clara an ihrem Instrument Platz. Man hatte die Flügel so gestellt, dass sie einander direkt gegenüber saßen. Sie sah in das lächelnde Antlitz von Franz Liszt, versenkte ihren Blick kurz in seine ungewöhnlichen, tiefliegenden Augen in der Farbe von dunklem Malachit, und gab mit einem Nicken ihres Kopfes den Einsatz.

Das Stück war schwierig – natürlich. Alle ihre Kompositionen zielten darauf ab, zu beeindrucken. Es war ein bisschen hinterhältig von ihrem Vater, Liszt einen dieser Parts vor diesem verwöhnten Publikum vom Blatt spielen zu lassen. Das Duo für zwei Klaviere hatte sie erst ein einziges Mal aufgeführt, und zwar gemeinsam mit einem Kompositionsschüler von Musikdirektor Dorn.

Umso erstaunter war Clara, als Liszt ihre Komposition mit wenigen Blicken zu erfassen schien, und statt die ganze Zeit auf die Noten zu starren, ihren Blickkontakt suchte, was für ein perfektes Zusammenspiel absolut notwendig war. Ja, er interpretierte seinen Part, als würde er ihn seit Langem kennen. Dabei hielt er sich zurück, passte sich ihrer Art zu spielen an, und Clara wünschte sich verzweifelt, sie könnte so aus sich herausgehen, wie er es vorhin getan hatte. Aus irgendeinem Grund war das nicht möglich. Sie spielte, wie es ihre Art war, perfekt und leidenschaftlich in den ihr gesetzten Grenzen. Und doch wurde sie von einer ihr bislang völlig unbekannten Euphorie erfasst, gemeinsam mit Franz Liszt zu musizieren machte ihr eine Freude, die sie am Klavier lange nicht mehr gespürt hatte.

Es war, als würde aus dem Korpus seines Flügels eine gewaltige Welle aus Energie aufsteigen und sie mitreißen. Einige Momente lang gab es nur noch die Musik und die malachitfarbenen Augen ihres Gegenübers.

Der Applaus war gewaltig und wollte überhaupt nicht mehr enden. Franz Liszt kam zu ihr, ergriff ihre Hände und verbeugte sich tief vor ihr. Der gesamte Hofstaat samt aller Gäste raste. Und Clara kam sich vor wie jemand, der Lob für etwas erhielt, das ein anderer geleistet hatte. Dabei war es ihre eigene Komposition. Und sie hatte ja schließlich auch mitgespielt.

… auch mitgespielt. Diese Worte verfolgten sie in der folgenden Nacht im Traum. Da war sie wieder elf Jahre alt, trug ein rosafarbenes Kleid mit Schleifen und stand auf der Bühne des Leipziger Gewandhauses. Es war ihr erstes Konzert und als sie sich an den Flügel setzte und beginnen wollte, ließen sich die Tasten nicht herunterdrücken. Erst dachte sie, dass sie einfach nur klemmten, das kam ja vor, je nach Fabrikation gab es ganz entsetzliche Instrumente. Dann begriff sie, dass die Tasten lediglich auf ein Holzbrett aufgemalt waren. Sie konnte drücken, so viel sie mochte, kein Ton war zu hören. Das Publikum wurde unruhig, schließlich begann einer zu lachen, dann ein zweiter, schließlich schallte der ganze Saal vor Gelächter.

»Jetzt hat die kleine Clara doch tatsächlich geglaubt, sie könne auch ein bisschen mitspielen«, sagte Thalberg höhnisch, der plötzlich neben ihr stand.

»Das arme Kind«, meinte Chopin und sah sie aus seinen ausdrucksvollen Augen mitfühlend an.

»Aber ihr Kleid ist *très jolie*«, fügte Liszt liebenswürdig hinzu.

Schweißgebadet erwachte Clara.

»Haben Sie schlecht geträumt?«, hörte sie Nannys schlaftrunkene Stimme.

»Ja«, murmelte Clara und sank zurück auf ihr Kissen. Es war nur ein Traum. Dennoch wollte diese lähmende Furcht nicht von ihr weichen.

Am folgenden und am übernächsten Tag gab Liszt Konzerte. Es war ihm Ernst damit, möglichst hohe Einnahmen für seine vom Hochwasser betroffenen Landsleute zu erspielen, was ihm allgemein eine Menge Sympathien verschaffte. Auch Clara konnte sich seinem Charme nicht entziehen, kein Zweifel, Franz Liszt meinte es gut mit ihr.

»Wie geht es Robert Schumann?«, fragte er sie während eines unbeobachteten Moments, und so, wie er sie ansah, war Clara sich sicher, dass er von ihrer heimlichen Liebe wusste. »Monsieur Chopin hat mir da etwas verraten«, fügte er leise und diskret hinzu. »Wenn ich irgendwie behilflich sein kann, bitte, lassen Sie es mich wissen. Ich würde Robert Schumann so gerne kennenlernen«, fuhr er in normaler Lautstärke fort. »Seine Musik ist so neu, so voller Genie, ich bin überzeugt davon, dass er uns alle irgendwann überdauern wird.«

»Aber Monsieur Liszt«, wandte die Baronin von Pereira-Arnstein ein. »Jetzt stellen Sie Ihr Licht allzu sehr unter den Scheffel. Von Ihnen wird man noch in hundert Jahren sprechen …«

»Das mag sein, *ma chère* Baronesse«, antwortete Liszt, »oder auch nicht. Robert Schumann ragt über uns alle weit empor. Ich brenne darauf, ihm das alles persönlich mitzuteilen. Mein Gefühl sagt mir, dass wir Seelenverwandte sind.«

»Kennen Sie seinen Klavierzyklus *Carnaval?*«, fragte Clara.

»Nein«, entgegnete Liszt aufgeregt. »Bislang sind mir nur die *Papillons* bekannt. Oh, Mademoiselle, spielen Sie mir den *Carnaval* vor?«

»Das macht sie sehr gern«, mischte sich Friedrich Wieck nun in das Gespräch ein. »Wollen Sie uns morgen besuchen? Dann tauschen wir uns in aller Ruhe aus. Bei der Gelegenheit können Sie die Kompositionen meiner Tochter kennenlernen.«

»Avec plaisir«, antwortete Liszt mit einer kleinen Verbeugung. »Mit dem größten Vergnügen. Wie freundlich von Ihnen. Selbstverständlich möchte ich alles kennenlernen, was Sie und Monsieur Schumann bislang komponiert haben. Mein Freund Frédéric Chopin hat mir bereits von Ihren entzückenden Stücken vorgeschwärmt.«

»Na also«, meinte Friedrich Wieck zufrieden, als sie zurück in ihr Hotel fuhren, wo sie sich für die letzten Tage in Wien einquartiert hatten. »Das lief ja phantastisch! Wenn er erst einmal deine Stücke in seinen Konzerten spielt …«

»Das wird er niemals tun«, unterbrach Clara ihn niedergeschlagen.

»Warum denn nicht? Chopin hat dein opus 5 in sein Programm aufgenommen. Warum sollte nicht auch Liszt …«

»Weil er mit seinen eigenen viel besser brillieren kann.«

Wieck betrachtete sie mit gerunzelter Stirn.

»Was ist los mit dir? Hat dich dieser Scharlatan derart eingeschüchtert?«

»Er ist kein Scharlatan, und das weißt du ganz genau. Er ist …« Clara suchte nach Worten.

»Er spielt wirklich sehr gut, zugegeben. Und er hat eine Leidenschaft, die keine Grenzen kennt. Sie ist wie ein reißender Strom. Schließlich ist er ein Mann, das darfst du nicht vergessen, ihm steht das ausgezeichnet. Aber stell dir mal vor, eine Frau würde so spielen, sich derart verausgaben, sich auf diese Weise gehen lassen – sie würde mit Spott und Hohn überschüttet und im schlimmsten Fall als leichtfertig deklassiert werden. Franz Liszt lässt all seine Männlichkeit in sein Spiel einfließen und das ist der Grund, weshalb ihm die Frauen in Scharen nachlaufen. Sie stehlen seine Handschuhe, seinen Schal, und sogar seine abgerauchten Zigarrenstumpen aus den Aschenbechern! Ist das nicht widerlich? Bei einem Mann, wenn er sich überdies wie ein Kavalier benimmt wie Franz Liszt, lächelt man darüber. Was würde man dagegen sagen, wenn man dir deine Schute stehlen oder Nanny bestechen wollte, dass sie eines deiner Wäschestücke …«

»Hör auf«, bat Clara. »Außerdem werde auch ich von Verehrern belagert. Erinnere dich an Prag, als jeden Nachmittag ein anderer verliebter Geck vorbeischaute, und du mich gezwungen hast, zu jedem freundlich zu sein.«

»Weil man ja nie wissen kann, wie sie einem nützen können«, belehrte ihr Vater sie. »Und damit du es weißt: Ich habe sehr wohl begriffen, wie sehr dich das stört. Deshalb hat Alfred von Schönburg hier in Wien alle anderen aus dem Feld schlagen dürfen. Denn er meint es wirklich ernst, Clara. Er würde dir lieber heute als morgen einen Antrag …«

»Warum kannst du mich damit nicht endlich in Ruhe lassen?«, fuhr Clara ihn an. »Es ist alles schwer genug für mich. Jetzt, wo ich gegen keinen Geringeren als Franz Liszt bestehen muss …«

»Du siehst das ganz falsch, mein Kind. Du musst gegen Franz Liszt überhaupt nicht bestehen, weil du in einer ganz anderen Liga spielst. Er verkörpert den dämonischen, männlichen Künstlergenius. Und du die zarte, poetische musikalische Weiblichkeit. Clara, die Helle, Strahlende. Stets keusch im schwarzen, hochgeschlossenen Kleid, ein Lächeln wie von einem Heiligenbild auf den Lippen. Keinerlei Putz, kaum Schmuck, lediglich diese melancholischen Tränenperlen, die dir Schumann geschenkt hat, und dieses Stirnkettchen, das dich aussehen lässt wie eine kleine Madonna. Perfekt. Du und Liszt, ihr verkörpert zwei entgegengesetzte Pole der musikalischen Welt. Dass ihr beide ausgerechnet hier in Wien aufeinander getroffen seid, hat eine glückliche Vorsehung bewirkt. Vor allem, nachdem du zur k.k. Kammervirtuosin ernannt worden bist. Was glaubst du, welchen Eindruck das machte, als er vor dir niedersank und du ihn mit deinen großen Kinderaugen angelächelt hast? Davon wird der gesamte Hof und die komplette Gesellschaft Wiens noch lange sprechen.« Erschöpft ließ er sich gegen die harte Lehne der Kutsche zurücksinken. »Also verzage nicht, mein Kind«, fügte er hinzu. »Sondern spiele einfach so, wie du es immer tust. Mehr brauchst du nicht zu tun.«

Und das tat Clara, auch wenn ihr das, was ihr Vater gesagt hatte, alles andere als gefiel. Sie wollte nicht immer und ewig die keusche Madonna spielen. Darum legte sie all ihre Leidenschaft hinein, als sie Franz Liszt den *Carnaval* vorspielte und ihn offenbar tatsächlich beeindruckte – oder war es vor allem die Komposition?

Er lobte sie mit den anmutigsten Worten und trat an den Flügel. Dort lag die Erstausgabe von Robert Schumanns *Acht Phantasiestücken opus 12*, die sie gerade erhalten hatten. Zu Claras Verdruss waren die acht Kompositionen ihrer Rivalin Robena Anne Laidlaw gewidmet, die sie ebenso wie den *Carnaval* in Leipzig uraufgeführt hatte, noch ehe Clara selbst dazu gekommen war.

»Ist das von ihm?«, fragte Liszt, und als sie es bejahte, setzte er sich ohne Umstände an den Flügel und begann diese halsbrecherischen Stücke mit der größten Leichtigkeit vom Blatt zu spielen.

»*Das* ist ein Geist«, sagte er, als er geendet hatte, und seine Augen leuchteten. »Dies ist eines der größten Werke, das ich kenne.«

Immerzu sprach er von der Genialität Robert Schumanns, und dass er ganz sicher wisse, dass diesem Mann eine glänzende Zukunft bevorstand. Das sollte sie freuen, machte es doch Eindruck auf ihren Vater und konnte ihnen nur helfen. Aber warum nagte es an ihr? Wieso fühlte sie sich auf einmal ganz klein und bedeutungslos?

Umso mehr freute es sie, als am nächsten Morgen eine kleine Delegation der Wiener Gesellschaft der Musikfreunde ihre Aufwartung machte und ihr feierlich eine Urkunde überreichte, in der sie zum Ehrenmitglied ernannt wurde.

»Warum kommen Sie nicht für immer zu uns nach Wien?«, fragte der Direktor liebenswürdig. »Bei uns stehen Ihnen alle Türen und Herzen offen.«

»Das wäre in der Tat mein größter Wunsch«, antwortete Clara. »Vielleicht wird er einmal wahr.«

»Was würdest du davon halten, wenn ich später nach Wien ziehen würde?«, fragte Clara ihren Vater auf der Reise nach Graz. Und mutig fügte sie hinzu: »Natürlich erst, wenn ich Robert Schumanns Frau geworden bin. Denkst du nicht auch, dass sich für ihn dort viel mehr Möglichkeiten eröffnen würden als in Leipzig?«

Ihr Vater sah sie mit undurchdringlicher Miene an. Der gefürchtete Tobsuchtsanfall blieb jedoch aus.

»Warum nicht«, meinte er zu ihrer Überraschung. »Wenn er irgendwo sein Glück versuchen sollte, dann in Wien.« Er musterte Clara und ein spöttisches Lächeln erschien um seine Augen, kaum wahrnehmbar, doch sie kannte ihren Vater viel zu gut, um es zu übersehen. »Allerdings müsste er sich dazu erst einmal bewegen, das liegt Herrn Schumann nicht besonders.«

Clara biss sich auf die Unterlippe.

»Du hast gehört, wie sehr ihn Franz Liszt schätzt«, wandte sie trotzig ein.

»Ich schätze ihn ja ebenfalls«, gab ihr Vater zu. »Er ist einer der ganz großen Talente, das habe ich oft gesagt und dabei bleibe ich. Er ist ein einzigartiger Komponist, da hat Liszt vollkommen recht. Aber er kennt seinen schwachen Charakter nicht, ich hingegen schon.« Und als er sah, dass seine Tochter zornig widersprechen wollte, fügte er rasch hinzu: »Darüber haben wir uns schon so oft gestritten, Clara. Lass es gut sein, ich bin es langsam leid.«

»Und wenn er dir das Gegenteil beweist?«

Wieck betrachtete seine Tochter unter halb geschlossenen Lidern.

»Das soll er erst einmal tun.«

»Wirst du dann deine Meinung ändern?«

Wieck schloss die Augen, und als Clara schon dachte, dass er eingeschlafen sei und sie keine Antwort mehr erhalten würde, sagte er: »Wenn er es tatsächlich schafft, sich in Wien zu etablieren, dann überleg ich es mir noch mal. Zweitausend Taler Jahreseinkommen, das ist es, was du brauchst und das muss er verdienen. Solange es nicht soweit ist, möchte ich nicht mehr darüber sprechen.«

Und ob er das schaffen wird!, dachte Clara voll neuer Hoffnungen. Mit meinen Kontakten sollte es ein Leichtes für ihn sein, in Wien Fuß zu fassen und die genannte Summe zu verdienen. Und schon gab sie sich ihren Träumereien hin, einmal als Clara Schumann mit Robert an ihrer Seite in der Donaumetropole zu leben …

Drei Tage dauerte die Fahrt nach Graz. Die Straßen waren miserabel und ihr Vater stritt sich einmal mehr mit dem Kutscher, von dem er behauptete, er wollte ihn prellen. Clara trug alles mit Gelassenheit, ganz versunken in den Anblick der Steirischen Bergwelt. Wenn sie erst einmal in Wien leben würden, wollte sie mit Robert hierher kommen und in dieser herrlichen

Landschaft wandern, in einfachen Bauernhöfen übernachten, frisch gemolkene Milch trinken und sich ganz wunderbar dabei erholen. Vielleicht könnten sie sich einen Sommer lang ein kleines Häuschen mieten und komponieren, ihr Vater würde ihnen sicherlich einen oder zwei Flügel herschicken. Ach, sie stellte es sich herrlich vor, ein paar Wochen mit Robert ganz allein zu sein und keine Menschenseele treffen zu müssen.

Sie war so versunken in diese Zukunftsvisionen, dass sie erst merkte, wie durchfroren und durchgerüttelt sie war, als sie endlich ankamen.

Kaum, dass sie sich eingerichtet und sich auf dem Flügel im Grazer Theater eingespielt hatte, kamen Nachrichten aus Wien an. Liszt wurde noch immer gefeiert, schrieb Fischhof, außerdem wurde der Pianist Adolf Henselt erwartet, der mit Robert persönlich befreundet war und bereits in Leipzig für großes Aufsehen gesorgt hatte. Fischhof schrieb, die Wiener freuten sich auf den Wettstreit zwischen den beiden Giganten.

Eine seltsame Unlust überfiel sie, während sie im Ständischen Theater übte. Hier würde sie zunächst in den Zwischenakten zweier Komödien spielen, ehe sie einige Tage später ein richtiges Konzert veranstalten konnte. An diesem Tag kam ihr alles so vergeblich vor. Die vielen Stunden, die sie so wie jetzt mit Üben verbracht hatte, die zahlreichen Auftritte – immer wieder hatte sie ihr Bestes gegeben. Hatte sie Wien nicht in Aufruhr versetzt? Und kaum war sie weg, hatte man sie vergessen. Aber sie war ja nur eine Frau. Ach, es war alles so mühselig …

In solche trüben Gedanken versunken kehrte sie zu ihrer Unterkunft zurück.

Eine vornehme Kutsche stand vor dem Gasthof, und als sie näher kam, erkannte sie das Wappen. Es war das rot-weiß gestreifte, geflügelte Schild des Schönburgschen Geschlechts. Oh nein, dachte sie. Ist er uns tatsächlich nachgereist?

Alfred saß gemütlich in der großen Stube ihrer Suite und hatte die langen Beine übereinander geschlagen.

»Na?«, fragte er. »Ist mir die Überraschung gelungen?« Er erhob sich und machte eine elegante Verbeugung.

»Durchaus«, antwortete Clara und bemühte sich, nicht allzu abweisend zu klingen. »Was führt Sie denn nach Graz?«

Fürst Alfred betrachtete sie mit einem verliebten Lächeln.

»Das wissen Sie wirklich nicht? Oder wollen Sie es von mir hören?«

Clara wurde es unbehaglich zumute. »Um die Wahrheit zu sagen«, fuhr der Fürst fort, »hatte ich den unbändigen Wunsch, meinen Geburtstag in der Gesellschaft zu verbringen, die mir im Augenblick die liebste ist.«

Clara schluckte.

»Heute ist Ihr Geburtstag?«

»So ist es«, erklärte Fürst Alfred mit einem Strahlen. »Ihr Vater hat bereits die Erlaubnis zu einer kleinen Spazierfahrt nach dem Essen gegeben. Selbstverständlich sind Sie meine Gäste.«

Er hatte im nobelsten Hotel von Graz einen Tisch bestellt, und Clara, die es gewohnt war, einfach zu essen und mit einer Suppe zufrieden gewesen wäre, genoss die fangfrische Forelle aus der Mur mit Spargel aus der Umgebung und den flaumigen Topfenstrudel zum Nachtisch. Außerdem gelang es Alfred von Schönburg auch an diesem Tag, sie mit seinen amüsanten Anekdoten zum Lachen zu bringen. Vorneweg hatte es Champagner gegeben, und wieder fühlte sie sich seltsam schwerelos.

»Warum haben Sie sich nicht angekündigt?«, fragte sie bedauernd, während sie danach den Schlossberg hinauf zu dem Wahrzeichen der Stadt spazierten, dem Uhrenturm. »Nun hab ich gar kein Geburtstagsgeschenk für Sie.«

»Sie schenken mir Ihre Zeit«, antwortete Alfred galant. »Das ist mir genug.«

»Die Zeit vergeht«, wandte sie ein. »Am Ende bleibt nichts.«

Er warf ihr einen prüfenden Blick zu.

»Lassen Sie uns einen Tausch machen«, schlug er vor. »Ihre Zeit gegen meine. Abgemacht?«

Clara sah ihn verwundert an. Was meinte er damit?

»Abgemacht«, antwortete sie.

»Ihre Hand darauf?« Aus seinen Augen blitzte der Schalk.

Was für ein seltsamer Mensch, dachte Clara bei sich, während sie in seine dargebotene Hand einschlug. Sie verbrachte Zeit mit ihm und er mit ihr, wozu brauchte es dazu einen Handschlag?

Fürst Alfred von Schönburg war stehen geblieben und löste seine goldene Taschenuhr von der Kette.

»Hier«, sagte er und reichte sie Clara. Sein Gesicht war ungewohnt feierlich. »Darf ich nun im Gegenzug um Ihr zierliches Ührchen bitten?«

Clara erschrak. So hatte er das gemeint? Instinktiv legte sie ihre Hand schützend über die Zylinderuhr, die ihr Robert Schumann zu ihrem sechzehnten Geburtstag geschickt hatte. Gut, andere hatten dazu Geld beigesteuert, doch er hatte sie ausgesucht. Sie war ihr lieb und teuer, stets trug sie die Uhr nahe an ihrem Herzen. Ihr feines Ticken erschien ihr immer wie der Puls ihrer Liebe zu Robert.

»Sie haben mir Ihr Wort gegeben«, erinnerte Alfred sie leise und eindringlich. »Als mein Geburtstagsgeschenk wollten Sie mir Ihre Zeit schenken gegen meine.«

Clara wurde es heiß. Sie konnte unmöglich Roberts Geschenk eintauschen, wie sollte sie ihm das erklären?

»Mit Verlaub …«, begann sie und bemerkte, dass ihre Stimme zitterte. »Sie werden das verstehen, das … das kann ich unmöglich tun. Denn diese Uhr war ein Geburtstagsgeschenk, als ich sechzehn wurde. Teure Freunde haben sie mir geschenkt und …«

»Du kannst sie dem Fürsten ruhig geben«, fiel ihr Vater, der sie inzwischen eingeholt hatte, ihr ins Wort. »Glaub mir, keiner deiner Freunde nimmt es dir übel …«

»Ich möchte sie aber gerne …«

Sie hatte das gefährliche Funkeln in den Augen ihres Vaters gesehen und stockte. Gerade eben, als Alfred von Schönburg ihr das fatale Versprechen abgenommen hatte, war er überhaupt nicht bei ihnen gewesen, und dennoch wusste er, worum es ging. War die Sache mit dem Uhrentausch womöglich seine Idee gewesen? Um damit eine Erinnerung an Robert zu tilgen?

»Wenn es Ihnen so schwerfällt, wollen wir es vergessen …«, begann Alfred, und Mitleid klang in seiner Stimme mit. Doch Friedrich Wieck unterbrach ihn.

»Du hast dein Wort gegeben«, sagte er streng zu Clara. »Blamier uns nicht!«

Es blieb ihr nichts anderes übrig. Sie gab sich einen Ruck und löste die Zylinderuhr von ihrem Kleid. Als sie ihre Hand ausstreckte und dem Fürsten dieses tickende, herzähnliche Ding überreichte, musste sie den Blick abwenden, so sehr schmerzte es sie.

»Sieh nur, welch guten Tausch du machst«, hörte sie ihren Vater sagen, während die Uhren ihre Besitzer wechselten. Die fürstliche Uhr war viel größer als die ihre und mit prächtigen Ornamenten verziert. Statt Ziffern war jede Stunde mit einem winzigen Diamanten markiert, auf der Rückseite hatte man das Wappen der Schönburger eingraviert. Schwer wog sie in ihrer Hand.

»Die einen tauschen Ringe«, meinte Friedrich Wieck versonnen, »die anderen ihre Zeit. Was das wohl zu bedeuten hat?«

»Es hat zu bedeuten, dass ich mich jetzt besser zurückziehe«, erklärte Clara rasch. »Ich bin müde und möchte mich gern hinlegen.« Noch einmal warf sie einen sehnsüchtigen Blick auf ihre Zylinderuhr in den Händen des Fürsten. Sie hatte ihn beinahe gemocht. Jetzt konnte sie ihn nicht mehr leiden. Sie besaß so wenige Dinge, die ihr etwas bedeuteten. Wusste er, dass er ihr etwas unvergleichlich Teures genommen hatte? Am liebsten wollte sie ihn nie wieder sehen.

ZWEITER TEIL

Ach kämst Du doch einmal nach Paris,
und überraschtest mich ganz plötzlich – was thäte ich wohl,
ich wüsste nicht was! Es würde Dir wohl gefallen bei mir …

CLARA AN ROBERT,
PARIS, 4. SEPTEMBER 1839

9. KAPITEL

Leipzig und Nürnberg: Januar 1839

»Ach, ich möchte Sie so gerne nach Paris begleiten!« Nanny bettelte schon den ganzen Vormittag. »Warum kann ich denn nicht mitkommen?«

Clara wurde das Herz schwer. Erst vor zwei Tagen hatte ihr Vater sie mit der Kündigung ihrer Kammerzofe überrascht.

»Das würde ich schrecklich gern, Nanny«, antwortete sie niedergeschlagen. »Aber mein Vater …« Sie konnte nicht weitersprechen. Die Trennung von Nanny würde ihr unendlich schwerfallen.

»Ob er etwas gemerkt hat?«, fragte Nanny beklommen und sah zur Tür, als befürchtete sie, jemand könnte sie hören. »Dabei war ich so vorsichtig.«

»Ich glaube nicht, dass er von deinen Kurierdiensten zwischen mir und Robert etwas bemerkt hat«, meinte Clara leise. »Allerdings sieht er es nicht gern, dass wir zwei uns so gut verstehen.« Sie wandte sich ab, Tränen traten ihr in die Augen.

»Dann reise ich einfach heimlich mit«, beschloss Nanny mit blitzenden Augen. »Was halten Sie davon? Ich fahr mit der Post bis Markkleeberg voraus, dort nehmen Sie mich auf und …«

»Nanny, das geht nicht«, unterbrach Clara sie. »Mein Vater hat diese Französin angestellt, diese Mademoiselle Dufourd. Und die würde es ihm sofort haarklein berichten.«

»Das ist mir egal«, behauptete Nanny tollkühn. »Er hat mir ja eh schon gekündigt, schlimmer kann es nicht kommen. Und überhaupt, einmal aus der Stadt, können Sie diese Französin wegschicken und stattdessen mich …«

»Liebste Nanny, ich brauche jemanden, der Französisch spricht«, erklärte sie. Nanny brach in Tränen aus und war nicht zu trösten.

»Aber ich hänge doch so an Ihnen«, schluchzte sie. »Keiner weiß besser als ich, was Sie brauchen. Das bisschen Französisch lerne ich, wenn wir erst dort sind.«

Ja, Clara würde nach Paris reisen, und zwar dieses Mal ohne ihren Vater. Sie hatte es satt, von ihm bevormundet zu werden. Trotzdem zitterte sie vor Angst bei dem Gedanken, ganz allein in die weite Welt hinauszufahren. Und deshalb war es wichtig, jemanden bei sich zu haben, der Land und Leute kannte, auch wenn sie diese ältliche Mademoiselle Dufourd mit ihren eifrigen Mausaugen nicht besonders sympathisch fand.

»Mein Vater wird bald nachkommen«, sagte Clara zögerlich. »Dann fliegt ohnehin alles auf.«

»Ach, das sagt er bloß.« Nanny wischte sich resigniert die Tränen ab. »Er will doch nur, dass Herr Schumann nicht auf die Idee kommt, sich Ihnen anzuschließen.«

Clara seufzte. Sie wurde nicht schlau aus ihrem Vater. Einmal sagte er, sie solle ruhig vorausfahren, er werde sie in Nürnberg, spätestens in Stuttgart einholen, von dort aus würden sie gemeinsam reisen. Wenig später lehnte er es kategorisch ab, sie zu begleiten und behauptete, endlich zu Hause bleiben und sich um seine Familie kümmern zu wollen. Nicht einmal das Argument, dass die Pariser Konzerte eine Menge Geld einbringen würden, konnte ihn locken, er behauptete, die Unkosten seien viel höher, als das, was sie jemals verdienen könnte. Dann wieder versprach er, ganz bestimmt nachzukommen. Und Clara wusste nicht, was sie sich mehr wünschen sollte. In mutigen Stunden wollte sie allein reisen, in angstvollen Momenten hoffte sie dagegen, dass ihr Vater sie nicht ganz im Stich lassen würde. Sicherlich steckte Clementine dahinter, die ohnehin von Anfang an eifersüchtig auf sie gewesen war.

Clara wusste, dass sie ungerecht war. Bis auf die Sache mit Robert war ihre Stiefmutter stets gut zu ihr gewesen. Nicht gerade liebevoll, jedoch korrekt. Damit schien es jetzt vorbei. Sie habe ihren Vater über Gebühr beansprucht und ihm außerdem nichts als Ärger bereitet, hatte Clementine ihr an den Kopf geworfen. Statt die glänzende Partie zu machen, die ihre Eltern in Alfred von Schönburg sahen, beharrte sie wie ein eigensinniges Kind darauf, Robert Schumann zu heiraten. Dabei tat Robert genau das, was ihr Vater gut geheißen hatte: Er war seit ein paar Monaten in Wien und bereitete alles für ihre gemeinsame Zukunft dort vor.

»Was verlangst du denn *noch* von ihm?« Sie war am Ende ihrer Geduld angelangt und konnte sich kaum noch beherrschen.

»Er soll dich in Ruhe lassen!«, schrie Friedrich Wieck zurück. »Wie oft muss ich es noch sagen: Ich werde dieser Heirat niemals zustimmen, ganz egal, ob er in Wien etwas erreicht oder nicht.«

»Ich werde ihn trotzdem heiraten!«

So war es ein paar Tage lang gegangen, bis ihr Vater ihr einfach den Rücken gekehrt hatte und so tat, als sei sie für ihn gestorben. Ja, Friedrich Wieck begann, ihre kleine Schwester Marie zu unterrichten, und Clara hatte ein Déjà-vu nach dem anderen. Zuerst wurden die Fingerchen der Sechsjährigen so wie ihre damals in den sogenannten Chiroplast eingeführt, eine Apparatur aus Holz und Draht, die zu der fortschrittlichen Unterrichtsweise des Vaters gehörte. Diese Methode war von Johann Bernhard Logier erfunden worden und diente dazu, den Händen von Anfang an die richtige Haltung beizubringen, indem sie so fixiert wurden, dass sie gar nicht anders konnten, als zu spielen, wie sie es sollten. Allerdings machte das Üben auf diese Weise kein bisschen Spaß, und Marie, aus ihrem Kinderhimmel gerissen, schien entsetzlich zu leiden.

Clara hatte die Botschaft verstanden. Enttäuscht darüber, dass sie einen eigenen Willen zeigte und sich ihm widersetzte, wandte ihr Vater sich von ihr ab und begann von vorn. Er würde die kleine Marie nach seinem Wunsch formen und binnen weniger Jahre dem staunenden Publikum das nächste Wunderkind präsentieren. Clara brauche bloß nicht zu denken, dass sie eine Ausnahme sei, behauptete er. Mit der richtigen Unterrichtsmethode könne man aus jedem halbwegs begabten Kind eine zweite Clara erschaffen, erklärte er jedem, der es hören wollte. Armes kleines Schwesterchen, ihre unbeschwerten Jahre waren vorüber. Täglich hörte Clara ihr Weinen aus dem Musikzimmer und vor allem die strenge Stimme ihres Vaters.

Nach dem ersten Schrecken folgte Euphorie. Endlich hatte sie die Freiheit, zu tun und zu lassen, was sie für richtig hielt. Und als sie eines Abends davon gesprochen hatte, nach Paris zu reisen, hatte ihr Vater nur desinteressiert mit den Schultern gezuckt.

»Tu, was du für richtig hältst«, hatte er gesagt und sich seiner Frau zugewandt.

Da hatte sie damit begonnen, diese Reise zu planen. Bald war ihrem Hochgefühl allerdings Ernüchterung gefolgt. Vor allem, weil ihr Robert so unendlich fehlte.

Er war ihr ausgewichen, seit sie im Mai von ihrer Reise zurückgekehrt war. Hatte sie gedrängt, der Einladung des Majors und der Majorin Serre zu folgen und den Sommer auf deren Gut in Maxen bei Dresden zu verbringen und sich dort zu erholen. Das Ehepaar Serre verstand sich als Kunstförderer und lud insbesondere Künstlerpersönlichkeiten zur Sommerfrische auf ihr bequemes und wunderschön gelegenes Schloss ein. Robert behauptete, er mache sich Sorgen um ihre Gesundheit, sie sei so blass und dünn geworden. Doch Clara ahnte, dass er es in Wahrheit nicht ertrug, sie nur von Weitem oder, wenn es ihnen mit Nannys Hilfe gelang, sich zu verabreden, für wenige, verstohlene Momente in einer dunklen Hofeinfahrt zu sehen und ein paar hastige Worte mit ihr zu wechseln, sie allenfalls kurz zu umarmen. Auch ihre Nerven machten das nicht länger mit. Also hatte sie die Koffer nur umgepackt und war so bald wie möglich nach Maxen gefahren, hatte dort den Sommer verbracht, während Robert in Leipzig seine Abreise nach Wien vorbereitete.

Ob es an dem langen, anstrengenden Konzertwinter lag, an dem Leistungsdruck, dem sie monatelang ausgesetzt gewesen war, an dem lästigen Werben des Fürsten von Schönburg oder der einschüchternden Begegnung mit Franz Liszt – noch nie hatte sie sich so elend gefühlt wie in diesen Sommermonaten 1838. Nachts fand sie keinen Schlaf, lag endlos wach und starrte in die Dunkelheit, durchlebte im Geiste immer wieder einzelne Szenen am Wiener Kaiserhof, ihre Triumphe, ebenso jedoch die beschämenden Momente, von denen nur sie allein wusste. Das schale Gefühl, nicht zu genügen, das sie empfand, seit sie Liszt hatte spielen hören, und die ständige Frage, was aus ihr werden sollte, wenn sie einmal nicht mehr zur allerersten Pianistenriege gehören würde. Tagsüber war sie wie erschlagen, konnte sich an nichts erfreuen, sehnte sich nach Robert und wurde doch von Zweifeln befallen, ob sie sich nicht in etwas verrannt hatte und am Ende ihr Vater recht behalten könnte. Da war zum Beispiel die Sache mit Christel. Und die Tatsache, dass Robert entgegen eigener Beteuerungen regelmäßig zu viel Alkohol trank. Nicht nur ihr Vater sagte das, nein, sie hatte es auch von anderen gehört. Wollte sie das? Einen Mann, der sich womöglich während ihrer Ehe bis zur Besinnungslosigkeit betrank und von fremden Männern heimgetragen werden musste? Von dem sie nicht sicher sein konnte, dass er ihr treu war?

Das waren die schlimmsten Momente, und dann wollte sie am liebsten sterben.

»Mein armes, gutes, deutsches Clärchen«, lachte ihre neue Freundin, die Sängerin Pauline Garcia, die aus Frankreich stammte und spanische Wurzeln hatte. Sie war die jüngere Schwester der legendären Opernsängerin María Malibran, die zwei Jahre zuvor nach einem Jagdunfall viel zu früh verstorben war. Pauline war gemeinsam mit ihrer Mutter und dem Lebensgefährten ihrer verstorbenen Schwester ebenfalls zu Gast auf Gut Maxen und von einem unbändigen, südländischen Temperament. »Ich fürchte, du nimmst alles viel zu schwer. Nicht einmal die Liebe verdient es, dass man auch nur einen einzigen Tag lang traurig ist.«

Sie hatte gut reden! Pauline war zwei Jahre jünger als Clara, sicher hatte sie die ganz große Liebe überhaupt noch nicht erlebt. Und doch tat ihr die fröhliche Unbekümmertheit ihrer neuen Freundin wohl.

Eines Tages schickte ihr Robert sein neuestes Werk, das er nach der Figur des Kapellmeisters Kreisler aus einer Erzählung des Schriftstellers E.T.A. Hoffmann *Kreisleriana* nannte, und Clara wusste nicht recht, was sie von dem seltsamen Stück halten sollte. Es war, wie sie beim ersten Durchspielen feststellte, ein noch erstaunlicheres Stück als seine vorherigen, wieder mal leider eines, das sie unmöglich in ihren Konzerten spielen konnte, ohne ihre Zuhörer zu verstören, sie wurde ja selbst aus den Stücken nicht recht schlau. Es war genau, wie Liszt gesagt hatte: Robert war ihnen allen weit voraus. Und was war sie dagegen?

»Du bist nicht recht bei Trost«, erklärte Pauline, als sie ihr diese Selbstzweifel offenbarte. Sie nahm die Noten von Claras *Scherzo* vom Flügel und schlug sie auf. »Komm«, sagte sie und legte sie auf den Notenständer, »sei so lieb und spiel es mir vor.« Als Clara nach einigem Zögern tatsächlich ihr Werk zum Erklingen brachte, wurde sie wieder ruhiger, so wie immer, wenn sie spielte. Und doch. Konnte ihr *Scherzo* gegen ein Werk wie die *Kreisleriana* bestehen? Oder war es nichts weiter als »Frauenzimmerarbeit«, wie es einmal in einer besonders bösartigen Kritik geheißen hatte?

»Unsinn«, rief Pauline und lachte schallend. »Frauenzimmerarbeit – was soll denn das sein? Nein, dein Stück ist großartig, tief und leidenschaftlich. Du solltest dich nicht ständig vergleichen …«

»Aber tust du das nicht ebenso?«, warf Clara ein und drehte sich auf dem Klavierhocker zu ihr um. »Jeder Künstler vergleicht sich mit den anderen, wir müssen schließlich wissen, wo wir stehen.«

»Natürlich«, räumte Pauline ein. »Es kommt jedoch darauf an, mit welchem Blick man sich und die anderen sieht. Du hast das rechte Maß verloren, mein liebes, armes Clärchen. In deinen Augen sind alle anderen besser als du.«

»Das sind sie auch«, seufzte Clara.

»Ach was, das ist vollkommener Blödsinn. Du gehörst zu den Besten. Dass es andere gibt, die ebenfalls gut sind, muss man aushalten. Was haben sie in Wien geschrieben, nachdem ihr euch alle die Klinke in die Hand gegeben habt, du, Liszt, Henselt und Thalberg? Hier, schau, was ich in der Bibliothek gefunden habe …« Sie nahm eine Zeitschrift vom Flügel. »Hör zu: *Das Auftreten von Clara Wieck ist für Wien von wesentlichem, jetzt bereits fühlbarem Einfluss auf dem Gebiet des Klavierspiels gewesen; sie hat zum ersten Mal Kompositionen aus der romantischen Schule öffentlich vorgeführt; kein geringes Wagnis einem Publikum gegenüber, das in keiner Weise darauf vorbereitet ist, vielmehr durch vorgefasste Meinungen und Intrigen dagegen eingenommen war. Auch ist sie die erste gewesen, die Fugen und Etüden öffentlich gespielt, ja, mit Beethoven aufgetreten ist, was höchst selten geschieht.*« Sie legte das Blatt beiseite. »Du bist eine mutige Neuerin und hast den Weg für unsere zeitgenössischen Komponisten geebnet.«

»Das mag ja sein«, meinte Clara unschlüssig. »Robert ist mir übrigens gram, weil ich seine Werke nicht gespielt habe. Er sagt es zwar nicht, ich kann es dennoch fühlen.«

»Und?«, fragte Pauline interessiert nach. »Wieso hast du es denn nicht getan?«

Clara erhob sich und ging zu einem der Fenster. In der Sommersonne schillerte die Hügellandschaft zwischen dem Lockwitz- und dem Müglitztal in allen erdenklichen Grüntönen. »Das wäre zu riskant gewesen«, antwortete sie nach einer Weile. »Das Publikum hätte seine Stücke nicht verstanden. Du hast doch gerade selbst vorgelesen, wie voreingenommen es ist.«

Pauline war neben sie getreten und legte ihre Hand auf Claras Arm.

»Eines Tages wirst du ihn berühmt machen, nicht wahr?«, fragte sie liebevoll.

Clara nagte an ihrer Unterlippe.

»Vielleicht liebt er mich ja nur deshalb?«, fragte sie mehr sich selbst und musste daran denken, mit welcher Begeisterung er ihr geschrieben hatte, als Robena Laidlaw so kühn gewesen war, zwei seiner Stücke uraufzuführen, und das auch noch in ihrer Heimatstadt Leipzig. Ihrer Karriere schien es nicht geschadet zu haben. Und wer weiß, was zwischen ihr und Robert während all der romantischen Spazierfahrten und Bootsausflüge noch geschehen war …

»Dann spielst du seine Stücke nicht öffentlich, um herauszufinden, ob er dich trotzdem liebt?«

Clara schrak zusammen. So glasklar hatte sie das selbst noch nie betrachtet.

»Du bist zu klug, meine Freundin«, antwortete sie und versuchte ein Lächeln, das ihr gründlich misslang.

»Ach«, sagte Pauline rasch, die bemerkt hatte, dass sie Clara wohl ein wenig zu nahe getreten war, »lass uns das alles vergessen und stattdessen einen Spaziergang machen. Das Wetter ist viel zu schön, um hier drinnen zu versauern.«

Das hatten sie getan, und Clara hatte gestaunt, wie leichtfüßig ihr Pauline davonlief, ihr, die von Kindesbeinen an das Wandern gewöhnt gewesen war. Jetzt brachte sie der moderateste Hügel außer Atem.

Im Laufe der Wochen konnte sie langsam zu ihrer alten Form zurückfinden. Das Kommen und Gehen anderer Künstler brachte Abwechslungen und neue Bekanntschaften, da war zum

Beispiel ein junger, dänischer Dichter namens Hans Christian Andersen, von dem Pauline behauptete, er sei in Clara verliebt, was sie natürlich weit von sich wies.

Dass sie auch seelisch wieder ihre Balance fand, dafür sorgte außerdem die gute Luft von Maxen, die Großzügigkeit ihrer Gastgeber und die Gegenwart von Pauline.

Und als Sophie Kaskel aus Dresden auf eine Stippvisite vorbeikam, kannte ihre Freude keine Grenzen. Entgegen ihrer Pläne hatte das tapfere Mädchen im letzten Augenblick die Hochzeit mit dem ungeliebten Bankier platzen lassen. Clara bewunderte sie unendlich dafür.

»Man muss seinem Herzen folgen«, erklärte Sophie, der anzusehen war, dass die Ereignisse der vergangenen Monate nicht spurlos an ihr vorübergegangen waren. »In diesem Fall hat mein Herz gesagt, dass ich lieber davonrennen sollte, als diese Ehe einzugehen. Und weißt du was?« Sie sah Clara in die Augen. »Du und Robert, ihr wart die ganze Zeit mein großes Vorbild. Diese wahre Liebe, die euch verbindet …« Sie seufzte. »Ist denn dein Vater immer noch gegen ihn?«

»Ja, das ist er«, antwortete Clara.

»Aber du gibst nicht auf, oder?«

»Nein. Auf keinen Fall.«

Da hatte Sophie sie in ihre Arme genommen und so fest an sich gedrückt, dass ihr beinahe der Atem weggeblieben wäre.

»Ach«, stieß Sophie sehnsuchtsvoll aus. »Wenn mir doch bloß irgendwann einmal eine solche Liebe vergönnt sein würde.«

Mit Emilie List, die inzwischen mit ihrer ganzen Familie in Paris lebte, wechselte sie Brief um Brief, jetzt, wo sie Zeit hatte, nicht kontrolliert wurde und deshalb schreiben konnte, was sie wirklich bewegte. Emilie hatte ihre Liebe zu Robert von Anfang an mit skeptischem Blick betrachtet und sparte nicht mit freundschaftlichen Ermahnungen. Sie wolle eben nicht, dass sie in ihr Unglück liefe, schrieb sie, dazu seien Freundinnen da. Wenn jedoch nicht nur Claras Liebe so unendlich groß sei, sondern Robert Schumanns Absichten ehrlich, dann wäre sie die Letzte, die sie in dieser schwierigen Sache nicht unterstützen würde. Bei ihr und ihrer Familie sei Clara stets willkommen.

Pauline, die ebenfalls in Paris zu Hause war, kannte dort eine Menge wichtiger Persönlichkeiten. Und so war ganz langsam der Plan zu dieser Reise in die französische Metropole gereift und die verwegene Idee entstanden, notfalls ohne ihren Vater zu reisen.

»Du kannst bei uns wohnen«, hatte Emilie geschrieben. »Elise und meine Eltern können es kaum erwarten, dich wiederzusehen.«

»Ich werde dir viele Türen öffnen«, hatte Pauline versprochen. »Außerdem werde ich wahrscheinlich im nächsten Winter auch irgendwann in Paris sein. Stell dir vor, wir könnten womöglich zusammen wohnen! Wäre das nicht wundervoll?«

Und nun packte sie also für Paris.

»Bitte«, flehte Nanny noch immer. »Sie werden mich doch wohl nicht wegschicken, nach allem, was ich für Sie getan habe?«

»Ach, meine Liebe, wir müssen uns damit abfinden« erklärte Clara tieftraurig. »Schau, Clementine hat für dich schon eine neue Herrschaft gefunden. Du wirst dort sehr zufrieden sein.«

Es tat weh, Nanny wegschicken zu müssen. Mit der sehr viel älteren Claudine Dufourd würde sie niemals ein so enges Verhältnis haben. Ihr war durchaus bewusst, dass die Französin von ihrem Vater bereits instruiert war, sie im Auge zu behalten und ihm Bericht zu erstatten. Hatte er tatsächlich Sorge, Robert könnte sich ihr heimlich anschließen? Verlockend wäre dieser Gedanke natürlich. Robert war jedoch in Wien und würde sich dort eine Existenz aufbauen, damit ihr Vater endlich keine Einwände mehr erheben konnte.

Auf dieser Reise brauchte sie jemanden an ihrer Seite, der die Gepflogenheit der Pariser Gesellschaft kannte. Obwohl ihr letzter Aufenthalt dort schon so lange her war, konnte sie sich noch gut daran erinnern, dass ihr das Verhalten dieser Menschen in vielen Dingen rätselhaft gewesen war. Und noch ein Argument hatte ihr Vater zugunsten Mademoiselle Dufourd vorgebracht: Es war schicklicher, mit einer älteren Begleiterin zu reisen als mit einer fast Gleichaltrigen. Sogar Robert, der Nanny sehr schätzte, hatte das bestätigt.

Ach, Robert. In seinen Briefen hatte er sie beschworen, nur ja keine Annäherung zu wagen, um ihren Vater nicht zu erzürnen und zum Äußersten zu bringen. Was konnte das sein, was Robert so sehr fürchtete? Dass er sie mit Gewalt mit einem anderen verheiratete? Oder sie künftig wie in einem Gefängnis halten würde? In ein Kloster steckte? All das erschien Clara absurd.

Deshalb war sie Anfang Juni, von ihren Freundinnen befeuert, in Maxen heimlich in eine Kutsche gestiegen und inkognito nach Leipzig gereist, um Robert an seinem Geburtstag mit einem Besuch zu überraschen. Wenn sie jetzt daran dachte, schlug ihr Herz heftig, und im Nachhinein war sie sich nicht mehr sicher, ob sie das nicht besser gelassen hätte. Zwar war ihr mutiger Plan aufgegangen, niemand hatte sie gesehen, als sie gegen Abend in Leipzig eingetroffen war. Zu ihrer großen Enttäuschung war Robert nicht zu Hause gewesen.

»Er feiert mit seinen Freunden in ›Auerbachs Keller‹«, hatte Madame Devrient, seine Zimmerwirtin, ihr erklärt und sie mit großen, überraschten Augen gemustert. Clara schämte sich zu Tode, obwohl sie wusste, dass die gutmütige Witwe, die Robert beinahe wie einen Sohn behandelte, in ihr Verhältnis eingeweiht war. Dennoch lehnte sie das freundliche Angebot, in Roberts Wohnung zu warten, verlegen ab und eilte stattdessen zu »Auerbachs Keller«, wagte dann aber nicht einzutreten. Stattdessen wartete sie vor dem Lokal, zog sich ihren Schal über den Kopf, damit sie ja niemand erkannte, schritt auf und ab, stundenlang, bis er endlich herauskam, champagnerselig, und erst überhaupt nicht begriff, wer ihn da ansprach.

Es war schon fast Mitternacht, sein Geburtstag gleich vorüber. Nach einem kurzen Hin und Her willigte sie ein, ihn auf sein Zimmer zu begleiten. Wo hätte sie auch hingehen sollen mitten in der Nacht? Doch nicht etwa nach Hause? Was hatte sie sich nur dabei gedacht, als sie die Kutsche in Maxen bestiegen hatte? Dass er in seinem Stübchen saß und sich nach ihr sehnte? Wie dumm sie sich vorkam.

Es hatte zunächst überhaupt nicht den Anschein gehabt, als würde er sich übermäßig freuen. Stattdessen wirkte er fahrig und aus dem Konzept gebracht. Vielleicht war es keine gute Idee gewesen, ihn so zu überrumpeln. Erst in seinem Zimmer, als sie sich küssten, fiel die ganze Anspannung von ihr ab. Schließlich war sie schon ein Jahr zuvor heimlich seine Frau geworden, und in dieser Nacht erneuerte sie ihr Versprechen. Sie liebten sich, voller Ernst und sich des Risikos ganz und gar bewusst. Es war durchaus möglich, dass sie schwanger wurde. Zwangsläufig musste sie daran denken, was ihr Vater über Robert und Christel gesagt hatte. Vielleicht wäre eine Schwangerschaft in ihrem Fall gar der Ausweg? Auch wenn er ein Riesendonnerwetter schlagen würde – die Heirat könnte ihr Vater dann wohl nicht mehr verweigern.

Es liebte sich nicht besonders leidenschaftlich mit derlei Gedanken im Kopf.

»Woran denkst du?«, fragte sie Robert hinterher, als sie in seinem Arm lag, und er ihr auf einmal wie ein Fremder vorkam. Am liebsten hätte sie ihn nach Christel gefragt, und ob es stimmte, was ihr Vater ihr erzählt hatte. Doch sie brachte es nicht über sich. Ganz langsam wandte er ihr den Kopf zu und sah sie an aus seinen kristallblauen Augen.

»Fängt das jetzt schon an?«

»Was meinst du denn?«

Er machte sich los und richtete sich im Bett auf, so dass sie von seiner Brust auf das Kissen glitt.

»Das ist eine Angewohnheit von Eheleuten, die mich immer

schon zur Verzweiflung getrieben hat«, sagte er und tastete auf dem Nachttischchen nach etwas, was er nicht fand, vielleicht einer Zigarre. »Einander zu fragen, was man gerade denkt.«

Das wohlbekannte Gefühl, nicht zu genügen, überfiel Clara. Alles machte sie falsch. Wie ernüchternd sie war, die Realität ihrer romantischen Liebe, über die ganz Wien hinter dem Rücken ihres Vaters sprach und um die selbstbewusste Frauen wie Sophie Kaskel sie beneideten. Sie hätte nicht herkommen dürfen, dachte sie. Tränen traten ihr in die Augen. Die Verzweiflung, die sie in Maxen mithilfe ihrer Freundinnen überwunden geglaubt hatte, überkam sie erneut. Nicht einmal zur Geliebten taugte sie, ganz sicher würde sie auch ihren Ruf als Pianistin nicht mehr allzu lange verteidigen können. Da drehte sich Robert auf einmal wieder zu ihr um und schloss sie in einer heftigen Bewegung in seine Arme. »Du Liebste, du! Bist ganz allein zu mir gekommen, du mutiges Mädchen. Verzeih mir. Ich weiß nicht … Die Überraschung war zu groß.« Zwischen Küssen und Liebkosungen flüsterte er: »In Zukunft wäre es besser, du kündigst dich vorher an. Die ganze Vorfreude macht es dann noch viel schöner, verstehst du?« Während er sich zärtlich auf sie legte und erneut sanft von ihr Besitz ergriff, sie sich erleichtert öffnete und sich ihm hingab, raunte er ihr zu: »Überraschungen mögen reizvoll erscheinen. Selten erfüllen sie die Erwartungen.«

In dieser Nacht wartete sie vergeblich darauf, dass ihre Leidenschaft so heftig wie beim ersten Mal erwachte. In ihren einsamen Tagträumen war alles viel größer und wunderbarer gewesen. Dennoch hielt sie ihn in seinen Armen, empfing ihn und bot sich ihm willig dar. So wird es in der Ehe sein, dachte sie, als er neben ihr eingeschlafen war. Die Leidenschaft vergeht, die Liebe bleibt. Sie beschloss, die Sache mit Christel auf sich beruhen zu lassen. Es war einfach nicht wahr. Und damit Schluss.

»Wirst du nachkommen?«, fragte Clara ihren Vater, als sie Abschied nahmen.

Er betrachtete sie aus halb geschlossenen Augen, die Mundwinkel weit nach unten gezogen. Schließlich sagte er: »Das werde ich wohl müssen. Ohne mich wirst du es schwerlich schaffen.«

Damit sagte er weder Ja noch Nein, doch Clara, hin- und hergerissen zwischen ihrem Stolz und Momenten der Verzagtheit, beschloss, es als Versprechen zu nehmen. Sie tastete nach dem kleinen Büchlein, in dem alles Wichtige stand, die Namen der Bekannten und Kollegen, der Musikdirektoren und Kritiker in jeder der vielen Städte, die sie besuchen wollte, fein säuberlich hatte sie alles, was sie wissen musste, notiert.

Es war der 8. Januar 1839, als sie ihr Vaterhaus verließ und zu dieser großen Reise aufbrach. Wer weiß, dachte sie, als sie zusah, wie ihr Gepäck auf die Postkutsche verladen wurde, wann ich wiederkomme. Denn inzwischen verfolgte sie den kühnen Plan, von Paris direkt nach London weiterzureisen. Und danach vielleicht sogar noch nach St. Petersburg? Oder würde sie bereits in Nürnberg aufgeben müssen und reumütig nach Hause zurückkehren? Nein. Sie würde sich schon irgendwie durchbeißen.

Von ihrer ersten Station hatte sie ihrem Vater nichts gesagt. Das war Zwickau, Roberts Heimatstadt, wo sein Bruder Eduard und seine Schwägerin Therese schon auf sie warteten und sie für die erste Nacht beherbergten. Warm wurden sie und Claudine Dufourd aufgenommen, und Clara ging das Herz auf, so freundlich behandelten Roberts Angehörige sie. Es war, als betrachteten sie Clara schon jetzt als Familienmitglied, und wäre nicht die altjüngferliche und ihr wahrhaft unsympathische Französin gewesen, die so ganz anders war als ihre Nanny, hätte Clara ihrer Schwägerin, die Robert sehr nahestand, gern mehr von ihren Sorgen anvertraut. Ihr schien allerdings, als spitzte Mademoiselle Dufourd beständig die Ohren, damit ihr ja nicht das kleinste Wort entging. Clara bat Eduard um den Gefallen, für sie auf der Poststation die Fahrt nach Hof zu buchen, und gab ihm ihre Geldbörse dafür mit. Am Ende bestand er darauf, ihr und ihrer Begleiterin die Passage zu schenken, sehr zu Claras Verlegenheit.

Sie nahmen die Nachmittagspostkutsche und erreichten am späten Abend den Gasthof, in dem sie bereits von Leipzig aus ein Zimmer bestellt hatten. Während der gesamten Fahrt plauderte Claudine Dufourd ohne Unterlass, ob Clara zuhörte oder nicht, das schien ihr vollkommen egal. Nach und nach dämmerte es Clara, dass die Französin offenbar niemals still sein konnte, und einmal mehr nahm sie Zuflucht zu ihrer früh erlernten Gabe, unerwünschte Stimmen auszublenden und ganz in ihren Gedanken zu versinken.

Mademoiselles Redeschwall erlosch auch nicht, während sie sich mit dem warmen Wasser wuschen, das ihnen die Hotelwirtin hatte bringen lassen, und von dem Linseneintopf aßen, den man ihnen servierte. Zum ersten Mal teilte Clara in dieser Nacht mit Mademoiselle Dufourd ein Bett, und obwohl sie unglaublich erschöpft war, fand sie nicht gleich in den Schlaf mit der ihr noch immer fremden Person an ihrer Seite, die jetzt, statt zu reden, vor sich hin schnarchte.

Gleich am nächsten Morgen ging es weiter nach Bayreuth, wo an der Poststelle die Pferde gewechselt wurden, denn vor ihnen lag nun die längste Wegstrecke, rund zehn Stunden würden sie bis Nürnberg brauchen.

Der Winter war bislang viel zu mild gewesen, doch kaum hatten sie Bayreuth verlassen, schneite es dicke Flocken. Was Clara zunächst mit kindlicher Freude erfüllte, wurde allmählich zum Albtraum, denn es wollte überhaupt nicht mehr aufhören. Im Nu war die Straße schneebedeckt, und das Gestöber wurde so dicht, dass man über die Rücken der Pferde hinaus kaum etwas erkennen konnte.

Mit ihnen reiste ein älteres Lehrerehepaar aus Bayreuth und ein Student, der über den Jahreswechsel seine Eltern besucht hatte, die im Bayerischen Wald lebten, und nun auf dem Weg zurück nach Heidelberg war. Mademoiselle hatte nun glücklicherweise andere, die sie mit ihrem Mitteilungsbedürfnis unterhalten konnte. Die freundliche Lehrersfrau hatte eben einen

Apfel aufgeschnitten und bot jedem einen Schnitz an, als ein Ruck durch die Kutsche ging, so dass ihr Apfel und Messer aus der Hand fielen. Im nächsten Moment legte sich das Gefährt gefährlich schräg, und alle schrien erschrocken auf. Mademoiselle Dufourd wurde auf Clara geworfen, und das Ehepaar, das ihnen gegenüber saß, stürzte von den Sitzen und ihr ebenfalls entgegen, während der Student wider Willen Mademoiselle so nahe kam, dass sie einen spitzen Schrei ausstieß. Offenbar war die Kutsche mit einem Rad in den Straßengraben geraten, der von Schneewehen bedeckt gewesen war. Nun mussten alle aussteigen, was alles andere als einfach war. Clara versank bis über die Knie in der kalten, weißen Masse, und den anderen erging es nicht besser. Da standen sie nun mitten in der winterlichen Landschaft, hüllten sich in ihre Mäntel und Wolltücher, zogen sich die Schuten tief ins Gesicht und blickten sich mit ungläubigen Augen um, waren sie doch am Morgen bei klarem Himmel losgefahren. Bis der Kutscher und sein Gehilfe, denen der Lehrer und der Student zur Hand gingen, das Gefährt wieder aus dem Graben gehievt hatten, waren ihre Schuhe und Strümpfe völlig durchnässt. Das fing ja gut an.

»Dort vorn kommt ihr nicht weiter«, rief ein Bauer von seinem Gaul herunter, als sie gerade eingestiegen waren. »Da stecken zwei Fuhrwerke fest und versperren den Weg. Bei einem ist die Achse gebrochen. Das kann dauern.«

Die Postkutscher berieten sich mit ihm und ließen sich einen Feldweg zeigen, auf dem sie die Verunglückten umfahren konnten. Auf seinen Rat hin verließen sie die Straße und lenkten die Kutsche vorsichtig auf den angrenzenden Acker.

»Das kann doch wohl nicht ihr Ernst sein«, stieß Mademoiselle Dufourd auf Französisch aus und hielt sich an Clara fest, um nicht von der Bank zu fallen, so sehr rumpelte es.

»Es scheint die einzige Möglichkeit zu sein«, versuchte der Lehrer sie zu beruhigen und legte den Arm um seine Frau.

Und weiter ging es, auf schrecklich unebenen Wegen, und

Clara und ihre Weggenossen wurden dermaßen durchgerüttelt, dass ihnen Hören und Sehen verging. Clara sah besorgt aus dem kleinen Fenster. Einen Weg konnte sie nicht erkennen, die Pferde, die die Kutsche zogen, schienen sich quer über den Acker zu kämpfen.

Noch oft mussten sie aussteigen, wenn die Räder in ein besonders tiefes Loch geraten waren. Unter dem Schnee verbarg sich so manche sumpfige Mulde, in denen die Kutsche mehrmals drohte, stecken zu bleiben.

»*Mon dieu*«, jammerte Claudine Dufourd, als sie einmal wieder in die Kutsche steigen und ihre Rüttelfahrt fortsetzen konnten. »*C'est la fin!* Wer hätte gedacht, dass ich einmal mitten in der deutschen Provinz zugrunde gehen würde?«

Clara rollte unter dem Schirm ihrer Schute unbemerkt mit den Augen und wünschte sich einmal mehr Nanny an ihre Seite. Die wäre imstande gewesen, und hätte dies als großes Abenteuer betrachtet und sie mit ihrer guten Laune angesteckt.

Es war spät in der Nacht, als sie endlich in Nürnberg eintrafen. Glücklicherweise hatte man im ersten Hotel am Platz, dem »Bayerischen Hof«, direkt an der Pegnitz gelegen, auf sie gewartet und heiße Steine in die Betten gelegt.

Sie schlief unruhig, erwachte mit Kopfschmerzen, und musste gleich nach dem Frühstück einen Herrn Mainberger aufsuchen, der hier in der Stadt eine Musikalienhandlung betrieb. Denn das Wichtigste war wie immer, einen geeigneten Flügel zu finden.

»Leider habe ich keine Instrumente auf Lager«, erklärte der freundliche Kollege ihres Vaters. »Das lohnt sich in Nürnberg nicht. Wenn eines gewünscht wird, ordere ich es direkt aus Wien.«

»Gibt es denn in der Stadt Flügel von Conrad Graf?«

»Ja«, versicherte Herr Mainberger. »Der Herr Roth hat sogar zwei. Kommen Sie, ich bringe Sie zu ihm. Ganz bestimmt stellt er Ihnen einen davon zur Verfügung.«

Clara schöpfte Hoffnung. Die Flügel der Wiener Klavierbauerfirma von Conrad Graf waren ihre Lieblingsinstrumente. Vor ein paar Jahren hatte Graf anlässlich einer Gewerbemesse für seine Instrumente eine Goldmedaille gewonnen, sie galten als die besten weit und breit. Clara hatte den Firmengründer in Wien persönlich kennengelernt, er hatte ihr sogar einen Flügel geschenkt, der erst vor wenigen Wochen in Leipzig eingetroffen war. Hier in Nürnberg auf einem seiner Flügel spielen zu können, wäre ein Glücksfall. Umso enttäuschter war Clara, als die Antwort, die ihr Herr Mainberger übermittelte, negativ war. Der Besitzer befürchtete, die guten Stücke könnten Schaden nehmen und lehnte es ab, einen der Flügel außer Haus zu geben.

»Machen Sie sich keine Sorgen«, versicherte ihr der verlegene Herr Mainberger. »Wir werden sicherlich ein anständiges Instrument für Sie auftreiben.« Und tatsächlich hatte er schon am folgenden Tag einen Flügel der Breslauer Firma Bretschneider etwas außerhalb von Nürnberg gefunden.

Nun musste Clara nur noch einen vertrauenswürdigen Transportdienst auftun und den Umzug des Flügels ins Hotel »Zum Goldenen Adler« organisieren, das über einen geeigneten Saal für das Konzert verfügte.

Trotz ihrer Kopfschmerzen ergriff Clara ein Hochgefühl. Ihr Vater hätte es nicht besser machen können. Ob er wohl kommen würde? Sie schrieb ihrer Familie heitere, optimistische Zeilen, ihr Vater sollte nicht denken, sie käme ohne ihn nicht zurecht. Wenn sie allerdings hoffte, Friedrich Wieck würde ihr antworten, so täuschte sie sich, kein einziges Wort erhielt sie von ihm, obwohl er gewiss ahnte, wie sehr sie auf seine Antwort wartete.

Selbstverständlich schrieb sie auch Robert, Seite um Seite, schilderte ihm gegenüber ihre Nöte und hoffte auf Briefe von ihm, die er ihr nach Stuttgart schicken sollte, ihre nächste Station. Zwar konnte sie auf dieser Reise frei über ihre eigene Feder, Tinte und Briefpapier verfügen, schließlich musste sie eine umfangreiche Korrespondenz erledigen, um ihre Tournee zu organisieren. Dennoch setzte sich Mademoiselle Dufourd jedes Mal wie zufällig neben sie und sah ihr beim Schreiben über die Schulter, ohne mit ihrem Geplapper aufzuhören.

»Sie haben wohl Heimlichkeiten?«, sagte sie mit einem Lächeln, das zuckersüß gemeint war, als Clara sie bat, sie in Ruhe schreiben zu lassen und endlich mal den Mund zu halten.

»Und Sie hat mein Vater wohl gebeten, ihm alles treu zu berichten, wie?«, gab Clara entnervt zurück.

Seit ihrer Ankunft war der Schnee in Regen übergegangen und hüllte die gesamte Stadt in einen grauen, düsteren Schleier. Nicht einmal der Wasserturm, der sich kaum fünfzig Meter von ihrem Hotel entfernt befand, war mehr zu erkennen, und Clara erschien es immer mehr, als lebten sie in einer Unterwasserwelt.

Am Vortag des Konzerts traf der Flügel im Saal des Hotels »Goldener Anker« ein, und Clara eilte sofort dorthin, um ihn in Augenschein zu nehmen. Zärtlich strich sie mit den Händen über das lackierte Kirschbaumholz des Resonanzkörpers, als Herr Mainberger atemlos auf die Bühne gelaufen kam.

»Ist etwas passiert?«, fragte sie erschrocken.

»Nun ja«, antwortete er und strich sich mit einem Taschentuch über die Stirn. »Das Orchester hat gerade abgesagt. Der Konzertmeister ist krank, und der Cellist offenbar verreist. Die anderen sagen, so können sie nicht spielen.«

Clara überlegte. Kein Orchester. Es war nicht das erste Mal in ihrer Laufbahn, dass ihr das passierte. Wie ärgerlich, denn ohne Orchester konnte sie ihr Klavierkonzert nicht aufführen, sondern musste ihr gesamtes Programm umstellen.

»Nun, dann wird es ein Solo-Abend«, schlug sie vor. Mainberger nickte und beobachtete sie angstvoll. Mit einem Seufzen ließ sie sich auf den Klavierstuhl sinken, öffnete den Deckel, der die Tasten verdeckte, und schlug ein paar rauschende Arpeggien an. Innerlich zuckte sie zusammen. Diese Bretschneider-Flügel hatten einfach nicht die feinen Nuancen, die sie für ihr ausdrucksvolles Spiel brauchte. Aber was konnte man tun? »Gibt es hier einen vernünftigen Klavierstimmer? Seien Sie so nett und lassen ihn sofort rufen. Einstweilen spiele ich mich ein wenig ein.«

Besser, sie gewöhnte sich an dieses spröde Instrument. Was würde anstelle ihres Konzerts den nötigen Eindruck machen? Die *Caprice* von Thalberg. Seit Wien hatte sie dieses virtuose Stück jedoch nicht mehr öffentlich gespielt.

»Bitte holen Sie mir meine Notenmappe aus unserem Hotel«, bat sie Mademoiselle Dufourd.

»Ich?«, schnappte die Französin. »Ich bin doch kein Botenjunge!«

Clara ließ einen heftigen Akkord hören, so dass die Französin zusammenschrak.

»Wenn Sie lediglich als Spionin meines Vaters mitgefahren sind, können Sie auf der Stelle Ihren Koffer packen und abreisen«, sagte Clara entschlossen und wunderte sich selbst über ihren Mut. »Sie erhielten eine Anstellung als Kammerzofe. Also verlieren Sie keine Zeit und holen mir, was ich brauche.«

Einen Moment lang starrte Claudine Dufourd sie an, dann ließ sie ein empörtes Kieksen hören, drehte sich auf dem Absatz um und machte sich auf den Weg. Clara atmete auf. Offenbar bedurfte es ein paar deutlicher Worte. Sie nahm sich vor, daran in Zukunft nicht zu sparen.

Sie verbrachte zwei volle Stunden damit, sich Thalbergs Stück erneut so einzuverleiben, dass sie es mit Grandezza dem Nürnberger Publikum präsentieren konnte. Die Klänge ihres Spiels erfüllten das gesamte Hotel und drangen hinaus auf die regennassen Straßen, und so blieb es nicht aus, dass immer wieder jemand den Kopf hereinstreckte und sie begrüßen wollte – Musikliebhaber, Kenner, professionelle Musiker und Hotelgäste, die neugierig geworden waren, woher diese überirdischen Klänge stammten. Zu jedem war Clara liebenswürdig, auch wenn sie die Unterbrechungen nervös machten, denn das gehörte nun mal zum Geschäft.

Schließlich zog sie sich in ihr eigenes Hotel zurück, schrieb Grußbillets an die einflussreichen und die Kultur fördernden Familien, von denen sie sich von Mainberger eine Liste hatte geben lassen, während Mademoiselle Dufourd die Umschläge beschriftete. Danach galt es noch die Freikarten an besondere Honoratioren, an die Kritiker und natürlich an die Familie Katthein, den Leihgebern des Bretschneiders, zu verschicken. Als sie endlich alles dem Botenjungen des Hotels übergeben hatte, waren ihre Kopfschmerzen noch schlimmer geworden.

Mademoiselle plapperte indessen unentwegt auf sie ein, und wenn Clara sie bat, eine Weile still zu sein, so half das höchstens fünf Minuten, und das Gezwitscher ging weiter. Clara versuchte, sich ein wenig auszuruhen, doch dauernd klopfte es an ihrer Zimmertür und ein Besucher bat, ihr seine Aufwartung machen zu dürfen, meist Gäste aus der Umgebung, die extra nach Nürnberg gekommen waren, um sie spielen zu hören und sich ebenfalls im »Bayerischen Hof« einquartiert hatten. Dass es Menschen gab, die ihr hinterher reisten, die sich an ihre Auftritte erinnerten, die Jahre zurücklagen, und mit Tränen in den Augen davon berichteten, bewegte sie tief. Dennoch saß sie wie auf heißen Kohlen, so viel hatte sie vor dem Konzert noch zu erledigen. Sie wusste nicht einmal, ob der Flügel inzwischen gestimmt worden war oder nicht. Jetzt verstand Clara, warum ihr Vater sich selbst häufig als ihr »Lohndiener« bezeichnet hatte, wenn sie auf Tournee gewesen waren. Es gab tatsächlich eine Menge zu erledigen.

Als Clara am nächsten Morgen erwachte und aus dem Fenster sah, glaubte sie ihren Augen nicht zu trauen. Die Pegnitz war über die Ufermauern getreten und begann, die Gassen der Altstadt zu überfluten. Rasch ging sie zum anderen Fenster, das zur Unteren Karlsbrücke hinauszeigte, und stellte mit Entsetzen fest, dass die Brücke nicht mehr passierbar war. Auch die Karlsstraße stand bereits unter Wasser. Und noch immer regnete es ohne Unterlass.

So schnell sie konnte, zog Clara sich an und eilte hinunter in das Speisezimmer. Das gesamte Personal stand am Eingang und starrte hinaus in den Hof, wo die bereitstehenden Fuhrwerke bis über die Radnabe im Wasser standen.

»Das ist erst der Anfang«, prophezeite die Wirtin düster. »Wenn der Regen nicht aufhört, steht bald alles unter Wasser.«

Und er hörte nicht auf.

Gemeinsam mit anderen Gästen beobachtete Clara an diesem Vormittag, wie Männer in hohen Stiefeln Sandsäcke vor den Hauseingängen verteilten. Andere schütteten das bereits ins Haus eingedrungene Wasser mit Eimern aus den Fenstern. Auch im Hotel herrschte Betriebsamkeit, und Clara begriff, dass man das hier seit Langem kannte. Und noch etwas wurde ihr klar: Ihr Konzert würde an diesem Tag nicht stattfinden können. Alles ging erschreckend lautlos und schnell vor sich. Unaufhaltsam tastete sich der Fluss weiter ins Herz der Stadt vor. Bald schon standen der Hauptmarkt, der Augustinerhof und die angrenzenden Straßen unter Wasser. Fasziniert beobachtete Clara, wie die Nürnberger routiniert ihre Häuser sicherten und sich im ersten Stockwerk ihrer Häuser einzurichten begannen.

»Ach«, sagte einer der auswärtigen Gäste, der gemeinsam mit Clara am Fenster gestanden hatte, »würden Sie für uns vielleicht ein wenig spielen, damit wir auf andere Gedanken kommen?«

Im Speisesaal stand ein älteres Klavier, ein Blüthner aus Leipzig, und als Clara sich davon überzeugt hatte, dass es gar nicht so verstimmt war, ließ sie sich dazu überreden. Schließlich waren sie an diesem Tag alle Gefangene des Hochwassers, und auf diese Weise konnten sie sich die Zeit vertreiben, und ihr bot es die Gelegenheit, das zu tun, was sie am liebsten machte. Sie spielte sich quer durch ihr Lieblingsrepertoire, zuerst die Virtuosenstücke ihrer Jugend, Herz, Hummel, Kalkbrenner und Moscheles, dann Chopin und Mendelssohn und schließlich, als Krönung, den *Carnaval* von Robert Schumann, und immer mehr Gäste und Nachbarn gesellten sich dazu. Groß war ihre Freude, als sie in die begeisterten Gesichter sah, und fühlte, wie glücklich sie alle machte und dabei doch am glücklichsten sich selbst. Sogar Mademoiselle Dufourd saß still und stumm auf ihrem Stuhl und bekam immer größere, andächtige Augen. Da wurde es Clara bewusst: Ihre Begleiterin hatte sie bislang nur üben hören, was sich für Uneingeweihte mitunter nervtötend anhörte, wenn sie in rasender Geschwindigkeit ihre Geläufigkeitsübungen durch alle Tonlagen transponierte. Den Zauber, der sie umgab, wenn sie vor Publikum spielte, hatte Mademoiselle Dufourd noch nie erlebt.

»Sie müssen unbedingt zu uns nach Ansbach kommen«, erklärte ein freundlicher Herr mit Backenbart, als sie sich nach gut zwei Stunden erhob. »Ich bin dort Musikdirektor und ich garantiere ihnen, unser Casino wird brechend voll sein.«

»Zuerst muss ich mein Konzert hier über die Bühne bringen«, antwortete Clara und sah sich besorgt um. »Wie sieht es denn draußen aus? Hat der Regen nachgelassen?« Sie stellte fest, dass nicht nur die Hotelbesitzer, sondern das gesamte Personal zusammengekommen waren, und ihrem Spiel gelauscht hatten. Selbst hinter den schweren Vorhängen versteckte sich eines der blutjungen Zimmermädchen, das sicherlich andere Aufgaben zu erledigen hatte.

»Nein«, antwortete die Wirtin. »Bei Gott, heute kann keiner sein Haus verlassen.«

»Seht nur!«, Clara war ans Fenster getreten. Wo normalerweise Kutschen dahinfuhren, glitten nun Boote durch die Häuserschluchten, flache Kähne wurden mit langen Stangen durch die überschwemmten Gassen gelenkt, so, als hätte sich Nürnberg in ein zweites Venedig verwandelt. Und wie um das fremdartige Bild noch zu verschönern, rissen auf einmal die Wolken auf und mitten in den nun nur noch sanft fallenden Regen flossen die Strahlen der Mittagssonne golden über die vor Nässe glänzende Stadt.

10. KAPITEL

Nürnberg, Ansbach, Stuttgart und Karlsruhe:
Januar bis Februar 1839

In der Nacht hörte der Regen auf. Das Hochwasser sank so rasch, wie es gekommen war, und Claras Konzert konnte einen Tag später als geplant stattfinden. Wieder zeigte sich ihre Gabe, selbst in der größten Aufregung die Nerven zu bewahren und zu spielen, als sei es das allerletzte Mal.

Das Publikum dankte es ihr mit Ovationen, und der Tee-Empfang, den sie danach für ihre angereisten Bekannten, Nürnberger Honoratioren und Kritiker im »Bayerischen Hof« gab, wurde zu einem angeregten Treffen, bei dem sich so manche neue Freundschaft ergab.

Clara atmete auf, und nachdem sie in Ansbach gespielt und ihre Abrechnung gemacht hatte, fühlte sie Stolz und Erleichterung. Ja, sie hatte gut aufgepasst in den vergangenen Jahren und bei ihren ersten, selbst organisierten Konzerten nach Abzug aller Unkosten doch eine hübsche Summe verdient. Ihr Vater wäre stolz auf sie. Oder täuschte sie sich? Wollte er sie scheitern sehen, damit sie endlich einsah, was sie an ihm hatte?

Sie schrieb ihm freundlich, berichtete von ihrem Erfolg und den weiteren Plänen. Und dann stellte sie die Frage, die sie die ganze Zeit umtrieb: Würde er ihr nachreisen und den Rest der Tournee gemeinsam mit ihr unternehmen?

Noch hatte sie keinen Brief von ihm erhalten, und das war seltsam. Hoffte er, dass sie aufgab und kleinmütig zurückkam, weil sie es ohne ihn nicht wagte, nach Paris zu gehen? Kannte er sie wirklich so schlecht? Nein. Jetzt erst recht, dachte sie. Schlimmeres als das Hochwasser in Nürnberg konnte wohl kaum kommen.

Noch während sie in Ansbach spielte, begann es wieder zu schneien. Dennoch bestieg sie am folgenden Abend gemeinsam mit Mademoiselle Dufourd die Postkutsche in Richtung Stuttgart. Schon in Nürnberg hatte sie Neuland betreten, auf früheren Reisen hatte ihr Vater stets die Route über Norddeutschland gewählt, auch sieben Jahren zuvor, als sie gemeinsam in Paris gewesen waren. In Wien hatte sie einige Repräsentanten des Königreichs Württemberg kennengelernt, die sie wiederholt ermutigt hatten, die Residenzstadt am Neckar zu besuchen und ihr versichert hatten, dass Königin Pauline und die Prinzessinnen äußerst musikalisch seien und gute Musik zu schätzen wussten. Ohne weitere Zwischenhalte außer den obligatorischen, um die Pferde zu wechseln, fuhren sie durch das winterliche Süddeutschland und passierten endlich die württembergische Grenze.

Fast zwanzig Stunden nach ihrem Aufbruch in Ansbach erreichten sie den »Gasthof zum Waldhorn« in Stuttgart. Gleich am folgenden Morgen machte Clara ihre ersten Besuche, doch obwohl sie sich bei den meisten Adressen zuvor schriftlich angemeldet hatte, waren gerade die Bekannten, von denen sie sich am meisten Hilfe erhofft hatte, verreist oder reagierten eher desinteressiert auf ihren Besuch, und Clara sank das Herz. Diese Rolle als Bittstellerin gehörte zu dem Teil ihrer Arbeit, der ihr am meisten verhasst war, und einmal mehr wünschte sie sich ihren Vater an ihre Seite. Schließlich suchte sie die Stuttgarter Pianofabrik Schiedmayer auf, um sich gleich ein Instrument zu sichern. Leider hatte sie auch hier kein Glück: Der Seniorchef war nicht anwesend und seine geschäftsführenden Söhne kannten Clara Wieck nicht einmal dem Namen nach.

Gegen Abend war Clara so entmutigt, dass sie erwog, gleich nach Paris weiterzureisen. Sie schlug ihr Büchlein auf und strich auf ihrer Liste mit Stuttgarter Adressen all jene durch, die sie an diesem Tag bereits vergeblich aufgesucht hatte, und beschloss, noch einen letzten Versuch zu wagen. Wenn Max Bohrer, Solocellist im Stuttgarter Hofopernorchester mit dem Titel eines Musikdirektors, nicht da sein sollte, lohnte es sich nicht, länger zu bleiben.

Ohne große Erwartungen läutete sie an der angegebenen Adresse. Es war ein klarer, kalter Wintertag und Clara dachte, wie schade es war, nicht länger bleiben zu können, denn ihr gefiel die von Weinbergen umgebene prächtige Stadt. In der Früh hatte sie in der Zeitung gelesen, dass noch in diesem Jahr ein Schillerdenkmal auf einem Platz vor dem alten Schloss aufgestellt werden sollte; nicht, dass sie selbst von diesem Dichter schon etwas gelesen hätte, Literatur war in dem Unterricht ihres Vaters nicht vorgekommen. Diesen Mangel in ihrer Bildung hatte Robert sie schon ein paarmal mit leichten Spitzen fühlen lassen, und sie nahm sich vor, endlich den *Werther* von Goethe zu lesen, den ihr Verlobter ihr längst gegeben hatte. Obwohl sie viel lieber Geschichten las, die ein glückliches Ende hatten …

Die Tür wurde unvermittelt geöffnet, und ein Hausmädchen fragte sie nach ihren Wünschen. Nein, Musikdirektor Bohrer sei nicht da, der sei in Paris, Madame Bohrer sei dagegen zu Hause, wen sie melden dürfe. Clara zögerte einen Moment. Alle Zeichen deuteten darauf hin, die Reisetruhe hier gar nicht erst auszupacken. Doch dann erschien Madame Bohrer persönlich hinter dem Mädchen und bat sie freundlich herein.

»Mademoiselle Clara Wieck?« Die gute Frau schien einer Freudenohnmacht nahe. »Nein, was für eine Überraschung! Welche Ehre, ich kann es kaum glauben. Kommen Sie, kommen Sie …«, und unversehens fand sich Clara in einem gutbürgerlichen Wohnzimmer wieder, das ein riesiger Flügel dominierte.

Bei Tee und einer knusprigen Butterbrezel erfuhr Clara, dass ihre Gastgeberin ebenfalls Pianistin war und den Titel einer Hofklavierlehrerin trug. »Ich habe die Ehre, die Prinzessinnen zu unterrichten«, erklärte Louise Bohrer. »Nein, Sie dürfen auf gar keinen Fall abreisen, nicht, bevor sie Stuttgart mit einem oder zwei Konzerte beglückt haben.«

Gleich am nächsten Tag begleitete sie Clara zum Theaterintendant, einen Grafen Leutrum, der ein Konzert im Hoftheater allerdings ablehnte. Louise Bohrer gab sich jedoch noch lange nicht geschlagen, sondern versprach Clara, bei den Prinzessinnen ein gutes Wort einzulegen. Inzwischen hatte Schiedmayer senior wohl von dem Fauxpas seiner Söhne erfahren und machte Clara höchstpersönlich seine Aufwartung. Er versicherte Clara seiner Unterstützung und lud sie ein, seine Firma an der Neckarstraße gleich hinter dem Schloss zu besuchen.

Clara hatte bereits bei Frau Bohrer auf einem seiner Flügel gespielt. Und als sie nun in der Pianofabrik ein Modell nach dem anderen ausprobierte, sah sie sich in ihrem ersten Eindruck bestätigt: Schiedmayer verwendete die sogenannte englische Mechanik, die dafür sorgte, dass die Tasten mehr Widerstand boten als zum Beispiel ein Flügel von Conrad Graf.

»Und?«, wollte Schiedmayer gespannt wissen. »Wie finden Sie sie?«

»Sie haben einen schönen, vollen Klang«, antwortete Clara diplomatisch. »Die englische Mechanik ist allerdings schwer zu spielen, finden Sie nicht?«

»Wir arbeiten daran«, gab Schiedmayer ein wenig reservierter zurück. »Im Vergleich zu den Franzosen ist er eigentlich wirklich leicht zu spielen. Sie sollten mal ein Instrument von Érard oder Pleyel ausprobieren, dagegen sind unsere geradezu butterweich. Kommen Sie, ich zeige Ihnen noch ein paar andere Modelle.«

Clara verzichtete darauf, ihm zu sagen, dass sie während ihres letzten Parisaufenthalts bereits auf einem Flügel von Érard gespielt hatte. Und er hatte recht. Auch diese hatten sie zur Verzweiflung getrieben.

Bei einer kleinen Gesellschaft im Hause der Madame Bohrer kamen nun endlich die wichtigsten Persönlichkeiten zusammen, um Clara zum richtigen Rahmen für einen öffentlichen Auftritt zu verhelfen. Der Theaterintendant, der seine Abfuhr wohl inzwischen bereute und Clara bereits Opernkarten geschickt hatte, war von ihrem Spiel so bezaubert, dass er auf der Stelle aufbrach, um sich bei Hof für sie zu verwenden. Nur wenige Stunden später überreichte er Clara die Einladung von Königin Pauline höchstpersönlich, sie und die Prinzessinnen am folgenden Tag in ihren Gemächern zu besuchen.

Auf einmal ging alles ganz schnell. Ein Herr namens Gustav Schilling, der sich als Musiker, Schriftsteller und Redakteur vorstellte, erbot sich, alles für ein Konzert zu organisieren.

»Ich mach das nicht zum ersten Mal«, beteuerte er lächelnd, als er Claras überraschten Blick bemerkte. »Sie sollten im Saal des Oberen Museums spielen, der hat die richtige Größe und Akustik. Was meinen Sie, Madame Bohrer?«

»Herr Schilling hat völlig recht«, pflichtete ihm die Hofklavierlehrerin bei. »Möglicherweise ist er für den zu erwartenden Andrang etwas zu klein. Sie sollten zwei Termine anberaumen.«

»Sicher«, meinte Gustav Schilling. »Überlassen Sie nur alles mir, die Werbung, Plakate, die Saalmiete und …«

»Aber lieber Herr Schilling, was sollen Ihre Dienste denn kosten?«, erkundigte sich Clara besorgt, als Louise Bohrer sich eines neuen Gastes annahm.

»Ach! Kosten, Kosten«, machte Schilling und verdrehte theatralisch die Augen. »Sie reden ja schon wie eine echte Schwäbin. Nein, im Ernst, Fräulein Clara, für Sie und die Kunst mache ich das gerne und vollkommen ohne Eigeninteresse. Es ist mir eine Ehre. Genügt Ihnen das? Im Übrigen«, fuhr er rasch fort, als Clara etwas antworten wollte, »kenne ich Robert Schumann recht gut. Ja, ich schreibe schon seit Jahren für die ›Neue Zeitschrift für Musik‹, ich bin quasi sein Stuttgarter Korrespondent. Und wenn Sie mir erlauben – natürlich weiß ich auch um …«, er machte ein verschwörerisches Gesicht, »… um ihre geheime Beziehung. Nein, nein, erschrecken Sie nicht, liebes Fräulein Wieck, von mir haben Sie nichts zu befürchten. Im Gegenteil. In mir haben Sie und Robert Schumann einen Freund. Ihre romantische Liebe soll siegen! Und Ihre Konzerte besorge ich gerne.«

»Unserem Herrn Schilling können Sie voll und ganz vertrauen«, erklärte Louise Bohrer, die zu ihnen getreten war. »Was er in die Hand nimmt, das gelingt.«

»Danke«, sagte Clara und dachte, dass ihre Gebete womöglich tatsächlich erhört worden waren. So sehnlichst hatte sie sich gewünscht, jemanden zu finden, der ihr das abnahm, was ihr Vater früher immer erledigt hatte.

Ach, ihr Vater! Gerade als sie sich am folgenden Abend für ihr Vorspiel am Königshof fertig machte, traf endlich ein Brief von ihm ein. Sie hatte alles stehen und liegen lassen, um zu lesen, ob er endlich zu ihnen stoßen würde und wie die Reise weitergehen sollte. Stattdessen enthielt jede Zeile Vorwürfe und beleidigende Worte. Nein, sie sei es nicht würdig, dass er weiterhin seine Zeit mit ihr verschwende. In Nürnberg habe sie alles falsch gemacht, sie bräuchte nicht zu glauben, dass er nicht seine Informanten habe. Überall mache sie sich Feinde, ob sie denn nichts bei ihm gelernt habe? Eingenommen habe sie ja wohl fast gar nichts, auf dieser Grundlage könne er seine Geschäfte in Leipzig keinesfalls unterbrechen, nur weil es seinem Fräulein Tochter einfalle, durch die Welt zu reisen. Überhaupt müsse es doch wohl auch ihr allmählich klar geworden sein, dass er und sie nicht mehr miteinander zurechtkämen, auf jedes seiner Worte habe Clara stets ein Widerwort gehabt.

Sie war wie betäubt und konnte nur mit Mühe die Tränen zurückhalten. Jeder Satz fuhr ihr wie ein Dolch ins Herz. Sicher. Sie waren sich in letzter Zeit in vielen Dingen uneins gewesen. Dennoch war er ihr Vater. Friedrich Wieck war ihre gesamte Kindheit und Jugend lang das Maß aller Dinge für sie gewesen und in vielen Angelegenheiten war er es noch immer. Keiner wusste so gut wie er, wie sie technische Schwierigkeiten am Klavier lösen konnte, keiner hatte ein so gutes Auge für unbewusst eingeschlichene Fehler in Haltung und Anschlag und keiner organisierte Konzertreisen wie Friedrich Wieck. Waren sie nicht so viele Jahre lang gut miteinander ausgekommen? Erst als ihre Liebe zu Robert erwacht war, hatte die Entzweiung begonnen. Ach, warum konnten die beiden sich nicht miteinander versöhnen?

»Mademoiselle Clara?«, hatte die Französin besorgt gefragt und sie damit aus ihrer Erstarrung gerissen. Nein, jetzt war keine Zeit für Tränen. Es war endlich an der Zeit, ihrem Vater zu beweisen, dass er unrecht hatte, auch wenn es ihr wehtat, denn trotz allem liebte sie ihn. Wie sollte eine Tochter ihren Vater nicht lieben?

Sie hatte sich zu Ende frisieren lassen und ihre Perlohrringe angelegt, über die man bereits in der Presse schrieb, so sehr waren sie ein fester Bestandteil ihrer Auftritte geworden.

»Schade, dass Sie so wenig Schmuck haben«, sagte die Französin maliziös. Clara betrachtete ihr Spiegelbild und rieb sich die Lippen, damit sie ein wenig mehr Farbe erhielten. Unwillkürlich dachte sie an Nanny und ihren Trick mit der Roten Rübe, und eine große Sehnsucht stieg in ihr auf. Auch das hatte sie sich von ihrem Vater verderben lassen. Hätte sie doch niemals eingewilligt, Nanny wegzuschicken! So bald wie möglich würde sie sich von Claudine Dufourd trennen, Französischkenntnisse hin oder her.

Es wurde Zeit, aufzubrechen. Noch einmal warf Clara einen Blick in den Spiegel. Nein, man sah ihr den Schmerz, den ihr

Vater ihr zugefügt hatte, nicht an. Ihre Augen schimmerten in dieser undefinierbaren Melange aus unterschiedlichsten Farben. Sie würde ihren *Hexensabbat* spielen, außerdem das *Capriccio* von Thalberg und die *Etüde in Ges-Dur, op. 10, Nr. 5* von Chopin. *Variationen* von Henselt. Sie hatte Gustav Schilling um Rat gebeten, ob der Königin und den Prinzessinnen ein Stück von Robert gefallen könnte. Er hatte ihr geraten, es besser nicht zu riskieren.

Wie sehr der Brief ihres Vaters sie verstört hatte, spürte sie erst nach der Soirée bei Hof. Wie benommen nahm sie den privaten Zirkel der Königin wahr. Ihrem Spiel tat das keinen Abbruch, zumal in den Gemächern der Königin ein wundervoller Gustav-Graf-Flügel stand, der Prinzessin Sophie gehörte. Sie spielte, und ihr war, als würde der Schmerz aus ihrem Herzen über die Arme direkt in ihre Finger fließen und die Töne noch schöner, noch inniger zum Klingen zu bringen.

Und wieder spürte sie, wie sie sich ein Stück mehr von Friedrich Wieck löste. Sie spielte hier vor der Königin von Württemberg und ihrer Gesellschaft. Sie würde in Paris ihr Glück machen, in London, Brüssel, St. Petersburg – wohin das Schicksal sie führen würde.

»Da haben Sie uns eine große Freude gemacht«, sagte Königin Pauline, nachdem der letzte Ton verklungen war, und ihre dunklen Augen bekamen einen feuchten Glanz. »Wir haben ja schon vieles gehört, und in unserem Stuttgart leben wahrhaftig ausgezeichnete Musiker. Sie jedoch haben eine besondere Gabe, Mademoiselle Wieck. Ein Gottesgeschenk.« Sie nickte einer älteren Dame in ihrer Nähe zu, und diese nahm ein größeres, flaches Etui von einem Beistelltischchen. »Und damit Sie sich recht oft an diesen Abend am Württemberger Hof erinnern«, fuhr die Königin in liebenswürdigem Ton fort, »möchten wir Ihnen dies zum Geschenk machen.« Die Hofdame ließ das Etui aufschnappen und überreichte es Clara. Auf dunklem Samt lag ein wunderschönes Brillantcollier.

Clara versank in einen tiefen Hofknicks, nahm das kostbare Geschenk entgegen und bedankte sich von ganzem Herzen.

Schilling hielt Wort. Bereits am folgenden Morgen besuchte er sie im Hotel und legte ihr seine Planungen dar. Alles wirkte wohldurchdacht.

»Ich habe für Sie den Saal im Museum reservieren können, und zwar für den 29. Januar. Ist Ihnen das recht?«

»Früher ging es nicht?« Bis zum genannten Termin war es noch eine ganze Woche. Clara wusste, dass sie sich beeilen sollte, wollte sie in dieser Konzertsaison in Paris noch etwas erreichen, die nur bis ins Frühjahr hinein dauern würde.

»Leider nicht«, meinte Schilling. »Aber wir nutzen die Tage, um für Ihr Konzert ordentlich Werbung zu machen.«

Und dann machte er ihr eine Menge Vorschläge, wen sie alles einladen und wo sie am besten noch persönlich vorstellig werden sollte. Nachdem sie alles durchgesprochen hatten, betrachtete er sie eine Weile schweigend, und Clara wurde es unbehaglich zumute.

»Ich habe nachgedacht«, begann er schließlich. »Und zwar über Sie und Robert Schumann.« Sie fühlte, wie sie rot wurde und wollte etwas sagen, doch er ließ sie nicht zu Wort kommen. »Er befindet sich im Augenblick in Wien, nicht wahr?« Und als Clara nickte, fuhr er fort: »Warum kommen Sie beide stattdessen denn nicht nach Stuttgart? Das ist es, was ich mir die ganze Zeit überlege. Sucht er in Wien nicht ein Auskommen, damit Sie eine gemeinsame Grundlage haben? Dort wird es ihm ganz sicher schwer gemacht. Ich kenne Metternichs Zensur; in Wien eine Zeitschrift etablieren zu wollen – nun, das ist gelinde gesagt ein schwieriges Unterfangen. Aber wenn wir uns zusammentäten, Robert Schumann und ich! Ich plane schon seit einiger Zeit eine neue Kulturzeitschrift und habe bereits die bedeutendsten Autoren unter Vertrag. Herr Schumann könnte mein Partner werden, und ich verspreche ihm jetzt schon ein

Gehalt, von dem er in Wien nur träumen kann. Na, was meinen Sie dazu? Würde es Ihnen hier bei uns im Ländle gefallen?«

Clara wusste nicht, wie ihr geschah. Ja, es gefiel ihr außerordentlich gut in Stuttgart. Erstaunt lauschte sie Schillings beredten Worten, der ihr eine glänzende Zukunft als Stuttgarter Pianistin und möglicherweise Professorin an einer noch zu gründenden Musikhochschule in Aussicht stellte. Seit ihr Vater darauf pochte, dass Robert niemals in der Lage sein würde, genug Geld zu verdienen, um ihr einen angemessenen Lebensstandard zu gewährleisten, zerbrach sie sich den Kopf darüber, wie das zu bewerkstelligen war. Und hier schienen sich ihr die schönsten Möglichkeiten dazu zu eröffnen.

»Ich werde mit Robert darüber sprechen«, sagte sie, »und ihn um seine Meinung fragen.«

»Tun Sie das«, erklärte Gustav Schilling. »Und seien Sie versichert: Ihr Glück liegt mir am Herzen. Ich hoffe, Herrn Schumann auch.«

»Ja, gewiss«, erklärte sie verwirrt. Was fiel diesem Menschen ein? Ehe sie in Ruhe darüber nachdenken konnte, lud er sie für den Nachmittag zu einer kleinen Teegesellschaft in sein Haus ein.

»Meine Frau lässt mir keine Ruhe«, meinte er mit einem Schmunzeln. »Sie will Sie unbedingt kennenlernen. Nun ja, ich denke, Sie werden daran gewöhnt sein, nicht wahr? Eine berühmte Virtuosin und noch dazu eine so reizende junge Dame wie Sie will ein jeder kennenlernen.«

»Ich komme gern«, antwortete Clara und war doch ein wenig irritiert. Betrachtete Gustav Schilling seine Ehefrau als »ein jeder«?

Madame Schilling war eine ausgesprochen liebenswürdige Frau, wenn auch nicht besonders attraktiv, und Clara kam es so vor, als hielte sie sich bewusst im Hintergrund und überließ die Bühne ihrem Gatten, der vor den Gästen große Reden schwang. Während er die Begrüßung ein wenig zu redselig ausufern ließ, betrachtete Clara die geladenen Gäste.

Da waren einige, die sie bereits kannte, Madame Bohrer und der Theaterintendant Graf Leutrum. Dann noch einige Musiker, die mit Robert oder mit ihrem Vater befreundet waren, wie ein gewisser Herr Probst, der bereits am vergangenen Abend abfällige Bemerkungen über Robert hatte fallen lassen. Und ein Herr Schunke, dessen früh verstorbener Bruder einer der besten Studienfreunde Roberts gewesen war, die beiden waren unzertrennlich gewesen, und ihr Vater hatte ein paar geschmacklose Andeutungen über ihr angebliches »attisches Liebesverhältnis« gemacht. Rasch schob sie diesen beunruhigenden Gedanken beiseite und sah sich weiter unter den Gästen um. Ganz hinten an der Tür entdeckte sie zu ihrer Freude eine junge Frau, die in ihrem Alter sein musste. Sie hatte lebhafte, dunkle Augen, die wirkten, als nähmen sie Gustav Schillings Ansprache nicht allzu ernst. Im selben Moment spürte sie wohl Claras Interesse, und ihre Blicke trafen sich. Ein fast komplizenhaftes Lächeln ließ das Gesicht der Fremden erstrahlen, und Clara lächelte zurück.

In der folgenden Stunde führte Schilling sie von einem Gast zum anderen, und Clara überlegte gerade fieberhaft, wie sie dieser langweiligen Prozedur entkommen könnte, als Madame Bohrer sich an sie wandte.

»Ich störe ungern«, meinte sie, »aber ich möchte Ihnen unbedingt jemanden vorstellen. Henriette Reichmann ist eine große Bewunderin Ihrer Kunst, Fräulein Wieck. Und ganz nebenbei ist sie eines unserer größten Nachwuchstalente.«

Es war die junge Frau, die sie vorhin so zauberhaft angelächelt hatte, so dass Claras Herz auf einmal viel leichter zu schlagen begonnen hatte.

»Guten Abend«, sagte Henriette.

»Guten Abend«, gab Clara zurück und lächelte. »Sie spielen auch Klavier?«

Henriette nickte.

»Sie spielt ausgezeichnet«, warf Madame Bohrer ein.

»Ich möchte noch viel besser werden«, erklärte Henriette rasch. »Sie wurden von Ihrem Herrn Vater unterrichtet?«

»So ist es.«

»Was für ein Glück Sie doch hatten«, antwortete Henriette mit einem Seufzen. »Meine Eltern sind wirklich gut zu mir. Obwohl sie alles andere als vermögend sind, finanzieren sie mir Klavierstunden. Von Musik hat bei uns zu Hause leider keiner wirklich eine Ahnung.«

»Was studieren Sie denn gerade ein?« Clara war es, als hätten sie sich schon immer gekannt.

»Eine *Mazurka* von Chopin«, antwortete Henriette. »Und die *Lieder ohne Worte* von Mendelssohn.«

»Sie mögen Mendelssohn?«

»Ja, sehr! Nun möchte ich unbedingt Beethoven studieren. Nur weiß ich nicht recht, wie ich ihn anpacken soll. Sie sind eine der wenigen, die ihn sogar im Konzertsaal spielen …«

Im Nu waren sie ins Gespräch vertieft und hatten alles andere um sich vergessen.

»Die Klaviersonaten von Beethoven muss man sich ganz langsam erarbeiten«, erklärte Clara gerade. »Lassen Sie mich Ihre Hände sehen. Wunderbar, Sie sollten auch die Stücke von Liszt spielen können.«

»Haben Sie Chopins neue Präludien schon?«, wollte Henriette wissen. »Ich brenne darauf, die Noten zu erhalten. Er hat sie in diesem Winter komponiert. Auf einer südlichen Insel, irgendwo in Spanien.«

»Die neuen kenne ich noch nicht«, bekannte Clara. »Aber ich reise als Nächstes nach Paris. Dort sollten sie wohl zu bekommen sein …«

»Ach, Fräulein Clara … Darf ich Sie so nennen?«

»Ohne Fräulein, sagen Sie einfach Clara zu mir.«

»Ich würde Sie so gern begleiten.« Henriette warf ihr einen flehentlichen Blick zu und biss sich auf der Stelle auf die Unterlippe. »Bitte, Clara, es ist mir ernst damit. Sie sind doch ganz allein! Ich helfe Ihnen bei allem, leiste Ihnen Gesellschaft, halte Ihre Garderobe in Ordnung und nehme Ihnen alle Gänge ab, einfach alles. Bitte, nehmen Sie mich mit.«

»Nun …« Clara wusste nicht, was sie sagen sollte. Obwohl sie Henriette erst seit einer Stunde kannte, war es ihr, als sei sie die Schwester, die sie niemals hatte. »Was sagen denn Ihre Eltern dazu? Lassen die Sie denn in die große weite Welt reisen, einfach so? Und wenn ich ehrlich bin – ich kann mir keine weitere Zofe leisten, Henriette. Ich muss schließlich Mademoiselle Dufourd bezahlen.« Sie hatte ihre Stimme gesenkt und kurz zu der Französin hinübergeschaut, die mit einem Glas Punsch in der Hand auf einer Chaiselongue saß und mit ihren Mausaugen alles stumm beobachtete.

»Ich will kein Geld«, erwiderte Henriette ebenso leise. »Alles, was ich mir wünsche für meine Dienste, sind Klavierstunden. Ich will lernen, liebste Clara. Und zwar bei niemand anderem als bei Ihnen.«

»Das wäre auf alle Fälle eine gute Idee und ein Gewinn für Sie beide.« Gustav Schilling und Frau Bohrer hatten sich wieder zu ihnen gesellt. »Außerdem tun Sie ein gutes Werk damit, Fräulein Clara.«

»Herr Schilling hat recht«, erklärte Frau Bohrer. »Wir alle halten zusammen hier im Schwabenland, nicht wahr, Fräulein Reichmann? Ihr Vater ist ein honorabler Mann. Er übt das Amt des Theaterkassierers aus«, fügte sie vertraulich hinzu. »Reich sind sie nicht, die Reichmanns.« Sie musste über ihr eigenes Wortspiel kichern, und auf einmal war sie Clara entsetzlich unsympathisch. Erschrocken warf sie Henriette einen raschen Blick zu. Doch diese schmunzelte nur.

»So ist es, Frau Bohrer«, gab sie gelassen zur Antwort. »Genauso wenig wie Sie bohren, sind wir Reichmanns leider Gottes alles andere als reich.«

Und da wusste Clara, dass sie Henriette überallhin mitnehmen würde. Nach Paris, London und Petersburg. Und wenn es sein musste bis ans Ende der Welt.

Schilling hatte nicht zu viel versprochen – selten hatte Clara so wenig mit den Vorbereitungen für ein Konzert zu tun wie in Stuttgart. Ihr Konzert war ausverkauft bis auf den letzten Platz und ein triumphaler Erfolg, der Clara umso mehr freute, als sie eine weitere Schlacht ohne ihren Vater geschlagen hatte. Die Kritiker überschlugen sich, und Clara hoffte inständig, dass ihre Lobreden bis nach Leipzig drangen und die bösen Tiraden ihres Vaters zum Verstummen brachten.

Die Koffer gepackt, die Passage gebucht, ging es nun nach einem tränenreichem Abschied von Henriettes Eltern von ihrer Tochter zu dritt weiter nach Karlsruhe, und auch hier spielte Clara bei Hof vor der Großherzogin Stephanie von Baden. Die gesamte großherzogliche Familie versammelte sich um den Flügel und erbat in einer Art Wunschkonzert ihre Lieblingsstücke. Drei Stunden lang spielte Clara Werke von Liszt, Chopin und sogar von Robert.

»Monsieur Schumann hat mich vor langer Zeit besucht«, erzählte die Großherzogin und sah hilfesuchend eine ihrer Kammerzofen an. »Wann war das noch mal gleich? Ach ja, 1830. Ich erinnere mich noch, als sei es gestern gewesen. Er hat auf eine Weise auf dem Flügel phantasiert, wie ich es vorher und nachher nicht mehr gehört habe.«

Sie wollte durchaus, dass sie noch eine Weile in Karlsruhe blieb, doch Clara konnte es kaum erwarten, endlich nach Paris zu kommen, was Stephanie von Baden durchaus verstehen konnte, war sie doch eine Adoptivtochter von Napoleon Bonaparte und in Paris erzogen worden. Gerne gab sie Clara Empfehlungsschreiben an zwei adelige Damen in Paris mit und wünschte ihr das Beste.

Eine neue Entschlossenheit hatte von Clara Besitz ergriffen. Vielleicht war es der ungerechte Brief ihres Vaters gewesen, der ihr endgültig gezeigt hatte, dass sie sich auf sich selbst verlassen musste, wollte sie nicht untergehen. Ganz sicher half ihr dabei die Anwesenheit von Henriette, ihrer neuen Freundin. Einige Tage hatte Clara sich Zeit genommen, in Ruhe über das Schreiben ihres Vaters nachzudenken, endlich hatte sie sich noch in Stuttgart hingesetzt und eine kurze Antwort verfasst. Dass es ihr leid täte, wie er die Dinge sähe. Und dass er recht hätte: Den Verdienst, den er während seiner Abwesenheit von Leipzig einbüßen müsste, könnte sie ihm schwerlich ersetzen, und deshalb dränge sie ihn nicht weiter, sich ihr anzuschließen. Nach Paris würde sie nun dennoch reisen, wenn nicht mit ihm, dann eben mit Gott. *Bis jetzt habe ich noch keine Unannehmlichkeiten gehabt,* schrieb sie kühl. *Wohin ich kam, wurde ich freundlich aufgenommen. Ich habe Mut,* setzte sie nach einigem Überlegen hinzu, *und zwar zu allem.*

Noch einmal las sie das Geschriebene durch. Sie wollte keinen Streit mit ihrem Vater, noch immer hoffte sie, dass er am Ende seine Zustimmung zu ihrer Heirat mit Robert geben würde. Der Brief war höflich und einer Tochter angemessen. Er war jedoch durchaus bestimmt.

Sie begann einen langen Brief an Robert, schilderte ihm Schillings verlockendes Angebot in den glühendsten Farben. Ja, warum sollten sie ihren Lebensmittelpunkt nicht nach Stuttgart verlegen? Hier war sie anerkannt, und die Aussichten schienen günstig. Herr Schilling hatte bewiesen, dass er es ernst meinte. Er hielt alles, was er versprochen hatte, und am Ende korrekt mit ihr abgerechnet. Wieder konnte sie eine hübsche Summe in ihr Büchlein eintragen und das eingenommene Geld in ihrer Schatulle einschließen. Robert hatte ihr inzwischen mehrfach geschrieben, dass er sich in Wien zunehmend unwohl fühlte, und sie war schuld daran, schließlich war es ihre Idee gewesen, er könnte seine Zeitschrift in Wien etablieren. Ganz sicher würde er ihrem Vorschlag begeistert zustimmen und mit Gustav Schilling zusammenarbeiten.

Als Henriette beide Briefe zur Poststelle brachte, atmete sie leichter. Nun war sie es, die ihre Zukunft gestaltete, nicht mehr ihr Vater. Sie würde es ohne ihn schaffen, und zwar auf ihre Art.

11. KAPITEL

Paris: Februar bis April 1839

Baden-Baden, Straßburg und dann quer durch die Vogesen – sie hatten die Extrapost gebucht, um nicht eine ganze Woche unterwegs sein zu müssen. Vier Tage und drei Nächte fuhren sie durch, ruhten sich während der Pferdewechsel ein wenig aus, aßen eine Kleinigkeit, schliefen, eine an die andere gelehnt. Clara und Henriette unterhielten sich leise, als wären sie Schwestern und schon ein Leben lang beisammen, während Mademoiselle Dufourd mehr und mehr zu begreifen schien, dass ihre Zeit als Claras Zofe sich bereits dem Ende zuneigte. Vergeblich versuchte sie sich bei den jungen Frauen einzuschmeicheln, vertraute Clara einmal sogar an, was Friedrich Wieck ihr Schlechtes über Robert erzählt hatte, bis diese sie bat, über dieses Thema zu schweigen und zwar für immer und ewig.

»Das ist nichts«, erklärte sie mit Bestimmtheit, »was ich mit Ihnen zu diskutieren wünsche.«

Von da an hörten sie zu Claras Erleichterung nicht mehr viel von ihr.

Ab Nancy, wo man mehr Passagiere einstiegen ließ, als die Kutsche normalerweise fasste, saßen sie so eng aneinander gepresst, dass sie kaum noch atmen konnten. Völlig zerschlagen erreichten sie am 6. Februar, fast einen Monat nach ihrer Abreise aus Leipzig, endlich Paris.

Wie anders die Metropole an der Seine doch war als das beschauliche Stuttgart. Mit vor Erschöpfung brennenden Augen betrachteten die beiden jungen Frauen das bunte Treiben auf den mit Gaslaternen beleuchteten Straßen und die imposanten Bauwerke. Beeindruckt betraten sie das Foyer des prächtigen »Hôtel de Prince« und blinzelten geblendet in den Kristalllüster mit den Dutzenden von Kerzen. Es war sieben Uhr abends, und nachdem sie einen Botenjungen losgeschickt hatten, erschien eine halbe Stunde später die gesamte Familie List, um sie zu begrüßen. Nur Oskar, der ein Jahr jünger war als Clara, hatte sich zu ihrem Schrecken rekrutieren und als Freiwilliger nach Algier schicken lassen.

Welch eine Wiedersehensfreude! Clara und Emilie hatten sich seit ihrer gemeinsamen Konfirmation vor fünf Jahren nicht mehr gesehen. Damals waren sie Mädchen gewesen, jetzt junge Frauen. Sie aßen gemeinsam zu Abend, dann war es Zeit für die Neuankömmlinge, sich endlich auszuruhen.

Am Tag darauf besuchte Clara als Allererstes den Klavierbauer Érard, den sie noch von ihrem ersten Parisaufenthalt kannte. Inzwischen hatte er geheiratet und lebte mit seiner Frau Camille, einigen unverheirateten weiblichen Verwandten und dem berühmten Komponisten Spontini in einem früheren Jagdschloss des französischen Königshauses, das allerdings in den Revolutionsjahren stark gelitten hatte.

Monsieur und Madame Érard empfingen sie mit großer Herzlichkeit, und als sie bestürzt hörten, dass Clara »alleine«, also ohne ihren Vater, nach Paris gekommen war, luden sie Henriette und sie sofort zum Mittagessen ein und versprachen, ihr zu helfen, wo immer es nötig war.

»Natürlich leihen wir Ihnen einen Flügel«, versicherte ihr Monsieur Érard. »Das versteht sich doch von selbst. Außerdem werden wir alles dafür tun, Sie so bald wie möglich in die Gesellschaft einzuführen. Die Saison ist ja bereits fortgeschritten. Sie müssen noch so oft wie möglich auftreten.«

»Und selbstverständlich müssen Sie uns recht oft besuchen«, fügte Madame Camille Érard liebenswürdig hinzu. »Betrachten Sie unser Haus als das Ihre.«

Das versprach Clara gern.

Sie hatten sich gerade ein wenig hingelegt, als Pauline Garcia, mit der sie sich in Maxen angefreundet hatte, wie ein Wirbelwind in ihr Hotel stürmte.

»Ihr logiert ja in einem richtigen Palast«, staunte sie nach heftigen Umarmungen und Begeisterungsbekundungen. »Donnerwetter! Ich wusste nicht, dass man als Pianistin so viel verdient.«

Clara hatte bereits Zweifel beschlichen, ob dies tatsächlich das richtige Logis für sie war, und als sie sich beim Geschäftsführer vorsichtshalber erkundigte, ob der ihr schriftlich zugesicherte Preis stimmte, erkannte sie ihren Irrtum. Das, was sie für die Kosten pro Zimmer gehalten hatte, war der pro Person. Und da sie zu dritt waren, musste sie schleunigst eine andere Bleibe suchen.

»Ich wohne im ›Hotel Michodière‹ in der Nähe der Opéra«, erklärte Pauline fröhlich. »Da ist es nett, und die Zimmer sind bezahlbar. Warum zieht ihr nicht dorthin? Dort gibt es bestimmt noch Platz für euch.«

Auf der Stelle packten sie alles wieder ein, und wenn Mademoiselle Dufourd auch maulte, so bezogen sie doch noch vor Mittag zwei gemütliche Zimmer im »Hotel Michodière«.

Pauline, fröhlich und unternehmungslustig wie eh und je, steckte sie mit ihrer Ausgelassenheit an. Kaum ausgeruht, erkundete sie mit Henriette an ihrer Seite das Viertel und ließ sich sogar dazu überreden, das berühmte »Café de Paris« an der Ecke Boulevard des Italiens und Rue Taibout aufzusuchen, um dort einen Kaffee zu trinken.

»Hier verkehren sie alle«, raunte Pauline verschwörerisch und suchte ihnen einen Tisch an der Wand aus. »Der Intendant des ›Théatre Italiens‹, Louis Viardot, Alexandre Dumas, der Schauspieler Bocage – sagt bloß, ihr habt von dem noch nichts gehört? Heinrich Heine aus Deutschland, Honoré de Balzac, Victor Hugo, der Maler Eugène Delacroix, Hector Berlioz und natürlich dein über alles geliebter Frédéric Chopin.«

»Ist er hier?«, wollte Clara aufgeregt wissen.

Pauline schüttelte bedauernd den Kopf.

»Er ist mit seiner Geliebten auf der Insel Mallorca, seiner Lunge wegen.«

»Wer ist denn seine Geliebte?«, warf Henriette neugierig ein.

»Die berühmteste Schriftstellerin Frankreichs«, verriet Pauline und reckte ihren langen Schwanenhals noch weiter über den Tisch ihren Freundinnen entgegen. »Ihr Künstlername ist George Sand. Ihr kennt sie doch, oder? Ihr Roman *Lélia* hat vor ein paar Jahren einen handfesten Skandal ausgelöst.«

»Robert schätzt es nicht, wenn ich solche skandalösen Bücher lese.«

»Robert schätzt es nicht?« Pauline verdrehte ironisch die Augen. »Lass dir bloß nichts von ihm verbieten, hörst du? Genau dagegen schreibt George mit aller Verve an, gegen die Dominanz der Männer. Ja, verzieh nur dein Gesicht, liebste Clara. Ich bin mit ihr befreundet, und ich kann dir sagen, sie ist das wunderlichste und wunderbarste Geschöpf auf Erden.«

»Stimmt es, dass sie stets in Männerkleidern herumläuft?«, wollte Henriette wissen.

»Nein«, antwortete Pauline. »Nur, wenn es sein muss. Inzwischen ist es zu ihrem Markenzeichen geworden.«

»Ich habe Monsieur Chopin kennengelernt«, warf Clara zweifelnd ein. »Er ist ein so feinsinniger Mensch. Mir will es nicht in den Kopf, dass jemand wie er mit einer solchen Frau, die in Hosen rumläuft …«

»Ach, du bist einfach ein biederes, deutsches Mädchen«, unterbrach Pauline sie und hob die Hand, um eine junge Frau zu grüßen, die gerade mit ihrem Begleiter das Café betreten hatte. »Zerbrich dir nicht deinen schönen Kopf, Clara, ich fürchte, das wirst du niemals begreifen. Ihr entschuldigt mich? Ich habe eben eine Freundin entdeckt.« Und schon war sie verschwunden.

»Das war jetzt nicht besonders nett«, fand Henriette.

Clara lachte nur und sagte: »So ist Pauline nun einmal. Sie sagt immer, was sie denkt, und mir ist das lieber, als wenn man hinter meinem Rücken über mich redet. Außerdem ist ›bieder‹ ja durchaus ein Kompliment«, fügte sie hinzu. »Es bedeutet schließlich anständig und verlässlich.«

Als Clara und Henriette zurück in ihr Hotel kamen und die Tür zu ihrem Zimmer öffneten, prallten sie beinahe aneinander. Clara war plötzlich stehen geblieben, als sich ihr der Anblick ihres Zimmers bot. Der gesamte Raum war vollgestellt, und zwar mit zwei neuen Flügeln. Einer war der versprochene von Érard, der andere von der Firma Pleyel. Monsieur Pleyel war offenbar entschlossen, sie auf seine Seite zu ziehen. Denn natürlich konnte es für einen Klavierbauer keine bessere Werbung geben als einen berühmten Künstler, der öffentlich auf seinem Produkt spielte.

Auf jedem der beiden prächtigen Instrumente lag ein Billet. Von Érard eine Einladung zu einer musikalischen Soirée für denselben Abend, von Pleyel ein liebenswürdiges Begrüßungsschreiben, in dem er ihr nicht nur den Flügel anbot, sondern auch die »Salle Pleyel« als Auftrittsort, seinen eigenen Konzertsaal, in dem schon Chopin gespielt hatte. Aber natürlich besaß Monsieur Érard ebenfalls einen Saal, und zwar in der Rue du Mail 13, und hatte bereits versprochen, ihn für ein Konzert zur Verfügung zu stellen.

»Hast du es gut!«, rief Henriette aus und klatschte in die Hände. »Gleich zwei neue Flügel! Darf ich sie ausprobieren?«

»Nur zu«, antwortete Clara. Sie legte Mantel und Schute ab, ließ sich in einen der Sessel fallen, den man ganz an die Wand gerückt hatte, damit die Instrumente Platz hatten, und lauschte dem Spiel ihrer Freundin. Henriette hatte sich an den Pleyel gesetzt. Jetzt, wo es ihnen nicht mehr an Instrumenten mangelte, würden sie endlich mit dem versprochenen Unterricht beginnen.

»Wie schön der klingt«, staunte Henriette. »Hör mal, was für ein voller Ton. Nur die Tasten gehen ziemlich schwer.«

Clara nahm am Érard Platz und schlug ein paar Kadenzen an.

»Sie verwenden allesamt die englische Technik«, seufzte sie. Bei ihrem Vater hatte sie gelernt, dass in England die sogenannte Stoßzungenmechanik erfunden worden war. Sie erlaubte einen volltönenderen Klang, dafür waren die Instrumente schwerer zu spielen. Clara hingegen bevorzugte jene, die in Österreich und Süddeutschland gebaut wurden und eine etwas andere Klangerzeugung mithilfe von Prellzungen hatten. Diese Klaviere spielten sich leichter und besaßen einen zart perlenden, in Claras Ohren viel musikalischeren Klang. So wie ihre Lieblinge von Conrad Graf aus Wien. Ach, was gäbe sie jetzt nicht darum, den Flügel, den ihr Graf geschenkt hatte, hier zu haben.

Sie probierte eine Passage ihres Scherzos, ein paar Läufe ihres Klavierkonzerts. Nur gut zwei Drittel der Töne erklangen so, wie sie es wollte.

»Ach du liebe Zeit«, stöhnte sie. »Wie soll ich nur auf diesen Flügeln ein Konzert durchstehen?«

Zuallererst erhielt Henriette die lang ersehnte erste Unterrichtsstunde. Dann spielte Clara abwechselnd auf den beiden Flügeln und konnte sich nicht entscheiden. Wobei es eigentlich keine Frage war, welchen sie wählen würde. Auf keinen Fall konnte sie Monsieur Érard, mit dem ihr Vater so gute Kontakte pflegte, abweisen, das gehörte sich einfach nicht. In dem engen Zimmer konnte sich der Klang natürlich nicht entfalten, und doch war zu hören, dass es beide wundervolle Instrumente waren. Nur die Mechanik machte Clara Sorgen. Ehe sie damit ein Konzert geben konnte, musste sie intensiv üben. Dabei würde sie sich gerade jetzt viel lieber von Pauline, die bald zu einem Gastspiel nach England aufbrechen würde, diese aufregende Stadt zeigen lassen.

Stattdessen hatte sie wieder einmal das Gefühl, von vorne beginnen zu müssen: Ihre makellosen Läufe, die klingenden Arpeggien, ihre Triller und vor allem die rasend schnellen Passagen, die sie mit weit gespreizten Händen in Oktaven oder gar Dezimen absolvieren musste – all das, was sie seit Jahren wie selbstverständlich beherrschte, musste sie sich geradezu neu erarbeiten. Ihr Finger, Handgelenkte, ja, sogar die Unterarme schmerzten. Ständig versuchte sie sich vorzustellen, was ihr Vater zu ihrem Spiel sagen würde. Entspanne die Hand nach jeder Passage. Und was noch? Nicht länger als drei Stunden üben, hörte sie ihn sagen, und hielt sich daran. Statt sich weiter zu plagen, besuchten sie und Henriette täglich die Familie List, deren Wohnung so etwas wie eine zweite Heimat für sie in Paris wurde.

»Schade, dass wir nicht genug Platz haben«, meinte Madame List eines Tages. »Dann könntet ihr zwei bei uns wohnen und müsstet nicht so viel Geld fürs Hotel ausgeben.«

»Ja, das wäre wundervoll«, meinte auch Elise, Emilies jüngere Schwester.

»Wir könnten etwas Größeres suchen«, schlug Emilie vor. »Papa klagt doch schon seit Längerem über den Lärm hier in der Straße.«

»In dem Fall würde ich selbstverständlich einen Teil der Miete übernehmen«, bot Clara an. Die Vorstellung, bei ihren Freunden zu wohnen, war einfach zu verlockend. Außerdem hatte sie während einer Soirée gehört, wie sich zwei ältere Pariser Damen darüber mokierten, dass sie ohne Begleitung eines Elternteils oder wenigstens einer Tante in einem Hotel wohnte. Offenbar schickte sich das nicht und legte einen lockeren Lebenswandel nahe.

»Ich werde darüber nachdenken«, versprach Monsieur List. »Wie lange hast du denn vor zu bleiben, Clara? Lohnt sich denn ein Umzug?«

Das war eine heikle Frage, Clara wusste die Antwort darauf selbst noch nicht. Robert beschwor sie, so bald wie möglich nach London weiterzureisen und hatte ihr in einem seiner langen Briefe einige wertvolle Kontaktadressen geschrieben. Dabei war sie gerade erst angekommen, und doch bemerkte sie erschrocken, wie rasch die Zeit verflog. Bevor sie daran denken konnte, nach London weiterzureisen, musste sie sich erst in Paris bewähren. Und das werde ich wohl immer wieder aufs Neue müssen, sagte sich Clara, und eine große Müdigkeit überkam sie.

Fast täglich lud Monsieur Érard sie zum Essen, zu Konzerten und Soiréen ein. Ja, besonders mit Madame Camille hatte sie sich rasch angefreundet. Undenkbar, diesen freundlichen Leuten eine Absage zu erteilen. Sie würde auf seinem Flügel spielen, und zwar möglichst bald. Und deshalb musste sie weiter üben. Üben. Und nochmals üben.

Als sie eines Nachmittags bei den Érards zum Tee eingeladen war, saß eine überschlanke Frau mit markanten, dunklen Brauen über den wachen, ein wenig asiatisch geschnittenen Augen in einem Sessel, und sah ihr mit einer Mischung aus Neugier und Herablassung entgegen.

»Heute ist ein Festtag für unser Haus«, sagte Camille Érard herzlich. »Gleich zwei weltbekannte Pianistinnen sind bei mir zu Besuch. Liebste Clara, darf ich Ihnen Caroline de Belleville-Oury vorstellen?«

Clara durchfuhr es heiß. Sie hatte nicht gewusst, dass sich diese ernst zu nehmende Rivalin ebenfalls in Paris aufhielt. Die Belleville war elf Jahre älter als sie und schon eine Legende gewesen, als Clara das allererste Mal aufgetreten war. Sie hatte bereits die halbe Welt bereist und an Orten Triumphe gefeiert, von denen Clara noch immer nur träumte: London, Moskau, Brüssel, Amsterdam, St. Petersburg, Warschau – und natürlich Paris. Worum Clara sie allerdings am meisten beneidete, war, dass sie Ludwig van Beethoven noch persönlich begegnet war, der sich von ihrem Spiel angeblich beeindruckt gezeigt hatte …

»Was für eine Freude«, schwindelte sie und trat näher.

Die Belleville lachte trocken auf.

»Die Freude ist ganz auf meiner Seite«, antwortete sie mit einem ironischen Lächeln, und Clara fühlte sich durchschaut. »Sie wollen hier also konzertieren?«

»Das habe ich vor, ja«, antwortete Clara.

»Aber bitte, nehmen Sie doch Platz«, bat Camille Érard und reichte ihr eine Tasse Tee. »Madame Belleville und ihr Mann werden uns leider schon bald verlassen«, sagte sie bedauernd. »Kann ich Ihnen die Idee nicht noch ausreden, liebste Caroline?«

Clara horchte auf. Das klang nach guten Neuigkeiten. Denn selbst Paris schien ihr zu klein für zwei Pianistinnen ihres Rangs.

»Noch sind wir ja hier«, antwortete die Belleville. »Und ehe wir nach England abreisen, werde ich natürlich ein Abschiedskonzert geben, das verspreche ich Ihnen.« Sie musterte Clara nachdenklich. »Herzlichen Glückwunsch zur Ernennung zur k.k. Kammervirtuosin«, sagte sie. »Mir wurde diese Ehre ja am Hof in Düsseldorf von Prinz Friedrich von Preußen und seiner Gemahlin Prinzessin Luise zuteil.«

Clara hob die Brauen.

»Ah, das wusste ich gar nicht«, entfuhr es ihr. »Da gratuliere ich Ihnen natürlich ebenfalls.« Wie albern, dachte sie unwillig und überlegte, welchen Grund sie vorschützen könnte, um aufzubrechen. Sie bemerkte, wie Camille Érard von der Belleville zu ihr herüber sah und wieder zurück. Sie wirkte ratlos und suchte sichtlich nach einem unverfänglichen Thema.

»Steht denn Ihr Konzerttermin schon fest?«, erkundigte sich Caroline de Belleville in die Stille hinein.

»Nein, noch nicht«, antwortete Clara und eine große Unruhe befiel sie. Das Letzte, was sie wollte, war ein Wettstreit zwischen ihnen beiden. Die Belleville war in Paris bereits viele Male aufgetreten und hatte ein großes Stammpublikum. Auf einmal fühlte Clara sich wieder klein und ungenügend. Sie würde hier scheitern, das war gewiss …

»Ich muss nun leider aufbrechen«, riss ihre Kollegin sie aus diesen düsteren Gedanken. »Eigentlich wollte ich schon lange gehen, Camille hat mich dazu überredet, auf Sie zu warten. Es war Zeit, dass wir einander kennenlernten, liebes Fräulein Wieck.« Den letzten Satz hatte sie auf Deutsch gesagt. »Wir sind schließlich Landsleute, wahrscheinlich wissen Sie, dass ich ursprünglich aus dem Allgäu stamme.« Sie erhob sich und reichte Clara die Hand. »Alle Welt sagt, wir müssten uns spinnefeind sein«, sagte sie und lachte wieder dieses spöttische Lachen. »Aber das ist doch Unsinn. Oder wie sehen Sie das?«

»Genau wie Sie«, antwortete Clara rasch und fühlte, wie ihr Gesicht heiß wurde. Sie erhob sich ebenfalls und ergriff die dargebotene Hand. Sie fühlte sich kühl und trocken an. Nun, da das Nachmittagslicht direkter auf das Gesicht der Belleville fiel, erkannte sie feine Unregelmäßigkeiten auf deren Haut, winzige Narben. »Auf Wiedersehen«, fügte sie auf Deutsch hinzu.

»Wir werden uns ganz bestimmt wiedersehen«, antwortete die Rivalin mit jenem süffisanten Lächeln, mit dem sie Clara empfangen hatte. »Und sei es zu meinem Konzert.«

»Die Ärmste«, sagte Camille Érard, als sie zurückkam, nachdem sie die Belleville bis zur Tür begleitet hatte. »Vor einigen Jahren ist sie in Amsterdam an den Pocken erkrankt, deshalb die Narben in ihrem Gesicht. Ist das nicht schrecklich, besonders für eine Künstlerin, die öffentlich auftritt? Sie ist so tapfer, die liebe Caroline, nie hört man sie klagen. Und eine so bewunderungswürdige Pianistin.«

»Ich habe sie noch nie spielen hören«, erwiderte Clara.

»Dann wird es Zeit«, stellte Camille Érard fest. »Sie beide sind wirklich das größte Zweigestirn am gegenwärtigen Pianistinnenhimmel.«

In der folgenden Nacht träumte Clara, ihr rechter Zeigefinger täte ihr so entsetzlich weh, dass sie ihn kaum bewegen konnte. Wie groß war ihr Schrecken, als sie nach dem Aufwachen feststellte, dass es gar kein Traum gewesen war. Jedes Mal, wenn sie die Fingerkuppe berührte, durchfuhr sie ein feuriger Schmerz. Klavierspielen war schlechterdings unmöglich.

»Sie müssen den Finger schonen«, erklärte der Arzt, den sie auf Anraten der Familie List aufsuchte. »Eine Sehne ist entzündet. Wenn sie das nicht ausheilen, können diese Beschwerden immer wiederkehren.«

Schonen? Sie war endlich in Paris und sollte sich schonen? Verzweifelt dachte sie an Caroline de Belleville, die sicherlich bald ihr Abschiedskonzert halten würde. Es wäre absolut notwendig, ihr zuvorzukommen.

»Die Zeit nutzen wir, um Sie überall bekannt zu machen«, schlug Madame Érard vor und stellte für Clara ein Besuchsprogramm zusammen. Abends holte man sie ab und führte sie in die Opéra, sie lernte den großen Opernkomponisten Meyerbeer persönlich kennen und schätzen, besuchte Konzerte und Liederabende.

Vor allem das Zusammentreffen mit dem berühmten Musikverleger Moritz August Schlesinger bedeutete für Clara einen Silberstreifen am Horizont, denn er druckte nicht nur Noten, sondern brachte auch die wichtigste französische und über die Landesgrenzen hinaus berühmte Zeitschrift »La Gazette musicale« heraus.

»Für meine Abonnenten veranstalte ich regelmäßig musikalische Matinéen«, erklärte er ihr. »Wären Sie interessiert, in diesem Rahmen ebenfalls aufzutreten? Ich könnte mir gut vorstellen, dass Sie bei dieser Gelegenheit neben Solowerken auch Kammermusik aufführen könnten.«

»Das würde ich sehr gern«, antwortete Clara erfreut. »Ich hätte das Trio in B-Dur von Beethoven in meinem Repertoire.«

»Ausgezeichnet.« Schlesinger strich sich nachdenklich über seinen Backenbart. »Wir werden den Cellisten Batta fragen und Artôt für die Violinstimme. Das sind unsere besten Solisten im

Augenblick. Ich denke, das könnte ein interessanter Abend werden.«

Sie nickte und bewegte vorsichtig ihren rechten Zeigefinger. Er tat noch immer weh. Am höllischsten schmerzte er, wenn sie mit der Fingerkuppe gegen eine harte Fläche stieß. Oder eben Klavier spielte. Doch es half nichts, sie würde auftreten, mit oder ohne Schmerzen. Henriette machte ihr Essigwickel, von denen sie behauptete, das sei ein altes Hausmittel ihrer Mutter, und tatsächlich ließen die Beschwerden ein wenig nach.

Die Érards schleppten sie häufig spät abends zu den legendären Pariser Soiréen, wo sich *tout Paris* die Klinke in die Hand gab. Clara fühlte sich dort allerdings nie ganz wohl, zu dicht gedrängt saßen die Gäste in diesen eleganten Salons, so dass die Instrumente ihren Klang nicht entfalten konnten. Außerdem hatte sie immer noch eine gewisse Scheu vor den Französinnen, die sie stets von oben bis unten musterten und jedes Detail ihrer Toilette hinter ihren Fächern maliziös zu kommentieren schienen. Während die Pariserinnen in Tüll und Spitze schwelgten – Clara kleidete sich wie eh und je schlicht, häufig in Schwarz oder in dem dunklen Braunton ihres Haares, was, wie sie fand, ihre leuchtenden, hellen Augen nur betonte. Ob es den Pariser Damen gefiel oder nicht, war Clara egal. Und die bewundernden Blicke der Herren bestätigten sie darin, bei ihrem persönlichen Stil zu bleiben.

Claras Finger erholte sich. Sie spielte häufig bei diesen Gelegenheiten und legte nach und nach ihre Befangenheit ab. Ihr Französisch mochte vielleicht abscheulich sein, dennoch konnte sie sich immer besser auch ohne Mademoiselle Dufourd verständigen, bei der sie sich ohnehin niemals ganz sicher war, ob sie ihr alles wortgetreu übersetzte.

Ja, Paris gefiel ihr. Es war aufregend, gemeinsam mit Emilie und ihrer kleinen Schwester die verschiedenen Viertel zu erkunden. Früher hatte Clara dem Nesthäkchen Elise keine große Aufmerksamkeit geschenkt, inzwischen war sie jedoch zu einer wunderschönen Sechzehnjährigen mit einer hinreißenden Singstimme herangewachsen, mit ihr konnte man herrlich musizieren. Und eines Tages erklärte Monsieur List, dass er eine größere, schönere Wohnung in einer ruhigen Gegend am nördlichen Stadtrand von Paris gefunden hätte.

»Sie liegt in der Rue de Navarin«, meinte er. »Wollen wir sie uns gemeinsam ansehen?«

»Ach wie schön«, rief Elise aus. »Dort bei den Windmühlen am Montmartre?«

»Ja, ganz in der Nähe«, erklärte ihr Vater.

Auf der Stelle ließen sie sich in die Rue de Navarin 12 bringen. Die Wohnung war hell und geräumig. Nicht weit davon entfernt gab es Hofgüter mit Kühen und anderen Tieren, wo man frisch gemolkene Milch kaufen konnte. Sie beschlossen noch am selben Tag, diese hübsche Wohnung gemeinsam zu mieten.

An diesem Nachmittag suchte Clara das Gespräch mit Mademoiselle Dufourd, die in Paris inzwischen die meiste Zeit ihrer eigenen Wege ging. Sie kündigte ihr offiziell und zahlte sie für den gesamten Monat aus, obwohl es erst Anfang März war.

»Ihr Vater hat mir die Reisekosten zurück nach Leipzig zugesagt«, antwortete die Dufourd spitz. Clara schluckte. Das würde ein dickes Loch in ihre Kasse reißen. Doch versprochen war versprochen.

»In Ordnung«, sagte sie. »Wann möchten Sie reisen? Dann buche ich Ihnen einen Platz in der Postkutsche von hier bis Leipzig durch.«

Mademoiselle Dufourd zog ein Gesicht, als hätte sie ihr saure Milch angeboten.

»Nun …«, meinte sie, »wann ich reise? Das weiß ich noch nicht. Am besten geben Sie mir das Geld und …«

»Nein«, unterbrach Clara sie freundlich, die ahnte, dass die Französin gar nicht vorhatte, zurück nach Leipzig zu fahren, sondern sich das Reisegeld lediglich ausbezahlen lassen wollte. »Die Abmachung lautet nicht auf Geld, sondern auf die Passage.

Wenn Sie also entschieden haben, wann Sie fahren möchten, sagen Sie mir Bescheid.«

Die Dufourd schien alles andere als zufrieden.

»Hören Sie …«, begann sie, doch als sie Claras entschlossene Miene sah, gab sie auf. »Dann lassen wir das Ganze. Was soll ich in Leipzig? Leben Sie wohl.« Sie packte ihre Reisetasche und verschwand aus Claras Leben.

Nur eine Woche später bezog Clara mit Henriette ein blau gestrichenes, hübsches Zimmer in der neuen Wohnung, die sogar einen Garten hatte. Vor dem hohen Fenster standen zwei Orangenbäumchen, aus deren Laub winzige, weiße Blüten leuchteten wie Sterne. Clara atmete ihren Duft tief ein. Das war etwas anderes als das Leben im Hotel. Gemeinsam mit ihren drei Freundinnen Henriette, Emilie und Elise und umsorgt von Madame List fühlte sie sich endlich wieder, als könnte sie nicht nur Paris, sondern die ganze Welt erobern.

Es hatte sich gelohnt, bei den zahlreichen privaten Soiréen zu spielen. Mademoiselle Clara Wieck war nun in den wichtigsten musikalischen Kreisen in aller Munde. Érard hatte ihr wiederholt angeboten, seinen Saal für ein eigenes Konzert zu nutzen. Wenn nun auch Schlesingers Abonnementkonzert gut verlaufen würde, stand ihrem großen Pariser Auftritt nichts mehr im Wege. Alles, was sie brauchte, war Geduld und eine ausgezeichnete Kondition. Wenn sie morgens in dem blauen Zimmer vom Gezwitscher der Vögel erwachte und ihr bewusst wurde, dass sie ihrem Erfolg in Paris immer näher kam, fühlte sie sich voller Energie. Ja, das Leben war schön.

Die einzige Sorge, die sie hatte, war Robert. Und ihr Vater. Oder besser gesagt – alle beide. Hatte Friedrich Wieck ihr während der ersten Wochen dieser Reise überhaupt nicht geschrieben, so tat er dies nun alle paar Tage. Jedes Mal, wenn ein Brief von ihm eintraf, durchlief sie ein nervöses Zittern, denn sie wusste schon im Voraus, was sie darin finden würde: Vorwürfe. In seinen Augen hatte sie alles falsch gemacht. In Deutschland zu wenig eingenommen, in Paris unterstellte er ihr, zu viel zu verbrauchen. Leider hatte er recht, denn das Leben, das sie hier führte, war nicht so spartanisch, wie ihr Vater es immer gehalten hatte. Trotzig dachte sie daran, wie oft es auf ihren früheren Reisen nur eine Graupensuppe am Abend gegeben hatte, und mitunter war dem Vater sogar das Frühstück in den Hotels zu teuer gewesen. Stattdessen hatte er sie zum Bäcker geschickt, um eine Semmel zu holen, die sie dann mit einem Schluck Wasser aßen, denn selbst das Geld für den Kaffee hatte ihn manchmal gereut.

Nun hatte sie sich gemeinsam mit den Lists diese schöne Wohnung gegönnt, was ihnen ermöglichte, zu Hause zu essen statt im Restaurant, auf diese Weise, so hatte sie sich ausgerechnet, würde sie die Mehrkosten für die Miete ausgleichen. Du lieber Himmel, sie war jung, sie wollte etwas sehen von Paris und nicht jeden Franc zweimal umdrehen, ehe sie ihn ausgab. Schließlich arbeitete sie hart. Die Briefe des Vaters ließen sie trotzdem nicht kalt, im Gegenteil. Sie sorgten dafür, dass sie sich schuldig fühlte, sie ließen sie ihre kleinen gesellschaftlichen Erfolge als Scheitern erleben und machten, dass sie sich wieder fühlte, als sei sie noch immer das hilflose kleine Mädchen, das nichts anderes konnte, als schön Klavier zu spielen.

Und Robert? Er überhäufte sie zwar mit Liebeserklärungen, wie nur er es vermochte, sie zu formulieren. Doch gleichzeitig war er böse mit ihr. Denn ihr Vorschlag, gemeinsam nach Stuttgart zu ziehen, hatte ihn offenbar vollkommen auf dem falschen Fuß erwischt. Nein, von ihrer Idee hielt er wenig. Das lag nicht an der Stadt, die ihm bei einem Besuch vor vielen Jahren gut gefallen hatte, sondern an dem Angebot von Gustav Schilling, der kein Ehrenmann sei. Wie um alles in der Welt konnte seine Clara einem solchen Aufschneider vertrauen? Bestürzt las Clara, wie sich Robert von Brief zu Brief immer mehr in die Sache hineinsteigerte, ja, es geradezu als beleidigend empfand, dass sein eigener Korrespondent, von dem er in letzter Zeit wenig Artikel erhalten hatte, ihn zu seinem Kompagnon von einer noch zu gründenden Musikzeitschrift machen wollte. Weltfremd schalt er sein »Klärchen« – wie er ihren Namen immer schrieb, auch wenn sie ihm schon öfter gesagt hatte, dass sie das nicht mochte –, leicht zu blenden. Und wie sie überhaupt dazu käme, mit einem solchen Menschen zu flirten, der ganz offensichtlich in sie verliebt sei.

Bestürzt fragte Clara Henriette um Rat. Immerhin kannte sie diesen Gustav Schilling besser als sie.

»Der Herr Schilling«, meinte die junge Stuttgarterin, »ja, was soll ich sagen?« Sie zögerte, dann fasste sie sich ein Herz. »Er fängt vieles an und bringt nichts zu Ende.«

Wie um Roberts Argwohn zu unterstreichen, erhielt Clara in diesen Tagen einen schwärmerischen Brief von Gustav Schilling mit ein paar Sätzen darin, die Clara ernsthaft verwirrten.

»Na ja, in meinen Augen ist das ein klarer Fall«, meinte Emilie, als Clara ihren Freundinnen diesen Brief zu lesen gab. »Der ist in dich verliebt, der Windbeutel. Robert hat völlig recht.«

»Und was mach ich jetzt?«

»Am besten schickst du diesen Brief deinem Verlobten«, schlug Emilie streng vor. »Er wird am besten wissen, wie er damit umzugehen hat.«

»Auf keinen Fall«, wandte ihre jüngere Schwester Elise ein. »Damit versetzt du ihn nur noch mehr in Aufregung. Und was dein Robert da alles schreibt«, fuhr sie fort und blätterte in den Briefbögen, die Clara vor ihren Freundinnen ausgebreitet hatte. »Nicht, dass ich alles entziffern könnte. Dass er allerdings jetzt schon außer sich ist, daran besteht kein Zweifel.«

»Gerade deshalb sollte er alles wissen«, fand Emilie, die stets für den korrekten Weg war. »Wie könnt ihr später eine Ehe führen, wenn du jetzt schon Geheimnisse vor ihm hast?«

»Geheimnisse?«, rief Clara erschrocken aus. »Ich hab doch keine Geheimnisse, weder vor Robert noch vor euch.« Sie wandte sich an Henriette. »Was würdest du an meiner Stelle tun?«

»Ich weiß nicht«, antwortete sie nach einer Weile des Nachdenkens. »Auf alle Fälle würde ich dem Herrn Schilling eine Abfuhr erteilen. Das geht schließlich nicht«, fügte sie hinzu und nahm seinen Brief zur Hand. »Was will er denn damit sagen, dass er durchaus in der Lage sei, zwei Frauen zu ernähren? Das ist ja direkt schändlich.«

»Also gut«, beschloss Clara, »Ich sende seinen Brief direkt an Robert weiter. Soll er entscheiden, wie wir gemeinsam darauf reagieren.«

»Ich würde das sein lassen«, wiederholte Elise nachdrücklich. »Diese Männer sind imstande und bringen sich noch gegenseitig um. Wenn du mit Robert reden könntest, das wäre etwas anderes. Aber zwischen euch liegen an die tausend Meilen.«

»Das ist es ja«, sagte Clara mit einem Seufzen. »Lange halte ich das nicht mehr aus.«

Das Schlimme war jedoch, sie hielt es sehr gut aus. Endlich war sie ein freier Mensch und konnte tun und lassen, was sie selbst für richtig hielt. Dass ihr Verlobter so übertrieben reagierte und jeder neue Brief neue Varianten seiner Empörung über diesen Herrn Schilling brachte, war vollkommen unnötig. Sie hatte es nur gut gemeint. Schließlich kam er in Wien mit seiner Existenzgründung nicht weiter. Zwar schrieb er, dass er komponiert habe. Leider war wieder nichts dabei, was sie in einem ihrer Konzerte würde spielen können. Es war ja alles gut und schön, und sicher stimmte es, wenn Liszt sagte, er sei seiner Zeit voraus. Doch sie lebte heute, musste einem realen Publikum im Jahr 1839 Rede und Antwort stehen und Geld verdienen. Langsam ahnte sie, dass sie das wohl auch während ihrer Ehe noch würde tun müssen. Sie war dazu mehr als bereit, auch wenn das nicht üblich war. Sie wollte ja nur zu gerne weiterhin Konzerte geben. Eine Familie konnte sie allein natürlich nicht ernähren. Wie viele Briefe waren zu diesem Thema schon zwischen ihnen hin- und hergegangen. Robert hatte ihr hoch und heilig versprochen, über die erforderlichen Jahreseinnahmen bis zu ihrem vereinbarten Hochzeitstermin in gut einem Jahr zu verfügen. Danach sah es allerdings im Augenblick ganz und gar nicht aus.

»Dass er jetzt in Wien scheitert und zurück nach Leipzig gehen will«, grummelte Emilie, die Roberts Briefe an sich genommen hatte und zu lesen begann, »das ist überhaupt nicht gut. Was wird dein Vater sagen?« Sie sah auf, und Clara bemerkte zum ersten Mal, wie verhärmt ihre Freundin wirkte, dabei war sie nur ein Jahr älter als sie. Noch nie hatte sie ihr von einem Verehrer erzählt oder zumindest von jemandem, für den sie schwärmte. Oder lag es an ihr? Hatte sie stets nur von sich und ihrer verbotenen Liebe zu Robert erzählt und ihrer Freundin kein Ohr geschenkt? Clara nahm sich vor, sie in nächster Zeit unter vier Augen einmal vorsichtig zu fragen.

Ihr Einstand bei Schlesingers Matinée für seine Abonnenten am 21. März wurde zu Claras Erleichterung von dem verwöhnten Publikum begeistert aufgenommen. Am selben Abend spielte sie auf einer Soirée vor einer erlesenen Runde von Kennern und riss sie allesamt völlig mit. Der Bann war gebrochen, und endlich vereinbarten sie einen Konzerttermin für den 16. April.

»Wann wird denn das Abschiedskonzert von Madame de Belleville stattfinden?«, fragte sie Pierre Érard, denn es war klar, dass ihre Rivalin ebenfalls in seinem Konzertsaal spielen würde. In jedem Fall sollte ihr Auftritt vor dem der Belleville liegen.

»Sie hat sich noch nicht dazu geäußert«, antwortete Érard. »Aber machen Sie sich mal keine Sorgen. Das Pariser Publikum hört gerne zwei Piano-Rezitals von so bedeutenden Künstlerinnen im selben Monat.«

Doch genau davor fürchtete sich Clara. Sie hasste es, wenn man, statt ihr unvoreingenommen zuzuhören, ständig Vergleiche zwischen ihr und ihren Kollegen zog. So wie im vergangenen Winter in Wien, wo man heute noch vom »Kampf der Giganten« sprach und damit Liszt, Thalberg, Henselt und sie meinte.

»Also … ich hab das jetzt alles durchgelesen«, meinte Emilie an einem der folgenden Tage, als sie ausnahmsweise einmal zu zweit waren. Elise war bei ihrer Gesangsstunde und Henriette machte Besorgungen. Clara hatte Emilie einige Tage zuvor Roberts letzte Briefe anvertraut und sie um ihre Meinung gebeten. Emilie war die vernünftigste ihrer Freundinnen und absolut integer. Claras schwärmerische Liebe zu Robert Schumann hatte sie von Anfang an mit einer gewissen vorsichtigen Skepsis beobachtet. Auf ihr Urteilsvermögen gab Clara viel und sie vertraute ihr vollkommen. »Und wenn ich ehrlich bin«, fuhr Emilie fort, »so finde ich einige Passagen sehr merkwürdig.«

Clara wurde es heiß. Was würde Robert sagen, wenn er wüsste, dass sie diese intime Korrespondenz aus den Händen gegeben hatte? Trotzdem – sie brauchte unbedingt Rat.

»Was findest du denn merkwürdig?«

Emilie hatte kleine Papierstreifen zwischen einzelne Seiten gelegt und schlug nun die erste Stelle auf.

»In der Sache mit diesem Herrn Schilling aus Stuttgart übertreibt er maßlos«, begann die Freundin. »Er findet ja gar kein Ende mehr! Sicherlich. Du warst wohl reichlich naiv gegenüber diesem Herrn aus Stuttgart. Jedoch muss Robert klar sein, dass du es in der besten Absicht getan hast. Trotzdem steigert er sich von Brief zu Brief in diese Geschichte hinein. Und hier droht er dir gar, wenn er schreibt: *…sonst müsste ich mich auf einige Zeit von dir trennen, bis Du Deiner ganzen Sinne wieder Herr bist …* Das ist wirklich ein starkes Stück.« Clara traten Tränen in die Augen. »Statt Seite um Seite mit diesem Unsinn zu füllen, sollte er lieber mehr Anstrengung auf seine Geschäfte in Wien verwenden«, fügte Emilie auf ihre pragmatische Art hinzu und klang auf einmal ganz wie Claras Vater.

»Ja, das hat mir weh getan«, räumte Clara leise ein.

»An anderen Stellen erhebt er dich über alle Maßen und tut so, als müsstest du ihn retten«, fuhr Emilie fort und blätterte ein paar Seiten weiter. »Wie soll man das verstehen? *Meine Lage hier wird mir immer bedenklicher und es überfällt mich manchmal eine heiße Angst um den Ausgang aller dieser Verwicklungen. Du allein bist mein Trost, zu Dir sehe ich auf wie zu einer Maria, bei Dir will ich mir wieder Muth und Stärke holen.* Clara, das grenzt an Blasphemie, schließlich bist du nicht die Jungfrau Maria! Übrigens schreibt er mir für einen Mann viel zu oft davon, dass er heiße Tränen vergieße und niedergedrückte Stunden habe, in denen er sich nicht aufraffen könne, etwas zu tun.« Clara fühlte Emilies forschenden Blick auf ihrem Gesicht.

»Er ist eben sehr empfindsam«, wandte sie ein.

»Das mag ja sein«, gab Emilie streng zurück. »Dennoch passt da einiges nicht zusammen. Denn wenn ich eins und eins zusammenzähle, liegt doch auf der Hand, dass er bis zu dem Hochzeitstermin, den ihr einander versprochen habt, kein geregeltes Auskommen haben wird.« Die Freundin warf ihr einen prüfenden Blick zu, so als wollte sie sich vergewissern, ob Clara die Wahrheit verkraftete.

»Sprich ruhig weiter«, sagte Clara tapfer und wappnete sich.

»So leid es mir tut, liebste Clara« fuhr Emilie fort, »ich muss sagen, dass dein Vater in vielem recht hat. Robert Schumann ist ganz sicher ein ehrenwerter Mensch und ein begabter Musiker. Ob er dich als Ehemann glücklich machen wird, daran hab ich meine Zweifel. Du hast zwar nicht gerade wie eine Prinzessin gelebt, gefehlt hat es jedoch in deinem Elternhaus an nichts. Immer gab es ein recht gemütliches Dach über dem Kopf, du hast niemals hungern müssen, ganz im Gegenteil. Im Winter hast du nie frieren müssen, und wenn dich deine Eltern vielleicht nicht ausstaffiert haben wie ein Püppchen, so warst du stets angemessen und elegant gekleidet. In eurem Haus gibt es eine Köchin und ein Dienstmädchen, mitunter einen Gehilfen für das Geschäft, und du hast mir mal erzählt, dass der nebenbei private Botengänge erledigte. Clara, sei ehrlich: Du weißt nicht, was es heißt, Mangel zu leiden, und ich wünsche dir von Herzen, dass du das niemals musst. Nach dem, was Robert schreibt, wird dir das mit großer Sicherheit bevorstehen.«

»Er bemüht sich doch so«, wandte Clara verzweifelt ein. »Dass er in Wien an der Zensur scheitert, daran bin ich schuld. Es war meine dumme Idee, dabei hätte ich es besser wissen müssen.«

»Nein, Clara«, widersprach Emilie ernst. »Robert ist neun Jahre älter als du, er geht auf die dreißig zu. Wenn ein Mann in diesem Alter noch nicht gelernt hat, sein Leben richtig anzupacken, lernt er es nimmer.«

Clara verschlug es die Sprache. Sie hatte Emilies Meinung hören wollen, so drastische Antworten hatte sie allerdings nicht erwartet und sie wusste nicht, ob sie noch mehr hören wollte. Emilie ließ sich nicht aus der Ruhe bringen und zog unter den Briefen ein einzelnes Blatt hervor. »Hier hat er aufgelistet, was er verdienen wird«, fuhr sie fort. »Ich habe unauffällig Erkundigungen eingeholt. Keine Sorge, dein Name oder der deines Verlobten fiel in diesem Zusammenhang nicht.« Sie hatte einen Bleistift zur Hand genommen und deutete mit der Spitze auf die einzelnen Posten. »Er hat alles viel zu optimistisch berechnet«, lautete Emilies Urteil. »Am Ende komme ich auf einen Betrag seines jährlichen Einkommens von fast der Hälfte dessen, was er angegeben hat.« Emilie schob ihr das Blatt zu. Neben Roberts schwungvollen Ziffern standen in akkurater Handschrift Emilies Zahlen. »Du kannst selbst gut genug rechnen, um zu wissen, dass das niemals ausreichen wird.«

Clara schluckte und wandte den Blick ab. Im Grunde hatte sie es schon längst gewusst. Robert war ein Genie, brachte die erstaunlichste Musik auf die Erde, aus welchen Sphären auch immer er sie herholte. Er war leidenschaftlich, leicht zu begeistern, himmelhoch jauchzend, dann jedoch wieder melancholisch bis zur Todessehnsucht. Phasen voller euphorischer Pläne, in denen ihm nichts unmöglich erschien, wechselten mit Zeiten abgrundtiefster Niedergeschlagenheit. In solchen Phasen war er mürrisch und ungerecht, verstummte und war unfähig zu irgendeiner Unternehmung.

»Er sagt, das wird sich alles ändern, wenn er nur mich um sich hat«, wandte Clara verunsichert ein. »Es ist die Ablehnung vonseiten meines Vaters, die ihn so unglücklich macht.«

Emilie betrachtete sie mit einem Ausdruck von Mitgefühl.

»Das mag ja sein«, sagte sie. »Wieso nimmt er das nicht als Ansporn, sich endlich in eine Stellung zu begeben, aus der er guten Gewissens heraus um die Hand einer Frau wie dich anhalten kann? Willst am Ende du die ganze finanzielle Last allein tragen? Und würde er sich dabei nicht stets wie ein Versager neben dir fühlen?«

»Er könnte ja dann nach Lust und Laune komponieren«, entgegnete Clara. »Ohnehin möchte ich nicht aufhören, Konzerte zu geben. Du weißt, wie gern ich das tue.«

»Männer vertragen das meist schlecht«, gab Emilie zu bedenken. »Und ich habe in seinen Briefen einige Stellen gefunden, wo er wortwörtlich schreibt, dass er dich gern mit einem Häubchen in seinem Stübchen haben möchte und du dich der Welt entsagen sollst.« Wieder richtete sie ihre klugen Augen auf ihre Freundin. »Clara, bitte wach auf. Er will nicht, dass du weiterhin als Pianistin auftrittst. Du sollst ganz und gar für ihn da sein und für die Kinder, die ihr einmal haben werdet. Nur eines bedenkt er nicht: Dass ihr von irgendetwas leben müsst und die paar Taler, die seine Zeitschrift und Kompositionen einbringen, die werden hinten und vorne nicht reichen.« Langsam und sorgfältig faltete Emilie die Briefe zusammen und schob sie Clara zu. »Du bist mir doch jetzt hoffentlich nicht böse?«, fragte sie besorgt, als sie die versteinerte Miene ihrer Freundin bemerkte.

»Aber nein, Emilie«, antwortete Clara leise. »Im Gegenteil. Ich danke dir sehr.«

Die Wohnungstür schlug zu, und Elises melodische Stimme war im Flur zu hören. Offenbar war die Gesangstunde zu Ende.

»Und was wirst du jetzt tun?« Emilie betrachtete sie forschend. Und als Clara nicht gleich antwortete, fügte sie hinzu: »Wirst du dich von ihm lossagen?«

Da ging ein Ruck durch Clara. »Wo denkst du hin?«, gab sie zurück. »Ich liebe ihn! Ich werde ihn heiraten, und alles wird besser werden.«

12. KAPITEL

Paris und Bougival: April bis Juli 1839

»Ich habe es gewusst! Diese Schlange!«

Eben war sie von der Anprobe für ihr neues Konzertkleid zurückgekehrt, beschwingt und voller Vorfreude. Madame List hatte ihr die Schneiderin empfohlen, und in dem neuen schwarzen Taftmodell nach der allerneuesten Mode würde Clara wunderschön aussehen. Gerade hatte sie mit ihren Freundinnen noch darüber diskutiert, wie sie dieses Mal ihr Haar tragen sollte, als die Einladung eingetroffen war. Die Belleville war tatsächlich so dreist, genau einen Tag vor Claras Konzerttermin ebenfalls in der »Salle Érard« öffentlich zu spielen.

»Das ist nicht nett von Monsieur Érard«, fand Madame List. »Wieso tut er dir das an? Das Konzert findet in seinen Räumen statt, da könnte er doch ein Machtwort sprechen.«

»Das macht er absichtlich, Mama«, sagte Emilie und drehte und wendete die Gratiskarten, die ihnen der Klavierfabrikant geschickt hatte. »Ihm ist daran gelegen, dass man seine Firma so oft wie möglich erwähnt. Was könnte ihm denn mehr nützen, als wenn alle von einem Wettstreit der berühmtesten Pianistinnen ihrer Zeit sprechen? Der natürlich in seinem Salon an seinen Instrumenten stattfinden wird.«

In diesen Tagen vor ihrem großen Pariser Auftritt fühlte Clara auf einmal etwas, was sie bislang nie gekannt hatte: Lampenfieber. Natürlich erwähnten die Zeitungen bei der Ankündigung ihres Klavierabends stets den geplanten Auftritt ihrer Rivalin und umgekehrt. Wie sollte sie auch ruhig sein, wenn ihr Vater ihr alle paar Tage schrieb, dass sie ihn schrecklich enttäusche und ihr Termin für das Pariser Debüt denkbar schlecht gewählt sei. Ja, in einem Anfall von Mutlosigkeit hatte sie ihren Vater erneut darum gebeten, nach Paris zu kommen und sie endlich wieder zu unterstützen. Er hatte es abgelehnt. Es sei zu spät im Jahr. Sie habe von Anfang an alles falsch angepackt, er sei doch nicht verrückt, jetzt zu kommen, um die Scherben aufzukehren.

Besonders erbittert hatte sie ein Brief, den ihr Vater an ihre Freundin Emilie geschrieben hatte, von der er hoffte, dass sie Einfluss auf Clara nehmen würde. Darin drohte er allen Ernstes damit, seine älteste Tochter zu enterben. Das Kapital, das sie in den vergangenen zehn Jahren verdient und das ihr Vater für sie angelegt hatte, beanspruchte er auf einmal für sich selbst. Er habe ihr all die Jahre ungleich mehr Zuwendung geschenkt als ihren Geschwistern, schrieb er. Alles habe er in sie investiert, seine Zeit und sein einzigartiges Können. Da sei es nur recht und billig, dass ihre Geschwister von seinem Erbe profitierten, sie könne ja aufgrund ihrer unschätzbaren Ausbildung in Zukunft ihr Geld selbst verdienen.

Aber auf ihr »Kapital«, wie sie in all den Jahren über dieses von ihr verdiente Geld genannt hatten, konnte sie unmöglich verzichten. Ihr Vater hatte immer gesagt, dass dies ihre Mitgift sei, eine Basis für ihre Aussteuer. Clara kannte ihren Vater gut genug, um zu wissen, dass sie im Streit nichts erreichen würde. Stattdessen musste sie an seine Liebe appellieren, die er trotz allem doch sicher noch für sie empfand und in irgendeinem Winkel seines Herzens versteckt hielt. Wie sie das anstellen sollte, war ihr rätselhaft. Welcher Ton war der rechte, um seine Vatergefühle zu wecken?

Auch von Robert kam wenig Tröstliches, er war vollauf damit beschäftigt, unverrichteter Dinge seine Abreise aus Wien vorzubereiten. Emilie hatte natürlich recht. Seine Rückkehr nach Leipzig ohne vorzeigbare Ergebnisse war das ungünstigste Signal, das er in der Auseinandersetzung mit ihrem Vater überhaupt setzen konnte. Wie sollte sie Friedrich Wieck gegenüber nun noch argumentieren, um ihn zum Einlenken zu bewegen?

Was Clara allerdings am meisten ärgerte war, dass Robert, der selbst keine Ahnung hatte, was er als Nächstes tun sollte, ihr ständig in ihre Pläne reinreden wollte und dabei dauernd seine Meinung änderte. Sie solle so bald wie möglich nach London gehen, schrieb er. Nein, sie solle auf keinen Fall nach London gehen, das würden sie gemeinsam irgendwann tun, jetzt wäre es das Beste, sie bräche sofort nach Wien auf. Dann wieder sollte sie über Brüssel in die Niederlande reisen. Oder in den französischen Seebädern Konzerte geben. Oder in Baden-Baden. Aber ohne die Begleitung einer älteren, seriösen Dame könne sie unmöglich weiterhin in der Welt herumreisen, denn das würde ihrem Ruf schaden. Wer könnte das sein? Vielleicht Therese, seine Schwägerin, auf die er so große Stücke hielt. Nein, am liebsten wäre es ihm, sie käme auf der Stelle zu ihm nach Leipzig, um ihn zu trösten. Das war natürlich von allen der denkbar schlechteste Rat. Sollten sie denn alle beide als Gescheiterte in ihre Heimatstadt zurückkehren, damit Friedrich Wieck über sie triumphierte?

Dabei wusste sie doch selbst nicht, was sie tun sollte. Vom Vater verlassen und vom Geliebten derart enttäuscht und verwirrt – an wen sollte sie sich denn jetzt noch halten?

In solcher Stimmung begab sie sich am 15. April in das Konzert der Caroline de Belleville. Ihr war richtiggehend schlecht, als sie gemeinsam mit Henriette und der gesamten Familie List die Plätze in der ersten Reihe einnahm, die Monsieur Érard sich hatte nicht nehmen lassen für sie zu reservieren. Sie fühlte, wie ihr kalter Schweiß in einem dünnen Rinnsal den Rücken hinunterlief. Vierundzwanzig Stunden später würde sie selbst dort vorne sitzen. Hätte sie ihr Konzert verschieben sollen? Ach, nun war es ohnehin zu spät.

»Hinten sind noch mindestens zehn Reihen frei«, wisperte Henriette ihr zu, die sich verstohlen umgesehen hatte. Nun, hoffentlich würde ihr das morgen nicht passieren.

Applaus brandete auf, die Belleville erschien. Clara riss erstaunt die Augen auf, als sie die unförmigen Gebilde sah, zu denen die Pianistin ihr Haar hatte auftürmen lassen. Sicher, das entsprach der aktuellen Pariser Mode. Clara fand das dennoch lächerlich. Als sich die Belleville vor dem Publikum in einem tiefen Knicks verbeugte, geriet ihre Hochfrisur gefährlich ins Wanken, und Henriette ließ ein ersticktes Glucksen hören, so dass Clara ihre gesamte Willensanstrengung benötigte, um selbst ernst zu bleiben. Als die Belleville sich wieder aufrichtete, trafen sich kurz ihre Blicke. Ein Flackern in den schräg geschnittenen Augen der Pianistin verriet ihr, dass ihre Rivalin keineswegs frei von Nervosität war.

Im ersten Teil spielte Caroline de Belleville virtuose Solostücke, während für den zweiten Teil Mendelssohns Klavierkonzert auf dem Programm stand. Vor allem Werke von Henri Herz erklangen, daneben Kompositionen von Chopin, für deren Interpretation Caroline de Belleville berühmt war, seit der Komponist selbst sie gehört und öffentlich gelobt hatte. Und doch wurde Clara von Stück zu Stück ruhiger. Ihre Konkurrentin hatte entweder einen schlechten Abend, oder ihr Stern war bereits am Sinken. Sie hatte von Anfang an die Tempi viel zu hastig genommen und konnte sich offenbar nicht fangen. Clara kannte das aus eigener leidvoller Erfahrung, denn wenn man einmal das falsche Tempo eingeschlagen hatte, verfiel man ungewollt in eine solche Atemlosigkeit, die sich auch in den folgenden Stücken nicht mehr bremsen ließ. Dabei musste die technische Sauberkeit zwangsläufig auf der Strecke bleiben. Ihr Vater hatte ihr diese Unart schon im Kindesalter ausgetrieben.

In der Pause begab Clara sich mit den anderen ins Foyer, wo sie im Nu von neuen Bekanntschaften umgeben war. Jeder wollte wissen, was sie von ihrer Kollegin hielt.

»Madame de Belleville ist eine Legende«, sagte sie mit Bedacht, und ließ damit offen, ob sie ihren Ruhm damit bereits zur Vergangenheit zählte oder der älteren Kollegin ein Kompliment machen wollte.

Caroline Bellevilles Interpretation des Mendelssohnkonzerts, das Clara zwar bislang noch nicht einstudiert hatte, jedoch sehr gut kannte, überzeugte sie restlos davon, dass die Rivalin ihre besten Tage hinter sich hatte. Ja, es kam sogar mehrmals vor, dass sie peinlich daneben griff, etwas, was nach Claras Meinung Pianisten ihres Ranges einfach nicht passieren durfte. Sie zweifelte allerdings daran, ob außer ihr viele Konzertbesucher das überhaupt bemerkten. Schon der frenetische Applaus nach dem ersten Teil hatte gezeigt, dass die Anhänger der Belleville entschlossen waren, die Künstlerin zu feiern, ganz egal, was sie leisten würde.

»Und?«, fragte Henriette auf dem Nachhauseweg, als sie zu zweit einen Wagen nahmen. Die Familie List war bereits in einer größeren Kutsche vorausgefahren.

»Sag du mir zuerst deine Meinung«, bat Clara sie. »Schließlich bist du meine Schülerin. Wie hat dir der Abend gefallen?«

»Also ihre Frisur ...«, begann Henriette mit einem Zwinkern, und beide brachen sie in Gelächter aus.

»Jetzt sei mal ernst«, mahnte Clara ihre Freundin und war im Grunde erleichtert, dass Henriette wie so oft ihre Anspannung gelöst hatte.

»Nun denn, dann ernst«, antwortete Henriette und räusperte sich. »Auch wenn ich das Stück von Mendelssohn vorher noch nie gehört habe, so kam mir alles zu atemlos und übereilt vor. Die Belleville ist ohne Zweifel eine ausgezeichnete Pianistin, heute Abend hat sie das allerdings nicht bewiesen.«

Da lächelte Clara, schloss die Augen und lehnte erleichtert ihren Kopf gegen das Polster. Jetzt konnte sie ihrem eigenen Konzert in aller Ruhe entgegensehen.

Sie hatte schlussendlich auf Elise gehört, die von ihren drei Freundinnen am meisten von Mode verstand und einen unfehlbaren Geschmack hatte, schließlich war sie die Schönste von ihnen allen und beschäftigte sich gern mit diesen Dingen. Schon den Schnitt des Kleides hatte sie mitbestimmt, den Clara vorsichtshalber Robert in keinem ihrer Briefe beschrieb, denn zum ersten Mal präsentierte sie sich mit einem großzügigen Ausschnitt von Schulteransatz zu Schulteransatz, so dass das Collier, das sie in Stuttgart von Königin Pauline erhalten hatte, prächtig zur Geltung kam. Über die Frisur hatten sie lange gestritten, denn Clara weigerte sich rundweg, ihr Haar über dem Scheitel zu einem Turm aufbauen zulassen, oder es rechts und links des Mittelscheitels so wie die Belleville mit künstlichen Polstern zu wahren Wülsten aufzubauschen.

Am Ende hatte Elise ihr Haar mit geschickten Händen zu einem kunstvollen Knoten im Nacken zusammengesteckt, den man hier *chignon* nannte, und ihn mit einer perlfarbenen Kamelie geschmückt. Doch die Blüte wollte nicht recht halten.

»Lass mal sehen«, bat Elise sie, »was hast du denn noch alles in deinem Schmuckkästchen?« Und so entdeckte sie schließlich die Brosche, die ihr die Kaiserin in Wien geschenkt hatte, und fixierte damit die Kamelie in Claras Haar.

»Wunderschön!« Henriette ging begeistert einmal um sie herum und klatschte in die Hände.

Elise hielt ihr einen Handspiegel so, dass Clara ihren Hinterkopf sehen konnte. Über der Brosche wirkte die zarte Blüte in ihrem dunklen Haar wie ein raffiniertes Schmuckstück.

»Très elegante«, meinte Madame List anerkennend. »Seid ihr fertig? Der Wagen ist gerade vorgefahren.«

Zu ihrer Erleichterung war das Konzert restlos ausverkauft. Vor dem Eingang warteten trotzdem noch viele Menschen in der Hoffnung auf zurückgegebene Karten.

Clara hatte sich dazu entschieden, ohne Orchester aufzutreten. Zum einen, weil das Zusammenspiel mit ihr unbekannten

Musikern immer ein gewisses Risiko barg. Zum anderen wollte sie die Ausgaben so gering wie möglich halten, um am Ende möglichst viel in ihre Reisekasse einzuspielen. Denn Monsieur Érard stellte ihr zwar den Konzertsaal zur Verfügung, die Kosten für die Beleuchtung, Bestuhlung, Heizung und das Personal gingen jedoch zu ihren Lasten. Clara konnte froh sein, wenn sie nach Abzug dieser Beträge etwas von den Einnahmen behielt.

Deshalb wirkte außer ihr nur der Geiger Charles-Auguste de Bériot mit, Paulines Schwager, den sie in Maxen kennen- und schätzen gelernt hatte, und auf den sie sich wirklich verlassen konnte.

»Madame de Belleville hat sich entschuldigen lassen«, teilte ihr Érard mit, als sie die Garderobe betrat. »Sie ist unpässlich und bedauert es unendlich, nicht kommen zu können. Das soll ich Ihnen unbedingt ausrichten.« Er räusperte sich verlegen, und Clara wandte sich ab, damit er ihr Lächeln nicht sehen konnte. Das war nicht fein von der Kollegin, und doch war Clara erleichtert. Das neuartige Gefühl des Lampenfiebers legte sich allmählich und machte der wohlbekannten, prickelnden Erwartung Platz, die sie seit ihrem allerersten Auftritt nun schon so lange begleitete.

Nun war es endlich soweit. Nach sieben Jahren spielte sie erneut vor einem Pariser Publikum. Damals war sie ein Kind gewesen mit ihren zwölf Jahren. Heute war sie erwachsen. Einmal mehr sog sie die Atmosphäre von Erwartung und Sensationslust in sich ein, die aus dem Saal zu ihr drang. Sie betrat die Bühne, und Applaus empfing sie. Da war es wieder, dieses unvergleichliche Gefühl. Clara setzte sich an den Flügel und war augenblicklich in ihrem Element.

»Ich versteh das nicht. Berlioz schreibt, mein Spiel sei … weltlich? Was will er damit sagen?« Clara knallte die Zeitschrift auf den Tisch und stand ungehalten auf. Wenn sie etwas nicht leiden konnte, dann Kritiker, die sich nicht klar ausdrückten. Sie gaben ihr das Gefühl, dass sie sich im Grunde über sie lustig machten. Und dieser Héctor Berlioz, den Robert sowohl als Komponist als auch als Musikkritiker so sehr schätzte, war ihr ohnehin ein Buch mit sieben Siegeln. Wenn sie mit ihm sprach, vermied er es, ihr in die Augen zu blicken, und starrte stattdessen zu Boden. Ihr hatte man beigebracht, dass sich ein solches Verhalten nicht gehörte. Außerdem hatte er es sich viel zu einfach gemacht und in einem einzigen Artikel ihr Konzert und das der Belleville besprochen. Wie sie es hasste, wenn alles wieder einmal auf Vergleiche hinauslief.

»Nein, ich denke, das hast du falsch verstanden«, meinte Emilie und zog die Kritik zu sich heran. »Er schreibt *un peu mondain*, das heißt …«

»Komm, ich übersetz dir den ganzen Abschnitt«, bot Elise an und schnappte sich die Zeitschrift. »*Mademoiselle Clara Wieck ist ein weiteres großes Talent, korrekt, elegant, lebhaft, das auch mit den größten Schwierigkeiten spielend fertig wird, aber sie ist ein wenig extravagant, wenn ich mich so ausdrücken darf …«*

»Nein«, unterbrach Clara sie erbost. »So sollte er sich nicht ausdrücken. Was an mir ist bitte schön extravagant? Und jetzt gleich im Anschluss wird er boshaft, hab ich recht?«

»… was nicht heißen soll, dass Fräulein Wieck schlechten Geschmack bewiese, indem sie minderwertige Musik spielt. Ganz im Gegenteil ist ihr Scherzo ein sehr verdienstvolles Stück, das ihre Kenntnisse in der Komposition bestens beweist und das weniger als andere unter der Nachbarschaft der prächtigen Etüden von Chopin zu leiden hat, in deren Nähe es in diesem Konzert seinen Platz gefunden hat.«

»Damit sagt er auf elegante und aalglatte Art und Weise, dass mein Scherzo an Chopins Etüden nicht heranreicht. Es hat lediglich *weniger zu leiden als andere Stücke*.«

»Bist du nicht ein wenig empfindlich, Clara?«

»Komm«, versuchte Henriette abzulenken. »Lass uns spazieren gehen! Es ist so schönes Wetter heute.«

Clara wollte noch etwas erwidern, doch sie ließ es sein. »Du hast recht«, antwortete sie. »Lass uns an die frische Luft gehen.«

»Was willst du denn jetzt tun?«, erkundigte sich Henriette besorgt. »Fährst du nun wirklich nach England? Oder gehst du nach Hause?«

»Nach Hause auf gar keinen Fall«, antwortete Clara. Das Letzte, was sie tun würde, wäre reumütig zu ihrem Vater zurückzukehren. Außerdem war jetzt ja Robert in Leipzig. Und sie hatten sich schließlich geschworen, erst wieder am selben Ort zu leben, wenn sie verheiratet waren. Danach sah es im Augenblick allerdings weniger aus denn je. Robert schrieb zwar davon, zum zweiten Mal offiziell um ihre Hand anzuhalten. Clara bezweifelte, dass ihr Vater einwilligen würde.

Es gab Neuigkeiten, wenn auch ziemlich traurige. Roberts Bruder war gestorben, Eduard, der ihr so großzügig die Passage nach Hof bezahlt hatte, als sie zu dieser Reise aufgebrochen waren. Das war natürlich ein großes Unglück, vor allem für seine Witwe Therese. Und doch ergaben sich daraus möglicherweise Chancen für eine gesicherte Existenz. Eduard hatte nämlich die väterliche Buchhandlung in Zwickau geführt, und Therese hatte Robert vorgeschlagen, sie zu übernehmen. Das wäre für alle Beteiligten eine gute Lösung. Vorausgesetzt, Robert könnte es sich vorstellen, nur noch in seiner Freizeit zu komponieren und ansonsten das Leben eines Buchhändlers zu führen. Er hatte ihr darüber schon zwei Briefe geschrieben, in denen er sie an seinen Überlegungen teilhaben ließ. Alle denkbaren Varianten spielte er darin durch. Vor allem die Idee, einen Kompagnon ins Geschäft zu holen, so dass nicht alle Arbeit an ihm hinge, schien ihm zuzusagen. Clara, die von ihrem Vater die pragmatische Seite geerbt und das Rechnen gelernt hatte, war sich nicht sicher, ob ihm klar war, dass die Hälfte Arbeit auch die Hälfte der Einkünfte bedeutete. Unklar war, ob man die Buchhandlung Therese nicht abkaufen musste und wenn ja, wie viel das kosten würde. Würden sie sich das leisten können? Da sie die näheren Umstände der Familie Schumann nicht kannte und angesichts der Trauer nicht nach solch profanen Dingen fragen wollte, wartete sie einfach ab. Wenn sie ehrlich zu sich war, verspürte sie, seit sie sich aus der Herrschaft ihres Vaters befreit hatte, längst keine so dringende Notwendigkeit mehr, sich so früh wie möglich zu verheiraten. Ganz im Gegenteil, ihr gefiel ihre neu gewonnene Freiheit. Mit Henriette an ihrer Seite war das Leben auf einmal so viel leichter, bunter, aufregender.

So gerne würde sie in England ihr Glück versuchen. Um in London allerdings so kurzfristig in dieser Saison noch auftreten zu können, dazu hätte sie jetzt eindeutige und positive Kritiken gebraucht. Deshalb ärgerte sie sich ja so über Berlioz' dämliche Rezension. Mit solch spitzfindigen Formulierungen, die weder lobten noch kritisierten, war rein gar nichts anzufangen.

Inzwischen hatten sie den Montmartre erklommen. Hinter ihnen lag die Stadt mit ihrem Häusermeer, den zahlreichen Kirchtürmen und Straßenschluchten. Ganz in ihrer Nähe dagegen drehten sich knarrend die Flügel einer Windmühle. Auf einer Wiese grasten Kühe.

»Wir bleiben den Sommer über hier«, beschloss sie und blickte sich um. »Was hältst du davon?«

Henriette schlang spontan die Arme um sie.

»Oh, das ist wundervoll«, rief sie übermütig aus. »Ein Sommer in Paris. Das hab ich mir immer gewünscht.«

»Ich habe ohnehin keine Lust, mich jetzt schon von dir zu trennen«, gab Clara lachend zurück.

Denn nach England hätte Henriette sie nicht begleiten können, das hatten ihre Eltern nicht erlaubt. Die Abmachung hatte für Paris gegolten. Danach sollte ihre Tochter nach Stuttgart zurückkehren.

»Vielleicht schaffe ich es ja doch, hier in Paris noch ein zweites Mal aufzutreten. In einem größeren Saal. Dann könnte ich im Herbst nach England gehen.«

»Ja«, meinte Henriette versonnen. »Ein doppelt so großer Saal verspräche doppelt so hohe Einnahmen. An welchen Ort denkst du?«

Clara zuckte mit den Schultern und seufzte in sich hinein.

»Das ›Conservatoire‹ wäre ideal«, meinte sie nachdenklich. »Und schon so lange versuche ich, vor der Königin zu spielen. Immer kommt etwas dazwischen.«

Der Hof war in Trauer, und dann war erst kürzlich so etwas wie eine kleine Revolution ausgebrochen. Ganz verstand sie die politische Situation hier nicht. Einerseits war Frankreich noch immer eine Monarchie. Andererseits seit der Revolution auch eine Art Republik. Louis-Philippe I. war von einem gewählten Parlament eingesetzt worden, deshalb nannte man ihn den »Bürgerkönig«. Vielen gingen seine Reformen nicht weit genug, im Gegenteil, man warf ihm vor, durch die Hintertür die Bürgerrechte zu beschneiden. Deshalb gab es immer wieder Unruhen, die meist in blutigen Auseinandersetzungen endeten, so wie neulich, als drei Tage lang Ausgangssperre geherrscht hatte.

In solchen Zeiten brauchte man nicht zu hoffen, ins Schloss eingeladen zu werden. Und wie sie das mit dem »Conservatoire« anpacken sollte, war ihr schleierhaft. Was würde ihr Vater an ihrer Stelle tun? Vermutlich hatte sie sich zu sehr auf Monsieur Érard verlassen. Jetzt, da sie bei ihm bereits zweimal aufgetreten war, hatte sein Interesse an ihr spürbar abgenommen. Ich sollte mich mit den Damen von Adel besserstellen, dachte sie. Und Klavierschülerinnen suchen.

»Wir werden sehen«, sagte sie und hakte sich bei ihrer Freundin unter. »Ach Henriette, es ist so gut, dass ich dich habe.«

Am Ende erwähnte Robert die Schumannsche Buchhandlung in Zwickau in seinen Briefen überhaupt nicht mehr, und als Clara danach fragte, erfuhr sie, dass er sich von dieser Idee schon längst wieder verabschiedet hatte. Es war tatsächlich so, wie sie befürchtet hatte. Einmal mehr hatte er sich seinen Träumereien hingegeben und nicht bedacht, dass sie ja gar kein Kapital hatten, um sowohl Therese als auch Roberts anderen Bruder Carl abzufinden.

Wie sollte das nur werden, wenn sie einmal verheiratet waren? Sie liebte Robert, sie hatte ihn geliebt, seit sie denken konnte, und sie würde ihn lieben bis ans Ende ihrer Tage, etwas anderes konnte sie sich nicht vorstellen. Blieb also die Hoffnung, er könnte sich ändern. Ganz bestimmt würde er das. Und wenn nicht, würde eben sie die Rechnungsbücher führen und die wichtigsten Entscheidungen treffen. Nur musste sie das geschickt anstellen. Kein Mann sah es gern, wenn die Frau ihn dominierte. Doch vorher wollte sie gemeinsam mit ihren Freundinnen diesen Frühling in Paris genießen.

Und der kam mit Macht. Die Sonne stieg jeden Tag höher und wärmte Claras sorgenvolles Herz. Wenn sie morgens in Gesellschaft ihrer Freundinnen den Montmartre bestieg, um dort ihre Morgenmilch zu trinken, lag bereits Blütenduft und das Versprechen lauer Mittagsstunden in der Luft. Die Tage wurden länger, die Cafés stellten Tische und Stühle an die Boulevards, und auf windgeschützten Plätzen saßen Kindermädchen zum Schwatzen beisammen, ihre spielenden Schützlinge immer im Auge. Am Mittag öffneten die Pariser Damen ihre Sonnenschirme, wenn sie in den Parks flanierten, um ihren blassen Teint zu schützen. Beinahe über Nacht brachen die Knospen an den Bäume in den königlichen Gärten und in den Alleen auf und hüllten die Zweige in einen zartgrünen Flor.

Clara zog es hinaus aus der Stadt. Eine riesige Sehnsucht nach dem Landleben hatte sie erfasst, und gemeinsam mit der Familie List unternahm sie häufig Ausflüge in die Umgebung. Ganz langsam reifte in ihr der Plan, im Sommer, wenn die große Hitze ein Leben in der Stadt unerträglich machen würde, irgendwo da draußen ein Häuschen zu mieten, um dort die wärmsten Monate zu verbringen.

Einstweilen bemühte sie sich weiterhin, in Paris die notwendigen Kontakte zu knüpfen, um vielleicht doch noch einmal ein großes Konzert geben zu können. Viele Nachmittage vergingen mit Besuchen, und wann immer sie Zeit hatte, begleitete Emilie sie, um ihr wenn nötig beim Übersetzen zu helfen. Außerdem gab sie Clara täglich Französischunterricht, wenn auch mit wenig Erfolg. Wenn Clara ehrlich zu sich war, so hatte sie kein großes Talent für Fremdsprachen.

»Ich werde das nie so gut können wie du«, seufzte sie mehr als einmal, wenn sie wieder einmal das Gefühl hatte, sich bei einer ihrer Gastgeberinnen blamiert zu haben.

»Das ist normal«», versuchte Emilie sie zu beruhigen. »Ich lebe jetzt schon so lange in Frankreich. Was glaubst du, wie schwierig es für mich anfangs war, als ich im Internat als einzige Deutsche unter lauter Französinnen zurechtkommen musste. Aber nur so lernt man die Sprache.«

Ganz allmählich hatte Clara das Gefühl, dass sich ihre Strategie, sich regelmäßig in Erinnerung zu bringen, auszuzahlen begann. Man lud sie ein, bei Wohltätigkeitskonzerten und bei Kammermusikabenden mitzuwirken, Sänger am Klavier zu begleiten und bei konzertanten Opernaufführungen in privater Runde den Orchesterpart am Klavier zu übernehmen. Das alles brachte zwar kaum etwas ein, und doch blieb sie auf diese Weise im Gespräch. Aus April wurde Mai, als sie schließlich auf einer dieser zahlreichen musikalischen Soiréen die Comtesse Natalia Obreskova kennenlernte, die kunstbeflissene Gattin eines russischen Diplomaten.

»Geben Sie Stunden, Mademoiselle?«, erkundigte sich die stattliche Dame mit singendem russischem Akzent. Die Comtesse hatte ein freundliches Mondgesicht und ein kräftiges Doppelkinn. Ihr Blick war voller Herzlichkeit, und offenbar lachte sie gern, denn um ihre Augen lag ein Strahlenkranz aus winzigen Fältchen. »Es ist so schade, dass unser geliebter Frédéric Chopin dieses Frühjahr nicht hier ist«, fuhr sie fort. »Sie müssen ihn unbedingt kennenlernen.«

»Ja, das ist wirklich schade«, gab Clara ihr recht. »Ich habe seine Bekanntschaft übrigens bereits gemacht«, fügte sie hinzu. »Er hat mich zweimal in Leipzig besucht.«

»Oh, dann haben wir dieselben Freunde, wie schön.« Natalia Obreskova wirkte zufrieden und raschelte mit ihrem ausladenden Kleid aus Atlasseide. »Meine Töchter spielen ebenfalls Klavier. Machen Sie mir die Freude und nehmen Sie mich als Schülerin an?«

»Sehr gern«, antwortete Clara erfreut. Jede Möglichkeit, etwas zu verdienen, war ihr höchst willkommen.

»Die Gräfin spielt wirklich recht gut. Wäre es Ihnen recht, wenn ich hier und dort fallen ließe, dass Sie Schüler annehmen?« Offenbar hatte Monsieur Pleyel ihr verziehen, dass sie Érards Instrumente den seinen vorgezogen hatte.

»Das wäre sehr nett«, antwortete Clara mit einem Anflug von Scham. Wenn Pianisten Stunden gaben, sprach das meistens nicht für ihre finanzielle Situation.

»Die Gräfin ist eine Schülerin von Chopin, wenn er in Paris weilt«, sagte der Klavierfabrikant. Ob er ihre Verlegenheit bemerkt hatte? »Frédéric gibt fast keine öffentlichen Konzerte mehr, er spielt nur noch in privatem Kreis. Er lebt hauptsächlich vom Unterrichten. Und ob Sie es glauben oder nicht, die Damen der besseren Gesellschaft würden sich am liebsten gegenseitig die Augen auskratzen, um Stunden bei ihm zu bekommen.« Er lächelte. »Seien Sie nicht zu billig«, fügte er so leise hinzu, dass Clara sich hinterher nicht sicher war, ihn richtig verstanden zu haben.

Natalia Obreskova hatte sich offenbar auf die Fahne geschrieben, sich um Clara zu kümmern, und zwar in vielerlei Hinsicht. Nicht nur, dass sie jede Woche eine Stunde Klavierunterricht bei ihr buchte, sie empfahl sie außerdem ihren Freundinnen, die nun ebenfalls Unterricht bei ihr nahmen. Darüber hinaus lud sie Clara samt Henriette regelmäßig zum Essen oder in die

Oper ein. Ja, sie verwöhnte die beiden jungen Frauen geradezu. Sie hatte selbst zwei Töchter, die ein paar Jahre jünger waren als Clara, und auch sie erhielten hin und wieder Klavierstunden, wenn Natalia anderweitige Verpflichtungen hatte.

»Sie müssen unbedingt heiraten«, erklärte die Obreskova eines Abends beim Diner. »Und ich weiß wen. Einen Künstler, der Ihrem Genie angemessen ist natürlich. Ein ausgezeichneter Musiker, den Sie bereits recht gut zu kennen scheinen.« Sie lächelte verschmitzt, und in ihren fleischigen Wangen erschienen ein paar Grübchen. Clara wurde es heiß. Wusste denn schon ganz Paris von ihrer Verlobung? »Ich werde Ihre Hochzeit ausrichten, so prachtvoll wie noch keine Künstlerin geheiratet hat. Sind Sie denn überhaupt nicht neugierig, wen ich für Sie ausgesucht habe?«

»Liebste Comtesse«, antwortete Clara bestürzt. »Ich habe nicht die Absicht …«

»Der Glückliche heißt Henri Herz«, sprudelte ihre Gastgeberin fröhlich heraus. »Sagen Sie bloß, Sie haben einander noch nie persönlich getroffen? Dann werde ich das umgehend in die Wege leiten.«

Henriette fing neben ihr an zu husten und versteckte ihr Gesicht hinter der feinen Damastserviette.

»Aber …«, versuchte Clara einen Einwand anzubringen.

»Er sieht blendend aus«, zählte die Obreskova auf. »Ist geistreich und charmant. Und er ist äußerst tüchtig. Wissen Sie eigentlich, dass er eine gut gehende Pianomanufaktur hier in Paris hat? Ja, ja, ich weiß, hier dreht sich alles nur um Érard und Pleyel. Ich hab ja selbst einen Flügel von letzterem. Henri Herz wird seinen Weg machen. Er hat einige famose Patente zur Verbesserung der Mechanik angemeldet, und wenn Sie mich fragen, meine liebe Clara, dann wird er in wenigen Jahren alle anderen überrundet haben.«

»Meine liebe Comtesse«, unterbrach Clara ihren Redeschwall und trat Henriette, die immer noch in ihre Serviette hüstelte, um ihr Lachen zu verbergen, sanft gegen das Schienbein. »Ich hege keinerlei Absichten in dieser Richtung.«

»Das Einzige, was dem armen Henri fehlt, ist eine Frau wie Sie«, fuhr Natalia fort, ohne sich um Claras Einspruch zu kümmern, und ließ sich von dem Hausdiener eine zweite Portion Mandelcreme auftun. »Bedenken Sie doch den Gewinn für beide Seiten! Er würde sie jederzeit mit einem guten Instrument versorgen. Und Sie würden seinen Namen in aller Welt bekannt machen.«

»Monsieur Herz ist schon jetzt in aller Welt bekannt«, warf Henriette ein, die endlich die Serviette auf den Tisch zurückgelegt und sich einigermaßen gefasst hatte. »Durch seine Kompositionen erklingt er überall in den Konzertsälen.«

»Ganz genau!« Natalia Obreskova warf ihr ein komplizenhaftes Lächeln zu. »Und glauben Sie nur nicht, dass ich nicht darüber im Bilde wäre, wie gern Ihre Freundin seine Werke öffentlich spielt. Und mit so viel Gefühl. Ich bin mir ganz einfach sicher, dass sie beide zueinander gehören. Das sagt mir meine Intuition.«

»Mamans Intuition ist in ganz Paris gefürchtet«, ließ sich ihre siebzehnjährige Tochter Jekaterina vernehmen. »Es gibt keine ledige junge Dame, für die unsere liebe Mutter nicht den passenden Kandidaten wüsste.«

»Spotte du nur«, gab Natalia gutmütig zurück. »Auch für dich finde ich noch den idealen Ehemann, das verspreche ich dir.«

»Da bin ich aber beruhigt«, antwortete ihre Tochter trocken. »Doch lass dir damit ruhig noch ein wenig Zeit.«

Henriette hatte gut lachen. Während der gesamten Heimfahrt konnte sie sich nicht beruhigen, die Tränen rannen ihr schon über das Gesicht.

»Wenn du nicht aufhörst, bitte ich sie das nächste Mal, für dich ebenfalls einen Mann zu finden«, drohte Clara kichernd. Henri

Herz! Auf den wäre sie von alleine nie gekommen, so absurd war diese Idee.

Dabei war ihr überhaupt nicht zum Lachen zumute. Nach Roberts neuerlichem offiziellen Heiratsantrag schien ihr Vater langsam, aber sicher durchzudrehen und schickte ihr einen schrecklichen Brief nach dem anderen. Dabei wünschte sie sich nichts sehnlicher, als eine einvernehmliche Lösung. Mit ihrem Vater zu brechen, das erschien ihr unmöglich. Erst neulich hatte sogar ihre Stiefmutter zur Feder gegriffen und ihr geschrieben, sie solle endlich Ruhe geben und von ihrem Ansinnen, Schumann heiraten zu wollen, Abstand nehmen, andernfalls würde ihr Vater einen Anwalt einschalten und gegen sie und Robert Klage erheben. Klage erheben? Weswegen denn? Weil sie sich liebten?

Auch Robert sah nun die Zeit gekommen, rechtliche Mittel einzulegen. Wenn sich Eltern gegen eine Verheiratung ihrer Tochter stellten, mussten sie triftige Gründe angeben, und die waren per Gesetz klar definiert. Fehlte die Grundlage für solche Einsprüche, konnten sie ihre Einwilligung nicht dauerhaft verweigern. Es war der allerletzte Schritt, Robert hielt ihn nun für notwendig.

War er das wirklich? Clara hoffte im Grunde noch immer, dass ihr Vater am Ende einsichtig würde. Sie hatten einander so nahegestanden, obwohl er nie groß darin gewesen war, seine Gefühle zu zeigen. Er konnte doch nicht ernsthaft wollen, dass sie sich vor Gericht wiedersahen? Würde er es darauf ankommen lassen, mit ihr für den Rest seines Lebens zu brechen? War es ihm tatsächlich stets nur ums Geld gegangen, das sie einbrachte? Roberts Recherchen hatten ergeben, dass Friedrich Wieck, wenn er sich querstellte, ihr Kapital nicht unbedingt herausgeben musste. Inzwischen war ihr das fast schon gleichgültig, ja, manchmal dachte sie, es wäre gerecht, dass er das Geld als Aufwandsentschädigung behalten sollte. Robert war da anderer Meinung, und sie fand das wenig zart, wie Emilie es ausgedrückt hatte. *Immer geht es Dir ums Geld*, hatte er neulich vorwurfsvoll geschrieben. Er selbst jedoch machte nicht den Eindruck, als sei es ihm einerlei, wie viel sie in die Ehe brachte.

Lass uns noch ein weiteres Jahr mit dem Heiraten warten, hatte sie ihn gebeten. *Inzwischen kann ich noch eine beträchtliche Summe durch Konzertieren verdienen. Und Du hast Zeit, uns eine Lebensgrundlage zu schaffen.* Da war er über sie hergefallen, als hätte sie ihn mit einem anderen Mann betrogen. Böse Worte hatte er geschrieben, so dass sie zwei Tage im Bett verbringen musste, so sehr nahm sie das alles mit. Schließlich hatte sie einen reumütigen Brief verfasst, in dem sie alles zurücknahm, und sich dafür gleichzeitig gehasst. Denn noch immer fand sie ihren Vorschlag vernünftig. Sie wollte sich schließlich nicht von ihm trennen, sondern hatte nur um Aufschub der Hochzeit gebeten.

Nun, wenn sie ehrlich zu sich war, dann wünschte sie sich nicht nur wegen der finanziellen Umstände ein Jahr Aufschub. Die Wahrheit war, sie fühlte sich in Paris, als hätte sie gerade erst angefangen, frei zu atmen. Auch wenn die Dinge zäh liefen, und sie bislang keinen bedeutenden Erfolg errungen hatte. Es fühlte sich wunderbar an, ihr Leben selbst in die Hand zu nehmen. Sollte sie sich wirklich schon in wenigen Monaten von der Abhängigkeit von ihrem Vater in die ihres Ehemannes begeben? Sich ein Häubchen aufsetzen lassen, wie es für verheiratete Frauen üblich war? *Das erste Jahr unserer Ehe sollst Du die Künstlerin vergessen,* hatte er erst neulich geschrieben, *sollst nichts als Dir und Deinem Haus und Deinem Mann leben, und warte nur, wie ich Dir die Künstlerin vergessen machen will – nein, das Weib steht doch noch höher als die Künstlerin, und erreiche ich nur das, dass Du gar nichts mehr mit der Öffentlichkeit zu tun hättest, so wäre mein innigster Wunsch erreicht.*

Bei solchen Worten lief ihr eine Gänsehaut über den Rücken. Am Herd wollte er sie sehen, im trauten Kreis ihrer zahlreichen Kinder. Henriette lachte sich halb tot, wenn er wieder einmal schrieb, sie solle sich von Madame List das Kochen beibringen lassen. »Das meint er doch nicht im Ernst«, sagte sie dann. Clara war sich da nicht so sicher. Und was Kinder anbelangte – sie wollte höchstens drei, das hatte sie sich vorgenommen. Mehr nicht. Wie sollte sie sonst weiterhin Konzerte geben? Denn was immer Robert da schrieb, sie würde immer Künstlerin bleiben, auch in der Ehe.

Und deshalb hatte sie es alles andere als eilig. Je unverschämter ihr Vater schrieb, je dringender Robert an sie appellierte, auf der Stelle nach Leipzig zu kommen, um mit ihm gemeinsam Klage gegen ihren Vater zu führen, desto entschlossener war sie, so lange wie möglich in Paris zu bleiben. Vor allem eines bat sie sich aus: Sie würde auf keinen Fall persönlich vor Gericht ihrem Vater Auge in Auge gegenüberstehen und gegen ihn sprechen müssen. *Das kann ich einfach nicht,* schrieb sie an Robert. *Sieh zu, dass es ohne mich geht. Nicht wahr, das versprichst Du mir?*

Sie hatte sich immer gewundert, warum die kulturelle Saison in Paris nur vom Herbst bis ins Frühjahr dauerte. Was sprach dagegen, im Frühsommer Konzerte zu veranstalten?

»Weil keiner mehr hier ist«, hatte ihr Madame Érard erklärt. »Denn im Sommer ist es in Paris einfach nicht auszuhalten. Alle fahren hinaus aufs Land.«

Clara hatte das für eine der Pariser Marotten gehalten, schließlich blieben in Leipzig auch im Sommer alle zu Hause, ganz im Gegenteil war es dann in der Stadt erst so richtig schön. Je weiter das Frühjahr allerdings voranschritt, desto mehr verstand sie, warum das in Paris anders war. Die Stadt erstickte buchstäblich an ihrem Gestank, denn der Bau der modernen Kanalisation nach englischem Vorbild schritt nur langsam voran.

»Jetzt wisst ihr, wozu der Regen gut ist«, meinte Monsieur List an einem besonders warmen Tag, als Elise naserümpfend die Fenster schloss, durch die der unvermeidliche Geruch nach Kloake zu ihnen hereindrang. »Er spült den Unrat von den Straßen. Und es gibt noch immer Leute, die ihre Nachttöpfe einfach aus dem Fenster kippen.«

Und so war Claras Plan gereift, es den reichen Leuten gleichzutun und für die Sommermonate aufs Land zu ziehen.

Ihre Wahl fiel auf einen kleinen Ort an der Seine, eine halbe Stunde mit der neuen Dampfbahn nordwestlich von Paris entfernt. Bougival selbst lag von der Bahnstation noch einen Spaziergang von einer weiteren halben Stunde entfernt, doch der Weg führte durch schattige Alleen, und Clara hielt die Distanz für keinen Hinderungsgrund, ganz im Gegenteil. Sie hatte eine solche Lust, sich im Freien zu bewegen, und zum Spazieren luden hier, ähnlich wie in Stuttgart, die umliegenden, teils steilen Weinberge ein. Sie fand eine Parterrewohnung im Haus der Familie eines Seineschiffers, das ausgesprochen romantisch direkt am Fluss lag und einen Pavillon im Garten hatte, der ganz und gar von einer Glyzinie überwachsen war. Es war der ideale Ort, um mit ihren Freundinnen den Sommer zu verbringen. Ihr blaues Zimmer in der Wohnung am Fuß des Montmartre behielt sie, hier würde Clara übernachten, wenn sie zu einer Abendgesellschaft eingeladen war oder zu späterer Uhrzeit Stunden gab. Denn ihre Klavierschülerinnen wollte sie auf keinen Fall aufgeben, und glücklicherweise blieben sowohl Natalia Obreskova als auch zwei englische Damen über den Sommer in Paris.

In Bougival konnte Clara aufatmen. Gemeinsam mit ihren Freundinnen unternahm sie weite Ausflüge, und nachdem ihr Vermieter ihnen gezeigt hatte, wie sie mit dem hauseigenen Boot umzugehen hatten, war es Claras größte Freude, auf die träge dahingleitende Seine hinaus zu rudern. Vor allem morgens oder am späten Nachmittag ließen sie sich dann gern am Ufer entlangtreiben, wo gelbe und blaue Wasserlilien blühten und an besonders seichten Nebenarmen Seerosen ihre weißrosa Blüten öffneten, von blauglitzernden Libellen umschwirrt. Sie konnte sich an dem Spiel des Sonnenlichts im Laub der Bäume nicht sattsehen und liebte es, die schwankenden und sich kräuselnden Reflexe ihrer Kronen im Wasser zu beobachten. Mitunter schreckten sie auf ihren Fahrten einen einsamen Angler auf, der sich an einer besonders versteckten Stelle niedergelassen hatte, und tatsächlich erkannte sie manchmal unter der grünlichen Oberfläche des Wassers flüchtige Schemen, die unvermittelt auftauchten und dann blitzartig verschwanden. Einmal sahen sie einen Maler mit einem verbeulten Strohhut auf dem Kopf, der seine Staffelei direkt am Flussufer aufgestellt hatte und ihnen fröhlich zuwinkte.

Nach ein paar Tagen wurde auch der Flügel geliefert, einmal mehr hatte sich Monsieur Érard gefällig gezeigt. »Sie können ja unmöglich ohne Instrument da draußen wohnen«, hatte er gesagt. Clara nahm ihre unterbrochenen Übungen auf, ohne die sie sich irgendwie verloren vorkam. Vor allem freute sich Henriette, denn nun erhielt sie wieder regelmäßig Unterricht.

Zweimal in der Woche, immer dienstags und freitags, fuhr Clara nach Paris, um Natalia Obreskova und den beiden Engländerinnen Klavierstunden zu geben. Wenn sie übrigens geglaubt hatte, Natalia habe ihre Heiratspläne mit ihr aufgegeben, so täuschte sie sich, fast jede Woche kam sie mit einem neuen Vorschlag, sehr zur Erheiterung Claras und ihrer Freundinnen.

»Aber eines dürfen Sie mir nicht abschlagen«, sagte die Obreskova an einem der Abende, die sie gemeinsam nach der Klavierstunde miteinander verbrachten. »Im August fahre ich nach Dieppe ins Seebad. Und ich habe mir durchaus vorgenommen, Sie mitzunehmen. Denn mein guter Gatte hat vermutlich wiedermal keine Zeit für so etwas. Seien Sie mein Gast, liebste Clara. Sie sind viel zu bleich und zu dünn, nein, keine Widerrede, eine Kur würde gerade Ihnen besonders guttun. Es wäre mir eine große Freude, Sie einzuladen, und wenn es sein muss, auch Ihre unvermeidliche Freundin Henriette. Ich verspreche Ihnen, dass ich Sie vorläufig mit Vorschlägen zu Heiratskandidaten verschonen werde. Lassen Sie uns erst im Herbst wieder davon sprechen.«

»Das ist wirklich sehr großzügig von Ihnen«, antwortete Clara. »Ich werde darüber nachdenken. Wenn es sich einrichten lässt …«

»Es lässt sich ganz sicher einrichten«, meinte die Comtesse mit einem Lächeln, das ihr Mondgesicht noch runder werden ließ. »Und wenn Sie wollen, wird es sich dort sicher einrichten lassen, dass Sie ein schönes Konzert geben. Lassen Sie mich nur machen.«

Das klang verlockend, und Clara nahm sich vor, dieses Angebot anzunehmen. Hatte Robert nicht vorgeschlagen, sie sollte die französischen Badeorte aufsuchen? Auch wenn er jetzt das Gegenteil schrieb, so konnte er nichts dagegen einwenden. Und erst, als sie am nächsten Morgen in der Dampfbahn saß, wurde ihr bewusst, dass sie im Grunde überhaupt niemanden um Erlaubnis fragen musste. Weder ihren Vater noch Robert.

13. KAPITEL

Bougival, Berlin und Leipzig:
Juli 1839 bis August 1840

Es waren unbeschwerte Wochen, und Clara konnte sich nicht erinnern, jemals so entspannt und mit sich selbst im Reinen gewesen zu sein. Seit sie in Bougival wohnte, beunruhigte es sie weit weniger, dass sie bislang in Paris nicht den Erfolg verzeichnen konnte, den sie sich wünschte. Meine Güte, sie war noch nicht einmal zwanzig Jahre alt. Das Leben lag vor ihr, wenn sie heute Paris nicht erobern konnte, dann eben in einigen Jahren. Während sie mit Henriette und Emilie in dem Boot auf dem Fluss dahinglitt, konnte sie das alles einfach vergessen, ja, sogar der immerwährende Zwist zwischen ihr und ihrem Vater quälte sie weit weniger, obwohl seine Sturheit natürlich nach wie vor ein Problem darstellte. »Kommt Zeit, kommt Rat«, sagte Henriette, die voller solcher Weisheitssprüche war. Zum ersten Mal seit Clara denken konnte, gab es niemanden in ihrer Nähe, der sie zu etwas drängte, der sie maßregelte, dem sie genügen musste und der die Messlatte so unerreichbar hochlegte. Ihr wurde bewusst, dass sie seit ihrem fünften Lebensjahr beständig darüber besorgt gewesen war, was ihr Vater von ihr hielt, seit jenem Tag, als ihre Mutter Mariane sie an ihn hatte übergeben müssen. Damals hatte man ihre zarten Wurzeln brutal ausgerissen, und der Versuch, diese im Herzen ihres Vaters neu zu verankern, dauerte im Grunde bis in die Gegenwart an. Lange Zeit hatte sie geglaubt, es sei ihr gelungen. In diesen Tagen im tanzenden Sonnenlicht an den Ufern der Seine wurde ihr klar, dass das nicht der Fall war. Nur durch ihr Klavierspiel hatte sie sich die Illusion erkauft, geliebt zu werden. Was wäre denn gewesen, wenn sie kein Talent zur Pianistin gehabt hätte? Vielleicht hätte Friedrich Wieck sie recht bald wieder zu ihrer Mutter zurückgeschickt. Wie wohl dann ihr Leben verlaufen wäre?

Und so nahm sie es gelassener, als sie es sich jemals hätte vorstellen können, als Robert ihr durch einen Anwalt die Vollmacht nach Paris sandte, die sie unterschreiben musste, damit der Prozess zur Durchsetzung ihrer Eheschließung beim Leipziger Gericht eingereicht werden konnte. Sie erledigte das während einer ihrer Unterrichtstage in Paris. Dem Ganzen war noch eine ganze Reihe von widerwärtigen Briefen ihres Vaters vorausgegangen, der wohl immer noch glaubte, sie manipulieren zu können. Dass ihre Unterschrift unter dem Dokument sie endgültig mit ihrem Vater entzweien würde, war ihr klar. Doch das Maß war nun voll. Selbst ein letztes Versöhnungsangebot, das sie und Robert an ihn gerichtet hatten, war von ihm unbeantwortet geblieben. Die Zeit war reif.

»Und wenn das Gericht gegen euch entscheidet?« Es war Emilie, die diese Frage stellte. Sie saßen im Garten im Schatten des Pavillons und nippten an dem englischen Tee, den Clara von ihren Schülerinnen geschenkt bekommen hatte.

»Das wird es auf gar keinen Fall«, erwiderte Henriette empört.

»Dich habe ich nicht gefragt«, konterte Emilie kühl. Clara war bereits aufgefallen, dass zwischen ihren Freundinnen nicht immer eitel Sonnenschein herrschte. Dennoch war es das erste Mal, dass die Differenzen so offen ans Tageslicht drangen.

»Robert hat sich bei seinem Anwalt erkundigt«, antwortete Clara ruhig und tat so, als habe sie den kurzen Wortwechsel nicht bemerkt. »Der hält es für ausgeschlossen, dass unsere Klage abgelehnt wird.«

Eine Weile herrschte Schweigen zwischen ihnen. Ein Vogel hüpfte über das Gras und pickte nach Würmern.

»Ich finde es nicht richtig, gegen den eigenen Vater Klage zu erheben«, begann Emilie erneut.

»Was sollte Clara denn deiner Meinung nach sonst tun?« Henriettes Augen sprühten vor Zorn. »Diese Liebe ist zu heilig, als dass ein sturer Vater sie zerstören darf.« Emilie tat so, als hätte sie das gar nicht gehört.

»Vielleicht hat Herr Wieck ja recht«, sagte sie und bekam einen leicht verkniffenen Zug um den Mund. »In Schumanns Briefen steht einiges, was sie sehr bedenklich stimmen sollte.«

Henriette richtete sich auf dem schmiedeeisernen Gartenstuhl zu ihrer vollen Größe auf, und ehe Clara es verhindern konnte, fauchte sie: »Ich weiß nicht, was du dir anmaßt, Emilie. Das Ganze geht dich überhaupt nichts an.«

»Es geht mich sehr wohl etwas an«, entgegnete Emilie nun ebenfalls ungehalten. »Schließlich bin ich seit vielen Jahren eine Freundin der Familie Wieck, nicht erst seit einigen Monaten so wie du. Ich an deiner Stelle würde mich ein wenig zurückhalten, Henriette. Du kennst weder Herrn Wieck noch Herrn Schumann persönlich und …«

»Du bist einfach nur neidisch«, platzte es aus Henriette heraus. »Aus dir spricht Missgunst.«

»Aha«, machte Emilie und reckte angriffslustig ihr Kinn der Kontrahentin entgegen. »Und weswegen sollte ich neidisch sein?«

»Hört auf, ich bitte …«

»Weil dir offenbar noch nie ein Mann den Hof gemacht hat«, ließ Henriette Clara nicht zu Wort kommen. »Dabei bist du ein Jahr älter als wir. Und wenn du so weitermachst, dann wird sich auch nie ein Mann an dich herantrauen.«

Die Stille nach diesen heftigen Worten war eisig. Nur das Rauschen der Bäume im lauen Sommerwind, der durch den Garten wehte und die Blüten des Blauregens sanft bewegte, war zu hören. Clara konnte nicht fassen, mit welcher Heftigkeit

Henriette ihre älteste Freundin angegriffen hatte und suchte gerade nach den richtigen Worten, als Emilie jäh aufstand.

»Das muss ich mir wirklich nicht bieten lassen«, sagte sie in ruhigem Ton. Clara kannte sie allerdings lange genug, um zu wissen, dass Emilie hinter ihrer zur Schau gestellten Gefasstheit tief verletzt war.

»Emilie, ich bitte dich«, beeilte sie sich zu sagen. »Henriette hat das sicher nicht so gemeint. Nicht wahr?«

»Ganz egal, wie sie es gemeint hat«, entgegnete Emilie und nahm ihr Schultertuch von der Stuhllehne. »Ich sollte ohnehin schon lange wieder zurück nach Paris. Meine Familie braucht mich. Du bist ja in bester Gesellschaft.« Und damit ging sie mit steifen Schritten zum Haus.

»Was ist denn bloß in dich gefahren?«, wandte sich Clara erschrocken an Henriette. Diese hatte die Unterlippe trotzig vorgeschoben und starrte mit vor der Brust verschränkten Armen zum Fluss hinüber. »Bitte geh Emilie sofort hinterher und entschuldige dich.« Und als sie sah, wie ihre Freundin zögerte, fügte sie hinzu: »Tu es für mich!«

Unwillig erhob sich Henriette und folgte Emilie. Gleich darauf drang aus den geöffneten Fenstern ihrer Zimmer ein erbitterter Streit. Und als Clara selbst nach dem Rechten sehen wollte, hatte Emilie bereits ihre Tasche gepackt.

»Ich wünsche dir das Beste«, sagte sie zu ihr und erwiderte Claras Umarmung. »Du weißt, dass ich es stets gut mir dir meinte.«

»Das weiß ich« flüsterte Clara und konnte die Tränen nicht zurückhalten. »Ich bin überhaupt nicht einverstanden mit dem, was Henriette … Kannst du nicht bleiben? Mir zuliebe?«

Emilie schüttelte den Kopf.

»Eine von uns beiden muss von hier fort«, sagte sie bitter. »Ich habe mich lange genug zurückgehalten. Und da du Henriette nicht einfach wegschicken kannst, bin ich es, die geht. Nun, du weißt ja, wo du mich findest. Wir sehen uns in der Stadt.«

Nach Emilies Abreise war nichts mehr wie zuvor. Clara hatte Henriette tüchtig den Kopf gewaschen und bereute sehr, nicht sofort energischer eingeschritten zu sein, als der Streit aufgeflammt war. Doch Worte ließen sich nun mal nicht zurücknehmen, das wusste keiner so gut wie Clara. Und deshalb ging ihr Emilies Frage nicht mehr aus dem Kopf, die den Streit zwischen ihren Freundinnen heraufbeschworen hatte. Was würde sie tun, wenn das Gericht ihr Ehegesuch ablehnte?

Zuerst wurde ihr ganz schwindlig bei dieser Vorstellung, so als stürzte sie in einen luftleeren Raum. Wenn sie die Heiratserlaubnis nicht erhielten, hätte sie alles verloren: Elternhaus und den Geliebten. Dass sie gegen ihren Vater vor Gericht zog, das würde in Kürze halb Europa wissen, ebenso wie der Ausgang dieses Verfahrens die Künstlerwelt brennend interessieren würde. Ein Scheitern wäre eine Katastrophe.

Und doch. Nachdem der erste Schrecken überwunden war, fühlte sie sogar so etwas wie Erleichterung bei dem Gedanken, das Gesetz könnte ihr verbieten, Robert Schumann zu heiraten. Dass es mit ihm nicht einfach werden würde, das hatte sie schon lange geahnt. Dass er noch komplizierter war, als sie gedacht hatte, war ihr erst in den vergangenen Wochen klar geworden. Emilie hatte vollkommen recht. Er schrieb beängstigende Dinge. Dass er sich am liebsten das Leben und sie gleich mit in den Tod nähme, war die Stelle in seinem letzten Brief, die sie am meisten erschreckt hatte. Wiederholt hatte er davon gesprochen, ins Wasser zu gehen. Einen Strick zu nehmen. Sich eine Kugel in den Kopf zu jagen. Aber noch nie zuvor hatte er in seine Todessehnsucht sie mit einbezogen.

Nein, sie wollte nicht sterben. Auch nicht für ihre Liebe. Goethes *Werther* hatte sie nur mit Widerwillen gelesen, ihr war das alles viel zu verstiegen und maßlos. Robert hatte durchaus Ähnlichkeiten mit diesem Romanhelden, der sich unglücklich in eine unerreichbare Frau verliebt und sich am Ende erschießt. Die Bemerkungen ihres Vaters über eine mögliche vererbbare

Krankheit des Gemüts in der Familie Schumann kamen ihr wieder in den Sinn. Eine eiserne Faust auf ihrer Brust nahm ihr den Atem, wenn sie an diese Möglichkeit dachte. Was, wenn er noch schwermütiger werden würde? Konnte sie ihrem Geliebten Trost und Hilfe sein? Oder war so eine Krankheit stärker als alles andere? Stärker sogar als ihre Liebe?

Wenn das Gericht also befand, dass sie Robert Schumann nicht heiraten sollte, war es dann nicht vielleicht besser so? Und je mehr sie darüber nachdachte, desto wahrscheinlicher kam ihr das vor. Robert schien es nicht anders zu gehen, er schrieb Sätze, in denen er die Befürchtung äußerte, in der Vergangenheit nicht ganz so gelebt zu haben, wie er es hätte tun sollen. Denn die Maßstäbe, die das Gericht anlegte, waren streng. Sofort musste Clara an Christel denken. Wenn es tatsächlich wahr sein sollte, und irgendjemand bezeugen könnte, dass Robert bereits ein außereheliches Kind hatte, war vermutlich ohnehin alles verloren.

»Hast du dir schon einmal überlegt, was du tun würdest, wenn du ein Mann wärst?«

Clara war mit Henriette ein Stück stromaufwärts gerudert und hatte das Boot in die Mitte des Flusses gelenkt. Nun ließen sie sich von der trägen Strömung zurücktragen.

»Wie meinst du das?«, fragte sie zurück.

»Stell dir vor, du wärst ein Mann.« Henriette senkte ihre Hand ins Wasser und ließ es durch ihre Finger gleiten. Es sah aus wie flüssiges Glas. »Was würdest du jetzt tun?«

Clara blinzelte ins Morgenlicht und dachte nach.

»Ich nehme an, dann wäre ich nicht mit Robert verlobt?« Die beiden kicherten. »Wenn ich ein Mann wäre, bräuchte ich keine ältere Dame als Begleiterin. Keiner würde sich darum kümmern, wie lange ich von zu Hause fort wäre und in welcher Gesellschaft. Ich würde im August mit Natalia nach Dieppe reisen, falls sie mich auch als Mann mitnehmen wollte. Und danach würde ich alles in Bewegung setzen, um im Herbst im Pariser

›Conservatoire‹ aufzutreten. Als Mann würde man mich nicht ständig mit den anderen Pianistinnen vergleichen …«

»Du müsstest dich mit Liszt, Chopin und Thalberg messen«, gab Henriette zu bedenken. »Erinnere dich, wie erbittert Liszt sich gegen Thalberg behaupten musste.«

»Ja, das stimmt«, räumte Clara ein und runzelte die Stirn, so intensiv dachte sie nach. »Aber mit Liszt und Thalberg habe ich mich bereits in Wien gemessen. Der Unterschied wäre, dass man mich ernst nehmen und nicht über meine Garderobe oder meinen Schmuck schreiben würde.«

»Als Frau kannst du die Menschen besser bezaubern«, wandte Henriette ein. »Du merkst wahrscheinlich gar nicht, wie dich die Herren mit ihren Blicken verschlingen. Wenn du nur wolltest, könntest du an jedem Finger einen Verehrer haben.«

»Daran liegt mir nichts«, gab Clara aufgebracht zurück. »Ich will nach meiner Leistung bemessen werden. Als Mann könnte ich mich viel freier bewegen. Im Herbst würde ich über Brüssel nach London reisen und dort spielen. Danach ginge es über Hamburg nach Russland. Hab ich dir schon erzählt, dass die Obreskova mich eingeladen hat, in ihrem Palast in St. Petersburg zu wohnen, solange ich will? Sie hat eine kleine Wohnung für Gäste. Sie ist erst ab nächstem Sommer wieder dort. Also konnte ich das Frühjahr in Riga verbringen. Oder in Amsterdam …« Sie war ins Träumen geraten und bemerkte erst jetzt, dass ihr Boot schon ziemlich nah ans Ufer getrieben worden war. Rasch ergriff sie die Ruder und brachte es zurück auf Kurs.

»Würdest du heiraten wollen, wenn du ein Mann wärst?«

Clara hob und senkte konzentriert die Riemen. Immer, wenn sie die Ruderblätter aus dem Wasser hob, rannen glitzernde Rinnsale über das Holz zurück in die Seine.

»Natürlich«, antwortete sie. »Irgendwann schon. Ich würde mir damit Zeit lassen. Zuerst würde ich meinen Ruf als Pianist festigen.« Erst, als sie es ausgesprochen hatte, wurde ihr die

Tragweite ihrer Antwort bewusst. »Aber ich bin ja kein Mann«, fügte sie rasch hinzu. »Und es ist müßig, sich vorzustellen, ich wäre Robert niemals begegnet. Oder?«

Als sie zum Haus zurückkamen, war eben der Postbote dagewesen und hatte einen dicken Brief von Robert gebracht. Henriette sah sie erwartungsvoll an, offenbar hoffte sie, dass sie wie so oft den Brief mit ihr gemeinsam las. Doch dieses Mal öffnete Clara das Schreiben nicht gleich, sondern nahm es hinaus in den Garten. Sie wartete, bis sie ihre Freundin üben hörte, dann zog sie sich in den Pavillon zurück, um den Brief in Ruhe zu lesen. Seit Emilie nicht mehr bei ihnen war, hielt sie Henriette auf Distanz und vertraute ihr nicht mehr alles vorbehaltlos an. Und an diesem Tag hatte sie das sichere Gefühl, dass sich etwas Wichtiges entscheiden würde.

Sie brach das Siegel auf, und als Erstes glitt ein Schreiben in einer ihr unbekannten Handschrift heraus. Es stammte von Roberts Anwalt. Ihr Herz begann heftig zu klopfen. Gab es weitere Hindernisse? Hatte sich bereits etwas entschieden?

Die Zeilen verschwammen ihr vor den Augen. … *Zum 31. August diesen Jahres ist vom Gericht ein Sühnetermin angesetzt worden, zu dem alle an dem Prozess Beteiligten anwesend sein müssen. Es ist also von dringender Notwendigkeit, dass auch Sie, Fräulein Wieck, zu diesem Zweck des letzten Versuchs einer Aussöhnung der Parteien in Leipzig sind …*

Sie ließ das Schreiben sinken. In vier Wochen schon. Wie sollte sie in dieser Eile ihre Abreise in die Wege leiten? Eine Weile saß sie da wie versteinert. Tausend Gedanken wirbelten ihr durch den Kopf, einander widerstreitende Gefühle tobten durch ihr Herz. Da war eine freudige Aufregung darüber, dass es endlich weiterging. Wenn sie nur nicht von hier fortmüsste! Und doch war da eine wilde Freude in ihr, bald hätten sie alles überstanden und würden endlich heiraten. Aber was war mit ihren eigenen Plänen? Wieder und wieder las sie die im dürren

Amtsdeutsch verfassten Zeilen. Und endlich wurde ihr bewusst, dass nun das eintreffen würde, was sie auf jeden Fall hatte verhindern wollen: Sie musste ihrem Vater gegenübertreten. Nun ja, es war ein letzter Versuch. Wenn Friedrich Wieck das begriff, würde er vielleicht noch einlenken.

Sie atmete ein paarmal tief durch, betrachtete die zartlila Glyzinienblüten, in denen Insekten summten, sah hinüber auf den glitzernden Fluss. Dann faltete sie Roberts Brief auf und begann zu lesen. Er schrieb vernünftig und so zärtlich. Und mit jedem seiner Worte fühlte sie wieder mehr die tiefe Liebe zu ihm und wunderte sich, wie es hatte kommen können, dass sie ihr in den vergangenen Wochen mitunter ein wenig abhandengekommen war. Vielleicht hatte Henriette doch recht, und es war Emilies Schuld, dass sie begonnen hatte, Zweifel zu hegen.

Der erste Schritt ist getan, hatte Robert geschrieben. *Du wirst nun auch den zweiten tun und unser Glück und Ziel nicht aufhalten wollen.*

Nein, das wollte sie nicht. Sie hatte ihm schließlich bereits vor Jahren ihr Versprechen gegeben. Sie faltete die beiden Briefe sorgsam zusammen und erhob sich. Sie ging hinüber zum Ufer der Seine, sah lange dem trägen Fließen des Wassers zu. Dunkle Schemen huschten dort in der Tiefe umher, unbekanntes Leben, Schatten einer anderen Welt. Clara versuchte das Bedauern, das in ihrer Kehle brannte, hinunterzuschlucken. Dann riss sie sich zusammen und begann, alles für ihre Abreise in die Wege zu leiten.

Am vierten Tag ihrer Reise hatten die rund tausend Meilen voller Schlaglöcher den letzten Rest des Hochgefühls, von dem sie in Bougival noch erfüllt gewesen war, aus ihr herausgeschüttelt. Zwei Tage zuvor waren sie und Henriette in Frankfurt eingetroffen. Fast sechzig Stunden hatte die Fahrt dorthin mit der sogenannten *Malle*-Post gedauert, diese billigste und unbequemste aller Passagen mit der Paketpost hatten sie nehmen müssen, da alle anderen Kutschen bereits seit Langem ausgebucht gewesen waren.

In Frankfurt hatten sie tränenreich voneinander Abschied nehmen müssen. Beide waren sie niedergeschlagen, immerhin hatten sie über ein halbes Jahr gemeinsam verbracht. In Stuttgart würde Henriette bald ein großes Konzert geben, und Clara, die insgeheim befürchtete, dass Henriette diesen Ansprüchen noch lange nicht gewachsen war, wünschte ihr von Herzen Glück.

»Wir sehen uns wieder«, versprachen sie sich gegenseitig.

»Und wenn du einmal eine Tourneebegleitung brauchst, lass es mich wissen«, hatte Henriette hinzugefügt. »Ich reise mit dir bis ans Ende der Welt.«

Clara hatte sich einen Tag lang bei Bekannten der Familie List in Frankfurt ausgeruht, denn das Letzte, was sie wollte, war, nach so langer Trennung völlig übermüdet und derangiert Robert gegenüberzutreten. In Altenburg, wo sie sich endlich wiedersehen würden, sollte er seine strahlende Braut in die Arme schließen. Bald würde es soweit sein, Clara klopfte das Herz bis zum Hals. Schon passierten sie den kleinen Weiler Göhren. Noch eine halbe Stunde, dann wären sie am Ziel. Gott, war sie aufgeregt!

In ihren letzten Tagen in Frankreich waren eine Menge Briefe hin- und hergegangen mit den unterschiedlichsten Plänen, wo und wann sie sich treffen würden. Einige hatten sich überschnitten, und Clara hoffte, dass nach ihrer Abreise nicht etwa ein weiterer in Paris eingetroffen war, in dem Robert einmal mehr ihre Verabredungen über den Haufen geworfen hatte. Falls er also wirklich heute in Altenburg auf sie wartete, wie sie es vereinbart hatten, war er im Gasthof »Zur Schnecke« am Ortsrand von Altenburg abgestiegen. Sie und Henriette hatten über diesen lustigen Namen lachen müssen. Wie eine Schnecke war ihr auch die Postkutsche vorgekommen, ihre Gedanken und Gefühle waren ihr weit vorausgeflogen. Gegen fünf Uhr am Nachmittag des 18. Augusts kam sie endlich an.

Tatsächlich war im Hotel »Stadt Gotha« ein Zimmer für sie unter dem Namen Josephine Wieck reserviert, so wie Robert es ihr geschrieben hatte. Sie hatten beschlossen, ihren zweiten Taufnamen zu verwenden, damit sie inkognito reiste, denn der Name Clara Wieck war einfach zu bekannt. Niemand, vor allem nicht Friedrich Wieck sollte erfahren, dass sie auf dem Weg nach Leipzig war.

Erschöpft ließ sie sich im Hotelzimmer auf das Bett sinken und schloss einen Moment lang die Augen. Bei dem Gedanken, dass Robert so nah war und auf sie wartete, fuhr sie jedoch gleich wieder auf und zog rasch ihr staubiges Reisekleid aus. Sie wusch sich in der bereitgestellten Waschschüssel und tupfte ein wenig von dem Veilchenwasser, das sie seit Hamburg immer bei sich trug, an ihren Haaransatz und nach kurzem Zögern auf ihr Dekolleté. Für das Wiedersehen hatte sie ein taubenblaues leichtes Sommerkleid aus Baumwollbatist, das sie in Paris hatte anfertigen lassen, in ihre Reisetasche gepackt, außerdem eine helle Strohschute mit passendem blauem Band. Der Großteil ihres Gepäcks wurde ihr in einer großen Reisetruhe nachgeschickt. Dreimal musste sie die Schleife binden, so sehr zitterten ihr die Hände.

Im Gasthof »Zur Schnecke« nannte man ihr die Zimmernummer, doch auf dem Treppenabsatz kam er ihr schon entgegen. Das Nachmittagslicht, das durch ein Fenster direkt auf ihn fiel, schien seine Gestalt zu vergolden. Clara stockte der Atem. Sie hatte ganz vergessen, wie attraktiv Robert war. Da hatte er sie schon erreicht, und sie flog in seine ausgebreiteten Arme.

Sie war so benommen vor Glück, dass das, was er ihr ins Ohr flüsterte, kaum zu ihr durchdrang. Ganz erfüllt war sie von seinem Duft, den sie ebenso vergessen hatte wie die zarte Berührung seiner Hände.

»Klärchen«, flüsterte er, »mein Klärchen, bist du endlich da.« Aus der Wirtsstube waren Stimmen zu hören und Schritte, die sich näherten. Robert ergriff ihre Hand und führte sie in sein

Zimmer. Dort löste er ganz sanft die Schleife und nahm ihr die Schute ab.

»Bist du hungrig?«, fragte er mit rauer Stimme nah an ihrem Gesicht. »Möchtest du etwas trinken?«

Sie schüttelte den Kopf und fuhr mit ihren Fingerspitzen die Linie seiner Augenbrauen nach. Wie die beiden Flügel einer Schwalbe, dachte sie. Seine Lippen, so weich und warm, so perfekt und sinnlich wie die eines Mädchens. Das Grübchen im Kinn, seine Augen in der Farbe des Frühlingshimmels. Alles war wie früher. Und doch entdeckte sie neu hinzugekommene Falten zwischen seinen Augenbrauen und zwei Kerben, die sich von den Nasenflügeln bis zu seinen Mundwinkeln hinabzogen. Seine Augen waren gerötet und ein wenig geschwollen, so als hätte er zu viel geweint.

»So lange …«, hörte sie sich sagen, dann löste sich alles auf in ein weißes Flirren, und in ihren Ohren erklang ein sirrend hoher Ton. Sie fühlte, wie er sie hochhob und auf das Bett legte, ihren Gürtel lockerte.

Er brachte ihr Wein, und obwohl sie lieber Wasser gehabt hätte, trank sie ihn mit gierigen Schlucken.

»Das wird dich stärken«, sagte er und machte Anstalten aufzustehen.

Sie schlang ihre Arme um seinen Hals und hielt ihn fest, zog ihn zu sich, bis er sich neben sie legte, küsste ihn so leidenschaftlich, wie sie es sich schon lange ausgemalt hatte, fühlte sein erstauntes Zögern, ja, ein Zurückweichen. Doch sie hielt ihn nur noch fester, schmiegte sich an ihn und vergrub ihr Gesicht an seinem Hals.

»So bleiben«, bat sie und schlief vor Erschöpfung einfach ein.

Als sie aufwachte, war es bereits dunkel. Robert musste ihr das Kleid aufgeknöpft haben, denn sie lag im weißen Unterkleid in seinen Armen. Sie suchte seinen Mund und küsste ihn wieder. Erneut war ihr, als wollte er sich ihr entziehen, sie ließ es jedoch nicht zu. Sie hielt ihn fest und küsste ihn, bis sie fühlte, wie ein Schauer durch seinen Körper lief. Und als hätte sie damit einen Riegel gelöst, umfasste er sanft mit beiden Händen ihren Kopf und zog sie an sich. Endlich, dachte sie, als er ihre Küsse genauso feurig erwiderte. Jede Faser in ihr strebte ihm entgegen, wollte mit ihm verschmelzen, und mit einer Geschicktheit, die sie erstaunte, löste er die Schnürung ihres Mieders und fuhr mit seinen Händen darunter, umfasste ihre Brüste, dass sie aufstöhnte und fühlte, wie sich ihre Brustwarzen verhärteten. Er bedeckte ihren Hals, ihr Dekolleté mit Küssen, öffnete den Bund ihres Unterrocks und streifte ihn nach unten, genauso wie die »Unaussprechliche«, die Unterhose aus weißer Baumwolle, fuhr mit seiner Hand sanft zwischen ihre Beine und bewegte seine Finger, so dass sie vor Lust jäh aufschrie. Woher wusste er, was er tun musste? Wieso glitt er nun an ihrem Leib entlang nach unten und vergrub sein Gesicht in ihrem Schoß? Die Antwort fuhr ihr sogleich mit heißen Wellen durch den Körper, als er mit seiner Zunge ihr Allerheiligstes berührte, wieder und wieder, bis sich das Zimmer um sie auflöste samt aller Zweifel, die sie jemals beunruhigt hatten. Ja, alles Denken verblasste und endlich durfte sie nur noch das sein, was sie im tiefsten Herzen sein wollte: eine Frau, die geliebt wurde, ohne Wenn und Aber.

Später gingen sie im Mondschein spazieren. Sie hielten sich an den Händen und sprachen wenig. Er hatte sich nicht mit ihr vereinigen wollen, denn das Letzte, was sie jetzt werden dürfte, so hatte er ihr erklärt, war schwanger. Das würde ihnen vor Gericht empfindlich schaden, aus demselben Grund hatten sie sich ja unter falschen Namen in ihre Unterkünfte eingeschrieben. Und obwohl er vermutlich recht hatte, machte es sie traurig, wie vernünftig er angesichts ihrer Leidenschaft bleiben konnte. Und ein bisschen beschämten sie die wilden Wünsche ihres Körpers nun doch.

Einen Tag verbrachten sie noch alleine miteinander, dann

traf Therese ein, Roberts verwitwete Schwägerin. »Sie wäre die ideale Reisebegleiterin für dich, wenn du wieder auf Konzerttournee fährst«, hatte Robert gesagt und bereits mehrfach nach Frankreich geschrieben. Doch Clara war sich dessen nicht so sicher. Schon zu Beginn des Jahres, als sie in Zwickau Zwischenhalt gemacht hatte, war ihr aufgefallen, wie leidenschaftlich Therese von Robert sprach, und damals hatte ja sogar ihr Mann noch gelebt. Clara hatte schon lange das Gefühl, dass Therese in Robert weit mehr sah als einen Schwager. War sie nicht seit Jahren regelmäßig von Zwickau extra nach Leipzig gefahren, um Roberts Junggesellenwohnung auf Vordermann zu bringen, weil er sich kein Zimmermädchen leisten konnte? Wie eine Ehefrau hatte sie seine Wäsche zur Flickschneiderin getragen und ihn beraten, wenn er neue Kleidung brauchte. Als vorbildliche Hausfrau hatte sie ihm Eingewecktes und selbst eingekochte Marmelade mitgebracht und ihn mit frischem Obst aus dem Garten versorgt. »Warum tut sie das?«, hatte Clara eines Tages gefragt. »Hat denn dein Bruder nichts dagegen, dass sie dich so oft besucht?« Schließlich war Therese eine ausnehmend schöne und elegante Frau, die keinen Hehl daraus machte, dass sie in ihrer Ehe mit dem Buchhändler Eduard Schumann nicht glücklich gewesen war. Robert hatte stets betont, dass er für Therese lediglich schwesterliche Gefühle hegte, wie es für eine Schwägerin angemessen sei. Aber sah Therese das wirklich ebenso?

»Ich hoffe, du wirst Robert glücklich machen«, sagte Therese eines Nachmittags zu Clara, als die beiden Frauen allein einen Spaziergang unternahmen, während Robert zur Poststelle gegangen war, um seine und Claras Weiterreise nach Schneeberg zu buchen. »Er ist ein so wunderbarer Mensch, ein so großer Künstler.«

»Ja, das ist er ohne Zweifel«, stimmte Clara ihr befremdet zu. Worauf wollte Therese hinaus?

»Er braucht jemanden, der ihm den Rücken freihält«, fuhr

Roberts Schwägerin fort. »Eine Frau, die ihm ein behagliches Heim erschafft. Kannst du denn überhaupt einen Haushalt führen?« Und als Clara nicht gleich antwortete, fügte sie mit einem Seufzen hinzu: »Nun, Robert hat mich gebeten, die ersten Wochen nach eurer Verheiratung bei euch zu wohnen, damit ich dir alles zeigen kann. Ich hoffe, dir ist klar, dass du deine eigenen Interessen hintanstellen wirst, wenn du erst seinen Namen trägst. Ich habe keine Lust, den Rest meines Lebens als eure Haushälterin zu verbringen. Wenn du diesen Mann unbedingt heiraten willst, sogar gegen den Willen deines Vaters, wirst du die Konsequenzen tragen müssen.«

Clara verschlug es kurz die Sprache.

»Selbstverständlich werde ich die Konsequenzen tragen, Therese, und zwar mit Freuden«, antwortete sie, nachdem sie sich gefasst hatte. »Aber ich bin Pianistin und werde selbstverständlich weiterhin ...«

»Pianistin? Meine liebe Clara, ich fürchte, es wird höchste Zeit, dass du von deinem hohen Ross heruntersteigst«, fuhr ihr Therese über den Mund. »Robert ist nicht irgendein Mann. Seine Empfindungskraft ist außergewöhnlich, sonst könnte er wohl nicht eine so göttliche Musik erschaffen, nicht wahr? Seine Gesundheit ist delikat, so wie bei allen Schumanns. Du willst doch nicht, dass er seinen Brüdern Julius und meinem armen Eduard bald nachfolgt? Nein? Also, dann kennst du deine zukünftige Rolle.«

Clara waren Tränen in die Augen geschossen bei diesen grausamen Worten.

»Du solltest diese Dinge besser uns überlassen«, sagte sie und bemühte sich, ihre Stimme nicht zittern zu lassen. »Ich wünsche keine Einmischung in unsere Ehe. Bitte merke dir das.«

Therese warf ihr einen langen, abfälligen Blick zu.

»Wie du willst«, sagte sie schließlich. »Ich fühle mich Robert nun mal verpflichtet. Ich kenne ihn schon so viel länger als du. Wenn er bei mir Rat sucht, bekommt er ihn.«

Den Rest des Weges gingen sie in feindseligem Schweigen. Nein, Therese würde niemals ihre Vertraute werden, selbst wenn Robert sich das noch so sehr wünschte. Diese Frau würde sie nicht mit auf ihre Reisen nehmen. Und aus ihrem Haushalt sollte sie sich bloß fernhalten.

»Nimm es ihr nicht übel«, bat Robert, als sie ihm von dem Gespräch erzählt hatte. »Sie meint es im Grunde nur gut. Und bitte bedenke, in welch unglücklicher Lage sie seit dem Tod meines Bruders ist. Ihre Zukunft steht im Ungewissen. Allein kann sie die Buchhandlung nicht führen. Und über Eduards Nachlass hat das Gericht noch nicht endgültig entschieden.«

Ja, das wusste sie. Ihr war außerdem bekannt, dass Robert und sein anderer Bruder Carl neben Therese ebenfalls erbberechtigt waren. Je nach Heiratsvertrag und Testament des Verstorbenen hatte eine Witwe mitunter einen schweren Stand.

Erst vor Kurzem hatten sie und Robert erfahren, dass Ernestines Ehemann ganz plötzlich im Alter von nur sechsundzwanzig Jahren ebenfalls verstorben war, und sie nun ganz allein und mittellos dastand. Ihre Schwiegereltern erlaubten ihr nicht, auf dem Familiengut weiterhin wohnen zu bleiben. Offenbar waren sie von Anfang an gegen diese Ehe gewesen, in die Ernestine kein Kapital eingebracht hatte. Das alles machte Clara viel Kopfzerbrechen, denn noch immer fühlte sie eine gewisse Schuld daran, dass Robert seine Verlobung mit ihrer Freundin damals gelöst hatte. Thereses Worte um Roberts fragile Gesundheit und der Gedanke, auch sie könnte möglicherweise viel zu früh Witwe werden, verfolgten Clara und warfen einen Schatten über das Glück ihres Wiedersehens.

»Woran denkst du?«, fragte Robert sie eines Abends in Schneeberg, wo sie zu Gast bei seiner anderen Schwägerin waren, die Emilie hieß, so wie ihre Pariser Freundin. Sie hatte nach dem Tod von Roberts Bruder Julius den Kaufmann Johann Uhlmann geheiratet und war nach Schneeberg gezogen. Im Hause

Uhlmann waren Robert und Clara überaus herzlich aufgenommen worden, um hier in Ruhe den Aussöhnungstermin mit Friedrich Wieck abzuwarten. Emilie interessierte sich glücklicherweise nicht für Claras hausfrauliche Fähigkeiten, sondern war feinfühlig genug, sie einfach in Ruhe zu lassen. Zu ihrer Freude besaßen ihre Gastgeber einen Flügel, und gemeinsam mit Robert verbrachte sie viele Stunden mit Musizieren, spielte für ihn und ließ sich von ihm seine neueren Kompositionen vorspielen. Auf diese Weise kamen sie sich nach der langen Trennung wieder viel näher, als dies über Worte möglich war.

»Woran denkst du?« Roberts Frage hing noch im Raum.

So etwas kennt eine Frau wie Therese überhaupt nicht, hatte Clara gerade gedacht. Sie denkt gewiss die ganze Zeit an Eingemachtes und an den Staub, der auf den Möbeln liegen könnte. Das wollte sie jetzt allerdings lieber nicht aussprechen. Stattdessen erinnerte sie ihn an das, was er vor langer Zeit einmal zu ihr gesagt hatte: »Hast du nicht einmal davon gesprochen, dass nur uralte Ehepaare sich solche Fragen stellen?«

Da lachte er und zwängte sich neben sie auf den Klavierhocker, schlang seine Arme um sie und zog sie fest an sich.

Dem Treffen mit ihrem Vater sah Clara mit klopfendem Herzen entgegen. Sie fürchtete sich vor der Begegnung und hatte deswegen ihre Mutter gebeten, ebenfalls nach Leipzig zu kommen, obwohl sie wusste, wie schwierig das für Mariane war, hatte sie doch einen kranken Mann zu Hause und vier Kinder, wobei die kleine Clementine gerade mal vier Jahre alt war. Als sie nun alle am 31. August ins Pfarrhaus des Archidiakon Fischer in Leipzig eintrafen, wo das Treffen stattfinden sollte, erfuhren sie, dass Friedrich Wieck gar nicht erscheinen würde. Dies hatte er in einem Schreiben ans Gericht klargestellt. Angeblich hielten ihn unaufschiebbare Geschäfte in Dresden fest, obwohl Robert aus sicherer Quelle wusste, dass er sich sehr wohl in Leipzig aufhielt. Außerdem hatte Friedrich Wieck einen Brief für Clara hinterlassen, in dem er ihr mit groben Worten die Rückkehr in ihr Elternhaus für alle Zeiten untersagte.

Pfarrer Fischer erklärte damit den Versöhnungsversuch als gescheitert.

»Und nun?«, fragte Mariane ein wenig verdutzt, als sie vor dem Pfarrhaus standen. Schließlich war sie ganz umsonst von Berlin angereist.

»Nun geht es vors Gericht«, erklärte Robert mit düsterer Miene. »Wollen wir hoffen, dass es bald ein Urteil fällt.«

»Darauf würde ich nicht bauen«, wandte sein Anwalt ein. »Erfahrungsgemäß dauert so etwas mindestens ein halbes Jahr, wenn nicht länger.«

Und deswegen habe ich nun meinen Parisaufenthalt abgebrochen, dachte Clara bitter, noch immer ganz benommen von dem harschen Ton im Brief ihres Vaters. Es wäre nicht notwendig gewesen, ihr das Elternhaus zu verbieten, sie wäre ohnehin niemals zurückgekehrt. Und doch. Auf einmal erfasste sie eine heftige Sehnsucht nach ihren Geschwistern. So gern hätte sie die kleine Marie wiedergesehen, in den Arm genommen und geherzt. Hätte sich vorspielen lassen wollen, was die Kleine inzwischen gelernt hatte. Und ihre Brüder … Würde sie ihre Geschwister jemals wiedersehen? Tränen traten ihr in die Augen. Ihr Vater wollte ihr wehtun, das war offensichtlich. Nun, das war ihm wieder einmal gelungen.

»Wenn ich nicht mehr nach Hause darf«, fragte sie hilflos, »wie komme ich dann an meine Sachen? Wird mein Vater den Flügel herausgeben, den mir Conrad Graf geschenkt hat?«

»Darauf werden wir ihn wohl verklagen müssen«, meinte der Anwalt sachlich.

Unschlüssig stand Clara da, in ihrem Kopf rauschte es. Sie hörte kaum, worüber die anderen miteinander redeten, und auf einmal überfiel sie ein Gefühl der Heimatlosigkeit. Wo sollte sie denn jetzt hin? Bei Robert konnte sie noch nicht wohnen. Verwandte hatte sie so gut wie keine. Eine Schwester ihrer Mutter wohnte in Leipzig, die Clara kaum kannte. Ihr Vater hatte jeglichen Kontakt zwischen ihr und der Tante stets unterbunden.

»Am besten fahre ich zurück nach Paris«, sagte sie und ihre Stimme klang dünn. »So kann ich wenigstens den Herbst sinnvoll nutzen und konzertieren.«

»Vielleicht wäre es besser, nicht ganz so weit zu verreisen«, warf der Anwalt ein. »Denn man weiß nie. Vielleicht geht es in Ihrem Fall unerwartet schnell.«

»Sie sagten doch gerade …«

»Ich wollte Ihnen nur keine falschen Hoffnungen machen.«

»Das lohnt sich nicht, Clärchen«, warf Robert ein. »Die Reise ist viel zu weit.«

»Aber wo soll ich denn hin?« Clara hörte selbst, wie erstickt ihre Stimme klang.

»Warum kommst du nicht mit zu uns nach Berlin?«

Marianes Vorschlag klang scheu, so, als fürchtete sie, zurückgewiesen zu werden. Ihr habt überhaupt keinen Platz für mich, wollte Clara entgegnen. Ihr graute es bei dem Gedanken an die jammervolle Enge in der Wohnung Unter den Linden 27 in Berlin. Dann sah sie Marianes flehende Augen, die ihr nie ihre mütterliche Liebe hatte schenken dürfen.

»Wäre es deinem Mann denn recht?«, fragte Clara.

»Ganz sicher.« Mariannes Augen strahlten. »Du bist doch mein Kind. Jetzt, wo du hier kein Zuhause mehr hast, gehörst du zu uns.«

Gegen ihre Überzeugung hatte sie eingewilligt und war mit Mariane nach Berlin gefahren. Und dann war alles genau so, wie sie es befürchtet hatte. Eng. Laut. Die Kinder aus der zweiten Ehe ihrer Mutter waren liebenswürdig, jedoch ungewohnt lebhaft. Clara war in einem strengen Elternhaus aufgewachsen und keines ihrer Geschwister hätte jemals gewagt, so viel Lärm zu machen und sich auszutoben, zu streiten und sich genauso lautstark wieder zu versöhnen. Darüber schwebten stets die Geräusche aus dem Wohnzimmer, wo Mariane jeden Tag Klavier- oder Gesangstunden gab, und besonders die weniger begabten Schüler peinigten Claras empfindliches Gehör.

Mit dem Mann ihrer Mutter war es eine andere Geschichte. Adolph Bargiel hatte drei Jahre zuvor einen Schlaganfall erlitten und war seither nicht mehr derselbe. Clara hatte dies zwar gewusst, nur dass er damit zum Pflegefall geworden war, das war ihr nicht klar gewesen. Da sich ihre Mutter keine Pflegerin leisten konnte, versorgte sie ihren Mann selbst, was Adolph Bargiel ihr mit Vorwürfen und Gejammer schlecht dankte. Dabei schuftete Mariane von früh bis spät und fand auch in der Nacht keine Ruhe, denn ihr Ehemann litt unter Schlaflosigkeit.

Ein Hauch von Krankheit und Medikamenten, von Unzufriedenheit und Leid hing in der Wohnung. Wenn es besonders unerträglich wurde, nahm Clara die siebenjährige Cäcilie und den neunjährigen Eugen und machte mit ihnen lange Spaziergänge durch den Tiergarten oder spielte Ball mit dem zwölfjährigen Woldemar. Marianes ältester Sohn aus dieser Ehe spielte schon recht gut Klavier. Auch er wollte üben, und da tagsüber die Schüler kamen, waren die Stunden rar, an denen Clara am Flügel zum Zuge kommen konnte.

Hatte sie sich in Paris und vor allem in Bougival so ausgeglichen gefühlt wie nie, so war sie in diesen Wochen voll innerer Unruhe. Emilie List fragte in ihren Briefen, ob sie nicht wiederkäme und was sie mit ihrem blauen Zimmer in der Wohnung am Fuße des Montmartre anfangen sollten. Ein paar Tage lang war die Versuchung groß, ihre Habseligkeiten zusammenzupacken und zurückzufahren. Allerdings fühlte sie eine große Erschöpfung und der Gedanke an die anstrengende Reise schreckte sie ab. Alles in ihr sehnte sich danach, bei Robert zu sein. Nach den wenigen glücklichen Tagen, die sie miteinander verlebt hatten, schien es ihr unmöglich, sich schon wieder so weit von ihm zu entfernen. Die erneute Trennung drückte nicht nur auf ihr Gemüt, sie erlebte sie wie einen körperlichen, unerträglichen Schmerz. So als sei ein Teil, der zu ihr gehörte, weggerissen worden.

Er schrieb, wie sehr er sie vermisste. Auf ihre mehrfache Bitte, sie in Berlin zu besuchen, reagierte er jedoch nicht, und als sie deutlicher wurde, schrieb er seltsame Dinge. Dass sie nun noch ein wenig »fasten« müssten, was das Auskosten ihrer Liebe anbelangte, und dass sie allzu »feurig« gewesen sei und sich besser »abkühlen« sollte. Was war nur los mit ihm? Ihrer Meinung nach hatten sie lange genug verzichtet und das schrieb sie ihm auch. Überhaupt schrieb sie ihm beinahe jeden Tag und hatte schon Sorge, sie könnte ihm damit auf die Nerven gehen.

Schließlich teilte sie Emilie mit, sie sollten ihr Zimmer ruhig anderweitig vermieten, in diesem Jahr käme sie nicht mehr nach Paris. Stattdessen bemühte sie sich um Auftrittsmöglichkeiten in Berlin, und das Klinkenputzen begann von Neuem. Unzählige Besuche kosteten sie außerdem einmal mehr die Suche nach einem guten Instrument. Im Gegensatz zu Paris gab es hier davon genügend, sogar Flügel, die von ihrem Vater gewartet und vertrieben wurden, genau diejenigen, nach denen sie sich in Paris immer gesehnt hatte. Sollte sie sich einen solchen von seinem Berliner Vertreter ausleihen? War das in seinem Sinne? Oder würde Friedrich Wieck ihr daraus einen Strick drehen und ihr am Ende eine gesalzene Rechnung präsentieren? Sollte sie stattdessen ein Instrument seines Konkurrenten nehmen und ihn damit noch wütender machen? Noch immer glaubte Clara, dass sie es sich mit dem Vater nicht ganz verscherzen dürfte. *Was soll ich tun?*, schrieb sie an Robert, der überhaupt nicht verstand, warum sie sich ihren hübschen Kopf über derartige Fragen zerbrach. Was sollte es für eine Rolle spielen, ob sie ihren Vater wegen der Wahl eines Flügels gegen sich aufbrachte? Das war wohl das geringste all ihrer Probleme. Friedrich Wieck hatte sich von ihr losgesagt und ihr sein Haus verschlossen. Und das nächste Mal würden sie sich vor Gericht treffen. War es da nicht einerlei, was er über ihre Instrumentenwahl in Berlin dachte?

Der Herbst in Berlin war trüb und regnerisch. Im Hause Bargiel hing der Haussegen schief. So freundlich der kranke Alphons Clara gegenüber sein konnte und, ganz beseelt von ihrem Spiel, sogar einmal aufstand, um ihr Noten von Bachschen Fugen herauszusuchen, die sie noch nicht kannte, so ungerecht behandelte er Mariane, die doch alles für ihn tat.

Was wirst du im Konzert spielen?, fragte Robert in einem seiner Briefe. Und traf dabei einen wunden Punkt. Denn fast ihr gesamtes Repertoire erschien ihr auf einmal seicht und langweilig. Tatsächlich hatte sie im vergangenen Jahr kaum acht Stücke neu einstudiert, doch sie war sich nicht sicher, welche sich für ein Konzert eigneten. Der Publikumsgeschmack hatte sich geändert, sie konnte nicht immer dasselbe vortragen. Sie war an einem Punkt angekommen, an dem sie endlich einmal wieder frische Impulse nötig hatte. Ihr Spiel erschien ihr glanzlos, sicherlich hatten sich eine Menge Mängel eingeschlichen, und keiner war da, der sie darauf aufmerksam machte. Sie sehnte sich so sehr nach einer Klavierstunde bei ihrem Vater, einer einzigen nur, was sie natürlich weder ihrer Mutter noch Robert eingestehen konnte. Im Grunde ihres Herzens war sie davon überzeugt, dass ihr niemand anderes als Friedrich Wieck in dieser Sache weiterhelfen könnte, und ausgerechnet mit ihm lag sie im Streit.

Oder sollte sie bei einem ihrer Kollegen Stunden nehmen? Aber bei wem? Ihre berühmten Konkurrenten schieden von vornherein aus. Und sonst kannte sie niemanden gut genug, um ihm zu vertrauen. Einmal wollte Mariane ihr beim Einstudieren einer neuen Komposition einen Rat erteilen, doch bei aller Liebe und Dankbarkeit bemerkte Clara rasch, dass ihre Mutter zwar eine sehr gute Pianistin war, sich jedoch nicht auf demselben Niveau befand. Verbissen übte sie die neuen Fugen von Bach, trotzdem gelang es ihr nicht, die komplexen Strukturen dieser komplizierten Stücke zu durchdringen.

Eines Tages würde Robert an ihrer Seite sein und ihr mit seinem analytischen Verstand bei solchen Dingen helfen, darauf setzte sie ihre ganze Hoffnung. Vorerst galt es abzuwarten. Warten, dass das Gericht vorankam mit ihrem Fall. Warten, dass Robert sie endlich besuchen käme. Ihr ganzes Leben schien zu einer Art Warteschleife geworden zu sein, und sie wurde immer niedergeschlagener.

Erneut schrieb ihr Vater heimtückische Briefe. Seine Taktik war eigentlich leicht zu durchschauen, und doch fiel Clara immer wieder auf sie herein: Grausame Briefe wechselten mit liebevollen, versöhnlichen Schreiben, so dass sie entweder am Boden zerstört war oder neue Hoffnung auf Frieden schöpfte. Nur, um am Ende maßlos enttäuscht zu werden.

»Er ist nun mal ein Machtmensch«, versuchte Mariane sie zu trösten. »Du warst all die Jahre sein größter Trumpf. Hör auf zu hoffen, dass er dich freiwillig aufgibt.«

Nein, das tat Friedrich Wieck nicht, und die zermürbende Zerreißprobe schien kein Ende zu nehmen. Er machte Eingabe um Eingabe bei Gericht, und Clara erfuhr, dass er sich einen pfiffigen Advokaten genommen hatte, mit dem er wohl vorhatte, die ganze Sache so lange wie nur möglich hinauszuzögern. Und noch immer gab er ihr ihre Sachen nicht heraus, weder ihren guten Wintermantel, noch ihren Flügel von Conrad Graf. Sie vermisste ihre persönlichen Gegenstände, Geschenke von Freundinnen, an denen ihre Erinnerungen hingen, und natürlich einen ganzen Stapel wertvoller Noten, Erstausgaben befreundeter Komponisten, manche mit Widmungen an sie – lauter Dinge, die man selbst nicht für viel Geld wiederbeschaffen konnte.

Ende Oktober fanden endlich ihre ersten Auftritte in Berlin statt. Gemeinsam mit dem Geiger Carl Friedrich Müller trat sie im Opernhaus auf, ein Abend, den sie nicht so schnell vergessen würde. Zum einen brach beim Transport dem Flügel, für den sie sich letztlich entschieden hatte, ein Bein ab und konnte nur noch behelfsmäßig befestigt werden, so dass zu befürchten war, er werde mitten im Konzert unter Claras Händen einfach zusammenbrechen. Dann entstand auf der Bühne mit einem Mal ein derartiger Luftzug, dass das Wachs der Kerzen auf die Klaviatur tropfte während Clara spielte. In der Pause mussten die Saaldiener erst die Tasten sauberkratzen, ehe es weitergehen konnte.

So abenteuerlich die Umstände gewesen sein mochten, mit diesem Konzert war der Bann gebrochen, trotz Claras Selbstzweifel kam sie beim Berliner Publikum gut an. Weitere Konzerte folgten, eines sogar in Gegenwart des Preußischen Königs, und langsam kam Clara mit sich ins Reine und begann, neue Pläne zu schmieden. Eine kleine Tournee nach Stettin, Stargard und Potsdam folgte, und für den Anfang des Jahres 1840 wurde sie nach Hamburg, Bremen und Lübeck eingeladen.

Vorher, so erfuhr sie, musste sie nun doch noch einmal persönlich nach Leipzig kommen. Fast ein Jahr, nachdem sie von zu Hause nach Paris aufgebrochen war, sah sie ihren Vater vor Gericht wieder. Unwillkürlich musste sie an ihren Abschied damals denken.

»Wirst du nachkommen?«, hatte sie ihren Vater gefragt.

Heute wusste sie, dass er niemals vorgehabt hatte, sie auf dieser Reise zu unterstützen. Hatte er denn wirklich geglaubt, sie auf diese Weise erneut an sich binden zu können? Oder handelte Friedrich Wieck, was sie anbelangte, keineswegs so strategisch und klug, wie er es sonst immer tat? Ihr Herz krampfte sich zusammen, als sie erkannte, wie sein Hass in den vergangenen Monaten seine Züge verzerrt hatte. Wie weh tat es ihr, mitansehen zu müssen, wie er sich vor Gericht selbst ins Unrecht setzte, wie sein Zorn ihm den Verstand raubte und er mehrmals Richter und Staatsanwalt ungebührlich ins Wort fiel, dabei Robert aufs Übelste beschimpfte, bis man ihn verwies und zuletzt zu schweigen befahl.

Am nächsten Tag erhielt Clara Besuch vom Gerichtspräsidenten höchstpersönlich, und aus seinen Worten hörte sie heraus, dass der Fall wohl zu ihren und Roberts Gunsten entschieden werden würde. »Reisen Sie ruhig«, sagte er beim Abschied, als er hörte, dass Clara gemeinsam mit ihrer Mutter zurück nach Berlin fahren würde, um dort zu bleiben, bis ihrer Vermählung mit Robert nichts mehr im Weg stand.

Dennoch gelang es ihrem Vater, mit Eingaben und Finten den Prozess noch volle zehn Monate in die Länge zu ziehen. Irgendwann waren auch diese Möglichkeiten ausgeschöpft. Vielleicht wurde ihm klar, dass er vor lauter Zorn und Rachsucht dabei war, sein Vermögen für diese aussichtslose gerichtliche Auseinandersetzung aufs Spiel zu setzen. Vielleicht sah er ein, dass er inzwischen die gesamte Musikwelt, am spürbarsten die seiner Heimatstadt Leipzig, gegen sich aufgebracht hatte. Mendelssohn und alle anderen wichtigen Persönlichkeiten standen auf Claras und Roberts Seite und hatten sich bereit erklärt, für sie vor Gericht auszusagen. Am 6. Juli zog Friedrich Wieck seine allerletzte Eingabe zurück mit der Bemerkung, er wolle es den als Zeugen infrage kommenden Leipziger Musikern nicht zumuten, sich durch ihre Aussage mit dem Redakteur einer musikalischen Zeitung »in Opposition zu setzen«. Am 1. August schließlich erteilte das Leipziger Appellationsgericht die Einwilligung zur Eheschließung zwischen Robert Schumann und Clara Wieck, während Friedrich Wieck die Zeichen der Zeit erkannt hatte und dabei war, mit Sack und Pack nach Dresden überzusiedeln.

Mehr als drei Jahre lang hatten sie gekämpft. Jetzt stand ihrer Heirat nichts mehr im Wege. Von allen Seiten trafen Gratulationen ein, und Robert schrieb: *Viktoria! Wir haben gesiegt.*

Clara jedoch fühlte sich wie betäubt. Sollte sie sich jetzt nicht freuen? Stattdessen gingen ihr ganz andere Gedanken durch den Kopf.

Wird er mich als Ehefrau genauso lieben wie als unerreichbare Geliebte? Lange betrachtete sie diesen Satz, den sie in ihr Tagebuch eingetragen hatte, dann strich sie ihn entschlossen so lange durch, bis die Feder beinahe das Papier durchschnitt. Stattdessen schrieb sie: *Wie es in meinem Innern aussieht, kann ich mir selbst nicht Rechenschaft geben – eine schreckliche Unruhe tobt in mir.*

DRITTER TEIL

Behalte mich lieb!
Ich bin heute so sehnsüchtig gestimmt,
dass mir das Weinen näher liegt, als das Lachen.

CLARA AN ROBERT,
4. APRIL 1842

14. KAPITEL

Leipzig: September bis November 1841

Clara meinte, den Schmerz nicht mehr länger aushalten zu können. Es war heller Vormittag, und seit dem vergangenen Abend lag sie in den Wehen. Auch wenn Medizinal- und Hofrat Jörg, der bereits bei ihrer eigenen Geburt dabei gewesen war, ihr versicherte, dass alles ganz normal verliefe, und die Hebamme einen vertrauenswürdigen Eindruck macht – bald würde sie keine Kraft mehr haben.

Ich werde doch nicht sterben müssen, fuhr es ihr durch den Kopf. Geburten waren eine lebensgefährliche Angelegenheit, sowohl für die Mutter als auch für das Kind. Die nächste Wehe fegte jeden Gedanken aus ihrem Kopf.

»Pressen«, kommandierte Doktor Jörg. »Fester.«

Und Clara presste, schrie sich den Schmerz aus dem Leib und fühlte endlich, dass etwas in Bewegung geriet. Der Druck im Unterleib ließ ein wenig nach, etwas glitt aus ihr heraus, und unter den Anfeuerungen der Hebamme presste sie weiter und schrie und presste.

»Sehr gut«, lobte Doktor Jörg. »Gleich haben Sie es geschafft.«

Keuchend sank Clara auf ihr Bett zurück, als auf einmal ein Gefühl der Euphorie von ihr Besitz ergriff. Der Schweißfilm, mit dem sie ganz und gar überzogen war, begann zu trocknen und spannte auf ihrem Gesicht. Unter ungeheurer Anstrengung presste sie ein weiteres Mal und fühlte sich auf einmal trotz der Qualen wie von einer Wolke getragen.

Ein mächtiger Donnerschlag ließ sie zusammenfahren, ein Blitz zuckte durchs Zimmer, draußen tobte ein Gewitter. Dann hörte sie den Schrei. Er klang wie der eines Kätzchens, kläglich und entschlossen zugleich.

»Ein Mädchen«, sagte die Hebamme zufrieden.

Clara versuchte zu erkennen, was da unten geschah. Sie erhaschte den Blick auf einen winzigen, blutigen Körper und bekam einen Riesenschrecken.

»Ist es gesund? Ich will es sehen«, stöhnte sie und wurde von einer weiteren Welle des Schmerzes, der durch ihren Unterleib fuhr, erfasst.

»Die Nachgeburt«, hörte sie den Arzt sagen. »Treiben Sie die am besten genauso aus, Madame Schumann, dann haben Sie es hinter sich.«

Als sie aus dem Meer aus Schmerz und Euphorie wieder auftauchte, hatte Clara auf einmal ein Bündel im Arm. Zuerst sah sie nichts als weißes Leinen, dann entdeckte sie das winzige Gesicht darin.

»Mein Mädchen«, flüsterte sie, da nahm man ihr das Kindchen weg, und die Hebamme begann, sie mit einem feuchten Tuch zu reinigen, schälte sie aus ihrem Hemd und half ihr, ein frisches anzuziehen. »Wo ist mein Kind?«

»Es schläft«, hörte sie Robert sagen, der auf einmal ganz nah bei ihr war und ihr Küsse auf Stirn und Wangen drückte. »Du Tapfere!«, fuhr er fort. »Wie fühlst du dich? Du hast die gesamte Inselstraße zusammengeschrien.«

»Ein Kind zu gebären ist keine Kleinigkeit«, erklärte die Hebamme missbilligend. »Davon habt ihr Männer ja keine Ahnung. Ihre Frau hat ihre Sache gut gemacht.«

»Ist es denn gesund?«, fragte Clara unruhig. »Wieso darf ich es nicht sehen?«

»Es liegt hier in der Wiege«, beruhigte Robert sie und schaukelte das kleine Bettchen an ihrer Seite. »Ihr beide müsst euch jetzt ausruhen, meine Kläre.«

»Nenn mich doch nicht immer so«, murmelte sie. Sie hasste es, wenn er ihr diesen Hausmütterchennamen gab. Seit ihrer Hochzeit war er davon nicht abzubringen, und er bestand sogar darauf, ihren Namen auf gute deutsche Art mit K zu schreiben. »Ich heiße Clara.« Ob er darauf etwas antwortete, würde sie nie wissen. Denn im nächsten Moment war sie eingeschlafen.

Sie nannten das Kind Marie, so wie ihre Stiefschwester, die sie so lieb hatte. Doch die kleine Marie machte ihr Sorgen und raubte ihr den Schlaf. Sie schrie und schrie und wollte einfach nicht an Claras Brust trinken, die von den vielen vergeblichen Versuchen, sie anzulegen, nach kurzer Zeit wund war, sich entzündete und fürchterlich schmerzte. Clara schämte sich entsetzlich. Sie war eine Versagerin. Nicht einmal ernähren konnte sie ihr Kind.

»Was du brauchst, ist eine Amme.« Mariane Bargiel hatte ihren Reisemantel noch nicht abgelegt, als sie schon in Claras Zimmer stand und mit einem Blick das Problem erfasste. »Sonst verhungert das Kind.« Sofort wandte sie sich an ihren Schwiegersohn und begab sich höchstpersönlich zu Claras Hebamme. Die konnte auf der Stelle eine junge Frau nennen, die infrage kam, und Robert machte sich gemeinsam mit seinem Freund Reuter auf den Weg, sie sofort herzuholen. Und als das Kind endlich an der prallen Brust der Amme trank, und Clara mit ihrer Mutter allein war, brach sie unvermittelt in Tränen aus.

»Aber was ist denn, mein Kind?« Mariane hatte sich neben ihre Tochter aufs Sofa gesetzt, legte ihren Arm um sie und zog sie an sich. »Ich weiß, so eine Geburt nimmt einen ganz schön mit. Jetzt ist alles gut. Die Kleine wird trinken und zunehmen und …«

»Das ist es nicht«, schluchzte Clara. »Es ist …« Mariane strich ihrer ältesten Tochter das lose Haar aus der Stirn und wartete geduldig, bis sie sich ein wenig beruhigt hatte. »Weißt du«, fuhr Clara schließlich leise fort und sah ängstlich zur Tür, denn sie wollte auf keinen Fall, dass Robert sie hörte, »es ist alles ganz anders, als ich es mir vorgestellt habe.«

Mariane streichelte ihr noch immer übers Haar.

»Was ist anders?«, fragte sie behutsam.

»Die Ehe.« Jetzt war es heraus. »Ich hab ständig das Gefühl, Robert nicht zu genügen.« Claras Stimme klang klein und atemlos, als würde ihr etwas die Kehle zuschnüren. »Ich weiß ja, dass meine Bildung dürftig ist«, fuhr sie fort. »Der Vater hat mir ja nichts weiter beigebracht als Musik, Musik, Musik. Und Buchhaltung. Robert dagegen … Du machst dir keine Vorstellung, wie gebildet er ist. Wie er mich manchmal in Gesellschaft zurechtweist oder korrigiert, so dass ich mich schon gar nichts mehr zu sagen traue.« Sie schniefte und suchte nach einem Taschentuch, griff stattdessen nach einer Stoffwindel, die in greifbarer Nähe lag und schnäuzte sich. »Aber das Schlimmste ist, dass ich nicht mehr zum Üben komme«, fügte sie finster hinzu.

»Wieso denn nicht?«

»Weil es Robert stört. Er sagt, er kann nicht komponieren, wenn ich spiele. Und natürlich hat das Vorrang.« Ihre Stimme zitterte.

»Warum hat das denn Vorrang?«, wandte Mariane verständnislos ein. »Könnt ihr nicht bestimmte Zeiten vereinbaren, so dass jeder von euch zu seinem Recht kommt?«

»Ach, das hab ich alles schon versucht.« Clara verlagerte ihr Gewicht, um ihren Unterleib, der noch immer schmerzte, zu entlasten. »Die beste Zeit zum Arbeiten ist der Morgen, da hab ich die meiste Kraft und Energie. Seit ich denken kann, habe ich morgens meine Geläufigkeitsübungen gemacht. Genau um diese Zeit hat Robert die schönsten Eingebungen. Sagt er jedenfalls. Ach Mama, du glaubst nicht, wie zornig ich auf ihn bin, wenn er zum Mittagessen aus seinem Zimmer kommt und keine einzige Note niedergeschrieben hat. Da hätte ich ja genauso gut üben können! Und nach dem Essen muss er ruhen, da kann ich nicht an den Flügel. Danach nimmt er seine Arbeit wieder auf, komponiert oder auch nicht, schreibt einen Artikel für die Zeitung oder auch nicht. Oder es kommt Besuch. Erst abends bleibt eine Stunde für mich. Und das auch nicht immer. Denn dann kommen häufig Gäste oder wir gehen selbst aus, ins Konzert oder wir machen unsere Gegenbesuche. Der Abend gehört der Geselligkeit, sagt Robert immer. Und ich kann sehen, wo ich bleibe.«

»Ja, ist denn überhaupt nicht mit ihm zu reden?«, fragte Mariane ratlos. »Er muss doch begreifen, dass du in Übung bleiben musst, sonst kannst du deine Karriere ja gleich …«

»Genau das ist es ja!«, rief Clara verzweifelt aus. »Er will ja überhaupt nicht, dass ich noch öffentlich spiele.« Ein neuerlicher Sturzbach von Tränen ergoss sich in die Windel. »Dabei könnten wir die Einkünfte dringend gebrauchen«, flüsterte Clara, als sie wieder Luft bekam. »Denn was er verdient, das reicht ja hinten und vorne nicht. Jetzt musste er sogar einige Wertpapiere verkaufen, die er von seinem Vater geerbt hat, stell dir das mal vor.« Es war immer ausgemachte Sache gewesen, nicht sein Kapital anzufassen, sondern von den Zinsen zu leben. Denn wenn sie so weitermachten, war in einem oder zwei Jahren nichts mehr vorhanden. Und dann?

»Beruhige dich, mein Kind«, sagte Mariane. »Im Moment kannst du ohnehin keine Konzerte geben. Du musst dich erst von der Geburt erholen. Aber üben musst du natürlich.« Sie lehnte sich zurück und runzelte nachdenklich die Stirn. »Was ihr bräuchtet, ist eine größere Wohnung«, meinte sie.

»Die können wir uns nicht leisten«, wandte Clara ein. Darüber hatte sie schon nachgedacht. Doch sie mochte ihre Wohnung in der Inselstraße. Sie war gemütlich, hell und freundlich. »Außerdem müsste sie wirklich sehr groß sein, damit Robert mich nicht spielen hört.«

»Also müsst ihr einen Kompromiss finden«, befand Mariane. »Was meinst du, soll ich mal mit deinem Mann sprechen?«

Clara horchte auf.

»Würdest du das tun?«, fragte sie scheu. »Du musst das vorsichtig machen. Versprich mir das?«

»Natürlich«, beteuerte ihre Mutter. »Robert schätzt mich, ich bin sicher, er wird auf mich hören. Weißt du, mit den Männern ist es nicht einfach«, fügte sie nachdenklich hinzu. »Und wenn ich ehrlich bin, danke ich Gott dafür, dass er meinen Alphons zu sich geholt hat, so lieb ich ihn hatte. Du weißt ja, wie schwierig er am Ende war und wie sehr er darunter gelitten hat, nur noch ein halbwertiger Mensch zu sein, wie er es immer ausgedrückt hat. Aber um dich und Robert steht es doch völlig anders. Ihr beide seid jung und gesund. Die Musik, die dein Mann komponiert, ist wunderbar, sie wird sich früher oder später durchsetzen, da bin ich ganz sicher. Das Wichtigste ist: Er liebt dich. Ja, er betet dich an.«

»Er soll mich nicht anbeten und auf einen Sockel stellen«, begehrte Clara heftig auf. »Denn diese hohen Erwartungen kann ich nicht erfüllen, und er ist wieder unzufrieden mit mir. Ich bin Pianistin. Und ansonsten eine ganz normale Frau mit Fehlern und Schwächen.«

»Natürlich, mein Schatz«, versuchte Mariane sie zu beruhigen. »Weißt du, die ersten Jahre sind immer die schwierigsten. Man muss sich halt erst aneinander gewöhnen. Aber du darfst dir nicht alles gefallen lassen«, fügte sie hinzu. »Erlaube ihm nicht jede Marotte, sonst wird er wie alle Männer schnell zum Tyrannen. Du hast dasselbe Recht auf die Ausübung deiner Kunst wie er. Und so, wie ihr euer Zusammenleben anfangt, so wird es später sein.« Sie seufzte. An ihrem abwesenden Blick konnte Clara erkennen, dass sie in Gedanken ganz woanders war. Vermutlich bei ihren eigenen beiden Ehen …

»Wie war das denn mit Alphons?«, wagte sie zu fragen. »Ihr hattet doch auch glückliche Zeiten miteinander, nicht wahr?«

»O ja«, antwortete ihre Mutter mit einem strahlenden Lächeln. Sie war immer noch eine schöne Frau, obwohl ihr dunkles Haar inzwischen von silbernen Strähnen durchsetzt war, und die Sorgen ihr Falten um Augen und Mund gezeichnet hatten. Wenn Mariane lächelte, war es, als ginge die Sonne auf. »Alphons war meine erste und meine letzte Liebe. Er war mein Musiklehrer, noch bevor ich deinen Vater kennenlernte und bei ihm Stunden nahm. Schon damals, ich war fünfzehn Jahre alt, war ich in Alphons verliebt. Er war ja fast zwanzig Jahre älter als ich. Und dann trat Friedrich wie ein Wirbelwind in mein Leben.« Sie schüttelte nachdenklich den Kopf und schmunzelte. »So voller Feuer und Leidenschaft. Er war das Gegenteil von Alphons und … na ja, was soll ich sagen, ich bin seinem Charme erlegen. Seiner Begeisterungsfähigkeit. Seiner Energie. Du weißt ja, es ist schwer, sich ihm zu entziehen.« Clara nickte. Oh ja, das wusste sie genau. »Doch nachdem ich seine Frau geworden war …« Wieder schwieg Mariane und wandte den Blick ab. Clara konnte fühlen, wie es in ihr arbeitete. »Weißt du, da ist etwas in deinem Vater«, fuhr Mariane schließlich fort, »das zerstören muss, was er liebt. Solange man sich ihm total unterwirft, ist alles gut. Sobald du jedoch einen eigenen Willen äußerst …«

»Ich weiß, was du meinst«, sagte Clara leise.

Mariane betrachtete sie liebevoll und strich einmal mehr über ihr Haar.

»Noch bevor du geboren wurdest, hat er beschlossen, dass du eine große Pianistin werden solltest«, fuhr sie nachdenklich fort. »Weißt du überhaupt, dass du eine ältere Schwester hattest? Nein? Adelheid starb, kurz bevor du zur Welt kamst. Nach dem Willen deines Vaters sollte Adelheid die größte Pianistin aller Zeiten werden. Und als sie starb, und ich dich bereits unter dem Herzen trug, sagte Friedrich, dass ich mir unterstehen sollte, einen Sohn zu bekommen. Er wollte unbedingt wieder eine Tochter. Denn er sagte schon damals, ein Mädchen würde sich viel besser zum Wunderkind eignen als ein Junge.«

Clara erschrak. Das hatte sie überhaupt nicht gewusst.

»Er hat das alles schon vor meiner Geburt geplant?«

Mariane nickte traurig. »In allen Details. Und es hat ja geklappt. Bis zu dem Zeitpunkt, als du ihm einen Strich durch die Rechnung gemacht hast und dich in Robert verliebt hast.«

»Armer Vater.«

»Nun ja, mein Mitleid mit ihm hält sich in Grenzen. Außerdem wiederholt er das alles jetzt mit der armen kleinen Marie. Sie soll übrigens schon recht gut spielen, wie ich hörte.« Mariane betrachtete Clara nachdenklich. »Du liebst ihn immer noch, oder?«

»Nun, er ist mein Vater.« Clara hatte auf einmal den Eindruck, sich verteidigen zu müssen. Was konnte sie für ihre Gefühle? »Und ich denke doch, dass er auch mich ein wenig lieb hat. Oder wenigstens hatte.«

»Ich will dich nicht kränken, Clara, aber ich bin mir nicht sicher, ob Friedrich wirklich fähig ist zu lieben. Ach, lassen wir das Thema.« Mariane erhob sich. »Komm, was hältst du davon, wenn ich dir die Haare wasche? Du wirst dich gleich besser fühlen.«

Und dann ging sie in die Küche, um Wasser aufzusetzen.

Während Mariane ihr liebevoll das lange Haar einschäumte und mehrmals spülte, dachte Clara über das erste Jahr ihrer Ehe nach. Wie wundervoll hatte alles begonnen, angefangen bei ihrer Trauung und dem anschließenden Fest in kleinem Kreis. Sie hatte einen Myrtenkranz zu ihrem schlichten schwarzen Kleid getragen, das war der einzige Schmuck gewesen, den sie an diesem Tag gewollt hatte. Sie hatten am Tag vor ihrem einundzwanzigsten Geburtstag geheiratet und noch heute kam ihr die erste Woche als Ehefrau vor wie ein Traum, so unwirklich erschienen ihr im Nachhinein diese Tage, die sie wie im Taumel erlebt hatte.

Viel zu rasch war die Ernüchterung des Alltags gekommen, Roberts Wunsch, sie sollte den Haushalt führen und für sie beide kochen, was sie trotz der Hilfe ihrer Mutter, die statt Therese eine Weile bei ihnen geblieben war, nach einigen passablen Achtungserfolgen schließlich kategorisch von sich gewiesen hatte. Sie war in einem Haushalt mit Köchin aufgewachsen und setzte schließlich durch, dass täglich eine Frau kam, die die Mahlzeiten zubereitete. Sie wusste, dass Robert deswegen enttäuscht war, auch wenn er sich bemühte, es nicht zu zeigen. So kam es, dass sie sich einerseits als Versagerin fühlte, und doch war da ihr Künstlerinnenstolz und eine gewisse Empörung darüber, dass man so etwas von ihr verlangte. Therese hatte einen reichen Leipziger Buchhändler geheiratet, eine Vernunftehe, und sah öfter bei ihnen vorbei, als es Clara lieb war, denn die spitze Zunge von Roberts Schwägerin gab häufig Anlass zu Streit. Sie hatte behauptet, Clara könnte nicht wirtschaften, ein Vorwurf, der sie empfindlich traf, denn wenn sie etwas konnte außer Klavierspielen, dann rechnen. Und genau dieser Punkt war Ursache für große Sorgen und häufige Auseinandersetzungen mit Robert, denn jeder, der das kleine Einmaleins beherrschte, erkannte sogleich, dass ihre Ausgaben die Einkünfte überstiegen. Solange sie nicht mitverdienen durfte. Und aus irgendeinem Grund, den Clara noch nicht verstanden hatte, wollte Robert das nicht.

Inmitten all dieser Alltagssorgen überwog jedoch das Glück. Sie liebte Robert trotz seiner mitunter demütigenden Äußerungen jeden Tag mehr und bewunderte ihn grenzenlos. Im Grunde meinte er es nicht so, davon war sie überzeugt. Auch als er kurz nach ihrer Hochzeit von der jungen Pianistin Amalie Rieffel mehr schwärmte, als es für einen verheirateten Mann angemessen war, und Clara damit kränkte, dass diese junge Frau seine Stücke weit besser interpretiere als sie. Er gab Amalie sogar Klavierstunden, was er ansonsten weit von sich wies. Clara hatte vor Wut geschäumt. Schließlich hatte sie eine Gelegenheit genutzt, um dem Mädchen, das Clara ganz offensichtlich bewunderte, eine Stunde lang mit solchem Furor vorzuspielen, dass Amalie danach in Tränen ausbrach und ihr gestand, dass sie niemals so göttlich würde spielen können wie sie.

Später hatte sie sich dieses billigen Triumphes geschämt. Amalie war ein liebes Mädchen und hatte sicherlich nicht im Sinn gehabt, Robert zu verführen. Als Clara begriffen hatte, dass er es gewesen war, der auf eine subtile Art die junge Pianistin gegen sie ausgespielt hatte, war es bereits zu spät gewesen.

Schon in der ersten Woche nach ihrer Heirat hatte Herr Limburger, ein ehrenwertes Mitglied der Gewandhausdirektion, seine Aufwartung bei ihr gemacht und sie gefragt, wann Clara als Frau Schumann ihr erstes Konzert im Gewandhaus geben wollte. Sie war drauf und dran gewesen, freudig zuzusagen und auf der Stelle einen Termin festzulegen, als sie sah, wie Robert sie finster ansah und ganz leicht, so dass Limburger es nicht sehen konnte, den Kopf schüttelte. In ihrem ersten Schrecken hatte sie das Angebot abgelehnt und gesagt, dass sie sich in den folgenden Monaten ganz ihren Aufgaben als Ehefrau widmen wollte. War sie eigentlich noch bei Trost?

»Wie schön, dass du das genauso siehst wie ich«, hatte Robert gestrahlt und sie an jenem Abend inniger geküsst denn je. »Du kannst später wieder auftreten, Kläre. Jetzt, wo wir uns endlich haben, ist es doch viel schöner, wir bleiben unter uns.« Und dann hatten sie einen jener zauberhaften Abende verlebt, an denen sie gemeinsam die Fugen von Johann Sebastian Bach durchgingen, miteinander musizierten, und Robert ihr von dem vorspielte, woran er gerade arbeitete. Das waren Stunden puren Glücks, in denen sie vom Scheitel bis zur Sohle von ihrer Liebe zu diesem wundervollen Mann erfüllt war, wie ein Gefäß, das beinahe überlief.

Ja, sie liebte ihn leidenschaftlich und konnte von seinen Umarmungen nie genug bekommen. Oft, wenn sie morgens erwachte und ihn neben sich spürte, stieg ein derartig überwältigendes Gefühl des Glücks in ihr auf, dass sie sich nur mühsam beherrschen konnte, um ihn nicht mit ihren Küssen und Zärtlichkeiten zu wecken. Denn leider mochte er das nicht, und seine Zurückweisungen beschämten sie so sehr, dass sie lieber leise aufstand, ihre festen Schuhe anzog und zu ihrer alten Gewohnheit zurückkehrte, noch vor Tagesanbruch einen langen Spaziergang zu machen, um ihr übergroßes Verlangen wegzumarschieren. Sie brachte frische Milch nach Hause und in der schönen Jahreszeit ein Blümchen, das sie ihm neben den Teller legte, bereitete das Frühstück vor, machte Kaffee, obwohl Robert keinen Hehl daraus machte, dass der von der Köchin besser schmeckte als ihrer. Sie tat ihr Bestes, versuchte ihren Mann, der häufig einsilbig und mürrisch war, aufzuheitern.

Doch dann kamen die Morgenstunden, in denen sie zur Passivität gezwungen war, obwohl es ihr in den Fingern juckte, sich an ihren erst kürzlich von ihrem Vater gegen die Zahlung von sechzig Gulden zurückerhaltenen Flügel zu setzen und zu spielen. Oft fand sie sich auf dem Klavierhocker wieder, sehnsüchtig die Tastatur anstarrend, die Hände in ihrem Schoß. So gerne wollte sie spielen, ihre Muskeln und Sehnen trainieren, aber sie durfte nicht. Denn Robert komponierte an einer Sinfonie, endlich, sie hatte ihm so lange zugeredet, sich an diese große Orchesterform zu wagen. Nun war es soweit, allerdings tat er sich nicht leicht damit. Er kämpfte hart, hatte schlechte Laune, und das Letzte, was sie durfte, war ihn bei diesem Kampf stören …

»Die Lieder, die du komponiert hast, sind wunderschön.« Clara schreckte aus ihren Erinnerungen auf. Mariane hatte ihr Haar gerade mit Essigwasser zum letzten Mal gespült und machte sich jetzt daran, es auszukämmen. »Und wenn ich etwas sagen darf – deine gefallen mir besser als die von Robert.«

»Ach was!«, entgegnete Clara heftig. »Das sagst du nur so dahin. Sie sind armselige Versuche, mehr nicht.«

»Dein Mann ist durchaus meiner Meinung«, beharrte Mariane und nahm die letzte der langen Strähnen in Angriff. »Er hat sie mir gegenüber in den höchsten Tönen gelobt. Ganz besonders das eine, *Er ist gekommen in Sturm und Regen*, das geht mir immer direkt ins Herz, so wundervoll hast du das Gedicht erfasst. Wollen wir die Lieder nachher miteinander singen? Ich hätte so große Lust dazu. Und du begleitest mich.«

»Aber Robert …«

»Der ist in der Stadt, um eine Besorgung für die Zeitschrift zu machen.« Mariane legte den Kamm weg. Sie nahm das Gesicht ihrer Tochter in beide Hände und drehte es sanft zu ihr. »Clara, mein Clärchen. Du bist viel zu stolz und zu stark, um in diesem Haushalt unterzugehen. Denk daran, wie du dich gegen deinen Vater behauptet hast. Du bist mutig. Und du hast ein Recht … Nein, du hast die Pflicht, dein Talent weiter zu pflegen. Robert wird das einsehen. Und jetzt komm. Wo hast du die Noten?«

»Warum hast du deinen Wunsch nicht ins Ehetagebuch eingetragen?«

Mariane war abgereist, sehr zu Claras Bedauern. Ihre Mutter hatte ihr mit ihrer optimistischen Art, die Dinge zu betrachten, so gut getan. Sie hatte ihr mit dem Baby geholfen. Woher sollte sie denn wissen, wie man mit einem Neugeborenen umging, wenn nicht von ihrer Mutter? Es war schade, dass Mariane so weit entfernt lebte. Offenbar hatte sie tatsächlich mit Robert gesprochen.

»Welchen Wunsch meinst du?«, fragte sie vorsichtshalber.

»Du willst mehr Zeit zum Klavierüben haben.« Robert klang unwillig, offenbar war er in keiner guten Verfassung. Am Abend zuvor war er wie so oft zu Poppe gegangen, um mit seinen Freunden zu reden – und leider auch zu trinken. Allein die Rechnungen der Wirtshäuser fraßen jeden Monat einen dicken Betrag ihres schmalen Budgets.

»Das habe ich schon zweimal ins Ehetagebuch geschrieben«, verteidigte Clara sich sanft. Sie hörte selbst, wie unterwürfig sie klang und ärgerte sich darüber. »Es schien dich nicht zu interessieren.«

Robert schnitt den Kalbsbraten, den die Köchin zubereitet hatte, pedantisch in kleine Stücke. Clara betrachtete das Gesicht mit diesen sympathischen Zügen, das jedoch an manchen Tagen, wenn Robert mit irgendwelchen inneren Dämonen zu kämpfen schien, starr wie eine Maske sein konnte. Heute war so ein Tag.

»Ich schätze deine Mutter«, sagte er. »Aber sie sollte sich nicht in unsere Ehe einmischen. Dafür ist das Tagebuch da. Das habe ich eingeführt, damit wir einander alles sagen können, vor allem das, wovor wir uns scheuen, es auszusprechen. Eine Woche führe ich es, eine Woche du. So haben wir es abgemacht am Tag unserer Hochzeit. Oder hast du das vergessen?«

»Das habe ich selbstverständlich nicht vergessen.« Clara musste sich beherrschen, um nicht gereizt zu klingen. Diese Idee mit dem Ehetagebuch – sie konnte sich nicht helfen, irgendwie erinnerte es sie stets daran, dass auch ihr Vater für sie ein Tagebuch geführt hatte, bis sie nach Paris gegangen war, so, als wären er und sie eine einzige Person. Und jetzt führten sie bereits seit über einem Jahr dieses Ehetagebuch, worin sie alles eintragen musste, was sie bewegte, zusätzlich erwartete Robert von ihr, dass sie Resümees über gesellschaftliche Veranstaltungen abfasste, die sie besuchten, samt Charakterbeschreibungen anderer Künstler. Dabei war sie im Gegensatz zu Robert keine Schriftstellerin oder Journalistin, sie schrieb, so wie sie sprach und häufig schlichen sich Rechtschreibfehler ein, für die sie sich schämte. Was ursprünglich ein schöner Gedanke ihres Mannes gewesen war, nämlich dass sie auf diese Weise stets miteinander im Austausch bleiben sollten, war längst für sie zur lästigen Pflicht geworden. »Du musst zugeben«, setzte sie hinzu, »dass du in letzter Zeit nicht mehr dazu kommst und hauptsächlich ich die Eintragungen vornehme. Obwohl eigentlich du an der Reihe wärst.«

»Weil ich hart arbeite«, gab er heftig zurück. »Ist es da zu viel verlangt, wenn ich dich bitte, mich damit zu entlasten?«

»Nein, natürlich entlaste ich dich gern.« Mein Gott, konnte er ungerecht sein. »Schreibe ich dir nicht immer wieder die Noten ins Reine? Das mach ich gern für dich.« Clara suchte nach den richtigen Worten, um ihn nicht noch mehr zu verärgern. »Wir müssen wirklich eine Lösung finden. Ich bin Pianistin, Robert. Das hast du immer gewusst.«

»Und du hast lange vor unserer Heirat gewusst, dass ich nicht möchte, dass meine Frau öffentlich auftritt. Das hab ich dir nach Paris geschrieben. Und nach Berlin.«

»Aber das wird mich auf Dauer unglücklich machen«, wandte sie leise ein.

»Unglücklich?« Robert schob den Teller von sich. »An meiner Seite unglücklich? Du bist gerade Mutter geworden, und du sprichst davon, unglücklich zu sein?« Er legte die Serviette ab und stand auf. »Und weißt du was? Du machst mich gerade unglücklich. Wie soll ich denn da komponieren? Wie soll ich ein Meisterwerk erschaffen mit dem Gedanken im Hinterkopf, dass meine Frau unglücklich ist? Wie soll ich das? Sag es mir!«

Sie öffnete den Mund, um etwas zu erwidern, doch sie ließ es sein. Es hatte keinen Zweck. Jetzt war sie wieder an allem schuld. Und er hatte sogar recht mit dem, was er sagte. Sie hatte von Anfang an gewusst, dass er es am liebsten sähe, wenn sie das Konzertieren aufgäbe. Sie hatte fest darauf gehofft, dass er sich umstimmen lassen würde. Außerdem ging es ja nicht allein darum, dass sie ihren Kopf durchsetzen wollte. Denn über kurz oder lang würde sie ganz einfach mitverdienen müssen.

»Ich werde nicht darum herumkommen, wieder öffentlich zu spielen«, begann sie von Neuem. »Denn ich sehe nicht, wovon wir in Zukunft die Miete bezahlen werden. Du weißt so gut wie ich, dass wir es auf Dauer nicht schaffen werden ohne meine Mitarbeit. Kalbsbraten wird es sonst nicht mehr geben. Von Bier und Wein ganz zu schweigen.«

Einen Moment lang starrte er sie böse an. Dann wandte er sich um und verließ das Esszimmer. Krachend fiel die Tür hinter ihm ins Schloss. Und Clara hatte das Gefühl, alles falsch gemacht zu haben.

»Komm wir kümmern uns jetzt mal um dein Repertoire.« Mit diesem Satz überraschte Robert sie an einem der folgenden Abende. »Wenn du wieder auftreten willst, wirst du doch wohl nicht mehr die alten Galoppstücke spielen wollen, oder?«

So nannte er die Bravourstücke von Henselt, Kalkbrenner und Herz, die sie in ihrer Jugend berühmt gemacht hatten. Robert verabscheute sie, weil sie in seinen Augen nichts weiter waren als »Fingerakrobatik« ohne tieferen künstlerischen Anspruch.

»Ich würde gern mehr von Beethoven spielen«, antwortete Clara und bekam vor Freude ganz heiße Wangen.

»Und von einem gewissen Robert Schumann vielleicht auch etwas?« In seinen Augen blitzte es vor Schalk. Clara atmete innerlich auf. Er war allerbester Laune und konnte sogar über sich selbst Scherze machen.

»Ja, warum nicht«, gab sie schmunzelnd zurück.

Wie durch ein Wunder begann nun eine Phase, in der sie endlich das von ihrem Mann bekam, was sie sich bereits in jenem unglücklichen Winter in Berlin so sehr gewünscht hatte: Sie fand in Robert einen kompetenten Ratgeber, der ihr half, die komplizierten musikalischen Strukturen der späten Beethovensonaten zu erfassen.

Währenddessen wuchs und gedieh die kleine Marie prächtig, wurde von Tag zu Tag ein hübscheres Kind mit einer Haut wie Alabaster und leuchtend blauen Augen. Überhaupt schlug sie ganz nach ihrem Vater, war fröhlich und zufrieden, vor allem liebte die Kleine es, wenn Clara spielte. Dann schien sie alles um sich herum zu vergessen, und wenn sie gerade aus irgendeinem Grund weinen musste, so vergaß sie jeden Kummer, sobald die Töne von Claras Spiel durch den Raum perlten. Manchmal hingen zwar noch Tränen an ihren langen Wimpern, doch ihre Augen leuchteten, und ihr winziger Mund verzog sich zu einem verzauberten Lächeln.

Und dann traf eine Einladung ein, Roberts Sinfonie in Weimar aufzuführen. Verbunden war diese Anfrage mit einem Konzert von Clara, und in seiner Freude über die Gelegenheit, seine *Frühlingssinfonie* in dieser kleinen und doch so wichtigen Kulturstadt darzubieten, hatte Robert keine Einwände. Zumal Clara auch vonseiten des Hofs eingeladen wurde, denn der Herzogin Maria Pawlowna war sie bereits von anderen Anlässen bestens bekannt. Es verstand sich von selbst, dass Clara für diese Herausforderung üben musste, und das tat sie nun nach Herzenslust. Sie hatte bei Weitem nicht so viel verlernt, wie sie befürchtet hatte, und das wundervolle *Capriccio opus 14* von Felix Mendelssohn und die *Phantasie* von Sigismund Thalberg hatte sie bald wieder »in den Fingern«, wie sie es nannte. Alles, was sie brauchte, waren ihre täglichen Übungsstunden, und jetzt, wo sie nicht mehr daran gehindert wurde, erlangte sie ihre alte Geläufigkeit zurück. Dass sie zu ihrer pianistischen Hochform zurückfand, darüber war Clara jedoch noch aus einem anderen Grund erleichtert. Im Stillen schmiedete sie nämlich Pläne. Sie hatte sich fest vorgenommen, im kommenden Herbst, wenn Marie ein Jahr sein würde, wieder auf Konzertreise zu gehen. Ihre Amme hatte sie bereits als Kinderfrau eingestellt, die Kleine wäre also bestens versorgt. Schon jetzt knüpfte sie behutsam Kontakte. Weder London noch Petersburg hatte sie im Sinn, solche Reisen waren vorerst noch zu weit. Stattdessen wollte sie nach Dänemark.

Die Einladung nach Weimar war deswegen ein Geschenk des Himmels. Am 18. November, Marie war gerade mal zehn Wochen alt, reisten sie und Robert bei dem ersten Schneegestöber dieses Jahres ab. Sie übernachteten in Naumburg und ließen sich am nächsten Morgen bis Eckartsberga bringen, und da die Sonne zwischen den Wolken herausgekommen war, beschlossen sie, von dort zu Fuß nach Weimar zu wandern. Sie brauchten fast den gesamten Tag für diese Strecke, es war die erste größere Tour, die Clara seit ihrer Niederkunft machte, und sie genoss es in vollen Zügen, obwohl es sich seltsam anfühlte, von ihrem Baby getrennt zu sein. Endlich hatten sie und Robert wieder einmal ein paar Stunden nur für sich, herausgelöst aus der Routine des Alltags. Denn wenn Robert komponierte, zog er sich völlig in sich zurück, sprach kein Wort und beachtete sie tagelang kaum. Auf jede noch so kleinste Störung reagierte er ungehalten. Und was ihr am meisten wehtat, war, dass er sie in dieser Zeit nicht an seinen Gedanken teilhaben ließ. Sie konnte fühlen, dass in seinem Innern ein neues, großartiges Werk Gestalt annahm. Umso schmerzlicher war es, von diesem Prozess ausgeschlossen zu sein.

»Warum komponierst du nicht auch etwas?«, war seine häufige, etwas ungeduldige Frage an sie, wenn sie in solchen Phasen versuchte, zu ihm durchzudringen. Doch seltsamerweise gelang es ihr nicht, sich darauf zu konzentrieren. Es war, als sei alle Schöpferenergie in Roberts Zimmer gefangen, ihr Kopf dagegen fühlte sich vollkommen leer an, wenn er sich darin einschloss.

Jetzt aber, auf ihrer Wanderung nach Weimar, berichtete er ihr von seinen neuen Plänen, von dem Klavierkonzert, das er bereits in Skizzen festgehalten hatte, und von den Kammermusikstücken, die er so gerne schreiben würde. Und dann erzählte er ihr von einem lang gehegten Traum, einem Oratorium nach einer orientalischen Erzählung des irischen Autors Thomas Moore.

»Eigentlich möchte ich es gar nicht Oratorium nennen«, meinte Robert. »Es handelt sich ja nicht um einen religiösen Text. Obwohl es tatsächlich um Erlösung und den Eintritt ins Paradies handelt.«

»Worum geht es in der Geschichte denn?«

»Weißt du, was eine Peri ist?«, fragte Robert zurück, und als Clara den Kopf schüttelte und sich einmal mehr schrecklich unwissend fühlte, fuhr er fort. »So nennt man im Persischen eine Art Fee. Die Peri ist das Kind eines gefallenen Engel und einer Menschenfrau, deshalb ist sie aus dem Paradies ausgeschlossen. Um dort aufgenommen zu werden, muss sie einige Prüfungen bestehen …«

»Das klingt wunderschön«, warf Clara ein.

»Ja«, meinte Robert nachdenklich. »Ich kann die Musik direkt schon hören.« Seine Augen nahmen wieder diesen etwas glasigen Ausdruck an, vor dem Clara sich so fürchtete. Er sah aus, als würde er horchen, so als könnte er in der Ferne etwas vernehmen, was nur für ihn hörbar war. Nach einer Weile nickte er, und ein Strahlen ging über sein Gesicht. »Ja, genau so. Mir fehlt nur die Zeit, das alles aufzuschreiben. Das wird ein gewaltiges Stück Arbeit.«

Clara schwieg beeindruckt, aber auch besorgt. Vor ihr mochten noch viele Monate, wenn nicht Jahre liegen, in denen sie nicht recht üben durfte und auf Zehenspitzen durch die Wohnung schleichen musste, um ihren Mann nicht dabei zu stören, die Musik, die er bereits in seinem Geist vernahm, zu Papier und auf die Welt zu bringen. Dann würde er wieder ganz und gar in seine eigene Welt versunken sein, zu der sie keinen Zutritt hatte.

15. KAPITEL

Kiel und Kopenhagen: März bis Mai 1842

Wenn ihr nur nicht so schrecklich übel wäre! Lag es tatsächlich an der Trennung von ihrem Mann, wie der Arzt behauptete? Robert war inzwischen, so wie geplant, schweren Herzens wieder abgereist, während sie mit ihrer extra für die Dänemarktournee engagierten Reisebegleiterin Marie Garlichs in Kiel geblieben war. So gerne wäre sie mit Henriette Reichmann gereist, doch diese hatte keine Zeit gehabt. Vermisste sie Robert wirklich so, dass sie ohne ihn krank wurde?

Endlich hatte er ihrer minutiös geplanten Konzertreise nach Kopenhagen zugestimmt, ja, er hatte sie sogar bis nach Hamburg begleitet, wo seine Sinfonie mit großem Erfolg aufgeführt worden war. Herrliche Tage hatten sie dort gemeinsam verlebt, endlich erhielt er die Anerkennung für seine Arbeit, die er nicht nur verdiente, sondern so dringend brauchte. Das Hamburger Publikum hatte sie beide gefeiert, und die wichtigsten Persönlichkeiten der Stadt waren miteinander in Streit darüber geraten, wer sie zu sich nach Hause einladen durfte. Robert, sonst so menschenscheu, war direkt aufgeblüht, und das war kein Wunder. Denn wo immer sie hinkamen, hatte man sie verwöhnt, mit Wein und Champagner und fast jeden Tag schwelgten sie in Austern, die Clara so liebte.

Die Austernmahlzeit an ihrem letzten gemeinsamen Abend

war vermutlich eine zu viel gewesen. Oder die Muscheln nicht frisch genug, denn seither war ihr sterbenselend. Trotz der Übelkeit hatte sie sich nach Kiel geschleppt, heute Abend sollte sie hier auftreten, alle Eintrittskarten waren restlos ausverkauft. Nach ihrer Ankunft war sie allerdings zusammengebrochen. Seither lag sie im Bett, wenn sie sich nicht gerade übergab. Und hatte das Gefühl, sterben zu müssen.

Sie starb nicht, doch zum ersten Mal in ihrem Leben musste sie ein ausverkauftes Konzert absagen, was sie noch elender machte, als sie ohnehin schon war. Eine Stunde vor der Vorstellung war sie aufgestanden, hatte sich von Marie Garlichs ankleiden und frisieren lassen, als sie jedoch das Hotel verlassen wollte, war sie beinahe ohnmächtig geworden. Es ging einfach nicht. Clara hatte in ihrem Leben schon so manches Konzert trotz gesundheitlicher Widrigkeiten überstanden, Kopf- und neuralgische Gesichtsschmerzen waren ihr vertraut, dies schien sie von ihrem Vater geerbt zu haben. Sie hatte mit entzündeten und geschwollenen Fingern und schmerzenden Armen gespielt, mit Bauchkrämpfen und sogar mit Fieber. Bislang war es ihr noch jedes Mal gelungen, die Schwächen ihres Körpers für diese beiden Stunden auszublenden, auch wenn sie hinterher dafür hatte büßen müssen. Dieses Mal war es schlichtweg unmöglich.

Es sah ganz danach aus, als stünde die Reise unter einem unglücklichen Stern, seit sie sich von Robert hatte trennen müssen. Bis zuletzt hatte er mit ihr darüber diskutiert, ob sie wirklich nach Dänemark weiterfahren sollte oder nicht. Je näher die Trennung gerückt war, desto mehr hatten wechselhafte Stimmungen Robert beherrscht, seine Euphorie über die begeisterte Aufnahme seiner Sinfonie war in Verzweiflung umgeschlagen. Ganz plötzlich hatte er sich für eine längere, vielleicht sogar Jahre währende gemeinsame Reise nach Amerika begeistert, wo er ganz sicher war, mehr Anerkennung zu finden als im konservativen Europa, wo seine Musik nur zögerlich verstanden wurde. So kühn seine Gedanken gewesen waren – sie nahmen sogar Clara den Atem, die ungleich reisefreudiger war als er , so rasch hatte er sie wieder verworfen, nachdem ihm zufällig ein abgerissenes Kalenderblatt in die Hände gefallen war mit einem Gedicht, in dem ein Jüngling voller Hoffnungen auswanderte, um sich dann in der Fremde desillusioniert mit seiner Lyra ins Meer zu stürzen. War das nicht ein Fingerzeig des Himmels?, hatte er gefragt. Vor allem, dass es sich um einen Jüngling mit einer Lyra handelte, dem Sinnbild für Künstler? Clara, die sich seinen Stimmungsschwankungen nur schwer entziehen konnte, wusste nicht mehr, was sie tun sollte. »Komm mit nach Kopenhagen«, hatte sie ihn gebeten. So konnte sie ihn unmöglich allein lassen, von seinen inneren Dämonen gequält. Doch Robert lehnte das ab und kehrte lieber nach Hause zurück in ihre gemütliche Wohnung, in sein Musikzimmer, zu ihrem Kind. Die Welt mochte groß und weit sein und an guten Tagen seine Pläne ebenfalls – am wohlsten fühlte er sich in seinem »Stübchen«, da fühlte er sich geborgen.

»Verdien uns ein wenig Geld«, hatte er sie gebeten. Und jetzt musste sie, statt Geld zu verdienen, dem Kieler Veranstalter die Unkosten für ein abgesagtes Konzert ersetzten. Das fing ja gut an.

Die Widrigkeiten nahmen kein Ende. Am Tag ihrer Abreise nach Kopenhagen jagte ein orkanartiger Sturm über Land und See, und Clara, die sich noch immer nicht ganz auf der Höhe fühlte, beobachtete angstvoll, wie das riesige, nach dem amtierenden dänischen König benannte Dampfschiff an seinem Ankerplatz hin- und hergeworfen wurde. Stundenlang war nicht sicher, ob es überhaupt abfahren konnte, so oder so riet man Clara dringend ab, bei diesem Unwetter zu reisen. So kam es, dass Clara nicht mit an Bord war, als die »Christian VIII.« schließlich doch in See stach. Sie hatte beschlossen, lieber abzuwarten, bis der Orkan sich legte. Acht Tage blieben ihr bis zur nächsten Tour.

Acht Tage herumsitzen und warten? Das war nichts für Clara. Kurzerhand beschloss sie, ihr Glück in Lübeck zu versuchen in der Hoffnung, im dortigen Theater ein Konzert geben zu können. Sie hatte Pech: Das Hoftheater von Schwerin gastierte gerade in der Stadt, jeder einzelne Abend war bereits mit Aufführungen belegt, und das Lübecker Publikum befand sich in einem wahren Theaterfieber. Also packte Clara ihre Sachen erst gar nicht aus, sondern begab sich erneut nach Hamburg, um hier noch einen Soloabend einzuschieben. Auch daraus wurde aus vielerlei Gründen am Ende nichts.

Clara war so niedergeschlagen, dass nicht viel gefehlt hätte und sie wäre tatsächlich nach Hause gefahren. Sie hatte so große Sehnsucht nach ihrer kleinen Tochter, dass sie es schier nicht aushielt. Und Robert fehlte ihr so sehr, dass sie es körperlich spüren konnte. Seit ihrer Heirat hatten sie sich kaum getrennt, und trotz aller Schwierigkeiten war es ihr, als sei ein Teil ihrer Seele mit der seinen verwachsen. Er war in keiner guten Stimmung abgereist. Wie es ihm wohl erging ohne sie? Vergeblich wartete sie auf Briefe von ihm, doch natürlich wähnte er sie schon längst in Kopenhagen und hatte, wenn überhaupt, dorthin geschrieben. Immer wieder brach sie unvermittelt in Tränen aus.

»Sie bekommen einen schrecklichen Eindruck von mir«, sagte sie eines Morgens zu Marie Garlichs, der Tochter eines wohlhabenden und angesehenen Bremer Kaufmanns, der ihr auf früheren Konzertreisen durch Norddeutschland mehrmals behilflich gewesen war. Clara schämte sich vor der jungen Frau und fragte sich, was diese wohl später herumerzählen würde, wenn sie sich jetzt so gehen ließ.

Also riss sie sich zusammen. »Verdien uns ein wenig Geld«, hatte Robert gesagt. Nur zu deutlich stand Clara das finanzielle Defizit ihres ersten Ehejahres vor Augen. So konnte es nicht weitergehen. Außerdem hatte sie viel zu lange darum gekämpft, diese Reise machen zu dürfen, als jetzt aufzugeben. Schließlich war Robert im Grunde seines Herzens dagegen, dass sie als seine Ehefrau in der Welt herumreiste und öffentlich auftrat. »Was werden die Leute sagen?«, hatte er gefragt. Konnte ihnen das nicht egal sein? Manchmal musste sie sich wirklich wundern. In seiner Musik war Robert seiner Zeit weit voraus, trotzdem gebärdete er sich im täglichen Leben oft unglaublich konservativ. Oder tat sie ihm unrecht? Fürchtete er sich vor dem Gerede der Leute, weil er sich schämte, seine Familie nicht ernähren zu können? Schließlich hatte ihr Vater während des jahrelangen Ringens um ihre Verbindung alles dafür getan, um Robert Schumann öffentlich als armen Schlucker und unfähigen Geschäftsmann zu diskreditieren.

Was würde ihr Vater ihr jetzt raten? Clara saß in ihrem Hamburger Hotelzimmer und schloss die Augen, um ihn sich so lebhaft wie möglich vorzustellen. Jetzt erst recht, würde er sagen. Lass dich bloß von einer schlechten Auster und sentimentalen Gefühlen nicht daran hindern, dein Glück in Dänemark zu machen. Bedenke, wie viele Briefe du geschrieben hast, um hierher zu kommen. Erinnere dich an die vielen Empfehlungsschreiben, die freundliche Menschen für dich verfasst haben. In Kopenhagen warten sie schon längst auf dich: Der Musikalienhändler und Verleger Olsen, außerdem die Crème de la Crème der dänischen Künstler, sogar die Königin hatte bereits ihr Interesse an einem Konzert bekundet. Dass du acht Tage zu spät kommst, ist schlimm genug, jetzt wird nicht gekniffen, denk an die Ausgaben, die diese Reise bislang gekostet haben. Dein Mann soll sich zusammenreißen und etwas Anständiges komponieren. Etwas, was den Leuten gefällt, so wie seine *Frühlingssinfonie*.

Clara konnte sich Friedrich Wieck so lebhaft vorstellen, dass sie beinahe lachen musste und neuen Mut schöpfte. Was saß sie denn hier noch herum? Sie sollte die Gelegenheit nutzen und sich auf ihre Konzerte in Dänemark vorbereiten.

Noch am selben Tag nahm sie mit August Cranz Kontakt auf, einem alten Freund der Familie und Instrumentenhändler, der ihr und Robert bereits beim ersten Konzert einen Flügel geliehen hatte. Nach seinem ersten Schrecken, sie noch immer in Hamburg zu sehen, wo doch alle dachten, sie sei längst in Kopenhagen, erlaubte er ihr herzlich gern, auf einem seiner Instrumente zu üben so oft sie nur wollte. Und das tat sie auch mit der ihr eigenen Ausdauer, endlich störte sie niemanden mit ihren Etüden.

Als sie gemeinsam mit Marie Garlichs endlich die »Christian VIII.« bestieg, war ihr alter Unternehmungsgeist zurückgekehrt. Zwar musste sie eine gehörige Portion Angst hinunterschlucken, als das Schiff unter Ausstoßen von mächtigen schwarzen Wolken aus dem riesigen Kamin Fahrt aufnahm, doch das währte nur kurz. Danach war sie so vergnügt wie schon lange nicht mehr. Endlich war sie wieder unterwegs. Sie war frei und durfte ihrer Bestimmung nachgehen. Gab es etwas Schöneres?

Nachdem die »Christian VIII.« vor Kopenhagen vor Anker gegangen war, setzte ein Empfangskomitee in einem Boot zu ihnen über, und Clara wurde wie eine Königin von den Organisatoren ihrer Konzerte, dem Musikverleger Olsen und dem Theaterregisseur Stage samt einiger anderer Herren, noch an Bord des großen Dampfschiffs begrüßt. So einen Empfang hatte sie sich in ihren kühnsten Träumen nicht ausgemalt, und nachdem sie und Marie Garlichs an Land gegangen waren, schienen alle Schwierigkeiten von ihr abzufallen. Das für sie reservierte Hotel glich zwar einem Gespensterschloss, doch die freundlichen Wirtsleute sprachen Deutsch, was Clara, die kein Wort Dänisch verstand, beruhigte. Sie schlief seit Langem tief und traumlos in dieser ersten Nacht in Kopenhagen, und am folgenden Morgen, einem strahlenden Frühlingstag, fühlte sie sich erfrischt und ausgeruht. Die alte Abenteuerlust und die prickelnde Freude, die sie früher auf Konzertreisen erfüllt hatte, waren zurückgekehrt. Die Liebenswürdigkeit ihrer dänischen Gastgeber, die alles bestens für ihren Aufenthalt vorbereitet hatten und deren einzige Sorge war, Clara könnte sich langweilen oder sich aus irgendeinem Grund nicht wohlfühlen, war Balsam für ihre Seele.

Hatte sie zu Hause so wenig Gelegenheit, Klavier zu spielen, so mangelte es ihr in dieser lebensfrohen Kaufmannsstadt daran bestimmt nicht. Überall, wo sie hinkam, machte man keinen Hehl daraus, wie sehr man sich freuen würde, wenn sie Lust hätte, sich an den hauseigenen Flügel zu setzen, und zu ihrer Freude waren das meist wunderbare Instrumente, die sich herrlich spielen ließen.

Die dänische Residenzstadt schien eine große Anziehungskraft auf Musiker und Schriftsteller auszuüben, und Clara traf hier nicht nur interessierte Kunstbeflissene, sondern auch Kollegen, die sie zum gemeinsamen Musizieren einluden. Beeindruckt war sie von dem dänischen Komponisten Niels Wilhelm Gade und vor allem von seinen Werken. Den sollte Robert kennenlernen, dachte sie, und als sie hörte, dass Gade vorhatte, nach Leipzig zu kommen, lud sie ihn schon jetzt zu sich in die Inselstraße ein.

Und dann war da noch Hans Christian Andersen, dieser wunderliche, zu Übertreibungen neigende und doch so liebenswürdige Schriftsteller, von dem Adelbert von Chamisso einige Gedichte ins Deutsche übersetzt hatte. Clara hatte ihn flüchtig auf dem Hofgut der Serres in Maxen kennengelernt in jenem schrecklichen Sommer 1838, wo er sich, wie Pauline behauptete, heftig in sie verliebt hatte. Am letzten Tag im März traf sie ihn bei einer Abendgesellschaft, und Andersens Freude über das Wiedersehen kannte keine Grenzen.

»Ich habe übrigens eine Überraschung für Sie«, sagte sie, als sie einen Augenblick für sich hatten. »Robert Schumann hat vier Ihrer Gedichte in deutscher Übersetzung vertont und bat mich, Sie zu fragen, ob Sie wohl erlauben würden, dass er sie Ihnen widmet.«

Das Gesicht des Dichters mit seiner übergroßen Nase und dem langen, allzu schmalen Kinn, das ihm leider das Aussehen eines grotesken Kaspers in einem Puppentheater verlieh, wurde über und über rot vor Freude.

»Wirklich?«, fragte er. »Das hat Ihr lieber Mann getan? Welche hat er denn ausgewählt?«

»Märzveilchen«, antwortete Clara gerührt über seine Freude. »Außerdem *Muttertraum, Der Soldat* und *Der Spielmann*. Ich brauche Ihnen wohl nicht zu sagen, dass sie meine Lieblingslieder sind.«

»Wie wunderbar«, rief Andersen aus. »Was für eine Ehre. Ich weiß gar nicht, wie ich ihm danken soll! Sie haben sie nicht etwa zufällig mitgebracht und werden sie mir vorsingen?«

Bedauernd schüttelte Clara den Kopf.

»Sie existieren bislang nur im Originalmanuskript«, sagte sie. »Und das habe ich natürlich nicht dabei. Aber vielleicht können wir ja Herrn Olsen dazu überreden, sie zu drucken?«

»Das werde ich ihn sofort fragen!« Hans Christian Andersen strahlte. »Was für ein wunderbarer Tag«, schwärmte er und schenkte Clara ein Lächeln, das seine Züge verschönte. »Sie glauben nicht, wie mich diese Neuigkeit ermutigt.«

Oh doch. Clara konnte es sich sehr gut vorstellen. Ging es ihr nicht ebenso? Der Zuspruch des Publikums, das Lob einer Persönlichkeit, die ihr etwas bedeutete – das alles bewirkte mehr als zehn Stunden harter Übung am Klavier.

»Wir Künstler brauchen den Austausch und die Anerkennung«, sagte sie zu Andersen und sah aus den Augenwinkeln, dass sich ihr der Gastgeber näherte. »Deshalb müssen wir zusammenhalten«, fügte sie rasch hinzu.

»Wie wahr, wie wahr«, konnte der Dichter gerade noch sagen, dann war Clara wieder von anderen in Beschlag genommen.

Es war wie ein einziges, vier Wochen lang währendes Fest. Clara hatte vollkommen vergessen, wie sehr sie das brauchte: Nicht nur die Anerkennung, sondern auch die Anregungen, die eine Reise und das Erkunden einer ihr fremden Umgebung mit sich brachten. Die dänische Residenzstadt gefiel ihr von Tag zu

Tag besser. Von ihrem Hotelzimmer aus sah sie aufs Meer hinaus, und sie wurde nicht müde, die wechselvollen Lichtspiele zwischen Himmel und Wasser zu betrachten. Welche Schattierungen das Blau annehmen konnte! Wie fröhlich wirkten die in lebhaften Farben gestrichenen Häuserfronten entlang der Kanäle. Und jeden Tag erhielt sie frische Blumen aus der Hofgärtnerei auf ihr Zimmer, ein Bouquet schöner als das andere.

Am Sonntag, dem 3. April, fand endlich ihr Konzert im Königlichen Theater statt. Clara war überglücklich. Ein junger Herr hatte ihr seinen Flügel von Conrad Graf ausgeliehen, das Haus war ausverkauft, das Publikum jubelte und feierte sie, wie sie es schon lange nicht mehr erlebt hatte, und ihre Einnahmen waren mehr als zufriedenstellend. Vor allem war sie mit ihrer Leistung zufrieden, denn wie immer war sie ihre eigene schärfste Kritikerin. Die Sorge des vergangenen Jahres, sie könnte alles verlernt haben und nie mehr an ihre alten Triumphe anknüpfen, fiel von ihr ab wie ein schlechter Traum.

Leider war das Königspaar nicht gekommen, denn es gab einen Brauch in Dänemark, dass jeder Künstler zuerst bei Hof spielen musste, ehe die Souveränen ihn an einer anderen Spielstätte beehrten. Da Clara eine Woche später als geplant nach Dänemark gekommen war, hatte sich bisher noch keine Gelegenheit dazu ergeben. Sie holte dies gleich zwei Tage später nach, und Christian VIII. und seine Gemahlin Caroline Amalie zeigten sich hingerissen von Claras Spiel. Und gleich am Abend darauf wirkte sie bei einem Konzert im Musikverein mit.

Ausflüge, Museumsbesuche, Feste – die Dänen gaben ihr Bestes, um ihr den Aufenthalt unvergesslich zu machen. Und doch waren ihre Gedanken stets bei Robert und ihrem Kind, vor allem, seit er ihr trübsinnige Briefe schrieb, in denen er sie bat, so schnell wie möglich nach Hause zu kommen. Während sie überall im Rampenlicht stand und von Erfolg zu Erfolg eilte, schien er tief deprimiert zu Hause zu sitzen, unfähig, zu komponieren oder für seine Musikzeitschrift zu schreiben. So konnte sie nur in seltenen Momenten ihre Sorge um ihn ganz vergessen und in vollen Zügen ihren Triumph genießen.

Einer dieser Abende war der rauschende Ball bei Prinzessin Juliane, der Schwester des Königs, zu dem Clara zunächst nur deshalb ging, weil die Gastgeberin sie persönlich eingeladen hatte. Dann allerdings hatte sie einen solchen Spaß, dass sie, umschwärmt von zwei jugendlichen Prinzen, sich sogar zum Tanzen überreden ließ, was sie schon eine Ewigkeit nicht mehr getan hatte. Robert war zwar ein guter Tänzer, jedoch brauchte es eine Menge Überredungskunst, ihn dazu zu bringen, und seit ihrer Hochzeit hatte sich keine Gelegenheit mehr dafür geboten.

»Die beiden schwärmen für Sie«, meinte die Prinzessin schmunzelnd. Der eine Prinz war ihr eigener Sohn, der andere sein Cousin aus der Linie Glücksburg.

»Ach, das glaube ich nicht«, wagte Clara zu widersprechen und fühlte, wie sie dabei rot wurde. »Schließlich bin ich ein paar Jahre älter als die beiden.«

»Wenn man so strahlend und natürlich ist wie Sie, meine liebe Madame Schumann, hat das Alter keine Bedeutung. Außerdem sind Sie doch sicherlich noch nicht einmal zweiundzwanzig Jahre alt?«

»Zweiundzwanzig einhalb«, korrigierte Clara sie. Und ließ sich von dem Glücksburger wieder auf die Tanzfläche ziehen.

»Die Ehe bekommt Ihnen gut«, sagte Andersen einmal mit einem schiefen Grinsen zu ihr. »In Maxen wirkten sie immer so unglücklich, so als trügen sie einen schweren Kummer mit sich herum.« Und als Clara verlegen schwieg, so sehr wühlte sie die Erinnerung an diese schwere Zeit auf, fuhr er fort: »Robert Schumann muss Sie wirklich glücklich machen.«

»Und mein Kind auch«, fügte Clara verlegen hinzu. »Sie haben ja keine Ahnung, wie sehr ich mich nach meiner kleinen Tochter und meinem Mann sehne.«

»In dieser Reihenfolge?«, neckte sie der Dichter und lachte schallend. »Na, dann kann ich ja noch hoffen.« Andersen wurde wieder ernst. »Nun ja, so soll es wohl sein, nicht wahr? Vielleicht komme ich einmal selbst nach Leipzig, um mich von Ihrem häuslichen Glück zu überzeugen.«

»Tun Sie das«, sagte Clara herzlich. »Wir würden uns alle sehr freuen. Bei der Gelegenheit werden wir Ihnen Roberts Vertonungen Ihrer Gedichte vorführen.«

Übervoll vor Glück und neuen Eindrücken, vor Freude und Energie war sie, als es Zeit wurde, die Heimreise anzutreten. Umsonst baten ihre neuen Freunde und Verehrer sie, noch zu bleiben, selbst die verlockendsten Angebote für weitere Konzerte konnten sie nicht mehr zurückhalten. Dabei hätte sie diese nur zu gerne angenommen und wäre dann am liebsten nach Stockholm weitergereist, von wo sie bereits Einladungen erhalten hatte. Ganz vorsichtig hatte sie Robert davon geschrieben und ihn um seine Meinung gefragt, die Gelegenheit sei doch so günstig. Die Schiffspartie sei ungefährlich und überhaupt nicht lang, hatte man ihr versichert, in der schwedischen Hauptstadt würde man sie mit offenen Armen empfangen, die Nachrichten von ihren großartigen Konzerten seien dort begierig aufgenommen worden, jetzt wollte man die große Pianistin Clara Schumann unbedingt auch in Schweden erleben. Clara dachte an prachtvolle Konzertsäle, an den schwedischen Hof, an den sie eingeladen war – ein weiteres Land, das sie als eine der größten Pianistinnen ihrer Zeit erobern würde. Gegenüber ihrem Ehemann argumentierte sie mit den Einnahmen, die sie dort einspielen könnte, jetzt, wo sie bereits einen weiten Teil der kostspieligen Fahrt schon hinter sich hätte. Den bisherigen Gewinn könnte sie in Stockholm leicht verdoppeln, das musste man doch berücksichtigen. Robert hatte davon nichts wissen wollen. Und aus Sorge um ihn, der von Brief zu Brief niedergeschlagener klang, hatte sie diesen Plan aufgegeben. Wenn sie ehrlich zu sich war, hatte sie ganz fürchterliches Heimweh nach ihrem Töchterchen. Und dennoch – wäre es auf zwei oder drei Wochen mehr wirklich noch angekommen?

Am Abend vor ihrer Abreise hatte die Königin sie überraschend zu einer Privataudienz gebeten, sich bei ihr herzlich bedankt und ihr zum Andenken ein kostbares Armband geschenkt. Gerne hatte Clara sich an den Flügel gesetzt und gespielt, ein wahres Wunschprogramm hatte sie bis spät in die Nacht hinein absolviert. Und war schließlich mit dem Gefühl abgereist, in der Königin eine Förderin gewonnen zu haben.

Mit der »Christian VIII.« ging es zurück nach Kiel, von dort nach einem kleinen Konzert weiter nach Hamburg. Es wurde Zeit, sich von ihrer Reisebegleiterin zu verabschieden, und beide waren sich einig, gern wieder einmal gemeinsam zu reisen. Clara bestieg ein Dampfboot, das sie die Elbe flussaufwärts bis nach Magdeburg brachte. Robert hatte geschrieben, ihr bis hierher entgegenzureisen, und bald lagen sie sich endlich in den Armen.

Auf der gemeinsamen Rückreise in der Eisenbahn musste sie erst ihre Angst vor diesem neuartigen und schnellen Fortbewegungsmittel überwinden, doch dann sprudelte all das Erlebte nur so aus ihr heraus. Sich an Händen haltend verging die Fahrt wie im Flug. Überglücklich drückte Clara zu Hause ihre kleine Tochter an sich, die vor Gesundheit und guter Laune nur so zu strotzen schien, obwohl sie dabei war, ihre ersten Zähnchen zu bekommen.

Der Alltag kehrte ein. Erst jetzt fiel Clara auf, wie schweigsam ihr Mann eigentlich war. Wäre nicht Maries Gebrabbel und Juchzen gewesen, die Stille in der Wohnung, wenn Robert nicht am Klavier komponierte und sie nicht üben durfte, hätte sie nach den lebhaften Tagen in Dänemark beinahe erdrückt. Hatte Robert immer so wenig gesprochen? Und wenn er es tat, so leise und kaum verständlich? Und immerzu hatte er eine seiner Zigarren im Mund, Clara kam mit dem Lüften kaum hinterher.

»Wie hast du denn die Zeit verbracht?«, fragte sie ihn an einem der ersten Abende.

Eine Weile antwortete er nichts, paffte vor sich hin, und Clara dachte schon, er sei so in Gedanken versunken, dass er sie überhaupt nicht gehört hätte.

»Traurig«, sagte er schließlich. »Es ist nicht gut für mich, wenn du mich allein lässt. Glaub mir, ich lass dich nicht mehr von mir.«

Erschrocken hielt sie die Luft an. Sie schluckte und sagte:

»Dann musst du eben mit mir kommen, Robert. Denn das Reisen gebe ich noch lange nicht auf.«

Sie wusste schon, wohin sie als Nächstes wollte – nach Russland. Die positiven Erfahrungen in Kopenhagen machten ihr Mut. Wenn sie alles sorgfältig plante, würde ihr das gelingen. Ebenso wie Robert davon zu überzeugen, dass er zwei Möglichkeiten hatte: Entweder ließ er sie alleine ziehen. Oder er kam mit.

Sie versuchte es auf ihre leise, unauffällige Art. Auch das hatte sie bei ihrem Vater gelernt: ihre eigenen Wünsche in kluge Argumente zu verpacken und durch sanfte Beharrlichkeit so lange geschickt anzubringen, bis sie ihr Ziel erreicht hatte. So wie steter Tropfen am Ende den Stein aushöhlt, der doch viel härter ist als das Wasser.

Seit Jahren sammelte sie Adressen von Persönlichkeiten, von denen sie annahm, dass sie sie ihrem Ziel näherbringen könnten. Ganz wie ihr Vater es ihr beigebracht hatte, unterhielt sie eine umfassende Korrespondenz. Die Vormittage, an denen sie nicht üben konnte, weil Robert ein Klavierquintett komponierte, verbrachte sie nun mit dem Schreiben von Briefen. Sie plante ihre gemeinsame Reise, von der Robert noch nichts ahnte, für den folgenden Winter, und überlegte bereits, wo sie die kleine Marie so lange unterbringen konnten.

Doch dann, im August, bemerkte Clara, dass sie erneut schwanger geworden war. So sehr sie sich auf ein zweites Kind freute und stets mit Robert einer Meinung gewesen war, dass

Marie unbedingt ein Geschwisterchen haben sollte, so jäh holte sie diese Erkenntnis auf den Boden der Tatsachen zurück. Sie rechnete nach, wann das Kind zur Welt kommen würde – Ende März oder April. Die Strapazen einer derartig weiten Winterreise konnte sie in einem so weit fortgeschrittenen Stadium der Schwangerschaft nicht auf sich nehmen.

Es brauchte ein paar Tage, bis Clara wieder halbwegs mit sich und ihrem Schicksal im Reinen war. Robert, der ihre innere Unruhe wohl fühlte, auch wenn er die Ursache nicht kannte, drängte sie zu einer kleinen Urlaubsreise. Er schlug vor, anlässlich eines großen Treffens von Männerchören aus ganz Deutschland Dresden zu besuchen, und weiter nach Karlsbad und Marienbad zu fahren. Ein bisschen wandern zu gehen und es sich gut gehen zu lassen. Widerstrebend willigte Clara ein, denn eine solche Reise kostete Geld und ihr Verdienst aus Kopenhagen war schon fast aufgebraucht. Wie belastend es war, dass sich ihr Mann um solche Dinge nicht zu kümmern schien, und es immer ihre Aufgabe war, das Gespräch auf das leidige Thema Geldverdienen zu bringen!

Trotz ihrer Schwangerschaft, von der sie Robert noch nichts erzählt hatte, war sie ihm auf ihren Bergwanderungen, vor allem als sie den Donnersberg südlich von Treplitz bestiegen, stets weit voraus. Erst fand er das lustig, doch das Lachen verging ihm, *denn der Mann bleibt doch nicht gern immer 20 Schritte hinter der Frau zurück*, wie er später in ihr Ehetagebuch schrieb. Ihr jedoch fiel zum ersten Mal auf, wie schwerfällig er geworden war.

In Marienbad trafen sie alte Bekannte an, die Majorin Serre und eine mit Clara befreundete englische Pianistin, Harriet Parish mit ihrer Familie, von der Robert auf eine Weise zu schwärmen begann, die ihr den Magen umdrehte. Und was fiel Harriet ein? Das Herrliche an Clara sei, sagte dieses Luder, das sich ihre Freundin nannte, dass sie spiele wie eine Dilettantin. War die Frau verrückt geworden? Und was war in Robert gefahren, der diese Beleidigung als ein großes Kompliment darstellte und sie vor allen möglichen anderen Leuten mit großer Begeisterung wiederholte? Das hätte er wohl gern, eine Frau, die brillant auf dem Klavier dilettierte. Sie aber war eine professionelle Pianistin von Weltruhm. Hatte Robert das womöglich vergessen?

Sie war so wütend, dass sie abends, als dieselbe Runde sie bat, ein paar Stücke von ihrem Mann vorzuspielen, sagte, das könnte sie nicht. »Leider beherrsche ich keines seiner Stücke«, sagte sie und genoss es für einen Augenblick, mitanzusehen, wie Robert erst bleich wurde und dann dunkelrot anlief vor Wut. Im Hotel zankte er sie später deswegen aus.

»Tut mir leid«, gab sie ungerührt zurück. »Für eine Dilettantin wie mich sind deine Sachen einfach zu schwer. Hättest du eben Harriet gefragt. Die spielt ja deiner Meinung nach viel besser als ich.«

Natürlich versöhnten sie sich wieder, denn sie liebte ihn ja, sie liebte ihn mit Leib und Seele, trotz allem. Oder vielleicht sogar wegen seiner Schwächen, wer wusste das schon? Und doch ärgerte er sie mitunter dermaßen, dass sie nur schwer ihre sonst so starke Selbstbeherrschung bewahren konnte. Zum Beispiel auch an jenem Tag, als sie erfuhren, dass Fürst Metternich in Königswart in der Sommerfrische weilte, und Robert unbedingt eine Audienz bei ihm wollte. Ausgerechnet bei dem Mann, an dem er bei seinem Versuch, für sie beide eine Existenz in Wien aufzubauen, so kläglich gescheitert war. Metternich hatte durch seine Zensurbeamten schließlich verhindert, dass Robert Schumann in Wien seine »Neue Zeitschrift für Musik« herausgeben konnte, und jetzt bestand er darauf, diesen »großen Staatsmann« zu treffen? Widerwillig gab sie nach.

Robert reichte an der Pforte nicht seine eigene, sondern ihre Visitenkarte, und Clara musste eine sarkastische Bemerkung über ihren angeblichen Dilettantismus hinunterschlucken, als sie tatsächlich kurz darauf zu Metternich vorgelassen wurden, schließlich prangte deutlich sichtbar ihr Titel *K.k. Kammervirtuo-*

sin darauf. Ja, auf einmal wurde Clara sich darüber bewusst, dass sie sich einen Mann an ihrer Seite gewünscht hätte, der um seiner selbst willen vorgelassen werden würde, wenn er schon den Wunsch in sich trug, diesen mächtigen Mann zu treffen. Befremdet beobachtete sie Roberts verehrungsvolle Miene während der Begegnung mit Metternich, die Unterwürfigkeit, die so groß war, dass er die zum Abschied dargebotene Hand des Fürsten nicht zu ergreifen wagte. Es war das erste Mal in ihrem Leben, dass Clara sich des geliebten Mannes schämte. Und dieses Gefühl war bitterer als alles andere.

»Die Männer haben eben ihre Fehler«, sagte Mariane, als sie im September nach Leipzig kam, um Maries ersten Geburtstag mit ihnen zu feiern. »Genau wie wir. Wo Licht ist, muss es Schatten geben. Mir brauchst du nicht zu sagen, dass dein Mann seine schwierigen Seiten hat, das hab ich ihm von Anfang an angesehen. Aber auch du bist ja nicht gerade einfach, wenn ich das mal so sagen darf«, fügte sie mit einem liebevollen Lächeln hinzu.

»Manchmal denke ich, Ernestine wäre doch die bessere Frau für ihn gewesen«, sagte Clara leise und biss sich auf die Unterlippe. »Sie hätte nichts anderes getan, als ihn zu bewundern und zu umsorgen, ihr wäre es nicht schwergefallen, auf Zehenspitzen herumzugehen, wenn er komponiert, und hätte ihre eigenen Wünsche hintangestellt.«

»Woher willst du das denn wissen?«, gab Mariane zurück. »Außerdem hat er Ernestine nicht gewollt, sondern dich. Jahrelang hat er um dich gekämpft. Und du um ihn. Vielleicht hast du geglaubt, in der Ehe wäre das mit dem Kämpfenmüssen vorbei? Lass es dir gesagt sein: Um sich die Liebe zu erhalten, muss man jeden Tag aufs Neue kämpfen.«

Ja, so ist es wohl, dachte Clara niedergeschlagen.

»Ich bin übrigens wieder schwanger«, vertraute sie ihrer Mutter an. »Im Frühjahr bekommt Marie ein Geschwisterchen.«

»Wirklich?« Mariane lief rosa an vor lauter Freude. »Das ist ja wundervoll!«

»Ich glaube, Robert wünscht sich einen Sohn.«

»Er wird nehmen müssen, was euch der Herrgott schenkt«, meinte ihre Mutter und schloss sie fest in ihre Arme. »Hauptsache, es ist gesund und überlebt.«

Es wurde wieder ein Mädchen. Innerhalb einer Stunde kam es mit Schwung auf die Welt, kurz und heftig wie ein Sturmwind, und so schien auch sein Charakter zu sein.

Robert behauptete, Elise sei in allem das Gegenteil von ihrer Schwester Marie. Sie weinte nicht, sondern brüllte, und zeigte bereits als Säugling einen ausgeprägten Eigensinn. Während Marie sich leicht ablenken ließ, wenn sie einen Grund zum Weinen fand, so beharrte Elise auf ihrer Empörung und gab nicht nach, bis sie ihren Willen hatte. Im Grunde gefiel Clara das recht gut, sie konnte nicht anders, als dieses kleine Wesen dafür zu bewundern. Erst recht, als sie bemerkte, dass Robert Elise nicht so gern zu haben schien wie Marie.

»Eure Marie ist ja ein so schönes Kind. Sie schlägt ganz nach ihrem Vater«, sagte eine Besucherin eines Tages mit einem Augenaufschlag in Richtung des verehrten Komponisten. »Sie wird einmal Ihr Ebenbild sein.«

»Das stimmt«, antwortete Robert. »Elise hingegen kommt ganz nach ihrer Mutter.«

Instinktiv nahm Clara ihre Jüngste auf den Schoß und drückte sie an sich, so als müsste sie sie beschützen. Doch obwohl Elise noch ein Baby war, strampelte sie so lange und schob sie mit ihren Ärmchen von sich, bis Clara sie zurück in die Wiege legte. Nein. Elise musste nicht beschützt werden. Sie würde gut durchs Leben kommen. Auf einmal war Clara stolz darauf, dass sie von ihr viel haben sollte. Und beschloss, von ihrer Tochter zu lernen.

»Ich hab mir überlegt, dass wir im kommenden Winter nach

Russland reisen sollten«, sagte sie noch am selben Abend ruhig und bestimmt zu ihrem Mann.

Robert starrte sie entgeistert an, holte Luft, um etwas zu entgegnen, ließ es dann mit Blick auf ihre entschlossene Miene aber sein.

»Ja, ich habe auch schon daran gedacht«, brummte er. »Ich werde mich darum kümmern.«

16. KAPITEL

St. Petersburg und Moskau: Januar bis Mai 1844

»Claaaaara!« Eh sie es sich versah, flog ihr Pauline Garcia um den Hals. »Endlich! Wir haben uns viel zu lange nicht gesehen! Wie ist es euch in Riga ergangen? Und in Dorpat? Wie war die Fahrt? Habt ihr Wölfe gesehen?«

Ihre Freundin stellte so viele Fragen auf einmal, dass Clara überhaupt nicht dazu kam, sie alle zu beantworten. Wie gut es ihr tat, Pauline zu sehen, konnte sie gar nicht in Worte fassen.

Die Sängerin hatte im selben Jahr geheiratet wie sie und Robert, und zwar den ehemaligen Pariser Direktor des Théâtre Italien Louis Viardot. Auch Paulines Tochter war im selben Jahr zur Welt gekommen wie Marie, und so hatten sie sich eine Menge zu erzählen. Louis hatte seinen Posten als Theaterdirektor aufgegeben und war Paulines Agent geworden, und im Stillen beneidete Clara ihre Freundin um dieses Arrangement. Sie musste sich auf ihren vielen Reisen nicht einmal von ihrer Tochter trennen, denn wie früher wurde sie stets von ihrer Mutter und einem Kindermädchen begleitet.

Dass Pauline Garcia Viardot inzwischen eine der erfolgreichsten Sängerinnen Europas war, wunderte Clara nicht. Sie hatte schon damals in Maxen gewusst, dass sie eine außerordentlich schöne Stimme hatte, dabei war Pauline damals erst siebzehn Jahre alt gewesen. Sie galt als Mezzosopran, doch ihr Tonumfang reichte von den Tiefen eines Alts bis in die höchsten Höhen eines Soprans. Wenn man Pauline sah, so zierlich und schlank, konnte man sich kaum vorstellen, über welches Volumen ihre wundervolle Stimme verfügte.

Was Clara jedoch am meisten an ihr schätzte, war ihr liebenswürdiger, offener und ehrlicher Charakter, völlig frei von falschem Eitel und sich selbst dennoch bewusst. Wie immer war es den Freundinnen auch dieses Mal, als hätten sie sich gestern erst noch gesehen, so nahtlos konnten sie an ihre frühere Vertrautheit anknüpfen. Pauline schien jedes Konkurrenzdenken völlig fremd, und für Clara war es ein Geschenk des Himmels, sie hier in St. Petersburg anzutreffen. Die riesige Stadt erschien ihr sofort viel freundlicher, nur weil Pauline mit ihrer Familie ebenfalls da war und sich bereits bestens in der Musikszene auskannte.

In groben Zügen schilderte Clara ihr den ersten Teil ihrer Russlandreise. Die tagelangen Fahrten durch verschneites Niemandsland in eisiger Kälte, so dass sie Sorge hatten, ihre Nasen könnten erfrieren. Nein, Wölfe hatten sich keine gezeigt, dafür hatten sie Höllenängste beim Überqueren der zugefrorenen Flüsse und Seen ausgestanden. Clara war stets bereit gewesen, wenn nötig, sofort vom Schlitten zu springen. Was gänzlich unbegründet war, wie sie später feststellte, als sie einen kompletten Wochenmarkt auf einem dieser von dickem Eis bedeckten Flüsse passierten. Neu war für sie gewesen, statt in Kutschen in Pferdeschlitten unterwegs zu sein, denn der Schnee lag mitunter meterhoch, und in Dorpat hatte ihnen jemand erzählt, er sei eines Winters über einen Bauernhof hinweggefahren, der so eingeschneit gewesen war, dass der Kutscher ihn für einen Hügel gehalten hatte. An die Kufen statt Räder gewöhnten sie sich schnell, war es doch viel angenehmer, dahinzugleiten, statt über schlechte Straßen zu holpern und durchgerüttelt zu werden. Natürlich kam es mitunter vor, dass die Schlitten in Schneewehen oder zugeschneiten Löchern stecken blieben. Einmal war

Robert in der Nähe von Riga während eines Ausflugs selbst in ein solches Schneeloch gefallen und wäre ohne fremde Hilfe nicht mehr herausgekommen.

»Habt ihr in Riga das Publikum auch so fad gefunden?«, fragte Pauline, als sie und Clara sich nach dem gemeinsamen Mittagessen, währenddessen Robert kein einziges Wort gesprochen hatte, in einem Einspänner zu einer Musikprobe für ein Benefizkonzert fahren ließen, an dem die Sängerin in Kürze mitwirken würde.

»Entsetzlich steif«, pflichtete Clara ihr bei. »Und in Dorpat ist Robert leider krank geworden. Deshalb ist er jetzt wohl lieber bei deiner Mutter geblieben.«

Pauline sah sie prüfend von der Seite an.

»Sag mal«, begann sie und zog ihre hübsche Stirn kraus. »Was ist denn los mit Robert? Er kam mir heute so griesgrämig vor. War er denn schon immer so?«

»Es geht ihm nicht so besonders«, beeilte Clara sich zu sagen. »Ich meine, gesundheitlich.« Dabei hatte Pauline, scharfsinnig und sensibel, wie sie nun einmal war, den Nagel auf den Kopf getroffen. Spätestens seit Riga war Robert schlecht gelaunt, leidend und tief deprimiert, von einer kräftigen Erkältung einmal abgesehen, die er sich auf einer Schlittenfahrt zum Landsitz eines Bekannten bei minus zwanzig Grad geholt hatte. Seitdem plagten ihn nicht nur Schnupfen und Husten, sondern auch düstere Gedanken und merkwürdige Angstzustände, für die weder er noch sie eine vernünftige Erklärung hatten. Während sie drei triumphale Konzerte in Dorpat gegeben hatte und von liebenswürdigen Menschen verwöhnt worden war, hatte er im Bett gelegen und unter der Decke gezittert wie Espenlaub. Besorgte Damen, die von seinem Unwohlsein erfahren hatten, waren so freundlich gewesen, ihm alle möglichen Leckereien ins Hotel zu schicken, angefangen bei frischem und gedünstetem Obst über stärkende Suppen bis hin zu frisch gebratenem Geflügel und Gelees, sogar ein Federkissen samt Daunendecke wurde ihm zum Geschenk gemacht. Nun fror er zwar nicht mehr, doch sein melancholischer Zustand wurde nur noch kritischer. Als er von seinen Ängsten sprach, an einem Nervenfieber zu leiden, erschrak Clara bis ins Mark. Einmal fand sie Roberts Tagebuch offen neben seinem Bett, während er schlief, und sie konnte nicht anders, als seinen letzten Eintrag zu lesen: *Wer bist du?*, stand dort. *Ich kenne dich nicht.* Und darunter, wie als Antwort: *Ich jedoch kenne euch wohl.*

Da war Clara ein Schauer über den Rücken gefahren, wie schon lange nicht mehr. Sie musste an die Gruselgeschichten denken, die Robert ihr und ihren Brüdern erzählt hatte, als sie noch ganz klein gewesen war. Dabei war häufig die Rede von Stimmen gewesen, die aus der Tiefe der Nacht gesprochen und den Helden in die Irre geführt hatten.

Das alles konnte sie Pauline natürlich nicht erzählen. Genauso wenig wie die Tatsache, dass sie unter diesen Umständen ihren Erfolg als Pianistin in Dorpat, der zweitgrößten Stadt Livlands, kaum hatte genießen können und nach jedem ihrer drei Konzerte besorgt zurück in ihre Unterkunft geeilt war, wo Robert stöhnend im Bett gelegen hatte. Umso erleichterter war sie gewesen, als er pünktlich zur Abreise nach St. Petersburg genesen war, und doch wurde sie den Eindruck nicht los, dass er es leid war, auf dieser Reise nur »das Anhängsel« seiner berühmten Frau zu sein, wie er es zu Beginn der Reise einmal erwähnt hatte. Und tatsächlich hatten ihn unwissende Menschen hin und wieder gefragt, ob er denn auch etwas mit Musik zu tun habe. Dass ihn das erbitterte, konnte sie ihm keineswegs verargen.

»Warum bleibt Robert nicht zu Hause und komponiert, solange du weg bist, wenn er so ungern reist?«, riss Pauline sie aus ihren Gedanken.

»Er sagt, er kann nicht so lange ohne mich sein.«

Pauline hob die Brauen und betrachtete sie eingehend. Sie nickte verständnisvoll.

»Ihr wart einfach von Anfang an zu lange getrennt«, sagte sie. »Wenn ich nur an damals denke, in Maxen, wie unglücklich du da warst … Aber in Paris, da haben wir eine schöne Zeit miteinander verlebt, oder nicht?«

»Ja, das haben wir.« Clara lächelte bei der Erinnerung an ihren Pariser Sommer. Bevor Robert sie Hals über Kopf zurückbeordert hatte. »Obwohl du ja kaum da warst. Immerzu warst du unterwegs, in London und ich weiß nicht mehr wo …«

»Das ist nun mal unsere Berufung«, entgegnete Pauline mit einem klingenden Lachen. »Du hattest doch deine Busenfreundin aus Stuttgart dabei, wie hieß sie noch mal? Henriette? Was macht sie denn so? Habt ihr noch Kontakt?«

»Ja, sie gibt jede Menge Konzerte«, berichtete Clara und zog eine kleine Grimasse. »Obwohl sie das besser sein lassen sollte. Nun ja. Und dann schrieb sie mir von einer unglücklichen Liebschaft.«

»Ach, die Arme!«, seufzte Pauline. »Aber sag mal, liebste Clara, stimmt es, dass du dich mit deinem Vater wieder ausgesöhnt hast? Das hat mir Emilie geschrieben. Allerdings kann ich es kaum glauben, nach allem, was er dir angetan hat.«

»Das stimmt wirklich«, antwortete Clara glücklich. »Stell dir vor, er hat endlich eingelenkt. Du kannst dir nicht vorstellen, wie ich mich gefreut habe, als er mir diesen versöhnlichen Brief geschrieben hat. Wir haben sogar Weihnachten bei ihm und der Familie in Dresden verbracht!«

»Und Robert?«, wollte Pauline wissen. »Wie steht er denn dazu? Immerhin hat dein Vater ihn schwer beleidigt und überall schlechtgemacht.«

»Robert hat ein viel zu gutes Herz, um ihm weiter zu grollen«, entgegnete Clara. »Schon allein um meinetwillen hat er mich darin bestärkt, das Friedensangebot anzunehmen. Weißt du, das Zerwürfnis hat mich all die Jahre lang fürchterlich gequält. Vater hat sogar Robert die Hand gereicht und bemüht sich wirklich sehr darum, das Vergangene vergessen zu machen.

Er hat sogar mitgeholfen, Roberts wundervolles Oratorium *Das Paradies und die Peri* gleich nach seiner Uraufführung in Leipzig nach Dresden zu bringen, und es kam auch dort sehr gut an. Ich meine, das ist doch der größte Liebesbeweis überhaupt. Oder nicht?«

Ihre Freundin betrachtete sie aufmerksam.

»Ich freue mich riesig über Roberts Erfolg«, sagte sie ausweichend. »Und gern würde ich einmal die Partie der Peri singen, wenn sich die Gelegenheit ergäbe. Vielleicht hat dein Vater eingesehen, dass er sich in Robert geirrt hat? Denn am Ende hat er sich mit seinen Verleumdungsbriefen, die er überall herumgeschickt hat, selbst am meisten geschadet. Es wollte ja keiner mehr etwas mit ihm zu tun haben, alle hat er gegen sich aufgebracht. Schon nach dem Erfolg von Roberts Sinfonie wäre es klug gewesen, sich mit euch zu versöhnen. Spätestens nach der *Peri* muss dein Vater begriffen haben, dass er besser daran tut, sich einen so erfolgreichen Komponisten zum Freund statt zum Feind zu machen.«

»Mag sein«, räumte Clara ein. Es tat ihr weh, dass Pauline die berechnende Seite im Charakter ihres Vaters so herausstellte. Dabei wusste sie, dass sie vermutlich nur allzu recht hatte, auch wenn Clara lieber glauben wollte, dass er sich aus väterlicher Liebe endlich besonnen hätte. Wenn Pauline mit dem großen Erfolg finanziellen Ertrag meinte, so täuschte sie sich gewaltig. Selbst Robert hatte eingesehen, dass sie diese Russlandreise unbedingt unternehmen mussten, um über die Runden zu kommen. Dennoch hatte sie Felix Mendelssohn um Schützenhilfe bitten müssen, damit er seinem Freund gut zuredete, als Robert im letzten Moment einen Rückzieher machen wollte. Doch das konnte sie nicht einmal Pauline anvertrauen, die ja ohnehin bestens über vieles im Bilde zu sein schien. »Im Alter ist mein Vater ein wenig milder geworden«, fügte sie stattdessen hinzu. »Immerhin ist er jetzt Großvater und ganz verrückt nach den Mädchen.«

»Wo hast du die Kleinen überhaupt gelassen?«

»In Schneeberg bei Roberts Bruder Carl«, antwortete Clara bekümmert. »Viel lieber würde ich sie mitnehmen, so wie du das machst.« Aber nicht jeder hatte einen Mann wie Pauline, der nichts anderes im Sinn hatte, als ihr zu noch mehr Erfolg zu verhelfen. Und eine Mutter, die nur für ihre Tochter und deren Familie lebte. Mariane hatte ihre eigenen Sorgen. Und wenn Clara überschlug, wie viel sie auf einer Reise verdienen müsste, um sich ein Kindermädchen leisten zu können, wurde ihr rasch klar, dass sie das ein für alle Mal vergessen konnte. Und wieder haderte sie im Stillen mit sich. Warum konnte Robert ihr nicht mehr unter die Arme greifen, wenn er schon dabei war? Wieso stürzte er ausgerechnet nach dem großen Erfolg mit seinem Oratorium in diese tiefe Depression und machte ihr das Leben mit seinen wechselhaften Launen und seinem Unwohlsein auf dieser so wichtigen Reise schwer, statt sie nach Kräften zu unterstützen?

»Spielst du eigentlich inzwischen seine Werke in deinen Konzerten?«, fragte Pauline. »Ich hätte Lust, von seinen Liedern etwas zu singen. Vielleicht können wir das wenigstens in einer privaten Soirée mal machen. Was hältst du davon?«

Pauline hatte einen wunden Punkt getroffen, genau wie damals in Maxen. Inzwischen hatte sich vieles geändert, doch dem Geschmack ihres Publikums traute Clara so viel Aufgeschlossenheit noch immer nicht zu, dass es so schwer verständliche Stücke wie die *Kreisleriana* oder die *Novelletten* zu schätzen wüssten. Es war ein ständig schwelender Streitpunkt zwischen ihr und Robert. Auch hatte er immer eine Menge auszusetzen, wenn sie seine Werke spielte. Sie interpretiere sie zu frei, behauptete er stets. Sie spiele alles viel zu schnell und vernachlässigte die Details. Das fand sie ungerecht, in vielen Zeitungsbesprechungen wurde sie gerade für die Klarheit und Genauigkeit ihres Spiels gerühmt. Außerdem war sie der Meinung, dass eine herausragende Pianistin wie sie durchaus das Recht hatte, das Werk eines Komponisten auf ihre Art zu interpretieren.

»Du bist der Schöpfer dieser Musik«, hatte sie in einem der vielen Streitgespräche darüber gesagt. »Die Interpretin bin jedoch ich. Ich habe das Wort übrigens nachgeschlagen«, hatte sie hinzugefügt, wohl wissend, wie viel Wert Robert auf das genaue Verständnis von Begriffen legte. »Das kommt aus dem Lateinischen und bedeutet: Vermittler, Ausleger und Erklärer.« Triumphierend hatte sie ihn angesehen. »Komponist hingegen kommt von *componere*, das heißt: zusammenstellen, aneinanderfügen. Du erschaffst die Musik. Und ich erkläre sie mit meinem Spiel dem Publikum. Dafür muss ich aber meine Freiheiten haben.«

Da hatte er sie angestarrt und den ganzen Abend und den folgenden Tag kein Wort von sich gegeben, so dass ihr Triumphgefühl erst geschrumpft und dann schal geworden war. Schließlich hatte sie den Versuch bereut, ihn mit seinen eigenen Waffen schlagen zu wollen. So war sie bei ihrem üblichen Konzertprogramm geblieben. Und wenn sie doch hin und wieder eines seiner Stücke öffentlich gespielt hatte, hatte Robert sie meist hinterher kritisiert.

Die Pracht dieser erstaunlichen baltischen Stadt so hoch im Norden, von Zar Peter erst hundert Jahre zuvor auf Inseln inmitten eines Sumpfgebiets im Delta der Newa erbaut, nahm nicht nur Clara, sondern auch Robert für eine gewisse Zeit gefangen. Obwohl es inzwischen fast über Nacht Frühling geworden war, lag noch immer Schnee. Claras größtes Vergnügen war es, sich im Pferdeschlitten den prächtigen Newski-Prospekt entlang fahren zu lassen, vorbei am Winterpalast, in dem die Zarenfamilie residierte, der Eremitage und weiter entlang der Newa, diesem mächtigen Strom, gegen dessen regelmäßig wiederkehrenden Überschwemmungen die Stadtanlage durch gewaltige Granitbefestigungen geschützt war. Dann kuschelten sie sich unter Pelzdecken nah aneinander und hielten sich an den Händen, und wenn es nach Clara gegangen wäre, hätten sie immer so weiter dahingleiten können, über sich einen Himmel wie aus Aquamarin und die Luft schneidend wie Glas. Wenn sie nachts von Abendgesellschaften oder Konzerten zurück in ihr Hotel fuhren und staunend in die flirrende Pracht des Sternenhimmels blickte, schmiegte sie sich dicht an Robert und fühlte sich wieder wie damals, als sie ein frisch verliebtes Paar gewesen waren. Sie lauschte dem Geräusch des knirschenden Schnees unter den Kufen und dem feinen Läuten der Glöckchen, die am Schlitten baumelten, und war einfach nur glücklich. Sogar Robert schien empfänglich für diese Eindrücke, sog sie alle in sich auf, seufzte mitunter tief und gab ihr Küsse auf den Scheitel und die Schläfe. In solchen Momenten war sie sich ganz sicher, dass alles gut werden würde, dass sich Robert von seiner Niedergeschlagenheit bald erholen musste, wenn sie ihn nur stark genug liebte.

Außer Pauline fanden sie bei ihrem einstigen Rivalen, dem Pianisten Adolf Henselt, und seiner Frau ein gastfreundliches Haus. Henselt war schon vor vielen Jahren nach Petersburg gezogen und hier zum Hofpianisten der Zarin und zum Generalmusikinspektor der kaiserlichen Töchtererziehungsheime ernannt worden. Seither gab er kaum noch öffentliche Konzerte.

»Warum eigentlich nicht?«, erkundigte sich Clara bei einem der Abendessen, zu denen sie eingeladen waren.

»Weil Adolf viel zu aufgeregt ist, wenn er vor großem Publikum spielt«, erklärte seine Frau mit einem zärtlichen Blick auf ihren Mann, der verlegen auf seinen Teller sah.

»Ja, das ist richtig«, sagte er und lächelte Clara entwaffnend an. »Ich bin froh, dass Sie das früher nie bemerkt haben. Ich bin jedes Mal vor Lampenfieber schier gestorben.«

Clara dachte an ihr erstes Zusammentreffen in Wien, als sie selbst beinahe erstarrt gewesen war vor Angst im Wettstreit mit diesem liebenswürdigen Mann und mit Franz Liszt, der inzwischen ebenfalls zu ihrem Freundeskreis gehörte.

»Wir waren alle jung und nervös«, antwortete sie.

»Macht Ihnen das Lampenfieber denn nichts aus?«

Clara schüttelte nachdenklich den Kopf. »Normalerweise nicht«, sagte sie. »Damals in Paris, als die Belleville ausgerechnet einen Tag vor meinem Konzert ebenfalls auftrat, da hatte ich einen Anflug von diesem schrecklichen Gefühl«, gestand sie. »Aber wenn ich ehrlich sein darf: Vor Publikum zu spielen ist für mich so etwas wie … wie …« Sie suchte nach den richtigen Worten und sah scheu zu Robert hinüber, der in seinem Essen stocherte und sich an der Unterhaltung wie so oft nicht beteiligte.

»Freude?« Rosalie Henselt sah sie aufmunternd an. Clara hatte immer eine Mischung aus Respekt und Scheu vor dieser Frau empfunden, die sich von ihrem ersten Mann hatte scheiden lassen, um Adolf zu heiraten. Außerdem sagte man ihr nach, eine Freundin von Geheimrat Goethe gewesen zu sein, weswegen Robert sie sehr schätzte.

»Ja, natürlich Freude. Da ist jedoch noch mehr. Es ist wie Balsam für die Seele. Nach jedem Konzert bin ich physisch zwar recht erschöpft, trotzdem fühle ich mich voller Energie.« Clara lächelte ihre Gastgeber verlegen an. »Der Zuspruch eines Publikums ist etwas Großartiges. Ich meine, dafür arbeiten wir schließlich alle so hart. Oder?«

Robert räusperte sich, und Clara war sich plötzlich unsicher, ob sie wieder einmal zu viel geschwatzt hatte, wie er oft sagte.

»Ja, ja, der Zuspruch des Publikums«, sagte er und sah Clara mit einem Blick an, von dem sie nicht wusste, ob er ironisch oder schmerzvoll war. »Auf den kommt es dir am allermeisten an, nicht wahr?«

Kurz hielt Clara den Atem an. Dann fasste sie sich. Nein, diesen Abend würde sie sich nicht verderben lassen.

»Du hast es doch ebenfalls genossen, als dir das Publikum zugejubelt hat«, gab sie freundlich zurück. Und zu dem Ehepaar Henselt gewandt, fügte sie hinzu: »Roberts Oratorium *Das Pa-*

radies und die Peri ist sowohl in Leipzig als auch in Dresden begeistert aufgenommen worden. Er hat es selbst dirigiert. Ach, es war einfach großartig!« Ja, wenn sie nur daran dachte, war sie von Stolz auf ihren Mann erfüllt.

»Oh ja, wir haben darüber gelesen«, sagte Rosalie Henselt. »Nur die besten Kritiken! Was gäbe ich darum, es selbst hören zu können.«

»Nun, so bald wird das wohl nicht möglich sein«, sagte Robert trocken und leerte sein Weinglas. »Wahrscheinlich wird das Werk in der Versenkung verschwinden, wie alles, was ich tue.«

»Warum bist du denn immer so negativ gestimmt?«, konnte Clara sich später nicht verkneifen, zu fragen. »Du machst dich viel zu klein. Schließlich bist du ein großer Komponist, und davon hat die Welt durchaus Kenntnis genommen.«

»Ja, vielleicht. Aber nicht durch dich.«

Clara öffnete empört den Mund, um sich zu wehren. O ja, sie hätte eine Menge dazu zu sagen gehabt. Zum Beispiel, dass sie es gewesen war, die wochenlang den Klavierauszug für das Oratorium erstellt hatte, eine mühevolle Aufgabe, die sie klaglos unter großem Zeitdruck übernommen und pünktlich erledigt hatte. Robert hatte es zu ihrem Bedauern nicht für nötig befunden, dem Verleger Härtel vor Drucklegung mitzuteilen, wenigstens ganz klein ihren Namen zu nennen. Auch bei den Proben mit Orchester und Chor hatte sie einen nicht unwesentlichen Teil zum Gelingen beigetragen. Ja, Robert hatte sie selbst mit einem an einen Hilfeschrei grenzenden Brief aus Dresden, wo sie gerade sein Klavierquintett aufführte, nach Hause beordert. Das Orchester hatte sich darüber beschwert, dass man Roberts leise genuschelten Anweisungen nicht verstand, und der Chor machte ohnehin, was er wollte. Die Sängerin der Peri, Livia Frege, mit der die Schumanns seit Langem befreundet waren, hatte Clara geschrieben: *Könnte sich nur Ihr lieber Mann einmal entschließen, ein wenig zu zanken und auf größere Aufmerksamkeit zu dringen, dann ging's gewiss gleich.* Im letzten Moment hatte Clara noch bei der Generalprobe dafür gesorgt, dass Chor und Orchester den notwendigen Respekt vor ihrem Mann hatten und sich zusammenrissen. Ja, eine Menge hätte sie zu ihrem Anteil an seinem Erfolg zu sagen, doch sie entschloss sich, es sein zu lassen. Streiten war das Letzte, was sie wollte, vor allem angesichts Roberts angeschlagener Nerven.

»Ist es nicht besser, es geschah nicht durch mich?«, fragte sie zurück. »Somit hast du nichts mir zu verdanken. Sondern nur dir selbst.«

Ihr gelang in St. Petersburg alles, was sie sich vorgenommen hatte. Zwar nicht auf Anhieb, denn die Belcanto-Musik der Italiener war gerade groß in Mode, und alle schwärmten nur von der Oper. Nach und nach und wie immer durch das unermüdliche Frequentieren von Abendgesellschaften und persönlichen Besuchen näherte sie sich dennoch ihrem Ziel. In diesen privaten Zirkeln spielte sie geduldig und mit größter Liebenswürdigkeit, und sie brach ihr Spiel nur ein einziges Mal ab und stand vom Instrument auf, weil eine unsensible Gastgeberin währenddessen Tee servieren ließ. Inzwischen tat sich Clara diese Art von Demütigung nicht mehr an, Hintergrundmusik zum Geklapper von Tassen und dem Geschnatter der weiblichen Gäste zu liefern. Als die Dame des Hauses ihren Fehler jedoch einsah, sich viele Male entschuldigte und sie herzlich bat, ihren Platz am Flügel wieder einzunehmen, ließ sie sich erweichen. Die hundertprozentige Aufmerksamkeit aller Anwesenden, die kaum mehr zu atmen wagten, war ihr danach gewiss.

Sie lernte die interessantesten Personen kennen, reiche Adelige und Bürger, die sich aus purer Musikliebhaberei private Orchester leisten konnten und mitunter selbst versierte Musiker waren wie zum Beispiel die Grafen Michael und Matheus Wielhorsky, zwei Brüder, von denen der eine komponierte und der andere ausgezeichnet Cello spielte. In deren prächtiger Wohnung kam sogar eine Aufführung von Roberts Streichquintett zustande. Clara, die Roberts Empfindlichkeit nur zu gut kannte, schwitzte Blut und Wasser, doch die Musiker spielten so inspiriert, dass das Werk ihres Mannes in all seiner Schönheit zur Geltung kam. Robert war überglücklich, und so wurde rasch der verwegene Plan gefasst und in kurzer Zeit umgesetzt, die *Frühlingssinfonie* aufzuführen, was außerordentlich gut gelang. Obwohl es sich nicht um ein öffentliches Konzert handelte, war unter den zahlreichen Gästen so gut wie jeder anwesend, der in St. Petersburg etwas von Musik verstand, ein beachtlicher und illustrer Kreis von Kennern. Clara beobachtete voller Freude, dass Robert an diesem Abend wieder das Charisma ausstrahlte, das sie vor Jahren so bezaubert hatte.

Sie selbst gab drei große Konzerte, und wenn auch die ersten beiden nicht ganz ausverkauft waren, so verbreitete sich ihr Ruf nun von Mund zu Mund und jedes Mal kamen mehr, bis das dritte, bei dem sie Roberts Klavierquintett erneut aufführte, all ihre Erwartungen übertraf. Und endlich erhielt sie die lang ersehnte Einladung an den Zarenhof, auf die sie wegen einer Erkrankung der Zarin lange hatte warten müssen.

Diesen Abend würde Clara nie vergessen. Dabei hatte sie schon vor vielen gekrönten Häuptern gespielt, vor Großfürsten, Königen und Kaisern. Von der Zarin Alexandra hatte sie, was die Wertschätzung ihrer Kunst anbelangte, keine allzu hohen Erwartungen. Kurz vor ihrer Hochzeit vor vier Jahren hatte Clara sie bereits bei einer Audienz am Weimarer Hof kennengelernt, wo Alexandra das getan hatte, was Clara am wenigsten leiden konnte – die Zarin hatte sich während ihres Spiels die ganze Zeit lautstark unterhalten.

Als sie am 24. März gemeinsam mit Matheus Wielhorsky direkt von einer Soirée, der sie schon länger zugesagt hatte, zum Winterpalast fuhr, schlug ihr Herz vor Aufregung bis zum Hals. Und tatsächlich: Weder in der Wiener Hofburg noch am Kaiserlichen Hof in Berlin hatte sie eine ähnliche Pracht erlebt.

Robert hatte sich zu ihrem Leidwesen geweigert, mitzukommen, deswegen war sie doppelt dankbar, dass Graf Wielhorsky, der ihr die Audienz überhaupt vermittelt hatte, sie begleitete. Zuerst mussten sie eine ganze Phalanx an Garden und Wachen passieren, Kosaken, Tscherkessen, schwarzhäutige Orientalen mit Turban und Säbel – viele Male mussten sie ihre Einladung vorzeigen, damit man sie überhaupt durchließ.

Schließlich betraten sie das »Goldene Zimmer«, wo die gesamte Zarenfamilie sie erwartete.

»Wie schön, Sie bei uns zu haben«, begrüßte die Zarin sie freundlich. Sie wirkte noch immer blass und leidend und behandelte Clara bei Weitem herzlicher als damals in Weimar. Sogar Zar Nikolaus hatte sich für diesen Empfang Zeit genommen.

Auf einmal entdeckte Clara ein bekanntes Gesicht. Es war der Prinz von Hessen, einer ihrer Verehrer aus Kopenhagen, der sie nun verschmitzt angrinste, und augenblicklich war ihre Nervosität verflogen. Sie erfuhr, dass er erst vor wenigen Wochen die jüngste Zarentochter Alexandrine geheiratet hatte, deren Schönheit Clara tief beeindruckte. Auch ihre Schwestern, die Großfürstinnen Olga und Marie, standen ihr in keiner Weise nach. Marie, die einen Fürsten von Leuchtenberg geheiratet hatte, war selbst eine gute Pianistin und stellte Clara zwischen den Stücken, die sie vortrug, eine Menge Fragen. Das *Frühlingslied,* eines aus der Sammlung *Lieder ohne Worte* von Felix Mendelssohn, gefiel der Zarin so gut, dass Clara es am Ende dreimal hintereinander spielte, und Marie kündigte an, es ebenfalls einstudieren zu wollen.

Clara war so überaus glücklich über diese gelungene Audienz, dass sie nach ihrer Rückkehr ins Hotel eine Flasche Champagner auf ihr Zimmer bringen ließ, und damit gemeinsam mit Robert auf die Petersburger Erfolge anstieß. Obwohl es schon so spät war, traf sie ihn zu ihrer Freude bei guter Laune an und erzählte ihm noch bis tief in die Nacht von ihren Erlebnissen.

Dass Clara vor der Zarenfamilie gespielt hatte, sprach sich in Windeseile herum und man bat sie, ein weiteres Konzert zu geben, das im Nu ausverkauft war. Nun konnte sie sich von privaten Einladungen kaum noch retten, doch der März ging zu Ende, der April begann und Clara wusste nur zu gut, dass sie keine Zeit mehr verlieren durften, wenn sie in Moskau ihr Glück noch versuchen wollten, ehe die Saison vorüber war.

Der Abschied aus St. Petersburg fiel ihnen schwer. So viele Freunde hatten sie angetroffen, neue gewonnen, und Clara spielte sogar mit dem Gedanken, so wie Adolf Henselt für eine Weile in diese erstaunliche und kulturbegeisterte Stadt zu ziehen. Als sie die Sprache darauf brachte, wies Robert das entschlossen von sich. Wieder war er einige Tage lang bettlägerig gewesen und behauptete, diese aus dem Sumpf gestampfte Stadt sei ihm viel zu prunkvoll. Er erlitt einen seiner schwermütigen Anfälle, legte sich bei schönstem Wetter ins Bett und war durch nichts zu überreden, diese letzten Tage zu genießen. Einmal erschrak Clara beinahe zu Tode: Sie hatte einen Höflichkeitsbesuch bei einem hohen Minister absolviert, der ihr ein Empfehlungsschreiben für Moskau verfasst hatte, während sich Robert außerstande fühlte, das Bett zu verlassen. Als sie zurückkam, war er fort. Erst nach langem Suchen fand sie ihn ganz gemütlich in einer benachbarten Konditorei, wo er sich ein riesiges Stück Torte einverleibte, als wäre nichts gewesen.

Die Reise nach Moskau würde Clara niemals vergessen. Erst als sie schon unterwegs waren, wurde ihnen klar, dass sie mit der Wahl ihres Gefährts dieses Mal einen riesigen Fehler gemacht hatten. Schlimmer als in den übelsten Postkutschen wurden sie auf einer Strecke von rund sechshundert Meilen durchgeschüttelt, so dass ihnen schon am ersten Abend alle Knochen wehtaten. Ein Zurück gab es nicht, sie hatten den Kutscher für die Fahrt nach Moskau bereits im Voraus bezahlt, es blieb ihnen nichts anderes übrig, als die Zähne zusammenzubeißen und zu hoffen, dass sie auch das überleben würden. Das Tauwetter hatte eingesetzt, die zuvor vereisten und verschneiten Flächen verwandelten sich in morastige Schlammpisten und fast täglich riss an dieser »Klapperkiste«, wie Robert sie nannte, ein Riemen oder brach etwas entzwei.

Ihre nächste Station hieß Twer. Hier lebte, wie Robert vor Reisebeginn herausgefunden hatte, ein Bruder seiner verstorbenen Mutter, einer geborenen von Schnabel. Carl von Schnabel war ein halbes Jahrhundert zuvor nach Russland ausgewandert. Und da Twer auf ihrer Reiseroute lag, hatten sie beschlossen, ihn zu besuchen. Robert hatte bereits vor ihrer Abreise mit ihm Kontakt aufgenommen, sein Onkel hatte sofort geantwortet und sie zu seinem 71. Geburtstag kurz vor Ostern eingeladen. Tatsächlich trafen sie, obschon der Wagen auf dieser Reise immer wieder stecken blieb, einen Tag vor dem Fest ein.

Der Tag neigte sich schon seinem Ende entgegen, als sie im schönsten Abendlicht nach Twer einfuhren. Die Stadt, in der die Twerza in die Wolga mündete, lag malerisch zwischen diesen beiden Flüssen auf einer kleinen Anhöhe.

»Ich hätte niemals gedacht, dass ich zu meinen Lebzeiten noch einen Verwandten aus Deutschland wiedersehen würde«, gestand Carl von Schnabel gerührt, als sie sich in die Arme schlossen.

Der alte Patriarch besaß ein Gut auf dem Land ein wenig außerhalb von Twer, und hier wurde nicht nur mit der gesamten, weitläufigen Familie sein Geburtstag gefeiert, sondern auch das Osterfest nach russischer Tradition begangen. Clara genoss diese Tage, ließ sich von den Frauen der Familie von Schnabel verwöhnen und nahm an den fremdartigen Osterritualen teil. Jetzt erst merkte sie, wie anstrengend das vergangene Vierteljahr gewesen war, und sie sammelte Kraft für das, was noch vor ihnen lag. Erleichtert beobachtete sie ihren Mann inmitten seiner Familie, die ihn ganz selbstverständlich bei sich aufnahm, obwohl er doch ein Fremder für sie war. Robert blühte geradezu auf, verbrachte viele Stunden mit dem Onkel, der ihm die letzten

Briefe seiner Schwester, Roberts Mutter, zeigte, ihm die Geschichte seiner Auswanderung erzählte und selbst eine Menge Fragen stellte. Clara wurde bewusst, dass sie beide schon als Kinder eine vollständige Familie entbehrt hatten, denn Roberts Vater war früh gestorben, und wenn man es genau betrachtete, hatte Clara als Kind nie eine echte Mutter gehabt. Wir müssen uns das alles nun gegenseitig ersetzen, dachte sie und nahm sich einmal mehr vor, geduldig und nachsichtig mit Robert zu sein. Denn was konnte ihm helfen, wenn nicht ihre bedingungslose Liebe?

Am Ostersonntag kamen die Bauersfrauen der Umgebung in ihren schönsten farbenfrohen Trachten und überreichten ihrer Herrschaft Brotlaibe und kunstvoll bemalte Eier. Die Gaben waren zuvor in der Kirche geweiht worden, und sollten Glück und Wohlstand bringen.

»Bei uns heißt es«, erklärte Ana, die Frau von Roberts Cousin, »dass man ein solches Ei in die Fundamente eines neuen Hauses legen soll, das schützt vor Armut.«

»Ach, diese heidnischen Bräuche«, warf ihr Mann verlegen ein. »Das russische Volk ist voller Aberglauben.«

»Und was hat es mit den Umarmungen und Küssen auf sich?«, wollte Robert wissen, der genau beobachtet hatte, wie die jungen, hübschen Bäuerinnen seinen alten Onkel der Reihe nach geküsst hatten.

»Das ist der Friedenskuss«, erklärte Ana überrascht. »Kennt man das bei euch zu Hause denn nicht?«

Nein, das kannten sie nicht, und da Robert und Clara protestantisch erzogen worden waren, erlebten sie den orthodoxen Gottesdienst mit seinem Pomp wie ein fremdartiges Spektakel. Danach ließen sich alle die Köstlichkeiten schmecken, die die Frauen seit Tagen gekocht und gebacken hatten. Besonders der leckere *Makownik*, ein traditioneller Mohnkuchen, den es nur zu Ostern gab, hatte es Clara angetan.

Von Twer war es nicht mehr weit nach Moskau, und nach

den Feiertagen brachen sie auf. Clara war froh, den schrecklichen »Klapperkasten« loszuwerden, als sie Quartier in einem der schönsten Hotels Moskaus nahmen. Während sie sich von der Fahrt erst einmal ausruhte, war es dieses Mal Robert, der sofort die Stadt erkundete und begeistert zu ihr zurückkehrte.

»Komm!«, rief er aufgeregt. »Das musst du dir ansehen. Hier sind wir tatsächlich in Russland. Alles wirkt unglaublich orientalisch!«

Er konnte es nicht erwarten, ihr den Kreml zu zeigen, der ihn tief beeindruckt hatte. Auch auf Clara wirkte Moskau bei Weitem exotischer als St. Petersburg, das im Grunde eine westliche Stadt und unter anderem von Architekten aus Italien und Deutschland errichtet worden war. Hier jedoch fanden sie beide kaum Worte, um allein die vielfältigen Formen der Zwiebeltürme zu beschreiben. Ganz besonders die der Basilius-Kathedrale beeindruckte Clara, über die sie in ihr Tagebuch schrieb: *Einer sieht aus wie ein Tulipan, der andere wie eine Ananas, wieder ein anderer wie lauter schön geränderte Bänder* … Und wenn in St. Petersburg die Damen der Gesellschaft nicht anders gekleidet gewesen waren wie in London oder Paris, so trugen sie hier keine Hüte zu ihren eleganten Seidenkleidern, sondern Tücher, die sie vollständig um ihren Kopf schlangen, was auf Clara äußerst fremdartig wirkte.

Moskau gefiel Robert viel besser als St. Petersburg. Er hörte auf, sich im Hotelzimmer zu vergraben und erkundete die Stadt sogar auf eigene Faust, während Clara ihre obligatorischen Besuche machte, unzählige Hände schütteln, Höflichkeiten tauschen, nette Dinge über die Stadt sagen, um allmählich zu ihrem Anliegen vorzudringen, nämlich ein Konzert veranstalten zu können.

Sie musste bald einsehen, dass sie zu spät gekommen waren. Die Konzertsaison reiche bis Ostern, erfuhr sie, danach hätten die Leute anderes im Kopf. Dennoch versuchte sie ihr Bestes und brachte noch zwei, leider schlecht besuchte Konzerte zustande.

Robert hatte inzwischen begonnen, Gedichte zu verfassen, vieles hier in Moskau schien ihn dazu anzuregen, vor allem die Glocken des Kremls ließen ihn nicht mehr los. Da stellte sich ganz unvermittelt ein rätselhafter Schwindel ein und steigerte sich derart, dass Robert ein paar Stunden lang nichts mehr sehen konnte. Seine Sehkraft kehrte zwar schließlich zurück, doch das Schwindelgefühl blieb. Schien er zu Beginn ihres Moskauaufenthalts die Vergeblichkeit ihres Tuns angesichts der vorgerückten Jahreszeit kaum zu bemerken, geriet er in eine fürchterliche Wut, als der Plan, in einer Soirée sein Klavierquintett aufzuführen, scheiterte. Er hatte keine Lust gehabt, den dafür vorgesehenen Musikern Höflichkeitsbesuche abzustatten, nun waren sie nicht mehr bereit, mitzuwirken. Als die Soirée durch Claras Intervention und der freundlichen Vermittlung von Moskauer Freunden schließlich doch noch mit Amateurmusikern zustande kam, war das Niveau der Aufführung leider recht bedauerlich.

Immerwährendes Unwohlsein von Robert, notierte Clara in ihrem Reisetagebuch. Dennoch machte er auf einmal den Vorschlag, ganz in Moskau zu bleiben. Denn in Leipzig, so erfuhr sie zu ihrer Überraschung, gefiele es ihm gar nicht mehr.

»Wir sollten umziehen«, sagte er und stellte sich an das Erkerfenster ihres Hotels, von dem aus sie ein Stück der Altstadt mit ihren Zinnen und Türmen überblicken konnten.

»So ein Entschluss muss wohl bedacht sein«, wandte Clara ruhig, aber entschlossen ein. Sie dachte immer öfter an ihre kleinen Töchter. Eine Sehnsucht nach den beiden hatte sie erfasst. Wenn sie in Russland hätte leben möchten, dann lieber in St. Petersburg, wo ihr die Kultur vertrauter und die Menschen hilfsbereiter erschienen waren. »Ohne eine feste Anstellung können wir hier nicht leben. Die Stadt ist viel zu teuer …«

»Ja, ja, ich weiß«, unterbrach Robert sie gereizt und ließ sich in den Polstersessel fallen, in dem er gewöhnlich saß, wenn ihn der Schwindel überkam. »Das liebe Geld, wie immer. Mit diesem Thema schaffst du es, sogar die schönste Eingebung zu zerschmettern.«

Sie entgegnete nichts. Ohnehin hatte sie sich vorgenommen, nicht mehr mit ihm zu streiten. Sondern still und heimlich dafür zu sorgen, dass sie nicht in ihr Unglück liefen, sondern vernünftige Entscheidungen trafen. Zum Beispiel, als es darum ging, auf welchen Wegen sie die Heimreise antreten sollten.

Ursprünglich hatten sie vorgehabt, von St. Petersburg aus, wohin sie zurückfahren würden, noch einen Abstecher nach Stockholm zu machen. Doch sie waren beide des Reisens müde. Außerdem war die Konzertsaison auch in Schweden vorüber. Das nächste Mal sollten sie früher aufbrechen. Von November bis Ostern. Bislang hatten sie es vermieden, das Weihnachtsfest in der Fremde zu verbringen. Oder etwas Wichtiges war dazwischengekommen wie die Uraufführung des Oratoriums *Das Paradies und die Peri.*

Eine Reise muss sich lohnen, dachte Clara, während sie ihre Abschiede machten und zurück nach St. Petersburg reisten. Diesmal ging alles glatt, mit ihren Einnahmen konnten sie mehr als zufrieden sein, die kostbaren Schmuckgeschenke der Zarenfamilie und einiger Fürsten nicht einmal eingerechnet. Der russische Frühling wirkte wie ein überhasteter Sommer, die Sonne trocknete den Schlamm und das, was sie auf ihrer Herfahrt als Schlammpisten erlebt hatten, verwandelte sich in gut befahrbare Straßen.

Einige letzte Tage verbrachten sie gemeinsam mit ihren Freunden in St. Petersburg, ließen sich herumführen, einladen, und Roberts Schwindel war einmal mehr so plötzlich verflogen, wie er stets kam. Er sah wieder jungen Frauen auf der Straße hinterher und auch jungen Männern, was Clara noch peinlicher fand.

In echten Streit gerieten sie, als Clara herausgefunden hatte, wie sie am bequemsten und billigsten zurück nach Deutschland gelangen konnten, denn ihr graute vor der wochenlangen Kutschenfahrt über die livländischen und pommerschen Ebenen. Und zwar mit dem Dampfschiff von St. Petersburg über Kronstadt direkt nach Swinemünde. Von dort war es vergleichsweise ein Katzensprung über Berlin nach Hause.

»Niemals«, schrie Robert auf, als sie den Vorschlag machte. »Ich besteige kein Schiff.«

Und als sie in ihn drang, warum er das so kategorisch ablehnte, verriet er ihr, woher seine Angst rührte.

»Ich träume oft, dass ich im Wasser sterben werde«, gestand er ihr. »Schon früher, als Jugendlicher, hatte ich Albträume, ich würde in den Rhein springen und ertrinken. Glaub mir, auf dem Wasser ist es mir nicht geheuer.«

Sie überlegte es sich einen ganzen Tag lang, erwog die Gefahren, erkundigte sich, wie groß das Risiko war. Dann traf sie eine Entscheidung.

»Ich werde das Schiff nehmen«, sagte sie ganz ruhig und heiter. »Und wenn du nicht mitkommst, kannst du mir gern über Land folgen.«

»Allein?«, rief er aus. »Du willst mich allein lassen?«

»Nein«, gab sie zurück. »Aber wenn du das Schiff nicht mit mir besteigst, lässt du mich allein.«

Es kostete sie noch allerhand Kämpfe, die Clara später scherzhaft »ihren Seekrieg« nannte. Als Robert sah, wie entschlossen sie war, die Schiffspassage zu buchen, gab er nach.

Am Ende war es doch ein ziemliches Abenteuer, mit dem großen Segeldampfer »Alexandra« durch den finnischen Meerbusen zur Ostsee zu gelangen und diese Richtung Süden zu durchqueren. Schon am ersten Nachmittag gerieten sie so unvermittelt in ein Gewitter, dass die Segel nicht rechtzeitig eingeholt werden konnten, und einer der Masten zerbrach. Mit fürchterlichem Krachen stürzte er aufs Vordeck, zum Glück wurde keiner erschlagen.

Robert hatte sich mit einigen anderen Passagieren unter Deck geflüchtet, während Clara lieber sehen wollte, was um sie herum passierte, und sich mit anderen unter dem Dach eines kleinen, pavillonartigen Aufbaus gedrängt. Zum Glück bewahrte Robert vollkommen die Ruhe, wurde wie sie selbst nicht einmal seekrank. Ganz im Gegenteil, nachdem das Unwetter überstanden war, hatten sie alle beide einen riesigen Appetit und ließen es sich, anders als die meisten ihrer Mitreisenden, vorzüglich schmecken.

Vier Tage dauerte die Passage, und nach einem kurzem Zwischenhalt in Berlin bei Claras Mutter kamen sie in Leipzig an.

Da waren sie also wieder, in dieser kleinen, beschaulichen Messestadt. Nachdem sie so weit gereist war und so prächtige Stadtwohnungen und Paläste gesehen hatte, erschien Clara ihre Wohnung in der Inselstraße beengt. Am folgenden Tag war Pfingstsonntag, und sie fuhren nach Schneeberg, um ihre Kinder bei den Verwandten abzuholen.

»Mama«, schrie die kleine Marie außer sich vor Freude, als sie sie sah. Die bald Vierjährige war gewachsen und noch hübscher geworden, während die kleine Elise, gerade ein halbes Jahr alt, sie aus großen, verschreckten Augen anblickte.

»Was bist denn du für ein derbes Mädel geworden?«, sagte Robert und wollte die Kleine seiner Schwägerin vom Arm nehmen. Doch da schrie Elise wie am Spieß und hieb mit ihren kleinen Fäusten auf ihn ein.

»Sie erkennt dich nicht mehr«, sagte sein Bruder beschwichtigend. »Du musst ihr Zeit geben.«

Clara bemerkte die Tränen in seinen Augen. Carl Schumann und seiner Frau war der Kinderwunsch verwehrt geblieben. Nun fiel es den beiden sichtlich schwer, sich von den Mädchen zu trennen. Und Elise schrie und heulte, als sie mit ihnen nach Hause fuhren, dass es ihr tief ins Herz schnitt.

War es das wirklich wert?, fragte sie sich. Sie kannte die Antwort. Ja, es war dieses große Opfer wert. Ein Opfer, das sie ihren Kindern abverlangte. Auch denen, die möglicherweise noch kommen würden.

Drei Kinder, hatte sie sich im Stillen selbst geschworen. Mehr nicht. Und schon nach sechs Wochen wurde ihr klar, dass sie erneut schwanger war.

17. KAPITEL

Berlin und Dresden: März bis November 1847

Fanny Hensel, die Schwester von Felix Mendelssohn, war eine erstaunliche Frau. Clara hatte noch nicht entschieden, ob sie sie mochte oder nicht. Schön war sie nicht, klein, gedrungen und der Ansatz eines Buckels unübersehbar. Doch das schien Fanny Hensel egal zu sein. Oder umgab sie sich bloß mit dieser Schroffheit, um sich auf ihre Art zu schützen? Fannys ausdrucksvolle dunklen Augen waren nämlich alles andere als abweisend. Clara schien es manchmal, als blickten sie ihr direkt ins Herz.

Fanny hatte den Maler Hensel geheiratet und lebte mit ihrem Mann im Gartenhaus des Mendelssohnschen Elternhauses in der Leipziger Straße 3, gleich um die Ecke vom Leipziger Platz. Das war eine feine Adresse, in der Gegend befanden sich zahlreiche Ministerien, und direkte Nachbarin war die Königliche Porzellanmanufaktur, während auf der anderen Seite der Preußische Gesandte in Konstantinopel residierte. Vorne zur Straße hinaus lebte Felix' und Fannys verwitwete Mutter Lea samt einigen Mietern, Fanny und ihr Mann im rückwärtigen Gartenhaus. Um dahin zu gelangen, musste man eines der Tore und den riesigen Innenhof durchqueren, der auf beiden Seiten von Wirtschaftsgebäuden umschlossen war. Das Gartenhaus hatte stolze siebzehn Zimmer, drei Küchen und ein ungewöhnliches Herzstück – einen gut hundert Quadratmeter großen Saal, den in der Musikszene beliebten »Gartensaal«. Hier hielt Fanny die Tradition der »Sonntagsmusiken« hoch, die seit vielen Jahren von der Familie veranstaltet wurden. Am 4. März 1847 waren Clara und Robert dazu eingeladen.

Vierzehn Meter lang und siebeneinhalb breit war dieser wundervolle Raum, den auf acht Meter Höhe eine mit Fresken verzierten Decke bekrönte. Nach Süden hin setzte sich das Grundstück noch gut fünfhundert Meter als Park fort, dahinter kamen Felder. Zu dieser Seite hin war der Gartensaal mit Glastüren zwischen dorischen Säulen ausgestattet, und wenn man diese bei schönem Wetter öffnete, schien die davor liegende Terrasse den Saal noch zu vergrößern. Es war ein wundervoller Ort, direkt am Rande der preußischen Metropole, nach vorn hinaus städtisch, nach hinten hinaus hatte man das Gefühl, auf dem Land zu sein. Clara hatte sich bereits bei ihrem ersten Besuch in diesen Ort verliebt. Zumal sie selbst auf der Suche nach einem Fleckchen Erde war, wo sie mit Robert und ihren Kindern eine neue Heimat finden könnten. Leipzig hatten sie bald nach ihrer Rückkehr aus Russland verlassen, sie waren nach Dresden gezogen und hatten ihr Glück auch in Wien versucht, wo man ihnen kalt und unfreundlich begegnet war. Darum hatten sie noch immer das Gefühl, den Ort ihrer Bestimmung nicht gefunden zu haben.

Soweit Clara informiert war, hatten weder Fanny noch Felix jemals unter Geldsorgen leiden müssen, denn sie entstammten einer alten, reichen Bankiersfamilie. Clara war nicht neidisch, das entsprach einfach nicht ihrer Natur, jedoch dachte sie manchmal mit einem Seufzen daran, wie es wäre, wenn Robert und sie einfach ihren Neigungen nachgehen könnten, ohne an das leidige Geld denken zu müssen. Zumindest Robert, dessen Gesundheit mehr und mehr schwand. Es war schwierig, zu sagen, worunter er eigentlich litt. Meist waren die Auslöser psychische Krisen, die körperliche Beschwerden nach sich zogen. Die traten jäh auf, dauerten manchmal nur wenige Stunden, ein anderes

Mal wochenlang, und verschwanden ebenso rasch, wie sie gekommen waren. Ganz gesund, das hatte Clara einsehen müssen, war Robert in den vergangenen Jahren nie mehr gewesen.

Dass sie für ihr Einkommen hart arbeiten musste, das machte ihr im Grunde nichts aus, im Gegenteil. Doch auch das wurde für sie von Jahr zu Jahr schwieriger. Immer wieder musste sie an ihren Vater denken, der ihr prophezeit hatte, Clara Schumann könne an den Erfolg der Clara Wieck nicht nahtlos anknüpfen.

Inzwischen hatte sie zwei weitere Kinder geboren, im Jahr nach ihrer Rückkehr aus Russland Julie, die einem zarten, blonden Engel glich, und nach einer Fehlgeburt im vergangenen Jahr Emil, ihren ersten Sohn, der bereits krank auf die Welt gekommen und auf Anraten der Ärzte zur Erholung auf dem Land bei seiner Amme untergebracht war. Würde das immer so weitergehen? Sie wartete nur darauf, erneut die Zeichen einer Schwangerschaft bei sich zu spüren und zerbrach sich den Kopf darüber, was sie dagegen unternehmen könnte. Es wäre nicht gerecht, die Schuld auf Robert zu schieben, denn vermutlich sehnte sie sich noch viel stärker nach körperlicher Liebe als er. Ja, ihr Begehren war mitunter grenzenlos, und selten konnte ihre Vereinigung das Feuer löschen, das in ihr loderte, viel zu schnell war das Ganze immer vorbei. Dann liebkoste Robert sie wohl noch eine Weile, ehe er einschlief. Sie aber lag wach, manchmal stundenlang, begann zu grübeln, bis sich die Gedanken wie in einem Karussell zu drehen begannen.

Neuerdings kam zu all ihren Sorgen die Angst vor dem Versagen hinzu. Die Angst, während eines Konzerts, das sie stets auswendig spielte, auf einmal nicht mehr weiterzuwissen. Bei Tage erschienen ihr diese Befürchtungen absurd, und sie musste über sich selbst lachen. Doch wenn sie wie so oft vor Sehnsucht nicht schlafen konnte, kehrten sie regelmäßig zurück.

Erst neulich hatte sie in Berlin ihr erstes Konzert gegeben, bei dem Pauline, die gerade hier gastierte, mitgewirkt hatte. Die Kritiken hatten ihr wieder einmal viel von ihrem Selbstbewusstsein genommen. »Zu Ihrer Zeit war Clara Wieck die berühmteste Klavierspielerin«, hatte einer geschrieben. »Warum sollte sie es als Clara Schumann nicht auch noch sein?« Und ansonsten nur belangloses Zeug geschrieben und natürlich alle lebenden Pianistinnen außer ihr aufgezählt, als wäre es eine leidige Schulaufgabe zum Thema »Frauenzimmer in der Musik« statt eine Kritik. In wenigen Tagen würde sie eine Matinée im »Hôtel du Nord« geben. Ihr war jetzt schon übel, wenn sie nur daran dachte.

»Wie gut, dass Sie da sind!« Die Gastgeberin stand an ihrem Flügel, wo sie sich mit einer jungen Frau unterhalten hatte. »Wir müssen unser Programm umschmeißen«, fiel sie wie immer mit der Tür ins Haus. »Clara, Sie werden uns retten! Das tun Sie doch, oder?«

»Wenn ich kann, sehr gerne«, antwortete Clara und erfuhr, dass zwei Musiker, die heute spielen sollten, kurzfristig absagen mussten.

Sie sah sich im Gartensaal um, atmete tief durch angesichts des Frühlingslichts, das durch die Fensterfront hereinfiel. Sie war gern hier und hatte große Lust, gemeinsam mit anderen zu musizieren, einfach so aus purer Freude.

»Was hatten Sie denn vor, zu spielen?«, fragte sie und nahm am Flügel Platz. Wie immer schlug sie ein paar Akkorde an, intonierte ein paar Kadenzen, um den Flügel zu prüfen.

»Melitta hat noch nicht oft vor Publikum gesungen«, stellte Fanny die junge Frau vor. »Sie hat eine hübsche Stimme, und wir wollen ihr heute die Gelegenheit bieten, sich zu bewähren.« Fanny lächelte Melitta aufmunternd zu. »Du hast Glück! Nicht jeder hat die Gelegenheit, mit einer so berühmten Begleiterin wie Clara Schumann aufzutreten. Hast du die Noten dabei, oder muss ich sie raussuchen?« Melitta war rot geworden vor Aufregung und kramte in ihrer Tasche nach dem Klavierpart. »Es sind Lieder von mir«, fügte Fanny an Clara gewandt hinzu. »Die spielen Sie leicht vom Blatt.«

Es wurde ein Sonntagnachmittag ganz nach Claras Geschmack. Nach dem gelungenen Debüt der jungen Sängerin stellte Fanny ihr eine Freundin vor, Johanna Kinkel aus Bonn, die mit ihrem Mann zu Besuch war.

»Da stehen ja die wichtigsten Komponistinnen unserer Zeit gerade einträchtig beieinander«, meinte Ferdinand Hiller, mit dem Clara und Robert sich angefreundet hatten, seit sie in Dresden lebten. In diesem Jahr jedoch war Hiller dem Ruf nach Düsseldorf gefolgt, wo er die Stelle eines Musikdirektors angenommen hatte.

Clara blickte erstaunt von ihm zu Johanna Kinkel. Dass Fanny gelegentlich komponierte, davon hatte sie gehört. Madame Kinkel etwa auch?

»Da hast du vollkommen recht, Ferdinand«, sagte Fanny mit einem Lächeln. »Und Johanna ist die Größte von uns allen – nicht dass ich Ihnen zu nahetreten möchte, Madame Schumann.«

»Sie komponieren?«, fragte Clara überrascht und erfreut zugleich.

»Nicht nur«, antwortete Hiller an Johannas Stelle. »Sie ist außerdem eine ausgezeichnete Pianistin und betätigt sich als Schriftstellerin.«

»Jetzt hören Sie aber auf«, wehrte Johanna Kinkel lachend die Komplimente ab. »Lassen Sie uns lieber gemeinsam musizieren. Hast du etwas Vierhändiges da?«, fragte sie Fanny. »Ich wollte schon immer mal gemeinsam mit Clara Schumann musizieren.«

»Ich geh ja schon«, meinte Fanny und verschwand.

»Wir leben in Bonn, mein Mann und ich, und sind nur zu Besuch hier«, erzählte Johanna und musterte Clara aus ihren tiefliegenden, grauen Augen interessiert.

»Ja, und deshalb reden die beiden so komisch«, warf Hiller ein, ehe er sich einem neuen Gast zuwandte.

Johanna lachte schallend.

»Meinen rheinischen Dialekt kann ich schwer verbergen und

ich will es auch nicht. Übrigens war ich in Ihrem Konzert«, fügte sie hinzu. »Es hat mir gut gefallen. Warum spielen Sie übrigens nichts aus Ihren eigenen Werken?«

»Demnächst werde ich es tun«, gab Clara zurück. »Da werde ich mein Klaviertrio aufführen. Und natürlich das Quintett meines Mannes.«

»Natürlich …«, echote Johanna mit einem Lächeln, aus dem Clara nicht recht schlau wurde. Da brachte Fanny Hensel eine Auswahl an Noten zu vier Händen.

»Hier hätte ich etwas von Felix, wenn euch das recht ist. Oder hast du etwas Eigenes mitgebracht, Johanna?«

Die nächste halbe Stunde spielten sich Clara und Johanna quer durch verschiedene Stücke, bis Fanny sie bat, den Platz zugunsten einiger junger Musiker zu räumen, die ebenfalls etwas vortragen wollten. Clara unterhielt sich noch lange mit Johanna Kinkel und bedauerte, dass sie und ihr Mann Gottfried bereits am folgenden Tag abreisen würden.

Robert fand ebenfalls Gesprächspartner, mit denen er sich angeregt unterhalten konnte. Dass die meisten Anwesenden berühmte Künstler waren oder der besten Berliner Gesellschaft angehörten, spielte hier keine Rolle. Fanny lud offenbar nur ein, wen sie mochte, nicht, wer wichtige Namen trug.

Es gab Aal und Champagner, und zu späterer Stunde, als die Hälfte der Gäste bereits gegangen war, setzte sich Fanny an ihren Flügel und spielte ein Stück, das Clara nicht kannte. Ob das eine ihrer eigenen Kompositionen war? Ihre Lieder hatten Clara ausnehmend gut gefallen. Robert war ins Gespräch mit einem jungen Mann vertieft, der ihr irgendwie bekannt vorkam. Ehe ihr einfiel, wer er war, hatte Wilhelm Hensel, Fannys Ehemann, ihr ein neues Glas Champagner gebracht und sie in ein Gespräch verwickelt. Hensel war Maler, Clara kannte eine Bleistiftzeichnung, die er von Fanny angefertigt hatte, und in der ihre schönsten Züge vorteilhaft betont waren. Auch sie wurde nun von Hensel gefragt, ob er sie wohl porträtieren dürfte, und

Clara versuchte, weder Ja noch Nein zu sagen, denn wenn sie etwas nicht mochte, dann für einen Maler stillzusitzen. Hoffentlich bekam Robert nichts davon mit, er würde das Angebot nur zu sehr begrüßen, seiner Meinung nach konnte man sie nicht oft genug malen.

»Am Donnerstag spielen Sie im ›Hôtel du Nord‹?« Fanny hatte sich zu ihnen gesellt. »Ich werde natürlich kommen«, fuhr sie fort. »Und ich habe dafür gesorgt, dass die Herren Musikkritiker sich dieses Mal keine Ausrede einfallen lassen und ihre Aushilfen schicken, sondern ebenfalls zugegen sein werden.«

Clara fühlte, wie sie rot wurde vor Verlegenheit. Sie murmelte etwas, das ein Dank werden sollte, auf einmal hatte sie einen Kloß im Hals. Sie räusperte sich. »Das ist sehr nett von Ihnen …«

»Nein, das ist selbstverständlich«, unterbrach Fanny sie und sah zu Robert hinüber. »Ich weiß nicht, was in die Kerle gefahren ist. Es macht mich wütend, wie man mit uns Künstlerinnen umgeht. Und das nur, weil wir Frauen sind, und man uns das nicht zutraut. Glauben Sie mir, Clara, es gibt heutzutage sehr viele Frauen, die komponieren, schreiben, malen, und zwar genauso gut wie ihre männlichen Kollegen. Aber das scheint man nicht sehen zu wollen, ganz so, als befänden wir uns noch im Mittelalter. Übrigens – ich wusste gar nicht, dass Ihr Gatte den kleinen Goethe so gut kennt.«

Jetzt fiel es Clara wieder ein. Hatte ihr Vater nicht behauptet, Robert habe ein Techtelmechtel mit diesem jungen Mann gehabt, dem Enkel des großen Dichterfürsten, den alle nur »den kleinen Goethe« nannten? Sie lebte nun fast sieben Jahre mit Robert zusammen und konnte die Augen nicht mehr davor verschließen, dass er sich zu jungen Männern hingezogen fühlte. Noch etwas, worin ihr Vater recht behalten hatte.

Während Fanny Hensel sich anderen Gästen zuwandte, dachte Clara an ihren Vater, von dem sie tief enttäuscht war. Nach seinem Versöhnungsangebot hatte sie tatsächlich geglaubt, ihr Verhältnis könnte wieder so herzlich werden wie früher. Nein, sie sollte aufhören, sich selbst zu belügen, herzlich war es nie gewesen, auch nicht, als sie ein Kind gewesen war. Und je älter Friedrich Wieck wurde, desto mehr bekam er etwas von einem grotesken Pygmalion: Um jeden Preis wollte er offenbar »das ideale Geschöpf« erschaffen, die ideale Musikerin, die nach seiner Pfeife tanzte. Und nachdem er Clara verloren hatte, versuchte er dasselbe, was er mit ihr gemacht hatte, mit anderen Mädchen. Erst hatte er versucht, ihre Stiefschwester Marie auf eine zweite Clara zu trimmen, was ihm nicht gelungen war. Mit Mitleid und Bedauern dachte sie an die Konzerte, zu denen ihr Vater das Mädchen viel zu früh gezwungen hatte. Wie enttäuschend musste es sein, stets dem Phantombild ihrer ältesten Schwester nachzueifern und doch niemals so gut zu werden wie sie? Danach hatte Friedrich Wieck ein Mädchen namens Minna Schulz adoptiert und es sich zum Ziel gesetzt, aus ihr eine Primadonna ersten Ranges zu machen. Wieder war er gescheitert, auch sie hatte er viel zu früh auf die Bühne geschickt. Was war nur los mit ihrem Vater? Wo war sein berühmter Instinkt, mit dem er damals Claras Karriere ermöglicht hatte und immer genau gewusst hatte, wann sie was an welchem Ort spielen sollte und wo nicht? Inzwischen schien er von seinem Ehrgeiz völlig verblendet und nicht mehr in der Lage, die Begabungen seiner Schützlinge richtig einzuschätzen. Und in seinem jämmerlichen Größenwahn hatte er mit ihr und Robert erneut einen heillosen Streit vom Zaun gebrochen. Nein, ihre Hoffnungen auf einen friedvollen Umgang miteinander, die hatte sie inzwischen begraben.

Johanna Kinkel verabschiedete sich von ihr, und sie versprach, ihr zu schreiben. Andere Gäste schlossen sich an und eigentlich wäre auch Clara gerne aufgebrochen, es wurde langsam Zeit. Sie sah zu Robert hinüber. Ein rosiger Schimmer lag auf seinen Wangen, seine Augen leuchteten, und er wirkte irgendwie verjüngt. Er lachte, was er in letzter Zeit selten getan hatte, und Clara begriff, dass er flirtete.

Beschämt blickte sie sich um. Fanny saß an einem der geöffneten Fenster und unterhielt sich vertraulich mit Robert von Keudell, einem Juristen, von dem man sagte, er sei ihr Geliebter, während ihr Mann mit einigen Herren Zigarren rauchte. Fannys jüngere Schwester Rebecka, eine sympathische Blondine mit klingendem Lachen, kam auf sie zu und wollte sie dazu überreden, mit ihr und ein paar Freundinnen in den Garten zu kommen, wo sie ihr eine angeblich sensationelle neue Tulpenzüchtung zeigen wollte, doch Clara fand es an der Zeit, sich zu verabschieden. Als Robert sich endlich von dem »kleinen Goethe« losreißen konnte, hatte sich ihre Laune beträchtlich verschlechtert.

Sie machte sich keine Illusionen. Er würde sich mit dem jungen Mann treffen, dazu bot sich ausreichend Gelegenheit. Zum Beispiel, wenn sie sein Klavierquintett für ihr Konzert mit den anderen Musikern proben würde oder Pauline besuchte. Und eigentlich, dachte sie verbittert, ist es egal. Denn ihre Gegenwart konnte ihm schon lange nicht mehr diesen zarten Liebeshauch auf die Wangen zaubern und seine Augen derart zum Leuchten bringen.

Vielleicht sollte auch sie sich einen Liebhaber zulegen, so wie Fanny Hensel, dachte sie, als sie in die Droschke stiegen. Und doch wusste sie, dass sie einfach nicht die Frau für so etwas war.

Bei der Matinée spielte sie neben Roberts Klavierquintett ihr eigenes Trio für Klavier, Violine und Violoncello. Und tatsächlich saßen sie alle in der ersten Reihe, die Herren von der »Vossischen Zeitung«, »Neuen Berliner Musikzeitung« und den »Signalen für die musikalische Welt« und noch einige mehr, die Clara nicht kannte. Das Konzert lief ausgezeichnet, ihre Mitspieler waren inspiriert, besser ging es kaum. Würde sie jetzt endlich von der Kritik die Anerkennung erhalten, die sie verdiente?

Robert war es, der ihr die Rezensionen vorlas. Ihr Trio könne weder in geistiger noch in technischer Beziehung mit seinem Quintett mithalten, schrieb der Kritiker in den »Signalen«. In der »Neuen Berliner Musikzeitung« hieß es immerhin, sie benutze die Virtuosität nicht als Endzweck, sondern als Mittel, und habe das ganze Werk mit *stiller Trauer durchwoben*. Ein Klaviertrio aber könne es nicht genannt werden, weil die *Nothwendigkeit der Form*, die *Dreiheit der Individualität* nicht gewahrt sei. Der Klavierpart sei in sich bereits unvollständig, die Violin- und Cellobegleitung lediglich *schmarotzerhaft*.

»Wieso regst du dich denn so auf?«, fragte Robert erstaunt, als Clara aufgesprungen war und ihm wütend die Zeitung aus der Hand gerissen hatte.

»Wieso ich mich aufrege?«, rief sie aus. »Was würdest du sagen, wenn man über dein Werk schreiben würde, es sei schmarotzerhaft und könne geistig nicht genügen?«

Er stand auf und nahm sie liebevoll in seine Arme.

»Du darfst das alles nicht so ernst nehmen«, sagte er zärtlich und strich ihr übers Haar. »Diese Schreiberlinge haben einfach nichts begriffen.«

Sie wusste, dass er es gut meinte. Und vermutlich heimlich froh war, dass seine Komposition, die sie mit so viel Sorgfalt mit den anderen Musikern einstudiert hatte, vergleichsweise gut weggekommen war. Trotzdem. Sie nahm die Sache ernst. Schließlich war das Klaviertrio ihrer Meinung nach ihr bislang bestes Werk. Es war gut. Mindestens genauso gut wie sein Quintett, davon war sie überzeugt.

»Besuchen Sie mich doch morgen«, sagte Fanny Hensel, als sie sich in der Oper zufällig trafen. »Vielleicht am Vormittag? Um zehn?«

»Gern«, antwortete Clara. »Gibt es einen Anlass?«

Felix Mendelssohns Schwester lachte herzlich und wirkte auf einmal direkt schön.

»Der Anlass ist, dass ich Sie mag«, antwortete sie, lächelte entwaffnend und ließ sich von ihrem Mann in den Mantel helfen.

»Ich fand Ihre Lieder neulich sehr gelungen«, sagte Clara und nahm die Tasse Kaffee entgegen, die das Hausmädchen ihr reichte. »Sie erinnerten mich an die Ihres Bruders. Haben Sie noch mehr komponiert?«

Kurz zuckten die Mundwinkel ihrer Gastgeberin, und Clara überlegte, ob sie etwas Falsches gesagt hatte. Dabei stimmte es. Die Liedvertonungen hätten durchaus von Felix stammen können.

»Vielleicht ist es ja umgekehrt«, entgegnete Fanny. »Seine Lieder erinnern an meine.« Sie lachte, dann wandte sie den Blick ab. »Wir waren schon immer ein Herz und eine Seele. Und das meine ich jetzt nicht als Metapher, sondern buchstäblich. *Ein* Herz. Und *eine* Seele.«

»Sie meinen, Sie stehen sich nahe.«

»Ja, sehr.« Fanny stand auf und nahm ein dickes Notenbuch vom Flügel und reichte es ihr. »Sehen Sie sich das an.«

Es war eine handgeschriebene Partitur. Clara blätterte die ersten Seiten durch.

»Eine Ouvertüre«, murmelte sie halblaut. Ihre Augen flogen über die Noten, die sie zu lesen vermochte wie andere einen Roman. Einem Impuls folgend stand sie auf und setzte sich an den Flügel, spielte den Orchestersatz vom Blatt. Was ihre Augen erfassten, ihre Finger spielten und ihr Ohr vernahm, war ausgesprochen gute Musik. Frisch, originell, voller Kraft. Und handwerklich perfekt. Als sie die letzten Akkorde verklungen waren, ließ sie die Hände sinken.

»Das ist großartig.«

»Blättern Sie weiter.« Fannys Miene war unergründlich.

Clara wandte die nächste Seite um. Ein Rezitativ folgte. Dann eine Arie.

»Das ist ja …«

»… eine Oper. Ja.«

Fanny stand auf und öffnete einen Wandschrank.

»Hier siehst du meine bisherigen Werke«, sagte sie. Clara entdeckte eine ganze Reihe ähnlich gebundener Handschriften, wie die Partitur der Oper. Dass Fanny zum Du übergegangen war, hatte sie mit Freuden bemerkt. War das ein Freundschaftsangebot? Das wäre schön … »Oratorien. Geistliche Musik, das schreibe ich am liebsten. Klavierwerke natürlich und Lieder. Auch ein Klaviertrio ist dabei.«

Sie zog das Heft heraus und warf Clara einen ihrer schwer zu deutenden Blicke zu. »Willst du es sehen?«

»Natürlich«, antwortete Clara. Sie hätte nie gedacht, dass Fanny wirklich all diese Werke geschrieben hatte. Wieso hatte ihr Felix nichts davon erzählt?

Fanny reichte ihr die Noten, und Clara legte sie auf dem Korpus des Flügels ab. Schlug die erste Seite auf.

»Das ist unglaublich schön«, sagte sie, nachdem sie den ersten Satz durchgesehen hatte und die Musik in ihrem Kopf erklungen war.

»Danke«, sagte Fanny trocken und nahm Platz. »Deines ist auch wundervoll. Am liebsten wäre ich in die Redaktionen unserer Kritiker gegangen und hätte jeden einzelnen mit einem Rohrstock verprügelt.« Sie schüttelte den Kopf, und Clara wurde es warm ums Herz. War es möglich, dass diese Frau sie besser verstand als ihr eigener Ehemann?

»Komm, setz dich wieder zu mir«, sagte Fanny Hensel. »Wir beide haben mehr gemeinsam, als ich dachte.«

»Wann lässt du diese Musik drucken?«

»Gar nicht«, lautete die Antwort.

»Aber … warum denn nicht?« Clara überlegte. »Härtel wird sich darum reißen. Und bestimmt könntest du das auch im Ausland …«

»Nein, Clara, das wird nicht geschehen.« Fanny blickte aus

dem Fenster ihres Zimmers hinaus in den Park. Weiße und lilafarbene Fliederbüsche waren dabei, ihre Blüten zu öffnen. In kunstvoll angelegten Beeten blühten die letzten Tulpen und Narzissen. Ein solches Paradies mitten in Berlin, dachte Clara. Warum um alles in der Welt wollte Fanny ihre Musik nur hier in den eigenen vier Wänden pflegen?

»Weil Felix es nicht will«, gab ihre Gastgeberin ihr die Antwort. »Weißt du, ich komponiere seit beinahe dreißig Jahren«, fuhr sie fort. »Mein Vater war allerdings strikt dagegen, dass ich damit an die Öffentlichkeit trete. Er hat mir dieselbe musikalische Erziehung gewährt wie meinem Bruder, unter einer Bedingung: dass ich niemals öffentlich als Musikerin auftreten werde.« Fanny nahm einen Schluck von ihrem Kaffee. »Ich hab mich nie getraut zu fragen, warum er es nicht wollte. Er war bei aller Güte recht konservativ. Vielleicht befürchtete er, ich könnte Felix die Schau stehlen? Ich bin vier Jahre älter als er, und früher hat er immer mit mir gewetteifert. Dabei war das überhaupt nicht notwendig, er ist ja einfach genial. Aber das weißt du ja nur zu gut.« Sie lächelte und Clara glaubte, Stolz und Zuneigung in ihren dunklen Augen zu erkennen. »Er ist von den Göttern geküsst, unser Felix, und musste seinen Weg einfach machen, da gab es für mich nie einen Zweifel. Ich könnte dir stundenlang Anekdoten aus unserer Kindheit erzählen, wie er die Erwachsenen in Erstaunen versetzte. Doch bei mir war das nicht anders, Clara. Alles, was man sich von ihm erzählt, gilt auch für mich. Unser Vater war jedoch der Meinung, dass die Familie nur ein Wunderkind verkraftet. Seine Wahl fiel natürlich auf den Sohn. Und das ist in Ordnung so.«

Sie stellte ihre Kaffeetasse ab, und das jähe Klirren des Porzellans verriet Clara, dass das Ganze für Fanny keineswegs in Ordnung war.

»Wie seltsam«, entfuhr es ihr. »Mein Vater wünschte sich vor meiner Geburt unbedingt ein Mädchen, um aus mir ein Wunderkind zu machen.«

»Ja, weil Mädchen niedlicher sind als kleine Buben.« Fanny lachte herb auf. »Ich habe eine Lithographie von dir gesehen, als du zwölf oder dreizehn warst. Du warst und bist noch immer sehr hübsch, Clara. Ich mit meinem Buckel war das nie«, fügte sie hinzu und zog eine kleine Grimasse. Dann wurde sie wieder ernst. »Nach Vaters Tod habe ich es gewagt, etwas zu veröffentlichen«, gestand sie, und ihre Augen wurden noch dunkler vor Traurigkeit. »Da hat Felix mich an mein Versprechen von damals erinnert. Auch er will es nicht.«

»Das kann ich kaum glauben!« Clara verstand es einfach nicht. Felix Mendelssohn war ihr stets als ein aufgeschlossener, freundlicher Kollege erschienen. Immer hatte er ein aufmunterndes Wort für Robert und für sie. Nie würde sie vergessen, wie er ihr erst im vergangenen Winter in Wien ihr Selbstbewusstsein gestärkt hatte. Sie hatten versucht, dort ein paar erfolgreiche Konzerte zu geben und womöglich dorthin umzuziehen. Roberts Angstzustände und abgrundtiefe Melancholie hatten sich verstärkt, sie war verzweifelt gewesen und war es im Grunde noch immer. Denn kein Arzt konnte ihm helfen, und die Empfehlungen von Heilpraktikern nützten praktisch nichts und kosteten eine Menge Geld. Währenddessen waren die Einnahmen aus St. Petersburg und Moskau dahingeschmolzen wie Eis in der Sonne.

Das Wiener Gastspiel hatte sie sich so schön ausgemalt. Sie hatte überhaupt nicht in Zweifel gezogen, in der Stadt, die sie vor wenigen Jahren als Clara Wieck gefeiert hatte, wohlwollend empfangen zu werden. Schließlich war sie k.k. Kammervirtuosin. Doch das Gegenteil war der Fall gewesen. »Als Clara Wieck vergöttert, als Clara Schumann verkannt«, war der Kommentar in einer Zeitung. Sie hatte vor halb leeren Häusern gespielt, und hätte nicht die weltberühmte Sängerin Jenny Lind, mit der sie sich vor einigen Jahren in Leipzig angefreundet hatte, spontan angeboten, in ihrem letzten Konzert mitzuwirken, wäre diese Reise zum Fiasko geworden.

Jenny hatte sie gerettet, der finanzielle Schaden war nicht ganz so groß gewesen, Clara machte sich dennoch nichts vor: Dass das letzte Konzert ausverkauft gewesen war, hatten sie einzig und allein der »Schwedischen Nachtigall«, wie die Lind genannt wurde, zu verdanken. Sie selbst war kläglich gescheitert. Ihr Selbstbewusstsein war am Boden gewesen, und genau da hatte Felix Mendelssohn bei einer Soirée, als man ihn bat, Beethovens *Appassionata* vorzutragen, sie auf eine so wunderbare Weise getröstet. »Also gut, ich spiele die Sonate«, hatte er gesagt. »Aber nur die ersten beiden Sätze. Der letzte ist so schwierig, den kann nur Frau Schumann spielen.«

Ein Raunen war durch die Reihen gegangen, und alle hatten sich zu ihr umgedreht. Hochrot im Gesicht hatte sie das abgelehnt, schließlich hatte sie dieses schwierige Stück seit Monaten nicht mehr öffentlich gespielt. Felix Mendelssohn konnte ein Spaßvogel sein, und zunächst hatte sie ihn nicht ernst genommen. Doch als er nach dem zweiten Satz, der mit einem verminderten Septakkord endete, um nahtlos in den letzten zu münden, einfach darauf verharrte, blieb ihr nichts anderes übrig, als aufzustehen und das Bravourstück zu Ende zu spielen. Das Publikum hatte gerast, und plötzlich war sie sich ihres Könnens wieder bewusst gewesen. Sie war sich sicher, dass Felix genau das beabsichtigt hatte.

»Dein Bruder ist die Liebenswürdigkeit in Person«, sagte sie nun zu Fanny. »Es will einfach nicht in meinen Kopf, dass er dir die Karriere nicht gönnt.«

»Er ist der beste Mensch auf Erden«, stimmte Fanny ihr zu. »Und wahrscheinlich liebe ich ihn mehr als meinen Mann. Wenn er sich jedoch etwas in den Kopf gesetzt hat, dann ist er stur wie ein Esel.« Fanny lachte. »Übrigens genau wie ich. Und …«, sie seufzte und wirkte auf einmal entsetzlich traurig, »… er will es nun mal nicht.«

Wie bedauerlich, dachte Clara und blätterte in den Noten für das Trio. Da hatte Fanny alle Möglichkeiten, brauchte sich keine

Sorgen ums Geld zu machen und konnte ganz nach Lust und Laune komponieren. Trotzdem war ihr verboten, damit an die Öffentlichkeit zu treten. Da hatte sie es ja am Ende noch besser.

»Das Stück würde ich aber trotzdem gerne hören«, sagte sie und legte die Noten auf den Tisch.

Fanny strahlte.

»O ja, wir werden es aufführen, nicht wahr? Hier in meinem Gartensaal, dagegen hat Felix nichts einzuwenden. Willst du den Klavierpart übernehmen?«

»Du spielst doch selbst hervorragend«, wandte Clara ein. »Wenn du es dir wünschst, tu ich es natürlich sehr gern.«

Sie trafen sich nun fast täglich, so viel hatten sie einander zu erzählen. Fanny, die vierzehn Jahre älter war als sie, erschien Clara wie die große Schwester, die sie nie hatte. Beim gemeinsamen Musizieren wurde ihr bewusst, dass Fanny nicht übertrieben hatte, wenn sie sich auf eine Stufe mit ihrem Bruder stellte. Ihre unveröffentlichten Werke waren so neu, so überbordend von einer Energie, die Clara selbst wieder anregte, über neue Kompositionen nachzudenken. Bislang hatte sie stets nur etwas erschaffen, wenn sie dazu aufgefordert worden war. Zuerst hatte ihr Vater sie gedrängt, dann Robert. Sie selbst hatte das Gefühl gehabt, dass ihre eigentliche Rolle das Interpretieren war, das Wiedergeben der Musik anderer.

»Wahrscheinlich hast du von Anfang an gespürt, dass unsere Musik immer als Frauenzimmerarbeit gewertet werden würde«, meinte Fanny. »Aber in dir steckt so viel Schaffenskraft! Sieh dir einfach mal deine frühen Lieder an. Sie sind viel besser als die von deinem Mann, doch, widersprich mir nicht. Und er war schlau genug, seine und deine in einer gemeinsamen Ausgabe drucken zu lassen, ohne die einzelnen Lieder zu kennzeichnen.« Sie ging zum Wandschrank, suchte die gedruckte Ausgabe heraus und setzte sich ans Klavier.

»*Sie liebten sich beide* ist mein Liebling unter diesen Preziosen«, sagte sie und stimmte es an. »Und natürlich *Er ist gekommen bei Sturm und Regen!* Clara, das ist einfach wundervoll, ich bekomme jedes Mal Gänsehaut, wenn ich es spiele.«

»Du spielst meine Lieder?«

Clara konnte es nicht fassen. Nie hätte sie gedacht, dass jemand wie Fanny Hensel in Berlin an ihrem Flügel sitzen könnte und sich in ihre Kompositionen vertiefte.

»Natürlich«, antwortete ihre Freundin. Sie spielte das Lied zu Ende, indem sie versiert die Singstimme mit in die Klavierbegleitung übernahm, endete mit einer improvisierten Kadenz. Behutsam schloss sie den Deckel über den Tasten. »Clara«, sagte sie ernst in die Stille hinein. »Ich bitte dich. Zieht zu uns nach Berlin.« Sie sah Clara nicht an, sondern blickte versonnen hinaus in den Garten. »Wir Frauen müssen zusammenhalten«, fügte sie hinzu. »Denn sonst ist dieses Leben einfach nicht zu ertragen. Findest du nicht auch?«

Ja, Clara war ganz ihrer Meinung. Die Gespräche im Gartenhaus der Leipziger Straße 3, das gemeinsame Musizieren, der Austausch über ihre Rolle als Frauen und Mütter – Fanny hatte einen schon siebzehnjährigen Sohn – und Künstlerinnen, das alles hatte dafür gesorgt, dass sie trotz der zunehmenden Schwierigkeiten, mit denen sie sich konfrontiert sah, ihren Mut nicht verlor. Sie würden nach Berlin ziehen, und Fanny hatte sich erboten, nach einer geeigneten Wohnung Ausschau zu halten, die nicht zu teuer und doch groß genug wäre, so dass sich Robert durch Claras Spiel nicht gestört fühlen würde. Sie schmiedeten Pläne, wo die wachsende Kinderschar der Schumanns die beste Betreuung und Ausbildung erhalten könnte, und diskutierten über die Möglichkeiten für Robert, eine feste Anstellung als Dozent oder Dirigent zu finden.

»Du wirst sehen«, sagte Fanny, »wenn ihr erst einmal hier seid, werden sich viele wunderbare Möglichkeiten ergeben.«

Ja, alles erschien auch Clara so viel einfacher mit einer Freundin an ihrer Seite, die Probleme als solche nicht akzeptierte, sondern der Meinung war, dass es für alles eine Lösung gab. Sie dachte an die wundervollen Monate, die sie gemeinsam mit Henriette Reichmann und Emilie List an der Seine verbracht hatte. Von beiden hatte sie schon seit Längerem nichts mehr gehört. In letzter Zeit hatte sie sich ausschließlich Robert gewidmet und das war nicht gut.

Ende März kehrten sie nach Dresden zurück. Obwohl die Berlinreise nicht so erfolgreich gewesen war, wie sie es gehofft hatte – ein weiteres Konzert war von der Presse ebenfalls nicht gewürdigt worden –, fühlte sich Clara beschwingt und voller Energie. Sie freute sich unbändig auf ihre Kinder, ließ sich von Marie vorspielen, was sie während ihrer Abwesenheit am Klavier geübt hatte, begutachtete Elises Beulen und aufgeschlagene Knie, denn sie war und blieb ein stürmischer Windfang, und feierte den zweiten Geburtstag des blonden Engelchens Julie nach.

Schlaflose Nächte bereitete ihnen der kleine Emil. Die Hoffnung, dass er auf dem Land bei guter Pflege endlich zu Kräften kommen würde, hatte sich nicht erfüllt. Die Ärzte hatten keine Erklärung für die verhärteten Lymphknoten und das langsame Dahinsiechen des kleinen Jungen.

Es war grausam, mitanzusehen, wie ihr Söhnchen von Tag zu Tag mehr litt. Es nährte Claras chronisch schlechte Gewissen, sich ihren Kindern nicht ausreichend zu widmen. Gleichzeitig wusste sie, dass sie die Kleinen auch in Zukunft alleinlassen würde. Sie war einfach nicht zur Hausfrau gemacht. Außerdem musste sie dafür sorgen, dass alle genug zu essen bekamen und die Miete pünktlich bezahlt werden konnte. Es war keineswegs unüblich, die Kinder in Pflege zu geben, selbst die Ärzte rieten ihr dazu.

»In Berlin wird alles besser«, sagte sie sich und wusste nicht, woher sie diese Gewissheit nahm. Sie klammerte sich an den Gedanken, wie gut Robert der Aufenthalt dort bekommen war. In Berlin hatte er unter keinem Anfall gelitten. Kaum war er zurück in Dresden, begannen seine Probleme von Neuem. Ein starker Schwindel, der es unmöglich machte, sich aufrecht zu halten. Er musste liegen und wurde von Geräuschen geplagt, behauptete ein ständiges Flirren und Summen zu hören, das zu Klängen anschwoll und ihn nicht zur Ruhe kommen ließ. Dann geriet er in eine abgrundtiefe Verzweiflung, und Clara war es, als stürzte er in dieses schwarze Loch, so tief wie ein Brunnen. »In Berlin wird alles besser werden«, wiederholte sie und versuchte, ihn und sich gleich mit damit zu trösten.

Am fünfzehnten Mai kam die Nachricht. Diesen Tag würde Clara nie wieder vergessen. Fanny Hensel war während einer Orchesterprobe, die sie selbst leitete, ganz plötzlich zusammengebrochen. Blut sei ihr aus der Nase geflossen. Wenig später war Fanny tot. Sie war einem Hirnschlag erlegen, genau wie ihr Vater und ihr Großvater. »Das liegt in der Familie«, hörte sie Menschen um sich herum sagen. Der Schmerz überkam sie wie eine Welle. Mit dem Tod der Freundin, das fühlte sie, ging auch in ihr etwas unwiderruflich zu Ende.

Fünf Wochen später starb der kleine Emil. »Es ist eine Erlösung«, sagten manche, und Clara wusste, dass es stimmte. Woran das Kind auch immer gelitten haben mochte, es hatte dieses Leiden bereits mit auf die Welt gebracht. Und dennoch war ihr Herz von Trauer erschüttert. So viel Hoffnungen hatte sie in diesen Sommer gesetzt. Und nun versank alles in Tränen.

Dass sie schon wieder in anderen Umständen war, bedeutete keinen Trost für sie, ganz im Gegenteil. Drei Kinder hatte sie sich gewünscht. Eine Fehlgeburt mitgerechnet, trug sie nun schon das sechste Kind unter ihrem Herzen. Wo sollte das hinführen?

Sie dachte an Fanny, an ihre tiefe, immer ein wenig schroff klingende Stimme. »Wir Frauen müssen zusammenhalten«, hatte sie gesagt, doch jetzt war sie nicht mehr da. Ferdinand Hiller, der bei der Probe zugegen gewesen war, berichtete, der Solist habe gerade die Stelle gesungen: »Lass mich im düstern Reiche nicht allein«. War man im Tod allein?

Von einem Umzug nach Berlin sprachen sie nicht mehr. Was sollte Clara dort ohne Fanny? Ohnehin würde sie alles an den Verlust der Freundin erinnern. Warum nur hatten sie sich so spät kennengelernt? Bereits 1834, als sie mit fünfzehn Jahren mit ihrem Vater in Berlin gewesen war, war sie zu einer Sonntagsmusik ins Mendelssohnsche Gartenhaus eingeladen gewesen. Friedrich Wieck jedoch hatte gegen das »unmögliche Mannweib Fanny« gewettert, das sich erdreistete, selbst eine Sinfonie zu dirigieren, und hatte Clara nicht erlaubt, hinzugehen. Schlimmer noch, damals hatte er mit seinen abfälligen Worten den Samen zu einer tief sitzenden Abneigung gegen Fanny Hensel in ihr gelegt, wie ihr erst jetzt bewusst wurde. Bis zu diesem Frühjahr war sie ihr immer aus dem Weg gegangen. Wie dumm sie gewesen war. Was, wenn sie schon viel früher Freundinnen geworden wären?

Sie kam aus dem Grübeln kaum noch heraus. Robert, der sich immer so vor Wasser fürchtete, verfiel auf die Idee, dass ausgerechnet warm-kalte Waschungen seinen angespannten Nerven helfen könnten, und verordnete sich selbst tägliche Wechselbäder. Claras Spiel ertrug er noch viel weniger als zuvor. Auch die Kinder sollten sich auf Zehenspitzen durch die Wohnung bewegen, was vor allem für die temperamentvolle Elise eine schwere Herausforderung bedeutete.

Denn Robert komponierte wieder, und das war natürlich eine gute Nachricht in all dem Elend. In einem wahren Schaffensrausch vollendete er in kürzester Zeit mehrere Werke, und Clara kam aus dem Staunen nicht mehr heraus. Wie machte er das bloß? Gleichzeitig fürchtete sie, dass er jede dieser kreativen Phasen später mit Krankheit büßen musste – und die ganze Familie mit ihm. Und genau so kam es.

Im Juli brachte der Besuch des Dichters Friedrich Hebbel einen Lichtblick. Er riss Clara für einige Tage aus ihrer Trauer, und lenkte Robert von seinen Depressionen ab. Denn schon seit einiger Zeit trug Robert sich mit dem Plan, Hebbels Theaterstück *Genoveva* als Textgrundlage für eine Oper zu nehmen. Der Besuch des verehrten Autors gab ihm nun die Gelegenheit, über die Bearbeitung seines Stücks zu sprechen, die für eine Vertonung natürlich notwendig war. Und da hatte Robert bereits klare Vorstellungen, die sich mit denen des Dichters nicht immer deckten. Clara fiel sehr wohl auf, dass Friedrich Hebbel nicht zufrieden mit Roberts Eingriffen in seinen Text war, doch ihr Mann schien dies überhaupt nicht zu bemerken. Und natürlich wies sie ihn nicht darauf hin, sie war erleichtert, dass er sich mit etwas anderem beschäftigte, als mit den Geräuschen und Klängen, die nur er hören konnte und ihn ängstigten. Marie, Elise und die kleine Julie nahmen sie in Beschlag, und Clara begann, ihre beiden Großen langsam und spielerisch an die Musik heranzuführen. Was sie keinesfalls wollte, war, sie zu Wunderkindern auszubilden, dieses Schicksal würde sie ihnen ersparen. Ihre Töchter liebten den Flügel trotzdem über alles, und wenn sie es ihnen erlaubte, vollführten sie ein ungestümes Getöse auf dem Instrument. Roberts Nerven zuliebe war ihnen das nur erlaubt, wenn er außer Haus war.

Clara selbst spielte wenig in diesen Wochen, alles kam ihr auf einmal so sinnlos vor. Zum ersten Mal machte ihr die erneute Schwangerschaft zu schaffen, sie fühlte sich häufig müde, und ihre Beine schwollen an.

In diesem Sommer war es Clara, als lebte sie in einer Art Vakuum aus Schmerz und mühsam zurückgehaltener Verzweiflung. Sich diesen Gefühlen hinzugeben, das erlaubte sie sich nicht. Einer musste schließlich stark sein in der Familie. Doch während sie ihren Töchtern hin und wieder erlaubte, ihr langes Haar zu kämmen und zu frisieren, während sie mit ihnen spazieren ging oder ihnen die einfachen Klavierübungen von Czerny zeigte, mit denen auch sie einmal angefangen hatte, fühlte sie, wie diese Verzweiflung stets wie eine unsichtbare Begleiterin präsent war und geduldig darauf wartete, dass sie sich ihr eines Tages stellen würde.

Am 1. November erhielten sie überraschend Besuch von Sven Gade, dem dänischen Komponisten, den Felix Mendelssohn mit dem Dirigieren des Gewandhauses betraut hatte, was Robert als Demütigung empfunden hatte, weil man nicht ihn zuvor gefragt hatte, ob er diesen Posten haben wollte. Sie hatten ihr gutes Verhältnis zu Gade dennoch gerettet, und nun brachte er beängstigende Neuigkeiten.

»Felix Mendelssohn verliert den Verstand«, sagte der Däne aufgewühlt, als sie ihn ins Musikzimmer gebeten und ihm eine Tasse Tee angeboten hatten.

»Felix? Du machst Scherze!« Felix Mendelssohn war der Letzte, von dem Clara sich vorstellen konnte, er könnte verrückt werden.

»Nein, ganz und gar nicht.« Gade fuhr sich mit der Hand über die Augen. Er wirkte verzweifelt. »Er redet wirres Zeug. Glaubt mir, ich war selbst dabei. Vielleicht ist es die Trauer um seine Schwester.«

Clara konnte es nicht glauben. Nein, sie wollte es nicht. »Das ist vollkommen unmöglich.«

Doch Sven Gade beharrte darauf, berichtete von Äußerungen des großen Musikers, die keinen Sinn ergaben. Clara und Robert wechselten einen langen Blick.

Eine kalte Angst schlich sich in Claras Herz. Seit ihrem fünfzehnten Lebensjahr war Felix Mendelssohn eine feste Größe ihres Lebens. Er war der Garant dafür, dass sich der musikalische Wandel in Deutschland, von dem Robert so lange schon träumte, nach und nach tatsächlich vollzog. Sie kannte keinen ruhigeren, anständigeren und besonneneren Menschen als Felix Mendelssohn, er war einer ihrer besten Freunde, integer, humorvoll und stets voller Tatendrang.

Wie seine Schwester, fuhr es Clara durch den Kopf. Voller Energie. Und dann war sie gestorben, von einem Moment auf den anderen. Eben noch mitten im Leben, und ganz plötzlich wie eine erloschene Kerze, die ein Windhauch ausgeblasen hatte.

»Er wird sich erholen«, sagte Robert. »Vielleicht sollte er kaltwarme Wechselbäder nehmen, so wie ich.«

Dass Felix sich erholen würde, das hoffte auch Clara. Fünf Tage später jedoch erreichte sie die Nachricht von seinem Tod. Er war einem Hirnschlag erlegen. Genau wie Fanny. Und zuvor sein Vater, sein Großvater, und wer weiß noch alles in der Reihe seiner Ahnen. Gerade mal achtunddreißig Jahre alt war er geworden.

Der Tod der Geschwister, so rasch nacheinander, erschütterte Clara mehr, als sie es sagen konnte. Immer musste sie an Fannys Worte denken. »Wir sind *ein* Herz und *eine* Seele.« Konnte einer ohne den anderen nicht existieren?

Lass mich im düstern Reiche nicht allein, zu diesen Worten war Fanny gegangen. Und Clara wurde den Gedanken nicht los, dass Felix ihrem Ruf gefolgt sein könnte.

18. KAPITEL

Dresden und Maxen: 3. bis 9. Mai 1849

»Wo ist Herr Schumann? Er muss sofort mit uns kommen!«

Clara starrte den Mann erschrocken an, der an ihrer Wohnungstür Sturm geläutet hatte. Sie kannte ihn nur vom Sehen, er wohnte wie sie in der Reitbahngasse, genau wie die anderen, die sich in ihren Flur drängen wollten.

»Mein Mann ist nicht da«, log sie, verstellte ihnen den Weg und hoffte, dass Robert nicht gerade jetzt aus seinem Zimmer kam.

»Wenn er zurückkommt, muss er sich sofort bei uns melden.«

»Weshalb denn?«

Am Vortag war die Spannung in der Stadt eskaliert und es wurde geschossen. Der sächsische König Friedrich August II. weigerte sich, die neue Reichsverfassung der Frankfurter Nationalversammlung anzuerkennen und versuchte, aufs Land zu fliehen, was die Revolutionäre erfolgreich verhindert hatten. Seit einem Jahr befand sich der gesamte deutsche Staatenbund in Aufruhr, statt der Monarchien in den einzelnen Kleinstaaten wollten die Demokraten eine Republik errichten, auch sie und Robert samt ihrer Freunde sympathisierten mit den Reformern. Doch über die plötzlich ausbrechende Gewalt in der Stadt waren sie alle entsetzt.

»Jeder Mann wird bei der Bürgergarde gebraucht«, antwortete einer ihrer Nachbarn und hielt ein Jagdgewehr hoch. »Und wenn Herr Schumann eine Waffe hat, soll er sie mitbringen.«

Mein Mann hat keine Waffe, wollte sie sagen, dann besann sie sich und vertröstete die Männer auf später. Ja, sie werde es ihrem Mann ausrichten. Aber so bald käme er wohl nicht nach Hause.

»Warum fragen sie nach Papa?« Marie stand in der offenen Tür zum Kinderzimmer. »Was wollen die Männer?«

»Nichts«, antwortete Clara zerstreut und überlegte fieberhaft. »Geh wieder zurück zu Agnes und deinen Geschwistern.« Die Amme versorgte im Kinderzimmer nicht nur den kleinen Ludwig, sondern sah auch nach Julie, Elise und Marie, seit Henriette, ihr Hausmädchen, krank war. »Wo ist denn Papa überhaupt?«

Auf keinen Fall konnte sie es zulassen, dass Robert zum Waffendienst gezwungen wurde. Er wäre der Erste, der bei einem Gefecht ums Leben käme, da war sie sich sicher. Denn eine Kämpfernatur war er gewiss nicht.

»Im Garten. Aber Mama, wer knallt denn da draußen die ganze Zeit?« Marie war acht Jahre alt und nicht mehr so einfach mit knappen Antworten abzuspeisen. Jetzt hörte auch Clara die Detonationen. Du lieber Himmel, das waren Kanonen. Befanden sie sich etwa im Krieg?

Es war ein Unglück, dass Henriette an den schwarzen Pocken erkrankt war. Der Arzt hatte nur den Kopf geschüttelt und geraten, die Kinder von ihr fernzuhalten und abzuwarten. Sie in ein Hospital bringen zu lassen, so meinte er, würde ihren sicheren Tod bedeuten in diesen Zeiten. Mit guter Pflege könnte sie es vielleicht schaffen. Als Clara jetzt vorsichtig nach ihr sah, lag sie wie die Stunden zuvor in ihrem Bett und rührte sich nicht.

So rasch sie konnte, lief Clara die hintere Treppe hinunter und betrat durch die rückwärtige Tür den Garten. Hier fand sie Robert lesend an seinem Lieblingsplatz in einer kleinen Laube.

»Robert«, sagte sie atemlos. »Die wollen eine Bürgergarde bilden und dich dazu holen. Das darf auf gar keinen Fall passieren ...«

»Mama, die Männer sind schon wieder da!« Marie war ihr nachgelaufen. »Sie sagen, sie wüssten genau, dass Papa zu Hause ist. Frau Kreutzer aus dem Erdgeschoss hat es ihnen verraten.«

Clara fasste in ihre Rocktasche. Wie immer hatte sie ihre Geldbörse und den Hausschlüssel bei sich. Kurz zögerte sie. Sollte sie Marie hochschicken, um die Köchin zu alarmieren und ihre Geschwister zu holen? Da sah sie schon das Gesicht des Nachbarn am rückwärtigen Fenster ihrer Wohnung, der die Gardinen beiseitegeschoben hatte und wütend zu ihnen herunterstarrte.

»Los«, sagte sie und war auf einmal die Ruhe in Person. »Wir dürfen keine Zeit verlieren.« Sie griff nach Maries Hand. Mit der anderen zog sie Robert am Arm mit sich.

»Wo willst du denn hin?«

»Hier kannst du nicht bleiben«, sagte sie atemlos und öffnete das Gartentörchen. »Beeil dich, ehe die Kerle hinter uns her sind.«

»Aber ... wohin denn?«

»Zum Bahnhof natürlich«, rief sie und rannte los.

Sie war schon wieder schwanger, und zwar im siebten Monat, und das Laufen fiel ihr schwer. Die Angst verlieh ihr jedoch Riesenkräfte. Der Bahnhof war von Revolutionären belagert. Sie hatten Sensen an lange Stangen gebunden, und Marie klammerte sich an sie, als sie die ersten dieser Männer auf hohen Barrikaden erblickten.

»Was wollen die Sensenmänner?«, fragte das Mädchen mit dünner, angstvoller Stimme.

»Diese Männer kämpfen für eine bessere Welt«, sagte Robert erstaunlich gefasst. »Eigentlich ist es falsch, wegzulaufen, Clara. Sollte ich nicht mithelfen ...«

»Nein«, unterbrach Clara ihn entschlossen. »Denk an deine Familie. Du hast vier Kinder und das fünfte ist unterwegs. Wenn du willst, komponiere etwas für die Revolution. Als Kanonenfutter geb ich dich nicht her.«

Zu Claras Erleichterung vergewisserte sich die Bürgergarde lediglich, ob sie bewaffnet waren. Als man nichts fand, ließ man sie ins offene Bahnhofsgebäude.

Unschlüssig blieb Clara auf dem Bahnsteig stehen. Erst jetzt kam sie dazu, die Folgen ihrer Flucht zu überdenken. Unter ohrenbetäubendem Lärm und in eine dicke Dampfwolke gehüllt fuhr ein Zug ein.

»Der geht in Richtung Königstein«, sagte Robert, der ein Schild entdeckt hatte. »Wir könnten bis Mügeln mitfahren und uns nach Maxen durchschlagen. Was meinst du? Ob uns Major Serre Asyl gewährt?«

»Aber die Kinder«, entgegnete Clara. »Ich kann sie doch nicht allein zurücklassen. Geh du allein mit Marie nach Maxen.«

»Und du?«

»Ich muss zurück, die anderen Kinder holen.«

In diesem Augenblick zerriss der ohrenbetäubende Lärm von Gewehrsalven die Luft. Marie begann vor Angst zu weinen, und auch Robert presste seine Hände gegen seine Ohren, das Gesicht vor Schmerz verzerrt. Schreiende Menschen stürzten in den Bahnhof, darunter erkannte Clara einige Männer aus der Bürgergarde, die sie eben noch kontrolliert hatten, blutüberströmt und in Panik. Auf einmal war das Gebäude voller Menschen, jeder versuchte, in den Zug einzusteigen, und ehe Clara sich versah, waren sie bereits in einen der Waggons gedrängt worden.

»Ich muss zu meinen Kindern!«, schrie sie, an ein Aussteigen war allerdings nicht mehr zu denken. Schon setzte sich der Zug in Bewegung, rollte vom Bahnhofsgelände und nahm Fahrt auf. In der Südvorstadt sahen sie Barrikaden, so hoch wie ein einstöckiges Haus. Clara wollte sich abwenden, doch sie konnte nicht.

Sie sah, wie die Kämpfer für eine bessere, demokratische Welt von Kugeln getroffen herunterstürzten. Hastig zog sie Marie so auf ihren Schoß, dass sie das nicht sehen konnte. Überall erhob sich Pulverdampf in grauen Wolken über der Stadt, und um sie herum begannen die aufgeregten Menschen von den Schrecken zu erzählen, die ihnen auf dem Weg zum Bahnhof begegnet waren.

»Mathilde ist ja bei den Kindern«, versuchte Robert sie zu beruhigen. »Und Agnes. Vermutlich hat das dumme Ding den Männern die Tür geöffnet. Den Kindern tun sie ganz bestimmt nichts.«

Bei dem Gedanken, sich selbst gerettet zu haben, während ihre Kinder zurückgeblieben waren, fühlte sich Clara ganz elend.

»Du weißt doch gar nicht, was noch alles passieren wird«, antwortete sie. Robert scherzte mit Marie, um das arme Kind auf andere Gedanken zu bringen, und hörte sie nicht. Und das war gut so. Was brachte es, wenn sich ihre Älteste, die sich ohnehin schon dauernd für ihre kleineren Geschwister verantwortlich fühlte, jetzt auch noch ängstigte?

In einem Dorf namens Mügeln, dort, wo die Müglitz in die Elbe mündete, stiegen sie aus. Von hier gingen sie zu Fuß die halbe Stunde nach Dohna, wo sie einen Gasthof kannten. Sie aßen eine Kleinigkeit und hofften auf bessere Nachrichten aus Dresden, die ihnen hoffentlich Reisende mit dem nächsten Zug bringen würden. Doch vergeblich. Wer konnte, strebte aus der Stadt heraus. Die Lage werde immer schlimmer, hieß es. Jeder sagte ihr, es sei Wahnsinn, zurückzukehren, die Stadt stünde unter Beschuss, neu eingetroffene königstreue Truppen lieferten sich mit den Revolutionären erbitterte Kämpfe.

»Nicht in der Reitbahngasse«, versuchte Robert sie zu beruhigen. »Die liegt zu entlegen.«

Woher willst du das wissen?, wollte sie ihn anschreien. Wie konnte er nur so ruhig dasitzen und seinen Braten essen, während drei seiner Kinder in Lebensgefahr schwebten?

Schließlich brachen sie auf und wanderten nach Maxen, klopften an der Pforte des Schlosses an, in dem sie schon so oft erholsame Tage verbracht hatten.

»Gut, dass ihr es geschafft habt«, meinte Major Serre, und doch bemerkte Clara das besorgte Gesicht der Majorin. »Wir haben ganz schön viel Besuch zurzeit«, fügte Serre scherzhaft hinzu. »Soweit ich weiß, bekommt ihr das letzte Zimmer, richtig?« Die Majorin umarmte Clara wortlos und schickte das Hausmädchen, damit es das Zimmer für sie herrichtete.

Den Abend verbrachten sie in äußerster Unruhe, und in der Nacht fand Clara kaum Schlaf. Sie konnte es nicht fassen, dass sie tatsächlich davongelaufen war, statt Robert mit Marie allein nach Maxen zu schicken. Immer wieder machte sie sich die größten Vorwürfe. Sie war eine Rabenmutter, daran gab es nichts zu rütteln.

Am Tag darauf, einem Sonntag, konnten sie den Kanonendonner aus der Stadt bis nach Maxen hören, und nach dem Mittagessen hielt sie es nicht mehr aus.

»Ich muss zurück«, sagte sie.

»Dann begleite ich dich«, erklärte Robert.

»Auf gar keinen Fall«, protestierte die Majorin Serre. »Habt ihr nicht gehört, was passiert? Die Revolutionäre schnappen jeden waffenfähigen Mann und zwingen ihn, auf ihrer Seite zu kämpfen. Du kannst unmöglich zurück, Robert, das lasse ich nicht zu.«

»Clara kann nicht allein gehen«, wandte Robert ein. »Das kann ich nicht erlauben. Außerdem kämpfen die Demokraten für eine gute Sache.«

Am Tisch erhob sich unter den größtenteils adeligen Gästen ärgerliches Gemurmel.

»Das ist doch alles nur Gesindel«, schimpfte ein älterer Graf mit hochrotem Gesicht. »Die muss man alle niederknallen, und fertig.«

»Solche Reden möchte ich in meinem Haus nicht hören«, erklärte die Majorin Serre mit funkelnden Augen. »Reformen sind seit Langem überfällig. Und wenn ich bitten darf: kein Streit über Politik an meinem Tisch.«

Der Graf zog das Genick ein und beugte sich über seinen Teller.

»Ich muss nach unseren Kindern sehen«, insistierte Clara.

»Ich geh mit dir, Mama«, sagte Marie mit ernsthafter Miene.

»Mein Schatz, ich weiß, dass du tapfer bist. Aber das ist keine gute Idee«, antwortete Clara mit einem zärtlichen Lächeln.

Sie wartete ab, bis sie die Majorin nach dem Essen im Musikzimmer allein antraf. Marie wich keinen Schritt von ihrer Seite.

»Falls es mir gelingt, die Kinder aus der Stadt zu holen«, begann sie scheu, »dürfte ich sie denn vorläufig hierher bringen? Ich meine, bis wir etwas anderes finden?« Es widerstrebte ihr, die Gutmütigkeit der Majorin über Gebühr zu strapazieren.

»Selbstverständlich«, antwortete ihre Gastgeberin herzlich. »Wie alt sind sie noch?«

»Elise ist sechs«, antwortete Marie gewichtig. »Julie erst vier.«

»Und der kleine Ludwig ist sechzehn Monate«, ergänzte Clara.

»Das wollen Sie wirklich wagen?« Täuschte sie sich oder streifte die Majorin ihren Bauch mit einem bedeutungsvollen Blick? »Nun ja, allein können Sie es schon deshalb nicht, weil Ihnen jemand mit den Kindern helfen muss«, erklärte die Majorin. »Und ein Mann kann nicht mitgehen, sonst wird er womöglich zum Kämpfen gezwungen. Ach, was leben wir doch in fürchterlichen Zeiten, liebste Clara.«

Am Ende war es die achtzehnjährige Tochter des Verwalters, die als Einzige mutig genug war, Clara zu begleiten.

»Uns beiden Frauen wird niemand etwas antun«, sagte Charlotte unerschrocken.

»Aber heute ist es schon zu spät«, erklärte der Major, als man ihm den Plan unterbreitete. »Wenn ihr wirklich so tollkühn sein wollt, dann wartet bis morgen früh. Da soll euch der Fritz so nah wie möglich an die Stadt heranfahren.«

»Bis Strehlen«, schlug Clara vor. »Von dort kenne ich einen Feldweg, über den wir vom Stadtrand aus direkt in unsere Straße gelangen, ohne durchs Zentrum zu müssen.«

Um drei Uhr morgens verließen sie das Gut. Wie von Clara vorgeschlagen, brachte sie der Knecht mit dem Pferdewagen bis Strehlen und versprach, hier auf sie zu warten. Dresden stand noch immer unter Kanonenbeschuss, im Morgenlicht sahen sie hier und dort den schaurigen roten Schein von Feuer, während sie sich mit bangen Herzen der südöstlichen Flanke der Stadt näherten.

Eine Stunde gingen sie so und begegneten keiner Menschenseele. Doch auf einmal fasste Charlotte nach Claras Arm und drückte ihn so fest, dass sie fast aufgeschrien hätte. Da sah auch sie die Schar Sensenmänner, die ihnen auf dem Feldweg entgegenkamen.

»Das sind mindestens fünfzig«, raunte Charlotte. »Was machen wir jetzt?«

Clara legte eine Hand auf ihren gewölbten Bauch und überlegte. Sie gab sich einen Ruck.

»Wir gehen einfach weiter«, sagte sie. »Es werden doch wohl immer noch Menschen sein und keine Barbaren.«

Und so machten sie es. Schritt um Schritt kamen die bedrohlich wirkenden Männer näher. Claras Herz schlug ihr bis zum Hals. Schließlich trennten sie nur noch wenige Meter voneinander. Und schon als sie dachte, sie müssten auf den sumpfigen Acker ausweichen, traten die Revolutionäre nach links und rechts beiseite, und eine Gasse öffnete sich ihnen, durch die sie schweigend hindurchschritten, über ihnen ein Wald aus Sensen, wie grausige Banner gegen den Morgenhimmel. Keiner sprach ein Wort. Dann waren sie hindurch und atmeten auf.

Die Totenstille in der Reitbahngasse stand im krassen Gegensatz zum Lärm, der aus der Innenstadt herüberdrang, und Clara befiel eine fürchterliche Angst. Was, wenn die Häuser leer waren?

In der Wohnung war alles ruhig. Atemlos vor Angst riss sie die Tür zum Kinderzimmer auf. Vor Erleichterung wurden ihr die Knie ganz weich.

Die Kinder lagen in ihren Betten und schliefen wie unschuldige Engel. Clara atmete ein paarmal tief durch, dann weckte sie Agnes und bat sie, ihr zu helfen, die Kinder anzukleiden.

»Ist hier alles ruhig geblieben?«, fragte Clara.

»Ja, alles bestens«, antwortete die Amme mit einem Gähnen und starrte erstaunt Charlotte an. »Die Männer sind nicht wiedergekommen, nachdem sie gesehen haben, wie sich der Herr durch den Garten davongemacht hat.«

»Wie geht es Henriette?«

Agnes zuckte die Achseln.

»Mathilde schaut nach ihr. Ich glaube nicht, dass sie es überlebt.«

Bedrückt ging Clara die Kinder wecken, die sich verschlafen die Augen rieben. Elise protestierte heftig, als Clara ihr etwas zu unsanft das Kleid überstreifte, sie hatte keine Übung darin, normalerweise versorgte Henriette die Kinder.

»Agnes soll mich anziehen«, plärrte Elise, und Clara musste sich zusammenreißen, um sie nicht anzuschreien. Ihre Nerven lagen blank, ständig lauschte sie zur Straße hinunter, von der sie glaubte, das Donnern der Gewehrsalven näher rücken zu hören.

»Sch…«, machte sie. »Wir machen heute einen Ausflug.«

»Ausflug?«, echote die kleine Julie interessiert, die mit ihren himmelblauen Augen fasziniert Charlotte betrachtete, die begonnen hatte, sie anzuziehen. »Ja, nach Maxen zu Papa.«

»Wieso ist Papa in Maxen?«, wollte Elise misstrauisch wissen. »Er hat uns versprochen, dass wir heute zu den Enten gehen. Und wer ist das da überhaupt?« Sie zeigte auf Charlotte.

»Man zeigt nicht mit dem Finger, Elise, wie oft soll ich dir das sagen. Das ist Charlotte, sie wohnt in Maxen«, versicherte Clara.

»Gibt's da Enten?«, ließ Julie sich hören.

»Jede Menge. Auch Gänse. Aber vorher müsst ihr lieb sein. Wir müssen nämlich noch ein Stück zu Fuß …«

»Will nicht zu Fuß«, plärrte Elise und strampelte den Schuh von sich, den ihr Clara gerade binden wollte. »Wo ist überhaupt die Marie?«

Nun begann der kleine Ludwig zu schreien, und Agnes nahm ihn aus der Wiege, um ihn zu stillen.

»Madame Schumann«, begann sie mit angstvoll aufgerissenen Augen. »Was genau haben Sie denn vor?«

»Wir können hier nicht bleiben, Agnes«, erklärte Clara und bemühte sich, geduldig zu sein. Sie packte die sich wehrende Elise, drehte sie um und klemmte sie zwischen ihre Knie, so dass sie ihr nicht entwischen konnte. So hatte ihr Vater es manchmal mit ihr gemacht, wenn sie gar zu widerspenstig gewesen war, und sie hasste es, das an ihren eigenen Kindern zu wiederholen. An diesem Morgen blieb ihr allerdings keine Wahl. »Bei Major Serre sind wir vorerst sicher. Und wenn die Unruhen noch länger dauern, werden wir uns etwas außerhalb suchen müssen …«

»Mathilde muss auch mit«, mischte Elise sich ein, die nun willig den zweiten Schuh sogar selbst anzog. »Sie muss auch sicher sein.«

»Das stimmt, Elise. Ich seh mal nach ihr.«

Mathilde kam gerade aus der Gesindestube, eine Schüssel mit feuchten Lappen in der Hand. Das Gesicht der gutmütigen Frau war bleich und sorgenvoll.

»Wenn ich mitkomme«, sagte sie, nachdem Clara ihr die Lage erklärt hatte, »dann ist ja die Henriette ganz allein.« Sie seufzte tief. »Nein, Madame Schumann, ich kann nicht fort, das kann ich mit meinem Gewissen nicht vereinbaren. Wir können das Mädchen doch nicht einfach so liegen lassen.«

»Nein, das geht nicht«, stimmte Clara ihr zu und holte einige Taler aus ihrer Börse. »Hier.« Und als die Köchin protestieren wollte, fügte sie hinzu: »Damit kannst du den Arzt bezahlen. Er soll kommen und noch mal nach ihr sehen. Vielleicht musst du ja noch Medizin für sie kaufen.« Wieder lauschte sie hinaus auf die Straße. »Fürchtest du dich denn nicht, so allein?«

Mathilde lachte freudlos auf.

»Glauben Sie, irgendjemand will sich mit einer Pockenkranken anlegen?« Sie schüttelte den Kopf. »Gehen Sie. Und Gott sei mit Ihnen.«

»Die Adresse von Serres lege ich auf den Tisch«, sagte Clara. »Wenn … Ich meine, falls Henriette …«

»Dann komm ich nach«, versprach Mathilde und verschwand in der Küche.

Clara beeilte sich, in Roberts Arbeitszimmer die wichtigsten Handschriften, vor allem die Skizzen zu seiner Oper, die zerfledderte Ausgabe von Goethes *Faust* und die *Flegeljahre* von Jean Paul, die Robert so liebte, und was ihr sonst noch in die Hände fiel, in seine große Ledertasche zu packen. Sie begab sich in ihr eigenes Zimmer und legte ihre Kompositionen, sowie die Noten der Stücke, die sie in ihren Konzerten spielte, dazu. Die Tasche war schwer, und sie fragte sich, wie sie das alles samt der Kinder bis nach Strehlen schleppen sollten. Am liebsten hätte sie noch viel mehr mitgenommen und es tat ihr weh, ihren Flügel zurückzulassen. Sie hatte keine Ahnung, was geschehen würde. Rauch lag über der Stadt. Vielleicht würde auch ihr Haus in Flammen aufgehen. Schließlich brachen sie auf. Elise trug ihren eigenen kleinen Ranzen, den sie bei den Familienausflügen stets auf dem Rücken hatte, während Julie getragen werden musste, weil sie mit den Erwachsenen noch nicht Schritt halten konnte.

Der Feldweg, auf dem sie in der Morgendämmerung nur die Schar Sensenmänner getroffen hatten, war nun voller Flüchtlinge, die schaurige Dinge erzählten, so dass Clara zu ihrem altbewährten Mittel griff – und einfach ihre Ohren verschloss.

Endlich gelangten sie wohlbehalten nach Strehlen, wo Fritz tatsächlich noch immer geduldig auf sie wartete. Wie gut sie es hatten, wurde Clara bewusst, als sie an den nicht enden wollenden Reihen an Flüchtlingen vorüberfuhren, die sich zu Fuß aus der Stadt in Sicherheit brachten. Als sie durch das Hoftor ins Schloss Maxen einfuhren, schlug die Turmglocke gerade elf Uhr.

Es war ihr klar, dass sie nicht alle sieben länger als zwei Nächte auf dem Schloss bleiben konnten, das ging weit über das hinaus, was man einer so großzügigen Gastfreundschaft zumuten konnte. Clara wollte außerdem vermeiden, von den anderen Gästen wegen ihrer Kinderschar schräg angesehen zu werden. Drei Jahre zuvor hatten sie sich für einen Sommeraufenthalt bei einem Arzt in Maxen eingemietet, und dort bot sich nun die Möglichkeit, wenigstens die Amme mit den drei jüngeren Kindern unterzubringen. Elise bekam zwar wieder einmal einen ihrer Wutanfälle, als sie hörte, dass Marie mit ihren Eltern im Schloss bleiben durfte, doch am Ende fügte sie sich.

»Du hast die Marie viel lieber als uns«, sagte sie schließlich unter Tränen, und Clara fühlte sich ertappt. Ja, es stimmte. Marie war das einzige Kind, das sie sich gewünscht hatte. Die anderen waren alle Schlag auf Schlag gefolgt, ohne dass sie Zeit gefunden hätte, sich wirklich auf sie zu freuen. Jede Schwangerschaft hatte sie daran gehindert, ihre Karriere weiter voranzutreiben, und das musste sie doch. Sie musste Geld ins Haus bringen, wer tat es sonst?

»Ich hab euch alle lieb«, sagte sie und hörte selbst, wie wenig überzeugend das klang. »Und besonders dich«, fügte sie hinzu.

»Warum besonders mich?«, schniefte Elise, nur allzu bereit, es ihr glauben zu wollen.

»Weil du genauso störrisch sein kannst wie ich«, antwortete Clara und zog die Sechsjährige auf ihren Schoß. »Weil du weißt, was du willst und nicht Ruhe gibst, bis du es bekommst. Aber manchmal, mein Schatz, muss man eben auch Kompromisse machen.«

»Was heißt denn das?«

»Zugeständnisse«, erklärte Clara. »Man muss einlenken und seine eigenen Wünsche hintanstellen.« Elise vergrub ihren Kopf an ihrem Busen, was das wilde Mädchen selten tat. Und Clara kam sich noch abscheulicher vor als zuvor. Was erzählte sie denn da dem Kind? Reichte es nicht, dass sie selbst ihre Wünsche seit Jahren hintanstellte?

»Und warum soll man das denn tun?«, fragte Elise leise.

Ja, warum war sie all die Kompromisse ihres Lebens eingegangen? Kompromisse, die sie zu der gemacht hatten, die sie heute war – eine vielfache Mutter und Ehefrau, die sich nach den Wünschen ihres Mannes richtete und sein zerbrechliches Wohl an allererste Stelle setzte? Eine ehemals weltberühmte Pianistin, die man heute an ihren eigenen Erfolgen als Wunderkind maß? Es gab nur einen Grund, seine Wünsche hintanzustellen.

»Aus Liebe, mein Kind«, sagte sie. »Das kann man nur, wenn man liebt.«

»Ich kann hier nicht länger bleiben.« Robert stand am Fenster ihres Zimmers im Schloss und starrte hinaus. »Weißt du, was das dort hinten für ein Gebäude ist?«

Er sah sie an, und sie erschrak vor der Intensität seines Blickes. Es war ihr nicht entgangen, dass die anderen Gäste ihm heimliche Blicke zuwarfen, hinter seinem Rücken über ihn tuschelten und mitunter lachten. Zu Hause war es ihr nicht mehr aufgefallen, hier jedoch sah sie ihn mit den Augen der anderen. Sein Gesicht war aufgedunsen, seine schönen Augen mitunter fast zugeschwollen und gerötet. Das Unheimlichste war der starre Blick, den sie jetzt öfter an ihm beobachtete.

»Nein, das weiß ich nicht«, antwortete sie.

»Eine Irrenanstalt.« Roberts Stimme schnappte beinahe über. »Der Major hat es mir heute Morgen gesagt. Ist das nicht schrecklich? Ich kann hier nicht länger bleiben, Clara. Es ist ein unheilvolles Omen, dass ich ausgerechnet aus unserem Zimmer hier direkt auf ...«

»Aber Robert«, versuchte sie ihn zu beruhigen. »Das Gebäude ist doch so weit entfernt ...«

»Und dann heißt sie auch noch ›Sonnenstein‹, diese Anstalt. Kannst du das glauben? Ich, der ich mich früher mit meinen Freunden immer als Sonnenjüngling bezeichnet habe.«

»Liebster, das ist nichts weiter als ein Zufall.«

»Das verstehst du nicht«, unterbrach er sie und begann unruhig im Zimmer auf- und abzugehen, und sie begriff, dass es keinen Sinn hatte, mit ihm zu streiten. »Natürlich bedeutet das etwas. Es gibt keine Zufälle. Nicht in *meinem* Leben.«

»Was bedeutet es denn?«

»Ich weiß es nicht, Clara. Ich ahne es nur. Erlasse es mir, es auszusprechen.« Er blieb vor ihr stehen. Ihr Herz krampfte sich zusammen, als sie seinen gequälten Gesichtsausdruck sah. »Ich kann hier auf keinen Fall arbeiten.«

Er hatte ihr hin und wieder von seiner Angst erzählt, den Verstand zu verlieren. Ja, er hatte das bereits in ihren »Brautbriefen« angedeutet, wie er inzwischen ihre Korrespondenz zwischen ihrer heimlichen Verlobung und der Heirat nannte. Sie konnte also nicht einmal behaupten, nicht gewarnt gewesen zu sein. Nicht nur ihr Vater, auch ihre Freundin Emilie List hatte sie auf Roberts psychische Labilität, seine schwache nervliche Konstitution hingewiesen.

»Wo sollen wir denn deiner Meinung nach hin?«, fragte sie so ruhig wie möglich. »Zurück nach Dresden können wir noch nicht, dort ist alles so unsicher. Da wirst du keine Ruhe zum Komponieren finden.«

»Lass uns nach Kreischa gehen«, schlug er überraschend vor. »Der Arzt, bei dem unsere Kinder wohnen, hat mir erzählt, dort gäbe es eine Kaltwasseranstalt, in der man eine Methode erfunden hätte, Angstzustände zu kurieren. Das ist genau das Richtige für mich, meinst du nicht? Hier werde ich nun nicht mehr froh.« Er trat zurück ans Fenster und sah hinüber zu dem Gebäude, das ihr noch nie zuvor ins Auge gestochen war.

Sie war gern in Maxen. Die Fröhlichkeit der Majorin, die sie manchmal fast zu mütterlich umsorgte, und die gemeinsamen musikalischen Abende taten ihr gut. Hier fühlte sie sich fast wie zu Hause, so oft war sie schon hier gewesen. Und doch war ihr klar, dass wieder einmal der Moment gekommen war, von dem sie erst neulich Elise erzählt hatte. Einmal mehr musste sie aus Liebe ihre eigenen Wünsche zurückstecken.

»Dann wollen wir mal sehen, ob wir dort eine Wohnung finden, die groß genug für uns alle ist«, sagte sie entschlossen. »Morgen fahren wir hin und lassen uns diese Kaltwasseranstalt zeigen. Was meinst du?«

Ihr fiel ein Stein vom Herzen, als sie den Wandel sah, der in Robert nun vonstattenging. Seine Augen, die sie so liebte, strahlten und wurden weich. Seine mitunter fast unförmig erscheinenden Gesichtszüge strafften sich.

»Wenn ich dich nicht hätte, meine Kläre«, sagte er überglücklich.

Und merkte mal wieder nicht, wie sehr es sie verdross, wenn er sie so nannte.

19. KAPITEL

Dresden und Düsseldorf: 1849 bis 1851

»Ich denke, das Angebot sollte ich wohl annehmen. Oder?«

Seit einer Woche sprachen sie über nichts anderes. Ferdinand Hiller hatte Robert gefragt, ob er ihn in Düsseldorf als seinen Nachfolger für die begehrte Stelle des Direktors des dortigen Musikvereins vorschlagen sollte. Hiller selbst hatte ein lukrativeres Angebot aus Köln erhalten.

Die Anfrage war ehrenvoll, Felix Mendelssohn hatte diese Stelle innegehabt, ehe er nach Leipzig gekommen war. Am selben Tag war Robert in die Stadt gegangen, hatte Champagner und Austern gekauft, dazu noch eine Flasche von Claras Lieblings-Eau de Cologne, das er ihr normalerweise nur zu ihren Geburtstagen schenkte. Doch nach der ersten Begeisterung kamen die Zweifel.

Gerade jetzt, wo sich allmählich sein Erfolg als Komponist einstellte, sollte er sich unter das Joch einer festen Anstellung begeben? So oft sie auch in den vergangenen Jahren davon gesprochen hatten, Dresden lieber heute als morgen zu verlassen, so schien sich ausgerechnet jetzt so manche Tür für Robert zu öffnen. Seine Oper *Genoveva* war endlich fertig und nach monatelangem Hin und Her hatte man ihm die Uraufführung in Leipzig zugesagt. Sollte die Oper ein Erfolg werden, könnte dies seine Reputation in Dresden mit einem Schlag verbessern.

»Aber das sind nur Hypothesen«, schloss Clara die Diskussion. »Basierend auf ›wenn‹ und ›dann‹. Das Angebot aus Düsseldorf dagegen ist konkret. Du müsstest zehn Konzerte pro Jahr und vier Kirchenmusikveranstaltungen betreuen. Bei der Programmauswahl hättest du völlig freie Hand. Stell dir vor, du könntest alle deine Werke aufführen! Dazu kommen noch die wöchentliche Chorprobe mit dem Singverein, die du zu leiten hättest. Das machst du doch hier in Dresden schon seit Jahren. Ich finde, das alles klingt wunderbar.« Das Gehalt von siebenhundert Talern im Jahr war zwar nicht gerade üppig, würde allerdings eine solide Grundlage bilden, wie sie bislang noch nie eine gehabt hatten.

»So ein Umzug kostet eine Menge Geld«, wandte Robert ein. Clara wusste, wie sehr er sich vor Veränderungen fürchtete.

»Wir könnten sicherlich noch eine Pauschale für die Unkosten verhandeln«, schlug sie vor. »Außerdem müssen wir ja nicht gleich umziehen, sondern erst in einem halben Jahr.« Und als sie sah, wie Robert noch immer zögerte, fügte sie hinzu: »Du kannst noch in aller Ruhe die *Genoveva* auf die Bühne bringen. Im kommenden Frühjahr wäre sogar noch eine Konzertreise nach Hamburg möglich.« Ihrer Meinung nach hatte sie viel zu lange das Hausmütterchen gespielt. In den vergangenen drei Jahren, seit ihrem Aufenthalt in Berlin, war Clara lediglich in Leipzig und Zwickau öffentlich aufgetreten.

Der Aufenthalt in Kreischa schien Robert gut getan zu haben. Sie hatten ein hübsches Haus mit Garten samt einem Flügel gemietet und Marie und Elise in der Dorfschule angemeldet, wo es den Mädchen ausgezeichnet gefallen hatte. Agnes hatte sich um die Kleinen gekümmert, und so hatte sie an den Vormittagen endlich Zeit für sich gehabt, war zum Üben gekommen wie lange nicht mehr. Robert komponierte neben seinen Kaltwasseranwendungen in der Klinik in rasender Geschwindigkeit ein Stück nach dem anderen. Ihre Anregung, statt zu kämpfen, für die Revolution zu komponieren, hatte er begierig aufgegriffen und vier Märsche und fünf Lieder für Männerchor geschrieben, und das alles in wenigen Wochen. Es war ihr unerklärlich, wie er das machte.

Clara hatte sich darauf eingestellt, ihr Kind in Kreischa zur Welt zu bringen und bereits Kontakt zur dortigen Hebamme aufgenommen, doch schon einen Monat später, im Juni, hatte Robert darauf gedrängt, nach Dresden zurückzukehren. Obwohl weite Teile der Stadt von den Kämpfen stark in Mitleidenschaft genommen worden waren, die Königliche Oper und manch andere Gebäude bis auf die Grundmauern abgebrannt, die Straßen und Gehsteige zerstört, da die Pflastersteine zum Errichten der Barrikaden benutzt worden waren – wie durch ein Wunder trafen sie in der Reitbahngasse alles genau so an, wie sie es verlassen hatten. Nur Henriette hatte, wie von Clara befürchtet, ihre Krankheit nicht überlebt. Glücklicherweise hatte Mathilde sich nicht angesteckt und in der Wohnung die Stellung gehalten.

Die Bilanz war schrecklich. Viele ihrer Bekannten waren tot oder in Haft genommen. Der Kapellmeister der Königlichen Oper Richard Wagner wurde steckbrieflich gesucht. Aus der Zeitung hatte Clara erfahren, dass Gottfried Kinkel, der Mann der Dichterin und Komponistin Johanna, die sie bei Fanny Hensel kennengelernt hatte, in Baden festgenommen worden war und sich in Kerkerhaft befand. Er war zu einer der Galionsfiguren der Demokratiebewegung geworden, und Clara bewunderte ihn dafür. In Berlin hatte sie ihn als klugen und besonnenen Denker kennengelernt, und dass ihm nun ein Todesurteil drohte, wühlte sie zutiefst auf. Sie dachte an die arme Johanna, die mit ihren vier Kindern nun ganz allein dastand.

Trotz all den düsteren Nachrichten war Robert so heiter wie lange nicht mehr, und im Grunde war Clara erleichtert darüber, dass das traurige Los vieler ihrer Freunde, die entweder im Kerker saßen oder hatten fliehen müssen, ihn nicht erneut in tiefe Depressionen stürzte.

So hatte sie im Juli ihren zweiten Sohn, den sie Ferdinand getauft hatten, zur Welt gebracht, während Roberts Schaffensschub noch immer andauerte. Wie im Rausch hatte er in diesem Sommer und Herbst komponiert, ein *Requiem für Mignon* nach einer Episode aus Goethes Roman *Wilhelm Meister*, Szenen aus Goethes *Faust*, zwölf Klavierstücke zu vier Händen für kleine und große Kinder, ein *Allegro* für Klavier und Orchester, *vier Gesänge zu zwei Chören* und die Oper *Genoveva*, die nun in Leipzig uraufgeführt werden sollte. Und dann war das Angebot aus Düsseldorf eingetroffen.

»Ich werde an Ferdinand Hiller schreiben«, erklärte Robert, »und ihm noch ein paar Fragen stellen. Das ist kein Berufsorchester, Kläre. Auch der Chor setzt sich aus Laien zusammen. Schließlich sind wir befreundet, da wird er mir doch die Wahrheit sagen, was der wirkliche Grund für seinen Abschied dort ist. Vielleicht spielt das Orchester schrecklich? Und der Chor ist eine Katastrophe? Das würde ich vorher gern wissen. Vielleicht sollten wir hinfahren und uns selbst ein Bild von den Umständen dort machen.«

»Ja, das wäre natürlich gut«, räumte Clara ein. »Das Problem ist nur, wir können uns die Fahrt jetzt nicht leisten, Robert. Glaubst du denn, Felix wäre so lange dort geblieben, wenn die Umstände schrecklich wären? Frag Ferdinand. Seine Auskunft muss uns genügen.«

Er nickte nachdenklich.

»Wir sollten wissen, wie teuer das Leben in dieser Stadt ist, meinst du nicht?«, schlug er nach einer Weile vor. Clara staunte, so vernünftig hatte sie ihren Mann über finanzielle Fragen schon lange nicht mehr reden hören. »Er soll mir außerdem schreiben, wie viele Stunden pro Woche ich durch die Stellung in Anspruch genommen werde, denn natürlich möchte ich noch Zeit zum Komponieren haben. Aber was das Wichtigste ist ...«

»Was ist das Wichtigste?«, fragte sie besorgt, als er nicht weitersprach.

»Das Wichtigste ist, ob der Umzug nach Düsseldorf auch für dich irgendwie interessant sein könnte. Ich meine, in Hinblick auf deine künstlerische Arbeit.«

Sie glaubte ihren Ohren nicht zu trauen.

»Das ist dir wichtig?«, entfuhr es ihr.

»Natürlich, meine Liebste«, sagte er und griff nach ihrer Hand. »Ich kenne dich schließlich«, fügte er mit einem charmanten Lächeln hinzu. »Ohne einen Wirkungskreis kannst du nicht vollkommen glücklich sein. Und wenn du nicht glücklich bist, dann bin ich es auch nicht.«

Die Antworten auf Roberts detaillierten Fragenkatalog fielen allesamt positiv aus. Orchester und Chor setzten sich tatsächlich aus Dilettanten zusammen, aber mit ausgesprochen guten, die ihre Sache ernst nahmen. Auch alle anderen Antworten überzeugten sie, und Robert schrieb Hiller, er könne ihn gerne dem Direktorium vorschlagen.

Als er Clara seinen Brief zu lesen gab, ehe er ihn zur Post gab, stolperte sie allerdings über einen Absatz: *Noch eins: ich suchte neulich in einer alten Geographie nach Notizen über Düsseldorf und fand da unter den Merkwürdigkeiten angeführt: 3 Nonnenklöster und eine Irrenanstalt. Die ersteren lasse ich mir gefallen, allenfalls; aber das letztere war mir ganz unangenehm zu lesen. Ich will Dir sagen, wie dies zusammenhängt. Vor einiger Zeit, wie Du Dich erinnerst, wohnten wir in Maxen (auf dem Gut der Frau Serre). Da entdeckte ich denn, dass die Hauptaussicht aus meinem Fenster nach dem Sonnenstein (Irrenanstalt bei Prina) zuging. Dieser Anblick wurde mir zuletzt ganz fatal; ja, er verleidete mir den ganzen Aufenthalt. So dachte ich denn, könnte es auch in Düsseldorf sein. Vielleicht ist aber die ganze Notiz unrichtig, und die Anstalt dann nur ein Krankenhaus, wie sie in jeder Stadt sind. Ich muss mich sehr von allen melancholischen Eindrücken der Art in acht nehmen.*

»Meinst du wirklich, dass du das an Ferdinand Hiller schreiben solltest?«, wagte sie einzuwenden.

»Warum denn nicht?«, wollte er wissen und überflog den Absatz. »Das macht mir wirklich Sorge. Stell dir vor, wenn wir nun ausgerechnet direkt neben dieser Anstalt wohnen müssten?«

Es wirkt ein wenig zu empfindsam, wollte sie erwidern. Ganz und gar nicht nach einem Mann, der die verantwortungsvolle Position eines Musikdirektors einnehmen will. Doch sie schwieg. Vielleicht war es besser so. Und schließlich musste Robert selbst wissen, was er schrieb und was nicht. Denn er würde am Ende die Position ausfüllen müssen.

Am 1. September 1850 war es soweit. Sie nahmen die Dampfeisenbahn, trotz Claras Vorbehalte, denn sie hatte in der Zeitung von schrecklichen Unfällen gelesen. Sie hatte eingesehen, dass die Fahrt auf diesen neumodischen Schienen viel schneller ging als in der Kutsche. Nur zwei Tage statt fünf oder sechs – das war ein Argument, dem sie sich beugte.

Robert hatte schlussendlich den Vertrag mit der Düsseldorfer Musikvereinigung unterschrieben. So sehr Clara den Umzug befürwortet hatte – mit fünf Kindern war das keine Kleinigkeit. Noch hatten sie keine Wohnung in Düsseldorf, doch einmal vor Ort, hoffte sie, bald eine passende zu finden. In den vergangenen Jahren waren sie so oft umgezogen. Auf ein weiteres Mal kam es nicht an.

In Düsseldorf wurden sie am Bahnhof ehrenvoll von einem Empfangskomitee erwartet. Ferdinand Hiller war zu diesem Zweck extra aus Köln herübergekommen und begrüßte die Familie Schumann aufs Herzlichste im Namen des Konzertdirektoriums, dann begleiteten die Herren sie zum »Breidenbacher Hof«, dem ersten Hotel am Ort.

»Seht mal, da stehen zwei Bäumchen«, rief die kleine Julie begeistert aus, als sie den prächtigen Treppenaufgang hinaufgegangen waren, und der Hoteldiener ihnen die Tür zu ihren Zimmern aufschloss.

»Das sind Lorbeerbäume«, belehrte Marie ihre kleine Schwester. »Weil der Papa und die Mama so große Künstler sind. Und Künstlern schenkt man Lorbeeren.«

Clara musste über die Altklugheit ihrer Ältesten lachen, außerdem freute sie sich riesig über den würdigen Empfang, der Robert hier bereitet wurde.

»Und dir ebenfalls«, sagte er, als sie es erwähnte. »Das zweite Bäumchen ist ja für dich.«

Zum Abendessen brachte die Liedertafel der Düsseldorfer Malervereinigung ihnen ein Ständchen, mehrere Damen begrüßten Clara herzlich. Sie erfuhr, dass in der Akademie Frauen auch aufgenommen wurden und dachte an Fanny. Vielleicht würde sie ja hier eine gleichgesinnte Freundin finden. Sie erkundigte sich nach einem Kindermädchen, denn es war klar, dass sie und Robert in den folgenden Tagen vollauf damit beschäftigt sein würden, Antrittsbesuche zu machen und natürlich eine passende Wohnung zu finden.

»Ich schicke Ihnen gleich morgen früh unsere Bertha«, bot eine der Damen an. »Sie ist fabelhaft. Unsere Kinder sind jetzt groß genug, und ich bin ohnehin auf der Suche nach einer guten Familie für das Mädchen.« Dankbar nahm Clara das freundliche Angebot an.

»Ich stelle euch heute ein paar Herren vor, an die ihr euch halten könnt«, erklärte Ferdinand Hiller, als er sie am folgenden Tag zu einer Runde durch die Stadt abholte. »Und für den Nachmittag hat sich Doktor Hasenclever bereit erklärt, euch zu einigen freien Wohnungen zu begleiten. Er ist übrigens ein sehr fähiger Hausarzt.«

»Es wäre wundervoll, wenn wir bald eine finden würden«, antwortete Clara mit einem Seufzen, als sie die Kutsche bestiegen.

Doch keine, die ihnen gezeigt wurde, gefiel ihnen. Düsseldorf war so ganz anders als Leipzig oder Dresden, eine junge, wachsende und industrielle Stadt. Obwohl viele Häuser neueren Datums waren, so hatten sich ihre Fassaden bereits grau verfärbt, und mit Unbehagen bemerkte Clara den dunklen Rauch, der von den Schloten am Stadtrand herüberwehte.

Die Wohnungen hier hatten weder Stuckdecken noch waren die Räume so groß, wie sie es gewohnt war. Auch vom Zuschnitt schienen ihnen keine einzige für ihre Familie geeignet. Entweder waren sie zu klein oder zu düster, lagen im Erdgeschoss, wo Clara auf keinen Fall einziehen wollte, da jeder, der am Haus entlangging, ihnen quasi in die Stube sehen konnte, oder sie befanden sich im dritten Stockwerk. Da Robert zunehmend unter Höhenangst litt, kam für sie nur der erste Stock infrage. Außerdem wünschten sie sich der Kinder wegen unbedingt einen Garten.

»Vielleicht sind unsere Ansprüche zu hoch«, meinte Robert, als sie im Speisesaal des Hotels gemeinsam mit den größeren Kindern völlig erschöpft das Abendessen einnahmen, während die fabelhafte Bertha die beiden kleinen Buben bereits zu Bett brachte.

»Nur Geduld«, meinte Clara und schnitt der fünfjährigen Julie das Schnitzel klein. »Es wird sich schon noch etwas Hübsches finden.«

»Aber in drei Tagen kommen schon die Möbel«, wandte Robert ein.

In diesem Augenblick horchten sie auf. Im Saal nebenan erklang Musik.

»Hörst du das?«, fragte er überrascht.

»Ja«, antwortete Clara verblüfft. »Das ist die *Don Giovanni*-Ouvertüre von Mozart.«

Es war eine Überraschung des Orchesters, das seinem neuen Musikdirektor eine Freude bereiten wollte.

»Die spielen ja wirklich gut«, erklärte Robert strahlend vor Begeisterung, und Clara konnte die Erleichterung nur zu gut verstehen. Immerhin hatte er sich darauf eingelassen, ein Orchester von Laien zu übernehmen, auch wenn ihnen alle versichert hatten, dass man es mit einem Berufsorchester jederzeit aufnehmen könnte. Doch mit eigenen Ohren hatten sich weder Robert noch Clara bislang davon überzeugen können.

Deshalb bedeutete diese schöne Idee, ihnen zum Abendessen aufzuspielen, Robert mehr als eine nette Geste. Clara war es, als könnte sie förmlich hören, wie ihrem Mann ein Stein vom Herzen fiel, so schwungvoll spielten die Musiker. Und im Anschluss an das Überraschungsständchen ging ihnen beiden vor lauter rheinischer Fröhlichkeit ihrer neuen Bekannten das Herz auf.

Am Ende mieteten sie eine Wohnung, die ihnen eigentlich überhaupt nicht gefiel. Es blieb ihnen jedoch keine Wahl, denn das Fuhrunternehmen, das die Möbel brachte, traf am selben Abend noch ein. Ausgerechnet jenen Samstag, an dem sie das letzte Abonnementkonzert vor Roberts Übernahme als Ehrengäste besuchen würden, verbrachte Clara in der neuen Wohnung, um den Aufbau der Möbel nicht nur zu überwachen, sondern auch sich selbst daran zu beteiligen. Den ganzen Tag über schuftete sie in den unwirtlichen Räumen und eilte um sechs Uhr abends zurück ins Hotel, um sich für das Konzert zurechtzumachen.

Ihre niedergeschlagene Stimmung hob sich, als sie im Geislerschen Saal, in dem die Konzerte des Musikvereins stattfanden, eintrafen und jubelnd begrüßt wurden. Nirgendwo hatte man Robert bislang so begeistert empfangen. Ja, dachte sie, als sie ihre Ehrenplätze einnahmen, es war die richtige Entscheidung gewesen, nach Düsseldorf zu kommen. Das gesamte Konzert war Roberts Kompositionen gewidmet, endlich wurde ihr Mann so gewürdigt, wie er es schon seit Langem verdient hatte, und sie konnte fühlen, wie sehr er sich freute.

Doch der Alltag holte sie nur allzu rasch ein. Clara war gerade damit beschäftigt, für die hohen Fenster Vorhänge auszusuchen, als Robert aus seinem Zimmer stürmte.

»Das ist ja grauenvoll«, rief er aus.

Erschrocken ließ Clara den Samtstoff sinken, den sie gerade ins Licht gehalten hatte.

»Was ist denn los?«

»Ja, hörst du das denn nicht?«

Wieder einmal hatte Clara offenbar ihre Ohren gegen alle störenden Laute erfolgreich verschlossen. Jetzt vernahm auch sie das nervtötende Gedudel eines Leierkastens und die heisere Stimme eines vermutlich alten Mannes, der eine Moritat sang.

»Das geht schon den ganzen Morgen so«, brach es aus Robert heraus. »So kann ich unmöglich arbeiten.«

»Vielleicht solltest du in ein anderes Zimmer umziehen…«, schlug Clara halbherzig vor. Gerade erst hatten sie alles eingeräumt. Sein Arbeitszimmer war der größte und hellste der Räume, und Clara hatte sich ganz besonders Mühe gegeben, um ihn so angenehm wie möglich zu gestalten. Der Gedanke, alles umräumen zu müssen, war absolut niederschmetternd.

»Hier ist es überall laut«, beklagte er sich. »Vor allem dieser Leierkasten. Der macht mich noch wahnsinnig.«

Was blieb ihr anderes übrig? Sie legte die Stoffe beiseite und ging hinunter auf die Straße. Dort gab sie dem Alten ein paar Münzen, damit er sich mit seinem Leierkasten woandershin stellte. Tatsächlich zog der Mann unter dem Gejohle der Gassenbuben mit seinem Apparat davon, und Clara atmete auf. Doch am nächsten Morgen war er wieder da, spielte extra laut, wie sie fand, und blickte die ganze Zeit zu ihrem Fenster hinauf.

»Das war das Dümmste, was du machen konntest«, schimpfte Robert. »Jetzt will er täglich Geld von dir sehen.« Und schlug die Tür hinter sich zu.

Es war eine schlimme Zeit. Auch die Kinder mussten sich erst an die neue Umgebung gewöhnen, und häufig gab es Zank und Streit. Zum Glück war Bertha wirklich ein Schatz, mit der neuen Köchin, die ebenfalls auf Empfehlung zu ihnen gekommen war, verstand sich Clara allerdings überhaupt nicht und schickte sie bald weg. Handwerker erschienen verspätet oder gar nicht. Clara war nach einer Woche in Düsseldorf so verzweifelt, dass sie sogar ihren zehnten Hochzeitstag vergaß. Robert dachte ebenso wenig daran, und erst einen Tag später, an ihrem Geburtstag, fiel es ihr ein. Sie war nun einunddreißig Jahre alt, Mutter von fünf Kindern, die Zeit ihrer großen Karriere als Pianistin schien endgültig hinter ihr zu liegen, wie man sie auf der Konzertreise in diesem Frühling schmerzhaft hatte fühlen lassen. Denn ein Wunderkind war sie schon lange nicht mehr, die »jugendliche Blüte«, derer man sie in den ersten Ehejahren noch gerühmt hatte, war ebenfalls vorüber. Jüngere, hübschere Pianistinnen füllten jetzt die Säle und rissen zu Lobeshymnen hin, wie zum Beispiel die sechzehnjährige Wilhelmine Clauß. Noch immer, das wurde Clara an diesem traurigen Geburtstag in der neuen, fremden Stadt, schmerzlich bewusst, hatte sie die Demütigung nicht verwunden, als Robert sie im Februar diesen Jahres gedrängt hatte, kurzfristig diesem jungen Gör, das mit wallendem Blondhaar auftrat und allen Männern den Kopf verdrehte, den Part in seinem Klavierkonzert zu überlassen, das er doch einmal ihr gewidmet hatte. Wie unsensibel das von ihm gewesen war! Verstand er denn nicht, was ihr dieser Auftritt im Leipziger Gewandhaus nach all den Jahren bedeutet hätte? Was hatte sie davon, dass man »ihre noble Geste« würdigte, als sie auf Roberts Drängen hin ihrer jungen Konkurrentin den Platz räumte, obwohl sie bereits auf den Plakaten angekündigt gewesen war? »Unwiderstehlich lockt die Jungfrau alle Hörer in ihr maienhaftes Tastenreich«, stand später in der Zeitung. Hatten sie denn allesamt den Verstand verloren?

Nein, sagte sie sich resigniert. Ihre Zeit war eben vorbei. Weil sie eine Frau war, ein Kind nach dem anderen bekam und alterte. Was bei ihren männlichen Kollegen wie zum Beispiel bei Franz Liszt als interessante Lebensphase bezeichnet wurde, galt bei einer Frau als verblüht. Eine Frau, die dauernd schwanger war, konnte schwerlich zu solch ekstatischen Schwärmereien verführen, wie ein sechzehnjähriges, blond gelocktes Mädchen. Sie kam ja sowieso nicht mehr zum Üben, auch hier in dieser schrecklichen Düsseldorfer Wohnung war das nicht vorgesehen. Obwohl sie ab und zu in den Konzerten des Musikvereins mitwirken würde. Was konnte ihr das gegenüber ihrer glanzvollen Erfolge in Wien, Kopenhagen und St. Petersburg schon bedeuten?

»Alles Gute zum Geburtstag, meine Liebste. Komm und sieh dir deinen Gabentisch an.«

Er meinte es gut, gewiss. Dennoch brach sie in Tränen aus, als sie das Arrangement der üblichen, wie sie inzwischen fand, phantasielosen Geschenke sah, die er ihr alle Jahre machte: Eau de Cologne, von dem sie mindestens noch zwei unberührte Flaschen in einer der vielen Umzugskisten hatte, ein Pfund Englischen Tee, denselben wie immer, ein Blumenstrauß, eine Torte und als einzige exotische Abweichung seines üblichen Geschenkprogramms – eine Melone. Am Abend öffneten sie trotzdem in »fataler Stimmung«, wie sie ihrem Tagebuch anvertraute, eine Flasche Champagner. Doch selbst damit konnte sie sich diesen Tag nicht schöntrinken.

»Da ist er wieder.« Roberts Gesicht glich einer Maske, seine Augen wirkten gläsern, und die Kinder gingen ihm aus dem Weg. »Der Leierkastenmann. Der kommt extra, um mich in den Wahnsinn zu treiben. Hättest du ihm bloß kein Geld gegeben. Hörst du das nicht?«

Doch, sie hörte ihn. Auch das Rattern der Fuhrwerke auf dem frisch verlegten Pflaster. Und das Geschrei der Gassenjungen. In dieser Wohnung würden sie nicht glücklich werden.

»Das ist überhaupt kein Problem«, erklärte die hilfsbereite Mathilde Hartmann, eine der Solistinnen der Chorvereinigung, die am Nachmittag zu einer Probe zu ihnen kam, denn sie würde im ersten Abonnementkonzert, das Robert dirigierte, einige Soli singen. »Wir räumen die Wohnung einfach um. Wie wäre es denn, wenn wir das Kinderzimmer mit dem Eckzimmer tauschen? Den Kleinen macht der Krach von der Straße sicher nichts aus, Kinder machen selbst eine Menge Lärm.« Mathilde Hartmann lächelte Marie an, die eifrig nickte.

»Ja, das wäre sicher besser«, antwortete Clara mit einem Seufzen. »Aber mir graut es, wenn ich nur daran denke. Ich bin noch völlig erledigt vom Einzug …«

»Lassen Sie mich nur machen«, bot Mathilde Hartmann an. »Wissen Sie was? Fahren Sie einfach mal ins Grüne mit Ihrer Familie. Und wenn Sie nach Hause kommen, ist alles fertig.«

»Fräulein Hartmann …«, antwortete Clara verblüfft. »Das geht doch nicht …«

»Und ob das geht«, versicherte Mathilde. »Fahren Sie auf den Grafenberg, das wird allen guttun. Welchen Tag sollen wir festsetzen?«

Die fröhliche Unbekümmertheit der Rheinländer verblüffte Clara immer wieder. Fräulein Hartmann hielt Wort, und Clara war ihr unendlich dankbar für ihre frische, zupackende Art. Mit derselben Begeisterung, mit der sie geholfen hatte, kurzerhand die neue Wohnung umzumodeln, sang sie auch ihre Partien im ersten Abonnementkonzert, das Robert nun einstudierte, und alle Mitwirkenden waren hoch motiviert.

An jenem Abend Ende Oktober war der Saal voll wie nie, alle wollten den neuen Musikdirektor Robert Schumann erleben, und der gut zwölfhundert Menschen fassende Raum war bis auf den letzten Platz besetzt. Als Robert ans Dirigentenpult trat, wurde er mit einem dreimaligen Orchestertusch empfangen. Clara spielte seit vielen Jahren einmal wieder Felix Mendelssohns g-moll Klavierkonzert auswendig, was ihr ein kräftiges Lampenfieber bescherte. Früher war ihr dieses unangenehme Gefühl völlig fremd gewesen, jetzt aber war sie voller Ängste, sie könnte versagen. Das war vollkommen unbegründet. Wie immer wirkte die Gegenwart eines großen Publikums auf sie elektrisierend, und am Ende war der Beifall gigantisch.

Beim anschließenden Empfang mit Galadiner waren sie in bester Stimmung. Alle warteten gespannt auf den Toast, den Ferdinand Hiller auf Robert nach diesem gelungenen Einstand als Musikdirektor halten würde. Umständlich erhob sich der wohlbeleibte Freund der Familie Schumann und begann seine Rede. Er lobte das Konzert in den schönsten Worten, erhob das Glas. Die übrigen Gäste taten es ihm nach.

»… Und deshalb stoßen wir an auf eine neue Ära des Düsseldorfer Musikvereins, und ganz besonders auf den wundervollen musikalischen Geist, der nun hier Einzug gehalten hat«, er machte eine kleine Kunstpause und blickte in die Runde, Clara fand, dass er es nun fast ein wenig übertrieb mit der Spannung, als er endlich fortfuhr. Er würde Robert hochleben lassen und ihn damit unausgesprochen als seinen Nachfolger küren. Sie blickte stolz auf ihren Mann. »Lasst uns unser Glas erheben«, fuhr Hiller fort, »und zwar … auf Clara Schumann, eine wundervolle Pianistin, wie sie es keine zweite gibt.«

Kurz war es so still, dass man eine Stecknadel hätte fallen hören. In Claras Ohren begann es zu brausen, alles Blut wich aus ihrem Gesicht. Dann fühlte sie eine jähe Bewegung neben sich. Robert war drauf und dran, aufzuspringen. Geistesgegenwärtig erwischte sie ihn im letzten Moment hinten an seinem Frack und zog ihn zurück auf den Stuhl. »Ich bitte dich, bleib!«, raunte sie ihm zu und fühlte, wie alles Blut wieder in ihre Wangen strömte. »Behalten wir die Fassung!«

Was für eine Blamage! Dies war Roberts Einstand, sie hatte nur als Solistin mitgewirkt. So empfanden es wohl auch die anderen Anwesenden, denn das dreimalige »Hoch!«, das dem Toast folgte, klang irritiert, wackelig und dünn.

»Nichts für ungut«, entschuldigte sich Hiller, als er seinen Fauxpas bemerkt hatte. »Ich hielt es für edler, die Frau zu rühmen als den Mann.«

Robert blieb stumm. Sein Gesicht war zu jener Maske erstarrt, die Clara so sehr fürchtete.

»Ehre, wem Ehre gebührt«, sagte sie, so ruhig sie es vermochte. »Und das ist ganz sicher Robert Schumann.«

»So sind wir nun mal, wir Rheinländer«, mischte sich einer der Direktoren des Musikvereins ein, ganz offensichtlich in dem Wunsch, das peinliche Gefühl zu zerstreuen, das alle ergriffen hatte. »Bei uns zählen drei Dinge: Wein, Weib und Gesang.«

Daraufhin lachten alle erleichtert auf und prosteten sich endlich zu. Nur Clara und Robert konnten an dieser Sache nichts Lustiges finden.

Lustig fand sie auch nicht, als sie am nächsten Tag ein Körbchen mit Blumen ins Haus geschickt bekam, dabei eine Karte der Direktion mit den Worten: *Unseren ergebenen Dank für die Freude, die Sie uns gestern mit der Mitwirkung beim Konzert bereitet haben.*

»Das wird doch wohl nicht mein ganzes Honorar sein!«, beschwerte sie sich bei Robert. Der zuckte nur mit den Schultern.

Bei der nächsten Sitzung sprach sie die Frage an. Nein, antwortete man ihr. Ein Honorar sei für sie als Pianistin nicht vorgesehen gewesen. Schließlich erhielt ihr Mann ausreichend Gehalt, da könne man schließlich erwarten, dass seine Frau sich umsonst einbringe. Was aber Clara noch mehr verletzte war, dass Robert, statt sie zu unterstützen, verlegen schwieg. Und einmal mehr verstand sie, welchen Stellenwert sie inzwischen als Pianistin genoss – nämlich keinen mehr, trotz aller warmen Worte.

Dass in der »Rheinischen Musikzeitung« eine große Lobeshymne über sie abgedruckt wurde, war ihr dann doch eine Genugtuung, obwohl es nicht in ihrem Interesse sein konnte, dass Robert weder als Dirigent noch als Komponist – in jedem seiner Konzerte plante er nämlich, mindestens eines seiner eigenen Werke auf das Programm zu setzen – besonders gut wegkam. Vielleicht war dies der Grund, warum Robert sie bei den

Kammermusikabenden, die sie über den Winter gaben, stets vernichtend kritisierte? Einmal, als sie vor Gästen eines seiner Stücke spielte, sprang er plötzlich auf und schlug ihr mit den heftigen Worten »Nein, Clara, so spielt man keinen Schumann!« den Tastaturdeckel auf die Finger. Tagelang taten ihr die Hände weh, die sie doch sonst immer schonte und mit Handschuhen schützte. Viel schlimmer war allerdings der Schmerz in ihrem Herzen.

Auf die Begeisterung nach Roberts erstem Konzert folgte bald Ernüchterung an allen Fronten. Orchester wie Chor schienen die Lust an den Proben zu verlieren. Dass Robert als Komponist ein Genie war, ließ sich nicht leugnen. Die großartigsten Werke strömten während seiner Schaffensphasen nur so aus ihm heraus, und Clara machte sich immer Sorgen, ob er sich wohl nicht überanstrengte, so wie es ihm schon früher passiert war.

Ein guter Dirigent war er bei Licht betrachtet jedoch nicht. Ihm fehlte das Energische, die Klarheit, den Musikern mitzuteilen, was genau er von ihnen erwartete. Sich unmissverständlich auszudrücken, das konnte er schriftlich besser als jeder andere. Vor einem ganzen Orchester oder Chor seine Anweisungen präzise zu formulieren, das lag ihm überhaupt nicht.

Clara hatte das bereits während der Proben zum Klavierkonzert bemerkt, diesen peinlichen Gedanken allerdings rasch verdrängt. Trotzdem wurde sie das Bild nicht los, wie er tief über die Noten gebeugt am Dirigentenpult gestanden, mit der einen Hand sein Lorgnon gehalten und mit der anderen dirigiert hatte.

Kannte er die Partitur denn nicht gut genug, um auswendig dirigieren zu können? Robert war äußerst kurzsichtig, da musste er die Musik einfach im Kopf haben, schließlich hatte er die Stücke selbst ausgesucht. Clara fiel auf, dass er immer wieder Fehler überhörte. Nahm er denn die Ungenauigkeiten nicht wahr, oder warum korrigierte er sie nicht? Bei den Proben zum ersten Konzert hatten sich alle Beteiligten angestrengt und sich von ihrer besten Seite gezeigt. Doch schon während der Vorbereitungen zum nächsten Konzert wurden Roberts Schwächen offensichtlich. Wie Schüler, die fühlen, dass der Lehrer die Sache nicht im Griff hat, wurden die Laienmusiker unaufmerksam und nachlässig. Sie begannen, miteinander zu schwatzen und Unsinn zu treiben. Clara traute ihren Augen kaum, als sie Roberts Bitte gefolgt war und einer Probe beiwohnte. Da schienen sich die Bläser Witze zu erzählen, während Robert mit den Streichern übte, und der Mann an der Pauke las Zeitung.

Noch schlimmer stand es um den Chor, dessen Mitglieder die wöchentliche Probe ohnehin mehr als gesellschaftliche Zusammenkunft zu betrachten schienen und erst in zweiter Linie am Einstudieren neuer Werke interessiert waren. Es dauerte schier endlos, bis endlich alle ihren Platz einnahmen und einigermaßen Ruhe herrschte. Dennoch schwatzten die Damen des Alts, und im Sopran kicherte man. Statt ordentlich gegen das Pult zu klopfen und wenn nötig laut zu werden, schwieg Robert Schumann, wartete hilflos, bis das Geplauder verebbte, und wenn man dann endlich zu proben begonnen hatte, nuschelte er seine Anweisungen so unverständlich hinter vorgehaltener Hand, dass niemand ihn verstehen konnte.

Clara kannte diese Probleme bereits aus Leipzig, wo Robert mehrere seiner Werke selbst aufgeführt hatte, und machte sich im Stillen Sorgen. Deshalb begleitete sie Robert zu Proben und griff immer häufiger ein. Das war kein leichtes Unterfangen, ohne ihren Mann dabei vor allen bloßzustellen. Nur zu gut erinnerte sie sich an die Worte des Konzertmeisters des Gewandhausorchesters, der einmal gesagt hatte, Robert dirigiere »paradiesische Taktarten, die sich nicht ins Irdische übersetzen ließen«.

»Kannst du mir nicht helfen?«, bat Robert sie, nachdem sie zu Hause die Sprache auf dieses Problem gebracht hatte.

»Wie kann ich dir helfen?«, fragte sie ratlos. »Du bist der Musikdirektor. Nicht ich.«

»Aber du könntest die einzelnen Stimmen am Klavier unterstützen«, schlug er vor. »Damit sie ihre Einsätze besser bekommen und den Takt halten. Versuchen könnten wir es zumindest.«

In den folgenden Proben saß Clara nun also am Flügel, den Blick auf Robert gerichtet, und versuchte, den Musikern und Sängern ein Vorbild zu sein. Mit Nachdruck intonierte sie jeden Stimmeinsatz und unterstützte dort, wo die Laien unsicher waren. Mitunter konnte sie nicht anders, als selbst eine Hand zu heben und den Takt zu schlagen, wenn Roberts Dirigat zu vage blieb. Schließlich achteten alle nur noch auf ihre Einsätze, was ihr peinlich war.

Sie versuchte zu retten, was zu retten war. Bemühte sich, mit den Damen des Chors, die sich ja bereits als äußerst herzlich und hilfsbereit erwiesen hatten, einen freundlichen Austausch zu bewahren, obwohl ihr Unmut über diese »disziplinlose Bande« von Woche zu Woche wuchs. Und als sie eines Abends so wütend war, dass sie über einen Witz der Damen nicht lachen konnte, hörte sie, wie eine hinter ihr flüsterte: »Leider haben die Schumanns ja gar keinen Humor.«

Es war wie eine Abwärtsfahrt, die nicht aufzuhalten war. Wenige Monate nach Roberts Antritt traten die Differenzen mit dem Musikverein offen zutage. Bei einem Konzert im März 1851 rührte sich nach Roberts Ouvertüre zu seiner Oper *Die Braut von Messina* keine Hand, niemand klatschte Beifall und das Schweigen des Publikums war das Entsetzlichste, was Clara je erlebt hatte. Deutlicher konnte ein Publikum seinem Missfallen nur durch grobe Buhrufe Ausdruck verleihen.

Längst leitete Clara trotz ihrer erneuten Schwangerschaft die Proben. Robert stand zwar immer noch am Pult, doch boshafte Musiker hatten seine undeutlich wedelnde Handbewegung, mit der er dirigierte, »Urbi et Orbi« getauft, und in der Tat glichen sie ein wenig dem Segenszeichen des Papstes. Nicht, dass Clara jemals in Rom gewesen wäre, auch dies einer der vielen weißen Flecken auf der Landkarte ihrer verflossenen Karriere, so wie Paris, das sie nie wirklich erobert hatte, von London ganz zu schweigen. Schon von klein auf hatte sie nach Italien gewollt und war nie hingekommen, im Gegensatz zu Fanny Hensel und Johanna Kinkel. Wien, Kopenhagen und Petersburg – das waren die Erinnerungen, von denen sie wohl von nun an zehren musste.

Sie hatte versucht, mit Johanna Kinkel Kontakt aufzunehmen, schließlich war Bonn nicht weit von Düsseldorf entfernt. So bekam sie eine Geschichte zu Ohren, wie sie in einem Roman gut aufgehoben gewesen wäre. Gottfried Kinkel war nach den Aufständen im Mai 1847 nicht zum Tode verurteilt worden, sondern zu lebenslanger Kerkerhaft. Johanna war es gemeinsam mit ihren politischen Freunden tatsächlich gelungen, ihn daraus zu befreien. Auf abenteuerlichen Wegen war Gottfried nach Schottland gelangt, wohin Johanna ihm mit den gemeinsamen Kindern nachgereist war. Wäre sie, Clara, in der Lage, so mutig zu handeln?

Sie bedauerte, niemanden zu haben, mit dem sie ihre Sorgen besprechen konnte. Stattdessen nahm sie Schüler an, kümmerte sich um die Kinder und erledigte hinter dem Rücken ihres Mannes dessen Arbeit.

Der gewöhnte sich wieder an, abends mit Sonnenjünglingen ins Wirtshaus zu gehen, wie er diese jungen Männern nannte, die sich auch hier um ihn scharten. Er trank viel, mehr als ihm guttat, und einmal hätte er sich beinahe vor Gericht verantworten müssen, weil er einen Kellner, der ihn nicht rasch genug bediente, geohrfeigt hatte.

Ja, in letzter Zeit konnte es vorkommen, dass er sogar die Kinder schlug. Marie hatte er einen Faustschlag ins Gesicht versetzt, dabei war gerade sie kein wildes Kind und stets bemüht, es den Eltern recht zu machen. Als Clara mit ihr zum Arzt ging, erfand sie eine Geschichte, um Robert zu schützen, so wie es Tausende von Müttern bestimmt vor ihr getan und in Zukunft tun würden. Um die Fassade einer glücklichen Familie aufrecht zu erhalten, so wie sie alles dafür tat, um die Legende des genialen Musikdirektors Schumann zu bewahren. Ewig würde ihr das nicht gelingen. Voller Sorge beobachtete sie, wie Robert wie ein Besessener komponierte. In zwei Wochen ein Cellokonzert, in einem Monat eine ganze Sinfonie, die er *Die Rheinische* nannte, ein wundervolles Werk. In wenigen Tagen entstanden Lieder, Balladen, Ouvertüren und sogar mit einem Luther-Oratorium hatte er begonnen. Dabei wusste sie aus Erfahrung, dass seine Gesundheit das nicht lange mitmachte. Und vor dem, was dann kommen mochte, hatte sie eine fürchterliche Angst.

Ein Lichtblick war es, als sie im Juni 1851 endlich eine Wohnung fanden, die in vielerlei Hinsicht besser war als die alte, wo der Leierkastenmann Robert das Leben zur Hölle gemacht hatte. Hier in der Königsallee war es ruhig, die Wohnung im ersten Stock schöner und geräumiger, der Salon sogar so groß, dass bei einem Kammermusikabend an die sechzig Personen Platz fanden. Robert war zufrieden, und Clara atmete auf. Sollte am Ende doch alles gut werden?

Nach diesem anstrengenden Jahr hatten sie Erholung bitter nötig, das sah sogar Robert ein. Er stimmte zu, als Clara vorschlug, im Sommer die Kinder in Berthas Obhut zu lassen und eine Urlaubsreise zu machen, nur sie beide. Vielleicht würden sie ja zur alten Zärtlichkeit und Vertrautheit zurückfinden, die ihnen irgendwie abhandengekommen war. Sie nahm sich vor, das Ganze wie eine Hochzeitsreise zu betrachten, die sie nie unternommen hatten. Auch wenn Robert inzwischen wenig Ähnlichkeit mit dem sprühenden, energiegeladenen und zärtlichen jungen Mann aufwies, in den sie sich so unsterblich verliebt hatte. Er hatte zugenommen, war schwerfällig geworden. War es der übermäßige Bierkonsum, der ihn so aufgedunsen machte? Seine Züge so wächsern und starr? Seinen schönen

Mund hielt er neuerdings oft gespitzt, als wollte er pfeifen, was ihm einen wehleidigen Ausdruck verlieh. Auf dem Dampfboot, das sie den Rhein aufwärts nach Heidelberg brachte, drehten sich Passagiere nach ihm um und betrachteten ihn befremdet. Oder erkannten sie in ihm den berühmten Komponisten? Clara schämte sich ihrer Gedanken, auch sie war nicht mehr das junge Mädchen, das einst dem Fürsten Schönburg den Kopf verdreht hatte. Schon seit einiger Zeit vermied sie es, in den Spiegel zu sehen, aus dem ein unzufriedenes, verhärmtes Gesicht zurückblickte.

In Heidelberg blühte Robert auf. Er zeigte ihr Orte, an denen er als Student gewesen war, und es schien Clara, als verjüngten ihn die Erinnerungen tatsächlich. Weiter ging es auf dem Rhein über Baden-Baden und Freiburg nach Basel, wo sich ihnen das Alpenmassiv zum ersten Mal darbot. Wie früher hatte das Reisen eine wohltuende Wirkung auf Clara, sogar als das Wetter umschlug und sie bei Regen eine Dampferfahrt über den See von Neuchâtel unternahmen, freute sie sich doch über alles, was sie sah und erlebte, und selbst Robert schien sich zu entspannen. Mit anderen Reisenden fuhren sie im Omnibus zusammengepfercht in Richtung Genfer See, erkundeten Lausanne und Genf. Ihr Ziel war Chamonix, wo sie ein herrlich gelegenes Zimmer mit Blick auf den Montblanc mieteten und trotz Claras Anfällen von Unwohlsein aufgrund der Schwangerschaft – die achte, wenn man eine Fehlgeburt mitzählte – unternahmen sie hier einige wundervolle Ausflüge.

Es war ihre schönste Reise. Eine Reise ohne Auftritte als Pianistin, was Clara zunächst merkwürdig empfand, sie dann allerdings mit Erleichterung erfüllte. Reisen um des Unterwegsseins willen – das hatte es in ihrem Leben bislang nicht gegeben. Bei Chamonix konnten sie eine spektakuläre Mondfinsternis über dem Mont Blanc beobachten, und wenn auch Robert für ein paar Stunden von seiner alten Melancholie ergriffen worden war und nicht anders konnte, als das Ereignis als Metapher auf seine eigene Existenz zu übertragen, so war dieser Anfall bald verflogen.

Zu Hause zeigte es sich, dass sie ihren Problemen nur für kurze Zeit entflohen waren. Kaum ging die Konzertsaison und damit der Ärger wieder los, begann Robert an seinen Gehörtäuschungen zu leiden.

Zum ersten Mal bemerkte Clara dies, als sich Robert über die schrecklichen, monotonen Melodien aus dem Leierkasten zu beschweren begann.

»Leierkasten?«, fragte sie entsetzt. »Aber hier in der Königsallee hab ich noch nie einen gehört.«

»Komm in mein Zimmer«, bat Robert sie verdrossen. »Da wirst du es schon hören.«

Das tat sie. In seinem Zimmer und auf der Straße war alles ruhig.

»Da ist kein Leierkasten«, erklärte sie ihm ruhig. Und als er immer noch insistierte, ihn ganz genau zu hören, nahm sie ihn sogar mit hinunter auf die Straße. Kein Leierkasten weit und breit. Da schlug er die Hände gegen die Ohren und verzog verzweifelt das Gesicht.

»Dann ist es nur in meinem Kopf? Ich schwöre dir, Kläre, ich kann das ganz deutlich hören. Überdeutlich.« Er lief zurück ins Haus, verschanzte sich in seinem Zimmer und kam nicht einmal zum Abendessen daraus hervor.

20. KAPITEL

Düsseldorf: 1852 bis 1854

Der Leierkasten, der nur in Roberts Kopf spielte, war nicht das einzige Geräusch, das ihn heimsuchte. Nachdem die schöne Wohnung in der Königsallee vom Vermieter verkauft werden sollte, hatten sie ein Häuschen mit Garten in der Herzogstraße gefunden. Doch schon nach wenigen Monaten musste sich Clara erneut nach einem anderen Logis umsehen – sie hatten nicht bedacht, dass ganz in der Nähe ein neues Stahlwerk errichtet wurde. Wenn Robert dort vorbeikam, schien es ihm, als sammelte sich der gesamte Lärm, das Kreischen von Sägen auf Metall, das Klopfen von Hämmern, das Bohren und Rütteln von Maschinen in seinem Kopf an und blieb darin, um ihn endlos zu quälen.

Dann verschwand der ganze Spuk nach ein paar Wochen und machte einem anderen Phänomen Platz: Robert versagte mitunter sein Sprechorgan. Oft wollte er etwas sagen und konnte sich nicht artikulieren. Deswegen sprach er noch weniger als sonst, und Clara befiel der Verdacht, dass seine berüchtigte Schweigsamkeit weder auf Zurückhaltung noch auf einer ihm häufig unterstellten Schrulligkeit oder Arroganz beruhte, sondern auf etwas ganz anderem. Worauf genau, das wusste sie nicht und wollte es lieber gar nicht wissen.

Im September fand sie in der Bilker Straße 1032 endlich eine ruhigere Wohnung, die ihren Vorstellungen entsprach, und das Beste an ihr war, dass auch im zweiten Stockwerk Räume für die Kinder und sie selbst zu mieten waren. Zum ersten Mal, seit sie verheiratet waren, hatte sie nun einen Rückzugsort, wo sie Klavier spielen konnte, so oft und lange sie wollte.

Am 1. Dezember kam Eugenie zur Welt. Wenige Monate später war Clara erneut schwanger. Das Miteinanderschlafen war zu einer Art Routine geworden, zu einer Regelmäßigkeit, die Robert zu beruhigen schien, denn sie hatte schon vor Jahren bemerkt, dass er den Beischlaf akribisch wie ein Buchhalter in ihrem Haushaltsbuch festhielt, und zwar mit einem winzigen Zeichen, das wie ein verzerrter Notenschlüssel aussah. Zuerst hatte sie das schockiert, ja angewidert, doch wie an so vieles andere hatte sie sich auch daran gewöhnt. Vielleicht dachte ihr Mann, solange er noch dazu in der Lage war, stünde es nicht allzu schlimm um ihn.

Von der einstigen Sinnlichkeit zwischen ihnen war allerdings nicht mehr viel übrig geblieben. Die längste Zeit ihrer Ehe war sie schwanger. Zwar hatte sie sich ihre mädchenhaft schlanke Figur bewahrt, die Geburten forderten jedoch ihren Tribut. Dennoch überkam sie mitunter eine so heftige Sehnsucht nach Zärtlichkeit und der Erfüllung ihres Verlangens, das immer noch in ihr schlummerte. Dann wurde ihr fast schwindlig und sie schloss sich in ihrem Zimmer ein, warf sich auf ihr Sofa und berührte sich selbst, bis sich diese unerträgliche Spannung in einem Feuerwerk an Wollust auflöste, und sich die von ihr erwartete Ruhe und Gelassenheit wieder einstellte.

Im April 1852 erkrankte Robert so schwer, dass sein Stellvertreter Julius Tausch die Konzerte für ihn leiten musste, was alle im Musikverein mit Erleichterung zu erfüllen schien, nur Clara nicht, die von einer heillosen Angst ergriffen wurde. Die Ärzte waren ratlos, Robert hatte Schmerzen im gesamten Körper, vor allem im Rücken und in den Gliedmaßen, dazu kamen Sinnestäuschungen. In der Annahme, es handle sich womöglich um einen schweren rheumatischen Schub, empfahl ihnen Doktor Hasenclever schließlich eine Kur im niederländischen Seebad Scheveningen, wohin Clara ihn mit allen sechs Kindern begleitete.

Sie sprach mit niemandem darüber, dass auch sie große Hoffnungen auf die Seebäder setzte, die sie sofort nach ihrer Ankunft in dem prächtigen Kurhaus regelmäßig durchführte. Denn die Wahrheit war, sie wollte kein weiteres Kind zur Welt bringen. Sie war nicht blind, und wenn sie nach außen so tat, als sei mit ihrem Mann alles in bester Ordnung bis auf das bisschen Rheuma, um die drohende Katastrophe so lange wie möglich von ihrer Familie abzuwenden, so sah sie doch recht klar eine düstere Zukunft vor sich. Sie hatte schon sechs Kinder und einen arbeitsunfähigen Mann. Ihr eigener Stern als Pianistin, davon war sie in diesen Zeiten mehr denn je überzeugt, war am Sinken. Dennoch würde sie immer in der Lage sein, Geld zu verdienen. Konzerte würde sie weiterhin geben, zwar vielleicht nicht mehr auf Welttourneen, innerhalb Deutschlands jedoch war sie nach wie vor gefragt. Außerdem gab sie inzwischen täglich Klavierstunden und konnte gar nicht alle Schüler annehmen, die bei ihr vorsprachen. Deshalb, so sagte sie sich, wenn sie ihren schwangeren Körper extralange dem kalten Nordseewasser aussetzte, lag es in ihrer Verantwortung, dafür zu sorgen, dass die Kinderschar nicht mehr weiterwuchs. Sie fühlte sich mit dem Haushalt jetzt schon überfordert. Was wäre erst, wenn Robert seine Stellung verlieren würde und sie vollkommen auf ihren Verdienst angewiesen wären? Denn dass es früher oder später dazu kommen würde, damit war zu rechnen.

Sie fror, und doch blieb sie noch eine Viertelstunde länger in der mit frischem Meerwasser gefüllten Wanne. Der Herrgott würde es ihr verzeihen. Das Kind, das sie nicht wollte, würde wie in einem tiefen Schlaf hinübergleiten in die andere Welt – jedenfalls stellte sie es sich so vor. Und endlich, Anfang September, geschah, worauf sie so sehr gehofft hatte.

Mit dem Kind ging ein Stück ihrer Gesundheit dahin. Sie bekam hohes Fieber und musste tagelang das Bett hüten. Nur zu gern wäre sie mit dem Fötus auch gleich ihre gesamte Gebärmutter losgeworden. Sie wollte und konnte nicht noch einmal schwanger werden, irgendwann würde es ihr gehen wie vielen anderen Frauen und sie würde im Wochenbett sterben. Nein, sie musste sich selbst retten, denn was täten die sechs Kinder, die bereits auf der Welt waren, ohne sie? Was würde aus Robert werden?

Und deshalb erfand sie Gründe, warum sie nach ihrer Rückkehr nach Düsseldorf nicht mehr mit Robert schlafen konnte. Kopfschmerzen. Unwohlsein. Einmal fiel sie sogar theatralisch in Ohnmacht. Sie hasste es, zu diesen Ausflüchten gezwungen zu sein. Es war ja keineswegs so, dass sie ihre Bedürfnisse verloren hätte, oh nein, ihr Körper schrie geradezu nach Zärtlichkeit. Die versagte sie sich und Robert und wusste ganz genau, dass sie auf Dauer damit nicht durchkam. *Kläre leidend* stand im Haushaltsbuch statt des verzerrten Notenschlüssels, der den Beischlaf aktenkundig machte. *Kläre befindet sich nicht wohl.*

Wie sollte sie auch »wohl sein«, wenn ein Kind nach dem anderen die Masern bekam, der Ärger zwischen Robert und dem Musikverein ständig wuchs, und er schließlich von einem heftigen Anfall niedergestreckt wurde, so dass er ohnehin wochenlang weder arbeiten noch mit ihr schlafen konnte? Wenigstens in dieser Sache brauchte sie weder etwas zu befürchten noch zu erhoffen.

Und dann, im Herbst 1853, kam auf einmal dieser Engel in ihr Haus. Blond, zart wie ein Mädchen, und doch so männlich, blutjunge zwanzig Jahre alt. Er hieß Johannes und war von dem zwei Jahre älteren Joseph Joachim mitgebracht worden, den alle »Pepi« nannten, und der so überirdisch die Geige spielte und Roberts Stücke interpretierte, wie sie es nie zuvor erlebt hatten. Dieser Johannes Brahms aus Hamburg, schüchtern, einen halben

Kopf kleiner als Clara und mit blondem, bis auf die Schultern fallendem Haar, die Augen so blau wie Vergissmeinnicht – er musste vom Himmel direkt heruntergefallen sein, so unfassbar schön war er, und die Musik, die er komponierte, so großartig, dass sogar Robert keine Worte dafür fand.

Zwei Sonnenjünglinge, mal wieder. Robert war wie durch ein Wunder genesen und blühte in dieser Gesellschaft geradezu auf. Clara hatte sich daran gewöhnt, dass es da eine Seite ihres Mannes gab, von der sie ausgeschlossen war, seine Liebe zu schönen jungen Männern. Dieses Mal war alles anders, und daran war Johannes Brahms schuld. Denn schon beim allerersten Mal, als er scheu in ihr Musikzimmer gekommen war, kein Wort herausbrachte und erst, als er am Flügel saß und spielte, sein ganzes Wesen öffnete – schon da verliebte sie sich in ihn. Haltlos. Rettungslos. Mit jeder Faser ihres Körpers.

Er spielte seine eigenen Stücke, die so erstaunlich waren und tief in ihrem Innern eine Saite zum Klingen brachte, die sie schon ganz vergessen hatte. Ihre Blicke trafen sich und zu ihrem Erstaunen las sie Bewunderung in seinen Augen. Verehrung. Faszination. Oder womöglich noch mehr? Was sah er denn, wenn er sie so anschaute?

Sie versuchte, sich zur Ordnung zu rufen. Sie war eine vierunddreißigjährige Frau, Mutter von sechs Kindern. Konnte es sein, dass in Johannes Brahms' Blicken mehr lag als Verehrung? Während Robert sich mit Joachim unterhielt, wuchs eine Spannung zwischen ihr und diesem jungen Mann, die auch er fühlen musste. Unverwandt sah er sie an und ließ seine schönen Hände über die Tasten gleiten. Wo hatte er bloß so spielen gelernt? Wo nahm er die Musik her, die so fremd und doch vertraut klang, so unverschämt leidenschaftlich und verführerisch? Ihr Herz schlug hart gegen ihren Brustkorb. Sie hatte längst vergessen, wie es sich anfühlte, so angesehen zu werden, so ernst, als würde er die verborgensten Winkel ihrer Seele erforschen. Und sie begriff: Dieses Mal war sie nicht ausgeschlossen. Dieses Mal galt das Begehren eines Sonnenjünglings ihr. Und diese Erkenntnis traf sie wie ein Stromschlag, der ihr durch jede Zelle ihres Körpers lief.

An diesem Abend tat sie etwas, was sie bei jeder anderen Frau zutiefst verurteilt hätte. Während Robert mit Joseph Joachim ins Wirtshaus ging, folgte sie Johannes Brahms in sein Hotel. Was sie sagen würde, legte sie sich auf dem Weg zurecht, und sie lief so schnell, dass sie nicht zum Nachdenken kam.

»Mein Mann und ich«, begann sie atemlos, als sie in seinem Zimmer stand, »wir würden uns freuen, wenn Sie zu uns ziehen wollten.« Tatsächlich hatte Robert das vorgeschlagen, nachdem sich Johannes mit der Begründung, er sei müde, verabschiedet hatte. »Robert würde das sehr guttun, wissen Sie …«

Er sah sie an mit einem Blick, der ihr das Blut ins Gesicht trieb. Nein. Er sah zwar aus wie ein Jüngling, Johannes Brahms war jedoch alles andere als ein Kind.

»Nur ihm?«, fragte er mit leiser, rauer Stimme und ging einen Schritt auf sie zu.

»Nein, natürlich würde auch ich …«

Zu mehr kam sie nicht, denn dieser blonde Engel von einem Mann hatte sie an den Händen gefasst und küsste jeden einzelnen ihre Finger, ja, sog gierig, als sei er ein Verhungernder. Clara erschauerte. Er zog sie aufs Bett, küsste ihren Hals, biss sanft in ihr Ohrläppchen, glitt mit seinen Lippen, die sich anfühlten wie aus Samt, über ihre Wange und zu ihrem Mund.

»Ich weiß nicht …«, murmelte sie.

»Ich auch nicht«, raunte er zurück und verschloss ihre Lippen mit den seinen.

Sie nahmen sich nicht einmal die Zeit, sich zu entkleiden. Sogar ihre Schnürstiefelchen trug sie noch, so eilig hatten sie es. Ihr Kleid aus kastanienfarbenem Taft hatte er hochgeschlagen, ihre Brust war aus dem Ausschnitt ihres Mieders gerutscht, und so hatte sie sich ihm leidenschaftlich dargeboten, in einer Wolke aus raschelnder Seide. Als er in sie eindrang, wünschte sie, sich nie wieder von diesem Menschen lösen zu müssen, der ihr so rein erschien, so neu, so unberührt, obwohl jede seiner Gesten ihr zeigte, dass er keinesfalls unerfahren war – umso besser. Sie hatte selbst genug Kinder und einen Mann, der sich schon lange damit begnügte, sich auf sie zu legen und sich wenig später in ihr zu verströmen, um sie erneut zu schwängern, mehr fiel ihm nicht mehr ein.

Dieser Junge allerdings beherrschte nicht nur die Klaviatur eines Flügels, sondern auch die ihrer Leidenschaft, und die vermochte er zu entzünden und zu nähren, wie sie es noch nie erlebt hatte. So vieles schoss ihr durch den Kopf, während Johannes sie fest in seine Arme nahm und herumriss, so dass sie plötzlich auf ihm war, ihn mit der Flut des Seidenstoffs bedeckte, und er noch tiefer in sie eindrang, so dass sie aufschrie vor Lust. Dass sie noch nie einen anderen Mann gehabt hatte als Robert, dass sie nicht gewusst hatte, wie es sich anfühlen konnte, es sich aber von jeher gewünscht hatte, dass jetzt alles anders werden musste, ja, schon geworden war. Johannes zog ihr die Nadeln aus dem strengen Chignons, und auf einmal ergoss sich die Fülle ihres langen Haares auf sein Gesicht, seine Brust, er wühlte mit seinen Händen darin, dann zog er sie ganz zu sich herab. Sie hörte sein Keuchen nah an ihrem Ohr. »Du Wunderbare«, flüsterte er, und sie fühlte, wie er mühsam ein Beben bezwang. Dann, nach ein paar tiefen Atemzügen begann er sich erneut in ihr zu bewegen, erst langsam, dann immer rascher, die Grenzen zwischen ihnen lösten sich auf, sie wusste nicht mehr, wo sie endete und wo er begann, bis sie wie auf einer Welle unaufhaltsam fortgetragen wurde, immer weiter, immer höher, bis sich Raum und Zeit auflösten und sie nur noch fühlte, was sie nie zu fühlen für möglich gehalten hatte.

Er hielt sie fest, bis das Zimmer wieder an Kontur gewann, und sie begriff, was sie da gerade getan hatten. Sie hatte die Ehe gebrochen. Dennoch konnte sie keine Reue in sich finden. Johannes jedoch war unmerklich von ihr abgerückt.

Obgleich er kein Wort sagte, schwang der Name zwischen ihnen wie eine Frage. Robert Schumann. Ehe die schmerzliche Distanz zunehmen konnte, die nun mal zwischen Menschen herrschte, wenn sie nicht gerade im Liebesrausch miteinander verschmolzen, sagte sie: »Robert ist krank. Und unsere Ehe schon lange zerrüttet.« Sie erschrak selbst über ihre Worte. Ja, es stimmte. Sie hatte nur bislang nicht einmal in Gedanken diese Erkenntnis zugelassen. »Wir schlafen nicht mehr miteinander«, fügte sie hinzu. »Im Augenblick geht es ihm gut. Aber keiner kann sich vorstellen, welche Höllenqualen er seit Jahren durchleidet.« Sie hob den Kopf ein wenig, um Johannes' Gesicht zu sehen. Es war bleich, sein Blick zur Decke gerichtet. Sie konnte sich vorstellen, was in ihm vorging. Er war zu dem bewunderten Komponisten gekommen, um sich von ihm Rat zu holen. Und hatte am selben Abend mit dessen Frau geschlafen.

Zart strich sie ihm über die Stirn, wie um diese Gedanken zu verscheuchen. Als er sich ihr zuwandte, sah sie Liebe in seinen Augen.

»Es war stärker als ich«, sagte er, als müsste er sich erklären.

Sie verstand. Natürlich hatte er recht. Sie hatten sich vergessen, es war auch stärker als sie gewesen. Es war Zeit, zu gehen. Sie erhob sich und richtete ihre Kleidung, suchte ein paar ihrer Haarnadeln zusammen und steckte sich vor dem Wandspiegel notdürftig das Haar wieder auf.

»Darf ich trotzdem zu Ihnen kommen und bei Ihnen wohnen?«, fragte er.

Sie sah ihn im Spiegel hinter sich. Mein Gott, er war so jung, beinahe könnte er ihr Sohn sein. Und doch strahlte er eine Reife aus, als wäre er mindestens so alt wie sie. Wenn nicht älter.

»Natürlich«, antwortete sie und nahm ihren Schal, legte ihn über ihren Kopf. »Alles andere wäre mir unerträglich.«

Als sie nach Hause kam, war alles still. Die Kinder schliefen, und Robert war noch im Wirtshaus. Sie schlich sich in ihr Zimmer und betrachtete sich im Spiegel. Ihre Augen schimmerten wie schon lange nicht mehr. Die Kerben um ihren Mund und zwischen den Brauen waren verschwunden. Ein zartrosa Glanz lag auf ihren Wangen. Und ihre Lippen, die in den vergangenen Jahren dünn und blutleer geworden waren, leuchteten in einem satten, dunklen Rot. Wie damals, als Nanny ihr in Wien mit einem kleinen Stückchen Rote Beete einen wahren Kussmund gezaubert hatte.

Sie musste unwillkürlich lächeln bei dieser Erinnerung. Wie unglücklich sie an jenem Tag gewesen war, wie sehr sie sich nach Robert Schumann verzehrt hatte, der ihr unerreichbar erschienen war, und die Barrieren, die ihr Vater damals zwischen ihnen aufgerichtet hatte, unüberwindlich. Jetzt war sie froh, dass ihr Mann noch im Wirtshaus war. Wenn er heimkam, würde er nach Bier riechen, und sie würde sich schlafend stellen.

Sie schlug ihr Tagebuch auf, das sie seit einiger Zeit vor Roberts Augen wohlverschlossen hielt, und ihr Blick fiel auf ihren jüngsten Eintrag von diesem Morgen: *Meine letzten guten Jahre gehen dahin, meine Kräfte auch – gewiss Grund genug, um mich zu betrüben. Ich bin so entmutigt, dass ich es gar nicht sagen kann.*

Wie schnell sich das Leben wenden kann, dachte sie verwundert. Und fügte hinzu: *Das ist wieder einmal einer, der kommt eigens, wie von Gott gesandt!*

Johannes stammte im Gegensatz zu ihr und Robert aus ärmlichen Verhältnissen, und doch hatten seine Eltern genug Bildung und Verstand besessen, um ihren hochbegabten Sohn so zu fördern, wie es ihnen möglich war. Seine Mutter war fünfzehn Jahre älter als sein Vater, vielleicht hatte für Johannes deshalb ihr Altersunterschied überhaupt keine Rolle gespielt an jenem ersten wundervollen Abend.

Er zog in das Gästezimmer und verbrachte nun die meiste Zeit mit Robert, der ihn ebenso wie sie von Anfang an fest ins Herz geschlossen hatte. Er schien in dem jungen Mann so etwas wie einen Nachfolger zu sehen, einen Ausnahmemusiker, wie er in seiner gesamten Laufbahn noch keinen getroffen hatte. Dieser Johannes Brahms, so sagte er, war mit seinen zwanzig Jahren und seinem Mädchengesicht als Komponist schon so »fertig«, dass er überhaupt nicht wusste, was er ihm noch beibringen sollte. Seine Kompositionen waren neuartig, handwerklich perfekt und gleichzeitig voller Respekt vor den großen Meistern der Vergangenheit. Auf diesem Fundament betrat er neue Wege, und so nannte Robert auch den Aufsatz, den er nach jahrelanger Pause als Musikjournalist nun tatsächlich für die »Neue Zeitschrift für Musik« schrieb, die er zehn Jahre zuvor an einen Kollegen verkauft hatte, »Neue Bahnen«. Clara gefiel vor allem die Passage: *Ich dachte, es würde und müsse einmal plötzlich Einer erscheinen, der den höchsten Ausdruck der Zeit in idealer Weise auszusprechen berufen wäre, einer, der uns die Meisterschaft nicht in stufenweiser Entfaltung brächte, sondern, wie Minerva, gleich vollkommen gepanzert aus dem Haupte des Kronion entspränge. Und er ist gekommen, ein junges Blut, an dessen Wiege Grazien und Helden Wache hielten. Er heißt Johannes Brahms, kam von Hamburg, dort in dunkler Stille schaffend …* Diesen kurzen und prägnanten Aufsatz, den sie ihrem Mann schon gar nicht mehr zugetraut hätte, schloss Robert mit etwas, das ihr wie eine Beschwörung der Lebensgemeinschaft vorkam, die sie seit Kurzem zu dritt miteinander bildeten: *Es waltet in jeder Zeit ein geheimes Bündnis verwandter Geister. Schließt, die Ihr zusammengehört, den Kreis fester, dass die Wahrheit der Kunst immer klarer leuchte, überall Freude und Segen verbreitend.*

In der folgenden Nacht umarmte Robert Clara nach langer Zeit wieder und dieses Mal wehrte sie ihn nicht ab. Sie dachte die ganze Zeit an den jungen Gast, der in der Kammer am anderen Ende des Flurs schlief, und in Erinnerung an das, was sie mit ihm erlebt hatte, fand sie sogar mit ihrem Mann einen Abglanz jener Lust. Johannes' Gegenwart, seine Freundlichkeit und Verehrung schienen Robert ebenfalls zu verjüngen und zu erregen. Vielleicht dachte auch er gerade an Johannes, während er sie liebte? Und beinahe fühlte es sich wie eine Genugtuung an, in den Armen ihres Mannes zu wissen, dass dieses Mal sie diese köstliche Lust eines Seitensprungs genossen hatte, nicht er.

In dieser Zeit fragte der Maler Carl Sohn, ob sie ihm nicht zu einem Porträt sitzen wollte. Und obwohl sie das ansonsten eher vermied, willigte sie dieses Mal ohne zu zögern ein. Wann sollte sie sich denn verewigen lassen, wenn nicht jetzt? Sie würde dieses Gemälde Robert zu Weihnachten schenken, und sich selbst ein Andenken an diese Zeit.

Einen vollen Monat blieb Johannes bei ihnen, und nicht nur ihres und Roberts, auch die Herzen der Kinder hatte er schnell gewonnen. Wenn er mit ihnen herumtollte, Fangen spielte oder ihnen zeigte, wie sie das hölzerne Treppengeländer hinunterrutschen konnten, fühlte sich Clara oftmals an ihre eigene Kindheit erinnert, als Robert Schumann, damals im selben Alter wie Johannes heute, zu ihnen gekommen war, und mit ihr und ihren Geschwistern ganz ähnliche Dinge angestellt hatte. Damals hatte sie sich in ihn verliebt, und manchmal ertappte sie sich dabei, wie sie ihre eigenen Töchter aufmerksam beobachtete, wenn sie sich ausgelassen in Johannes' Arme stürzten oder mit ihm rauften. Besonders die inzwischen achtjährige Julie, blond und zart, wie sie es von Anfang an gewesen war, hängte sich an ihn wie an einen großen Bruder. Oder sah sie in ihm den Prinzen wie aus einem der vielen Märchen, die er ihnen vorlas, bei dem man all das durfte, was der kranke Vater sich verbat? Oder litt Clara selbst schon unter einer nervösen Empfindlichkeit, wenn sie das Gefühl beschlich, ihre Geschichte könnte sich mit Johannes und einer ihrer Töchter wiederholen?

Nachdem er wieder nach Hannover abgereist war, um dort seinem Freund Joseph Joachim Gesellschaft zu leisten, hinterließ er bei jedem im Haus eine große Leere.

Und kurz darauf wurde Gewissheit, was Clara schon seit einiger Zeit befürchtet hatte: Die Querelen zwischen Robert und dem Musikverein erreichten eine neue Dimension, denn gleich am Tag nach Johannes' Abreise sprachen zwei Vertreter des Leitungskomitees bei ihr vor und teilten ihr mit, dass ihr Mann in Zukunft nur noch seine eigenen Werke dirigieren sollte, von denen man künftig weniger in den Programmen zu finden wünsche. Alle anderen Konzerte würde Herr Tausch übernehmen, der Robert während seiner Krankheit so fabelhaft vertreten hatte.

»Sowohl die Mitglieder des Orchesters als auch der Chor – sie alle kommen mit Herrn Tausch viel besser zurecht. Wir denken, das ist für alle eine befriedigende Lösung des Problems.«

»Nein, auf gar keinen Fall. Was glauben Sie eigentlich, mit wem sie es zu tun haben?«, erklärte Clara scharf und entschlossen. »Robert Schumann ist kein beliebiger Kapellmeister, den man so behandeln kann! Nein, meine Herren, hier handelt es sich um eine infame Intrige gegen meinen Mann! Wie können Sie einem Künstler seines Ranges ernsthaft mit einem solchen Vorschlag kommen? Entweder dirigiert Robert Schumann, so wie es in seinem Vertrag steht, alle Konzerte. Oder er wird sich gezwungen sehen, zu kündigen. Was das allerdings für Ihren Ruf bedeuten würde, das hätten Sie sich dann selbst zuzuschreiben.«

Die Kündigung anzubieten, hatte sie eigentlich nicht im Sinn gehabt und schalt sich im Nachhinein. Es war ganz nach der Art, wie ihr Vater früher verhandelt hatte, stolz und unmissverständlich. Mit dieser Taktik hatte er meist sein Ziel erreicht, und tatsächlich wurden die Abgesandten ganz bleich und traten vorerst den Rückzug an. Dennoch wusste Clara, dass der Kampf nun erst richtig losgehen würde.

Robert schien diese neue Wendung der Querelen mit Gelassenheit aufzunehmen, er paffte seine Zigarre und schwieg, als sie ihm empört von dem Besuch erzählte. Denn Robert Schumann selbst hatte die Delegation nicht sprechen wollen, diese Feiglinge! Ob ihm wohl klar war, dass sie auf eine Katastrophe zusteuerten?, fragte sich Clara. Wovon sollten sie leben, wenn er seinen Posten verlor?

»Hast du nicht morgen ein Konzert zu spielen?«, fragte er nach einer Weile besorgt. Das stimmte, und Clara war überrascht, dass er daran dachte. Sie würde in Bonn ein Konzert geben, bei dem eines der schwierigsten Stücke überhaupt auf dem Programm stand, nämlich Beethovens Klavierkonzert in Es-Dur. »Willst du nicht lieber absagen?«

»Jetzt erst recht nicht«, antwortete Clara und straffte sich. Absagen? Bislang hatte sie nur dann ein Konzert abgesagt, wenn sie halb tot im Bett lag, so wie damals in Kiel, als sie eine schlechte Auster gegessen hatte. Nein, jetzt musste sie Stärke zeigen. Und das tat sie, so dass die »Niederrheinische Musikzeitung« später über den Abend in Bonn schrieb: *In heiliger Stille lauschten die Zuhörer dem Spiele der genialen Künstlerin und den Tönen des trefflich begleitenden Orchesters, welches namentlich im Adagio sich mit dem Pianoforte so innig vermählte, dass wir uns kaum je einer so vollendeten Ausführung eines Clavier-Concertstücks erinnern.*

Am Ende eines entwürdigenden Machtkampfs fand man endlich eine Lösung, mit der Clara leben konnte: Robert wurde von allen Verpflichtungen aus seinem Vertrag freigesprochen – bei weiterem Bezug seines vollen Gehalts. Offenbar konnte ihn keiner mehr ertragen, und man war bereit, sich sein Fernbleiben bei den Proben und Aufführungen teuer zu erkaufen. Dem Skandal jedoch, einen der berühmtesten zeitgenössischen Komponisten vor die Tür zu setzen, wollte sich das Direktorium offenbar lieber nicht aussetzen. Und im Grunde ihres Herzens musste Clara zugeben, dass dies auch für sie die beste aller Lösungen war. Robert Schumann war nun mal kein Dirigent. Die Probenarbeit quälte ihn. Außerdem war er krank. Und zwar auf eine komplizierte und unberechenbare Art und Weise, keiner wusste das so genau wie sie.

Als sie feststellte, dass sie doch schwanger geworden war, schloss sie sich in ihrem Zimmer ein und weinte den ganzen Tag. Johannes hatte den Panzer, den sie sich selbst verordnet hatte, erfolgreich gesprengt, und auch mit Robert hatte sie für kurze Zeit einen unverhofften Abglanz alter Leidenschaftlichkeit erlebt. So gut es ihr getan hatte, sich wieder jung und lebendig zu fühlen – jetzt musste sie teuer dafür bezahlen. Hinzu kam, dass sie nicht wusste, wer der Vater dieses Kindes war, das sich in ihr eingenistet hatte. Irgendwann fasste sie sich. Im Grunde spielte es keine Rolle. Es würde ein Schumann werden wie seine Geschwister, das verstand sich von selbst.

Schon seit einer Weile erhielt sie Briefe aus den Niederlanden von einem Kollegen, der sich erbot, für das Ehepaar Schumann in verschiedenen Städten Konzerte zu organisieren. Das klang verlockend, nie fühlte sich Clara so lebendig, als wenn sie vor Publikum auftrat. War dies nicht außerdem eine glänzende Gelegenheit, der Welt zu beweisen, welch ein Genie ihr Mann war? Da sie nun jeder Verpflichtung in Düsseldorf ledig waren, fiel es ihr nicht schwer, Robert zu dieser Reise zu überreden. Clara nahm sich vor, den Düsseldorfern zu zeigen, wie unrecht sie daran getan hatten, ihren Mann so schlecht zu behandeln. Sie wollten weniger Werke von Robert in ihren Konzerten? Nun, sie würden sich wundern. Viele Briefe gingen zwischen Düsseldorf und den Niederlanden hin und her, denn sie plante, bei dieser Gelegenheit Roberts wichtigste Werke aufzuführen: Lieder, zwei seiner Sinfonien und andere Orchesterstücke, außerdem Kammermusik. Und sie würde endlich wieder aus ihrem Konzertrepertoire spielen. Akribisch legte sie ihre Route nach Utrecht, Den Haag, Rotterdam, Amsterdam und zurück fest, und noch Ende November brachen sie auf.

Ihre Entschlossenheit und Unternehmungslust schienen sich auf Robert zu übertragen. Sie gaben in verschiedenen Städten insgesamt zwölf Konzerte vor einem derart begeisterten Publikum, dass sie es nach den Schmähungen in Düsseldorf zunächst überhaupt nicht fassen konnten. Sicherlich, sie hatten darauf gehofft, doch der Jubel überstieg all ihre kühnsten Erwartungen. »Doktor! Doktor!«, skandierte die Menge nach den ersten Konzerten, so dass er, was er sonst vermied, mehrmals auf die Bühne kommen musste. Robert Schumann wurde gefeiert wie nie zuvor, mit Blumen bekränzt und mit nächtlichen Aufführungen seiner Werke überrascht. Fackelzüge wurden veranstaltet und in Amsterdam sogar ein Ball zu ihren Ehren gegeben.

»Du spielst so wundervoll«, sagte er nach einem der Konzerte. Es klang so liebevoll und bewundernd, dass Clara die Tränen in die Augen stiegen. So lange hatte sie es ihm nicht recht machen können, besonders in den vergangenen Jahren hatte er ihr Klavierspiel so bösartig kritisiert, dass sie fast den Mut verloren hatte. Nie würde sie vergessen, wie er ihr den Klavierdeckel auf die Finger geschlagen hatte. Nun war sein Lob wie Balsam für ihr beschädigtes Selbstbewusstsein. Und wenn sie sich auch darüber im Klaren war, dass eine unbekannte Macht seine körperlichen und nervlichen Kräfte unaufhaltsam aufzehrte, so wurde ihr gerade auf dieser Reise, die einem Triumphzug glich, wieder bewusst, wie sehr sie ihn noch immer liebte.

Ja, er hatte Unglaubliches geleistet. Gerade in den Düsseldorfer Jahren, in denen es ihm die meiste Zeit schlecht gegangen war, zwischen Umzügen und leidvollen Orchesterproben, hatte er die schönsten seiner Stücke geschrieben. Die meisten seiner großen Werke waren nur so aus ihm herausgeflossen und in wenigen Wochen entstanden. In letzter Zeit komponierte er weniger, stattdessen verbrachte er die Tage zu Hause mit dem Sichten und Sortieren der Unmengen an Manuskripten. So viel Papier hatte er im Laufe seines Lebens mit Worten und Noten gefüllt. Seit Johannes Brahms wie eine Lichtgestalt sie beide verzaubert hatte, kam es Clara so vor, als wollte Robert seinen Nachlass in Ordnung bringen. Doch auf dieser Reise und unter dem Eindruck ihres Erfolgs, keimte in ihr die Hoffnung, dass vielleicht am Ende noch alles gut werden könnte. Himmel, sie waren im besten Alter. Sie vierunddreißig, Robert dreiundvierzig. Im Grunde hatte es sich gut gefügt, dass er die Düsseldorfer Fesseln losgeworden war. Und während der zahlreichen Fahrten von einer Konzertstätte zur nächsten, überlegten sie, wo sie in Zukunft leben wollten. In Wien vielleicht. Oder sollten sie nach Sachsen zurückkehren? Das musste alles wohlüberlegt sein. Mit ihren sechs Kindern und einem siebten unter dem Herzen würde sie so gern zur Ruhe kommen. Ein Nest bauen. Denn ihr Traum war es noch immer, von diesem Nest aus wie früher zu Gastspielen aufzubrechen. Womöglich würde sie es trotz aller Zweifel schaffen und sich eines Tages dem kritischen Londoner Publikum stellen?

Sie dachte an Johannes und wohin es ihn wohl verschlagen würde. Anfang Januar würden sie sich wiedersehen, gemeinsam mit Joseph Joachim hatte er sie nach Hannover eingeladen, wo die beiden Freunde *Das Paradies und die Peri* zur Aufführung bringen wollten, außerdem Roberts Violinkonzert. Und Clara sollte Beethovens Klavierkonzert spielen. Sie war schon ganz aufgeregt, wenn sie an das Wiedersehen dachte.

Das Weihnachtsfest 1853 verbrachten sie trotz der unangenehmen Situation, in der sie sich in Düsseldorf seit Roberts Suspendierung befanden, so harmonisch wie lange nicht. Nur als Robert Claras Porträt von Carl Sohn enthüllte und es »abscheulich« fand, gab es einen Moment der Verstimmung auf beiden Seiten. Denn sie fand sich wunderschön auf dem Bild, der Maler hatte tatsächlich eine Seite von ihr auf die Leinwand gebannt, die kaum jemand kannte, Robert allerdings sehr wohl: Es war ihre weiche, sinnliche Seite, ihr verletzliches, ausgesprochen weibliches Selbst. Für das Bild hatte sie die Haube abgelegt, die sie als verheiratete Frau kennzeichnete. Ohnehin galt diese inzwischen als altmodisch. Da Robert oft betonte, wie gern er sie in ihrem Häubchen sah, trug sie das alberne Ding ihm zuliebe.

Für die Sitzungen zu dem Bild hatte sie auf Anraten von Carl Sohn einen zarten schwarzen Schleier aus feinster Spitze über ihren Hinterkopf gelegt, ganz ähnlich wie damals nach der Liebesnacht mit Johannes, als sie auf dem Nachhauseweg ihre in Unordnung geratene Frisur verbergen wollte. Auf dem Porträt fiel die Spitze weich auf ihre nackten Schultern und die Ärmel ihres eleganten neuen Kleids aus Samt und Seide, das nicht, wie die anderen, die sie sonst trug, ihre Schlankheit betonte, sondern ihre weiblichen Rundungen. Am linken Arm trug sie das Armband in der Form einer stilisierten Schlange, das ihr die Zarentochter Marie geschenkt hatte, das letzte der vielen kostbaren Schmuckstücke, das sie noch nicht versetzt hatte, um die Kosten des Alltags zu bestreiten. Der Blick des Betrachters wurde von ihren Händen angezogen, die hell vor dem Schwarz des Kleides in ihrem Schoß lagen mit sanft ineinander verschränkten Fingern. Vor allem war es ihr leicht geneigter Kopf und der schwer zu deutende Blick, mit dem sie den Betrachter unter nur halb geöffneten Lidern hervor ansah, was sie selbst so gelungen fand, und was Robert zu entsetzen schien. Es war das Bildnis einer Madonna mit dem Blick einer Sphinx.

»Du siehst aus wie eine Witwe mit diesem schwarzen Schleier«, rief er erschrocken aus. »Dabei bin ich noch gar nicht tot! Und was ist das für ein seltsames Lächeln? Clara, mir graut vor diesen Augen. Ich weiß nicht, was sie ausdrücken wollen.«

Clara dagegen wusste es recht gut.

Sie hatte früh gelernt, diesen Aspekt ihrer Persönlichkeit vor der Öffentlichkeit zu verbergen, auch vor ihrem Vater hatte sie ihn wohlweislich versteckt, als er sie wie eine Gefangene durch halb Europa geschleppt und sie kaum eine Minute aus den Augen gelassen hatte. Vermutlich wirkte sie deshalb auf vielen ihrer Bilder verschlossen und unnahbar. Dieses Gemälde jedoch war das Abbild einer leidenschaftlichen Frau. Dass Robert es so scheußlich fand, machte sie traurig.

Enttäuschend entwickelte sich auch die lang ersehnte Reise nach Hannover für sie, was sie natürlich nie und nimmer zugegeben hätte. Und das lag nicht daran, dass die geplante Aufführung von Roberts Oratorium am Ende gar nicht zustande kam. Es war Johannes' Schweigsamkeit vor allem ihr gegenüber und sein sichtliches Bemühen, nie mit ihr allein zu sein, was ihr ins Herz schnitt. So viel hatte sie ihm sagen wollen. Und Joseph Joachim gab ständig vor, müde zu sein, dabei war er erst vor drei Monaten in Düsseldorf die Ausgelassenheit in Person gewesen und niemals zu erschöpft, um mit Robert noch ein Bier trinken zu gehen. Wussten ihre jungen Freunde von ihrer Schwangerschaft? War dies der Grund für ihre Zurückhaltung? Fragte sich Johannes, ob er womöglich dabei war, Vater zu werden? Das musste er ja denken, denn sie hatte ihm gesagt, dass sie nicht mehr mit Robert schlief. Oder befürchtete er genau das? So gesehen war es irgendwie verständlich, dass er sich vor ihr zurückzog. Und doch tat es ihr weh. Robert schien nichts zu bemerken. Und auf der Heimreise fragte sie sich, ob sie sich das alles vielleicht nur eingebildet hatte.

Schon vor einiger Zeit hatte Robert begonnen, Äußerungen bedeutender Dichter über Musik zu sammeln und plante, eine Zusammenstellung davon unter dem Titel *Dichtergarten* zu veröffentlichen. Sie fand interessant, was Goethe, Schiller, Jean Paul, Shakespeare und viele andere zu diesem Thema zu sagen hatten. Vor allem war sie froh, dass es Robert trotz wiederkehrender »Gehöraffektionen« gut ging, wie er die sirrenden Töne und Geräusche nannte, die nur er hörte.

Am 4. Februar zeigte er ihr einen Brief, den er an Joseph Joachim geschrieben hatte. Erst später würden ihr einige Sätze wieder einfallen, die sie im Moment des Lesens für besonders dichterisch hielt. *Mit sympathetischer Tinte habe ich Euch oft geschrieben, und auch zwischen diesen Zeilen steht eine Geheimschrift, die später hervorbrechen wird.* Und *Die Musik schweigt jetzt, wenigstens äußerlich … Nun will ich schließen. Es dunkelt schon.*

Sie wollte Robert nicht eingestehen, dass sie nicht genau wusste, was »sympathetisch« bedeuten sollte und schlug es im

Konversationslexikon nach. Dort stand: *eine geheimnisvolle Wirkung ausübend*, aber auch *auf Sympathie beruhend*. Was aber bedeutete »sympathetische Tinte«? Sprache und Musik waren schon immer zwei Seiten seines künstlerischen Schaffens gewesen. Zwei Tage, nachdem er ihr diesen Brief gezeigt hatte, war es, als würden die Grenzen zwischen diesen beiden Welten in seinem Kopf endgültig fallen. Wenn er bislang über einzelne Töne geklagt hatte, mitunter über Melodien, die in seinem Kopf erklangen, so musste das, was er nun wahrnahm, so laut und schmerzhaft sein, dass er es kaum aushalten konnte.

Er sprach von Stimmen, die zu ihm sprachen. Von wundervollen Gesängen, so dass er fest davon überzeugt war, es wären Engelschöre, die sich mit ihm in Verbindung gesetzt hatten. Einmal stand er mitten in der Nacht auf, um eine Melodie aufzuschreiben, die ihm ein Engel vorsang, danach sank er zu Claras Erleichterung in einen tiefen, ohnmachtsähnlichen Schlaf.

Die Stimmen kehrten zurück und verwandelten sich in Dämonen, die ihn quälten und ihm drohten, ihn in die Hölle zu zerren, so dass er wie in Todesangst schrie. Sie konnte nicht zu ihm durchdringen, auch nicht, als sie ihn stundenlang fest in ihren Armen hielt und wiegte wie ein Kind. Er nahm sie kaum noch wahr, und wenn doch, schreckte er vor ihr zurück und beschwor sie, sich in Sicherheit zu bringen, denn er sei ein Verworfener und könnte ihr am Ende etwas zuleide tun.

So ging es tage- und nächtelang. Mitunter sah es so aus, als würde Besserung eintreten, ja, es gab sogar Stunden, an denen er seine Arbeit am *Dichtergarten* fortsetzen konnte und zwei Geschäftsbriefe schrieb, die vollkommen vernünftig waren, so dass Clara erneut Hoffnung schöpfte, diese Krise könnte enden. »Er wird wieder gesund werden«, sagte Clara sich selbst und natürlich den Kindern, die mit großen, ängstlichen Augen im Flur vor seiner Zimmertür standen und nicht wussten, was mit ihrem Vater geschah. »Papa ist krank, aber das geht vorbei«, sagte sie.

»Warum schreit er denn so?« Der vierjährige Ferdinand hatte die Augen angstvoll aufgerissen und presste das Stofflämmchen, das ihm Johannes geschenkt hatte, fest gegen seine Brust.

»Weil ihm was wehtut«, antwortete Elise an Claras Stelle. Ihre Zweitälteste war inzwischen zehn Jahre alt und so resolut wie eh und je. »Wenn dir was wehtut, schreist du auch.« Und damit nahm sie die kleinen Brüder an der Hand und ging mit ihnen zurück ins Kinderzimmer.

»Weißt du noch, wie ich früher oft davon geträumt habe, in den Rhein zu springen?«

Es war früher Morgen. Die Nacht war schlimm gewesen, sie hatten beide kein Auge zugetan. Jetzt waren die schrecklichen Stimmen in seinem Kopf verklungen. Erschöpft lag er neben ihr, sein Kopf schwer auf ihrer Brust.

»Das waren nur Träume«, erwiderte sie matt. Ihre Lider brannten und der Kopf tat ihr weh. Wann würde das ein Ende haben?

Plötzlich richtete er sich auf.

»Weißt du was?« Er betrachtete den schlichten Ehering, von dem sie das Gegenstück trug.

»Was denn?« Sie konnte kaum die Augen offenhalten.

»Ich werde meinen Ring in den Rhein werfen«, sagte Robert eifrig. »Wir beide werden das tun. Sicher bin ich dann erlöst. Und unsere Ringe, die werden im Wasser des Rheins eins werden und verschmelzen mit diesem Schatz. Du weißt schon. Dem Rheingold.«

Auf einmal war Clara hellwach. Ging es etwa schon wieder los?

»Nein, das werden wir nicht tun«, widersprach sie, obwohl sie wusste, dass Widerrede seinen Zustand meistens nur verschlimmerte. »Wir werden einander in den Armen halten und alles gemeinsam ertragen.«

Robert schüttelte traurig den Kopf.

»Ich werde ohnehin nicht mehr lange bei euch sein«, sagte er leise. »Ich weiß es.« Und als sie erschrocken wissen wollte, was genau er damit meinte, war er bereits im Reich der Dämonen.

Drei Wochen vergingen auf diese Weise, in denen sie zwischen Hoffen und Verzweifeln hin- und hergeworfen wurde. Der berühmte rheinische Karneval rückte heran, im Hause Schumann war allerdings niemand zu närrischem Treiben aufgelegt. Clara zog verschiedene Ärzte zurate, von denen keiner wusste, wie man Robert helfen könnte. Sie beschwor jeden, der ins Haus kam, Stillschweigen über das Drama zu bewahren, das sich innerhalb ihrer vier Wände abspielte, und doch konnte sie nicht verhindern, dass der Hauswirt, der im Erdgeschoss wohnte, von dem Weinen, Schreien und Wimmern des Kranken Kenntnis nahm.

Dann gab es Tage, an denen sich Robert morgens anzog und sich in sein Zimmer begab, wo er Variationen zu dem Engelsthema komponierte, das wirklich wunderschön war, und alles schien wie durch einen Zauber so wie früher. Einem der Ärzte, der gekommen war, um nach ihm zu sehen, spielte Robert die Sonate eines jungen Komponisten vor, die ihm zugeschickt worden war, und geriet darüber in einen solchen Enthusiasmus, dass ihm auf einmal der Schweiß auf der Stirn stand, und er nur mit Mühe zu beruhigen war.

Und wieder trank er Alkohol, mehr noch als sonst. Es schien ihn zu beruhigen, und deshalb schritt Clara nicht ein. Sie hatte ihn ihr Leben lang angefleht, das Trinken sein zu lassen, aber jetzt kam es nicht mehr darauf an, fand sie. Denn so konnte er wenigstens ein paar Stunden schlafen, bis ihn Geräusche, die nur er hörte, und Visionen, die nur er sah, weckten und quälten. Und das Ganze von vorn begann.

Es war am Karnevalssonntag 1854, als sie nicht mehr weiterkonnte. Sie hatte einfach keine Kraft mehr. Die Nächte, die sie in den vergangenen Wochen durchgeschlafen hatte, konnte sie an einer Hand abzählen. Mit den Kindern hatte sie keine Geduld mehr, es genügte der geringste Anlass und sie schrie sie an. Bertha, die treue Seele, scharte sie wie eine Henne um sich und versuchte sie vor ihren und Roberts Anfällen zu schützen, und Clara wusste, dass sich etwas ändern musste. Sie war im fünften Monat schwanger. Es konnte nicht sein, dass Roberts Krankheit ihre gesamte Familie zerstörte. Der Tag war einigermaßen ruhig verlaufen, Robert hatte an seinem *Dichtergarten* gearbeitet. Deshalb beschloss sie, einen Vorstoß zu wagen.

»So kann es nicht weitergehen«, sagte sie an diesem Abend zu ihm. »Ich bin am Ende meiner Kräfte.« Sie holte tief Luft, dann sprach sie aus, was ihr seit einer Weile im Kopf herumging. »Vielleicht solltest du irgendwohin gehen, wo du dich erholen kannst. Wo jemand nach dir siehst.«

»Und du?« Er sah sie aus waidwunden Augen an. »Willst du nicht mehr nach mir sehen?«

»Einer muss sich schließlich um die Kinder kümmern«, sagte sie und wandte den Blick ab.

»Das tut doch Bertha«, warf er ein. »Wenn wir auf Konzertreise sind, sind sie ja auch …«

»Wir sind aber nicht auf Konzertreise.« Sie war heftiger geworden, als sie es gewollt hatte. Himmel, bald würde sie genauso verrückt werden wie er.

»Ich will nicht fort«, beharrte er kläglich. »Hier sind alle meine Sachen. Meine Skripte und Unterlagen zur *Dichterliebe*. Hier kenne ich mich aus. Hier seid ihr …« Sie schwieg und betrachtete ihre Fingernägel. Sie waren brüchig geworden. Überhaupt waren es die Hände einer Frau, die ihre Jugend weit hinter sich gelassen hatte. Einer Frau, die alt wurde. »An welche Art Ort hast du denn gedacht?«, fragte er leise.

Clara zuckte mit den Schultern und biss sich auf die rissigen Lippen. Wo wäre der richtige Ort für einen Menschen, der Visionen hatte und Stimmen hörte? Sie mochte selbst nicht daran denken und bereute es, davon angefangen zu haben.

»Wir sollten das besser wieder vergessen«, sagte sie. »Es war keine gute Idee von mir.« Sie erhob sich, unsicher, wohin sie gehen sollte. Nach den Kindern sehen? Dazu war sie selbst viel zu aufgewühlt. In ihr eigenes Zimmer? Oder sollte sie nach langer Zeit einen Spaziergang machen? Da fühlte sie Roberts Hand in der Ihren.

»Schick mich nicht weg«, bat er.

»Natürlich nicht«, antwortete sie mechanisch.

Und wünschte, der Himmel würde sich öffnen, und sie von dieser Qual erlösen.

Als sie eine Stunde später aus dem oberen Stockwerk, wo sie und die Kinder ihre Zimmer hatten, herunterkam, fand sie Robert vor seinem halb gepackten Koffer.

»Was hast du vor?«, fragte sie erschrocken.

»Ich packe«, sagte er ruhig. »Weißt du, wo noch ein frisches Hemd sein könnte?««

»Aber … wo willst du hin?«

»Ich hab es mir überlegt«, erklärte er sachlich und legte seinen Schlafrock zusammen. »Du hast vollkommen recht. Ich kann dich und die Kinder nicht länger mit meinen Qualen belästigen. Du hast gemeint, ich sollte irgendwohin gehen, wo man sich mit meinen Leiden auskennt. Nun, das kann wohl nur eine Nervenheilanstalt sein, nicht wahr? Denn etwas stimmt ganz und gar nicht mit meinem Kopf, das ist ja wohl offensichtlich.« Er stopfte den Schlafrock in den Koffer. »Ich weiß nur nicht, wo eine geeignete wäre. Ich möchte nicht gern irgendwohin gehen, wo man mich nicht kennt und nicht weiß, was ich brauche. Was meinst du? Wer könnte uns da weiterhelfen?«

Er sah sie an. Sein Gesicht war aufgedunsen, seine Augen noch immer gerötet. Ansonsten schien er vollkommen vernünftig zu sein. Eine heiße Angst überfiel sie, einen entscheidenden Fehler zu begehen.

»Ich weiß nicht recht, Robert«, begann sie, doch er legte ihr sanft die Hand auf die Schulter und lächelte sie traurig an.

»Lass uns Doktor Hasenclever fragen«, schlug er vor. »Ich will diese Bürde von dir nehmen. Und die Kinder ... Sie sollen ihren Vater nicht mehr länger so erleben müssen. Es muss schließlich jemanden geben, der mir helfen kann, gesund zu werden! Dann komm ich auch ganz bestimmt zu euch zurück, das verspreche ich dir.« Und als er sah, dass ihr Tränen in den Augen standen, nahm er sie sanft in seine Arme. »Nicht weinen, meine Kläre. Ich weiß ganz gewiss, es wird alles gut.«

Weil er nicht davon abzubringen war, schickte sie nach Doktor Hasenclever, der eine halbe Stunde später kam. Er traf Robert im Mantel an, seinen Koffer nebst Tasche mit Arbeitsunterlagen zu seiner Seite. Er war bereit zum Aufbrechen, und nur mit Mühe gelang es dem Arzt, ihn davon zu überzeugen, die Sache noch einmal zu überschlafen.

»Heute wird man Sie ohnehin nirgendwo mehr aufnehmen«, versicherte er ihm. »Es ist schon spät. Morgen sprechen wir noch mal darüber.«

Endlich fügte Robert sich und kehrte in sein Zimmer zurück.

»Sie sehen ja fast leidender aus als er«, sagte der Arzt voller Mitgefühl zu Clara, nachdem sie ihn in den Salon gebeten und Bertha ihm ein Glas Rotwein gebracht hatte.

»Ich schlafe seit Wochen nicht mehr richtig«, erklärte sie mit einem Seufzen. »Sagen Sie mir ehrlich, Herr Doktor, was halten Sie von dem Ganzen?«

Eine Weile gab er keine Antwort, sondern schien in der Betrachtung ihres Porträts versunken, das über der Anrichte hing.

»Schwer zu sagen«, brach er schließlich das Schweigen. »Ihr Mann ist ein berühmter Künstler, Kunst und Wahnsinn liegen ja bekanntlich nah beieinander. Heute jedoch erschien er mir vollkommen bei Verstand. Und ja, vermutlich wäre es tatsächlich vernünftig, er würde sich in die Obhut von Ärzten begeben, die sich auf die Erkrankung der Seele spezialisiert haben und ihm helfen könnten, im Gegensatz zu mir. Ich behandle den Körper. Mit der Seele kenne ich mich nur wenig aus.«

In Claras Herz tobte ein Kampf einander widerstreitender Gefühle und Überlegungen. Ihn in eine Anstalt zu geben, das hätte sie noch bis vor Kurzem entschlossen von sich gewiesen. Aber sie war zermürbt. Es war fürchterlich mitzuerleben, wie unaussprechlich er litt. Auch sie litt Höllenqualen, wenn die Dämonen ihm zusetzten. Lange würde sie das nicht mehr ertragen.

»Darf ich Sie etwas fragen?« Der Arzt sah sie durch seine geschliffenen Brillengläser aufmerksam an. Das Licht der Petroleumlampe brach sich in ihnen, sie konnte seine Augen nicht richtig erkennen.

»Natürlich«, antwortete sie, und Angst stieg in ihr auf.

»Trinkt Ihr Mann Alkohol? Ich meine, mehr als man es gemeinhin tut?« Er hüstelte leicht, offenbar war ihm die Frage unangenehm.

»Nein«, antwortete sie reflexhaft, wie sie es seit Jahren tat, wenn es galt, Roberts Alkoholsucht zu vertuschen. »Warum?«

»Das könnte … ich meine, wenn dem so wäre …« Der Arzt verhaspelte sich. »Nur der Vollständigkeit halber, und damit Sie verstehen, warum ich so etwas frage: Bei Alkoholikern kann irgendwann auch so ein Stadium eintreten, in dem sie Halluzinationen haben.«

»Das scheidet in unserem Fall aus«, entgegnete Clara scharf. Das fehlte noch, dass Robert Schumann als Trinker verleumdet wurde. Außerdem glaubte sie nicht, dass Alkohol in der Lage wäre, in Roberts Kopf ganze Sinfonien erklingen zu lassen oder ihm ein musikalisches Thema zu diktieren. Alkohol machte Robert müde. Nicht unruhig.

»Nun denn …« Doktor Hasenclever erhob sich. »Warten wir ab, wie es ihm morgen geht. Sie allerdings sollten sich unbedingt ausruhen«, fügte er fürsorglich hinzu und warf einen bedeutsamen Blick auf ihren Fünfmonatsbauch. »Ich werde Ihnen einen Pfleger schicken, der die Nacht über bei ihm bleibt. Schlafen Sie, Frau Schumann. Und wenn Sie zu aufgewühlt dazu sind, lass ich Ihnen ein Mittel da.«

Sie schlief die ganze Nacht tief und traumlos in ihrem Zimmer. Es war schon fast neun, als sie aufschreckte und sich im ersten Moment nicht zurechtfand. Wieso lag sie hier auf ihrem Sofa und nicht im Ehebett? Dann fiel ihr alles ein, und ihr war, als senkte sich ein düsterer Schleier über sie.

Rasch stand sie auf, zog sich an und frisierte sich. Sie wappnete sich und ging hinunter in den ersten Stock.

Als sie sein Zimmer betrat, ging Robert voller Unruhe auf und ab und schien sie überhaupt nicht zu bemerken. Er wirkte, als dirigierte er ein unsichtbares Orchester, wedelte mit der Hand, so wie er es vor noch gar nicht allzu langer Zeit zur Belustigung und zum Ärger der Düsseldorfer im Musikverein getan hatte. Dann schrie er »Nein!« und »Von vorn!«, hielt sich die Ohren zu und begann zu jammern, bis Clara es nicht mehr ertragen konnte und dem Pfleger wieder ihren Platz überließ.

Beim Mittagessen wirkte er geistesabwesend. Clara brachte kaum einen Bissen hinunter, tat jedoch der Kinder wegen so, als sei alles in Ordnung. Danach ging Robert zurück in sein Zimmer um, wie er sagte, die Variationen, die er zu dem »Engelsthema« komponiert hatte, ins Reine zu schreiben.

Der Lärm von Pauken und schrillen Trompeten drang von der Straße herauf. Es war Rosenmontag. Clara konnte nicht glauben, dass da draußen Menschen ausgelassen das Närrische feierten, während bei ihnen der Wahnsinn kam und ging, wie es ihm beliebte. Doktor Hasenclever schaute wie versprochen vorbei, und da sie dem Krankenpfleger für den Nachmittag freigegeben hatte, bat sie ihre Tochter Marie, sich mit einem Buch zum Vater ins Zimmer zu setzen, der völlig von seiner Arbeit absorbiert schien.

»Ich hab mich erkundigt«, erklärte Hasenclever gerade. »Es gibt da eine Anstalt in Endenich, das ist ein Dorf südlich von Bonn. Der Nervenarzt, der sie leitet, gilt als sehr fortschrittlich. Möglicherweise wäre das der richtige Ort für Ihren Mann.«

»Wie muss ich mir diese Anstalt vorstellen?«, fragte Clara besorgt. »Ich lasse auf keinen Fall zu, dass man ihn in eine Zwangsjacke steckt und mit irgendwelchen Therapien drangsaliert.«

»Keine Sorge, das ist in Endenich nicht der Fall.« Hasenclever öffnete seine Tasche und zog daraus eine kleine Broschüre hervor. »Sehen Sie«, sagte er und reichte sie Clara. Auf dem Deckblatt war die Lithographie eines schönen, herrschaftlichen Hauses, umrahmt von Bäumen, abgedruckt. »Das Gebäude ist freundlich, es liegt in einem Park. Von dort hat man eine herrliche Aussicht bis nach Bonn. An schönen Tagen sieht man sogar das Münster.«

»Von einer schönen Aussicht wird man nicht gesund«, gab Clara zurück und blätterte unruhig in der Broschüre.

»Natürlich nicht«, räumte Hasenclever ein. »Ich schlage vor, Sie und Robert fahren einmal hinaus und sehen sich das Ganze an. Doktor Richarz ist bestimmt zu einem Gespräch bereit. Danach entscheiden Sie in aller Ruhe.«

Die Tür wurde aufgerissen und Marie stürzte herein.

»Mama, Mama!«, rief sie außer sich. »Papa ist verschwunden.«

»Was meinst du mit … verschwunden?«

Schon war Clara an der Tür.

»Er ist fort … Ich hab überall nachgeschaut … Er ist nicht mehr da …«

»Hast du nicht aufgepasst?«

»Doch, natürlich. Ich war die ganze Zeit bei ihm.« Marie fing an zu schluchzen. »Auf einmal hat er von seiner Arbeit aufgeschaut, mich gesehen. Und dann … dann …«

»Was und dann?« Clara hatte den Arm ihrer Ältesten gepackt und schüttelte sie heftig.

»Er hat die Hände vor die Augen geschlagen und gestöhnt. ›O Gott‹ hat er gesagt. Dann ist er ins Schlafzimmer gegangen. Ich hab gedacht, er kommt sicher gleich wieder zurück, aber …«

Clara hörte ihr schon nicht mehr zu. Von ihrem Schlafzimmer gab es direkte Verbindungen zu seinem Arbeitszimmer, außerdem zum Flur. Sie sah überall nach. Nirgendwo eine Spur von ihm.

»Ich hab alles abgesucht«, erklärte Bertha, die Marie den Arm um die Schultern legte. Das Mädchen hatte haltlos zu weinen begonnen. »In der Wohnung ist er nicht.«

Clara lief die Treppe hinauf in den oberen Stock. Vielleicht hatte Robert nach ihr gesucht. Doch er war weder in ihrem Zimmer noch in dem der Kinder.

»Weit kann er nicht sein«, sagte Doktor Hasenclever gerade, als sie hinunterkam. Er trug bereits Mantel und Hut.

»Er hat ja nicht einmal seine festen Schuhe angezogen«, rief Bertha mit Blick auf die Garderobe aus.

»Ich komme mit«, erklärte Clara und griff ebenfalls nach ihrem Mantel.

»Nein, auf gar keinen Fall. Bleiben Sie hier bei den Kindern. In Ihrem Zustand lass ich Sie gerade heute nicht auf die Straße.«

»Ich helfe Ihnen suchen.« Bertha war nicht davon abzuhalten. »Sicher ist er im Wirtshaus, so wie immer. Ich kenne den Weg, Herr Doktor. Kommen Sie nur.«

Unten schloss sich ihnen noch der Hauswirt an, der ohnehin immer alles mitzubekommen schien, und während Clara ihnen voller Unruhe vom Fenster aus nachsah, saß Marie in einer Ecke und schluchzte.

»Hör auf zu weinen«, sagte sie zu ihrer Tochter und hätte sie am liebsten geohrfeigt. »Das macht die Sache jetzt auch nicht mehr besser.«

Nach einer langen, bangen Stunde kehrten Hasenclever und die anderen ratlos zurück. Sie hatten Robert nirgendwo finden können. Die Straßen seien voller Menschen in den verrücktesten Kostümen. Es sei, als suchte man eine Nadel in einem Heuhaufen. Auf einmal begann sich das Zimmer um Clara zu drehen. Dann lag sie auf dem Sofa und hatte keine Ahnung, wie sie dorthin gekommen war. In ihrem Bauch bewegte sich das Kind mit einer solchen Heftigkeit, wie sie es noch nie erlebt hatte.

»Man wird ihn finden und zurückbringen«, hörte sie wie aus weiter Ferne Doktor Hasenclever sagen. »Jeder in Düsseldorf kennt Robert Schumann. So schnell geht hier keiner verloren.«

Und so war es. Wie lange sie so im Ungewissen gewesen waren, wusste Clara hinterher nicht mehr. Eine Stunde? Drei? Bertha brachte ihr Tee, und zog sich dann mit den Kindern ins obere Stockwerk zurück. Hasenclever riet zu einem stärkenden Glas Wein. Sie wollte nichts von allem. Sie wollte, dass Robert nach Hause kam.

Auf einmal läutete es. Von der Straße klang wildes, ausgelassenes Schreien und Lachen herauf.

»Bitte, Frau Schumann, bleiben Sie liegen«, bat Hasenclever und eilte hinunter zur Haustür.

Natürlich blieb sie nicht liegen. Mühsam erhob sie sich, und obwohl sich wieder alles um sie zu drehen begann, ging sie zum Fenster. Unten vor dem Haus entdeckte sie eine Schar grotesk maskierter Menschen. Zwei Männer hielten einen Mann fest, der sich kräftig wehrte. Ein langer Mantel mit einem orientalischen Muster klebte an seinem Körper, offenbar war er klatschnass. Seltsam, dachte sie und alles kam ihr vor wie ein Traum. Dieser Schlafrock hatte dasselbe Muster wie der von Robert. Doktor Hasenclever trat zu der Gruppe und sprach auf den Mann ein, der um sich schlug. Dann sah sie Bertha, die fürsorglich eine große Wolldecke um seine Schultern legte – wie kam die denn auf einmal auf die Straße? Bei Berthas Anblick wurde der Mann ruhig und ließ sich von ihr ins Haus führen. Erst da drang in ihr Bewusstsein – dieser Mann im tropfnassen Schlafrock war niemand anderes als Robert.

Mechanisch wandte Clara sich vom Fenster ab. Ihre Füße trugen sie wie von allein hinauf in ihr Zimmer. Dort lehnte sie sich mit dem Rücken gegen die Tür. Sie betrachtete ihre Hände und wunderte sich, warum sie so stark zitterten. Ihr gesamter Körper fühlte sich seltsam fremd an, fast, als sei er aus Glas. Kühl und klar. Zerbrechlich. So setzte sie sich an den Flügel. Sie überlegte, was sie spielen könnte. Doch sie konnte sich an kein einziges Musikstück erinnern.

Jemand klopfte. Jemand sagte: »Herein.« War sie das gewesen?

Bertha kam ins Zimmer und wollte wissen, ob mit ihr alles in Ordnung war. Natürlich war es das. Dann begann die Kinderfrau zu erzählen. Der gnädige Herr sei zum Rhein gegangen, auf die Schiffsbrücke gelaufen und habe sich in den Fluss gestürzt. Das hätten die Männer erzählt. Der Kapitän eines Flussdampfers habe das beobachtete und ihn gerettet.

»Zum Glück«, sagte die gute Bertha wieder und wieder. »Zum Glück.«

Ob es wirklich ein Glück war, daran hatte Clara Zweifel. Denn glücklich hatte der Mann im nassen Schlafrock dort unten auf der Straße überhaupt nicht gewirkt.

Die Tür zu ihrem Zimmer öffnete und schloss sich wieder. Doktor Hasenclever kam und wollte wissen, wie es ihr ging. Alle Welt wollte plötzlich wissen, wie es ihr ging, und doch hatte sich keiner in den vergangenen Wochen und Monaten dafür interessiert. Stets hatte man nach Robert gefragt. Und es stimmte ja, ihr ging es gut. Wieso sollte das jetzt anders sein?

Erst gegen Abend legte sich diese gläserne Starrheit ein wenig. Mechanisch stand sie vom Flügel auf, ging hinunter und setzte sich an Roberts Bett. Da lag er, ein bleiches Gespenst, und zitterte noch immer vor Kälte.

»Ich hab den Ring in den Rhein geworfen«, sagte er mit klappernden Zähnen, so dass sie ihn kaum verstand. »Dann bin ich hinterhergesprungen, so wie in meinen Träumen, weißt du noch?« Und als sie nicht antwortete, brach er in Tränen aus. »Warum habt ihr mich nicht einfach gelassen?«, schluchzte er. »Warum nur? Warum?«

21. KAPITEL

Düsseldorf: März 1854 bis 1856

Sie war den Empfehlungen der Ärzte gefolgt und mit den Kindern zu einer Bekannten gezogen. Etwas war zu Ende gegangen, etwas Neues hatte noch nicht begonnen. Sie war noch immer wie betäubt, nur ihre Gedanken rasten unaufhörlich.

Er hatte den Ring in den Rhein geworfen, wo er mit dem Rheingold verschmelzen sollte – jedenfalls in seiner wahnhaften Vorstellung. In einer Welt, in die sie ihm nicht folgen konnte und auch nicht wollte. Hatte er sich damit nicht von ihr losgesagt? Die Liebe zu ihm, die sie noch bis zum Morgen dieses unseligen Tages so verzweiflungsvoll heiß und brennend gefühlt hatte – sie fand sie nicht mehr. Sie fühlte überhaupt nichts mehr. Weder Trauer noch Schmerz.

Eine Woche nach seinem Selbstmordversuch war er ohne zu zögern mit den Ärzten gegangen, hatte auf Hasenclever vertraut und sich in die Anstalt nach Endenich bringen lassen, das erzählten sie ihr. Dort werde man ihn heilen. Und doch, im Grunde ihres Herzens glaubte sie nicht mehr daran, dass das möglich war. Für Robert gab es kein Zurück mehr, davon war sie überzeugt.

In diesen Tagen, die sie wie durch einen Nebel an sich vorüberziehen sah, dachte sie viel an Vergangenes. Wobei »denken« nicht der richtige Ausdruck dafür war, ihr schien es eher, als zögen Bilder wie aus einem bewegten Album an ihrem geistigen Auge vorüber. Sie sah sich mit Robert Schlittschuh laufen, da war sie höchstens zwölf gewesen. Er hatte sie aufgefangen, ehe sie gestürzt war, und ihr eine schaurige Geschichte von Nixen unter dem Eis erzählt, die nur darauf warteten, sie an ihren langen Zöpfen hinunterzuziehen. An demselben zugefrorenen See hatten sie sich später gestritten und dann geküsst, worum war es noch mal gegangen? Sie hatte ihn gebeten, weniger zu trinken. Wie oft hatte er ihr versprochen, damit aufzuhören? Er hatte es nie gehalten. Sie dachte an Situationen, in denen er sich vor dem Wasser gefürchtet hatte, wie zum Beispiel seine Weigerung in St. Petersburg, das Dampfboot zu besteigen. So oft hatte er ihr seine Furcht eingestanden, einmal im Wasser den Tod zu finden. Dennoch hatte er während langer Phasen seiner Krankheit gerade in Wasserkuren sein Heil gesucht. Passte das alles zusammen? Gab es einen Sinn im Wahnsinn? Und in ihrer beider Leben? So lange hatte sie darauf bestanden, sie seien füreinander bestimmt. Waren sie das? Und wenn ja, zu ihrem Glück oder eher zum gegenseitigen Verderben?

Ihre Mutter reiste von Berlin an und kümmerte sich um die Kinder, so wie sie es schon oft getan hatte. Kurz darauf kam Johannes Brahms und versprach, zu bleiben, um das Leid mit ihr zu tragen, wie er sich ausdrückte. Das war der Moment, in dem sie beschloss, sich wieder dem Leben zuzuwenden. Sie kehrte in ihre Wohnung zurück, während sich Johannes ein kleines Zimmer am Schadowplatz mietete.

Robert fühle sich wohl in Endenich, hieß es. Darüber war sie erleichtert. Langsam fiel von ihr dieser ganze Albtraum ab, der Nebel um sie lichtete sich, einen beträchtlichen Anteil daran hatte Johannes.

Unter den besorgten Blicken ihrer Mutter schritt sie durch die Räume, in denen der letzte Akt der Tragödie stattgefunden hatte. Nein, sie würde vorerst nichts Neues suchen, auch wenn viele ihr dazu rieten, der schlimmen Erinnerungen wegen. Die

Wohnung in der Bilker Straße war groß und praktisch. In ihr fühlte sie sich geborgen. Nach allem, was er erleiden musste, könne man ihrem Gatten nicht noch sein Heim wegzunehmen für den Fall, dass er zurückkäme, sagte sie und brachte damit alle zum Verstummen. Es brauchte ja niemand zu wissen, dass sie daran nicht glaubte. Aber es galt, seinen Ruf zu schützen. Und ihren eigenen ebenso. Zum ersten Mal in ihrem Leben begann sie, an die Nachwelt zu denken.

Die Ärzte rieten ihr, Robert nicht zu besuchen, sie befürchteten, dass es sie in ihrem Zustand – immerhin war sie schwanger – zu sehr angreifen könnte. Wenn andere fragten, ob sie bei ihm gewesen sei, wiederholte sie dies, nur nahm sie eine winzige Änderung vor: Die Ärzte, so sagte sie, fürchteten, ein Besuch von ihr könnte *ihn* zu sehr angreifen. Und dabei blieb sie. Denn etwas war zu Ende gegangen. Was würde nun beginnen? Irgendwann müsste dieses seltsame Zwischenreich doch enden? Was kam dann?

Sie fand, dass das Schicksal eine ironische Gottheit sein musste, denn es hatte Roberts Zusammenbruch bedurft, um Johannes zu ihr zurückzubringen. Er war der Trost in schwerer Zeit, sowohl für sie als auch für Robert, als Johannes zum Boten zwischen ihr und ihm wurde. Zwar waren sie keine Königskinder mehr, so wie früher, jedoch erneut getrennt, durch das tiefe Meer des Wahnsinns.

»Es geht ihm recht gut«, berichtete Johannes nach einigen Wochen. Er hatte Robert zwar nicht persönlich sprechen können, sondern ihn mit Erlaubnis des Anstaltsleiters hinter einem Gitter verborgen im Garten beobachtet. »Es sieht tatsächlich so aus, als hätte er sich erholt. Er wirkt fröhlich, genießt die neue Umgebung, macht Spaziergänge im Park, ist freundlich und geistreich wie eh und je. Er wirkt eigentlich kein bisschen verrückt.«

Sie schwieg dazu, zeigte sich erleichtert, glaubte ihm jedoch kein Wort. Diese vorübergehenden Phasen der Besserung kannte sie nur zu gut. Der erneute Zusammenbruch würde kommen, unausweichlich. Er war noch immer gekommen, und jedes Mal war es schlimmer geworden, das nächste Mal wollte sie nicht mehr miterleben, um keinen Preis war sie dazu mehr bereit.

Manchmal dachte sie, auch sie würde langsam, aber sicher verrückt. Sie, die immer so vernünftig gewesen war, so bodenständig und praktisch denkend. Denn da waren auf einmal zwei Stimmen in ihr, zwei Seiten ihres Wesens, die sich immer weiter voneinander entfernten. Die eine trauerte und hing an der Vergangenheit fest. An dem Eheversprechen und dem Traum von ihrer heiligen Verbindung. Diese verängstigte Clara verbrachte schreckliche Nächte. Immer wieder schreckte sie kurz vor dem Einschlafen auf und glaubte Robert zu hören, wie er nach ihr rief.

Die andere Clara in ihr fühlte sich hingegen unendlich befreit und wollte aufbrechen zu neuen Ufern. Nur eine dieser beiden hatte eine Zukunft. Noch rangen sie miteinander. Welche würde den Sieg davontragen?

Im April nahm sie die Unterrichtsstunden wieder auf. Wenn ihr eines im Leben Halt gab, dann war es die Arbeit. Die Anstalt war teuer, sie musste Geld verdienen, und ihre Reserven waren restlos aufgebraucht. Felix Mendelssohns Bruder Paul bot ihr mit viel Feingefühl ein Darlehen über 400 Talern an, das ihr fürs Erste aus finanzieller Verlegenheit half, das sie so bald wie möglich zurückbezahlen wollte. Sie war viel zu stolz, um solche Geschenke anzunehmen.

Oft versagten ihre Nerven, und sie weinte hemmungslos. Einziger Zeuge dieser Verzweiflung war Johannes Brahms, der ihr wortlos beistand, jede Laune ertrug und alles dafür tat, um ihr den Alltag erträglich zu machen.

»Da hast du einen wirklich guten Freund an deiner Seite«, sagte ihre Mutter, ehe sie nach Hause fuhr, und betrachtete sie eingehend. »Mir scheint, er hat sich in dich verliebt.«

»Das glaub ich nicht«, antwortete Clara so gleichgültig wie nur möglich.

Und doch war es ihr natürlich keineswegs entgangen.

Es verstand sich von selbst, dass sie und Brahms ihre leidenschaftliche Begegnung vom vergangenen Herbst mit keinem Wort mehr erwähnten und nicht – noch nicht – daran anknüpften. Dies machten die tragischen Umstände unmöglich, denn auch wenn Robert in Endenich war, schien er präsenter denn je. Dennoch, oder vielleicht gerade deswegen, stand zwischen Clara und Johannes Brahms eine unausgesprochene, elektrisierende Spannung. Die Gewissheit, dass er sie noch immer begehrte, gab Clara nach und nach ihre Stärke zurück. Noch nie hatte sie die Erfahrung gemacht, dass jemand, der sie liebte, einfach da war und sie umsorgte, ohne irgendwelche Forderungen an sie zu stellen.

Zu ihrer Verwunderung schien Robert nie nach ihr und den Kindern zu fragen. Offenbar hatte er mit der Vergangenheit abgeschlossen. Mitunter schmerzte sie das und sie schrieb Briefe an die Anstaltsleitung, um zu erfahren, ob er wirklich nie von ihr sprach. Dann wieder fühlte es sich an wie eine große Erleichterung. Was gewesen war, ließ sich nicht zurückholen. Alles, was sie jetzt noch für ihn tun konnte, war, sie beide für die Nachwelt im rechten Licht erscheinen zu lassen. Das war sie Robert schuldig.

»Aber er ist doch noch gar nicht tot«, sagte Johannes einmal entsetzt, als sie mit ihm darüber sprach. »Er ist noch höchst lebendig und wird noch viele wundervolle Werke komponieren.«

Clara ließ ihn in dem Glauben, er hatte ja keine Ahnung, was sie durchgemacht hatte. Keiner hatte das. Das war jedoch nicht wichtig. Viel wichtiger war, dass Johannes bei ihr blieb und ihr Trost spendete. Und das tat er mit einem Einfühlungsvermögen, das sie nie bei einem Mann vermutet hätte. Er liebte sie. Das las sie aus jedem seiner Blicke und seinen Handlungen.

Vielleicht könnte sie ja tatsächlich irgendwann noch einmal von vorne beginnen. Später, wenn die Zeit dafür reif sein würde. Und wenn es für eine Frau, die sich in Sachen Liebe längst aufgegeben hatte, möglich war, neu anzufangen warum dann nicht für die Pianistin Clara Schumann? Alles sprach dafür, wieder auf Konzertreisen zu gehen.

»Und die Kinder?«, fragte Johannes besorgt.

Auch für dieses Problem würde sie eine Lösung finden. Schon seit Längerem überlegte sie, wo jedes einzelne am besten aufgehoben wäre.

Am 11. Juni brachte sie Felix zur Welt, ein Glückskind, trotz der traurigen Umstände. Sie übergab ihn, wie alle ihre Kinder, einer Amme. Fünf Wochen später fuhr sie in Begleitung ihrer Tochter Julie nach Berlin. Sie war das Erste ihrer Kinder, das sie schweren Herzens außer Haus gab. Ihre Mutter hatte angeboten, das stets kränkelnde Mädchen bei sich aufzunehmen.

Es blieb nicht lange Zeit, Abschied zu nehmen, denn Clara erhielt überraschend Nachricht aus Endenich und nahm den nächsten Zug zurück. Wie enttäuscht war sie, als sie erfuhr, was der Anlass gewesen war: Robert hatte im Park ein paar Blumen gepflückt und sie der Pflegeleiterin der Anstalt überreicht. Auf die Frage, für wen sie seien, hatte er geantwortet: »Das wissen Sie doch bestimmt.« Worauf die Frau diese Blumen nach Düsseldorf schicken ließ.

Was war denn das für eine alberne Geschichte? Clara, die gehofft hatte, Robert wollte endlich wieder Kontakt zu ihr aufnehmen, kam sich lächerlich vor. War er am Ende in die Pflegeleiterin verliebt? Nun hatte sie wegen ein paar gepflückter Blumen auf die Gelegenheit zu einem Konzert in Berlin verzichtet?

Sie war drauf und dran, endlich nach Endenich zu fahren, und wahlweise dem Pflegepersonal oder Robert selbst tüchtig die Meinung zu sagen, was natürlich Unsinn gewesen wäre. Sie war schon am Bahnhof, da verließ sie der Mut. Allein wenn sie daran dachte, ihm nach allem, was geschehen war, gegenüberzutreten, überfiel sie wieder dieses seltsame, gläserne Gefühl, so als würde sie im nächsten Moment zerbrechen. Was, wenn er mit nach Hause kommen wollte? Was, wenn sie schwach würde und seinem Charme einmal mehr erlag? Würde dann ihr Leiden von vorne beginnen?

Sie erzählte nie jemandem davon, so sehr schämte sie sich. Nicht einmal Johannes, der ihr ohnehin von einem Besuch bei Robert stets abriet.

Als Henriette Reichmann, die seit einigen Jahren in England lebte, ihr schrieb und vorschlug, ob sie nicht gemeinsam eine Kur im Seebad Ostende machen sollten, sagte sie sofort zu und reiste ab. Vieles hatte sie mit der Freundin zu bereden, die eine unglückliche Liebesbeziehung zu einem viel jüngeren Mann hinter sich hatte und völlig ahnungslos war, wie sehr Clara das an ihre Liebe zu Johannes erinnerte. Seit einem halben Jahr verbrachten sie nun schon die meiste Zeit zusammen, und sie konnte fühlen, wie bei ihm der Wunsch nach mehr als nur Freundschaft immer übermächtiger wurde. Und ihr ging es nicht anders.

Da er sie nach Ostende nicht begleiten konnte, denn was würden die Leute wohl dazu sagen, war er zu einer Wanderung durch den Schwarzwald aufgebrochen. Allein. Vermutlich musste er sich über einiges klar werden. Clara hatte keine Ahnung, wie es mit ihnen weitergehen sollte. Dass sie sich liebten, daran gab es keinen Zweifel. Diese Liebe offen zu leben war dennoch unmöglich. Johannes war vierzehn Jahre jünger als sie. Und ihr berühmter Ehemann befand sich in einer Nervenheilanstalt. Wenn diese Liebe jemals eine Chance haben sollte, dann in einer unbestimmten, fernen Zukunft.

In Ostende erhielt sie einen Brief, in dem ihr Johannes gestand, seine Wanderpläne aufgegeben zu haben und in ihre Düsseldorfer Wohnung zurückgekehrt zu sein. »Man sollte nicht reisen, wenn man so fest an einem Ort hängt, wie ich jetzt an Düsseldorf.« Dort wartete er geduldig auf ihre Rückkehr. Wie sollte das nur alles enden? So wie bei Henriette Reichmann mit einem gebrochenen Herzen?

Nein, es lag an ihr, der Älteren, vernünftig zu sein, und deshalb musste sie der häuslichen Zweisamkeit ein Ende bereiten. Eine neue Ära der Pianistin Clara Schumann würde anbrechen. Sie übte mit der alten Disziplin, das hatte ihr schon früher über Herzensschmerzen hinweggeholfen. Nie mehr würde Robert im Publikum sitzen, und dabei hatte sie doch immer nur für ihn gespielt, auch wenn er nicht dagewesen war. Und nie mehr, so tröstete sie sich, würde er ihr sagen, sie habe einmal wieder alles falsch interpretiert, und ihr den Klavierdeckel auf die Finger knallen.

Im Oktober ging sie auf Tournee. Niemand redete ihr mehr drein, weder ein ehrgeiziger Vater noch ein eifersüchtiger und leidender Ehemann. Johannes würde sich nie erlauben, ihr Vorschriften machen zu wollen. Ganz im Gegenteil. Während sie von Hannover nach Harburg und von da nach Hamburg reiste, ein Konzert nach dem anderen gab, hütete Johannes Brahms in Düsseldorf die Kinder und schrieb ihr sehnsüchtige, verliebte, leidenschaftliche Briefe. Sie reiste weiter nach Leipzig und Weimar, trat Abend für Abend auf, und zu Hause sorgte Johannes dafür, dass die Kinder den Verlust ihres Vaters – nein, nicht vergessen, sondern verschmerzen konnten. Während sie weiterzog und Geld verdiente, kümmerte sich Johannes darum, dass in der Bilker Straße 1032 die Hausaufgaben gemacht wurden, gespielt und herumgetollt und keiner der vielen Geburtstage vergessen wurde. Sie aber eroberte sich ihren Platz zurück als eine der ersten Pianistinnen ihrer Zeit. Die Jahre des Wunderkinds waren längst vorüber, auch die der zarten Jungfrau. Ebenso die nicht gerade ruhmvolle Ära der Klavier spielenden Ehefrau eines großen Komponisten. Was genau sie in den Augen des

Publikums jetzt war, fand sie endlich in einer der Kritiken, in der sie als »Hohepriesterin und Hüterin des Erbes von Robert Schumann« bezeichnet wurde. Warum nicht, sagte sie sich. Dass sie sein Werk hüten und verwalten würde, verstand sich ohnehin von selbst.

Überall fragte man sie, wie es Robert ging. Sie legte sich die Antworten zurecht, sagte, was alle hören wollten, doch wie es genau in ihrem Herzen aussah, wusste keiner, nicht einmal sie selbst so genau.

Sie hatte getan, was sie konnte, das sagte sie sich immer wieder. Jetzt sollte das Personal in Endenich sehen, wie sein Leiden zu lindern war. Wenn sie an die letzten Wochen vor der großen Krise dachte, überfiel sie eine derartige Panik, dass sie kaum noch atmen konnte. Sie hatte viel zu lange über ihre Kräfte gelebt. Nun musste sie nach vorne blicken.

Im Dezember trat sie in einer Reihe von Konzerten mit Joseph Joachim auf und lud ihn und Johannes, der ihr entgegengereist war, ein, das Weihnachtsfest bei ihr und den Kindern in Düsseldorf zu verbringen.

»Ich würde ihn gern besuchen«, sagte Joachim, als sie am 23. Dezember in der Bilker Straße angekommen waren und die Kinder, die sich wie verrückt über die Rückkehr ihrer Mutter gefreut hatten, endlich in ihren Betten lagen.

»Ja, natürlich«, antwortete Clara.

»Warum kommen Sie denn nicht einfach mit?« Joachim sah sie aufmunternd an.

»Nein«, antwortete Clara rasch und kämpfte diese schreckliche Panik nieder, die in ihr aufsteigen wollte. »Nein, das wäre keine gute Idee. Aber fahren Sie nur. Ich bin Ihnen wirklich sehr dankbar für diesen Vorschlag.«

In der Nacht schlief sie schlecht. Die alten Bilder tauchten wieder auf, die sie vergessen zu haben glaubte. Robert, wie er sich die Ohren zuhielt und jammernd am Flügel zusammenbrach.

Robert, wie er durch sein Zimmer ging und diesen Geisterchor dirigierte, den nur er sah und hörte. Und schließlich, das schrecklichste aller Bilder: Robert in seinem triefend nassen Schlafrock und dem jammervoll verzerrten Gesicht.

Als sie am Morgen aus diesen schweren Träumen erwachte, beschloss sie, Joachim dazu zu überreden, von dem Besuch Abstand zu nehmen. Er war allerdings schon fort, als sie hinunterkam, er hatte die erste Bahn genommen, die nach Endenich fuhr.

Besorgt wartete sie den ganzen Tag auf seine Rückkehr. Kaum nahm sie wahr, wie Bertha den Christbaum aufstellte und ihn gemeinsam mit den Kindern schmückte. Was täte sie nur ohne diese herzliche Frau? Sie war zu nichts anderem fähig, als in der großen Wohnung herumzugehen.

»Was ist mit dir?«, fragte Johannes leise. »Wärst du vielleicht doch gerne mitgefahren?«

»Ach, Johannes«, antwortete sie leise und strich ihm zärtlich eine Locke aus seiner Stirn. Wie sollte er auch verstehen, dass ihr Gespräch am vorigen Abend die alten Gespenster aufgescheucht hatte?

Noch mehr wühlte sie auf, was Joachim nach seiner Rückkehr berichtete. Sie hatte sich in Geduld üben müssen, denn er war erst kurz vor der Bescherung eingetroffen. Schon waren die Kerzen am Baum angezündet, und Ferdinand spielte gerade auf seiner kleinen Geige, von Marie begleitet, ein Weihnachtslied, als er leise eintrat. Er nickte ihr zu und setzte sich neben Johannes. Noch nie war Clara ein Weihnachtsfest so lang erschienen. Sie fühlte, wie ihre Anspannung sich zu einer Migräne zuspitzte. Noch ein Lied und noch ein Gedicht, das die Kinder einstudiert hatten, um ihrer Mutter eine Freude zu machen, dann wurden der Gabentisch bewundert und die Geschenke verteilt. Immer wieder wanderte ihr fragender Blick zu Joseph Joachim, der es nicht zu bemerken schien und sich mit Hingabe mit ihren Kindern beschäftigte.

Es war schon spät, als er endlich dazu kam, von seinem Wiedersehen mit Robert zu berichten.

»Er macht einen recht passablen Eindruck«, sagte Joachim und ließ sich in einen der Sessel fallen. »Und hat sich riesig gefreut, mich zu sehen. Ja, er hat mich gleich erkannt und mir tausend Fragen gestellt. Er wollte alles über Sie und die Kinder wissen, nach jedem einzelnen hat er gefragt.« Der Blick des Geigers wanderte über den festlich geschmückten Tisch und den Christbaum. »Es ist ein Jammer, dass er nicht hier bei uns sein kann«, fügte er leise hinzu. Clara schnürte es das Herz zusammen.

»Was … was hat er denn noch gesagt?«

»Er wollte wissen, was alles so in der Musikwelt passiert ist in den vergangenen Monaten. Offenbar bekommt er keine Zeitungen. Vielleicht könnte man ihm ein Abonnement von der ›Neuen Zeitschrift für Musik‹ zukommen lassen? Das würde ihm doch sicher die Zeit vertreiben. Und dann erzählte er von Projekten, mit denen er sich beschäftigt. Ja, und da wurde es seltsam. Er hat mir ein alphabetisches Register von Städtenamen gezeigt, das er in den vergangenen Wochen angelegt hat. Eine beachtliche Liste … das schien mir … nun ja, ich hab mich gefragt, warum er sich ausgerechnet für Städtenamen interessiert.« Er machte eine Pause und sah ratlos zu Brahms hinüber, der aufmerksam lauschte. »Ansonsten wirkte er auf mich ganz normal«, fuhr er fort. »Er redete viel und hastig, aber ich denke, das lag daran, dass er kaum jemanden hat, mit dem er sprechen kann. Als ich mich verabschieden wollte, schlug er vor, mich zum Bahnhof zu begleiten, und das hat man ihm tatsächlich erlaubt.«

»Wirklich?« Clara konnte es nicht fassen. »Er darf das Gelände verlassen?«

»Nun ja, in einigem Abstand ist uns ein Wärter gefolgt«, erklärte Joachim. »Was Schumann natürlich bemerkt hat. Kurz bevor ich in den Zug stieg, trat er ganz nah an mich heran und flüsterte mir etwas ins Ohr.«

Er stockte. Warf Clara einen besorgten Blick zu.

»Was … was hat er Ihnen denn gesagt?«

»Dass er gerne von Endenich fortwolle. Man verstehe ihn dort nicht. Und man habe keinen Begriff davon, wer er sei und was er brauche.«

Die Stille, die auf diese Worte folgte, wog schwer. Der Druck auf Claras Kopf verstärkte sich. Sie schloss die Augen, ihr war übel geworden. Mühsam erhob sie sich.

»Ich muss mich hinlegen«, sagte sie. »Mir ist nicht wohl.«

Und während sie das Wohnzimmer verließ, hörte sie, wie Johannes sagte: »Das greift sie an, Pepi. Wieso musstest du ihr das sagen?«

»Ich kann ihn verstehen«, protestierte sein Freund heftig. »Wolltest du etwa monatelang in einer geschlossenen Anstalt leben?«

Einen ganzen Tag lang musste sie im Dunkeln liegen, so schwer war der Migräneanfall. Als sie am zweiten Weihnachtsfeiertag aufstehen konnte, sprachen sie nicht mehr über Joachims Besuch bei Robert.

In den folgenden Tagen verspürte Clara eine Unruhe wie lange nicht mehr. Die ganze Zeit über hatte sie sich eingeredet, dass es ihrem Mann in Endenich gut ginge, und jetzt wollte er am liebsten fort. *Man weiß hier nicht, wer ich bin,* dieser Satz hallte ständig in ihr nach. *Man versteht nicht, was ich brauche.*

Ja, keiner wusste besser, was Robert brauchte, als sie. Und natürlich war ihr erster Impuls, hinzueilen und ihm zu helfen. Ihn nach Hause zu holen. Aber das war unmöglich. Das konnte sie nicht. Denn das würde bedeuten, sich selbst ganz und gar aufzugeben. Und das durfte nicht sein. Der Kinder wegen. Und um ihrer selbst willen. Entweder er oder ich, sagte sie sich. Entweder er bleibt, wo er ist, oder er richtet mich zugrunde.

Um sich abzulenken, beschloss sie, eine Arbeit anzupacken, die sie schon seit einer Ewigkeit vor sich herschob. Sie begann, ihre Jahrzehnte lange Korrespondenz zu ordnen und alles Unwichtige auszusortieren. Damit war sie einige Tage beschäftigt. Johannes wich ihr dabei nicht von der Seite.

An Neujahr feierten sie in kleinem Kreis die Taufe von Felix, und schon zwei Tage später wurde es erneut Zeit, die Koffer zu packen. Sie begleitete Johannes und Joseph nach Hannover und fuhr weiter zu einer ausgedehnten Konzertreise durch Holland. Bertha blieb bei den Kindern. Sie hatte alles bestens organisiert.

Und so hielt sie es fast das ganze Jahr. Ab und zu überraschte Johannes sie, indem er an einem ihrer Konzertorte plötzlich auftauchte. Dann fühlte sie sich jung und begehrt. Auch wenn er sie mehr und mehr bestürmte, allenfalls Zärtlichkeiten ließ sie zu, mehr nicht. Ohne dass sie darüber sprachen, verschoben sie alles auf später, wann immer das sein würde.

Zwischen zwei Konzerten gönnte sie sich gemeinsam mit Johannes so etwas wie Urlaub, eine Wanderung am Rhein entlang und später im Teutoburger Wald. Ansonsten stürzte sie sich in ihre Arbeit, denn sie wusste genau, dass dies für sie schon immer das beste Mittel gewesen war, um nicht ins Grübeln zu geraten.

Im Herbst zog sie ihre Kreise immer weiter, reiste über Prag nach Wien, wo sie wie in alten Zeiten einen triumphalen Erfolg nach dem anderen verbuchen konnte. Wehmütig dachte sie daran, wie die Wiener sie und Robert neun Jahre zuvor hatten abblitzen lassen, als sie daran gedacht hatten, sich hier niederzulassen. Vielleicht war es ja den tragischen Umständen zu verdanken, dass man Roberts Werken endlich Interesse entgegenbrachte? Bei ihrem letzten Konzert spielte sie zum ersten Mal Stücke von Johannes Brahms.

Erst im Frühjahr des Jahres 1856 kam sie nach Düsseldorf zurück, um bald darauf erneut aufzubrechen und sich einen alten Herzenswunsch zu erfüllen – ihre erste große Englandtournee.

Ihre Mutter fragte sie einmal, als sie in Berlin Zwischenhalt einlegte, ob sie eigentlich vorhätte, vor ihrem eigenen Schatten davonzulaufen, und obwohl sie miteinander darüber lachten, so berührte dieser Satz Clara doch merkwürdig. Tatsächlich kam sie kaum zum Nachdenken. Und wenn sie gerade mal nicht mit der Planung und Vorbereitung der Konzerte und Reise-Etappen beschäftigt war, wenn sie sich nicht mit Kollegen traf und Gespräche führte, galten ihre Gedanken fast ausschließlich Johannes. Sie schrieben sich leidenschaftliche Briefe, die sie alle beide bald verbrennen würden, damit sie ja keinem Dritten in die Hände fielen, Briefe voller Zärtlichkeit und Sehnsucht.

Wie wunderschön er schrieb. Fast so schön wie Robert, als sie noch getrennt gewesen waren. Brauchte es die Trennung, um in der Liebe glücklich zu sein? Und wenn Johannes ihr in diese oder jene Stadt nachreiste, nur um sie zu sehen und ihre Hand zu halten, ihr einen Kuss abzuringen und ihr Haar zu berühren, gelang es ihr für ein paar Stunden, ihr Unglück zu vergessen.

Das Unglück, das in Endenich eingesperrt war, vor dem sie sich fürchtete und weswegen sie sich gleichzeitig schuldig fühlte. Sie hatte zwar ein Gespräch mit dem Anstaltsleiter geführt, aber eine Verlegung hatte sie nicht veranlasst. Schlimmer noch. Als man ihr mitteilte, dass sie ihren Mann unter bestimmten Umständen durchaus nach Hause holen könnte, hatte sie es nicht getan. Zu groß war ihre Angst vor dem, was sich wiederholen könnte. Denn zum ersten Mal in ihrem Leben war sie frei. Und diese Freiheit würde sie niemals wieder aufgeben. Um keinen Preis.

Es war im Juli 1856. Ein Telegramm aus Endenich teilte ihr mit, dass sie, wenn sie ihren Mann noch einmal lebend wiedersehen wollte, unverzüglich kommen sollte. Gemeinsam mit Johannes traf sie dort gleich am nächsten Tag ein. Seit jenem Rosenmontag zweieinhalb Jahre zuvor hatte sie Robert nicht mehr gesehen.

Sie erkannte ihn kaum wieder, so abgemagert war er. Man hatte ihn in die »Tobezelle« gebracht und ans Bett fixiert, das sei normal im »Endstadium«, erklärte man ihr, sein Gehirn sei soweit zerstört, dass er nicht mehr wisse, was er tue. Doktor Richarz hatte ihr schon vor Monaten mitgeteilt, dass ihr Mann »unrettbar verloren« sei. Also war es doch nicht ihre Schuld. Die Dämonen hatten nach und nach vollständig Besitz von ihm ergriffen und würden nun bald sein Leben beenden.

Sie sorgte dafür, dass man ihn losband. Denn mit einem Mal war ihre Angst vor ihm verflogen. Als er die Augen aufschlug, glitt ein Lächeln über sein ausgezehrtes Gesicht.

»Clara«, hörte sie ihn undeutlich flüstern. »Endlich. Du meine einzige Liebe.«

Und da geschah es. Der so lange zurückgehaltene Schmerz über das, was ihnen widerfahren war, schnitt ihr durchs Herz, so dass sie laut aufschluchzte und ihn in ihre Arme nahm. An seinem Bett stand ein Becher mit Wein und ein Schälchen Gelee, das Einzige, was er noch in winzigen Mengen zu sich nahm. Wie selbstverständlich tauchte sie ihren Finger in den Wein und hielt ihn Robert hin. Gierig leckte er ihn ab, saugte an ihm, hielt seinen Blick fest auf sie geheftet.

Sie stammelte Liebesworte, fütterte ihn mit dem Gelee, küsste sein abgemagertes Gesicht, und auf einmal gab es nur noch sie beide, ihn und sie, so wie damals, als sie mit elf Jahren beschlossen hatte, diesen Mann zu heiraten, koste es, was es wolle. So hatte sie es sich nicht vorgestellt, damals, als sie fünfzehn gewesen war und trotzig seine *Toccata* in Hamburg gespielt hatte, sehr zum Ärger ihres Vaters. Sie hatte sich ihr gemeinsames Leben so wunderschön ausgemalt. Was nur hatten sie falsch gemacht? Sie fühlte Roberts Herz, das in dem dürren Körper schlug, sie konnte jede einzelne Rippe spüren, als sie ihre Hand darauf legte. Sein Herz, das ihr ganzes Leben bedeutet hatte …

Irgendwann berührte jemand sie an der Schulter, es war der Arzt. Robert war eingeschlafen, sein Atem ging ruhig. An der

Tür stand Johannes Brahms und sah sie an mit einem Ausdruck in den Augen, als sähe er sie zum allerersten Mal. So, als hätte er etwas gesehen, was alles in einem neuen Licht erscheinen ließ.

Am 29. Juli 1856 starb Robert Schumann. Sie waren nicht bei ihm, als er ging, obwohl sie ihn täglich besucht hatten. Und wieder war es Clara, als hätte sie das Wichtigste versäumt.

In all den schweren Tagen, die nun folgten, blieb Johannes Brahms an ihrer Seite. Und doch war zwischen ihnen nichts mehr wie zuvor. Es war, als wäre mit Roberts Tod eine Saite zwischen ihnen gerissen. Was war passiert?

»Ich habe gesehen, dass du zu ihm gehörst«, sagte er, als sie es endlich wagte, ihn zu fragen. »Damals, an seinem Sterbebett. Du bist und bleibst seine Frau, auch über seinen Tod hinaus. Für mich ist da kein Platz.«

Sie wollte ihm heftig widersprechen, und doch brachte sie kein Wort heraus.

»Wir bleiben Freunde, Clara«, sagte Johannes. »Solange du es willst. Das verspreche ich dir. Aber alles andere wäre nicht richtig.«

Zuerst wollte sie es nicht akzeptieren. Dann sah sie ein, dass er recht hatte. Es war besser so.

Denn nur so war sie endlich vollkommen frei.

EPILOG

Brighton: Frühsommer 1857

Clara stand hinter dem Bühnenvorhang. Die Geräusche aus dem Zuschauerraum drangen gedämpft zu ihr. Leises Geplauder, vereinzeltes Hüsteln, das Rascheln von Kleidern und Programmzetteln. Gleich würde sie die Bühne betreten, sich verbeugen und am Flügel Platz nehmen.

Das schwarze Spitzenkleid war nach der neuesten Mode geschneidert, nun sah sie tatsächlich aus wie eine Hohepriesterin. Für ihr Publikum hatte sie ihre neue Rolle gefunden. Für sie selbst war sie Clara, die Pianistin.

Ihre Kinder hatte sie bei Verwandten, Freunden oder in Pensionaten untergebracht. Wenn sie Zeit hatte, war es ihre Lieblingsbeschäftigung, die Berge an Briefen zu sortieren und zu lesen, die sie und Robert sich geschrieben hatten, damals, vor ihrer Heirat. Und auszusortieren, was der Nachwelt überliefert werden sollte und was besser nicht. Seit er tot war, konnte sie sich endlich wieder nach Robert Schumann sehnen.

Jemand brachte ihr eine Tasse mit Malventee. Sie nahm einen Schluck davon. Der Dirigent trat zu ihr und sah durch den Schlitz im Vorhang.

»Ausverkauft«, sagte er und verbeugte sich leicht vor ihr.

Und dann war es soweit. Jene Mischung aus Nervosität und Erregung stieg in ihr auf, dieses Gefühl, das sie so liebte, seit sie als Kind zum ersten Mal öffentlich aufgetreten war. Denn dafür lebte sie.

Der Saal vibrierte vor Erwartung. Sie war bereit.

NACHWORT

Einen Roman über diese wichtigen Lebensabschnitte von Clara Schumann zu schreiben, ist schon lange ein Traum von mir gewesen. Denn diese faszinierende Künstlerin begegnete mir schon als Jugendliche im Klavierunterricht. Zwar standen zunächst die Werke ihres Mannes im Vordergrund, zum Beispiel als ich dessen *Kinderszenen* einübte, denn Claras Kompositionen waren damals noch wenig bekannt und außerdem viel zu schwierig für mich. Doch die Geschichte dieses großen Liebespaars faszinierte mich spätestens seit meiner Teenagerzeit. Clara Schumann war eine der wenigen Frauen, die sich in einer von Männern dominierten Gesellschaft als Künstlerin durchsetzen konnte und sich über ein halbes Jahrhundert lang an der Spitze der berühmtesten Pianisten ihrer Zeit behauptete.

Ihr Leben bietet alles, was eine Geschichtenerzählerin wie mich reizt: Mit elf ein Wunderkind, mit achtzehn heimlich verlobt, ein vier Jahre währendes Ringen mit dem trotz allem geliebten Vater, der sich gegen ihre große Liebe stellt. Endlich die vom Gericht erzwungene Erlaubnis, den Mann ihrer Träume heiraten zu dürfen, die Ernüchterung ihrer romantischen Vorstellungen im Alltag der Ehe, zehn Schwangerschaften in zwölf Jahren und der verzweifelte Kampf, ihre Karriere als Künstlerin trotz allem nicht aufgeben zu müssen. Schließlich Roberts tragische Krankheit und sein Tod – und ihre zweite große Liebe: Johannes Brahms.

Es ist kein Wunder, dass es kaum ein Künstlerpaar gibt, das so häufig kommentiert, analysiert und interpretiert wurde wie Clara Wieck und Robert Schumann. Zahllose Forscher haben sich mit dem umfangreichen, schriftlichen Material beschäftigt, das sie hinterlassen haben. Beide waren fleißige Briefeschreiber, damals natürlich das einzige Kommunikationsmittel. Allein drei umfangreiche Bände umfasst die Korrespondenz, die sie untereinander führten, und es gilt als sicher, dass längst nicht alle Briefe erhalten geblieben sind. Robert hat durch seine journalistische Tätigkeit wohl schon früh daran gedacht, ihre Briefe der Nachwelt zu hinterlassen, denn er hat noch während ihrer Verlobungszeit damit begonnen, sie zu sammeln und zu sortieren. Clara bat er regelmäßig, ihm seine für diesen Zweck wieder zurückzugeben. Ich finde, das zeigt deutlich, wie ideal er ihre Beziehung sah, und dass er fand, diese Zeugnisse ihrer Liebe müssten unbedingt irgendwann der Öffentlichkeit zur Verfügung gestellt werden. Und natürlich bin ich ihm dankbar dafür, denn auch ich habe unter anderem mit diesem Briefwechsel gearbeitet.

Die Herausgabe der Gesamtausgabe aller Korrespondenzen mit Familienmitgliedern, Freunden und Geschäftspartnern ist übrigens in Arbeit, wird 57 Bände umfassen, soll bis 2026 abgeschlossen werden und im Verlag Dohr erscheinen.

Bei der Rekonstruktion von Claras und Roberts Leben halfen auch die Tagebücher, die beide geführt haben, sowie das »Ehetagebuch«, Roberts Idee, das ein gewisses Licht auf die ersten vier Jahre ihres Zusammenlebens wirft. Über Clara gibt es zahlreiche Biographien, angefangen mit der von Berthold Litzmann, dessen 6. Auflage aus dem Jahr 1920 mir vorliegt. Sie wurde von der ältesten Tochter Marie in Auftrag gegeben und basiert auf einer großen Auswahl an Briefauszügen, die Marie dem Autor für diese Arbeit zur Verfügung stellte. Leider vernichtete sie danach manche dieser Briefe. Denn von Anfang an wurde von Clara und ihren Töchtern genau selektiert, was überliefert werden sollte und was besser nicht.

Wer war Clara Schumann? Wer verbirgt sich hinter dem offiziellen Bild? Was hatte sie selbst zu verbergen? Das war es, was mich an dieser faszinierenden Frau von Anfang an interessierte. Zwar habe ich Musikwissenschaft studiert und interessiere mich brennend für die historischen Quellen, doch die Romanautorin in mir versucht außerdem stets, noch tiefer hinter die Dinge zu blicken, hinter den Fakten den Menschen zu erspüren und das, was ihn bewegt haben mochte. Schließlich geht nur das wirklich zu Herzen: Die Frage, wie hätten wir an ihrer Stelle empfunden und gehandelt. Denn in einem biographischen Roman geht es nicht ausschließlich darum, faktische Wahrheiten abzubilden, die wir ohnehin nicht mehr vollständig rekonstruieren können, auch nicht darum, jemanden zu be- oder verurteilen, sondern dieses besondere Schicksal fühl- und erlebbar zu machen.

Clara Schumann wurde immer wieder zur Zielscheibe von Projektionen. Die Frauenbewegung vereinnahmte sie als eine Ikone für den Kampf um Gleichberechtigung. Die einen sehen in ihr die unterdrückte Ehefrau, andere werten ihr Verhalten als subtile Machtausübung über ihren emotional labilen Ehemann. Den meisten Biographen, so fiel mir auf, scheint es darum zu gehen, herauszufinden, wer von beiden eigentlich das »Opfer« war und wer der »Täter«.

Ich bin zu dem Schluss gekommen, dass es in dieser Geschichte weder Opfer noch Täter gibt. Beide empfanden eine tiefe Liebe zum anderen, und doch waren sie grundverschieden voneinander. Claras Pragmatismus mag Robert mitunter schwer zugesetzt, ihr Erfolg muss ihn manchmal fast erdrückt haben. Umgekehrt hatte Clara unter Roberts konservativen Vorstellungen bezüglich der Ehe, seine Unbeholfenheit im Umgang mit anderen Menschen und vor allem durch seine gesundheitlichen Störungen schwer zu leiden, von seiner Alkoholsucht und der Schwäche für junge Männer ganz zu schweigen. Ganz sicher haben sich beide in den Jahren der erzwungenen Trennung durch Friedrich Wieck von ihrem Zusammenleben etwas anderes versprochen, als den Alltag ihrer Ehe – schließlich lebten sie im Zeitalter der Romantik, in der besonders die Vorstellung einer idealen Liebe gern überhöht wurde.

Für meine Arbeit habe ich unzählige Bücher gelesen, von denen ich hier die für mich wichtigsten nennen möchte. Dieter Kühns *Clara Schumann, Klavier. Ein Lebensbuch* nähert sich ihr halb wissenschaftlich, halb essayistisch. Barbara Meiers Monographie über Robert Schumann liefert einen gestrafften Überblick über sein Leben. Mit Claras Leben beschäftigten sich Monica Steegmann und Eva Weissweiler, die auch die Gesamtausgabe des Briefwechsels des berühmten Paars besorgte und mit den romantisierenden Bildern von beiden gründlich aufräumte. Und beispielhaft für viele famose Forschungsarbeiten möchte ich *Clara Schumann in Württemberg* von Wolfgang Seibold erwähnen, der jedes Detail von Claras kurzem Stuttgart-Gastspiel recherchiert hat – eine wertvolle Quelle. Außerdem halfen die vielfältigen, wundervoll aufgearbeiteten Informationen auf der von der Bundesregierung geförderten Seite des Schumann-Netzwerks unter der Projektleitung von Dr. Ingrid Bodsch (www.schumann-portal.de). Allen Wissenschaftlern, die hier mitwirkten und es noch immer tun, sage ich meinen Dank.

Trotz aller Forschungen sind viele Details in Claras und Roberts Leben rätselhaft und werden es vermutlich immer bleiben. Vor allem die Frage, worunter Robert Schumann eigentlich litt, beschäftigt bis heute nicht nur Musikwissenschaftler, sondern auch Mediziner. Von einer bipolaren Störung und anderen neuronalen Erkrankungen kann man lesen, aber auch die Vermutung, Robert habe sich in seiner Jugend mit Syphilis infiziert, hält sich hartnäckig. Nach Jahrzehnten kann diese Krankheit unbehandelt tatsächlich zur Zerstörung des Gehirns und zu ganz ähnlichen Symptomen führen, wie Robert sie offenbar zeigte. Neuerdings gibt es sogar Wissenschaftler, die die Meinung vertreten, der Komponist habe an keiner Geisteskrankheit gelitten, sondern an einem ausgeprägten Tinnitus und schweren Depressionen. Manche gipfeln gar in der Behauptung, Clara habe ihn loswerden wollen und ihn gegen seinen Willen in die Anstalt einliefern lassen.

Tatsächlich scheint sich Roberts Verfassung nach einigen Monaten in Endenich verbessert zu haben, und einer der Ärzte schrieb Clara nachweislich, es sei nicht ausgeschlossen, dass er wieder zu Hause leben könnte. Clara entschied sich dagegen, ihn aus der Anstalt zu holen, warum, das können wir nur vermuten. Auch ob es stimmt, dass die Ärzte ihr von einem Besuch bei Robert abrieten, lässt sich weder nachweisen noch entkräften. Einige Biographen lasten ihr diese Versäumnisse schwer an. So stark Clara auch gewesen sein mochte – offenbar hatte sie nicht die Kraft für eine Begegnung mit Robert nach seinem Zusammenbruch.

Auch was Claras Verhältnis zu Johannes Brahms anbelangt, bleiben viele Fragen offen. Was war nun eigentlich genau zwischen ihr und dem vierzehn Jahre jüngeren Komponisten? Hatten sie tatsächlich ein Liebesverhältnis, und wenn ja, wann und wie lange? Sicher ist, die beiden haben sich geliebt, das bezeugen die wenigen Briefe, die der Vernichtung entgangen sind. Dass Felix, Claras jüngster Sohn, Johannes Brahms' Kind sein könnte, wäre möglich und wurde durch einen Enkel des Musikerpaars behauptet. Er soll ihm angeblich sehr ähnlich gesehen haben. Bewiesen ist es jedoch nicht.

Und noch etwas bleibt rätselhaft: Wie kam es, dass Johannes Clara die gesamten zweieinhalb Jahre während Roberts Aufenthalt in Endenich zur Seite stand – sich um ihre Kinder und Belange des Haushalts kümmerte, ihr leidenschaftliche Briefe schrieb –, sich dann jedoch, als nach Roberts Tod der Weg zu einer offiziellen Verbindung mit ihr offen stand, von ihr zurückzog? Wie konnten die beiden trotzdem viele Jahrzehnte lang eng befreundet bleiben? Und warum hat Johannes Brahms sich nie wieder für eine andere Frau interessiert?

Im letzten Kapitel dieses Romans habe ich versucht, Antworten auf diese Fragen zu finden. Nicht mit Fakten und Argumenten, sondern indem ich mich in Clara und Johannes hineinversetzt habe. Ist es nicht verständlich, dass sie nach allem, was sie durchgemacht hat, es nicht über sich brachte, Robert wieder in ihr Leben zu lassen, nachdem er sich in Endenich ein wenig erholt hatte? Müssen die Ereignisse vor seiner Einlieferung nicht wie ein Schock auf sie gewirkt haben, der alles Weitere überschattete? Kann man es einer Schwangeren verdenken, wenn sie es nicht schafft, ihren Mann, den sie einmal so sehr geliebt hatte, in der Nervenheilanstalt zu besuchen, zumal ihr gute Freunde immer wieder davon abrieten? Können wir diesen inneren Kampf zwischen abgrundtiefer Verzweiflung angesichts des grandiosen Scheiterns ihrer so hart erkämpften Ehe und dem Bewusstsein, von nun an vollkommen allein für sich und ihre Familie sorgen zu müssen, nicht nachvollziehen?

Clara Schumann hat sich nach Roberts Tod und vor allem nach Johannes' Rückzug einen emotionalen Panzer zugelegt. Anders hätte sie diese gewaltige Aufgabe, für sich und ihre Kinder ausreichend Geld zu verdienen, nicht bewältigen können. So schaffte Clara es, was ihr wenige zugetraut hatten und woran sie vermutlich selbst schon nicht mehr glauben konnte, denn Selbstzweifel waren ihre zweite Natur: Sie begann mit Mitte dreißig, sich eine neue, glänzende Karriere aufzubauen, die bis in ihr hohes Alter währte. Endlich konnte sie dort anknüpfen, was sie als Ehefrau nicht hatte schaffen können, und wurde international anerkannt. Fünfzehn Mal gastierte sie in England, wovon sie so lange geträumt hatte, auch Paris konnte sie schließlich »erobern«, drei Konzertreisen unternahm sie an die Seine, um nur einige Episoden ihrer beispiellosen Karriere zu nennen, die auf den Tod ihres Mannes folgte.

Clara war eine der ganz großen Künstlerinnen ihrer Zeit, vor allem als Pianistin, aber auch als Komponistin, was lange in Vergessenheit geraten war. In diesem Roman habe ich versucht, ihr und ihrer großen Liebe gerecht zu werden und sie als das zu zeichnen, was sie war: eine starke Persönlichkeit, die unbedingt ihre Kunst ausüben wollte. Dennoch war sie stets erfüllt von Selbstzweifel und einer riesengroßen Sehnsucht nach Geborgenheit und Liebe.

LESEPROBE

BEATE RYGIERT
GEORGE SAND
und
die Sprache der Liebe
ROMAN
atb

1. Kapitel

PARIS, FRÜHJAHR 1831

Aurore betrachtete sich kritisch im Spiegel. Die Mühe hatte sich gelohnt, Herrenhose und Weste aus grobem Wollstoff saßen perfekt. Zufrieden stellte sie fest, dass die Wölbung ihrer Brüste kaum ins Auge fiel. An einem der obersten Westenknöpfe hing noch ein Faden, rasch biss sie ihn ab, so, wie damals in der Klosterschule, wenn Schwester Madeleine gerade nicht hergesehen hatte. Was die Nonne wohl sagen würde, könnte sie ihre ehemalige Schülerin jetzt sehen?

Die junge Frau lachte leise in sich hinein. Dann schob sie ihr schwarzes Haar unter die *faluche* der Pariser Studentenschaft. Das Samtbarett war ein Geschenk von Jules und, wie sie fand, eines der schönsten, das man ihr je gemacht hatte.

Verschwörerisch grinste ihr völlig verwandeltes Spiegelbild sie an. War das wirklich sie, Baronesse Aurore Dudevant, sechsundzwanzig Jahre alt, Mutter eines siebenjährigen Jungen und einer zweijährigen Tochter, von den Kindern und ihrem Mann Casimir getrennt lebend, der auf ihrem Landsitz in der Provinz wahrscheinlich gerade einem der Dienstmädchen nachstellte? Aurore Dudevant, voller Träume und Ideale, die trotz oder vielleicht wegen der vielen Enttäuschungen, die sie hinter sich hatte, noch immer an die ganz große Liebe glaubte?

Sie hatte sich nie für schön gehalten, trotz ihrer prächtigen schwarzen Locken und der großen dunklen Augen mit dem intensiven Blick unter den schweren Lidern, trotz ihres makellosen Teints und der schön geschwungenen Augenbrauen. Ihre lange schmale Nase konnte man bestenfalls charaktervoll nennen. Und wenn ihre Lippen auch voll waren, so war ihr Mund im Vergleich zum Rest des Gesichts einfach zu klein.

Nein, niemand hatte sie bislang als schön bezeichnet. Das kam ihr jetzt zugute, sie sah tatsächlich aus wie ein Mann in diesen Kleidern. Oder eher wie ein ganz junger Student. Jetzt noch die Lederstiefel, Gott, wie sie sich darauf freute, in ihnen Paris zu erobern, denn ihre zarten Stoffballerinas, die die gegenwärtige Mode Frauen aufzwang, waren schon nach wenigen Wochen auf dem Pariser Pflaster zerrissen und verschmutzt gewesen. Mit großen Schritten ging sie im Zimmer auf und ab. So fühlte sich Freiheit an.

Es klopfte.

»Herein«, rief Aurore und versteckte noch rasch eine vorwitzige Locke unter dem Barett. Dann wandte sie sich um, gespannt, was Madame Bonnet sagen würde, die Concierge, mit der sie sich angefreundet hatte und die ihr und Jules den bescheidenen Haushalt machte.

»*Bonjour,* Ma…«, begann die Hausmeisterin, stockte aber mitten im Satz und starrte Aurore überrascht an. »Monsieur«, sagte sie verwundert und runzelte die Stirn. »Ich hab sie überhaupt nicht ins Haus kommen sehen! Ist Madame Dudevant … ähm … Ist sie nicht da?«

»Aber Madame Bonnet«, antwortete Aurore lachend. »Erkennen Sie mich wirklich nicht?«

»Mon dieu«, entfuhr es der Frau. Sie musterte Aurore von Kopf bis Fuß. »Sie wollen doch so nicht etwa auf die Straße gehen?«

Aurore konnte sich ein Grinsen nicht verkneifen. »Es bleibt unser Geheimnis, nicht wahr?« Sie nahm den Überrock vom Bügel, den sie sich aus demselben Stoff genäht hatte wie Hose und Weste. »Sie werden das doch für sich behalten?«

»Natürlich!«, antwortete Madame Bonnet. »Ich schweige wie ein Grab. Aber hören Sie doch, man wird Sie ins Gefängnis werfen!«

Aurores Lächeln vertiefte sich, ihre schwarzen Augen blitzten.

»Vielleicht«, sagte sie, zog die Redingote über, den knielangen Herrenmantel und nahm Jules grauen Wollschal vom Haken. »Vielleicht aber auch nicht.«

Im Treppenhaus wickelte sie sich den Schal gleich dreimal um den Hals. Er roch vertraut nach Tabak und Sandelholz. Ob einer der Nachbarn sie erkennen würde, wenn sie ihm jetzt begegnete? Ihr Zimmerchen lag unter dem Dach. Früher oder später würde sie zwangsläufig einem Mitbewohner über den Weg laufen. Und was Madame Bonnet gesagt hatte, stimmte. Seit 1799 gab es ein Gesetz, das Frauen das Tragen von Männerkleidung bei Gefängnisstrafe verbot.

Sie hatte gerade die vierte Etage erreicht, als sie das wohlbekannte Dröhnen vernahm, mit dem die schwere Eingangstür ins Schloss fiel, dann entschlossene Schritte, die sich von unten näherten. Aurores Herz schlug heftiger. Sie beugte sich über das Treppengeländer und erkannte den Zylinder von Monsieur Raymond, der mit Frau und Tochter direkt neben ihr wohnte. Monsieur Raymond arbeitete bei der Stadtverwaltung, es war noch nicht lange her, dass sie sich über die neuesten politischen Ereignisse unterhalten hatten. Sie fühlte, wie ihr die Hitze ins Gesicht stieg und vergrub ihr Kinn noch tiefer in Jules' Schal. Kurz widerstand sie dem Impuls, zurück in ihre Mansarde zu fliehen und zwang sich stattdessen, ruhig weiterzugehen. Mitten auf der Treppe kam es zur Begegnung. Aurores Nachbar sah ihr scharf ins Gesicht, während sie höflich beiseitetrat und »Bonjour, Monsieur« murmelte. Der Mann musterte sie erneut, dann nickte er kurz und wandte sich ab. Aurores Herz machte einen Sprung vor Erleichterung.

Unten auf der Rue de Seine atmete sie tief durch. Wenn Monsieur Raymond sie nicht erkannte, dann brauchte sie sich keine Sorgen zu machen.

Als sie den Fluss erreichte, dämmerte es bereits. Im Palais du Louvre auf der gegenüberliegenden Seite der Seine waren zwei Fensterreihen erleuchtet, das goldene Kerzenlicht aus vielen Lüstern spiegelte sich im Wasser des Flusses und erhellte ihr den Weg über den Pont des Arts. Es war ein kühler Frühlingsabend, den ganzen Tag über hatte es geregnet, und die Haushalte, die es sich leisten konnten, heizten ihre Kamine noch ein. Der Rauch aus den vielen Schloten verpestete die Luft und trieb Aurore Tränen in die Augen. Dennoch war sie erfüllt von einer wilden Freude. Die metallbeschlagenen Absätze ihrer Herrenstiefel knallten auf das Pflaster, keiner beachtete sie, sie war frei, wenn sie wollte, konnte sie an diesem Abend ganz Paris von einem Ende bis zum anderen durchqueren und wieder zurück, ohne fürchten zu müssen, sich ihre teure Garderobe zu ruinieren.

»In Paris braucht eine Dame 25 000 Francs im Jahr nur für Kleidung, Schuhwerk und Kutschen«, hatte Zoe, ihre Freundin aus der Klosterschule nach ihrer Verheiratung geklagt. Exakt dieselbe Summe erhielt Aurore nach der Trennung von ihrem Ehemann nicht nur für Kleidung, sondern auch für Miete und Verpflegung und alles andere, was sie brauchte. Deswegen hatte sie sich Männerkleidung genäht.

Doch ihre finanzielle Situation war nicht der einzige Grund dafür gewesen. Sie wollte tun und lassen können, was ihre männlichen Freunde auch taten. Nachts auf die Straße gehen, ohne belästigt zu werden. Ihrem Bewegungsdrang nachgeben, immerhin war sie auf dem Land aufgewachsen und als kleines Mädchen mit den Bauernkindern über die Felder getollt. Sie wollte jene Clubs frequentieren, die nur Männern vorbehalten waren. Und vor allem wollte sie die Möglichkeit haben, sich die neuesten Stücke auf den günstigen, Studenten vorbehaltenen

Stehplätzen in den Pariser Theatern anzusehen. Und da Frauen der Zugang zur Universität verwehrt war, musste sie sich eben als Mann verkleiden …

Als sie die Tür zum Café de Paris an der Ecke Boulevard des Italiens und Rue Taitbout öffnete, schlug ihr der Lärm einander überbietender Stimmen und Gelächter entgegen. Feuchte Wollmäntel dampften in der Hitze, vermischten ihre Ausdünstung mit dichtem Tabakqualm. Wandspiegel reflektierten das Licht der Petroleumlampen, die pastellfarbenen Garderoben der Damen mit ihren Spitzen und Rüschen kontrastierten zu den dunklen Anzügen der Herren. Die Oper war nur wenige Schritte entfernt, der Montmartre mit seinen unzähligen Varietés nicht weit, und so traf sich hier die sogenannte *demi monde* mit der besseren Gesellschaft, Künstler mit ihren Modellen, Sänger mit Komponisten, Ballettmädchen und Revuetänzerinnen mit ihren reichen Verehrern. Vor allem aber trafen sich hier Schriftsteller und solche, die es werden wollten, so wie sie selbst, Jules Sandeau, sein Freund Émile Regnault, Gustave Papet, Alphonse Fleury, Félix Pyat und der Rest ihrer Clique der südlichen Provinz des Berry, drei Reisetage entfernt, die Aurore jetzt unter den bläulichen Schwaden zu entdecken versuchte. Schließlich fand sie die Studenten in einer der hinteren Ecken um einen Tisch gedrängt, die Köpfe dicht zusammengesteckt. Zuerst nahm keiner von diesen jungen Männern, mit denen sie schon seit ihrer Kindheit befreundet war, von ihr Notiz, zu sehr waren sie in ihre Diskussion vertieft, und Aurore wurde es langsam heiß unter ihrem Mantel und der ungewohnten Mütze.

»Was ist«, fragte sie und drängte sich neben Jules auf die mit rotem Samt bespannte Bank, »gehen wir ins Theater? Ich möchte das neue Stück von Alexandre Dumas sehen, und zwar vom Studentenparkett aus.«

Jules Sandeau, acht Jahre jünger als sie und Jurastudent, sah irritiert auf, dann brach er in schallendes Gelächter aus, legte seinen Arm um sie und zog sie zärtlich an sich.

»Seht sie euch an«, rief er und schlug mit der Hand auf den Tisch, dass die Gläser darauf nur so klirrten. »Schaut doch mal her«, schrie er noch lauter, als die anderen nicht gleich hörten. »Ich will euch unseren neuen Freund vorstellen! Wie heißt du, Kleiner?«, wandte er sich neckend an Aurore.

»Lass den Unsinn«, antwortete sie lächelnd, zog sich das Barett vom Kopf und schüttelte ihre Mähne zurecht. Auf einmal war es mucksmäuschenstill am Tisch geworden. »Mach den Mund zu, Émile«, sagte sie mit einem gutmütigen Grinsen. »Und du, Gustave, pass auf, dass dir die Augen nicht aus dem Kopf fallen. Na, wie gefall ich euch?«

»Himmel«, brachte Félix endlich heraus. »Du siehst verdammt nochmal aus wie ein sechzehnjähriger Schüler, keinen Tag älter. Aber das lange Haar, das solltest du dir abschneiden. Die Leute schauen schon.«

»Kommt nicht infrage«, widersprach Jules und strich zärtlich über ihre schwarzen Locken. »Nur über meine Leiche. Wenn du unbedingt als Student durchgehen willst, meine Liebe, dann musst du eben als Hitzkopf leben. Sollte dir ja nicht gerade neu sein.«

»Na schön«, antwortete Aurore und verstaute ihr Haar wieder unter dem Barett. »Können wir jetzt gehen? In einer halben Stunde beginnt die Vorstellung.«

»Worüber habt ihr denn so heiß diskutiert?«, erkundigte sich Aurore auf dem Boulevard und hakte sich bei Jules unter. Inzwischen brannten die Gaslaternen und erleuchteten schwach die Straße, auf der dichtes Gedränge herrschte.

»Über den *Figaro*«, antwortete er.

»Du meinst, diese schreckliche Zeitung?«

»Es ist eine satirische Zeitung und sie ist ziemlich erfolgreich.« Beinahe wäre Aurore mit einem älteren Herrn zusammengestoßen. Sie musste sich erst noch daran gewöhnen, dass man ihr als Dame nicht auswich. »Der Herausgeber ist der Journalist Henri de Latouche«, berichtete Jules. »Er kommt auch aus dem Berry. Alphonse war schon bei ihm. Er sagt, de Latouche sucht noch Leute. Das wär' doch was für uns, meinst du nicht?«

Sie wichen einem Betrunkenen aus, der unsicher hin- und herschwankte und etwas von Gottes Gericht murmelte.

»Ich weiß nicht«, sagte Aurore schließlich. »Ich hab so gar kein satirisches Talent. Du weißt, wie humorlos ich bin.«

Jules Sandeau lachte.

»Wenn du willst, Aurore, kannst du alles. Du kannst phantastisch malen, Herrenanzüge schneidern, du reitest besser als so mancher Mann, hast einen unfehlbaren Geschmack, das sieht man schon an mir. Also kannst du auch für de Latouche schreiben. Und wenn nicht, dann lernst du es eben.« Er warf ihr von der Seite einen Blick zu, und als er sah, wie sie nachdenklich ihre Unterlippe nach vorn schob, wie sie es immer tat, wenn sie an etwas zweifelte oder ihr irgendetwas nicht passte, fügte er hinzu: »Wir wären nicht die ersten Schriftsteller, die über den Umweg des Journalismus' zum Erfolg kämen.«

»Bezahlt er gut?«, fragte Aurore. Vor ihnen lag das hell erleuchtete Théâtre de la Porte-Saint-Martin. Bettler versuchten ihr Glück bei den Droschken, aus denen elegante Herrschaften ausstiegen. Die Studenten würdigten sie keines Blickes, wussten sie doch, dass bei ihnen nichts zu holen war.

»Was heißt schon gut«, antwortete Jules vage. »Heutzutage müssen wir froh sein, eine solche Gelegenheit zu bekommen.«

»Wirst du hingehen?«

»Auf alle Fälle«, antwortete Sandeau, nahm sie bei der Hand und zog sie die Stufen zum Eingang hinauf. »Komm, mein kleiner Studentenfreund. Heute lade ich dich zur Feier des Tages ein. Aber dass du dich nicht mit den großen Jungs anlegst.«